—— ★ 谨以此书献给所有三线建设者 ★ ——

舒德骑 著

中国文史出版社

伟大的历史画卷

——《云岭山中》序

去年 8 月，我接到人民出版社和重庆市委宣传部邀请，参加舒德骑同志《大国起航——中国船舶工业战略大转折纪实》的首发式和座谈会。这本书入选中宣部 2018 年重点主题出版物、中国好书榜，是一本具有思想性和文学性的好书。因身体原因，我未能到会，只发去一份书面发言。在这个发言中我说："希望德骑同志继续关注国防军工题材的创作，为繁荣我国文学艺术创作，为中华民族的伟大复兴，写出更多更好、无愧于这个时代的作品来。"

时隔半年，果然又读到他的新作《云岭山中》，真是喜出望外。

德骑同志是我多年的老朋友，是四川、重庆乃至全国军工系统著名作家。他在军工系统工作了几十年，热爱军工、关注军工，创作出版了大量军工题材的作品。我记得，他曾创作出版过《大国起航》《深海丰碑》《鹰击长空》《沧海横流》《非常使命》等多部军工题材的作品。1991年我在国务院三线办主编《中国大三线报告文学》丛书时，曾收入他10余万字的作品，从那时我就开始关注、鼓励和支持他。人才难得，20世纪90年代，北京中船总想调他到总公司机关时，为加强四川军工系统的宣传文化工作，我推荐他去了成都兵器工业北方激光研究院，担任党委工作部部长。

看完本书《开篇》，我就被深深吸引，真有些爱不释手。本书是一部反映我国大三线建设、传承三线精神、建设美丽乡村的历史长卷。它以真实的史实为背景，以云岭地区为典型环境，以一个家族跌宕起伏的命运为主线，历史和现实交织，城市与乡村交融，展现半个世纪以来三线建设历史变迁的一部巨作。

三线建设，是中国军工史上的一个重大事件；重新打造利用三线遗址，是时代赋予我们新的历史使命。我作为新中国三线建设的亲历者、参与者和组织指挥者，对三线建设有着极其深厚的感情。尽管我年事已高，但在五一节前，我一口气读完这部50余万字的长篇作品，兴奋不已感慨不已。这是迄今我看到的描写三线建设的作品中，角度新颖、磅礴大气、感情真挚、可读性强的一本好书。

1955年，我从国家二机部办的扬州工业建筑专科学校毕业后，就开始了为之奋斗的国防军工事业。先后在成都784厂、西南局国防工办、四川省国防工办、国务院三线建设调整改造规划办公室、国家计委三线建设调整办公室工作。半个多世纪以来，经历了我国三线建设从选址、规划，以及调整、搬迁等工作；至今还在为三线历史的整理、三线精神的传承、三线遗址的开发利用竭尽绵力。回望这几十年，我能够将毕生的精力献给祖国的三线事业，实现自己少年和青年时代的梦想，感到十分荣幸和自豪。今年1月18日，我完成48万字随笔《三线建设的追梦人》一书，105岁著名老作家马识途欣然为我题写了书名。

波澜壮阔的中国大三线建设，已过了半个世纪，随着岁月的流逝，对今天的年轻人来说，或许是段陌生而神秘的历史；随着时间的推移，对有些老人来说，或许已经渐渐淡忘。然而对我来说，依然是那么刻骨铭心。德骑同志在国防战线工作了几十年，在三线企业生活了近30年，他对三线环境非常熟悉，对军工战线有着深厚的感情，拥有得天独厚的写作资源，所以书中表达的情感、描写的环境、塑造的人物，真实可信，不是那种凭空臆造、哗众取宠的虚妄之作也！

难怪作者在《后记》中这样写道："本书写得很投入很有激情。这种激情，源于半个世纪前那特殊的历史背景，源于三线建设这个惊天动地的历史事件，源于书中那些可亲可敬的人物。随着创作进程，我走进那'准备打仗'的特殊年代，回到那激情燃烧的艰难岁月——那些如火如荼冬天的早晨，那些披星戴月的夏日夜晚，那些长眠在大山深处的战友和同志，以及那住帐篷啃干粮喝臭水的艰苦环境，一直在我眼前闪现，时时牵动着我的情感，写到有些章节，也忍不住心灵震颤、泪眼婆娑。"

《云岭山中》虽是一部小说，但她忠实于史实，源于生活却高于生活。阅读本书时，我仿佛身临其境，随着本书情节的不断推进，更激起我对三线建设事业不平凡历程的无限回忆。

书中描写了20世纪70年代，在国家要准备打仗、实行战略大转移的非常时期，北方某军工基地搬迁到川西云岭山中，拉开了开山劈岭、艰苦创业的神秘序幕；开始了惊心动魄、可歌可泣为国铸剑的历程。多年后，由于国家战略调整，基地再次搬迁，留下一片荒芜的遗址。党的十八大后，以吕家骢为代表的第二代三线人在国家振兴乡村经济、建设美丽乡村的感召下，践行"绿水青山就是金山银山"的理念，克服各种困难，毅然重返基地，卧薪尝胆，背水一战，在废墟上打造爱国教育、休闲康养、文化旅游、多种经营的"三线映象小镇"，从而带动乡村脱贫致富，彻底改变了云岭山区贫困面貌，让工业遗址重新焕发出青春和活力。

书中塑造了以庞大山、王庆东、刘知问、马名翰、吕振华、李保华、文秀、郑之光、吕家骢等为代表的有理想、有抱负的两代三线人。展现了他们以国家安危、民族利益、民生民瘼为重的赤子之心；书写了他们以青春、热血和生命为代价，建设三线的爱国情怀；展现了他们献了青春献终身，献了终身献子孙的崇高境界；同时饱含深情地描述了新一代三线人传承和光大父辈优良传统的精神风貌。

本书气势恢宏、大开大阖，内容新颖传奇，人物性格鲜明，自然和人文环境交融，以深沉的情感、紧凑的情节、娴熟的文笔描写了中国两代三线人的家国情怀；融思想性、文学性、故事性为一炉，向世人呈献出一幅伟大的历史画卷。这也是中国三线建设研究会取得的文学成果之一。

使命呼唤担当，使命引领未来。党的十九大，确立了习近平新时代中国特色社会主义思想，提出了决胜全面建成小康社会，实现"两个一百年"奋斗目标和中华民族伟大复兴的目标。在新时代历史征程中，让三线精神代代相传，续写新的伟大篇章，是新时期神圣而光荣的使命！

在此，我将此书慎重推荐给军工系统的领导、三线建设研究会的同事、文学艺术界的朋友，特别是青少年朋友，让大家都来读读这本近年来并不多见的好书。我相信，这本书将会拥有众多的读者。

是以为序。

王春才

2019 年 5 月 4 日

（王春才为原国家计委三线调整办公室主任、中国三线建设研究会名誉会长、中国作协会员、著名作家、《元帅的最后岁月——彭德怀在三线》作者）

目　录

开　篇

云山之外，燕来雁归。

晨光下，一群野雀迎着山风，丢下一串啁啾，渐渐消逝在遥远的天际；一只岩鹰从悬崖边腾空而起，盘旋于崇山峻岭。天苍苍，野茫茫，站在云岭之巅，举目远眺，群峰巍峨，林海苍茫，雪山逶迤，云遮雾障。

"尔来四万八千岁，不与秦塞通人烟。西当太白有鸟道，可以横绝峨眉巅。地崩山摧壮士死，然后天梯石栈相钩连。上有六龙回日之高标，下有冲波逆折之回川。黄鹤之飞尚不得过，猿猱欲度愁攀援。青泥何盘盘，百步九折萦岩峦。扪参历井仰胁息，以手抚膺坐长叹……"

公元 742 年，唐代诗人李白的这首《蜀道难》，发出了"噫吁嚱，危乎高哉！蜀道难，难于上青天"的慨叹，为西蜀之地作了这样惊悚传奇的描述，以致让人望而生畏却步不前。

苍山依旧，星移斗转。

时光延续到20世纪60年代中叶，一声开天辟地的炮响，打破了这大山深处亘古的沉寂。炮声隆隆，群山震颤，地动山摇，鸟兽飞散。随即，一批批操着不同口音，来自天南海北的人群络绎不绝涌入这片沉睡的土地，在这人迹罕至的深山里开山劈岭、架桥筑路、修房造屋、凿洞建厂，开始了史无前例、波澜壮阔，长达数年、艰苦卓绝的三线建设。

三线者，中国战略大后方基地也！

"深挖洞，广积粮，不称霸，要准备打仗！"这是当时毛泽东同志向全党全军和全国人民发出的最紧迫的号召。

是啊，在人类居住的这个星球上，自有文字记载以来，由于土地、民族、信仰、人口、资源等诸多因素，就从来没有离开过战争。在人类的发展史上，战争总是如影随形，从来就不是以善良的人们意志为转移的。

人无远虑，必有近忧。

一个国家，一个民族又何尝不是如此！

20世纪50年代，经过朝鲜战争洗礼的人民中国，经过10年艰苦努力，终于以崭新的姿态在东方站立起来。到60年代，又在工业化道路上取得了不容小觑的成就。然而，波诡云谲的国际形势如遮天蔽日的阴霾，长久地笼罩在我国上空挥之不去。

此时，美国加紧了对中国的经济封锁和军事围堵，在中国周边建立了半圆形的军事包围圈；同时，由于美苏两个超级大国在全球争霸，在加勒比海制造出"古巴导弹危机"，双方磨刀霍霍剑拔弩张，战争一触即发，随时都会让人类陷入核战争的巨大灾难之中。

随着我国科技和军事的不断进步，第一颗原子弹在罗布泊爆炸成功，中苏关系进一步恶化，苏联在边境上陈兵百万，对我虎视眈眈讹诈威胁。

美苏两国为了遏制新生的中华人民共和国，相继掀起了反华浪潮，萌发了"对中国实行核空袭""摧毁中国大陆工业基地"的恶念。在我国西南边陲，印度也趁火打劫，不断蚕食我国领土，频频在我边境挑起军事摩擦和武装对峙。逃到台湾的蒋介石集团，在美国人的怂恿和支持下，甚嚣尘上，成天叫嚷着反攻大陆，不断派遣侦察机进入我国领空骚扰，派遣特工人员潜入大陆进行破坏——由此，我国陆地周边和沿海地区险象环生，战争危险步步逼近，严重威胁到我国家安全和民族生存发展。

一时间，中国这块多灾多难的土地上，大有山雨欲来，黑云压城之势！

在这危机四伏、警报频仍的紧迫形势下，毛泽东同志审时度势，未雨绸缪，决定国家实行战略大转移，将战略重心从沿海转移到内地，特别是转移到西南战略纵深之地。以举国之力，在这些地区建立门类齐全的军事和民用工业体系，以应付未来战争之需——机不可失，时不我待，在毛泽东主席和周恩来总理亲自指挥下，在中国西南的崇山峻岭中，开始了前所未有、声势浩大的三线建设！

"分散、隐蔽、靠山、钻洞"，这是当时国家对三线建设的具体部署；"好人好马上三线"，这是当时国家对三线建设的指导方针。

于是，位于川西深山的云岭地区，一夜之间就热闹起来。那盘旋在空中勘察地形的直升机飞走之后，那开山放炮的爆炸声、机器转动的轰鸣声、人欢马叫的沸腾声……便热火朝天、没日没夜地在这深山峡谷里响了起来。

时值暮秋，草黄山瘦。

一个从东北来到这里的汉子，放下随身携带的行李，顾不得将妻儿们安顿下来，便迫不及待地沿着一条杂草丛生的小径，一口气就跑到了云岭山顶上，饱含深情地眺望着远方重重叠叠的峰峦，凝望着连绵不绝莽莽苍苍的林海，贪婪地呼吸着这熟悉而又清新的空气——啊，远方的游子今天终于回来了！

他离开故乡云岭已是整整 18 年了！

这些年来，这里的父老乡亲、祖茔老屋、一山一水、一草一木，无时无刻不叫他魂牵梦绕啊！

回来了、回来了，今天终于回来了！这是天命因果的凤旨，还是飘茵落溷的偶然，在异地他乡漂泊了这么多年，没想到这次率先申请到西南参加三线建设，竟然能回到自己的家乡来！

　　一阵萧瑟的山风吹来，吹拂着他的脸庞，揉乱了他的头发，撩起了他的衣衫。良久，两行热泪，不知不觉从他脸上滑落下来……

　　"爸爸、爸爸——"突然，他听见儿子在山下大声呼喊着他。回过头，只见儿子吕家骏带着两个弟弟，正沿着那条陡峭的小路，爬上山来……

第一章

重归故里

1. 秘密南行的军列

东北长春的晚秋，云帐铅灰，风寒露冷。

站台上，吕振华背着行李，和他老师马名翰心照不宣地点了点头，一同上了火车。吕振华放下行李，安顿好几个孩子，在车窗边坐了下来。举眼往外望去，站台外面那棵孤寂的杨树上，蜷缩着两只避风的老鸦；几片迟凋的枯叶，在光裸的树枝上瑟瑟战栗。

这是 1969 年秋天。

列车即将离开长春，要往南方驶去。此时，车站上没有喧天的锣鼓，没有炸响的鞭炮，也没有送行的标语，更没有寻常欢送青年参军、知识青年下乡那样的热闹场面，唯有车站的喇叭中，反复地播放着"毛主席的战士最听党的话，哪里需要到哪里去，哪里艰苦哪安家"的歌曲。站台上，即将离乡背井远离亲人的人们，望着家乡广袤的天空和田野，怀着复杂的心情，眼里满是依恋和惆怅；前来送行的人们，拉着即将上车的人依依难舍，殷殷话别。列车上下，一片离情别愁。

此情此景，吕振华的心情也很复杂，与大家有些不同的是，他既感到留恋，又有些欣慰；既感到遗憾，又有点兴奋。

"马老师、振华、文秀，你们将来出差，一定要回来呀！"车下送行的领导和同事们，把他们的手握了又握，叮咛了又叮咛。

"一定一定！你们到了南边，也一定要打个电话，到我们那地方来看看呀。"吕振华回答，"可不能人一走，茶就凉了呀！"

"不会不会。你们先去打好前站，说不定过不了多久，我们也要到那里去呀！……"

"好啊，我在那里等着你们！到时给你们接风，请你们喝我家乡的剑南春——不，五粮液！"

这趟南行的列车，是由墨绿色的客车和黑色闷罐车组成的神秘军列。客车载人，闷罐车装的是科研仪器设备和必要的生活用品。他们的去向和行程，都受到严格的保密，连登上这列火车的人也只知道他们是到四川西部一个山区，具体要到达的位置，除了个别领导外，其余的人也不知道。

为应付未来的战争，抓好三线建设，根据国务院三线建设指挥部的决定，吕振华他们所在的北方技术物理研究院，要到西南去组建一个新的军工研科研生产基地。目前还不知道这个基地的具体名称，只有一个代号——0658 基地。吕振华夫妇带着 3 个幼小的孩子，和院里的 200 余名领导、技术人员和工人一起，即将启程到新的工作岗位去了。

人们正在殷殷话别之时，突然从站台上气喘吁吁跑过来两个人。吕振华举眼一看，原来是战友李保华和他的女儿小薇。

"振华呀，不好意思，昨晚加夜班，刚下班。"李保华牵着小薇跑到车窗前，歉疚地对吕振华说道，"只好急匆匆赶来给你们送个行。"

"饯行的酒已经喝了，该说的话都已经说了。"吕振华嗔怪道，"这段时间，你们够辛苦的了，下班就该休息了，你还跑来干啥呀！"

"是呀是呀，可小薇不依不饶呀！"李保华牵过女儿小薇，"她无论如何也要来送送她的几个小哥哥——来，小薇，和马爷爷、振华伯伯、文秀阿姨和哥哥们再见！"

"马爷爷，振华伯伯，文秀阿姨，家骏、家骢、家驹哥哥……"小薇一一叫着他们的名字，随即递上一个塑料袋，袋里装着饼干和蛋糕，"家骏哥哥，你们带在路上吃吧。"

小薇虽说只有10岁，可她很懂事。这几天，当她得知家骏哥哥他们就要到很远很远的地方去，而且不再回来了，她难过得几天都是恹恹的。昨天，她将自己平时存下的零花钱都买了饼干和蛋糕，一早起来就要到车站来送小哥哥们，眼看坐车就要离去的哥哥们，她的两眼噙满泪水。

"小薇，谢谢你了！我们走了，会想薇薇的。"文秀从车上俯下身子，接过小薇递上来的袋子，"等以后学校放假了，一定要来看阿姨和哥哥呀！"

小薇点了点头，眼里滚出了泪水。

李保华是河北阜平人，父亲是个老八路。他和吕振华是老战友，又是哈尔滨军事工程学院的同学，那年他们一起分到长春这个研究院后，就跟着马名翰老师从事光电项目研究。多年来，两人就像亲兄弟一样，两家往来也很密切，孩子们也整天在一起玩耍。这回院里动员大家到西南支援三线建设，保华原本也很动心，但无奈丈母娘不久前腰椎摔折，病卧在床，家里实在走不开，不然这回他真想和吕振华他们一起走了。

"振华兄，再见，保重！"站台上，发车员手持小旗走上站台，准备要发车了，李保华向马老师、吕振华一家人挥着手，"到了那里，写封信来。"

"好，一定会给你们写信的，你们也要保重！"

一声笛响，列车马上就要开动了。

突然，一辆警车闪着红灯急速地驶进车站，开上站台后，突地从车上跳下几个人来，神情严峻地对着前方手持发车小旗的铁路工人摆了摆手，尔后迅速登上列车。

这些人究竟是什么来头，这么心急火燎地赶来车站，竟阻止列车暂缓发车——他们究竟要干什么呢？

吕振华惊讶地望着这几个突然从车上跳下来的人。

2. 突如其来的变故

警车上突然跳下的几个人，引起了列车上下的人们种种猜疑。

"喂，余组长，你们来干什么呀？"站台上，有人认识那个腰上别着手枪领头的人，"你们也是来送人的吗？"

可那个叫"余组长"的人满脸严肃，并不理会人们的问话，他带着那几个人，急匆匆地登上了即将开走的列车。来到 3 号车厢，径直走到了坐在吕振华旁边的马名翰老师跟前。

"你，今天暂时不要走了。"那个叫余组长的人指着马名翰，以不容置疑的口气说道，"马上下车，跟我们回去！"

"余组长，这是为什么呀？支援三线建设，是我主动申请，组织上批准了的呀！"马名翰抬了抬眼镜，疑惑地望着来到他跟前的几个人，他争辩道，"车马上就要开了，你叫我下去干什么呀？"

"不要问为什么，这是院里革委会的决定！拿上你的行李，马上下车！"那位被称作余组长的人口气强硬，没有任何商量的余地。

坐在车上即将离开这里的人，一见这突如其来的变故，都惊讶地望着余组长。特别是坐在旁边的吕振华，更是大惑不解，不知道到底发生了什么事情。他站了起来，想向余组长解释什么，可刚张嘴，那余组长就对他摆了摆手，不让他说下去。

"拿上行李，马上下车！"余组长又一次催促道。

马名翰见此情况，只好无可奈何地叹了口气，摇了摇头，拿上自己的行李，跟着余组长几个人下了车。

手旗挥动，车马上就要开了。

"振华呀，我虽然不能跟大家到那边去了，可你们那激光研究项目千万不能停滞，一定要抓紧哪！"吕振华把马老师送下火车，马老师紧紧握住他的手，再三叮嘱道，"那可是部队急需的重点项目呀！"

"马老师，您放心，我们一定会抓紧进行。不管是在南边还是北边，我们永远是一家人，有什么弄不懂的，还会向您请教的。"

马老师苦笑了一下，点了点头。

马老师与那几个来人坐上警车走了。望着马老师离去的背影，看着他在冷风中飘拂的白发，吕振华呆呆地站在站台上，一时间竟忘了返回车上。

"振华，快上车、快上车！车马上就要开了！"妻子文秀从窗口伸出头来，大声招呼着他。

吕振华这才悻悻地转身登上列车。

振华的老师马名翰是上海嘉兴人，今年50多岁了，是院里的副总工程师。他早年留学美国，获美国哈佛大学物理系博士学位。1953年，他怀着满腔的爱国热情，抛妻别子漂洋过海，秘密辗转回国参加新中国的建设。回国后，他牵头组建了北方技术物理研究院光电实验室。这些年，他带着吕振华等几个专业人员，攻克了好几项国防重点科研项目。前不久，当他知道国家要在西南建设三线基地后，毅然就提出了申请，也得到了组织上的批准——可，就在马上要离开时，为什么又把他扣了下来，不要他走了呢？

吕振华心里掠过一丝不祥的预感。

一声长长的笛声响起，把吕振华从失落的沉思中惊醒过来。随着列车的开动，几片枯叶在窗边飘飞着。吕振华失神地望着马老师离去的背影，心里像打倒了五味瓶，离开东北回到家乡的喜悦，一时间似乎已荡然无存。

火车开始滑动起来，站台上同志们的告别声传来，吕振华稳定了一下情绪，从车窗里伸出头去，也频频挥手向战友们告别——再见了，东北！再见了，长春！再见了，亲爱的战友们！

列车离开长春，向着南方驶去。

"爸爸，他们为什么不让马爷爷跟我们一起走呢？"车开出车站后，儿子吕家骢突然回过头来，望着沉默不语的爸爸，问。

是呀，他们为什么不让马名翰老师和大家一起走呢？车都快开了，那人保组的人还把人给带走了，这究竟是为什么呢？吕振华也百思不得其解。他轻轻摇了摇头，敷衍儿子道："他们为什么不让马爷爷走，爸爸怎么会知道呢？大概，这里的工作还需要他吧？……"

"哦——"家骢懂事地点了点头。

"爸爸，你说我们要去的地方，就是你小时候抓小鱼、捉螃蟹、钓小虾的地方吗？"车轮有节奏地响着，家骢又问他爸爸。

"啊，对。"吕振华凝视着窗外，努力使自己平静下来，他点点头，"是的，我们老家门前那条小溪里，有小鱼、小虾、螃蟹；如果运气好，还能看到乌龟和娃娃鱼呢……"

"爸爸，你说，你老家那边有好多好多的森林，还有好高好高的山岭，山上还有刺猬、猴子和大熊猫，这是真的吗？"小儿子吕家驹接着问。

"真的。我小的时候，还见过豹子、野猪和黑熊呢！……"马老师被带走的情景，依然还在吕振华眼前萦绕，他含含糊糊地敷衍着孩子们。

"啊，爸爸，你们老家那个地方真好！"几个孩子听爸爸这样一说，一个个都兴奋起来，恨不得马上插上翅膀，飞到那南方去。

老家？孩子们一提到老家，吕振华心里咯噔了一下——是啊，算起来，离开老家已经10多年了，出来时他还是个不到20岁的小伙子，而今却是胡子拉碴的中年人了！真是岁月不饶人哪！这些年来，他虽然生活在北方繁华的都市中，可莫名其妙，每当夜深人静，故乡那莽莽的大山、密密的森林、霏霏的夜雨、啾啾的晨鸟、以及耕田的农人、卖柴的樵夫，还有儿时的伙伴、少年的同学、佝偻的老爹、白发的亲娘，时常都会出现在他的梦境之中。

除了让他日思夜想的老父和老母外，还有一个人，也频繁地出现在他梦境之中，那就是他的表妹——竹儿。不知怎么的，每次梦见竹儿，总是看见她形销骨立，面色憔悴，脸颊上都挂着泪痕。

从梦中醒来，他总有缠绵的思绪和不尽的怅惘。

来到东北这些年，他在这里付出了青春、热血和汗水，当然也收获了知识、事业和爱情。在这里，他既有满足，也有失落；既有欣慰，也有遗憾——最大的遗憾，是自从离开老家，他还从未回去过，也未能替老父老母养老送终。而今，父母已经去世好几年了，可他还没有回去给他们扫过一回墓，烧过一炷香。

朝鲜战争期间，他们每天都在紧张的战斗生活中；后来到了学校，学习训练也极其紧张；分配到工作单位后，为了国家一个绝密军工项目，他们隐姓埋名，夜以继日工作，难得有一个休息日。这些年，尽管吕振华日夜思念着自己的父母，想念自己的家乡，还有那个叫他牵心挂肠的表妹竹儿。他早就想带妻儿回老家去看看，但在新生的共和国百废待举、百业待兴的建设热潮中，提倡的都是"舍小家为大家"，他是身不由己啊！

吕振华他们承担的这个军工研究项目，是白手起家，一干已是几个年头了，他原想能在这里开花结出果来——现在看来，这个愿望，只能到新的地方去实现了。可，如今这个研究项目的领头人马老师被扣下了，这个愿望还能实现吗？

列车一路昼夜兼行，出了山海关，驶过华北平原，一路向西，经过西安，穿越秦岭，渐渐进入四川——清晨，当车上的人们从睡梦中醒来，举眼往窗外望去，峰峦叠嶂群山连绵，山谷里流淌着清澈透底的江水，山峦上覆盖着郁郁葱葱的植被。翻过险峻的秦岭，那漫天遍野火红的枫叶，像燃烧的火焰一样铺天盖地朝他们视野中扑来。

3. 牛棚里飘摇的光影

今夜没有月光，只有"牛棚"甬道透进的几缕如磷火般的光影，投射在斑驳的墙壁上；墙外有风，将那光影揉搓得飘来移去。

这里原本是研究院已经废弃的锅炉房，几间孤零零的房屋坐落在一个小山坡上。自从"文革"开始后，这里就成了关押和审查"走资派""反动学术权威"和"历史反革命"，以及有"叛徒""特务"嫌疑的地方——人们给它取了个不伦不类的名字：牛棚。

"进去吧！"押解马名翰的人把他带到小屋，指了指房间的一个角落，"你就住在那里！"

马名翰提着行李走进屋来，眼睛一时还不太适应，站在门口有些不知所措。他推了推眼镜，定了定神，见这房间不大，屋子中间吊着一盏昏黄的电灯，地上铺着稻草和芦席，芦席上坐着一个人。这个人一见马名翰进来，愣了一下，赶紧从草铺上爬了起来，上前接过他的行李。

"马总呀，听说您不是到南方支援三线建设了吗？"此人见两个押解马名翰的人出去后，他一边放置他的东西，一边问道，"您怎么也进来了？"

灯光浑浊。马名翰定睛一看，原来是院里的党委书记刘知问。一年多时间不见，往日温文儒雅、精神饱满的刘书记，而今却是头发蓬乱、胡子拉碴、面色憔悴，他差点认不出他来了。

"嘻——"马名翰没有说话，只是长长地吁了口气，不置可否地摇了摇头，在草铺上坐了下来。

是呀，自己为什么进来的呢？他也是莫名其妙啊！

荒唐的年代，荒唐的事情总是层出不穷。

就拿这刘知问书记来说吧，也算是一个老革命了，他又是怎么进来的呢？马名翰知道，这个刘书记，还在读大学期间，就参加了爱国学生运动，作为学生领袖，他还在国民党监狱里坐了两年牢。直到抗战爆发后，他才从监狱里被释放出来。尔后，在党组织的安排下，他奔赴了延安。抗战后，他随延安干部队进军东北。东北解放后，他作为四野一个独立师政委，组织上安排他留在了地方工作。可"文革"一来，造反派除了将他定性为"走资派"外，还给他戴上了"叛徒"帽子！他们的依据居然是：既然你已进了敌人的监狱，那么多同志都牺牲了，你不当叛徒，不写自首书，怎么可能会活着从里面出来呢？

如此一来，这个往日令人敬重的刘书记，一夜之间就成了被专政的对象。"文革"开始后，对他的审查、批判、斗争便无休无止。最后，造反派实在查不出他"叛徒"的证据，就把他弄到牛棚里关押起来——没想到，一年多没见，马名翰却在这里遇见了他！

窗洞里透进一股冷冷的风，屋里那盏昏黄的灯在风里轻轻晃动起来。马名翰实在无法回答刘书记的问话，他只是两眼失神地望着墙壁上那飘摇的光影，久久没有说话。

"马名翰，你知道为什么不能让你走吗？"马名翰被余组长等人带回院里后，立即就对他进行了审讯。

马名翰茫然地摇摇头。

"党的政策你应该是清楚的，不需要我们再给你重复了吧！"这余组长本名叫余学华，原是院保卫处的一名干事，因"文革"中造反有功，而今成了院革委会人保组的组长。他戴着一顶军帽，帽檐下的那双鹰眼，从瞳仁中射出阴冷的光来。

马名翰推了推眼镜，满脸疑惑地望着讯问者，依然没有说话。

"既然你不愿意交代，那我们也不和你多费口舌，再浪费时间了！"余组长从公文包里拿出一封信，对着马名翰晃了一晃，"这封信是你写的吧？"

马名翰抬头看了看，余组长手里的那封信，确实是他临走前给妻子希琳娜写的那封信——可给妻子写封家信，难道就犯了什么法么！

马名翰的妻子希琳娜是美国人，是他哈佛大学物理系的同学。希琳娜的父亲是一个农场庄园主，还是加利福尼亚州的议员。在几年的学习和生活中，希琳娜敬重马名翰的学识和人品，马名翰也欣赏希琳娜的美丽和温柔。天长日久，两人产生了感情。在马名翰取得博士学位那年，希琳娜不顾父母的反对，毅然嫁给了马名翰。第二年，他们有了一个小姑娘，取名马燕翎。

后来，马名翰日夜思念自己的祖国，思念中国的亲人，执意要回到中国去，但遭到希琳娜父母的强烈反对。当时，希琳娜的父亲年迈体衰，还患晚期癌症，眼看时日无多，她一时不忍离开。希琳娜说，只要家里安顿下来，她就会带着女儿来到中国的。

可后来，由于中美两国持续交恶，加上马名翰是利用到英国学术交流的名义，离开美国秘密辗转回到中国的，这让美国有关方面恼羞成怒。希琳娜父亲去世后的这些年，尽管她母女多次提出申请，美方却千方百计加以阻挠。如此，这些年来，他们夫妻只能泪眼涔涔，隔洋相望，在相思中鸿雁传书，互叙衷情，盼着一家人早日团圆。

难道给自己妻子写封信也成了罪证么？

"是，那封信是我写给妻子的。"马名翰回答。

"你知道你妻子是干什么的么？"余组长放下那封信，点燃一支烟，他那张瘦长狭窄的脸，在烟雾中变得更是不可捉摸。

"干什么的？"马名翰闻言愣了一下，"她是纽约希尔思光电研究中心的技术人员。"

"哼，希尔思光电研究中心？你知道吗，那是美国中央情报局的一个间谍机构！"余组长提高了声音，"你那美国老婆，也是美国中央情报局的一名间谍！"

"不会吧……据我所知，这个研究中心只是从事电视、录音机、收音机之类民用电子器件的研发呀……"马名翰申辩道。

"你这是在混淆视听！公安方面给我们传递的情报，还会有假么！"余组长狠狠吸了一口烟，又晃了晃那封信，"你在这信里，出卖了国家军事机密，里通外国！"

"我信里除了家长里短，除了说点夫妻和父女间的私人的话外，并没有写什么呀。"马名翰说。

"哼，没有写什么？！"余组长冷笑了一声，从信封里抽出信笺，"你对她说，国家要实行战略大转移，最近你的工作要调动，要到西南去从事三线建设了，详细的情况到了那里再给她讲——这，不是泄露国家的战略布局，出卖国家军事机密，里通外国么！哼，到了那里再详细讲那里的情况——我问你，你要详细给她讲些什么！……"

"唉——"马名翰摇了摇头，长长地叹了口气，他感到了莫大的屈辱和委屈——国家要实行战略大转移，要在西南等地区进行大规模三线建设，这已经是公开了的秘密呀，这算里通外国、出卖国家机密么！他们这一招，完全是无限上纲、无中生有啊！

"怎么，你还不服气？你最好老实交代，争取宽大处理。"余组长一下掐灭了烟头，又从公文包里拿出另一封信来，"老实告诉你，我们对你已监控好长时间了——我再问你，这封信也是你写的吧？"

"是，是我写的……"马名翰抬了抬眼镜，仔细一看，那封信确实也是他写给美国的导师里约翰的。

"你给这个美国人写信是什么意思？！"余组长把那封信甩得哗哗作响，"你这是在暴露我们科研项目研究的进展情况，泄露我们的军事科技秘密！"

"余组长，你不搞技术工作，或许不知道，这只是一个普通的光电科研项目，并非是我们现在从事的军事激光项目。美国人搞的这个项目，早已取得了成功，并且已应用到了军事和民用项目之中。"马名翰站了起来，想上前拿回那封他写给导师的信再看，可余组长一下又装进了他的公文包，他只好退后一步又坐了下来，"我们的项目研究，完全是白手起家，一缺资料，二缺人才，三缺经费，在研究中我们遇到了困难，遭遇了技术瓶颈，有些问题我想向导师请教请教，希望得到他的指点，最好能给我们寄点资料——我这是为了工作，是想早一点让我们的项目取得突破呀！"

"马名翰，你要端正自己的态度，不要在这里诡辩！你跟外国人勾勾搭搭，我们证据确凿，材料齐全，绝不会冤枉一个好人，但也绝不会放过任何一个坏人的！"余组长的脸皮绷得像一块冰冷的钢板，一双冷飕飕的鹰眼直直地盯住马名翰，"我们给你一点时间，你下去之后好好反省，写出一份详细的认罪材料来——不然，如果我们把你交到公安机关，根据你的罪行和态度，你就会把牢底坐穿！……"

夜已深了，墙外的风慢慢停息了，墙壁上飘摇的光影也渐渐固定下来。昏黄的光影下，马名翰转过头来，看了刘知问书记一眼，又长长地叹了口气，他反问道："您在这里已经一年多了吧？"

"是呀，已经一年四个月零十三天了。"刘知问淡淡地说道。

"您还好吧？"此情此景，马名翰真有点与刘知问惺惺相惜的意味，他实在找不到更好的语言来安慰他。

"还好。"刘知问苦笑了一下，"总算熬了一年多了——唉，坐牢这个活儿，我早已习惯成自然了。"

"刘书记，您刚才问我是怎么进来的？唉，我和您一样，也是莫名其妙呀！"

"是呀，有些人是唯恐天下不乱哪！'文革'刚开始时，有人捕风捉影，就开始贴您的大字报，写您的检举信……"刘知问停住话头，大概不想再提那些不愉快的事情，他将了将花白的头发，反过来安慰他道，"马总，您能冲破重重阻力，漂洋过海回到自己的祖国来，至少这已经证明，您是一个爱国的知识分子！党和人民是信任您的，您受委屈了，我个人代表原院党委，向您表示敬意和歉意！"

"个人受点委屈倒没什么，可我们手里那项目……"马名翰摇了摇头，又长长地叹了一口气。

"马总啊，我始终坚信，这样混乱的局面是绝不会长久的。"刘知问说，"那群误国殃民的跳梁小丑，迟早是要被钉在历史耻辱柱上的！"

4. 初识云岭真面目

穿过一片丘陵，几十辆军车组成的庞大车队，沿着一条坑坑洼洼的土路，颠簸着往大山腹地驶去。驶进大山，人们睁大新奇的眼睛四处睃寻着，汽车越往前走，山是越来越高，沟是越来越深，路是越来越险，雾是越来越浓，山林也越来越密。

汽车撕开着一团团山雾，往大山深处驶去。

车队不知行进了多久，目的地终于到了。

但，人们下得车来，却一下傻了眼！大家提着行李站在那里，望着眼前漫山遍野的雾岚，以及那陡峭深邃的山沟，空空荡荡的荒野，不知该往何处去。

这里山势嶙峋，植被繁茂，人烟稀少，满目苍凉。

几座巍峨的大山之间，有两条小溪，一条叫作云溪河，一条叫作雾溪河。当地村民说，云溪河是因为溪水从云岭流下而得名；雾溪河呢，因河面常年雾霭弥漫而得名——其实，把这两条溪流叫"河"，实在有点勉强。平时，沟里只是流淌着潺潺的溪水，那水是清澈而温顺的；只有当山洪暴发时，恐怕才有"河"的影子，才会显现出汹涌和狰狞的面目来。

半山腰上，有一个硕大的天然岩洞，当地人称"天师洞"。传说当年道家的祖师张陵来此创教之时，曾率众在此修炼，最后天师得道成仙，在云岭羽化而去。而今，按照"隐蔽、分散、靠山、钻洞"的三线建设方针，这山洞自然成为最理想的一处科研生产场所。只是山洞在险峻的半山上，路还没有修通，洞也没有整治，所以而今还保持着原始的形态。

几十台军车一下涌进这狭窄的山沟，两百多个不速之客的到来，骤然使这里变得热闹和拥挤起来。

山麓下，一群群人正在忙碌着，十几台挖掘机和几十台装载车正在山沟里奔忙，一片片新开垦的土地裸露了出来，一切虽然显得井然有序，但一切又显得杂乱无章。这里没有大楼，没有厂房，更没有职工居住的宿舍。在高高低低的溪沟边新辟出来的地方，是一排排用楠竹和牛毛毡搭成的棚子，棚子上编着号，棚子外面写着"抓好三线建设，让毛主席睡好觉"之类的标语。大家猜想，这大概就是职工居住的宿舍了；在高处稍微平坦的山坡上，星罗棋布支着十几顶军用帐篷，帐篷上挂着"指挥部""基建组""人保组""后勤组"等木牌，也写着"开天辟地，艰苦创业"之类的大标语。大家猜想，这大概就是院机关办公的地方了。

这些棚子和帐篷，是由先期到来打前站的人，在当地政府和民工支援下，夜以继日搭建起来的。

"同志们，我代表院里基地筹备处，对大家的到来，表示热烈的欢迎！这里，将来就是我们科研生产基地所在的地方！"先期到达这里的基地负责人庞副院长，见大家呆呆地望着眼前的一切，站在路边不知所措，他跳上一块大石头，用手在山中画了一个圈，大声对新来的同志讲道，"大家都看见了，这里现在确实很荒凉，真是一穷二白呀，大家肯定会感到失望！但我们来到这里，不是来抱孙子、逛大街享福的，是来这里开天辟地、重新创业的——大家请相信我庞大山，眼前的困难只是暂时的，将来面包会有的，粮食也会有的！"

山里吹拂着冷冷的风，小溪里流淌着潺潺的水。现场静悄悄的，只有庞副院长那高大而瘦弱的身子挺立在高处，花白的头发在冷风里飘拂，沙哑的声音在山风里回响。讲话中，他引用着电影《列宁在十月》中的台词来给大家鼓劲打气。

"同志们，眼前我们所面临的，是有些困难，但这点困难算什么！比起我们当年长征时吃树皮、啃草根；比起我们打小日本，在南泥湾开荒种地时好多了！那时，我们住的是地窖，吃的是清水煮杨树叶，可照样把南泥湾变成了陕北的好江南！"庞副院长已经50多岁了，他是个老红军，四川巴中县人，当年随红四方面军两过雪山草地，参加过抗战，打过老蒋，几十年南征北战，战功卓著，身上留有七八处伤疤，虽然他文化程度不高，但他率真耿直，处处身先士卒，在院里威望很高。

停了停，庞副院长双手叉腰，接着讲道："同志们，我们是敢打硬仗的军工战士，是一支拖不垮打不散的队伍！如今我们来到这里，就要像打一场恶仗那样，攻下这些山头，抢占这里的制高点，在这穷山恶水中，建设出一个新的科研生产基地来！不久的将来，这里会有我们的实验室和试制车间，会有我们的办公大楼，会有我们的职工宿舍，也会有医院、食堂和俱乐部，还会有我们孩子们的学校、幼儿园！我实话告诉大家，将来这里除了没有火葬场，什么都会有！我们来到这里，能为国家建设出一个崭新的、现代的科研生产基地来，这是多么光荣和神圣的事业啊！……"

庞副院长讲话时，大家都静静地仰视着他，没有人说话。

"同志们，我们来到这里，就要把根扎在这里！"最后，庞副院长提高了声音，"我已经决定，不久就把我老伴和儿女，全都接到这里来！为了备战备荒，我愿在这三线建设基地，献出自己的余生；死了，就埋在这云岭山上，永远和大家在一起！……"

听到这里，大家的情绪一下被鼓动起来，现场响起热烈的掌声。

庞副院长讲完话，伸手将一个穿皮夹克的中年人拉上那块石头，接着对大家讲道："我给大家介绍一下，这位是国务院三线建设办公室规划局王庆东局长，是专门从成都赶到这里来看望大家的——下面欢迎他讲话！"

"同志们，大家一路辛苦了！我代表三线建设办公室，向大家表示亲切的慰问！向来参加西南三线建设的同志们，表示崇高的敬意！"王庆东局长站在石头上，举目环视了一下现场，用他那带着江浙口音的普通话大声讲道，"该讲的，刚才你们庞副院长已经讲了！是的，我们要用自己的双手，在这里建设出一个全新的国防科研、生产基地来！这里，将来不但是一个现代化的科研和生产基地，也是一个功能齐全、美丽可爱的小城镇！我希望新来的同志们尽快安顿下来，首先投入到这里的通路、通水、通电的'三通'之中，抓好基本建设，贯彻三线建设指挥部'先生产后生活'的方针，尽快投入科研生产！"

"艰苦创业，抓好新基地建设！"王局长话音一落，站在旁边的基地指挥部人保组长袁挺军突然举起手臂，呼起口号来！

"艰苦创业，抓好新基地建设！……"现场的人们情绪被鼓动起来，也跟着呼起口号来！

听庞副院长和王局长这样一讲，袁组长的口号一呼，大家还能说什么呢？在那政治挂帅，激情澎湃的年月里，新来的这些人，虽见眼前的一切和他们想象中的情形相差甚远，甚至完全出乎意料，但没有一个人发牢骚，没有一个人讲怨言，更没有人提任何条件，心里反倒是热乎乎的，对未来充满着美好憧憬和希望。

"刘广林！"王局长讲完话，后勤组长王平章拿出名单，开始对新来的人做出安排。

"到！"

"你带总体研究室的人，住1号宿舍！"

"知道了。"

"马能光！"

"到！"

"你带机动处的人，住2号宿舍！"

"好，机动处的人跟我来！"

大家按照后勤组的安排，被点到名字的人，立即背着行李就往自己住的牛毛毡棚走去。不到一刻工夫，所有的人就安顿下来——是啊，这样的情景，恐怕是现在的青年们难以想象的。但毋庸置疑，那首"毛主席的战士最听党的话，哪里需要到哪里去，哪里艰苦哪安家"的歌儿，可不是像如今有的流行歌曲那样是唱着玩的，那就是当时人们的精神境界和组织纪律的真实写照啊！

"吕工，你们夫妇俩带着几个孩子，对你们做了点特殊安排。"人们背着行李渐渐散去，后勤组王组长走到吕振华跟前，对他说道，"你们一家人，临时安排住在老乡家。这里条件不好，你们克服一下，将来职工宿舍建起来就好了。"

"感谢组织照顾，我们服从安排。"

"你们一家人的粮食、副食我会让职工食堂单独拨给你们的。"王平章说，"那，我们就把你们交给生产队的周队长了——有什么困难，可以随时来找我们。"

5. 竹根相连的缘分

这里叫作云雾村。

因云溪河与雾溪河在这里交汇而得名。

云溪河与雾溪河流到这里，不期汇合之后，却遇几块巨石挡住去路，千百年来河水的冲刷，便在这里冲刷出一小块平地来。

在这块竹木葱茏的平地上，有一个偏僻的村庄，住着百十户人家。村口上，那根老态龙钟的麻柳树，述说着这里的窘迫和沧桑。抬眼一看，村里除了几间瓦房，其余都是高低错落的草房。分配吕振华他们一家暂住的房子位于村口上，房东看来也不富裕，住的是几间破旧的草房；房子后边是一个猪圈，圈里养着一头猪仔。猪圈另一边，临时用竹子夹成了解手的茅房。由于吕振华一家到来，主人家腾出自己的卧房给了他们，自己则去住了偏房。

"哦，你们来了？"房东是一对年老的夫妇。大爷清癯瘦高，头上包着一块白帕，身板还算健朗；大娘慈眉善眼，一个典型的山里家庭主妇。他们带着一个 10 来岁的小孙子，见生产队长周正能领着吕振华一家人到来，大爷连忙从他们肩上接过行李，把他们迎到院坝里。他们的小孙子大名叫作吕家龙，小名叫刺梨儿，此时正躲在门后边，瞪着两只大眼睛望着来到他家的客人。两个老人虽满脸堆笑，但却尴尬地搓着手，露出满脸的歉意，"我们这里条件不好，又脏又乱，委屈你们了。"

"哪里哪里，老人家，给你们添麻烦了。"吕振华说。

走进屋来，房顶没有亮瓦，里面很昏暗；屋里也没有窗户，地面很潮湿。房屋虽很破旧，但房东已打扫得干干净净。屋子里，铺着两张床，一张是破旧的旧式老牙床，一张是房东临时用竹子搭起来的简易床，上面铺着新鲜的谷草。

"没有办法，没有办法。"房东大爷愧疚地对吕振华嗫嚅道，"我们这山里头，条件不好，条件不好……"

"不错不错！这样就行了、行了。"吕振华说着，招呼妻子和孩子们进屋，他放下行李，递给老人一支烟，"请问，您老贵姓呀？"

"我姓吕，工分本上的名字叫吕显成。"老人推掉吕振华递上的香烟，指了指腰上的旱烟袋。

"哎呀，缘分缘分！这就应了一句老话，四川人竹根亲哪！"吕振华闻言有点惊喜地说道，"吕大爷，我也姓吕，我们还是一家人哪——哦，您是'显'字辈，我是'振'字辈，您还是我的老辈子呢！"

"哦——这位同志，听你的口音，你是本地人？"

"是呀是呀，我叫吕振华，就是离这里不远的凉风垭白果村的人哪！"吕振华回答说。

"哦，你凉风垭的人哪！认真说起来，那你还真是吕家祠堂的小字辈了！"吕大爷听说吕振华是当地人，而且和他还是宗亲关系，他有些惊讶了，"那你怎么……"

"我是土改那年，从凉风垭当兵出去的呀！"

"哦，难怪难怪。我看你既有当兵的人那种虎气，又有读书人那样的礼数。"吕大爷接着说道，"那你这是重归故里、衣锦还乡呀！"

"哪里哪里！我们当兵的人，四海为家，是哪里需要就到哪里去呀！"吕振华说，"山不转水转，没想到又转了回来呀！"

"好好好，吕家的祖坟在这里，祠堂也在这里，认祖归宗，这是好事呀。"吕大爷听吕振华这样一说，顿时少了些拘谨，脸上有些生动起来，"听老一辈人说，我们吕家的老祖爷还是湖广填四川时，从湖北孝感迁过来的——说起来，我们还真是一家人哪！那你们到我家里来，就更不要客气了。"

"是呀是呀，我们刚回四川，第一个就碰到我们吕家老辈子，这真是缘分哪！"

"嗯，你是凉风垭白果村的人，那——"吕大爷突然像想起了什么，"那白果村的吕显泽，你认识吧？"

"哦，吕显泽，那是我父亲哪！"

"哦——"吕大爷哦了一声，脸上露出惊异的神色，随即表情又凝重起来，他掏出烟袋，手有点颤抖地裹了一杆烟，半天才点燃火。

"老辈子，您认识我父亲？"吕振华见状，有点诧异起来。

"嗯，认识认识……"吕大爷叭了一口烟，"说起来，他还是我的远房叔伯弟兄，前些年，逢年过节我们都还有来往，可——唉！"

"哦，那您就是我的叔爷呀！"吕振华敏锐地从吕大爷的神情和口吻中感觉到了什么，他想问什么，但话到嘴边又停住了，"可惜他老人家已经走了几年了……"

"是呀，他老哥子已走了好几年了……"太阳已移向中天，生产队长把吕振华他们一家安顿好后，又到别家张罗去了。吕大爷停住话头，抖了抖烟灰，话头一转，"你们在路上走了这么长时间，崽娃们都饿了吧？你叔娘把饭煮好了，我这当老辈子的，也没有什么好招待你们，那就将就吃碗饭吧！"

"好，给您老添麻烦了。"吕振华犹豫了一下，点点头。

吕振华知道，云岭这地方，山高路陡，贫瘠偏僻，农民生活很苦。这里的村民们逢年过节或招待客人，一般的人家是弄几个素菜，炒几个鸡蛋，偶尔也见一点油荤；殷实一些的人家，则会忍痛杀一只鸡，做半锅菜豆花，再打上几两红苕酒。但，吕振华曾听白果村的毛根朋友林牛儿来信说过，自打那年人民公社成立后，农民们都是大呼隆上坡搞生产，日子是越过越紧巴了。这里一个全劳力出一天工，大约能挣1角多钱；一人一年大约能分100来斤谷子，外加一些红苕苞谷之类。青黄不接时，多数农民只能以瓜菜充饥。遇上灾荒，则只能以糠菜喂肚皮了。即使是秋收时节，农户们也不敢奢侈，他们喝的稀饭或苞谷羹，多数人的碗里能照见人影，时常是活人和碗里的人争相抢喝着碗里的东西。

当然吕振华也知道，山里人豪爽贤惠，待客胜过家人，今天初来乍到，是绝不能不领主人这番盛情的；否则，他们会认为客人看不起自己。

一家人在堂屋里坐下。吕大娘把菜端上来了，一碗凉拌萝卜丝，一碗炒黄豆，一碗南瓜汤，一碗酸咸菜，菜和汤中没有一星油荤。几个崽娃刚坐上桌子，没想到吕大娘又端出一小撮箕炒花生，捧出一个酒坛来。

"没有什么好招待你们。"吕大爷将那酒坛上的泥巴擦了擦，对吕振华说道，"四川人讲，无酒不成席——这坛酒呀，我在屋背后埋了好多年，舍不得喝。今天我们吕家的小辈子从那么远的地方来，我们俩叔侄无论如何都要喝上一点！"

"哎呀，叔爷，您这是好酒呀！"吕大爷把酒坛的泥封一打开，一阵扑鼻的酒香就在屋里弥漫开来，吕振华鼻翼抽动了几下，惊喜地问，"这是什么酒，是哪里出的呀？这么香。"

"说来不怕侄子见笑，我家祖祖辈辈原先都是烤酒匠呀！这酒，原名叫'雾河春'，在这望远县地界里，那是无人不知无人不晓呀！"吕大爷说，"后来，不准搞单干，酒坊归公了，我也只好带着你叔娘和崽娃，回老家来分几亩地过日子——来，你尝尝。"

"好酒、好酒！"吕振华端起吕大爷递上的酒碗，品了一口，连声赞叹，"我到北方这么多年，还从来没喝过这样的好酒！它既有茅台的醇厚，也有五粮液的甘洌——可惜可惜！叔爷，您这祖传的手艺失传了真可惜呀！"

"唉，现在地里打的粮食连人都吃不饱，哪里还有粮食用来烤酒呀！"吕大爷叹了口气，摇了摇头，"侄子呀，我也好久没喝酒了，今天我陪你好好喝两杯。没有菜，只能花生下酒了。"

"喝酒要什么菜呀！我们四川人不是说：花生下酒，是越喝越有啊！"

寒暄几句，吕大爷见大家都在看着他们叔侄谈酒，赶紧招呼老伴给把饭端上来——哎，几大斗碗干白饭！油浸浸的干饭一端上来，几个崽娃大概是饿坏了，盯着那白亮亮的干饭，眼睛一下便绿了起来。吕大爷尴尬地对吕振华笑了笑："没什么好招待你们，只是吃顿便饭、吃顿便饭……"

吕振华眼尖，见吕大娘给文秀和几个孩子端上来的这几碗干白饭，每碗饭下面都埋着一个白生生的鸡蛋。看得出，粮食在这家人眼中，简直就是珍珠玛瑙，更不用说鸡蛋了。吕振华扭头一看，见吕大娘和刺梨儿那碗里，只有上面薄薄一层饭，而下面全是白萝卜块，更没有鸡蛋！刺梨儿端着那碗萝卜饭，大失所望，眼泪汪汪地一会儿抬头看看他爷爷，一会儿看看他婆婆。

"我的老叔爷呀，您这样咋个要得！"吕振华端起家人的几碗干白饭，走进厨房，一下全倒进了那菜锅里，搅拌了几下，他给所有的人一人添了一碗，又把文秀碗里的那个鸡蛋埋在了刺梨儿碗里。吕大爷和吕大娘见状着了急，急得眼泪快要流出来："吕同志——不，振华侄子，你不给我们面子、不给面子……"

"不，叔爷、叔娘，是你们不给我面子！"吕振华指了指吕家骏几个孩子，认真地说道，"让孩子们多吃些蔬菜，多补充些维生素吧！我们到这里来，吃的还是国家的供应粮，等我们把粮食和副食领回来后，叔娘以后您煮饭，无论老的小的，吃的伙食都要一模一样！"

6. 在不平静的夜色中

今夜山里无大风。

一弯月牙恬静地依偎在黛色的山岚。云岭山中的夜，入耳的只有草木的呢喃，山涧舔石的私语，偶尔伴着村里传来的一二声牛哞狗吠。走出门来，风是新的凉的，夹杂着些许山中的草香和药香，漫沁全身。此时此刻，人置身其中，灵魂和肉体仿佛都变得纯净而透明。

掀开门帘，庞副院长拿着一支手电，保卫组长袁挺军、后勤组长王平章，还有女工主任余小雨，他们提着一盏马灯，紧随其后。走出帐篷，他们沿着一条新掘出来的小路，朝职工栖身的牛毛毡棚走去。

他们要去查房，去看看这些新来的职工。

院机关的帐篷离职工居住的牛毛毡棚隔着一个小山坡，站在高处举眼望去，那一排排牛毛毡棚门口都吊着一盏马灯。那些马灯在漆黑的夜色里闪着昏黄的光泽，给这静谧的大山深处带来些许的光明和生气。这些马灯通夜都会亮着，一来可以驱赶野兽，二来也方便起夜的职工。

庞副院长打着手电，沿着小山坡下来，首先走到一个男职工住的牛毛毡棚门口，见门口的马灯亮着外，棚子里还亮着灯，便掀开门上的竹席走了进去。

屋子里亮着另一盏马灯。

棚子里摆着五六间用竹子和木头绑扎起来的大通铺，铺上铺着今年新鲜的干谷草，住着三四十个新同志。经过几天几夜旅途的劳顿，这些同志大概已极度疲惫了，横七竖八地躺在大铺上，时断时续忽高忽低地响着鼾声。

铺位上没有蚊帐。棚子里弥漫着呛人的烟雾。通道中间的两个破瓦盆里，燃着半干半湿的蒿草，驱赶着可恶的蚊虫——虽然已到深秋，但山里的秋蚊虫依然猖獗，这些蚊虫个大嘴利，咬在人身上就是一个大包，如不及时涂上万金油风油精之类，皮肤还会发炎溃烂。

棚子里所有的同志都进入了梦乡，唯有棚子中间的马灯下，还坐着一个年轻人，正趴在床铺上写着什么。听见有人进来，他抬起头来，看了进来的人一眼，站起来招呼道："啊，庞副院长……"

"嘘——"庞副院长将指头放在嘴边，表示他不要吱声，以免影响大家休息。

像战争年代当连长时查铺一样，庞副院长带着几位干部，逐一查看熟睡的同志们。他一会儿将有人掀开的被子盖上，一会儿又将有人露在外面的手脚轻轻放进被子里。末了，又仔细查看了两个瓦盆里阴烧着的蒿草。最后，他走到这个还没睡觉的青年跟前，低声地问道："怎么还没睡呀？"

"今天刚来，睡不着……"那青年推了推鼻梁上的眼镜，有点腼腆地回答。

"你在写什么呀？"庞副院长问。

"我、我想把今天进山后看到的情形记下来。"那年轻人回答。

"哦，你还真是个有心人。"庞副院长赞许地点点头，"你是多久到院里来的？我怎么不认识你呀！"

"报告庞副院长，我叫郑之光，去年从北京航空学院毕业，分配到院里来的，在总体研究室吕振华老师的课题组。"

"哦，你在吕振华的课题组，搞激光工程项目？"庞副院长说，"那，你是学光电专业的吧？"

"是。"那青年回答。

"是本科还是研究生哪？"庞副院长又问。

"研究生。"

"吆,我们院里研究生不多呀,好好干!这么晚了,早点睡吧。"庞副院长爱怜地看了这个叫郑之光的青年一眼,准备转身离去,突然他像又想起什么,回头问道,"小郑哪,你一进山来就忙着写感想,如不忌讳,能给我看看吗?"

郑之光迟疑了一下,将手里的日记本递给了庞副院长。

庞副院长此举,大概是想了解一下新来的同志思想状况吧。他打开日记本,却从里面落出一页稿笺来。庞副院长捡起那张稿笺,见上面写着一首诗歌,标题叫作《疆场断想》。庞副院长将那页稿笺凑近灯光,那隽秀的字迹便落入他的眼帘:

大漠黄沙

望瘦天涯

几片黑色的羽毛

抖落于祁连山下

目之所及的无非是

断壁残垣

枯树昏鸦

朝不见秦皇战车

暮未闻汉武马铃

剽悍的热血

早已蒸发

壮士的头颅

早已风化

那惊天动地的厮杀声

早已跌落于草叶

化作妻儿脸上的泪行

呐喊也罢呻吟也罢

冲锋也罢溃散也罢

只有天边那轮白色的太阳

注视着这人间的杀戮

一言不发

尽管那块枯萎的石碑

总想呜咽着说点什么

战争和平

和平战争

可这人世间的有些事情

能说得清么

岁月老矣

唯有哀鸿去处的那弯孤月

钓起一些

人世沧桑

人生苍凉……

"小郑，你这诗歌写得很好呀！"庞副院长说，"但，看来你写的不是这川西的景象，好像是西北的戈壁呀！"

"是。"郑之光说，"这是去年刚到院里时，就跟着吕振华老师到西北酒泉做试验，在那里写的，我想再改一改。"

"不错不错，刚到院里就去戈壁了。"庞副院长赞道，"而今，你又跟着吕老师到这三线来，这里的条件，不比戈壁滩好呀！"

"不，这里的条件比戈壁滩好多了。"郑之光说，"这里虽地处大山深沟，可这里有山有水，植被也繁茂。现在虽然条件差点，但正如您今天讲的，经过我们的建设，将来一切都会好起来的。"

"不错！"庞副院长握了握小郑的手，"你们还年轻，将来这里建设好了，一切都是你们年轻人的了——好，小伙子，早点睡吧，明天还要工作呢！"

庞副院长一行查完10余个棚子，夜已经很深了，山岚上的那弯孤月，已移向了西边。他们打着手电，提着马灯，穿过一片低矮的灌木丛，沿着小路爬上山坡，正准备回院机关的帐篷去——突然，提着马灯走在前面的王平章一惊，一下站住了，突地给身后的几个人做了个手势，迅速蹲了下来！

这个王平章，也曾当过兵，因机智敏捷身手不凡，还给庞副院长当过警卫员，那年庞副院长在军区当副参谋长时，他随他一起转业到了地方。刚才，他分明看见，在不远的山坡上，有4道绿莹莹的光亮，在黑蒙蒙的夜色中游移——啊，这不是萤火，也不是磷光，凭着直觉，他断定这是两只野兽的眼睛！

走在后边的庞副院长和袁挺军、余小雨见王平章一下站住，给他们摆手，也惊了一下。略一定神，他们马上就明白了什么。庞副院长不愧是久经沙场的老兵，他一下从腰上拔出手枪，顺手在裤腿上一擦，子弹就推上了膛。

袁挺军也是当兵出身，他见前面两人的举动，一下就将余小雨挡在身后，也迅速掏出手枪，子弹也快速推上了膛。

眼前是什么野兽呢？老虎？豹子？还是豺狗？庞副院长也蹲了下来，举起手电对着前面那绿光射去——啊，迎面而来的是一头硕大的野猪！电光照向它，它不但不跑，竟然还穿过草丛，大摇大摆地朝几个人走来！

"来吧，我还正愁不能改善同志们的伙食呢！小王，你退后！"庞副院长闪过身子，靠在了一块石头边，小声对身边的袁挺军说道，"它再上前，听我口令，打它的眼睛！"

"砰！砰！"随着两声枪响，只听前方一声尖利的嗥叫，被枪弹击中的那头野猪一下惊跳起来，亡命地对着坡下几个人藏身的地方蹿了上来！

说时迟那时快，在马灯和手电的灯光照射下，几个人见野猪疯狂地蹿了上来，赶紧往旁边一让，庞副院长和袁挺军顺势又对着那头受伤的野猪连开了两枪！那头被子弹击中的野猪，更加凄厉地嗥叫着，嗖地一下就从旁边蹿了过去，茫然地向前跑了一段路后，"咚"的一声，骨碌碌地滚到了山坡下去！

后面那头野猪，听见枪响，也嗥叫一声，一下蹦了起来，转身就窜进旁边的灌木丛里，消失在茫茫的夜色之中。

"我这一颗子弹，至少从这蠢猪的眼窝穿到它的后颈窝！"庞副院长见眼前没有了动静，扬了扬手中的那支"五四"式手枪，对袁挺军他们说道。这支枪，还是他初入川时，去拜会他的老战友、成都军区梁司令时，梁司令员见当时整个社会乱糟糟的，各地造反派武斗依然频繁，何况他还要钻深山老林，亲自送给他防身用的。

"那是肯定的。庞院长，谁不知道您是当年部队里出了名的神枪手呀！"袁挺军说，"我的这一枪，也八九不离十！明天找到那头瘟猪，看看枪眼就知道了！"

"我敢肯定，这头蠢猪跑不远了——小王，明天叫你们后勤组的人到山下找一找，找到后好好地犒劳一下新来的同志们！"庞副院长叮嘱王平章。

"好，天一亮，我就和炊事班的同志们去找！"王平章点头应声道，"找到它，明天让工地上的同志们好好打个牙祭，也给新来的同志接个风！"

"不过……"庞副院长沉吟了一下，对袁挺军、王平章和余小雨说道，"你们对新来的职工，特别是女同志，要进一步加强安全教育，晚上一定不能单独出门，要防备野兽的袭击。另外，在每间棚子里放上两只尿桶，半夜大家解手就不要出门了。还有，告诉大家，没有事一定不能到大山中去转悠，免得迷路转不出来！"

7. 痛彻心扉的往事

庞副院长和袁组长的几声枪响，犹如在空旷的荒野中炸响几个鞭炮，几声野猪凄厉的嗥叫，也并没有怎么惊动熟睡中的同志们。一阵嘈杂声后，整个山谷又归于平静之中。

云雾村村头上。

一盏桐油灯在风里摇曳着，发出暗淡的光泽。斑驳的墙壁上，映照出吕振华和吕大爷两人的身影。屋外静悄悄的，只有秋蚕不时发出吱吱的鸣叫，只有山风吹拂着门外那根黄葛树的枝叶，不时发出低低的声响。

山里的天黑得早，妻子文秀和孩子们几天几夜的旅途奔波，都很疲倦，早早就洗脸洗脚睡了。吕振华睡不着，他走出房门，见吕大爷一个人还在堂屋的油灯下搓草绳。他端张凳子在吕大爷面前坐了下来，犹豫了一下，他小心地问道："叔爷呀，今天白天人多，我没好问您，家里怎么只有您和叔娘，还有刺梨儿，没见您儿子和儿媳呢？"

吕大爷嘴唇动了一下，没有说话，依然埋头搓着手中的草绳。

"您儿子和媳妇在外面工作吧？"

吕大爷摇了摇头。

"那，是走亲戚去了吧？"

"死了……"沉默良久，吕大爷声音喑哑地吐出两个字来。

"怎么？您儿子和媳妇都……"吕振华闻言一惊，停了停，他才又谨慎地接着问道，"他们年纪应该都不大呀！怎么……"

"算起来，我那幺儿毛狗今年才32岁，是死得早了点……"吕大爷面无表情，继续搓着手上的草绳。停了一阵，他才又淡淡地说道，"去年热天，县里组织民工参加成昆铁路建设，他报名去了……去了才两个月，打山洞时塌了方，埋在洞里了……"

"哦，修成昆铁路呀……"吕振华闻言，垂下头半天没再说话。他为自己的冒失触动了老人的伤心处，暗自感到有些后悔。

吕振华当然知道，修建成昆铁路，是国家三线建设中一个极其重要的工程。当时，国家总体的战略构想，是想利用那里丰富的矿产资源，建设一个大型的钢铁厂，以应战争时期战略物资之需。参加修建这条铁路的，有铁道兵和民工10多万人。这条铁路所经之地，几乎都是崇山峻岭，不但要穿越彝族世居的大小凉山，而且还要通过地质条件最复杂的区域。修建这条铁路线，除了架桥就是打洞，施工条件极其艰苦，机械化程度极低，几乎全靠人工开山劈岭、打眼放炮、人推肩扛，所付出的代价简直难以想象——有人计算过，成昆铁路每向前推进1公里，就有2个铁道兵或民工牺牲，就有5个人致伤致残。

"唉——"过了许久，吕振华长长地叹了口气，他才又小心地安慰吕大爷道，"人走如灯灭。您孙子刺梨儿还在，您老人家还要放宽心哪……"

"你这兄弟死了，勉强还算个烈士，政府一次性补助了我们60块钱，生产队补助了300个工分、100斤粮食……比大的两个小子还好一点——他那两个哥，小小年纪得了病，就打了嫩尖……"吕大爷依然面无表情，或许是他这辈子饱经沧桑，经历了太多的生离死别，把巨大的悲痛都深深埋在了心底吧。

"那兄弟媳妇呢？"吕振华犹豫一下，问。

"毛狗死后，他媳妇到他死的工地上去了一趟，回来脑筋就糊涂了，天天哭闹着沿着出山的路乱跑……今年热天，我们没看好她，她跑出去遇到暴雨，滚到岩下去了……"

沉默。两人久久没再说一句话。

"唉——"良久，吕大爷长长地叹了口气，停住手里的活计，点燃一杆烟。沉吟许久，又才开口说了话，"侄儿呀，有件事，我原本不想跟你说，但如今你回来了，这事你迟早也会晓得的，我还是跟你说了吧……"

"您是说我爹的事吧？……"吕振华此时已敏锐地感觉到吕大爷要给他说什么了。白天，当吕大爷谈到他父亲时，他的表情和口气里，明显地隐瞒着什么。今天晚上，他原本就是想找机会问问他的。

"你爹是怎么死的，我跟你说了，你知道就是了……这些事，跟外人还真不好说呀！"吕大爷缓缓地说道，"你爹，死得有些冤哪……唉，想起来就叫人心头难受呀！"

"叔爷，您说，我听着。"

"你爹原本是不该死的……"吕大爷点燃一杆烟，随着烟头一明一灭，他声音低沉地讲了起来：

吕振华的父亲死于三年自然灾害时期。

1958 年，在如火如荼的"大跃进"运动中，为了跑步进入共产主义，吕振华的家乡，虽地处大山之中，也被卷入了这场运动之中。他的家乡凉风垭先是办起了初级社，后来又办起了高级社，紧接着又成立了人民公社。公社成立后，全体村民土地归了公，牲口和农具也集中到了生产队。每天天不亮，上工的钟声一响，一二百号人大呼隆地集体上坡；天色晚了，这才收工回来。

同时，为了消灭私有制，公社还规定，社员家中严禁个人开伙，连菜刀铁锅也投进了高炉，由生产队办起了公共食堂。到了吃饭时间，大人小孩就欢天喜地拿个大碗到食堂去开饭。

刚开始，人民公社提出的口号是："敞开肚皮吃，甩开膀子干。"不错，食堂里大锅的菜，大甑的饭，真让社员们敞开肚皮吃，吃得大人小孩眉开眼笑。然好景不长，大概过了不到两个月，农村的壮汉大嫂们被抽到外面"大办钢铁"去了，队里就留下一些老弱病残，田里的庄稼无人种，地里的粮食无人收，就连埋在坡上的红苕也无人挖出来。

由于坐吃山空，加上连年的自然灾害，到了第二年，在极度缺粮、僧多粥少的境况下，队里要维持公共食堂的运转就日益艰难了。刚开始，公社领导还提出了"忙时吃干，闲时吃稀""粮食不够瓜菜代"的吃粮方针。可到后来，这个方针也行不通了，无论忙时闲时，吃干吃稀都不可能，社员们连吃瓜菜活命也困难了。饥饿到了极点的村民们，不管是树皮草根还是泥土，只要能填肚皮的东西都往嘴里塞。

吕振华的父亲年纪大了，且体弱多病，早已不能上坡去挣工分了。老人家也同全村的人一样，每天都在饥饿中艰难度日，从早到晚就眼巴巴地等着食堂"开饭"。这样，他老人家一直熬到了 1960 年——可让人没想到的是，就在这年春天，他老父亲竟然活活给气死了！

事情的缘由是：这年青黄不接时，饿得饥肠辘辘的老父亲，一天正坐在院坝晒太阳，突然看见邻家的鸡不知从哪里刨出来一只红苕，饿急了的老父亲没往深处想，起身从鸡嗉下捡起那只红苕，在柴火灰里烤熟后，填喂了自己空瘪的肚皮——岂不知，他的这一举动，被人报告了队里的干部，说他偷吃了生产队的苕种！

这还了得！在那饥荒的年代里，荒唐的事总是层出不穷。要是换了别人，恐怕就为这样一个苕种，就会被扣上一顶破坏农业生产的帽子，就会叫来几个民兵，一根篾索给捆到公社去！好在吕振华的父亲年纪大了，好歹也算个读书人，生产队干部对他还格外开恩，没有捆他打他斗争他，只是不分青红皂白地将他训斥一顿后，叫食堂扣掉他的口粮，两天不给饭吃！

真是黄泥滚裤裆，不是屎也是屎。老人有口不能辩，有冤无处申！吕振华父亲先前做过私塾先生，做的是教书育人的事。一个读书人，最看重的就是自己的名节，最看不起的就是那种鸡鸣狗盗之人。活了几十年，老人哪里受过如此天大的侮辱！生产队干部走后，在此后几天时间里，他躺在床上一言不发不吃不喝，只是将两只浑浊的眼睛死死地盯住昏暗的屋顶。吕振华母亲从食堂打回一点东西来，省下半碗稀羹或半个红苕给他，他连看也不看一眼，更不说张嘴了。

"你好歹也要吃一点东西呀，我们大家都省一口，熬过这两天就好了。"吕振华母亲和乡邻们不断地劝慰他哀求他。

"我自己惹的事自己负责，不关你们的事。"老人半天不说一句话，最后只从牙缝里挤出几个字来，"我，清清白白活了一辈子，竟然给我栽上'偷'这个字！……"

老人从那天起，就是不肯进一口食，不喝一口水。拖了三四天，拖到第四天凌晨，他带着哀怨绝食离世了！老人离世时，早已瘦骨嶙峋不忍目睹了……

吕振华的母亲伤心过度，第二年也撒手人寰，跟老头子走了……

"侄儿呀，你爹死得冤枉啊，左邻右舍的人说起，都心酸得很……"吕大爷讲完，又裹起一杆烟，吧嗒吧嗒吸着，半天没再说话。良久，他才又断断续续说道，"侄儿哪，你在外头当兵打仗，在外面为国家做事，可……"

吕振华在听吕大爷讲述时，他只是紧紧咬着嘴唇，没说一句话。昏暗的夜色中，两道黑色的泪水，无声无息地从他脸颊上滚落下来……

一股冷冷的风从墙缝透了进来，桐油灯的火苗在风里摇曳着。灯里的油快熬干了，眼看就要熄灭了。

在这个寒彻心扉的夜晚，吕振华在床上辗转反侧，一夜未眠，往事一幕幕在他眼前闪现，只有无声的眼泪，浇湿了他的枕巾和被单。

哦，兵灾、匪患、饥荒、疾病、贫穷……千百年来，像一根根粗粝的绳索，紧紧地勒在这些山里人脖子上，他们世世代代脸朝黄土背朝天，在这块贫瘠的土地上，像病鸡刨食一样艰难生存着——这，何时才能到头呀！

8. 自古忠孝不能两全

来到云岭已是半个月了，由于初来乍到，吕振华每天忙着组织同志们搭建帐篷，熟悉环境，提前做好科研准备工作。好不容易，今天他终于腾出时间来，带着妻子和孩子们，要回到他老家白果村去。

那是生他养他的地方。

一条古老崎岖的石板路，蜿蜒着伸向那重重叠叠的山岭之中。时而，它一头扎进幽幽的山谷；时而，它又悄悄藏进茂密的草丛——好了，走了个把小时，爬上凉风垭口，就可以看见他家祖辈生活的白果村了。

吕振华记得，少年时从学堂回家，走到这垭口上，便会坐在那块凉冰冰的青石板上歇歇脚。然后，拿起村里人为过路人备下的水碗，喝一碗路边岩缝中沁出来的甜丝丝的泉水，倚靠在旁边的黄葛树上，半眯着眼睛，尽情地享受着山下吹来的飕飕凉风，尽情地呼吸着这山中湿润清新的空气，等一身的汗水收了，疲惫消了，再慢慢走回村里也不迟。

村口上，有雌雄两棵白果树，粗犷的树干直插云天，硕大的树冠遮住小半个村庄。一到果熟季节，那满树累累的果实，在山风里坠坠落落，煞是喜人。吕振华曾听父亲说过，这两棵白果树，还是明朝弘治年间所种，距今已有500多年的历史。

白果村因此树而得名。

留在吕振华童年和少年时代记忆中的村庄，这里虽然山高坡陡、土地贫瘠，虽说也灾荒不断，吃糠咽菜，但"少年不知愁滋味"，童年和少年的记忆依然是美好的。清晨，淡淡的雾岚抚吻着山上的竹林、田湾、墙院。大红公鸡得意地站在墙头上打鸣；羊儿猪崽，在绿茵茵的草坡上嬉戏撒欢；那竹丛草窝中的竹鸡斑鸠儿们，则是叽叽喳喳的了。

傍晚，橘红的夕阳熏染着袅袅的炊烟，白果树梢上摇曳着迷离的光影。收了锄的石二爷们，坐在村外的小溪边，细细地卷着叶子烟，捅着斑竹烟棒。末了，再看看日头，谈论起天气、庄稼、牛羊和收成。那一副副矜持、老练的面孔，俨然是气象的专家，农牧业的学者。姑娘和嫂子们呢，则在溪边洗菜洗衣服，末了，总是将一头秀发摆拂在清清的溪水中。

哦，那童年记忆中的白果村呢？

秋日的太阳爬上了天空，吕振华带着家人，慢慢走进村里。村口静悄悄的，除了一二声狗吠，没见一个人影。此时人们大概都上坡劳作去了吧？眼前的一切，让吕振华既感到熟悉而又陌生。

"来，家骏、家骢、家驹，你们看！"走过一片竹林后，吕振华指着前面一栋房子，对孩子们说道，"那里就是你们爷爷、婆婆和爸爸小时候生活的地方！"

穿过竹林掩映的小路，吕振华来到儿时生活的老屋前。这里，由于年久无人居住，门前杂草丛生，屋后苔藓斑驳，房上的椽子早已腐朽发黑，屋顶已多处坍塌了。吕振华走到院坝里，只见那两扇木门上，还隐约可以看见他儿时用小刀在上面刻下的两条似蛇非蛇、似龙非龙的画痕。吕振华记得，就是因为在这门上乱刻乱画，还被父亲用黄荆棍儿狠狠打过屁股。

吕家祖辈很早就在这里繁衍生息。吕振华的祖父在山里勉强还算个文化人，还开办过一间私塾，除了教授几个蒙童，还耕种着几亩土地。在这偏僻的山村里，也算一个有点见识的人。可到后来，由于土匪兵痞的抢掠骚扰，当地衙门军阀的盘剥压榨，到吕振华出生时，家道已经完全衰落了。

吕振华是家中的独子。尽管生活艰难，但父亲希图他长大后能出人头地，重兴家业，从小就要他学好文化。从三四岁起，就教他读《三字经》，背《百家姓》；稍大，父母从嘴里抠，从身上扒，省吃俭用，把他送到山外的学堂读书。到他读完初中后，父母年纪渐大身体日衰，他只好弃学回家帮父母耕种。

土改那年，朝鲜战争打响，吕振华那时已长大成人，他瞒着父母，和村里几个青年报名参加了中国人民志愿军。

得知儿子参军后，父亲一天没说话，他明白"国家有难，匹夫有责"的道理，可他母亲却哭了一整夜。离开村子那一天，父母送了他一程又一程，对他千叮咛万嘱咐，嘱咐他打完仗马上就回家来。吕振华离开家乡后，他所在的这支部队在朝鲜打了几年仗。直到战争结束了，他却没能回到家乡来。究其原因，战争结束后，因吕振华有些文化，个人表现也很好，部队决定让他报考哈尔滨军事工程学院。3年学习结束后，他被分配到军工保密单位，由于工作性质决定，从此他就隐姓埋名起来。

十多年过去了，远在家乡的父母望断云山，可也没能盼到儿子回来。这些年，吕振华除了向父母报个平安，定期给他们寄上生活费外，他根本不能告诉父母自己在干什么，父母也不知儿子为何不回家来。三年自然灾害时期，父母在盼儿的失望和绝望中相继离世。父母去世时，吕振华正在戈壁滩进行紧张的武器试验，根本不知道自己的父母去世的消息，也没有人告诉他父母离世的原因。

当吕振华做完试验回到基地时，他才看到家乡发来的电报——可已时过境迁了！拿着早已过期的电报，他躲进宿舍里，蒙着头整整昏睡了两天三夜。

常言道，自古忠孝不能两全啊！

如今，他回来了，终于回来了，来到了父母坟前。可除了眼前这两堆隆起的黄土，除了黄土上疯长的野草，他和生他养他的父母已是阴阳两隔，父子母子相见，只能在梦中了！

青烟。

一缕淡淡的青烟，从坟前袅袅升了起来。风吹来，那燃烧的纸屑像一只只黑色的蝴蝶，飘飞在荒草萋萋的坟堆上。

天阴霾着，没有秋日那个明媚的太阳，没有往日那片清亮的风光。坟前那两块墓碑，随着岁月的侵蚀，早已斑驳枯萎了。

"爹、母，儿吕振华带你们的儿媳妇、孙儿们来看你们来了……"吕振华摆上几只水果，点燃几支香烛后，他双膝一屈，在坟前跪了下来。还未开口，眼泪已从他脸上滑落下来。停了停，他才又喃喃地说道，"爹、母，这么多年了，儿无时无刻不在想念着你们啊……你们生我养我，可我没能替你们养老，也没能为你们送终……儿子不孝、不孝啊……"

香烟袅袅，荒草摇曳。

吕振华说完，他没有为父母焚烧纸钱，而是转身从包里拿出几本书，一页一页撕下焚烧给自己父母——这是他这些年来，从事科学研究出版的几本书，他想用这些焚烧的书页，告诉自己的父母，这些年来自己究竟在干什么，为什么没有回家来看望他们。常言道，知子莫如父；其实，知父也莫如子啊！吕振华知道，从小教他读《四书》《五经》的父亲，是个深明事理的人，只要看见他这些年来用心血写成的这些书页，定然会比领受儿子几百亿冥币更感到欣慰；父亲若能把这些书上的内容给母亲说说，慈善的母亲也定然会原谅他这不肖之子的。

可怜天下父母心！

缕缕青烟，升上天空，山风吹来，随风飘散。

"来，"吕振华烧完书页，招呼着几个孩子，"来给你们的爷爷、奶奶磕几个头。"

几个小儿顺从地照着父亲的样子，虔诚地给他们从未见过的爷爷、婆婆磕着头——儿孙们迟到的祭奠，其心也诚，其情可悯呀！

"你是水生……振华哥吧？！"

突然，身后有人叫了一声，把吕振华从哀痛和冥思中惊醒过来！

9. 你们的根在云岭

吕振华擦了一下眼睛，回过头来，见身后站着一个拿锄头的汉子，他身板壮实，脸色黧黑，长着满脸络腮胡子。

"你是……"吕振华见眼前这个他既熟悉又陌生的人，不敢贸然相认。

"振华哥，我是林牛儿，林家的老二建成呀！"

"哦，你原来是林牛儿——建成呀！你不说，真的不敢认你了。"吕振华站起身来，一把抓住他的手，"这一晃，已是十多年没见面了呀！"

"是呀是呀，水生哥，你这一走，就是好多年了呀！"那个叫林建成的人一把甩了锄头，紧紧拥住吕振华的肩头，仔细端详起这位儿时的伙伴来，"水生哥，你还是当兵走时那个样子，没多少变化呀！"

"嘻，老了，快到不惑之年了。"

"水生哥，你晓不晓得，你老爹盼你回来，临走时也闭不上眼；你老娘望你回来，哭瞎了眼睛呀！"

"唉，是呀是呀，一言难尽、一言难尽啊！"吕振华说着，眼睛又禁不住潮湿起来，"我这辈子，最对不起的就是我老爹老娘呀！……"

"走！到我家里坐坐。"林建成见吕振华他们祭奠仪式搞完，可久久还不愿离去，他指着文秀问道，"这位就是嫂子吧？"

"哦，忘了告诉你，这是你嫂子文秀。"随即，吕振华又指着几个孩子，"这是你几个侄子，老大叫家骏，老二叫家骢，老三叫家驹——来，叫二叔。"

"二叔好！"几个孩子叫着林建成。

"振华哥好福气，有这么几个活蹦乱跳的小子！"林建成问，"几个小子都多大了呀？"

"唉，几个浑小子，一个比一个捣蛋呀！"吕振华说，"老大13岁，老二12岁，老三10岁。"

"哪个父母不为儿女操心呀！"林建成转过话头，"水生哥，我们兄弟这么多年没见面，你回来该先跟我们打个招呼呀！"

"你们不是都在上班么？"

"嘻，队里的田土就这么多，如今上班也是混日子。"林建成说，"刚才，我在那边薅地，看见这边平白无故冒烟，就过来看看，没想到是你们！"

"是啊，住在山里，就怕山火呀！"

"不怕哥你笑话，而今我是这个生产队的队长，大小事都要管一管。哦，快收班了——走，到我家去坐坐！"

来到林建成家，他家看来也不宽裕，老屋也很破败了，除了院坝里跑着几只鸡鸭，屋角有一堆红苕外，四处也是空空荡荡的。

"你爹妈，媳妇和崽娃呢？"

"唉，爹妈都过世了，跟你老爹那一年走的。"建成给吕振华倒了一碗水，叹了口气说，"媳妇上坡去了，儿子姑娘上学去了。"

"我在村里看了看，现在村子怎么弄成这个样子了呀？"

"水生哥，你在外面不知道，这些年我们农村被折腾得苦呀……对外人，我还不好说，也不敢说！"

"是呀，我看这些年村子里不但没有变化，反倒更衰败了呀！"

"还是刚才你说那话，一言难尽、一言难尽啊！"

建成说：那一年，村里人响应政府的号召，地里的庄稼不种了，无数的人背着铺盖进了云岭山，疯了似的在山上打洞刨坑挖铁矿，砍了满山的树木烧铁矿。一个小高炉，一只大风箱，几根吹火筒，就炼起钢铁来。可最后，只丢下几坨咬不烂啃不动的狗屎铁，在荒草丛中日晒雨淋做着辛酸苦涩的梦。

钢铁没办成，几年前，从山下又来了一群人，不由分说砍了村里的桃树梨树广柑树，宰了社员们养的鸡鸭和鹅兔，喊的口号是"割尾巴"。最造孽的是这群人在村里一鼓动，说是要叫"三山五岳变良田"，硬叫全村的人铲了满坡的芭茅和草皮，刨了满山的树根和草根。

这样一来，原先那个绿茵茵青秀秀的山村，变得来就像一只拔光了毛的板鸭。

山岭上光秃秃的了，再也不能养牛养羊养蚕儿，再也不能上山打柴挖药捡菌子了。一下雨，泥土砂砾哗哗地涌进田里，清亮的溪里流着浑浊的黄汤，肥沃的田里覆盖着沙子，长出来的庄稼，稀稀落落，像癞子头上残留的几根黄毛。

如此一来，村前的溪水量小了，垭口上的泉水枯竭了，田地也龟裂了。到了春天一刮风，漫天遍野是黄沙，往日明丽的太阳也变得浑浊起来。最叫人痛心的是，村口上那两棵白果树也莫名地枯萎了！一到冬天，那光裸的树干在瑟瑟的寒风中发抖，树上的几只老鸦，也飞得无影无踪，只留下一个残破的鸟窝，在风雨中呜呜哭泣。

白果村犹如一条瘦骨嶙峋的老狗，奄奄一息地趴在这山上晒着毒热的太阳，熬着寒冷的冰霜。

"水生哥，"林建成压低声音叹息道，"穷折腾，穷折腾，真是越折腾就越穷呀！"

"是呀，村里再也经不起这样的折腾了呀！"吕振华也跟着叹了口气。停了停，他真诚地说道，"牛儿呀，我听云雾村的吕大爷讲，我父母去世后，还是乡亲们帮忙安葬了我的父母——村里老少爷们的这份情义，我真是没齿难忘啊！"

"你在外面当兵打仗，乡亲们做这点事，那是应该的呀！"

"小子们，"吕振华想了想，把孩子们都叫到了跟前，一个个指着他们，严肃而认真地讲道，"我要你们记住，这里是你们吕家祖宗生活的地方，也是生养你们爷爷、奶奶和爸爸的地方，你们的根就在这白果村，就在这云岭！将来如果你们能有点出息，绝不能忘掉你们的根在哪里，更不能忘记这里的父老乡亲！你们听到了吗？"

几个孩子见父亲那庄重的神情，望着父亲那铁青的脸孔，一个个虽说似懂非懂地点着头，但父亲那严肃的话语，认真的嘱咐，无疑会在几个幼小的心灵中刻下深深的印痕。

吃过午饭，林建成夫妇无论如何也不让吕振华全家离开，非要留他们第二天再下山。村里的乡亲们听说吕振华回来了，全村的老老小小都来了，大家在一起嘘寒问暖，叙说乡情。说起那些陈年旧事，大家又免不得感慨唏嘘，甚而悲切伤感。

家骏、家骢、家驹几个孩子对大人们的交谈不感兴趣，他们在村里几个半大孩子带领下，到坡上去采摘刺梨桑葚，到河沟里去摸鱼捉蟹，在他们祖辈生活的这地方漫天遍野跑了半天。只是山上野果不多了，溪里的鱼蟹稀少了，他们的收获也是寥寥的了。

夜来临了。

夜空中一块半明半暗的月亮，把院坝照得朦朦胧胧的。来看望吕振华的乡亲们都走了，家里其他人也睡了，只有建成和振华两个久别重逢的毛根朋友，还在院坝里的石桌上，就着几颗沙胡豆，还在慢慢喝着酒，聊着那些童年旧事、离愁别情、家长里短、生活感受。

"水生哥，我看你几次张嘴，都没说出口来。"林建成慢慢喝了一口酒，终于忍不住说道，"我猜，你是想问你表妹秀竹的事吧？"

"是呀，我是实在张不开口呀！"吕振华沉默了一下，缓缓地说道，"从今天乡亲们谈话口气中，我就明显感觉出来，一提到竹儿，他们就有意回避我——他们背后肯定会说，我是当今的陈世美……"

"那样的说法倒没有，但秀竹确实是个好姑娘，你们从小青梅竹马，她对你确实是一片痴情。恐怕你不知道，她等了你整整七八年哪！"建成叹了口气说，"说实话，你爹妈在世的那些年，为这个事，他们没有少埋怨、少骂你呀……"

"唉，竹儿确实是个好姑娘，我对不起她。这些年，我心里也很难受，也在受着折磨呀……"吕振华狠狠喝了一口酒，有些伤感地说道，"可你知道么，我俩不合适呀！我当兵走时，是上战场，还不知是生是死，所以不敢答应她，到后来……"

"后来？后来肯定是你遇到现在的嫂子吧……"

"不不不！如果是那样，那我真的就成了陈世美，她就成了秦香莲了。"吕振华又长长地叹了一口气，有些阴郁地说道，"过去山里人都说，表兄妹之间结亲，是亲上加亲。可走出这大山之后，特别是我进军校读书后，我才知道，这样做，不但会害了她，害了自己，最要命的是会害了下一代人哪！……"

吕振华说完，默默地喝着酒，低头半天没再吭声。

山风徐徐吹来，月亮慢慢隐进云层。

"我从朝鲜回来后，给她写过一封又一封的信，给她讲明表兄妹不能结婚的道理，劝她早点找个可以托付终身的人。"良久，吕振华伤感地接着说道，"那时，我也给爹妈写过几封信，还拿我一个战友表亲结婚的后果来劝说他们。我给他们说，我这个战友，他和表妹结婚后生下的两个孩子，一个痴呆，一个有残疾，让他们劝说竹儿另外找个人家——可，他们全认定我在外面的花花世界里变了心，讲的全是借口……"

"哦——"建成听到这里，微微点了点头，他这才理解了吕振华为什么最终没娶竹儿的原因。

"这些年，每每想到这件事，我心里都像刀割呀……"

"怪只怪，那秀竹真是太痴情了！"建成陪着振华深深叹了口气。

"那些年，我都在戈壁荒滩上，那里荒无人烟，信息不通，实在太封闭了。"良久，吕振华终于开口问道，"竹儿她，现在怎么样了呢？"

"她……唉！"林建成端着酒碗，半天没有说话，只是抬头望着远处山岚上几颗若明若暗的星星，他的思绪似乎久久地回到了往事的回忆之中……

10. 滴水岩上凄美的传说

滴水岩上。

那一滴一滴的水珠，从长满青苔的岩石上滴落下来，犹如那位苦苦盼郎归来的幺妹儿，流下来的伤心的眼泪。

这名不见经传的滴水岩，却有着一个凄美的传说。这个传说，讲的是岩上的幺妹儿和一个叫樵哥的故事。许多年前，在这滴水岩旁边的村子里，有一对孤儿——

幺妹儿和樵哥。两人从小一同上山放羊、打柴割草，天长日久，结下深厚的情义。他们长大后，准备结为夫妻。可在张献忠反四川那年，樵哥起早贪黑，连日下山卖柴，准备换点钱娶回幺妹儿。有一天他下山后，却被流窜到云岭的张献忠军队抓了差，从此再没回来。幺妹儿见樵哥日久不归，就整天在这岩上盼他回来。晨霜暮雪，冬寒夏暑，一天一天，一年一年，可幺妹儿望穿秋水，盼白了头发，也没盼着心爱的樵哥回来。后来她绝望了，在一个风雨交加的夜晚，她从这岩上跳了下去，跟着她的樵哥去了。当地乡人感念她的一片痴情，就将她葬在了这岩上。从此，原本干涸的石岩上，便成天不断有水珠滴落下来——老人们都说，那是幺妹儿盼郎归来流出来的眼泪。

这个传说是凄美的，也是悲怆的，让人唏嘘感伤。

滴水岩这地方，是风水如此，还是习俗使然，似乎就是个生就痴情女子和凄美故事的地方——只是时代不同，原因迥异，不可同日而语罢了。

吕振华的表妹竹儿，大名叫秀竹，比吕振华小 1 岁，住在邻近的滴水岩村。她有着很好看的身段，一条又粗又黑的辫子，垂在丰满的胸前，黑里透红鹅蛋形的脸蛋上，长着两颗像杏仁一样的眼睛，是一个人见人爱的俊姑娘。她母亲和振华母亲是亲姊妹。由于两家的特殊关系，竹儿母亲从小就把她送到振华家，希望让她在教过私塾的姐夫那里学点文化。于是，振华他们这对表兄妹从小就生活在一起。他们一起读书写字，抬水浇地，上山采桑，下河捉虾，像一对亲兄妹，甚是亲密。

随着时间的推移，两人慢慢长大了。

后来，吕振华要外出读书了。振华走了，竹儿也就回到自己家去了。他们兄妹分开后，但每当学校放假，竹儿都会来姨妈家小住，他们兄妹在一起总是形影不离，总有说不完的话。两家大人看在眼里，喜上眉梢。山里人有着"亲上加亲""肥水不流外人田"的习俗，随着振华和竹儿渐渐长大，两家大人便心照不宣了。

吕振华读完初中，他只好回家务农。正当两家大人想捅破他两兄妹关系那层薄纸，暗地里开始张罗他们的婚事时，可这年夏天，吕振华却背着家里报名要去当兵！

抗美援朝，保家卫国！这是多么神圣而光荣的事，也是那时喊得最豪迈最响亮的口号。政府一号召，家家户户都义无反顾地将自己的儿女送上战场，都希望儿女能在战场上杀敌立功成为英雄。在那义愤填膺、慷慨激昂的氛围中，没有哪家父母会拖儿女的后腿。尽管振华的父母对儿子当兵，实在是舍不得，但儿子翅膀长硬了，当父母的也只能顺其自然了。

吕振华当兵要走那几天，竹儿都住在他家里。振华临走的前一夜，她和振华避开家人，来到村口的白果树下。那夜月色很好，一轮皎洁的山月撒下如水的光华，照得远山近岭都亮莹莹的。

月光下，两人静静地坐在那块青石板上，久久没有说话。沉寂了许久，竹儿才羞涩地塞给振华一件用手绢包着的东西。振华打开手绢，只见里面包着两双做工精美的鞋垫。月光下，那一双鞋垫纳着一对翩翩飞舞的蝴蝶；一双纳着两只相亲相爱的鸳鸯——这密密匝匝千针万线的鞋垫里，纳进了一个青涩姑娘的全部心思和情爱。

望着手上这两双鞋垫，吕振华眼睛亮了一下，但随即他仰面对着夜空，依然久久没有说话。

"振华，你们要去的那个地方，离我们这里真的很远很远么？"竹儿见振华久久无语，有些诧异，她终于打破沉寂，抬头小声问他。

"是的，很远很远，在遥远的东北。"吕振华转头望着竹儿，月光下，竹儿那双美丽的眼睛中闪着滢光，眼眶里明显含着泪水。

"你到了那个地方，能告诉我确切的地址吗？"竹儿见振华注视着她，她垂下了眼帘轻轻说道，"知道你的地址，我好天天给你写信呀！"

"这，恐怕不行。"吕振华将鞋垫揣进衣袋，回答竹儿，"来接兵的部队首长告诉我们，我们这次是出国到朝鲜，现在那里天天都在打仗，部队是不可能长久待在一个地方的。"

"那，你们到底多久才能回来呢？"

"也许两年，也许三年吧，也许……战争什么时候结束，谁说得准呢？"

"哦，是这样……"竹儿应了一声，深情地看了吕振华一眼，一下就扑在了振华身上，她头深深地埋在他的怀里，像一头小羊似的紧紧依偎着他，生怕他跑了似的。突然，她肩膀抽动了一下，低声抽泣起来。

"竹妹、竹妹，别这样……"吕振华嗅着竹儿头上的发香，一时间有些手足无措。过了一会儿，他轻轻推开竹儿，安慰她说，"放心吧，只要战争一结束，我就会回来的……"

吕振华的这个举动，越发让竹儿伤心，她转过身，捂着脸低声抽泣不已。过了许久，她才转过身来，满头的乱发和满脸的泪珠在月光下闪着微光，哽咽着说道："水生哥，你要答应我，一定要早点回来……"

"竹妹，我还是跟你实话实说了吧，这几天我反反复复想过了，这回我一去，每天都会在战场上和敌人拼杀，还不知是死是活，也不知什么时候才能回来……"吕振华犹豫了一下，"你已老大不小了，有合适的人户，你还是……"

"不！"竹儿一下捂住吕振华的嘴，"我不许你这样说，你一定要活着回来……我等着你！"

"别、别……你千万不要耽误了自己……"

一片流云遮掩了月亮，一阵山风从垭口吹来，吹得头上的树叶簌簌作响，两片树叶落了下来，飘落在了振华和竹儿坐的石板上。

吕振华走了。

这一走，就是整整 18 年，再也没有回过家乡！

"竹儿她……她现在到底怎么样呢？"吕振华见建成久久沉默不语，他又问道。

"唉，她……现在我也不知道她在哪里。"建成喝了一口酒，将目光从远处收了回来，然后缓缓地说道，"你走后，她在娘家和你家两头跑，照顾着两家的老人。后来，听说她接到你的来信，很是伤心；再后来，你父母和她父母先后都过世了，你也没有音信，她大概绝望了……那年中秋节，我到她村上走亲戚，见过她一回，后来就再也没见过她了。"

"不对呀，我从戈壁回来后，还断断续续给她写过几封信，可再也没收到她的回信。"吕振华听建成如此一说，心头突地掠过一丝不祥的预感，"那，她后来到底到哪里去了呢？"

"听她村上的人说，她嫁到望远县以外的一个蔬菜生产队去了，男人好像是个木匠；也有人说，她嫁给县里消防队一个退伍军人，随男人回到贵州老家去了；甚至还有人说，她被人贩子骗了，被拐卖到河南那边去了……"林建成说，"这些年，她老家已经没有了近亲，谁也不知她到底到哪里去了，反正已是多年没见到她了……"

夜，越来越深了。

酒坛里的酒告罄了。吕振华听建成讲完竹儿的事，他垂下头沉默良久，突地端起最后那大半碗酒，一扬脖子，咕嘟一口喝得干干净净！尔后他站了起来，慢慢走到院坝边，遥望着月光下那朦朦胧胧山岭的剪影，像一块凝固了的石头，半天一动也没动。

第二章

深山觅奇

1. 仙佛同源的胜境

秋日夕阳从山顶上跌落下去了,将最后一抹余照涂满西边的天际。习习的山风沿着溪沟吹来,让人感到十分惬意。

"郑叔叔、郑叔叔,我又抓到一只螃蟹!"老二家骢手里举着一只张牙舞爪的螃蟹,跑到郑之光跟前。

"好!注意,不要让螃蟹把你的手夹住了!"

今天是星期天,郑之光经不起家骏、家骢几个孩子磨蹭,只好带他们到溪边来玩耍。几个半大的孩子来到溪边,比到了城里的动物园还兴奋。他们打水仗、抓螃蟹、捉小鱼、捞虾米,玩得兴高采烈忘乎所以。郑之光叮嘱孩子们注意安全后,他在溪边坐了下来,一边看书,一边照看这些孩子们。

来了没几天，吕大爷的孙子刺梨儿已经和家骏他们几个混熟了，成天带着他们四处玩耍。基地刚开始基建，学校还没有开建，村里的小学校也早停课了，家骏、家骢他们无学可上，也就整天和刺梨儿他们一群孩子厮混。

溪水潺潺地流淌着。突然，一只翠色的打鱼鸟嗖地掠过郑之光的头顶，一下扎进前面的水潭，速疾从水里叼起一条小鱼，又远远地飞去。郑之光眼睛离开书本，抬头目送着那只鸟儿飞去，只见那水潭边的芦苇丛中，一个头戴斗笠的老人，正支着一根鱼竿在水潭边钓鱼。

山青、水静、草绿、苇深。

这个老人真的好兴致！

郑之光正羡慕那位钓鱼老人的闲情时，只见那老人鱼竿一提，一下从水潭里拉起一条半大的鱼来！那活蹦乱跳的鱼儿，那恬静安详的老人，引起了郑之光的兴趣，他收起书本，叮嘱了孩子们几句，慢慢朝那位钓鱼的老人走去。

"您好！老人家，收获大吗？"郑之光向那老人打着招呼。

"啊，没多大收获。"那位老人抬起头来，看了郑之光一眼。

郑之光走近前来，见这老人身体羸弱，鬓角斑白，面目清癯，身上虽说穿得很破旧，可明显能看出，他不像是山里的人；他眉宇之间，透出一股儒雅和睿智之气，听他的口音，也不是本地人。

"老人家，您真有闲情逸致。"郑之光在老人旁边的一块石头上坐了下来，"您在这山水之间，是独钓寒江雪呀！"

"什么闲情逸致，什么独钓寒江雪呀，只是无聊至极，打发光阴罢了。"老人大概也是寂寞了，见郑之光在他旁边坐下，他扭头打量了他一下，问，"这位同志，你是从北方到这里来，从事三线建设的吧？"

"是呀，来了一个多月了。"

"你们从城市来到这山里，生活怕是不习惯吧？"老人问。

"不太习惯，不过慢慢习惯了就好了。"郑之光停了一下，问，"老人家，听口音您不是本地人吧？"

"我是北京人。"老人回答。

"哦，您是来这里走亲戚的吧？"

"我在这里哪有亲戚！"老人摘下头上的斗笠，露出满头的白发，稍事犹豫，他直言道，"我是到这里来接受劳动改造的……"

"什么，到这里来接受劳动改造？"郑之光闻言有点诧异了，"那您住在哪里呀？"

"就住在村子后面的公猪圈。"老人指了指远处两河口村后的一个小山坡。

"难怪，我在村里没见过您，原来您住在公猪圈那边呀！那，您怎么会……"郑之光欲言又止。

"嘻，小伙子，不瞒你说，我是'右派分子'。"老人坦诚地对郑之光说道，可他脸上却没有寻常被专政的"阶级敌人"那种卑微之色，"你，可要跟我划清界限哪。"

"这，我不在意。"郑之光目视着这个自称是"右派分子"的老人，他虽感到有点意外，却真不太在意。因为他读大学时，教他写诗的老师雪飘也是个"右派分子"，在他心目中，雪飘老师可真真是个好人。停了停，他又问道，"那您……是从北京来？"

"不是，我从成都来。"老人回答。

"那，原来您是干什么的呢？"

"在成都理工学院教书。"

"哦，原来您是理工学院的老师呀！"郑之光听说这老人是大学的老师，竟有点崇拜起来，他接着问道，"您到这里来多久了呀？"

"来了三年多了，'文革'开始我就来了……"老人说着，见水面的浮漂动了一下，他拉起鱼竿，见是空钩。他一边挂鱼食，一边说道，"生产队的人见我老了，担不动抬不动的，就安排我喂几头公猪。"

"哦——"郑之光点点头，他不想同老人继续谈论这不愉快的话题，他想了想，换了个话头说，"老人家，既然您是老师，那有个问题我倒想向您请教一下……"

"你不要口口声声叫我老人家，我姓章，立早章，你就叫我老章头就是了。"

"不不不，我应该叫您章老师。"郑之光诚恳地说，"来到这里，闲时我看点闲书，说这云岭虽说山高沟深，原始偏僻，但先前却是个佛教和道教圣地，可我们这些凡夫俗子，却没看出它有什么特别之处呀！"

"哦，说它是佛教和道教的圣地，此言不谬。"老人甩下鱼钩，缓缓地说道，"这云岭山哪，虽说险峻陡峭，但它山形奇特；虽说山高林密，但峰峦叠翠；虽说古木森森，但它气象万千，是个修行觉悟、成佛成仙的绝好境界，自来就是高僧大德、先师道长特别青睐之处——先前，它确实是闻名遐迩的仙佛同源之地！"

"章老师，您能给我讲讲这里面的渊源吗？"听老人如此一说，更是勾起了郑之光的好奇心，他急切地向老人求教道。

"年轻人哪，什么都喜欢刨根问底。你愿意听，那我就给你讲讲吧……"在这寂寞的大山中，老人大概少有人和他交流，更少有人会向他请教，今天见有人真诚地称他老师，诚恳地向他请教，或许他感到是对他的尊重吧。溪沟里吹着阵阵凉风，他面朝水潭，心无旁骛地手持鱼竿，目不转睛地盯着水面起落沉浮的浮漂，真有点"白发渔樵江渚上，惯看秋月春风"的意味。

少顷，他移动了几下鱼竿，娓娓给郑之光讲了起来：

自古蜀国多仙山，既有仙山，自然禅林会与之结缘。云岭，地处川西邛崃山脉，深藏大山腹地，在佛界仙界素有"金色布地、玉砌天峦、异相无穷"的美誉。近年来虽说沉寂了，但先前确实是个神奇的地方。

这里，是南传佛教第一寺——古大光明山普照禅寺、古佛弥陀道场。所以史书载，"四方之寺，唯兹山始"。而站在云岭之巅，则可见这山势宛若一朵盛开的莲花，古寺开觉寺就在这莲心之中。这开觉寺可谓历史悠久，碑文所记：它始建于东汉永平初年，仅比洛阳白马寺晚了几年，为当时印度高僧迦叶摩腾、竺法兰所建。有确切的证据表明，它是望郡佛教寺庙的发端，也是蜀中首建的第一座寺庙。所以史籍所载："云岭山野，望远丛林，禅教之总持也。"

鉴于此，此处在佛教史上的地位不可小觑。

"这就让人有点奇怪了，西北、中原也有不少名山奇山，且人文悠久，交通便捷；而蜀中道路崎岖，文化闭塞，为何印度高僧南传第一寺偏偏要建在这荒山野岭之中呢？"郑之光趁老人挂鱼食时，忍不住问道。

"不着急，等我慢慢跟你讲来。"

是啊，为何印度的高僧迦叶摩腾、竺法兰要不远万里，不辞辛劳来云岭山区建立寺庙，传播佛教呢？这在佛学界众说纷纭，说起来确有些离奇神妙。先前比较认同的说法是：此地因山形地势云蒸霞蔚，异相无穷，所以引来两位高僧。直到《开觉寺碑记》出土，才破译了这桩疑案——原来这是佛祖临终时的圣意！此碑文曰："佛在拘尸临灭时，嘱戒子婆伽曰：吾灭去七百年，尔往震旦，有山曰云岭，实系古弥陀化道之场，累有国王兴建之所，寓彼保护严密，嗣后圣者来居。东汉永平年，果应金人梦，遣臣蔡愔向西迎请佛法。有摩腾、法兰二尊者，皆佛嘱也！"

"哦，原来是这样！"郑之光恍然大悟。

"说起来，摩腾、法兰在此地建寺，张陵在此创立道教，距今已有2000余年，所以此地是仙佛同源之地。仙佛两教在这2000年漫长的岁月中，相生共存，和衷共济，同悟宇宙之奥妙，共参自然之神奇，也算宗教界一桩奇事啊！"老人见太阳已慢慢落山，他边收鱼线边又说道，"而今，云岭虽说衰败，但细细寻觅，大山深处的荒草丛中尚存古道，古道边的藤蔓杂草之中，尚存寺庙的断垣残碑、庙基神台、海幔照壁、石狮牌坊等残迹。此外，还有'明月池碑'、'开觉寺碑'、'七佛楼碑'、'接王亭碑'等遗迹——据说，而今在人迹罕至的'开觉寺'、'启源观'中还有那信仰虔诚的僧人，以及道人守着那些破败的寺庙和道观，躲在那深山中悄悄地修行呢！……"

"老爷爷，那'开觉寺''启源观'在哪里，离这里有多远呢？真的还有僧人和道人么？"突然，有个稚嫩的声音打断了老人的话。

郑之光回头一看，是家骏、家骥和家驹几个小子！这几个小子不知什么时候来到了这里，正静静地在听老人讲这云岭的故事呢！

问话的是老大吕家骏。

"这是谁家的小子呀？竟然对这什么庙呀、佛呀、神呀，这么感兴趣。"老人收好鱼竿，准备走了，他想了想回答吕家骏说，"那寺庙呀、道观呀，早就破败了，离这里还远着呢！"

"啊，章老师，天不早了，我有空再来公猪圈向您请教。"郑之光见老人要离去，感到有点遗憾。

"不要来、不要来……一来我要避避嫌；二来我那里臭气熏天，熏也要把人熏死！"

2. 岩壁上离奇的天书

"轰隆隆、轰隆隆！"

一块块巨石，一片片泥土，在爆炸声中冲天而起，尔后又从天上倾落下来。工地上，一片繁忙的景象。那挖掘机、载重汽车在日夜奔忙着；上千的人聚集在工地上，挖土方的、抬石头的、打炮眼的、填炸药的、架电线的、铺管道的……人们都在紧张而有序地忙碌着。

白日有光，夜晚有灯。

为了加快基地的建设，早日实现"三通一平"，成都军区派来一个工兵连帮助工作；基地建设指挥部又通过望远县地方政府，从各乡镇招来上千个民工。一时间，这山沟里更是热闹和拥挤起来。解放军的支援，地方民工的加入，更是鼓起了大家的劲头，增添了早日搞好基地建设的信心。

山上的枫叶红透了，白果树开始落叶了，天气更是冷了起来，不时还会飘下零星的雪花，但施工一刻也没停滞，依然夜以继日在紧张进行着。

这时，工地上却发生了一件离奇的事情！

"吕老师，您还不知道吧？在山崖边一座叫作'明光寺'的遗址后面，发生了一件神奇的事情！"这天快下班时，郑之光突然跑进帐篷，有些神秘地对正在调试设备的吕振华讲道。

"什么神奇的事呀？"吕振华正忙着设备调试，他淡淡地问道。

"在那小寺遗址后面的岩壁上，发现了一部密藏了不知多少年的'天书'！"郑之光说。

"什么，在小寺后面发现了古代的'天书'？"吕振华闻言，抬起头来。

"是呀是呀，刚才我到工地上去，见很多人在那里围观，我也拿了一本看了看。这些书都是手抄线装的，据说一共有16本，搞不清楚那是些什么书。"

"既然是在庙宇后面的山岩上发现的，恐怕就是经书之类吧？"

"不不不，我敢肯定，不是经书，而是其他类型的书。"

"其他类型的书？"吕振华有点诧异了，他问郑之光，"这些书是怎么发现的，谁发现的？你给我讲讲。"

原来这天下午，几个从当地招来的石匠，正在陡峭的岩壁上开采石料，用以砌河边的堡坎。一个姓慕的石匠，在开采小寺后面的山石时，无意间竟然发现有一处岩壁是空的！他用手锤轻轻敲了敲，发现有一块石板是人为嵌上去的，他用錾子撬开石板一看，原来岩壁上有一个空洞，洞里竟然藏着一个密封的锡匣！

这个偶然的发现，立时就轰动了整个采石场，人们都纷纷围上来看稀奇。在锡匣尚未打开之前，大家都以为里面藏的不是金银珠宝，就是佛祖舍利之类东西——可令石匠们大失所望的是，打开锡匣，里面除了10多本发黄的古书外，其余什么都没有！

这些线装手抄的古书，虽说在岩洞里不知存放了多少年，可由于锡焊密封保存，所以这些书籍依然完好如初，上面的图文依然清晰可见。

这是些什么书呢？一时间众说纷纭莫衷一是。

由于这些书是秘藏在寺庙后面的岩壁上，在场的人有的说是"天书"，有的说是"经书"。乡下人眼黑，也没有什么文物概念，加之其时文化已成为一种罪过，"四旧"更在破除之列——锡匣里既然没有金银珠宝这些值钱的东西，这些线装古书，在乡人眼中无非就是一堆废纸罢了。当即，这些古书被采石人一人拿走两本，无非就是带回家做手纸或引火之物了。

"什么，这些古书都被石匠们拿走了呀，他们拿走了，这些书就毁了呀！"吕振华闻言连连跌脚，他毕竟是读过古诗古文的人，知道这种手抄古书的价值，他赶紧对郑之光说道，"走，我们赶快去看看！既然是密存在寺庙后面岩壁上的古书，肯定是有什么不愿示人的秘密——说不定，是很有价值的文物呀！"

吕振华说着，赶紧放下手里的家伙，与郑之光急匆匆就往民工们住的棚子赶去，想去将这件事情弄个明明白白。

工棚里，民工们下班后正在洗手准备吃饭。

吕振华急忙找到民工连马连长，说明了来意。

"这好办，我们这里很多人连大字也识不了几个，拿这些旧书来毫无用处。我去给你们收起来就是了。"马连长说。

"工地指挥部的领导说了，这些古书是封资修的产物，任何个人不能私留，要全部上交政府处理！"马连长到工棚里走了一圈，不一刻，就将散失在民工手里的那些旧书都收了起来。吕振华和郑之光师徒连连向马连长表示感谢后，急忙抱着这叠书回到了帐篷，他们顾不得吃晚饭，就在灯下仔细研究起来。

原来，这匣内所藏的所谓"天书"，的确是古人手抄线装的古书。书中有文字记载道：明代正德年间，是一位叫王慨的"孤愤之士"所著。算起来，距今已有500余年。但令人困惑的是，此人著述完成后，何以会秘藏于这寺庙的岩壁之上呢？

翻开上面两本书。一本书名叫《皇朝冠服志》，另一本叫《冶官志异》。打开书本，扉页上是作者的画像：一位老先生，头顶方巾，双目通神，瘦削的下巴上一咎稀疏的胡须，乍一看，有点像《聊斋志异》作者蒲松龄老先生。此书是由当时一个叫赵雍遂的名人作序，序言概略地叙述了作者的生平和才情。另在书的首页上题有一首《七绝》。诗曰：

怀才不遇了此生，黄卷青灯任浮沉。

文章千古悠悠在，沧海桑田不由人。

那部《皇朝冠服志》，比较详尽地收录了唐、宋、元、明时期的冠服制度。从皇帝、王妃、文臣、武爵到庶民百姓的各种衣冠样式、制料、装饰等等，并分门别类地作了详细的介绍。应该说，这部著作是具有相当收藏和考究价值的。

另一部《冶官志异》，则辑录了蜀中各地自古以来发生的奇闻怪事。书中所载：某年某月某地某人生的儿子，长了一条半尺长的尾巴，这尾巴弯曲在树上，还能将小儿倒挂起来。忽一日一声雷响，竟将小儿尾巴齐齐打断，从此小儿修道鹤鸣山得道成仙，据传是齐天小圣转世云云；某年某月某地挖出一座古墓，在棺材里睡了几百年的老夫人还完好如初，面色安详，服饰鲜艳，挖墓人正想伸手翻拿棺中宝贝，忽地一阵山风吹来，一道金光一闪，棺中的老夫人化作一股青烟飘然而去，只在棺中留下一段偈语云云——这书中，神仙鬼怪、地动山摇、日晕月蚀无所不有；雌鸡变雄、马儿生角、石头开花无所不记。奇是奇了，怪是怪了，但总觉得有故弄玄虚和凭空臆造之嫌，和蒲松龄的《聊斋志异》比较起来，稍有逊色，因蒲老先生书中那借鬼喻人、借古讽今、嬉笑怒骂、刺贪刺虐的内容似乎更具社会价值——但此书产生的年代早于《聊斋志异》，对于了解巴蜀地区的风土民情应该还是很有史料考究价值的。

这16本古书，均以上等徽宣为书页，以白色丝线精心装订，书名用隶书题写，书的内页用楷书誊就。看得出，作者具有相当深厚的书法功底和艺术造诣，其隶书古朴苍劲，楷书瘦硬通神；内页中所配的画图，笔法精到，形象逼真。

"真是有些奇怪，这个叫王慨的'孤愤之士'，是何方人氏，和云岭有何渊源呢？"郑之光放下手中的书本，自言自语道。

"我从前在这里读书时，曾听教我读书的先生说过，这云岭山中，由于特殊的佛道文化和奇异的自然风光，曾引来无数文人墨客、名家大儒来此徜徉吟咏。"吕振华不愧读过几年旧学，时而说起话来显得文绉绉的，且他记忆力极好，时过几十年，他依然侃侃而谈如数家珍，"如唐代的文学家李升、宋代的文学家张俞、文同、南宋诗人陆游、明代大学士杨廷和、文学家胡直、杨慎、范汝梓、清代文学家宋载、潘元音……都曾来此朝山拜佛，都有佳作留存于此。"

"哦，难怪难怪，这个在岩壁上秘藏书籍的王慨先生，恐怕也是远离红尘，隐居在这里的一位名士吧。"

"恐怕正是如此。长期隐居此处的人，大都是看破红尘，自视清高矜持之人。"吕振华缓缓地说道，"至今，我还记得当时老师给我们讲的一句话：'睡到两三更时，凡功名俱成幻境；想到一百年后，无少长俱是古人'。这里远离红尘，身在此境，正是魏晋时期嵇康之类名士们真实的写照呀！"

夜色渐渐深重起来。吕振华和郑之光两师徒经过一番考证，终于破解了这岩壁上"天书"的秘密。

原来，这古书的作者王慨，原为明朝隆庆年间进士，曾在朝廷为官，但郁郁不得其志。当时翰林院编修平青云所著的《云外捃屑》有文字载：王慨，字迟石，别号潜清山人，川东人氏。其人是当时一个大学问家，毕生著述有数十部之多，但惜一生怀才不遇，仕途坎坷，自谓孤愤之士，晚年客居云岭。《皇朝冠服志》等书籍就是他在云岭时写成，脱稿不久后就病逝于斯。

那此书何以密封藏于寺庙山崖之上呢？

关于这个谜底，《皇朝冠服志》"后记"中有文字记载：王慨客居云岭期间，因仰慕先贤李升、陆游等人，故常来云岭游玩采风，喜爱这里清幽可掬的天然景色和暮鼓晨钟的佛界氛围，所以他又取号"栖清山人"。后王慨仙逝之后，其子王知欲送乃父杖履还乡，离开此地之前遵父遗嘱，选其16部著作溶锡密封，藏于寺后高崖的石壁之中——王慨此举当然是以期千百年后，再显姓扬名于后世尔！

可惜，王慨的这个愿望却未能实现。这部"天书"在岩壁上静静秘藏了几百年，偏偏在重见天日之时，正逢"革文化之命"的乱世。幸好遇到有文化有见识的吕振华师徒，才得以保留下来。

　　　　　丝桐谱出调离奇，流水高山曲一支。
　　　　　莫道知音尘世少，人间亦自有钟期。

这首七绝，是王慨的川东乡人、被学界尊为联圣的钟云舫先生所作。遗憾的是，"天书"的作者王慨生前未遇知音，几百年后，却幸遇到有文化的吕振华先生，不能不说这也是一桩幸事也——不然这套密藏了几百年的"天书"，就将被眼黑的人付之一炬了。

3. 一群放任自流的野蜂

老师教我人之初，

我教老师骑母猪。

老师教我性本善，

我教老师捉黄鳝。

······

光阴荏苒。转眼间，吕振华带着家人来到云岭已快一年了。繁忙的工地上，一些科研生产用地渐渐平整了，电线电缆已从山外渐次架到了山里，从云溪河引水的管道已铺设到了工地。根据三线指挥部"先生产后生活"的要求，科研大楼、生产车间已经开始打桩建地基，可职工的宿舍、食堂、医院，以及孩子们的学校，还要等到科研生产设施建好之后，才能提到议事日程上来。来到这里的领导和职工们，依然住在遮不住风、挡不住雨的帐篷和工棚里。随迁来的孩子们无学可上，无书可读，还是只能像一群群野蜂，漫山遍野乱飞乱窜。

天气渐渐热了起来。

吕家骏几兄弟，待大人上班以后，除了翻看那几本看了上百遍的小人书，只能跟着刺梨儿、茅根儿、饼儿、二娃等几个村上的小子上山挖野葱，下河捞鱼虾，百无聊赖地打发着他们少年的时光。

孩子们玩是玩得痛快了，可大人们看在眼里，急在心头，这样下去是无论如何也不行的呀！万般无奈，他们只能利用下班时间，自己当老师，强迫孩子们学点简单的语文和数学知识。

可村上的孩子就不行了，他们的大人大都眼黑，斗大的字也认不了几升，要教儿女学知识学文化，就十分艰难了。

太阳渐渐当顶了。

这天，吕家骏几个小子吃过午饭，又相约到云溪河去洗澡捉鱼。一出家门，七八个小子像飞出笼的鸟儿，排成单行，两只光脚板儿将地皮拍得山响，两只小手有节奏地打在屁股上。"一、二、三！"领头的吕家骏一声口令，这群耀武扬威的将军和士兵们，小的跟着大的学，又开始吼起来不知从哪里学来的顺口溜："老师教我人之初，我教老师骑母猪……"

吼毕，几个小子来到云溪河边，三下五去二，几下就脱掉身上的短裤小褂，像一条条光滑的鱼鳅，赤条条地就钻进了水里。

这群小把戏一钻进水里，有像小狗一样亡命刨的，有像打鱼雀儿一样往水里扎的，有像蛇儿一样往水里钻的，有像乌龟一样在石滩上爬的……各色各样，五花八门，各玩各的花招。

阳光、沙滩、溪水、田野、蟋蟀、蚱蜢、丁丁猫，还有蒲公英和狗尾草、蚂蚁搬家和螳螂捕蝉。阳光下，河水里，这些小子们舒坦惬意地躺在水面上，任那温柔的溪流从身边流去，耳边只有潺潺的水声，目极的只有蓝天白云。那一刻，这些小小的人儿在自然的怀抱中撒娇撒野、踢脚蹬腿，尽情地享受着大自然给予他们的恩赐。

这群小把戏疯狂的喧嚣，几下就把在河边上洗衣裳的牟么嫂惹恼了，她抖着一对大奶子，鼓动两片薄嘴皮，站在下游河边的石滩上，滔滔不绝地就骂了起来："你们这群砍脑壳的鬼猴儿，一条溪沟的水都遭你们搅浑了！呸，光屁股光肚皮的，也不晓得要张脸皮！老娘唯愿水头的乌棒鱼，把'鸡儿'跟你们咬了，看你们拿啥子来做种！……"

"嘻、嘻嘻……"这群小子在溪水里玩得差不多了，估摸大人们快要下班，也该回到自家窝里去了。还是那"娃儿头"吕家骏一个嘘声，这群小子一起从水里爬了起来，逃到对面那块大石头上，抖着胯下还没长完善的小东西，又一起吼起来不知从哪里听来的、大人们开牟幺嫂玩笑的顺口溜：

> 牟幺嫂，打猪草，
> 裤儿落了我捡到!
> 牟幺嫂，去喂猪，
> 撞到一条大脚猪!
> 牟幺嫂，去捡柴，
> 裤儿落了划不来!
> ……

"呸!"牟幺嫂愤愤地抓起一大坨泥巴，就往几个小东西砸去!继而，鬼火又冒，再提着捶衣棒，绕过青石桥，气急败坏地赶将过来。

几个小子一惊，"轰"的一声，抓起衣裤光着屁股就往竹丛、草窝中钻去，逃到更高的山坡上。于是，又拍着屁股吼了起来："牟幺嫂，打猪草……"

"哈哈哈……"在石滩上洗衣的另外几个婶们嫂们见此情形，也乐了起来，笑得直不起腰。连这脸皮绷得像石板一样的牟幺嫂也忍俊不禁，"扑"地笑出声来。末了，她依然恨恨地鼓着一对眼睛，用捶衣棒恶狠狠地瞄准这群无法无天的小子们："哼，有本事不要跑!看老娘揪到你们，不把你们那烂嘴皮撕到后颈窝去!……"

这群小东西毫不理会牟幺嫂的威胁，大人越笑，他们似乎越是得意。大的教，小的学，又别出心裁编些花样来乱吼吼："牟幺嫂，去上坡，肚皮揣个大鼎锅!……"

"哈哈哈哈……"大人们笑得越发厉害。

"家骏、家骢、家驹!你们这群小混蛋，一个个在干啥子!"突然，河边上传来一阵厉声的喝叫!

原来，吕振华和郑之光正扛着测量仪，沿着河边走了过来，见此情形，吕振华放下肩上的东西，大声喝叫道，"几个小子，你们太不像话了！看回家我不好好收拾你们！"

几个小子见自家大人来了，有些胆怯起来，赶紧穿上短裤褂子，一溜烟地落荒而逃了。他们知道，父亲生气冒起火来，那块教训他们的楠竹片是不会留情的。就在前天，吕家骏因和村后的黄二娃打架，人家家长找上门来，他就被父亲用楠竹片狠狠打了一顿屁股！

"庞副院长，崽娃们这样混下去实在不行哪！"第二天上班，吕振华一大早就找到了庞副院长，"再这样下去，真要成一群无法无天、放任自流的野蜂了呀！将来他们没有文化，大字认不了几个，谁来接我们的班哪！"

"是呀是呀，见孩子们没有人管，没有书读，我这心里也着急呀！"庞副院长说。

"虽然报纸上天天宣传读书无用，知识越多越反动，可也不能让我们的孩子将来长大了，连男女厕所都分不清，连毛主席他老人家的语录也认不得呀！"

"你别听有些人在报上放屁！我这一辈子，就是吃了没有文化的亏！"庞副院长说，"我从小放牛放羊，就是因为没读到书，工作起来是力不从心哪！就现在这点文化，还是在长征途中、战斗空隙里学来的呀！"

"庞副院长，随着基建任务完成，各岗位的人员逐渐到位，我们这里的孩子会越来越多，如果都这样放任自流，成了野人，那会荒废一代人的呀！"

"是呀——"庞副院长叹了口气，卷起一支"大喇叭"烟，抽了两口，"我已在基建领导小组会上讲了，我们哪怕挨批评、受处分，也要在建科研大楼、生产车间的同时，开始修建学校和医院！"

"这就好了，这就好了！"吕振华吁了口气，"那我就代表所有的孩子家长，感谢组织上的关心了。"

"同时，我们决定，在学校没有建起来之前，先把这些孩子管起来！前几天，我已同云岭公社的领导说好了，先利用村里的旧祠堂，把村小恢复起来。"庞副院长说，"现在的问题，主要是师资问题。原先的老师年纪大了退休了，现在的学校里的师范生还在闹毯什么'革命'，久拖不能毕业，这是个挠头的问题呀！"

"老师？"吕振华嘴张了张，欲言又止，犹豫一下他说道，"老师倒有一个现成的，只是……"

"哪里有现成的老师呀？"庞副院长急切地问。

"这村后公猪圈里，有一个大学的老师在那里喂猪。说实话，真是可惜了呀！"吕振华吞吞吐吐地说道，"我和小郑到那里去过一回，那位老师知识确实很渊博……"

"哦，这我知道，你说的是那个姓章的老头吧？保卫组的同志给我反映过，说大队治保会一个叫什么'曾长生'的主任来给他们通报情况，说这个老头儿是来这里接受劳动改造的。"停了停，庞副院长接着说道，"治保会的人说，我们这里是国防科研基地，要提高警惕，严防阶级敌人破坏，周围不能有'五类分子'存在，他们正考虑把他迁到远处去呢！"

"但听乡亲们说，这个老头儿在国外留过学，到这里来倒是规规矩矩，劳动表现还不错的。"吕振华迟疑了一下，他对庞副院长说道。

"他犯的是什么错误呀？"少顷，庞副院长问。

"据说，是因为写了本叫什么《西方科技发展途径的研究》的书，受了批判，被划成了右派。"

"哦，是这样……"庞副院长沉吟了一下，"叫不叫他迁走，由地方政府决定吧，我们也没有必要弄得风声鹤唳的，一个暴悢悢的老头，会干什么呢——至于叫他当孩子们的老师，这恐怕还是有点不妥。"

"那，师资问题不解决，孩子们……"

"你放心，明天我就到县里去找革委会，让他们先给我们派个老师来；我马上就派人去把那破祠堂修一修，尽量争取这个月底，学校就开学！"

4. 猝然失踪的小子们

太阳落下山去，天色渐渐暗了下来。

"这几个鬼猴儿，不知野到哪里去了，到现在还不回来！"今天来医务室看病的人多，文秀看完这些病人回来，见吕大娘已经做好了饭，可除了小儿子吕家驹在家玩竹飞机外，家骏、家骢和刺梨儿几个小崽子，连影子也没见。

"家骏、家骢、刺梨儿，回家吃饭啰——"

文秀是医科大学的毕业生，原在吉林省医院工作，来到基地后，依然从事她的医务工作。她放下随身背的急救箱，来到院坝边左等右等，东呼西喊，就是不见家骏他们回来。天快黑了，山雾渐渐浓了起来，她有些着急了，又急匆匆地赶到村口上、溪水边、竹林里找了一遍，可还是不见几个小子的影子！

"家骏、家骢、刺梨儿——"吕大爷和吕大娘见几个崽子久久没有回来，也着了急，也赶紧分别在村里村外寻找起来。他们一边走，一边大声呼喊着几个小崽子的名字。

"这几个小子到底到哪里去了呀！回来看我不打折他们的腿儿！"文秀找不着人，回到院坝时，见天已经渐渐黑了下来，心里不由得更加着急起来。

"一早起来，我看见他们几个崽子在院坝里叽叽咕咕的，不晓得他们在嘀咕什么。"吕大娘说，"中午也没见他们回来吃饭，我还以为这几个小子又去那坡上，去刨生产队挖剩的红苕洋芋烧着吃了呢！"

"什么，他们中午就没回来了呀？"文秀和吕振华最近工作很紧张，中午没回来，都是在工地上啃个苞谷粑或泡碗冷饭，马马虎虎对付一下了事。听说这几个小子中午就没回来，文秀更是急得像热锅上的蚂蚁。

正在这时，吕振华加班回来了。

"振华呀，你可回来了！"文秀见吕振华回来，赶紧迎上前去对他说道，"家骏、家骢，还有刺梨儿都不见了！"

"什么，几个小子到现在还没回来呀！"吕振华闻言吃了一惊。

"是呀，这几个小子不知跑到哪里去了，村里村外都找遍了，连鬼影子都没有！"文秀急得眼泪在眼眶中打漩儿。

"他们会到哪里去了呢？"吕振华抬头看了看越来越暗的天空，也着急起来，"这山里的天，就像小孩的脸，说变就变——这天，看样子就要下暴雨了呀！"

"就是呀，听吕大娘说，这几个小子清早起来就叽叽咕咕的，不知道要野到哪里去，连中午也没回来吃饭！"文秀说。

"什么，连中午吃饭都没回来？"吕振华闻言更加诧异起来，"那家驹呢？他在哪里？"

"在屋里弄他那竹飞机。"

"小三，你出来！"吕振华略一思忖，对着屋里喊道。

家驹听见父亲在外面喊他，磨蹭了一下，才从屋里出来。

"你告诉我，你大哥、二哥和刺梨儿到哪里去了？"吕振华大声问家驹。

"我、我不知道……"家驹垂下眼帘，小声地嚅嗫着。

"你不知道？！"吕振华提高了声音，"你以为我不晓得，你们是一根绳上的蚂蚱，哪一只要蹦跶，那根绳上的只只都晓得——你老实告诉我，他们到哪里去了？！"

家驹低下头不吭声。

"你说不说？！"吕振华见家驹这小子那副模样，他又急又气，手举了起来，"他们到底到哪里去了？"

家驹依然低着头，手指在嘴边咬着，还是没吭声。

"哼，你这小家伙，嘴巴还挺严的！"吕振华急了，转身从屋里拿出那块楠竹片来，在家驹眼前晃了晃，"你小子，到底说不说？！"

"呜……"家驹见老子要动真格的了，他畏畏缩缩地退了两步，呜咽起来，"他们不让我说，说我说了，就是叛徒……"

"啊，那你不说就成了英雄？！"吕振华举起楠竹片，"我倒要看看，到底是你的嘴巴硬还是我这竹片硬！……"

"他们到、到山上去找庙子、找和尚去了……"家驹委屈的眼泪滚了出来。

"什么，他们到山上找庙子、和尚去了？！"吕振华闻言更是大吃一惊，"他们到哪座山上去找庙子、找和尚去了呢？"

"我不知道……"家驹摇摇头。

"那你为什么没去呢？"吕振华放下楠竹片，问。

"他们说我太小了，爬不动山，不要我去……"家驹嚅嗫着，"大哥不要我去，给了我一架竹飞机……"

"吮，一架竹飞机就把你收买了呀！"吕振华接着问道，"他们到山上去，都带了些什么东西呢？"

"他们带了柴刀、镰刀、绳子、电筒……还有一包烤苞谷、烤红苕……"

"这几个小子，看来是蓄谋已久啊，真是无法无天、胆大包天！这么陡峭的山岭，这么茂密的森林，山上还有毒蛇野兽，他们到哪里去找庙子、和尚！"吕振华这下是彻底着急了，说话连声音都嘶哑起来，"这，肯定是家骏那臭小子出的鬼主意，这小子人小鬼大，从小就桀骜不驯，简直就是一头驯服不了的野马——看，回来我不罚他跪上三天三夜！"

"现在你说什么也没有用，得赶快想办法呀！"文秀在一旁急得眼泪都流了出来。

"这黑天瞎地的，那么大的山，我能有什么办法找到他们呀！"

"振华呀，你光着急也没有用！"吕大爷在一旁也急得跌足搓手，连抽了几杆烟，末了他说道，"这山上我还算熟悉，我们赶快找几支电筒、扎几支火把，沿着那条荒废了的小路，上山去找吧！"

"不行，这山这么大，林这么密，山上还有野东西，我们几个人去找，简直就是大海捞针呀！"吕振华抬头看了看已经完全黑下来的天空，他想了一下，"你们先准备准备，我马上去报告基建指挥部，让他们也帮忙帮忙！"吕振华说完，拿起一支手电，急匆匆地就往工地指挥部跑去。

黑夜沉沉，山风呼啸。

工地上仍有星星点点的灯火，有人有车还在加班。

须臾之间，竖在工地上的大喇叭突然响了起来！大喇叭一响，正在工地上加班和在工棚、帐篷里准备休息的人都惊了一下，以为指挥部又要播放预防洪水、冰雹的消息或什么重大的政治新闻，大家竖起耳朵，认真地听了起来：

"职工同志们、解放军同志们、民工同志们、村民同志们！"少顷，从喇叭里传来庞副院长急促和焦急的声音，"现在向你们播报一个紧急情况，一个特别的紧急情况！我们工地上职工有两个小孩，还有一个村民的孩子，今天一早就上山去了，到现在还没有回来！"

寂静的夜里，大喇叭里的声音，在整个山沟里震荡。

"现在天已经完全黑了，这山上的情形大家都知道，而且暴风雨马上就要来了！情况紧急，这几个小孩非常危险，已严重危及他们的生命安全——我们必须马上上山，把几个小孩给找回来！……我请求，解放军工兵连的同志们；我命令，我们民兵连的同志们，带上武器和手电，马上上山，寻找这几个孩子！……"

5. 胆大包天闯云岭

云雾缥缈，空山鸟啼。

太阳还没有从山那边升起来，吕家骏手里拿着柴刀，书包里装着几个苞谷和红苕，带着弟弟家骢和刺梨儿，沿着上山那条崎岖陡峭的小道，奋力向山上爬去——这回他们是铁了心，要去寻找那个钓鱼的章老头说到的庙观，要去见识一下那里的和尚和道士。

真像吕振华所猜测的那样，上山去寻找庙观，正是老大吕家骏出的鬼主意。别看这小子今年才14岁，正像他老子说的那样，真是人小鬼大胆大包天。他从小就喜欢看小人书，见到书上像戚继光那样威风凛凛的武将，像三侠五义中展昭那样飞檐走壁的侠客，还有像宋江、林冲、鲁智深那样的梁山泊英雄好汉，他就佩服和崇拜得不行。从小，他就喜欢舞枪弄棒，学着电影和书上的那些武士侠客，胡乱操练着各种拳脚，坚持着长跑和洗冷水澡，小小年纪就长了一身犟肉。他从小一门心思总是想着将来能像书上那些武士侠客一样，做一个顶天立地的英雄好汉。

一娘生十子，十子不同样，而老二家骢和老三家驹则与他们大哥不同，除了喜欢读书，就文静老实得多。

初生牛犊不怕虎，加之小孩子好奇心强，吕家骏自从前次在河边听章老头讲这山里还残留着寺庙和道观，庙观里还有修行的和尚和道士后，他就念念不忘，不断动起了心思，暗暗做着准备。小时候，他曾听一些大人说过，庙子里的和尚道士不但会打坐念经，而且武功都十分了得。于是。经过一番密谋策划，他决心要去寻找这些庙子和道观，要亲眼去见识见识那些和尚和道士。他还暗自在想，最好是能拜这些和尚道士为师，学好武功，将来不但谁都不敢欺负自己，还能参加解放军当个侦察兵，那该有多好啊！

他的这一想法，得到几个小兄弟的衷心拥护——能到山上去探险，能去寻找寺庙、和尚与道士，这样稀奇和刺激的事儿，谁不想去呀！

"我们还是叫一个大人和我们一起去吧。"在几个小子秘密策划时，老二家骢想了想对家骏说。

"哪个大人会跟我们一起去呢？"吕家骏问。

"叫郑之光叔叔跟我们一起去吧。"

"那怎么行呢，如果郑之光叔叔知道了，他一定会告诉爸爸！"吕家骏说，"那样一来，还去个屁呀！"

"我听说，山上有野兽呢……"吕家骢说。

"野兽怕什么！我们带上柴刀、镰刀，我还有匕首呢！"说着，家骏掏出身上一把用钢锯条磨成的"匕首"，在兄弟眼前晃了晃，"只是，家驹太小了，你不能让去！"

"哥哥，你为什么不让我去呢！"

"你太小了，爬山太费力了！等我们找到那些寺庙，下次再带你去！"

家驹拗不过大哥，得到大哥给他的一架竹飞机后，只好恹恹地作罢了。

几个小子经过一段时间的密谋，今天一早就悄悄上路了。

这偌大的山区，峦峰重叠，犬牙交错，林木森森，藤蔓缠绕。那条古老的小道，刚开始还能看见一些痕迹，越往前走，有的路段已被山水冲毁，被杂草和灌木遮掩。爬了好久，他们好不容易才爬上一座高高的山崖。站在山崖上举眼一看，好家伙！只见群峰起伏，远山莽莽，雾霭缥缈，人在其中，仿佛漂浮在茫茫的大海中一样。

"我们休息一下再走吧。"吕家骏擦了擦头上的汗，说。

站在山巅上，突然一阵猛烈的山风吹来，山顶的雾气渐渐被风吹散。此时，近处的山石更显露出严峻和狰狞的面孔，远处的山峰在云雾中若隐若现。待眼前的雾霭消散后，只见东边的云海瞬息间便变得绚丽起来。继而，在两座山峰之间，出现了一道巨大的七彩光环。这道光环，横跨两个山峰，像在空中架起了一座彩桥。

"你们快看，那是彩虹、那是彩虹！"吕家骏指着那道硕大的光环兴奋地嚷了起来。

"这是太阳要出来了！"刺梨儿说，"我爷爷说过，云岭山顶上一出太阳的时候，好看得很！我都还没到这山上来看过出太阳呢！"

"什么云岭山上出太阳呀，我在学校时，听老师讲过，这叫'日出'！"家骢纠正刺梨儿道。

"对，这叫'日出'！"吕家骏肯定地附和道。

是啊，群山之上，雾海茫茫，云海缥缈，黛色的山峰在云雾中时隐时现，仿佛是漂浮在大海中的一个个小岛。在天边那七彩的光环之中，一轮披着轻纱的太阳，像一位含羞的少女，姗姗地从东山顶上升起，含情脉脉地露出她温柔的脸儿来；她的光华，将东边天上的云雾染得如梦如幻，五彩斑斓，真是美极了，人在其中，仿佛置身于仙境一般。

"我们抓紧时间走吧。"吕家骏一门心思惦记着要找的寺庙和道观，无心花太多的时间欣赏美景。

"现在往哪里走呢？"家骢问。

"还是要找到上山那条小路，我们只要沿着那条小路走，就肯定能找到庙子！"

"可好多地方的路都被水冲坏了，被杂草和树叶遮住了，怎么找呀？"吕家骢说。

"慢慢找，只要找到那些路上的石板，就不会走错。"吕家骏扬了扬手里的柴刀，"我们要逢山开路，遇水搭桥，砍也要砍出一条路来！"

几个胆大包天的小子，仔细寻找和辨识着那条依稀存在的古道，全然不顾满山带刺的荆棘和藤蔓的阻挠，也顾不得不知从哪里会钻出野兽和蛇蝎来，一路上披荆斩棘，一路上爬坡下坎，一路上你拉我拽，顽强地向更高的山峰爬去。

越往前走，荒草越深，森林越密。有的地段，荒草和密林还遮住了天上的太阳，密林中的白天，竟然变得如黄昏般的昏暗。一路上，只要他们走过，便有蚂蟥从树干上爬下来，蚊虫从树洞里飞出来，蚂蚁从树根下钻出来，还有那些不知来自何方不知道如何称谓的虫蚋更是遍地皆是。有几次，他们还见到有獐子、麂子、黄羊之类的野物从树丛中蹿了过去。

"喂，别动，那里有条蛇！"走下一个小山坡，吕家骢突然看见一条背上有着褐色花环、胳膊粗的蛇，正在草丛中游动！大概是他们几个人走动的声音惊动了它，它一下停了下来，呼地昂起蛇头，嘴里吐着信子，气势汹汹地瞪着来人。吕家骢吃了一惊，后退几步，不由自主举起手里的竹竿。

"别惹它，那是一条毒蛇！"刺梨儿拦住家骢，"你们看，它是烙铁头，背上还有花环——没错，就是毒蛇！"

"好，别惹它！"家骏凑上来看了一下，对家骢和刺梨儿说，"我们从那边绕过去！"

蛇这东西也怪，你不惹它，它也不惹你，大家都相安无事。

尽管这山上险象丛生，但几个小子扎紧裤腿，紧握柴刀和镰刀，艰难地一步一步向着他们认定的方向前行。

"哎哟，哥哥，我走不动了。"爬上一个山坡，一根尖刺扎进吕家骢的鞋底，他叫了一声，一屁股在石头上坐了下来。

"家骢，来，我看看。"家骏从家骢鞋底拔出那根尖刺，脱下他的鞋看了看，吐了一泡唾沫，抹了抹他脚上那个伤口，"还好还好，扎得不深。"

"哥哥，这寺庙还有多远哪？"

"我们走了半天了，应该不太远了。再坚持一下，我们在中午以前，一定要找到那寺庙。"家骏替家骢穿上鞋，接着说道，"天黑以前我们一定要赶回去，不然爸爸那楠竹片又要吃肉了。"

"我实在走不动了，小腿老抽筋。"

"好吧，休息一下。"吕家骏抬头看了看太阳，从书包里摸出两个烤苞谷，给了家骢和刺梨儿，自己也拿起一个，"来，我们啃个苞谷再走。"

啃完苞谷，吕家骏用柴刀砍下两根木棍，递给家骢和刺梨儿："来，你们每人拿一根，一来可以打草惊蛇，二来你们可以当杵路棍。"

两个小子在家骏带领下，杵着木棍，顾不得疲劳，气喘吁吁地又朝更高的山崖爬去。

"快，你们来看，那是什么？"走在前面的家骏突然兴奋地叫了起来。

家骢和刺梨儿鼓起劲，奋力地往那山崖爬去。爬上山崖一看，只见前面一个硕大突兀的石岩上，刻着几尊佛像。那几尊涂着色彩的佛像，虽说在风雨的侵蚀和冲刷下，已经残破斑驳，色彩脱落，且藤牵蔓绕，但立在高高的岩壁上，依然十分显眼，仿佛正庄严肃穆地注视着来到身下的几个小小客人。

草丛中，还有两头残破的石麒麟，一头没有了头颅，一头只剩下半个身子。两头石麒麟脚踏石球，形象逼真，做工精美。那半个身子的麒麟，坐落在草丛中，双目圆睁，依然威风凛凛。

"快了、快了！我们快找到庙子了！"家骏兴奋地对两个兄弟说道。

见到山中的石像和麒麟，几个小子都异常兴奋起来，仿佛他们大功已经告成，要找的寺庙已在眼前了，信心和力气倍增。

"走啊！"吕家骏挥舞着柴刀，激动地往山上冲去。

但离开那段石岩后，前面的路似乎更是难走，而且草更深、林更密——更奇怪的是，当他们爬上一座山坡后，前面是一片更大的森林。当他们钻进这片森林后——奇怪，在这偌大的森林中，他们常常从这里钻进去，转了一个大圈，又回到原来的地方；又转了一大圈，可还是回到了原处！

"这是怎么回事呢？"几个人在这片森林里转来转去，最后简直转懵了，可始终走不出那个怪圈！

"糟了，我们迷路了！"

当他们又转了一圈，回到原来的地方时，太阳已经偏西，夜雾已渐渐浓了起来。几个人抬头看了看逐渐暗下来的天空，看了看死寂荒凉的山野，又听见不知从哪里传来的野兽的低噪，家骢和刺梨儿像泄了气的皮球，沮丧地一屁股坐在草地上，实在没有力气再走了。

"哥哥，我们赶快下山吧。"家骢说。

"不行，来不及了，天马上就要黑了。"家骏说，"你没听说过吗？上山容易下山难，黑咕隆咚的，一不小心跌下岩去，就没命了！我们只能在这山上过夜，等天亮以后再说了。"

"爸爸妈妈和吕大爷他们，见我们没回去，不知有多着急呀！……"吕家骢说。

"将在外，军令有所不受。"吕家骏有点满不在乎地说道，"回去，你们就说是我把你们哄出来的，一人做事一人当，我无非又遭咱老爸打一顿就是了。"

6. 深山里的惊魂之夜

"轰！轰轰！"

山里的天，说变就变，刚才晚霞还在东山顶上燃烧，突然间只见一片乌云滚滚而来，瞬息间天空就变得黑沉沉的，随即而来的就是电闪雷鸣，倾盆大雨！

一道道张牙舞爪的闪电，无情地撕裂着漆黑的夜空。当闪电划破天空时，远山近岭照得如同白昼；闪电过后，随即就是一阵惊天动地的雷响！这雷声，仿佛就在人的头顶上炸响，令人感到恐怖和心悸。

"有我在，你们不要怕！"吕家骏将柴刀往腰上一别，一把抓住两个兄弟，仿佛此时他成了两个弟弟的守护神，十分豪气地对他们说道。

"快、快离开大树，躲到岩石下面去！"吕家骢见雷电交加，风烈雨急，他赶紧对哥哥和刺梨儿说了一声，拔腿就往那石岩下跑去。家骢年纪虽比家骏小，但他做事比家骏沉稳，更愿意动脑筋。寻常里，他曾听爸爸妈妈说过，打雷下雨的时候，是绝不能在树下躲雨的！

"对，刺梨儿，我们都躲到那石岩下去！"家骏随即也跟着家骢往石岩下跑去。

几个小子跑到石岩下，全身早已湿透，个个都淋成了落汤鸡。几个人靠在石壁上，眼巴巴地等着大雨停歇。一阵阵山风吹来，冷得他们直打哆嗦，一个个都抱着双臂蜷缩起来。

"大哥，那里有个山洞！"闪电一现，刺梨儿眼尖，一下看见半壁上的荒草丛中有一个山洞。

"快，躲到那个山洞里去！"家骏打开手电，领头就往那洞下跑去。

洞在半壁上，几个小子费了好大的劲，搭着人梯，你拉我拽，终于爬进了山洞。山洞不大，洞也很浅，几个小人儿刚好能够藏身。家骏举起手电一照，洞里还立着两尊小小的菩萨。刺梨儿认得，那是土地爷和土地婆，他们村口上原先也有这样的土地庙，后来被山下来的红卫兵砸掉了。

几个人钻进洞后，横靠在洞壁上，大口大口地喘着粗气。外面的雨依然下着，雷声依然响着，几个小子又冷又饿又累，听着外面的雷声，面对黑沉沉的荒野，紧靠着两尊冷冰冰的菩萨，以及不时传来的不知是野兽的嗥叫还是风吹山林的啸声，此情此景，不由得不让人心生胆怯，甚而惊魂不定。

"你们不要怕，这里有我！"吕家骏颇有大哥的风范，在这关键时刻，他坐守在洞口边，不停地安慰着两个兄弟，"这里很陡，一般的野兽爬不上来，如果有东西敢爬上来——"家骏扬了扬手里的柴刀。

几个人沉默着，洞里也是静静的。

不知过了多久，外面雷声渐渐远去了，雨点也小了一些。

"你们把衣裳脱下来，把它拧干再穿。"家骏伸头看了看外面，脱下被浇湿的衣裳拧了起来。

"哥哥，天亮了我们还是下山吧。"家骢对家骏说。

"等天亮了再说！"看得出，家骏没能找到庙观，还是不死心。

深山野岭，夜色沉沉，风雨潇潇，电闪雷鸣。

"吕家骏——吕家骢——刺梨儿！……"

几个躲进山洞的小子当然不会想到，这一夜，为了寻找这几个失踪的浑小子，不知有多少人担惊受怕，有多少人心急如焚，有多少人爬山越岭在寻找着他们！当天晚上，基地指挥部动员了一两百人，他们声势浩大地打着电筒，举着火把，冒着风雨，和吕振华、文秀、吕大爷他们，在这荒山野岭中整整寻找了大半夜！可要在这偌大的云岭山中，寻找几个小小的人儿，真如吕振华所说的那样，简直如同在大海里捞针，哪里寻得见几个小子的踪影！

"几个浑小子，你们到底在哪里呀！"文秀全身被雨水浇透，摔得一身稀泥，一身伤痕，她在吕振华的搀扶下下山后，流着泪不停地大声对黑莽莽的大山喊道。

"这几个小子也老大不小的了，相信他们天亮了会回来、会回来的……"吕大爷不停地安慰着文秀和吕振华，"我家刺梨儿那小子跟我上过几回山，我也教过他一些躲避野物和生存的办法。"

"是啊，黑咕隆咚的，实在不好找人，只好等天亮再说了！"庞副院长回头看了看莽莽的大山，"这几个浑小子，胆子也真够大的！"

大雨慢慢停息了，雨雾渐渐消散了。

到了后半夜，乌云散去，夜空中居然又现出一弯淡淡的月儿来。

天边刚露出一丝微光，躲在山洞里的吕家骢突然醒了！

昨晚，几个小子爬进山洞里后，洞里能避风避雨，比外面要暖和一些。拧干衣裳，他们把带来的几个烤红苕吃下肚后，又捧起岩壁上流下的水喝了几口，慢慢安顿下来。尽管又黑又冷还饿，但爬了一天的山，淋了一场雨，实在是太疲乏了。不一阵，几个人都迷迷糊糊地靠在洞壁上睡着了。

"哎哟——"不知什么时候，吕家骢轻轻地呻吟了一声，眼前开始迷糊起来。迷糊之中，他感到脑袋很痛，浑身酸胀，嘴唇干裂，眼睛发涩，一些光怪陆离的景象在他眼前闪烁起来。渐渐地，他的身体也好像飘浮起来，飘浮在一个枯黄的空间之中，眼前全是纷纷扬扬焦黄飘飞的枯叶，他心里实在太难受了，忍不住轻轻呻吟起来。

"家骢！你醒醒、你醒醒……"朦胧中，家骢听见有人在叫他，他一惊，仿佛一下从空中跌落下来，全身不停地打抖，牙齿和牙齿也禁不住敲打起来！

"你醒醒、你醒醒！"家骏一边摇动着家骢，一边用冰凉的手摸着他的额头，"家骢，你怎么啦、怎么啦？……"

"哎，我心里好难受……"

"你发烧了！"家骏一下脱掉穿在身上的褂子，让崖壁上流下的凉水把褂子浸透后，捂在家骢的额头上，"没关系、没关系，把温度降下来就好了。"

浸透雨水的褂子在家骢额头上冷却了一阵后，家骢感觉要好受一些了，迷迷糊糊地又睡了过去——但不知过了多久，他突然又醒了过来！

睡梦中，他分明听见了一个声音，一个既邻近又遥远，既熟悉又陌生的声音！这声音，既不是风吹松枝发出的涛声，也不是野兽低低的嗥叫，更不是发烧产生的幻觉——千真万确，这声音低沉而浑厚，清脆而悠远——啊，没错，这是钟声！

那钟声，轻飏而飘逸，一声声在山谷中回荡！

"大哥、大哥！"家骢拿掉额头上已半干的褂子，推了推身边的家骏，"大哥，你听、你听！这是什么声音呀？"

"什么声音？"吕家骏从睡梦中惊醒过来，迷迷糊糊地揉了揉干涩的眼睛，支起耳朵在昏暗中仔细一寻觅，突然高兴地叫了起来："这是钟声——对，是寺庙里的钟声！小时候，我跟爸爸到明音寺里去敲过钟，就是这个声音、就是这个声音！"

"既然这里有钟声，那庙子离这里就不会太远了，那庙子里肯定就会有人！"家骢也激动起来，仿佛病已好了起来，"我们找到了庙子，就能找到下山的路了！"

"对、对！这是庙子里的钟声！"

刺梨儿此时也被惊醒过来，他们全都认定这声音就是庙里的钟声。此时，洞里有微光透了进来，他们一齐从洞口探出头去，只见天已经晴了。遥远的东边山岚上，已露出一缕清白的晨光，山巅上还挂着一弯如钩的月儿；近处的山林里，晨醒的鸟儿正在叽叽啾啾地鸣叫。那浑厚而悠远的钟声，正从对面山坳的密林深处传了出来，时隐时现，一声一声，久久地在山谷中回荡。

"我们找到寺庙了、找到寺庙了！"吕家骏激动而兴奋地叫了起来，他回过头，摸了摸家骢的额头，"家骢，你发烧好点了吗？"

"好点了……"

"那好！你走不动，我和刺梨儿扶着你走！"家骏挥了一下手里的柴刀，"走，向那钟声响起的地方——前进！"

7. 开觉寺暗藏的玄机

"请问，你们找谁？"

吕家骏几个小子离开山洞，循着钟声响起的方向，相互拉拽着，下了一个陡坡，涉过一条小溪，终于在溪边杂草丛生、腐叶遮盖的丛林中找到了一条石板铺成的小路，再爬上一座小山，穿过一片茂密的山林，当太阳爬上东山岭时，他们终于来到了那钟声响起的地方。

原来，这里真有一座寺庙！

这座寺庙坐落在一个幽深的山坳里。庙前，有数不清的白果、香樟、楠木、红枫等古木，郁郁苍苍遮天蔽日。来到这里，只见这里雾霭缥缈，古意悠然；只闻此处鸟雀啼鸣，林涛阵阵。那繁茂虬逸的古树之间，无数块巨石突兀而生。这些巨石，有的像鹰嘴，有的如卧虎，有的像蛤蟆，有的似书箱，形态各异栩栩如生。这些巨石之上，镌刻着历代文人墨客题咏山川形胜的诗词，雕刻着佛界菩萨和民间人物的形象。这些雕刻虽经长年的风雨冲刷、草木侵蚀，已变得枯萎陈旧、斑驳陆离，但依然能够辨识。

走到寺庙前，寺前有一道天然的巨石为门，门楣上刻着"开觉寺"几个大字，那字痕拙中藏巧古朴苍劲。庙门两侧的石柱上，刻着一副深奥难懂的对联，那字迹飘逸不羁精妙通神，对联曰：

自在观，观自在，无人在，无我在，问此时自家安在？知所在，自然自在；
如来佛，佛如来，有将来，有未来，究这生如何得来？已过来，如见如来。

举眼一看，寺后还有一道几十丈长、十数丈高的丹霞峭崖为屏。站在庙前环顾四周：左青龙，右白虎，前望山川，背靠山岭，果然是处好风水！

开觉寺就坐落在这清幽的山石林间。

但是令人顿生憾意的是，这座昔日繁盛兴旺、闻名遐迩的寺庙，而今早已衰败破落了。庙前，野草疯长，苔藓叠生；庙内，除大殿及几间偏房外，门房内的四大金刚、大殿后的观音阁、藏经楼等早已陈旧破损，面目全非，几近坍塌了。

伸头窥视庙里，庙里一片安详寂静。

几个小子大着胆子推开庙门，谨慎地走了进去。可刚走到大殿庙坝前，一个头上束着发髻、穿着粗布道袍的小道士，一瘸一拐地从偏房里走了出来，用惊异的目光打量了吕家骏几个小子一遍，上前来打了个稽首，轻声问道："请问，你们找谁？"

"我们、我们来这里看看……"吕家骏回过头，也吃惊地看着这位小道士，不禁疑窦顿生：都说寺庙里住的是和尚，且都是年老者，这里怎么会出来一个年少的道士？

"请问，你们从哪里来？"那位瘸腿的年轻道士又问。

"我们从山下来。"吕家骏见那小道士给他打着稽首,他懂事地赶紧给他点头。

"从山下来?"那小道士更是露出惊讶的神色,但随即说道,"哦,对不起,师傅都在打坐做功课,你们切不可打扰了他们。"

"好好好。"吕家骏连忙点头。

那道士带着满脸的疑惑离去后,家骏带着两个弟弟,蹑手蹑脚向大殿旁边的台阶走去。走上台阶,虽见大殿门关闭着,但里面有焚香的气息从门缝飘了出来。

吕家骏好奇地将眼睛凑近门缝,见大殿内有袅袅的香烟缭绕;殿内的香案上,两盏长明灯摇曳着,映照着大殿上庄严的释迦牟尼、文殊和普贤3尊坐像。香案前,一个须眉皆白的老和尚,正盘坐在蒲团上,双手合十,闭目诵经。

家骏轻轻对两个弟弟摆了摆手,带着他们,轻手轻脚地离开大殿,朝后边走去。但大殿后面的建筑群因年久失修,不少地方已经坍塌了,门窗边蛛网密布,屋檐瓦沟已经长草。几个小子寂静无声地在庙后转了转,见这些建筑都门窗紧闭,破朽不堪,尘埃厚积。

几个小子走到藏经楼后面,只见那石壁之上,有一尊数米高的千手观音摩崖造像,虽此像面目和衣裾色变,有的地方已有缺损,但此造像雕刻工艺精妙,人物形象栩栩如生。

寺庙尽头,那陡峭的丹霞峭崖上,还分布着聚仙台、凌云岩、龙吐水、老虎洞、听琴洞及其他菩萨造像等诸多景物。若是平心静气,竖耳聆听,还能听着那洞内传来的叮叮咚咚的弹琴之声。

远离尘世的喧嚣,徜徉在这幽静秀美的山林庙宇之间,真是别有一种情致。这里的风儿是新的清的,这里的鸟儿是无忧无虑的,这里的草叶和花蕊也是一尘不染的,的确是参禅悟道的一方风水宝地,可惜,庙里昔日的风光不再,繁盛的香火早已衰败。几个小子在寺庙转完一周,只好又回到大殿上来。

绕过大殿,左边是一个完好的偏房,偏房也关着门,但从里面也透出焚香的气味来。吕家骏好奇,踮着脚尖走了过去,正要将眼睛凑近窗边时,突然从里面传出一个声音:"门没关,进来吧。"

吕家骏惊了一下，回头看了两个弟弟一眼，大着胆子上前推开房门——原来这屋中央的香案前，一个头上束着发髻、白须飘逸的老道，也正端坐在一个蒲团上闭目打坐。

　　"师傅，您好。"吕家骏跨进门，懂事地给那老道鞠了个躬。

　　"你可是从东北方向来？"老道依然闭着眼睛，轻声问道。

　　"我、我从山下来……"吕家骏闻言有点摸不着头脑，但这小子毕竟是聪明之人，瞬间他就明白过来，不由得暗暗吃惊：他怎么知道我是从东北方向来？难道冥冥之中，真有神灵暗示，或是心灵感应？他赶紧答道，"我们原来住在东北，去年刚到这里来的。"

　　"今日你能来到这里，也是一种缘分。"老道微微睁开眼帘，看了他一眼，依然轻声说道。

　　"我们昨天找了一天，没找着。今天听见庙里的钟声，才找到这里的。"吕家骏说。

　　"缘分乃是天定，你迟早会找来的。"

　　"老人家，我不明白你的意思。"吕家骏又说。

　　"你当然不会明白我的意思。"老道又合上眼睛，仿佛身外的一切都不在他的意念之中，他又在那仙境中云游去了。停了停，他才又说出两句话来，"你我有缘，既然你来了，何必空空而来，空空而去？"

　　"……"家骏嘴张了张，没有说话。

　　"既然你来了，就送你两句话吧。"

　　"谢谢老人家……"家骏惊诧地看着老人，依然弄不懂这老道的意思。

　　"大道无道，循道而行；良禽择木，寻木而栖。"老道淡淡地说出两句话来。

　　"老人家，我还是不明白你的意思。"

　　"你已老大不小，且是聪慧之人，自己去觉悟吧，何必要人说透。"老道说完，自顾闭了眼睛，不再理会吕家骏，又进入到自我的境界中去了。

　　吕家骢和刺梨儿此时倚在门边，听着老道与家骏讲话，没敢进到屋里去。

"大道无道，循道而行；良禽择木，寻木而栖……"吕家骏疑惑地将老道那两句话自言自语重复了一遍，又赶紧从书包里拿出纸笔，将这两句话记了下来。可他对着这两句话琢磨了半天，始终猜不透其中的意思。

这世上有的事情说来真是有点离奇，但时时又让人猜不透其中暗藏的玄机。

倒是佛家有句话说得好：同船过渡前世修。说的是大千世界，尽管芸芸众生熙熙攘攘，但人与人之间的相识相知，既有偶然的因素，更有必然的因素。有的人同床却是异梦，形同路人；有的人远隔千山万水，却一见钟情不离不弃，这或许就是佛家所说的——缘分。

细细想来，这倒不是迷信，而是人生的哲理。

直到几年之后，吕家骏渐渐长大，当他逐渐领悟到这老道这两句话的含义，再到山中寻访他时，才知道他原来是云岭山中赫赫有名的道源道长！那位年轻的道士，是道源大师的徒弟灵机。这个灵机原名曾万光，他是一个孤儿，在十岁时上山采蘑菇迷了路，在濒临绝境时，道源大师在山中发现并收留了他。那位在大殿中打坐诵经的年老僧人，是开觉寺的住持、佛界有名的祥瑞大师。道源与祥瑞两位大师，原是极好的朋友，常在一起交流佛仙之道、探讨宇宙之密。那段时间，道源道长正应祥瑞大师之邀，同徒弟灵机来开觉寺小住，所以家骏几人正好与他们不期而遇。

这也就应了佛家那句话——缘分。

当天上午，吕家骏几人在庙中稍作停留，怕大人担心，在那位年少道士灵机的指点下，匆匆离开开觉寺，下山而去。到中午时分，刚好遇到了正漫山遍野来找他们的叔叔、伯伯和爷爷们！

前来找他们的人们，见到吕家骏几个小子是又惊又喜，听了他们在山中的遭遇，是又忧又气，哭笑不得。吕振华、文秀见到几个小子活生生的回来，既喜极而泣，又怒火中烧，几个小子被吕振华和吕大爷分别狠狠揍了一顿，特别是那个为首添乱的浑小子吕家骏，还被他老汉罚他跪了大半夜，不是吕大爷和吕大娘说情，他真要被罚跪到天亮呢！

8. 基地的第一批学生

坡上的苞谷抽穗了，眼看就要成熟了；工地上的科研大楼、试制车间已快要成形了。经过庞副院长他们一段时间的奔波和筹划，村上的祠堂整修好了，学校终于就要开学了。

学校在云雾村的村尾上。

这里，原本是周氏家族的祠堂。里面有一个中堂，中央是神龛和香案，正中塑着周家祖宗的塑像；堂下是一个天井，两边有几间瓦屋。祠堂前，那石头砌成的门楣上，赫然刻着几个大字：周氏忠堂。大门两边的门柱上，也像其他祠堂一样，一左一右刻着一副对联。上联是"和邻睦族当家理财"；下联是"育人砺才精忠报国"。

据说，当年张献忠反四川，造成蜀中万户萧疏。后来，湖广填四川，周氏祖宗从广东跋山涉水，千里迢迢来到这云雾村开山造地，繁衍生息。周家的后辈们为了祭祀祖宗，记住乡愁，就在这里建起了这座小小的祠堂。

"文革"初期，山上山下的多数庙宇、祠堂都被当做"四旧"砸烂了，可这周家祠堂却比较完整地保留下来。据说，当山下的红卫兵进山来砸了土地庙，要砸这周家祠堂时，周家的后人们用草席、谷草将神龛和祖宗的塑像都掩藏了起来。

这祠堂，前些年也曾做过学堂，远近有几十个小崽娃就在这里读书。"文化革命"一来，山上山下都在停课闹革命，那位年老的王德恒老师退休后，学生们便作鸟兽散，这里已经两三年没有闻见崽娃们上课的读书声了。

基地的学校还没建好，庞副院长和地方协商，整修好这祠堂后，县里也答应从城里派来老师，让孩子们先在这里凑合着上学，暂时把工地上和村里的孩子们先管理起来。

阳雀鸣叫，谷子翻黄。

这一天，那位从城里派来的老师来了。

她叫兰馨。看样子比吕家骏他们大不了多少，恐怕只有十八九岁。她长着圆圆的脸儿，有着一对扑闪闪的大眼睛，两条又粗又亮的辫子，垂在她的腰际；辫梢上，还有两只翩翩飞舞的绸蝴蝶。

那天晌午，太阳停在了正空。这位新来的老师走得热了，脱下了蓝色的外套，搭在了手臂上，一件红彤彤的运动衫，紧紧地包裹着她圆圆的肩膀、鼓鼓的胸膛，浑身上下洋溢着青春的气息。队长周正能背着她的行李走在前面。一进村，这偏僻冷寂的村里就热闹起来。人们纷纷从门边伸出头来，直直地盯住这位姑娘。这位姑娘来到这荒寂的山村，仿佛是从天外飞来一位仙女，或是白鹤来到了鸡群。连最看不起人的牟幺嫂，也张圆了嘴巴，半天合不拢来。

她一边走着，一边笑盈盈地望着大家，但笑得有几分勉强，也有几分腼腆。一进村子，她看见站在路边周二嫂的儿子饼儿时，她笑着走上前去，摸摸饼儿光光的脑袋，还蹲了下来，想问饼儿点什么。可饼儿像被蜂子蜇了一样，一抹清鼻涕，光着脚板转身就逃开了去！逃到那边，他一下跳上周幺爷的墙头上，满脸通红地望着这位新来的兰老师。

家骏、家骢、刺梨儿几个小把戏，这时正骑在一棵梨树上，一见饼儿那副狼狈相，在家骏的带领下，又一齐呜喧喧地吼叫起来：

饼儿饼儿光溜溜，脑壳搽了万金油。
饼儿饼儿干扦扦，肚皮没长肚脐眼！
……

那兰老师听见树上几个鬼猴儿的叫声，抬头看了他们一眼，又笑了笑，听见周队长在前面招呼她，她甩了甩辫子，挺着高高的胸脯，跟着周队长往村后的祠堂走去。

"这姑娘，真是从城里来的呀，跟我们这山里的人就是不同。"

"是呀是呀，这姑娘小小年纪，就离开爹妈，一个人到这山里来，多不容易呀！"

"听周队长说，人家是自愿报名来这山里教学生的呢！……"

"哼，"只有那牟幺嫂撇了撇嘴，"自愿到这山里来？我看她来了待不了几天！一个姑娘家，一件红彤彤的小衣穿在身上，在男人眼皮子底下钻来穿去，那一对大奶子——哼，比人家坐月子的周二嫂还大呢，到这里来招蜂呀！……"

"算了算了，人家还是小姑娘。牟幺嫂，还是闭上你那臭嘴，积点德吧。"

"我们的老师来了，我还真想读书了。大哥，我们去看看她吧。"吕家骢望着新来老师的背影，他想了想对家骏说，"人家刚来，我们去帮帮她吧！"

"帮帮她？"家骏想了想，点点头，"好吧。"

一声吆喝，吕家骏带着一群小子就往祠堂跑去。

祠堂前，庞副院长和吕振华等几个学生家长，正在那里等着新来的老师。

"啊，欢迎欢迎！"庞副院长见周队长带着那位兰老师来到祠堂前，赶紧上前几步，握住那位兰老师的手，"盼星星盼月亮，我们终于盼到你这位老师来了！"

"我刚从师范学校毕业，没什么教学经验。"那位兰老师依然有点腼腆，"还要请领导和家长多多指教。"

"没什么没什么，什么事情都是边干边学嘛。"庞副院长说，"在游泳中学会游泳，在战争中学会打仗嘛。"

"学校里一共有多少个学生呢？"兰老师问。

"有三四十个学生呢，可大大小小不一致，你可能要多费一些心，先把他们管理起来，分门别类教他们认些字，学些知识。"庞副院长说，"现在学校很简陋，教学也有些困难，等我们基地的学校建起来，还会随家长迁来大量的学生。到那时，我们会建设一个正规的学校，会请来几十个老师。那时候，你就是创建这所子弟学校的功臣哪！"

"感谢领导的信任，我一定会尽到最大努力的。"

"好好好，年轻人就该有这点志向！"

就这样，这工地上、村庄里三四十个大大小小、长长短短、粗粗细细、男男女女的崽娃们，在工地指挥部的筹划下，就在这个像学校又不像学校的"学校"里上起学来。

管理这几十个崽娃的就是这位年轻的兰老师。

就这样，这些往日里上山放牛割草的、在家照妹子的、在溪沟里浮狗刨在沙滩上打滚儿的崽娃们，就不能再像往常那样漫山遍野、随心所欲地去沟里摸鱼捉蟹，去坡上偷瓜刨苕，去树上捉鸟摸蛋，去山上捅蜂采果了，在那位比他们大不了多少的兰老师的管教下，又拾起已经荒废了不少时间的课本，开始学起文化知识来。

"小猫钓鱼。老猫和小猫一起在河边钓鱼。一只蜻蜓飞来了，小猫看见了，放下钓鱼竿，就去捉蜻蜓。一只蝴蝶飞来了，小猫又放下钓鱼竿，又去捉蝴蝶……"

"一三得三、二三得六、三三得九、四三一十二……"

就这样，自从来了这个兰老师，这些调皮捣蛋的崽娃们生活轨迹就开始发生了变化。这位兰老师年纪虽然不大，但她做事认真，办法也不少。她根据孩子们掌握的知识情况，分门别类采取集中上课、单独讲解、个别辅导、联系家长等方法，当起一个正儿八经的老师来。

从此，吕家骏这群往日无人管束的鬼猴儿们，就像被唐僧念了紧箍咒；又像一群无法无天的野蜂，被收进了蜂桶，恣顽任性的德性大大收敛，不敢再像往常那么为所欲为了。自此，村里的墙壁上，少了这些野小子们的几个脚印；周幺爷家枣树上的枣儿，也有几个能够成熟的了。

哈，就这样，吕家骏、吕家骢、吕家驹和刺梨儿他们，成了0658基地"学校"里的第一批学生！

第三章

秋去冬来

1. 中元节里的悲喜事

东北长春。

窗外的雪花飘了又歇，歇了又飘；远处坡上的草枯了又绿，绿了又黄。一转眼，刘知问已在"牛棚"里被关押了两年多，马名翰已被关押近1年了。

这些日子里，造反派大概成天都在忙于文攻武卫、夺权争利，对关在"牛棚"里的人来了个不闻、不问、不审、不放，也不做结论，就这样无限期地拖着。时间长了，关在这里的人，要走出"牛棚"似乎已了无希望，他们整天百无聊赖、烦躁不安地打发着时光。

清晨，一缕微光从窗洞里透了进来。

刘知问和马名翰睡不着，早早地就醒了。

两只弹丸般的鸟儿大概在房檐下做了窝，一早起来，就站在窗洞上伸着两个小脑袋不停地往"牛棚"里窥探着——其实，窗洞里还是去年和前年的那些光景，只是今年秋天比往年更阴冷，关在里面的人有些变化罢了。

一早起来，刘知问连牙也懒得刷，脸也懒得洗。离开饭的时间还早，他双腿盘坐在草铺上，双目微闭，像僧人一样打起坐来。万般无奈无聊，近一两年来，他从早到晚除了翻翻书，就这样独自枯坐，打发着这遥遥无期的囚禁日子。

"开饭了！"不知过了多久，"哐当"一声门打开了，看管他们的人送来两个黑色的窝窝头，两碗菜汤，随即转身又把门关上了。

"喂，马总。"刘知问听见动静，睁开眼睛，瞟了一眼那两个窝窝头和菜汤，突然莫名地对躺在草铺上的马名翰说道，"如果我没记错的话，今天是农历七月十五，该是我们过节了呀，他们应该给我们改善一下伙食才是！"

"什么，今天我们过节？"马名翰闻言感到莫名其妙，他翻身爬了起来，疑惑地看着刘知问，"过什么节呀？"

"按照他们的说法，我们是'牛、鬼、蛇、神'哪！"刘知问不动声色地说道。

"哈，刘书记，你真会寻开心！"马名翰愣了一下，突地恍然大悟，"你说得没有错，今天是传统的中元节，也就是'鬼节'呀！"

"是呀，这鬼节，也称七月半、施孤、地官节或斋孤，与上元节、下元节合称三元——这是一个汉文化圈里传统的文化节日呀。"刘知问接着说道，"你别小看这个节，它与除夕、清明、重阳三节是中国传统的祭祖大节呀！"

"哈，刘书记，你说的这些节日，而今都在被扫除的封建迷信和'四旧'之列，万万不要再提及了呀！"马名翰停了停，却缓缓地说道，"倒是海外的华人，他们还没忘掉这个传统节日，每年都还照过不误的。"

"我说句犯忌讳的话吧，我们完全把这些节日纳入封建迷信和'四旧'之列，其实是有失偏颇的。"刘知问和马名翰这两个难友，被关在这里1年以来，早已成为无话不谈的朋友，刘知问对马名翰说话其实一点也不用忌讳，"这个中元节，其实是汉民族秋天庆贺丰收、酬谢大地的节日。此时，稻菽等农作物成熟，民间按例要用新米来祭祀祖先，是向祖先报告收成的一个仪式而已。"

"不对吧，我小时候，祖父告诉我，中国的国教——道教认为，中元节为地官诞辰，是祈求地官赦罪之日。"马名翰说，"此时，据说阴曹地府将打开鬼门关，放出全部鬼魂，已故的先人可回家与家人团圆，因此又叫做'鬼节'——如此，就有些迷信的成分在其中了。"

"岂止道教，早年传入中国的佛教，其实也是要过这个节的，他们称中元节为盂兰盆节。"刘知问接着说道，"在这个节日中，民间普遍进行一些祭祖先、荐时食等活动，久而久之，其实也就形成了一个民族的风俗，一种传统的文化罢了。"

"这我知道。在我的家乡上海，祭祖先、荐时食的中元节又称为斋孤。"马名翰说着，仿佛沉浸在儿时的回忆之中，"小时候，我见过僧人在河边超度亡魂，将纸做的荷花灯放在江里，所以又称'斋河孤'。旧时的中元节，整个节日是以祭祀为中心，成为中国民间最大的祭祀节日……"

两人正热烈地讨论着中元节，聊以消磨无聊淡白的时光——突然，"哐当"一声门又打开了，两人赶紧垂下眼帘，闭上了嘴。

"刘……书记，你收拾一下，有人要见你。"随着门打开，人保组长余学华急匆匆走了进来，对刘知问说道。

"什么，有人要见我？"刘知问突然听见有人喊他"刘书记"，他惊了一下，迷惑地看了余学华一眼，"什么人会来见我呢？"

"是一位首长。"余学华迟疑了一下，催促道，"你赶紧洗把脸，把铺上的东西收拾一下。"

"什么，首长要见我？"刘知问望着余学华，自言自语道，"怕是你们搞错了吧？……"

刘知问话没说完，突然门口来了几个人。

"那就是刘知问书记……"门口有人轻声说道。

"首长好！"随着说话声，从门外急匆匆走进一个人来，在离刘知问几步远的地方啪地立正，向他敬了个军礼！

刘知问大吃一惊，抬起头来，只见眼前一个身体笃实、面目黝黑、穿着军装的人正立正向他敬礼！

"你是……"刘知问惊异地看着眼前这个陌生的人。

"报告政委，四野二纵三师副师长彭云飚向您报到！"那个军人依然手举在帽檐边。

"哦，原来你是彭、彭云飚副师长呀！……"刘知问一下站了起来，不由自主地将手举了举，算是还礼。

"不，首长早就不是师长了！"那个叫彭云飚的人身后，一下闪出另一个人来，他对刘知问说道，"首长现在是军区副司令员，他是专门来看您的！"

这个从彭云飚身后闪出的军人，刘知问当然认识，他就是院军管会主任莫其宁。

"政委，您吃苦了……"彭云飚放下手，上前来紧紧握住刘知问的手，"这些年，我都在南边的福州，一直都在打听您，直到这次调到沈阳来，才得到您确切的消息——首长，我来迟了！"

"哎呀，你说到哪里去了！"刘知问闻言，也紧紧地握住彭云飚的手，由衷地说道，"你能专程来看看我这'走资派'，这份情义我担当不起呀！"

说起来，这彭云飚和刘知问的战友情谊，那可是长年在枪林弹雨、生生死死中结下来的。在延安，他们是抗大一个班的学员，刘知问是班长，彭云飚是体育委员；在八路军一二〇师时，刘知问是团政委，彭云飚是副团长；进军东北时，刘知问是师政治部主任，彭云飚是团长；刘知问转业留在地方工作时，他是师政委，彭云飚那时还是副师长——说起来，他还真是彭云飚的老首长了。

"什么'走资派'！老首长，来这之前，我专门调看了您的材料——呸，都是他娘的一派胡言！"彭云飚回过头，对着军管会主任莫其宁旁敲侧击地说道，"有些混账人，有什么帽子就给人戴什么帽子！什么'走资本主义道路的当权派'，什么'叛徒特务嫌疑'，什么'反对毛主席无产阶级革命路线'……都是他娘的放屁，马胯往牛胯上扯！"

"彭副师长……不，彭副司令员，你看你，还是战争年代那个火暴脾气。"刘知问诚恳地说道，"你说的这些，还是由组织上来做结论吧……"

"老实跟首长说吧，我今天就是代表组织来的！"彭云飚说，"来之前，我已找过军区政委和司令员，也找过省革委俞主任，我专门写了份证明材料，用我的党性和人格——不，用我的脑袋作担保，证明您是清白的！"

"彭副师长，你……"刘知问听到这里，他再次紧紧握住这个老战友的手，战友之间的那份真情，几年来的屈辱和辛酸，仿佛一下从他心底里涌了出来，他眼睛竟然有点潮湿了。

"而今，党的九大召开了，提出了要搞安定团结；近期，苏联在我边境上陈兵百万，前不久我们在珍宝岛还和老毛子干了一仗！可就这样，我们还在不停地搞内乱——嘻，有些人那是司马之心哪！……"彭副司令说着，一下回过头来，用命令的口气对军管会主任莫其宁讲道，"省革委甄副主任昨天电话已明确表示，立即解放刘知问同志，今天就会下发正式通知；他的工作问题，随后也会正式做出安排！"

"是！按彭副司令员指示，我们马上办理！"莫其宁立正回答道。

"不，他马上就跟我走！龙参谋——"彭副司令对着门外叫了一声，一个参谋人员应声站在了门口，"你叫驾驶员准备一下，刘政委要跟我们回军区！"

"这……"刘知问闻言，愣了一下，回头看了看自己的难友马名翰，又看了看自己的铺位，欲言又止。

"这位同志是……"彭副司令望着马名翰，问。

"这是我院的副总工程师，漂洋过海从国外回来，是一个爱国知识分子，也是一个难得的人才。"刘知问对彭副司令说。

"他又是犯了什么错呢？"彭副司令扭头问莫其宁。

"这个、这个……他的案子，是院里革委会在具体负责。"

"你是这里的军管会主任，那你得过问过问，完了给我一个明确的答复。"

"是，彭副司令员！"

"嘻，老政委，走吧走吧，您的那些破烂——"彭副司令见刘知问望着地上那堆烂棉絮之类的东西，说，"除了那几本书，其他的我看就扔了算了。"

彭副司令说完，一把抓住刘知问的手，就往"牛棚"外走去。

"你等等。"刘知问挣脱彭云飚的手，转身走到他的难友马名翰跟前，紧紧握住他的手，"马总，既然他们来接我，我就先走一步了。我相信，您的问题很快就会得到解决的！"

"祝贺！您遇到了一个难得的好战友！"马名翰也紧紧握住刘知问的手，真诚地说道，"我在这里多待一些日子也没什么，您先走吧。"

"我想多问您一句，出去后，您想干什么呢？"

"如果我真出去了，还是想去西南参加三线建设。"马名翰说。

"我记住了。"刘知问说，"我也有这个意思，如果我们这个愿望能够实现，让我们再成为一条战壕的战友吧。"

"好，再见！"

"再见！"

"莫主任，"彭副司令拉着刘知问的手，正要走出"牛棚"时，保卫组长余学华突然从旁边闪出来，吞吞吐吐指着刘知问，对军管会莫主任说道，"他出去的手续……"

"怎么，我同意了还不算数么！"

"不不不，我不是那个意思……"余组长见莫主任沉下脸来，他赶紧申明，退到了一边去。

啊，刘知问走出那阴暗破烂的锅炉房，举眼一看，外面的天空是那么蔚蓝，阳光是那么灿烂，连从白杨树上飘落的树叶，也似乎变成了翩翩飞舞的蝴蝶。他仰望了一下明媚的天空，捋了捋已经花白的头发，深深吸了一口这外面自由清新的空气。

"走，到我那里去！"彭副司令将刘知问搀上吉普车，"今天您弟媳专门在家当炊事员。我们两战友，这么多年没见面了，得好好喝两杯——今天，我们要像打下锦州那天一样，来他娘个一醉方休！"

2. 惨烈的长征故事

云岭工地指挥部。

"庞副院长，您是老红军，经过二万五千里长征，又是塔山阻击战的英雄，对孩子们进行革命传统教育，是非您莫属呀，您无论如何也要抽时间去给孩子们讲一讲！"

基地学校开学后，这个叫兰馨的老师，已经是第三次来到工地指挥部，请庞副院长给孩子们上革命传统课了。

"是呀是呀，兰老师吧。"庞副院长说，"这件事我记着呢，这段时间我实在太忙了，一有空，我马上就来！"

"庞副院长，您已答应过我两次了。"兰馨说，"孩子们都等着您，盼着您去给他们讲红军长征的故事呢！"

"哎呀，兰老师，这些日子，我真是弄得来脚板翻在脚背上了呀！"

庞副院长说的是实话，自从来到这里，他就没一刻的清闲，从工程建设，到网罗人才；从科研生产准备，到生活后勤保障，事无巨细都要他来操心。就连到了晚上，他还要检查工程进度、基地安全、查岗查铺。近段时间以来，眼看科研大楼就要封顶了，试制车间也快要竣工了，随着工程建设进度的推进，从长春老基地，以及全国各地来的学生、转业军人、知识青年都将陆续进场。这些人一来，那工作安排、吃喝拉撒一大堆事情，也亟待他过问和解决呀！

给学校的孩子们做报告、讲红军长征的故事，庞副院长在长春时，也应邀到不少学校去讲过——是呀，孩子们是新中国的接班人，让他们了解革命的传统，知道胜利来之不易，是老一代人义不容辞的责任呀！这回，再忙也不能推脱了。

"好吧，兰老师，下午我就到你们学校来！"

"好，一言为定。"兰老师说，"那我和孩子们都等着您。"

这次庞副院长没有食言，下午他把工作安排好，径直就到学校来了。

"同学们好！"庞副院长走进教室，就给孩子们打着招呼。

"庞爷爷好！"孩子们站了起来，瞪大眼睛，望着这个令他们崇敬不已，有着传奇经历的老红军。

"大家要我来给你们讲红军的故事，我早就想来了。今天见到大家，我特别高兴，也特别羡慕你们。为什么高兴呢？我看大家现在不用再割草放牛，能有书读了；为什么羡慕你们呢？我像你们这么大的时候，爹妈就没有了，还在地主家当小长年呢！当小长年干什么呢？担水、劈柴、割草、放猪……"说到这里，庞副院长指着吕家骏说，"我认识你，你是吕振华家的大小子，而且你小子还是个探险家呢！"

"嘻嘻……"孩子们笑了，笑得吕家骏有点不好意思起来。

"喂，吕家小子，"庞爷爷问，"你今年多大了？"

"十五岁。"家骏站起来，规规矩矩地回答道。庞爷爷这样的老革命老英雄，是他最崇拜的对象。不知为什么，他回答庞爷爷的问话时，故意将自己的年龄多说了一岁。

"十五岁？当年我跟红军走的时候，也是十五岁——哈，如果你当年参加红军，相信也一定能够成为英雄！"庞副院长说到这里，他话音一转，"那，今天我就给你们讲两个红军长征的故事！"

课堂上响起孩子们急切的掌声。

"我先给大家讲一个《一袋干粮的故事》。"庞副院长清了清喉咙，慢慢给同学们讲了起来：

当年红军长征时，在敌人的围追堵截中，走过了十五个省份，翻越了二十多座崇山峻岭，其中五座大山是终年积雪；渡过三十多条湍急的河流，走过人迹罕至茫茫无边的草地；遭遇了四百多场战斗，平均每三天就发生一场遭遇战；他们从南方走到北方，共计行程两万五千里！红军长征出发时，红一方面军有 86000 人，最后到达陕北时不到 7000 人；红四方面军出发时有 10 万大军，最后零零散散到达终点的不过 3 万人——所以说，长征是人类历史上罕见的一次艰难险阻的远征。

长征时，在庞副院长所在的团卫生队里，有一个十三岁的小红军，她叫小梅。参加红军以前，是给人家当童养媳的。1935 年 8 月，她随部队一起长征时，好不容易才得到一袋干粮，但在经过一座桥时，为照顾一位重伤员，她不慎把自己的那袋干粮掉到了河里，被河水冲走了。

那时，部队粮食非常紧张，主要以野菜草根充饥。小梅的干粮袋掉了，可她没告诉战友们，因为她怕战友们知道自己粮袋掉了，别人担心她都来帮助她，所以她装作没事一样，依然每天行军打仗，照顾伤员。一路上，她怕让战友们看出破绽，就扯了许多野菜塞到挎包里，让自己的挎包显得胀鼓鼓的。

她连续吃了二十多天的野菜，最后饿得实在不行了，翻过夹金山，快要走到草地时，她昏倒在了路边。由于行军紧张，战斗频繁，护士长这才发现她挎包中"干粮"的秘密，她自责不已，忍不住掉下了眼泪。小兰倒下了，大家都停下来照顾她，呼喊她，把自己的干粮放在她的手里……可是，小梅已经很衰弱很衰弱了，任凭战友们如何呼喊她，她却永远闭上了自己的眼睛，停止了呼吸……

小梅牺牲后，战友们把她埋在了草地边上一片灌木丛中。土堆前连木牌也没有一个，战友们只好在土堆上插上树枝，放上两块石头，作为记号，将来好来寻找她。

"同学们，这个小梅的故事，在红军的长征中，是个很小的事情，但这件小事告诉了我们什么呢？让我们看到了红军战士优秀的品质。他们坚强、无私、热心……这个小梅，当时只是一个十三岁的小女孩，却有着大人一样坚强的意志，她把生的希望留给战友，把死的结果留给自己。"讲完这个故事，庞副院长的声音有些嘶哑了，他停了停，喝了一口水，"在她粮食掉到河里后，她完全可以给首长讲，完全可以伸手向战友们要一些，可她并没有这么做，而是选择了忍受和沉默，甘愿自己吃苦。她心里想的只有战友，而忽略自己的生存；而对伤势严重的伤员，她完全可放下他们，自己轻松上路，可她没这么做，而是依然细心地照料着每个伤员。一个小女孩尚且如此，大家可以想想，我们红军是一支什么样的队伍呀！"

是呀，小梅还那么小，她就那么坚强，那么懂事，那么替他人着想。课堂上静悄悄的，听了小兰的故事，大家心里都难过极了，久久地沉浸在庞爷爷讲的这个令人痛心的故事之中。

"同学们，我是大巴山里的人，当年参加红军时，我们大都只有十几岁，比你们都大不了多少。当时我们的师长，只有二十六岁；我的团长，才二十二岁；我的连长，只有十九岁，但是他们都是老革命了。我所在那个班，从班长到下面的士兵，大都只有十四岁到十六岁——同学们要问，大家那时都小小年纪，为什么都要踊跃地参加红军呢？"庞副院长停了停，接着讲道，"那时的老百姓，都生活在水深火热之中，大家都怀着一个共同的理想，消灭反动派，推翻人剥削人、人压迫人的社会，让人人都有饭吃，人人都有衣穿，解放天下所有的穷人，建立新中国——好，下面我给大家讲第二个故事。"

1935年10月，红军走过草地之时，队伍在冰天雪地里艰难地前行。草原上，狂风呼啸，大雪纷飞，似乎要吞掉这支饥饿疲惫、还穿着单衣的队伍。

过草地时，彭德怀总指挥早把自己的马让给了重伤员，率领着部队向前挺进，在冰雪中要为后续部队开辟出一条通道来，可等待着他们的是更恶劣的环境。他们吃的是野菜，睡的是雪窝，一天要走五十多里路，还要遭到敌人的突然袭击。

历尽千辛万苦，前面的部队终于陆续走出草地，可后面有一个营的队伍，却始终没有跟上来。部队等了又等，等到彭总指挥发火了，他找来指挥员王平，命令他回去寻找他们，催促他们加快行军，跟上部队。

"我那时是王平的警卫员。那天，他带着我，重新回到荒凉的草地上去寻找这支部队。我们跑了大半天，跑到班佑河边时，正是黄昏，血色的夕阳正挂在西边。到了那里，我们远远看见几百个小红军战士正坐在地上背靠背地睡觉。王平将军愤怒了，他吼了一声，就过去推那些小战士。谁知推一个，这些战士就倒一个；再推一个，又倒一个——同学们，发生了什么事呀？原来，这些红军小战士在严酷的冻饿和疲乏中，饥寒交迫，再也经不起体力的透支，全部在睡梦中死去了！……"

课堂上静悄悄的，连掉一根针也能听见，只有庞爷爷那喑哑、颤抖的声音在教室里回荡。

"这些红军小战士，就在要走出草地的前一天，在那片连神灵都敬畏的土地上，全都闭上了自己的眼睛！这支部队有多少人呢，当时我数了数，一共有七百多人！同学们，你们知道那天的草地上有多安静吗？连鸟都不飞，连鸟也不叫。我们把这些死去的战士一个个平放在河滩上，连哭的眼泪都没有了——他们，都还是一群孩子呀！他们当中，年龄最大的才十八岁，最小的只有十四岁！……部队掩埋这些战士时，从总指挥到每一个士兵，都流下了眼泪……"

沉寂。课堂上是死一般的沉寂。所有的同学都低下了头，不少同学，偷偷地抹着眼泪，小声地哽咽起来！

"同学们，这些红军战士，当时年龄比你们大不了多少，可他们已经参加了红军，已经在行军打仗，已经在进行长征，已经随时准备献出自己年轻的生命——现在，你们有条件读书了，不需要再去行军打仗了，不需要再去流血牺牲了。听了这两个故事，孩子们你们该怎么办，大家都回去好好地想一想吧……"最后，庞爷爷语重心长地这样对大家说道。

这天，在放学回家的路上，家骏、家骢、家驹和所有的孩子们，都没有像往常那样追追打打，嘻嘻哈哈，大家埋着头，各自默默地走着，各自默默地想着自己的心事。

3. 公猪圈里的秘密

"哥哥，我发现了一个天大的秘密！"

天刚擦黑，迟眠的秋蚕在田间地头响起一片叫声。吕家骢跑到村后去砍了一根小斑竹，准备用来做钓鱼竿。从村外回来后，他凑近大哥家骏的耳朵，神秘地对他讲道。

"什么秘密？"吕家骏看弟弟家骢那欲言又止的样子，一把抓住他，"你告诉我。"

"我给你说了，你千万不要告诉其他人。"

"什么事情这么神秘兮兮的。"吕家骏故意一转身走开了，"你不说，我还不想听呢！"

"大哥，你等等。"吕家骢拉住家骏，小声对他说道，"刚才，我看见学校那个兰老师，提着一包东西，悄悄到村后边去了……"

"她到村后边去转转，有什么值得大惊小怪的呢？"

"不对。你想，天都快黑了，她一个人到村后边去转什么呢？我看她是边走边往回看，好像是看有人跟着她没有。"吕家骢接着说道，"我看见她是沿着村后上山那条小路去的——那条路，只通公猪圈呀！"

"她怎么会到公猪圈去呢？"

"是呀，说不定她是到喂猪的章大爷那里去呢！"

"到章老头那里去？"吕家骏满脸狐疑，他想了想，"你没看错吧？"

"没有看错，肯定是她。"吕家骢肯定地说。

"这怎么可能呢？"家骏眨巴了一下眼睛，"我听人说过，说那章老头是什么'右派分子'，是到这里来接受劳动改造的呢——走，我们去看看。"

"一会儿爸爸回来了，找不到我们怎么办呢？"家骢说。

"不管他。"家骏想了想说，"我们去去就回来。"

好奇心驱使着两个小子，他们沿着那条长满野草的小路，钻过一片小树林，就往村后那小山坡跑去。

此时，天色已经有些朦胧起来。

队里的公猪圈在村外的半山坡上，是用碎石砌成的。他们刚跑到坡下，远远望去，从猪圈前面那小屋窗洞中，已经透出灯光来——果然，他们隐隐约约看见一个身影闪进了那间小屋。

公猪圈背后，是一片红苔地和桑树林。两个小子迅速跑上山坡，穿过桑树林，吕家骏悄悄接近那个小屋，凑近窗洞观察了一下，回过头来向家骢招了招手。

小屋里点着灯，灯苗在风里摇曳着，光线很暗淡。家骏和家骢偷偷从后面的窗洞伸出头去，只见那屋里有一口煮猪食的大锅；角落里，堆着一些猪草，铺着一张草铺，那章老头正斜躺在草铺上，张着嘴喘着粗气，不时又大声地咳嗽起来。

昏暗的灯光下，屋里果然还有另外一个人，她正在从茶壶里往外倒水。倒完水，她转过身来——千真万确，正是学校的兰老师！

"您受凉感冒了。"那兰老师一手端着水，一手拿着药，递到章老头面前，"您先把药吃了吧。"

看着兰老师那个举动，在墙洞外的家骏和家骢明白了：她和那个章老头已是很熟识的了。

看章老头吃完药，兰老师随即从桌上拿起一个包，从包里拿出一件东西来，递给章老头："天气冷了，山上风大，我抽空给您织了一件毛衣——爸爸，您把它穿上吧。"

什么！家骏和家骢陡然一惊：那兰老师竟然叫章老头"爸爸"！难道，他们是父女俩么？！夜色中，两个小子对视了一下，简直不敢相信自己的耳朵！

"唉，你每天要照顾那么多的学生，还给我织什么毛衣呀！"章老头咳嗽了两声，接过毛衣，用手在上面轻轻地摩挲着，"小馨呀，真是难为你了……"

"爸爸，您千万不要这样说。我这当女儿的，不能很好地照顾您，只能做这点小事了……"

"小馨呀，你到这山里来，要吃多少苦呀，是爸爸连累了你！"章老头爱怜地看着女儿，叹了一口气，"这些年，爸爸不但没能照顾你，还拖累了你——人家好的家庭，像你这般年纪，还在父母面前撒娇呢！"

"爸爸，您可别这么说，我已经老大不小了。这些年，我倒没什么，您才吃苦了。"兰老师拿过毛衣，"来，您穿上试一试，看合适不合适？"

"唉，我写信叫你到这里来，是不是有些太自私了呀？现在想起来，我还真有些后悔了……"章老头边试毛衣边说道，"这些年，我虽教不成书了，但我是打心眼里喜欢、同情这里的孩子们，这些孩子从小没有书读，浪费了这大好的光阴，实在是太可惜了呀！"

"爸爸，这里虽比城里苦一点，但只要能天天和学生们在一起，能和您在一起，我不后悔，您也别后悔。"

"小馨呀，你天天能和学生们在一起，那是好事情。"章老头穿上毛衣，严肃地叮嘱女儿道，"以后没有要紧的事，你千万不能再到这里来，更不能让人家知道我们父女这层关系呀！"

"这，我知道……"

吕家骏和家骢正鬼鬼崇崇地趴在窗洞边，支起耳朵偷听屋里那父女的谈话——突然，脚下有秋虫叫了一声，他们一惊，本能地回过头去，只见山坡下出现了一道电光，电光后面紧随着一个人影，正沿着上坡这条小路，径直朝着公猪圈走来！

"糟了，有人到这里来了！"吕家骢悄悄对家骏说道，"我们告诉兰老师一声，叫她躲一躲吧。"

"不行，这样一来，我们就暴露了呀！"

"那怎么办呢？"

还是吕家骏鬼点子多，他想了想，拉着家骢退回桑树林里，学着周幺爷那条大黑狗的叫声，"汪汪"地叫了起来；停了停，他又叫了几声。

"哪里跑来些野狗呢？"小屋里，章老头听见外面狗叫，他披上衣服，对女儿说道，"小馨呀，天不早了，你早点回去吧——走，我送送你。"

"不，爸爸。"兰馨拦住爸爸，"您感冒还在发烧，外面风大，我自己走吧，您可要记住按时吃药呀！"

章老头跶上鞋，把女儿送到门口。打开门，一下就看见远处坡下那道电光，看见那光影中有人朝坡上走来！

"天都黑了，什么人会到我这里来呢？"章老头惊了一下，"小馨呀，你到猪圈里去躲一躲吧。"

"不，爸爸，不用躲。"兰馨瞪大眼睛，把那团电光和人影看了一阵，对父亲说道，"肯定是他——是他找到这里来了。"

"他，是谁呢？"章老头疑惑地问。

"基地上一个年轻人。"兰馨说完，又仔细看了看远处电光中移动的那个身影，肯定地说，"爸爸，是他！用不着避他。"

"你认识他？"章老头问。

"他是我的一个朋友。"

"他知道我们父女这层关系么？"

"知道，我昨天才告诉他的。"

"我们之间的事情，你怎么能随便告诉别人哪！"章老头嗔怪女儿道。

"没关系，他说他认识您。"兰馨说，"他还说，已经到您这里来过几回，对您很尊重很崇拜呢！"

"哦，那我知道了，他是基地的那个技术员，叫郑之光。"章老头说，"他来，是向我请教一些光电方面理论知识的。"

"对对对，就是他，这人还不错，挺好学，挺有正义感的。"

"那，你是怎么认识他的呢？"

"他喜欢写诗，也喜欢写小说散文，我经常在工地小报上读到他的作品。由于我俩都喜欢文学，经常交流一些写作方面的心得和体会。"兰馨犹豫了一下，"再说，他平时挺关心我的，经常到学校来给我帮忙。"

"哦，难怪他会找到这里来。"章老头沉吟一下，还是有点不放心，"其实，你还是不该告诉他我们这层关系，万一他说出去，就会招来麻烦呀！"

"不会，我叮嘱过他，他答应了的。"

"哦——"章老头抬头将已经长大的女儿看了一眼，好像明白了点什么，也没再说什么了。

山野中的夜很静，除了虫儿的叽叫，只有风吹树叶的呢喃。远处的山巅上，不知什么时候冒出一弯月牙来。山坡下，那团移动的光影越来越近了，能听见他那行走的脚步声了。

"家骏！家骢——"突然，从山坡下传来一声声叫喊！那长声吆吆的叫声，时断时续地从朦胧的夜色中传来！

"糟了！是爸爸妈妈在叫我们！"家骢惊了一下，紧张地一把抓住哥哥的手臂。

"家骏！家骢——"那声音在夜色中越来越是清晰。

"对，是爸爸妈妈在叫我们！"吕家骏竖起耳朵，仔细在夜色中一寻觅，也肯定地说道。

"大哥，糟了，爸爸妈妈又在找我们了，我们赶紧回家吧！"家骢一下跳了起来，拉着家骏，钻出桑树林，像两只野猫一样就往山坡下跑去。

两人跑到坡下的竹林边，回过头去，只见坡上那团电光已移到小屋门口，几个人影在门口聚在了一起。

"大哥，今天晚上我们看见的事，你千万不能告诉任何人呀！"家骏和家骢借着迷朦的夜光，沿着田间那条小路，悄无声息地向村里蹿去。快到家门口时，家骢还忘不了这样叮嘱哥哥。

"哼，我这嘴巴，比你还严十倍！"

"家骏！家骢——"家骏和家骢溜进屋，夜色中还传来爸爸妈妈在远处喊叫他们的声音！

"你这两个崽娃，跑到哪里去了？可把你们爸妈急坏了！"吕大爷见到家骏和家骢回来，长长地吁了一口气，"好好好，你们总算回来了，还没吃饭吧？"

4. 远方来的不速之客

"哼，你两个野小子，都给我立正站好！"

吕振华和文秀在村里村外找了一大圈，也没找着两个浑小子，回来一见到这两个小子，吕振华的气就不打一处来。他二话不说，转身就拿出那块为几个小子特制的楠竹片，先来了个下马威，在他们屁股上狠狠揍了几下后，大声叫两人立正站好，这才开始教训起他们来。

"说，放学后你们野到哪里去了？"吕振华的竹片在板凳上啪地打了一下，厉声问道。

两个小子摩挲着屁股并不吱声。

"快给你爸坦白，黑天黑地的，你们跑到哪里去了？"文秀也在一旁助威。

两个小子依然不吱声。

"真是黄荆棍儿出好人！前次跑上山，被你爸教训了一回，好歹管了一段时间，当了几天好学生。"文秀平时耐心很好，尽管宠着几个孩子，但今天她也真生气了，见振华打孩子，她不但没像往回那样保驾，还在一旁煽风点火，"你们说不说，为什么天黑了还不回家，到底野到哪里去了？"

家骢手捂住屁股，看了妈妈一眼，依然没吭声。

家骏却瞟了妈妈一眼，头斜睾着，还是不吭声。

"家骢你先说，你们到底到哪里去了，是不是又上山去找那庙子、和尚去了？"爸爸将楠竹片在家骢眼前晃了晃。

"我、我到坡上砍钓鱼竿去了……"家骢嗫嚅着说道。

"你撒谎！"爸爸举起楠竹片，但没落下来，"我们在村里村外都找遍了，你在哪里砍钓鱼竿？！"

家骢咬着嘴唇，还是不说一句话。

"好，你不说，我自有办法对付你！"吕振华回过头来，又用竹片在板凳上打了一下，指着家骏，"你这浑小子，昨天我就想跟你算账了，那今天就新账旧账一起算！"

家骏面无表情，只是噘着嘴，用白眼望着吕振华。

"好啊，看样子你小子还不服气！"吕振华一下把家骏拉了过来，举起竹片"噼噼啪啪"地又在他屁股上打了起来！

"行了行了，别把孩子打坏了。"文秀见振华将孩子打得重了，又心痛起来，连忙上前劝阻道，"你要多跟他讲道理呀！"

"是呀是呀，虽说黄荆棍儿出好人，但孩子大了，光打也不是办法。"吕大爷吕大娘也出面求情了，"两个孩子都还没吃饭呢，打几下教训教训就算了。"

"叔爷叔娘，你们不要管，这件事还真算不了，今天我非要好好教训他不可！"吕振华虽停住手中的竹片，但他余怒未休，"昨天我下班太晚了，怕影响大家休息，还没来得及教训他，没想到今天他又来了个夜不归营！"

"家骏，快跟爸爸认个错。"吕大爷对家骏说。

可家骏依然犟着头，一声不吭。

"你说，昨天你在学校都干了些什么？"

"我没干什么……"

"哼，你没干什么？你还没有上房揭瓦，抱石头打天！"吕振华训完家骏，扭头对几个替家骏说情的人讲道，"你们还不知道，昨天下班，村里周二嫂在路上拦着我，给我告状，说这小子放学后不回家，裹起几个浑小子，拿起棍棒、弹弓，在祠堂里玩什么'官兵捉贼'的把戏，不但爬上了人家祠堂的香案，打坏了人家的神龛，碰坏了人家祖宗塑像，还把周二嫂家的饼儿头上打了鸡蛋大一个青包！"

"家骏呀，你是孙猴子来投胎的么？成天就知道猴急狗跳、舞枪弄棒！"文秀在一旁听振华这么一说，她指着家骏，"你能不能像两个弟弟那样，把心思多放点在学习上呀！……"

文秀正说着话，突然外面有手扶拖拉机的声音响了起来。须臾，悄悄倚在门口的刺梨儿，听见有人敲门，他一下跑了出去，随即又跑了回来，急匆匆地对吕振华说道："吕叔，外面有人找您。"

"有人找我？"吕振华抬起头，看了刺梨儿一眼，"这么晚了，谁会来找我呢？"

"一个老头儿。"刺梨儿说，"他说他从远处来。"

"一个老头儿？从远处来？"吕振华自言自语说了句，放下手里的竹片，站了起来，指着眼前的两个小子说道，"今天这笔账先跟你们记着，告诉你们，这件事还不算完！……"

"哎呀，振华，你是在跟谁生气呢？"突然，门口出现一个人，借着屋里的灯光，只见这人戴着一副眼镜，头发蓬乱，手里提着一个旅行包，背上背着一个铺盖卷，满脸的疲惫和憔悴。

"您是？……"吕振华一见此人，露出惊愕的神色，一下愣住了。突地，他一下扑了上去，紧紧地抓住此人的双臂，"马老师，怎么会是您、怎么会是您呀！……"

满屋的人一惊，目光一起向那人投去。文秀当然认得，这是吕振华的老师——马名翰！几个小子当然也认得，那是他们的马爷爷！

马老师不是被院里扣下来了，不是留在东北了吗？可他一个人怎么会突然到这里来了呢！

"来来来，快进屋。"吕振华接过马名翰手中的旅行包，把他迎进屋，又指着吕大爷他们给他介绍道，"这是我们房东，我吕家的叔爷、叔娘。"

"哦，老人家好。"马名翰抬了抬眼镜，向两个老人点点头。

"啊，好好。"吕大爷赶紧拖过一条板凳，"来，请坐请坐。"

"吆，才一年多不见，几个小子长这么高了！"马老师放下背包，摸摸几个小子的头，扭头说道，"振华呀，你这几个小子，这一年至少长了一头高，都快成小伙子了！看来，这云岭山里养人哪！"

"马老师，这一年多，我给您写了好几封信，可没收到过您的回信。"吕振华递给马名翰一杯水，有些急切地问道，"听从院里来的人说，他们把您关进了'牛棚'，不允许跟外界联系——可，您怎么一个人单枪匹马到这里来了呢？"

"唉，说来话长。"马名翰一口气喝干了杯中的水，抹了一下嘴，"院里的刘知问书记你知道吧？"

"当然知道，我们走时，他正关在'牛棚'里呢！"

"这一年多来，我们都是关在一起的。"马名翰放下水杯，缓缓地说道，"前不久，他已经被'解放'出来，担任了院革委会副主任，通过他和军管会，澄清了我的问题，就把我放了出来，还恢复了我到这边来参加三线建设的权利呀！"

"那怎么是您一个人来呢？"吕振华问。

"听说这边科研大楼、试制车间就要竣工了，急需恢复科研生产，我等不及了，叫院里给我开了张介绍信，就一个人提前赶过来了。"停了停，马名翰接着说道，"刘书记他们大部队，要下月初才过来。"

"那您怎么知道我们住在这里呢？"

"说来也巧，下午到了县城，准备搭乘班车，正碰上这村上一个叫周晓辉的小伙子进城拉化肥，听说我到云雾村，他就把我带来了。"

"哦，那好那好。"吕振华高兴地说，"您一来，我们那激光研究项目就有希望了呀！……"

"嘿，今天这两个小子怎么啦？看见马爷爷，也不叫我，还哭丧着一张脸哪？"马名翰突然发现家骏、家骢规规矩矩站在一旁，一动也不敢动，他有些诧异了。

"这两个小子无法无天，天黑了也不落屋，刚才被我狠狠教训了一顿。"吕振华说着，口气缓和了一些，他对两个小子说道，"你们不是天天都在念叨马爷爷吗？今天见到马爷爷，怎么就哑巴啦？"

"马爷爷……"

"算了算了，我今天给两个小子求个情。"马名翰对家骏和家骢说，"犯了错改了就好了——去去去，自己去玩吧，我跟你爸还要谈点正事呢……"

"哎，振华，你们光顾说话，人家马老师从那么远的地方来，吃过饭没有呀？"文秀在一旁打断两人的话。

"嘻，你看我一高兴，还真是忘了。"振华一拍脑袋，"马老师，您先洗把脸，再弄点吃的吧。"

"不麻烦的话，下碗面条就行。"

"文秀，我来吧。"吕大娘在一旁赶紧说道，"你们的老师来了，坐下好好摆摆龙门阵——另外，那两个小子也还没吃饭哪！"

"好！那就给叔娘添麻烦了。"吕振华思忖了一下，"马老师，今天太晚了，我看您就明天再到指挥部去报到。今晚就在这堂屋搭个地铺将就住一下，我有好多好多的事要跟您谈哪！……"

"喂，吕显成，你出来一下。"突然，门外有人大声地叫着房东吕大爷的名字。

吕大爷应声走出门去，只见一个瘦长如猴的人，打着一支电筒走进了院坝里。他身后跟着的两个人，臂上都戴着红袖箍，身后背着两支老套筒步枪。

见此情况，吕大爷有点惊讶，借着屋里透出的灯光，他仔细一看，原来是大队治保主任兼民兵连长贾长生！

吕大爷一看到这个人，不由得愣住了——别看这个贾长生人不出众貌不惊人，可在这云岭大小还算是个人物。他仗着有个姑爷是县革委副主任，自来便在乡里肆无忌惮，不但手脚有点不干不净，还好偷看人家小媳妇上茅房，爬墙头偷听人家小两口说点私房话。由于他好吃懒做，也没有哪家姑娘愿意嫁给他。他30多岁了，至今还是条单身汉。可"文革"一来，不知他怎么又摇身一变，成了云岭公社造反派的头目。这两年，不知怎么又混成了大队治保主任兼民兵连长，成天带着几个小青年，背着几支老套筒，东游西逛，无事生非，名曰"抓阶级斗争"。社员们都十分厌恶他，背地里给这个"贾长生"取了个绰号，叫做"真短命"。

天都黑了，这"真短命"到这里来干什么呢？

"哦，贾主任，这么晚了，还没休息呀？"吕大爷惹不起这位短命大爷，赶紧招呼道。

"听社员报告，你家里从山外来了一个陌生人？"贾长生拉长声音问。

"对。"吕大爷答道。

"他是什么人，从什么地方来，你核实过他的身份吗？"

"哦，他是住在我家里吕振华同志的老师，从东北来。"

"从东北来？……"贾长生走到门口，环视了屋里的人一遍，走到马名翰面前，"我是这里治保会的主任——喂，你是新到这里来的吧？"

"对，我今天刚到这里。"马名翰抬头答道。

"你带有证明吗？"贾长生问。

"有。"马名翰从身上掏出院里给他开的介绍信，递给贾长生。

"嗯——"贾长生眯着眼，看完介绍信，又仔细将马名翰审视了一遍，鼻子里哼了一声，将介绍信还给了马名翰，"对不起，我们也是照章办事，凡是到我们这里来的生人，上面都要求我们要查问一下。"

"呸！"望着贾长生迈着鸭步，带着两个小青年消失在门外的夜色中，吕大爷一边关门，一边对着门外狠狠地啐了一口！

5. 从来不靠神仙皇帝

夜已深，可工地上依然灯火通明，车来人往，机器轰鸣，一片紧张繁忙的景象。就连还没完全竣工，正在进行内部装修的科研大楼和试制厂房，几乎所有的窗口都还亮着灯光。

此时，我国周边环境更加复杂。北边，珍宝岛之战后，苏联频频在边境上调动军队，在我东北、内蒙古和新疆等处大量增兵，两国随时都可能再发生冲突甚至战争；南边，美国人的飞机、导弹不断囤积在关岛等处，航母舰队也频繁出现在太平洋西海岸，对我进行讹诈和威胁；趁着我国这些年"文革"所造成的内乱，印度、我国台湾等国家和地区也不断窥探着我国动态，蠢蠢欲动妄图卷土重来。

"三线建设不搞好，我睡不好觉。"这是三线建设指挥部向全国三线建设基地传达的毛泽东主席的最高指示。

"破釜沉舟，背水一战；忘战必危，枕戈待旦""和帝修反争时间，早日投入科研生产！"挂在工地的这些大标语，时时都在警醒和催促着整个工地加快施工进度，争取早日完成基本建设，通过国家竣工验收。三线建设指挥部已下达指令：0658基地必须赶在第二年6月前，完成主要基建任务，投入科研生产。

披星戴月，夜以继日；机不可失，时不我待。

新年一过，国防工办已下发了通知，将云岭光电基地正式命名为"南方技术物理研究院"，代号依然为"0658"。调沈阳"北方技术物理研究院"老书记刘知问到南方研究院担任党委书记，原副总工程师马名翰担任总工程师，原保卫处长余学华调任政治处处长；原南方基地的负责人庞大山任院长。

马名翰是一人吃饱全家不饿的单身汉，接到任命通知书，他迫不及待地就打起背包，一个人急匆匆就提前赶到工地来了。

刘知问接到任命通知书，也是二话没说，立即收拾行装，偕同老婆孩子，带着老基地的又一批职工到达了云岭。由于庞院长的儿子小山在这年秋天不幸罹患了白血病，正在医院接受治疗。他老伴胡红英是个中学教师，学校和家里都走不开，所以这次没随大部队来。

当刘知问书记他们来到云岭时，尽管正值隆冬，天寒地冻，草木枯萎，云岭山顶上已积满皑皑的白雪，但为了争时间抢速度，整个工地上，几乎夜夜如同白昼，天天都是不眠之夜。此时，"和帝修反争时间，早日投入科研生产"，已成为这里火烧眉毛天字号任务。

昨天，基地又收到了一份上级传来的《三线建设简报》。这份《简报》，让刘知问书记和庞大山院长如坐针毡，更是焦灼起来。

从工地回到二人的临时办公室，桌上闹钟的时针已指向 12 点。刘知问和庞院长依然毫无睡意，两人坐了下来，想研究一些工作上的具体问题。

"庞院长，这份《简报》您看过了吧？"刘知问从桌上拿起《简报》，对庞大山说道，"成都这家兵器系统的物理研究所，除了成功生产出中国第一支钇钕石榴石激光晶体，最近还研制成功了我国第一台钇钕石榴石激光器，以及我国第一具激光测距机，据说今年就要列装部队了呀！"

"是啊，这家研究所不简单，已经远远走到我们前面去了。"庞大山说，"他们受到中央军委和国务院的表彰，是实至名归呀！"

"这《简报》上还说，位于云岭北麓的另一家三线军工厂——鸿光机械厂，他们因地制宜、因陋就简，用当地的鹅卵石和碎石片作建筑材料，采用'干打垒'的办法，已建起了厂房和宿舍，提前一年多完成了基建任务，正式投入了生产呀！"

"是的，这是家生产半自动步枪的军工厂，前不久我还到他们那里去过。"庞大山说，"我去时，除了了解他们'干打垒'的经验，还带上了后勤处长王知章，让他专门去学习这个厂走'五七'道路，自力更生抓好农副业生产的经验呢！"

"是呀，现在粮食和副食品供应这么紧张，我们职工、民工基建任务这么繁重，长期这样熬下去总不是办法呀！"刘知问说，"最近我也在琢磨，该如何走'五七'道路，自己养活自己，自己给自己补充能量，可怎么样才能把农副业生产搞起来呀！"

"看着大家过这苦日子，我这心里一直也在着急呀！"庞大山叹了一口气，"唉，这件事要怪我。来到这里后，由于基建任务头在人重，上级老是不停地催促。没有办法，我只好要大家发扬长征精神和南泥湾精神，克服困难，艰苦创业，强调精神变物质，而忽视了改善大家的生活条件呀！"

"老一代人的这些革命精神，固然要发扬光大，可我们不能老拿战争年代的标准来要求大家。"刘知问说，"我们基地的职工，每月国家就供应那点粮食，还要搭一半的粗粮，每月供应的4两油，还经常买不回来；民工们的生活更苦了，还要从家里带来粮食，在食堂里蒸煮一下，我看他们多数人吃的都是红苕和苞谷，有时连菜汤都喝不上。看见这些，这心里很不是滋味呀！"

"是呀，每次我走进食堂，看着那些劳累了一天，甚至连续几天加班加点，拖着满身泥水、疲乏不堪的职工手里就拿着一个苞谷饼或是蒸红苕，端着一碗清汤寡水的白菜或萝卜汤——唉，我感到我这院长，当得太不称职了！"

"这也怪不着您，目前整个国家都处于困难时期，到处是这样的情形呀！"刘知问沉吟了一下，"这样吧，您不是带着后勤处长到人家那里去学习了抓农副业生产的经验吗？我们是不是也马上组建起一个什么'生产队'来，把属于我们地界上的荒地开垦出来，都种上粮食和蔬菜吧！"

"这件事我已想了好几天，原本想在明天的党委会上提出来。我的想法是，先把基地的几十个职工家属组织起来，成立一个'五七'队，再从民工连抽出两个有经验的农民工，带着她们就专门开荒种地。"庞大山说，"只要把地种好了，我们就能养猪、养羊、养鸡……要不了半年，就能实现生产自救，丰衣足食了呀！"

"好啊！我们是应该把改善职工、民工们的生活问题，提到党委的议事日程上来了。"刘知问说，"另外，天气这么冷，职工宿舍我们要抓紧建设，尽快让大家从老乡那里和牛毛毡篷里搬出来。"

"是呀，学校和职工医院也要马上完工，尽快投入使用。"

"对了，这职工和民工们长期加班，我们能不能向地方政府申请一点补助粮，再给他们增加一点加班费呀？"刘知问说。

"补助粮嘛，可以向政府申请一下；这加班费，这不好办了，上面有硬性规定，加个班就只有两毛钱哪。"庞大山叹了一口气，"但，我们总是号召大家'尽共产主义义务'，搞无偿劳动，长期这样下去也不是办法呀！"

"这什么'共产主义义务劳动'，实际上是十月革命后列宁提出来，是从苏联那边传过来的做法。"刘知问沉吟了一下，"此一时彼一时，可列宁同志也提出社会主义要实行'按劳分配'呀！"

"有些理论上的问题我们搞不懂，先就这样干着吧。"庞大山说，"不管怎样，走'五七'道路，是毛主席提出来的，应该不会有错，我们一定要马上把它干起来！……"

"好，我们再仔细琢磨琢磨，尽快把这事定下来。"

"是呀，靠爹妈不如靠自己，寄希望于等、靠、要，是永远靠不住的。"庞大山站了起来，他走到窗边，推开一道窗门，一股冷风从窗外吹了进来。望着灯火摇曳，火热沸腾的工地，他感慨地说道，"还是国际歌里唱得好，'从来就没有什么救世主，也不靠神仙皇帝，要创造人类的幸福，全靠我们自己'呀！……"

6. 一曲悲壮动人的歌

今年云岭山中的冬天特别冷，从西伯利亚袭来的寒潮，越过秦岭，席卷着整个四川盆地。山顶上是厚厚的积雪，工地地面上结了冰，上班的人劳保皮鞋踏在泥地上，只听一片嚓嚓的声响。

庞院长和刘书记谈话后，他又一夜没睡好。天还没亮，他眼睛布满红丝，径直就来到后勤处，把处长王平章从睡梦中轰了起来。

"吮，好大一个处长啊，你真会享福，火都烧到屁股了，你还睡得像死猪一样！"

"哎呀，庞院长，您这可冤枉我了！"王平章睡眼惺忪，揉了揉眼睛，叫起屈来，"昨晚我和炊事员一起到工地去送加班饭，回来倒下才眯了一会儿——看，这天还没亮，您就把我吵醒了！"

"我把你吵醒了，我还要打你的板子呢！"

"庞院长，到底出了什么事呀？"

"小王，这样下去可不行呀！"庞院长上前，一下掀开了盖在王平章身上的被子，"今天我来找你，是要你无论如何也要想办法把大伙儿的伙食改善一下！不然时间一长，我的这些职工和民工不被累垮，也要被拖垮呀！"

"庞院长，原来是为这个事呀——唉，是呀是呀！"听庞院长如此一讲，王平章一下坐了起来，脸上满是苦色，"您是知道的，现在市场上连买斤豆腐，买两盐巴都要凭票，我们实在也想不出更好的办法来了。看见大伙儿天天啃着苞谷饼子，端着清汤寡水，我这心头也着急呀！"

"这我不管！"庞院长有些不讲道理了，他提高声音，"你们就是求爹爹告奶奶，走前门开后门，摘星星捞月亮，也要想办法改善一下大伙儿的伙食。"

王平章愣愣地看着庞院长，只好无可奈何地点点头。

庞院长这刚性的命令，弄得这后勤处长王平章哭丧着一张脸，冥思苦想了两天。到了第三天早晨，他突然灵光一闪，马上叫来了后勤处采购科蔡科长，两人躲在办公室，叽叽咕咕不知密谋起什么惊天的计划来。

"庞院长，我想出一点办法来了。"

"吮，就是呀，这活人哪能遭尿憋死，办法总是人想出来的嘛！"庞院长一听王平章讲出的办法，他马上表态道，"你这办法，还真有点创意，我同意！你们马上出发，赶快去办！"

今夜，食堂把加班饭送到工地上来了。

"喂，开饭啦！开饭啦——"大概施工任务实在太紧张，尽管抬着箩筐，挑着铁桶的炊事员们喊了半天，可大伙儿都只顾忙着手里的活计，并没有人理会他们。房顶和脚手架上，那嘈杂的人声、铿锵的锤声、焊机的轰鸣声依然响着；那些挖掘机、载重车，也依然在紧张地奔忙着。

见工地上的人们如此无动于衷，一个瘦高个的老头有点火了，他大步走上脚手架，啪啪关掉两台电焊机，走到一个电焊工面前，敲了敲他的面罩："喂，小伙子，下去休息一下，喝碗热汤！"

那电焊工摘下面罩，定了定神，看了看眼前的人一眼。灯光下，他眼前这个人没戴安全帽，胡子拉碴，满脸倦容，也是一身污泥，一头白发在寒风中飘拂着。

"哦——庞院长！"那工人惊了一下，倏地站了起来，"这么晚了，您、您还没休息……"

"下去休息一会儿吧。"庞院长接过他手中的面罩。

在庞院长的大声吆喝下，人们这才陆续走下脚手架，来到有些避风的大楼下。当炊事员揭开盖着棉被的箩筐——好啊，筐里是热气腾腾的白馒头；打开铁皮桶盖，一股诱人的香味扑鼻而来！

"实在对不起，实在对不起！"庞院长站在铁皮桶前，大声对大伙儿说道，"我知道，我们食堂的伙食实在太差了，大家劳动量又怎么大，搞后勤的同志也想给大家改善改善伙食，可他们也实在想不出更好的办法来，实在是对不起大家了……"

"庞院长，这个我们理解。"一个头发花白的老职工说，"你们不是天天也跟我们吃一样的伙食吗？你们比我们辛苦，你们能吃，我们也能吃！"

"这位师傅言过了！我们只是跑跑腿动动嘴，你们干的是重体力劳动！"刘知问书记站在庞院长旁边，他接着庞院长的话对大家说道，"没抓好大家的生活问题，主要是我这个当书记的责任！当然，我们以后会尽量把大家的伙食搞得好一点！"

"同志们哪，实在对不起。"庞院长从炊事员手中接过舀汤的铝瓢，敲了一下铁皮桶，对大伙儿说道，"这些日子，我们后勤处的同志为了改善大家的伙食，想了很多办法。这回他们费了好大的劲，顶风冒雪翻山越岭，才从阿坝州藏族同胞那里买来一大堆牛骨头羊骨头，今天给大伙儿熬了两锅骨头汤！大家不要嫌弃，喝两碗暖和暖和身子吧……"

可奇怪，大伙儿听庞院长如此一说，竟然都默不作声了。那庞院长和炊事员将盛汤的铝瓢端了许久，却没有一个人上前！灯光下，职工和民工们拿着饭盒或瓷缸，望着庞院长、刘书记，以及同他一起来的其他院领导，一时间像凝固了似的。站在最前面的是两个一身铁锈、满脸尘灰的小姑娘。不知怎么的，这两个小姑娘看了看面前的这些领导，又看了看眼前那一桶桶飘着香味、冒着热气的骨头汤，两张黢黑的小脸上，竟然流下两行泪水来……

"她们已经连续加 13 天的班了……"试制车间李主任站在庞院长旁边，低声说道。

庞院长怜爱地望着两个小姑娘，轻轻地点了点头。

是啊，庞院长和刘书记天天都在工地上，和干部职工一起摸爬滚打，工地上的情况他们何尝不知道：那总体实验室的老党员杨正啸，他爱人和孩子就住在附近老乡家，但他已半个月没见到家人了；运输处的青年工人苏小兵，家里来信催他回去结婚，可为了赶工期，他把婚期一拖再拖；青年焊工刘坤、孙东，每人每月完成工时 1800 多个，相当于一人干了 8 个人的活！

机动处长王志远在他日记里写了这样一段话："好同志！我有责任向上级汇报你们的事迹，我有责任保护你们……钟茂生带病工作 10 多天，被高烧烧成肺炎，今天医生要送他到县城去住院，他临走时还要请我'原谅'他。我含着泪说：'茂生啊，请求原谅的应该是我，是我没尽到责任，让你的病发展成了肺炎'。还有，赵铭辉刚刚从医院出来，可每天一边扎针，一边坚持工作。孙进德的孩子病了，他把孩子送到老乡家看管，又回来工作……"

另外，电工班班长罗军凯，他摔伤了腰，不能站立，就趴在地上查找线头；电焊工滕远勋，用石棉布把自己包起来，钻进狭小的管道中作业，电焊火花和烟雾，熏烤得他透不过气来，在如此寒冷的冬天，他每次焊完一根管子，浑身上下就像从水里捞起来的一样……

此时，整个工地上安静极了。凛冽的朔风从河边吹来，吹动着人们头顶上的钢绳和电缆，发出呜呜的声响，仿佛在哼着一曲悲壮而动人的歌……

"我们的职工真是太可爱了。"回去的路上，庞院长抚着满头的白发，感慨地对刘知问讲道，"我看问题或许有些偏颇，平生我最敬重的就是我们的这些工人和士兵——当然，还有那些为我们国家做出卓越贡献的科学家！"

第二天，郑之光给基地小报写了篇通讯稿，在稿子的结尾处他这样写道："有职工说，在基地建设过程中，我们只有汗水和泪水，唯独缺的就是油水——所以这两锅骨头汤，对大家来说，实在太珍贵了；但更珍贵的，是基地领导对咱职工们的那份情义啊！"

7. 震惊世界的"死光"

又是一个寒冷的夜晚。

夜雾渐渐浓了起来，窗外的挖掘机和运输车轰鸣声慢慢消匿下去了，屋顶的吊灯早已发出疲惫的光影，人的体力和精力也达到了极限。

"马老师，歇一歇吧——来，喝两口御御寒。"吕振华放下手里的活计，搓了搓早已冻僵的手，抬头看了看窗外，从工具箱里拿出一瓶酒，一小袋花生米，放在了工作台上，他转身也招呼着自己的徒弟，"小郑，你也歇一歇。"

实验室里很冷，屋里的装修还没有完成，更没有安装空调，但为了贯彻国防工办"边基建边生产"指示，院里将部分科研人员从工地上撤了回来，争分夺秒开始了国家立项的项目研制。

由总工程师马名翰牵头的这个科研项目，是我国国防建设急需的一个重点项目——战术激光武器。

战术激光武器，是当今世界军事领域中，各国都趋之若鹜，投入巨大的人力、物力和财力，竞相寻求突破的一个最前沿的项目。

1960 年，当世界上第一束红宝石激光从美洲大陆划破苍穹时，20 世纪的科学巨匠爱因斯坦奠定的光电效应理论被证实。从此，激光这门新兴的学科进入了新纪元。激光，这束美丽而耀眼的光，被科幻小说作家们描绘为地球上的"死光"——说句夸张点的话，"死光"的发现，让地球也差点战栗起来！

1964 年，美国又向世界宣布，他们成功研制出光学质量和出光效率都优于红宝石的 YAG 激光晶体，这种晶体发出的神奇之光，令整个世界为之震惊。激光问世之后，大放异彩出尽风头，以迅雷不及掩耳之势，迅速在整个世界传播开来，争相被先进国家广泛用于通讯、雷达、医学、印刷、材料加工等领域——最要命的是，美国人率先就把这项人类的最新发明成果，应用于了军事。

往事未必如烟。纵观整个人类战争史，凡是人类最新的发明和创造，必定都首先应用于军事和战争；人类任何科学技术的进步，也会首先应用于战争的换代升级。因为无论何种战争，不管正义或非正义的，其目的就是消灭敌人，保存自己；就是不择手段，征服对手，将王者胜利的旗帜插到对方的城头上去——激光这门新的科技成果刚刚问世，就印证了这条亘古不变的真理。

激光的发现，对人类来说，是喜讯，还是噩耗耶？

从某种意义上讲，人类科学技术的进步，其实就是一柄双刃剑！正如一个哲人所言：美丽的初衷，如被善良的耶稣所驾驭，它开出的将是造福人类的花朵；而一旦被犹大所利用，毫无疑问地将结出残酷无情的恶果来。如同伟大的科学家们发现了能裂变的原子和中子一样——它是《一千零一夜》中渔夫手里那个装着魔鬼的小瓶，是万万不可打开的。

延绵了几千年的人类战争，从冷兵器到热兵器，从秦代兵勇们手执的大刀长矛，到第一次世界大战时意大利军队横冲直撞的坦克装甲车榴弹炮；从十字军跋山涉水历尽千辛万苦的徒步远征，到"二战"时法西斯在欧亚大陆海陆空三军闪电般地齐头并进——战争升级的速度犹如大海涨潮。

人类发现激光仅仅才几年，美国人已将它应用在了他们的飞机、舰船、坦克、大炮、导弹，乃至士兵的枪支上。在他们的各类军事装备上，几乎都装上了激光瞄准器。这种瞄准器，犹如冰冷的钢铁上长了眼睛，它发出的红外激光，能准确无误地命中目标！据说，美国人已经有了空对地、地对空、空对空的激光制导炸弹——还有报道说，美国人已经在越南战场上，开始使用这种激光制导的导弹和炮弹！

所谓战术激光武器，其实就是激光枪和激光炮。这种武器它们的外形像枪或炮，但发射的不是子弹和炮弹，而是激光束！这种激光束，瞬息之间就能毙伤敌方人员，摧毁敌方雷达、通讯等装备，乃至可以拦截导弹、炮弹等——从理论上讲，由于光速每秒达到30万千米，当激光的光束能量无比巨大时，只要能远距离穿透雾霾和云层，甚至就可以击毁外层空间的航天器和卫星——那，就可称为"战略激光武器"了！

战争，它是不以善良的人们意志为转移的。几千年人类战争血的教训告诉我们，落后就要挨打；渴望和平自由的人们，只能枕戈待旦以戈止武，用战争来制止战争，用战争来消灭战争！

"很多人都问过我，说我为什么要抛妻别子，远涉重洋，冒着生死从国外回来？我的想法其实很简单，我爱我的祖国，希望我们祖国能够强大，我们民族不再受人欺辱。"吕振华从哈军工毕业后，在沈阳投师在马名翰门下时，就多次听马老师说过，"我小时候，日本人的飞机经常来轰炸我的家乡，他们的装甲车碾坏我家的房屋，烧毁我们的村庄，杀死我们的老人和孩子，那些个场面真是令人刻骨铭心啊……"

时过境迁，星移斗转，现而今的人民中国，已经不再是列强们在太平洋海岸上架起几尊大炮，摆弄几支洋枪，就可以讹诈和欺凌的了！站起来的人民中国，已不是对洋人们哀求、忍让、乞降的清王朝，可以任人宰割！何况，中国人的智慧和能力并不比别的人种差。在一穷二白的基础上，我们能够成功地爆炸原子弹和氢弹，也一定能研制出激光武器来！

有月亮落下去。

有太阳升起来。

翻开世界发黄的历史，人们不难发现，当长江和黄河的乳汁，已经哺育出了灿烂的东方文明时，莱茵河、泰晤士河、密西西比河上的居民，还在黑森森的原始密林中茹毛饮血；当人类的第一缕曙光在东方的海平面上悄然升起时，一个伟大的民族已裹挟着丰硕的文明成果，独立于世界民族之林，让那些原始部落的臣民对他仰而视之。

或许，正是由于独享几千年的殊荣，夜郎的气息便逐渐在朝野弥漫起来，沉醉于一片升平的歌舞和炕头独酌的浮华和满足之中。当西方偷偷地吸吮东方的科学奶水成长起来之后，一阵劈头盖脸猛烈炮火和铁甲坚船撞开中国的大门之后，发明火箭和罗盘的子孙们才猛然睁开睡眼，那"四万万人黄种贵，两千余岁黑甜浓"的美梦已不复存在，西方人驾驶的工业文明列车，已经向前开出了几个世纪！

前事不忘，后事之师。

有着五千年文明史的泱泱中华，该如何来维护自己人民和平的劳动，如何来守护自己领土和人民的安全呢？

美国人的新型激光材料问世以后，仅仅只隔了一年，中国人就成功地生长出中国的第一枚 YAG 激光晶体；紧接着，他们还研制成功了我国第一台钇钕石榴石激光器、第一台激光测距机！这让人们看到了一群黄皮肤、黑头发的中国人同样也能攀上激光科学研制的高峰。消息传出，世界为此对中国人不敢小觑。

"天下虽安，忘战必危；枕戈待旦，以戈止武，这话说得好啊！"在讨论我国激光武器项目立项时，马名翰在论证会上，就曾这样讲过。

从那个时候起，马名翰领导的课题组，从事的就是这项最新武器的基础研究。

8. 踏破铁鞋无觅处

"今天就到这里吧。"马名翰听见吕振华招呼，他吁了口气，放下手里的仪器，揉了揉酸涩的眼睛，对吕振华和郑之光说，"看来，我们对强激光与物质相互作用过程的研究，还是没有真正从机理上完全搞清楚。它的机理不清楚，项目要向前推进当然就很难。"

"是啊，据说，发现激光的美国人，虽说已将它运用到制导方面，但在强激光机理上也还没有真正突破。"郑之光也放下了手里的工具，走了过来。

"这个项目，国家立项已经3年，我们也辛辛苦苦地干了几年。"吕振华边说边拿出一个茶缸，往里倒着酒，"在这资料奇缺、经费困难、试验条件有限的情况下，要取得重大突破，确实太困难了。"

"这是立足长远，国家急需的国防科研项目，若我们将它研制成功，将改变战场上对武器的概念，在国防建设中有着不可估量的应用前景！"马名翰走到工作台前，对吕振华和郑之光说道，"不管再困难，也不管是十年八年，我们一定要把它搞成功！只要能把这个项目搞成，我死而无憾！"

"老师，您千万不要这样说，您这辈子要搞的项目还多着呢！"

吕振华见马名翰和郑之光在工作台边坐了下来，他将酒倒满茶缸，递给了马老师。

"你知道，我平时是不喝酒的。"马名翰推开茶缸。

"嘻，马老师，天气这么冷，您喝几口暖暖身子吧。"吕振华又把茶缸递了过去，"酒其实是个好东西呀！适量饮酒，能够舒筋活络，活血化瘀，强筋健骨，延年益寿，促进新陈代谢，从而保持旺盛的生命力呢！"

"哈，这只是酒徒们创造出来的理论。"马名翰摆了摆手，用手抓起几粒花生米。

"怎么是酒徒们创造的理论呢。"吕振华说，"这是我在一个权威的医学文献上看到的，人家说得有根有据呀！"

"对，吕老师所说的，我也在书上看到过。"郑之光附和着吕振华，"马老师，您少喝点试试。"

"好吧，这天也实在是太冷了。"马明翰犹豫了一下，接过茶缸，小小地呡喝了一口，不禁赞叹道，"咦，这酒怎么这么香呀！振华，现在拿着钱都买不到酒，你在哪里弄来这样的好东西呀？"

"这酒呀，是我房东吕大爷前些年存下来的。他说天太冷了，非要叫我带给马老师尝尝。"吕振华说，"吕大爷原是这里烤酒的大工匠呢！"

"难怪这酒这么香，原来是大工匠烤出来的呀！"

"来，"马名翰将茶缸递给小郑，"你也喝几口。"

灯光下，疲惫已极、饥肠辘辘的几师徒就着几颗花生米，啜着几口酒，驱逐着疲劳和这山中的寒气。一阵阵山风吹来，窗外不时发出低微的声响。

"是的，刚才小郑说得对，固体脉冲体制的战术激光武器研制，这是一个系统工程。"马名翰酌了两小口酒，身上似乎真的有点热乎起来，他一下又将话题转到了项目实验上来，"强激光研究，这在世界上，都还属于最新的学科。就是像美国这样有着一流实验条件的国家，也还没有真正找到打开这把锁的钥匙呢！"

"是呀，激光最核心的就是如何能聚集起巨大的能量，如何克服大气层云雾对能量的影响。"郑之光喝了两口酒，话也有点多了起来，"我们首先就要搞清强激光与物质相互作用的过程，并要建立它的试验系统。这包含了电源、激光器、光学、结构、控制、导引等组成部分，以及附属的光路仿真与测试设备……"

"吠，士别三日，当刮目相看呀！"马名翰推了推眼镜，看了郑之光一眼，"小郑，你是在哪本文献上看到这些理论知识的呀！"

"国外把我们封锁得像铁桶一般，我们哪里看得到这些文献哪。"郑之光犹豫了一下，"我是听人讲的……"

"能个讲出这些理论知识的人，绝不是一般的人。"马名翰有点惊讶了，"你是听什么人讲的呢？"

"……"郑之光嘴张了张，欲言又止。

"哦，我知道了。"吕振华端起装酒的茶缸，"小郑，你是听那个——章老师讲的！"

郑之光看了吕老师一眼，不置可否。

"章老师？哪个章老师？"马明翰有点急切地问道。

吕振华和郑之光对视了一眼，没有吭声。

"怎么，你们难道对我还不信任，还有什么值得对我保密的么！"马名翰见两人有点异样的神情，敏锐地感觉到了什么。

"我们怎么会对老师您不信任呢？"一向说话干脆的吕振华，此时却磨蹭了一下，这才吞吞吐吐地说道，"他叫章寒冰，原是成都理工大学的教授……后来成了'右派分子'，下放到这云岭来劳动改造的……"

"打住打住！你说的这'右派'，他叫什么名字？多大年纪了？而今在这云岭干什么？"吕振华话没说完，马名翰就打断他的话，接着问了一连串的问题，"振华，你再说一遍！

"他叫章寒冰。"吕振华一字一句地说道，"章，立早章；寒，寒冷的寒；冰，冰雪的冰，大概有……"

"大概有60来岁！"马名翰又一下打断吕振华的话，紧接着再问，"他是什么地方的人哪？"

"北京人。"

"啊——"马名翰长长地吐了一口气，"肯定是他——章寒冰！"

"怎么，马老师，您认识他？"这一下，吕振华和郑之光脸上反倒露出惊讶的神色来。

"我在美国攻读博士学位时，他是我的学长，哈佛大学物理系的高才生。"马名翰思忖了一下，缓缓地说道，"抗日战争胜利后，他和我的想法一样，执意要从国外回来参加祖国的建设。回来后，他原在清华大学执教。等我从国外回来后，找了他好久，没想到他原来早就离开北京了呀！……"

据马名翰所知，章教授长期从事固体物理方面的研究，尤其在晶体物理特性及测试方面具有很深的造诣。而且发明了干涉仪，在测定光学材料的热膨胀系数、热光系数等参数方面精度高、参数全，对晶体应用有着重要的指导意义。而且章教授本人还自行研发了一套测量设备，经过多年的发展和完善，这套系统具有世界领先的水平。

世界上竟然有这么凑巧的事！真是踏破铁鞋无觅处，却在这荒山野岭中觅到他的消息——这，不是戏剧舞台上偶然的巧合吧？

佛说：前世五百次的回眸，才换得今生的擦肩而过。人与人之间，要有很深很深的缘分，才会将同一条路走了又走，同一个人见了又见——这看似是人生中偶然，其实也是必然也！

沉默。

实验室陷入短暂的沉默之中。

"现在他在哪里呀？"少顷，马名翰打破了沉默。

"他就在河对面云雾村公猪圈里养猪。"吕振华回答。

"可惜、太可惜了呀！……"马名翰说着，突然站了起来，"走，你们给我带路，我要去见他！"

"不行不行！"吕振华一下拉住马老师，"他现在是在那里监督劳动，您这样贸然一去，不但会给他带来麻烦，也会给您惹来麻烦哪！"

"唉，是呀是呀……"马名翰听吕振华这样一说，一时间他冷静下来，长长地叹了一口气，恹恹地坐了下来。

"这样吧，我找个时间，给章老师通报一声。"郑之光说，"我给你们约个时间地点，再悄悄地见面吧。"

"这样好。"吕振华点头表示同意。

"也只好这样了……"马名翰说着站了起来，慢慢地踱到窗边，久久地凝望着窗外，他的思绪仿佛越过岁月的尘烟，越过那浩瀚的大洋，回到了久远的过去。良久，他回过头来，像是自言自语又像是对吕振华他们说道，"世事沧桑，一晃，又是二十多年了呀……"

9. 让人纳闷的烦心事

清晨，工地上施工机械的轰鸣声刚响起，后勤处长王平章提着一个篮子，急匆匆就往工地指挥部走去。

"小王，这么早，你不在食堂待着，跑到我这里来干什么呀？"

"老首长，您这是明知故问呀，"王平章举起手里的篮子，"您不是还没吃早饭么！"

"职工食堂不是开饭了吗？我马上就去。"庞院长说，"你把那篮子提走，我这个人向来是不吃独食的。"

"老首长呀，我看您没日没夜的操劳，那肠胃病是越来越严重了，身体是越来越差了呀！"原来，王平章见炊事员给庞院长送的早餐又提了回来，他想了想，只好亲自送来，他对庞院长说道，"这是我叫食堂给您弄的病号饭，可您非要叫他们提回去，这是不是有点过分了呀！"

"小王，这肯定不行。人家会说，你曾经是我身边工作人员，是在给我开后门搞特殊呀！所有的职工都在食堂吃饭，我为什么要开小灶呀——你明明知道，目前粮食、副食供应这么紧张，让职工看见了，影响多不好呀！"

"庞院长，这叫什么搞特殊呀，无非就是叫炊事员给您煮点稀饭，炒份咸菜，煮个鸡蛋罢了。"王平章说，"可每次您都叫炊事员提走，还批评他们，您这样做是不是有点过分了呀！"

"我这点小病算什么，食堂的伙食怎么啦？比长征时吃野菜啃草根好多了！算了，王平章，你就别瞎操这份闲心了！"

"不行哪，老首长，这样下去，您把身体拖垮了，婶子现在又不在跟前，工地上还有这么多人，这么多的事，这无论如何也不行的呀！"

是呀，这些日子来，王平章发现庞院长脸色越来越难看，一张脸黑里透青，人也越来越消瘦，还不到 60 岁的人，头发已经斑白，背已有些佝偻起来。而且这段时间以来，王平章好几次都看见他用拳头顶住胃部，头上冷汗淋漓，时常背着人在悄悄吐酸水。

"老首长，您还是到医院去检查一下吧。"一天，王平章见庞院长又躲在帐篷外吐酸水，他简直是在哀求他，"您是我们院里的老革命了，没照顾好您，我们是有责任的呀！"

"你别瞎咋呼，不碍事！你知道，我这是几十年前就落下的老毛病了！等忙过这一阵，我是要去检查检查。"庞院长想了想，"这样吧，什么病号饭你先提回去，你在老乡那里去给我买 2 斤花生来，那玩意儿还管用！"

"光嚼几颗花生米管什么用呀！"王平章知道，嚼花生米是庞院长治自己胃病的单方。当他胃痛得实在不行时，就嚼几颗花生米往下压一压，然后又若无其事地到工地上去了。

"这你不用管。"庞院长从身上掏出两块钱，递给王平章。

"花生我可以给您买，可老人们都说，这胃上的毛病，三分靠治，七分靠养。"王平章接过钱，"您不信试一试，拿一段时间吃点热乎、炣和的东西，肯定会好得多。"

"不行不行，不管你怎么说，我不能搞那特殊。"庞院长说着拿起饭盒，就要出门。

"今天我把这病号饭送来了，就不提走了。"王平章赌气地放下篮子，转身就往外走去，"我们一次二次地送，让别人看见，好像我真是专门来拍您这院长马屁的——反正我放在这里了，吃不吃随您。"

"你们在争什么呀？"两人正说着，刘知问掀开布帘子，走了进来。

"好，书记来了。"王平章一见刘知问，就像见到了救星，他简单把给庞院长送病号饭的事讲了一下，指了指那篮子，"刘书记，您来评评理。"

"庞院长，这就是您的不对了。"刘书记揭开盖在篮子上的毛巾，"嘻，无非就是一碗稀饭、一个馒头、一碟咸菜、一个鸡蛋，这算什么搞特殊呀！庞院长，咱们都是老兵了，在部队不管是哪个战士或干部生病了，炊事班都会专门给他弄个病号饭，这可是咱们军队的老传统了呀！"

"好好，我说不过你们。"庞院长指着王平章说道，"刚才你听见书记说的话了吗？他说的是：不管是哪个战士或干部病了，炊事班都要专门给他弄病号饭——我告诉你，不管对上对下，可都要一视同仁哪！"

"我们现在也是这样做的，只是、只是……"王平章有点支吾起来。

"只是什么？"庞院长追问道。

"只是鸡蛋实在太难买了……"

"不好买你们也要想办法。刚才我不是跟你说了吗，干部战士都要一视同仁。"说到这里，庞院长停了停，接着对王平章说道，"今天我还要跟你定个规矩：你们要像部队那样，每天都到各个单位去统计一下病号人数，把病号饭给人家送去。"

"好，就按院长说的办吧……"

"庞院长，有件事情我想跟您碰碰头。"刘知问见王平章走出去，他坐了下来。

"什么事呀？"

"您先把饭吃了再说吧，饭都凉了。"

"唉，不服老真不行哪！早些年，我有时胃痛得连腰都直不起来，可战场上枪声一响，哪里还顾得上什么地方痛呀痒呀！"庞院长端起稀饭，喝了一口，接着说道，"你猜怎么样？等打完仗，嘿，这胃痛它平白无故自己就好了！"

"是呀，此一时彼一时呀，好汉就不提当年勇了。"刘知问也感慨地说，"要说年轻时，一瓶老酒我轻轻松松就倒进肚皮了；可前次那彭副师长把我接到他家去，我们两人才喝了一瓶酒——哈，您猜怎么着，两个人竟然都喝得有点迷糊了！到我们这种年龄的人，什么事情没经历过！但谈到当年牺牲的那些战友，我们两人还泪流满面，那彭副师长竟然哽咽起来，把他那老伴还吓了一跳！"

"是啊，有人说：少年是生活在憧憬中，青年生活在理想中，中年生活在现实中，而老年就是生活在回忆中，这话有道理呀！"庞院长又喝了口稀饭，转过话头，"老刘，你来找我有什么事呀？"

"是这样，昨天政治处的余学华向我汇报，说云雾村治保会贾主任给他们反映说，这段时间，我们这里的几个职工晚上下班后，悄悄到他们村上的公猪圈去过两三回了。"

"到村上公猪圈去？"庞院长闻言有点诧异了，"是哪些人，你了解过吗？"

"余学华他们知道这事后，就上了心。"刘知问说，"昨天晚上他们派人蹲守了一下，发现是马名翰总师和吕振华、郑之光他们几个人。"

"怪了，他们到那里去干什么呀？"

"不知道呀！"刘知问说，"余学华汇报说，昨天晚上，马名翰几个人还带了酒菜，在猪圈里请那喂猪的人喝酒，不知道他们几个人究竟在谈些什么，听说后来还争论起来，直到凌晨两点多钟才离开那里。"

"哦，原来是这样！"庞院长沉吟了一下，"原先保卫处的人也给我反映过，说那喂猪的老头儿是个'右派分子'，当地的治保会的人曾经建议，要把他弄到离这里远一点的地方去呢！"

"那是为什么呀？"刘知问问。

"说是阶级斗争这根弦要绷紧，为了咱这国防基地的保密和安全。"

"那后来……"

"后来我想，这人好歹是个知识分子，还是个从国外回来的大学教授，就是因为写了一本书，成了'右派'，这无非就是思想认识问题嘛！如果此人不爱国，他从国外回来干什么，回来喂猪呀？"庞院长说，"再说，一个暴恹恹的老头儿，能搞什么破坏呢，我们不能凡事都搞得风声鹤唳的，所以我就没有表态。"

"庞院长，我认为您的分析有道理。"刘知问笑了笑，"只不过，这个话还只能是您这样苗红根正的老革命才敢说。"

"老刘呀，说老实话，像我们这种大老粗，对你们这种有知识有文化的人，除了羡慕，就是敬重呀——像你这个老八路，不是也人有说你有'叛徒'嫌疑吗？"庞院长停了停，思忖着说道，"可，这就怪了，那马名翰和吕振华他们，到那喂猪老头儿那里去，到底是干什么呢？……"

"就是呀，我也感到有些纳闷。"

"这个事，我建议你直接找马总他们谈一谈，搞清楚他们到那里去究竟干什么。"庞院长说，"你可以跟马总说，他人虽说从'牛棚'出来了，可有人还拿着一只眼睛盯着他呢。"

"好，就这么办。"刘知问接着说道，"还有一件小事，其实就不值一谈了。余学华还给我反映说，说那总体研究室的技术员郑之光，晚上经常到那村上的祠堂里去，和那学校教书的女老师关系有点暧昧，怕时间长了弄出点男女方面的问题来……"

"嘻，有些人就是吃饱了饭找不到事情干，眼睛老盯着人家男女之间的事干什么！"庞院长喝完碗里的稀饭，啪地放下碗，"人家年轻人之间谈个恋爱什么的，有什么值得大惊小怪的呀！"

"是呀是呀，我也是这样给政治处的人说的。"

"这事倒不值一谈——不过，我的书记呀，我倒想起一个事：那学校、医院眼看就要建好了，这段时间我工地上、科研上事情有点多，那里人员、设施的事你要多费点心，要抓紧落实好呀！"

"这事您放心，我正在抓紧落实。"

"好，争取春节一过，那新学校、新医院就正式投入使用！"

第四章

霜风雪雨

1. 在充军去的山路上

"兰老师、兰老师——"

还没到上课时间，兰馨抱着学生的作业本，正准备到课堂上去，突然学生吕家骢背着书包，气喘吁吁地跑进祠堂，大声叫着她。

"什么事情这么火急火燎的呀？小心摔倒了！"兰馨回过头，问吕家骢。

"兰老师，"吕家骢胸脯起伏着，大口大口地喘着粗气，"我看见、看见……村上公猪圈里的那个章大爷，被村上的人押走了！"

"什么，公猪圈那个章大爷被人押走了？……"兰馨闻讯吃了一惊，但随即她镇定下来，"那个章大爷被人押走了，你为什么要专门来告诉我呢？"

"您、您……他……"吕家骢一紧张，连说话都有点结巴起来。

"他是被什么人押走的呢？"看来，吕家骢这么急匆匆地专门跑来告诉她这个消息，那自己和父亲的关系，肯定已经被家骢这些学生窥探到了，她愣了一下，问。

"是、是村上那个叫'真短命'的人。"吕家骢又喘了两口气，"还有两个背枪的民兵。"

"他什么时候被押走的呢？"兰馨又急切地问。

"就是刚才。"

"你怎么知道的？"

"我来上学的路上看见的。"吕家骢说，"我看见他背着铺盖，提着一些东西，几个人押着他从公猪圈下来。"

"他被押到什么地方去了呢？"

"往进山那条小路走了……"家骢用手指了指雾溪河那边的山道。

"往进山那条路走了？……"兰馨再也掩饰不住内心的焦急，她急忙对家骢说道，"吕家骢，同学们一会儿来了，就说老师有点事，一会儿就回来，叫大家先上早自习！"说完，兰馨把手里的作业本塞给家骢，急忙跑出祠堂，就往雾河那边追去！

"兰老师——"吕家骢见兰老师跑了出去，他愣了一下，突然像想起了什么，也跟着兰馨跑了一段，想把她拦回来。可兰老师跑出门，一拐弯就消失在河边的竹林里了，留下吕家骢一个人抱着那叠作业本站在路边发呆。

糟了，兰老师这样跑去见章大爷，那她和他的关系马上就会暴露了！吕家骢后悔不该这么急匆匆地跑来告诉兰老师，该先跟大哥商量商量——但，看见章大爷被人押走了，他又不能不及时来告诉自己的老师呀！

竹枝摇曳，溪水淙淙。

兰馨跑过竹林，跑到河边，过了那座小木桥，果然看见远处山坡上有几个移动的人影。

"爸爸、爸爸——"见此情形，兰馨什么也顾不得了，她边跑边大声地喊着爸爸，竭尽全力朝山坡上追去。

她不知道这些人为什么突然要把爸爸押走，为什么要押到山里面去，押到山里去是去干什么？爸爸年纪这么大了，身体也不好，不知爸爸被押走后，他们何时才能相见。

山里冬天的早晨很静，除了山坡下潺潺的水声，没有林涛喧哗，也没有鸟鸣虫叫。兰馨大声地呼喊，声音传得很远——果然，山坡上那几个人听见喊声，停了下来。

"爸爸、爸爸！"兰馨沿着那条长满野草的小路，一路向上跑去。她头发跑散了，乱发在她身后飘拂着。她努力跑上山坡，离那几个人影越来越近。

"你、你……"贾长生看兰馨跑上山来，再听兰馨边跑边喊"爸爸"，他一下似乎明白了什么，眼珠瞪得有牛卵大。当他看兰馨径直朝章老头扑去，他指着兰馨叫道，"你喊的是谁？谁是你爸爸？"

"爸爸！"兰馨没有理会贾长生，她一下冲到爸爸的身边，紧紧抓住他的双臂，"爸爸，他们要把您押到哪里去？"

章老头惊异地看着满头大汗的兰馨，摇了摇头。

"哎，我说这位兰老师呀，你这话可不能说得那么难听，我们要把他'押'到哪里去？我们这是'送'他，送他到刺猪岭去。"贾长生嘴里说着话，可眼睛却色眯眯地盯着兰馨那丰满的臀部，以及散乱在她腰间的头发。

"你们送他到刺猪岭去干什么？"兰馨转身问道。

"兰老师呀，他、他到底是你什么人哪，还需要你这么急三赶四地追来过问？"贾长生见兰馨转过身来，他的目光又游移到了她挺拔的胸脯上，说话的声音竟变得有点柔和起来。

"他是我爸爸！"兰馨干脆地回答。

"小馨，你……"章老头瞪了兰馨一眼，立即否认道，"我姓章，她姓兰，我不是她爸爸！"

"是呀，兰老师，他姓章，你姓兰，怎么会是你爸爸呢？"贾长生讪笑了一下，目光又落到了兰馨那张满是汗珠俊俏的脸上，"你要认爸爸，也该认个好爸爸呀！"

"他就是我亲生父亲，没有哪点不好！"兰馨说，"法律上哪条规定孩子非要跟父亲姓！我随母姓，难道不可以吗？"

"小馨！"章老头又叫了兰馨一声。

"哦，原来是这样，还真不晓得你们有这层关系！"贾长生又笑了，有点皮笑肉不笑的样子，"别人都不愿到这山旮旯来，兰老师却主动来到这里，看来你们父女关系还不错嘛，这么长时间我们竟然没发现这个问题！兰老师你这人民教师，看来我们对你的关心和照顾还不够呀！"

"我问你，你们究竟把他弄到刺猪岭去干什么？"兰馨盯着贾长生问。

"哎呀，兰老师，既然是你问我，那我就对你不保密了。"贾长生盯着兰馨，"我们把他送到那里去，是跟我们大队的辜长林老头搭伴，种黄连、看林子，轻松得很！"

哦，对了，兰馨曾听村里的人说过，那刺猪岭的森林被砍之后，一直都是荒着的，还是那年县工作队的罗队长下来，听说这件事后，给大队建议在那里试种黄连和杜仲，卖给县上的医药公司，好歹也能为社员们赚几个盐巴钱。

"我爸爸年纪那么大了，又有肺气肿病，那里离这里还有十多里山路，上不沾天下不沾地的，有个三病两痛的，哪里去寻医找药呀！"

"没问题没问题。队上那辜老头已在那里待两三年了，还活鲜鲜的。"贾长生提高了声音，"那里离0658基地远，不吵不闹，清静得很，空气也好，原来可是神仙住的地方呀！"

"不行！你说那辜长林，才40多岁，身强力壮的；我爸爸60岁了，身体又不好，你们不能那样安排！"兰馨说，"你们在这里等着，我要去找你们大队周书记，不行我去找你们公社领导！"

"嘿，兰老师，这你就不知道了，把'右派分子'章寒冰安排到刺猪岭去，这是大队、公社革委会的安排！"瞬息间，贾长生那脸皮上的笑容消失了，变得就像路边那块冰冷的石头，"你要知道，你父亲是到这里来监督劳动、改造思想的——

你让开，不要再在这里啰唆了！"

"你们这样安排一个 60 多岁、身体有病的老人，像充军一样弄他到那荒山野岭去，还有没有一点同情和怜悯之心呀！"兰馨上前一下拦住去路。

"把她拉开，看谁敢阻拦！"贾长生威风地命令两个民兵，"我们走！她要敢阻拦我们执行公务，连她一起押走！"

"小馨，这事你不要管！"章大爷背起铺盖卷，提上东西，挣脱兰馨的拉扯，从旁边绕了过去。

"兰馨，你今天的表现，还有你和这五类分子的关系——哼，你该怎么办，自己慢慢去琢磨吧……"贾长生走了几步，又回过头来，看着孤零零站在寒风中的兰馨，既不阴也不阳地说道。

"爸爸、爸爸！"看着爸爸在几个人的押解下，走上山坡，渐行渐远，已看不见他那佝偻蹒跚的背影，兰馨心里塞满了心酸和苦涩，眼泪从她眼眶里涌了出来，无声地滑落在她满是汗珠的脸颊上，泪水和汗水交融在一起，簌簌地失落在枯萎的草地上……

起风了。一阵寒冷的山风从河谷吹来，山雾渐渐将山林和野草笼罩起来。兰馨望着空旷寂寥的荒坡，久久地伫立在那里，一动也不动。几个远去的人影，早已湮没在荒草和雾岚之中……

2. 黑夜中的一条恶狼

山里的冬天黑得早，文秀下班回来，吕大娘已经把灯点上了。

"妈妈，我今天看见兰老师给我们上课，两只眼睛红红的，肿得像桃子一样。"文秀回来，几个孩子正在煤油灯下做作业，小儿子吕家驹见妈妈走进屋来，就给她说道，"您药箱里面不是有眼药吗？您给我一支吧，明天上学我给兰老师送去。"

"哦，行。"文秀摸摸家驹的头，表扬儿子道，"我们的家驹都知道关心人啦，不错不错。"

"不，妈妈，兰老师那眼睛，是哭肿的。"文秀的话音刚落，家骢突然抬起头对妈妈说道。

"什么，兰老师那眼睛是哭肿的，什么事让她把眼睛都哭肿了呀？"文秀有点诧异了。

"她爸爸被村上那个叫'真短命'的人，押到山里面去了。"

"她爸爸被人押到山里面去了？"那兰馨和章大爷的关系，前些日子文秀听吕振华悄悄给她讲过，只不过她从来就没声张罢了。听家骢这样一说，她急切地问道，"那'真短命'把她爸爸押到山里去干什么呢？"

"这我不知道。"家骢说，"兰老师听到这件事后，就追了去，想把她爸爸拦下来，可……过了好久，她才回到学校，中午也没见她到饼儿家吃饭；下午给我们上课时，她眼睛就红肿了。"

"哦，那你们更该关心一下她呀。"文秀说。

"妈妈，您知道她爸爸是谁吗？"家骢又抬起头对妈妈说。

"她爸爸是谁呀？"文秀明知故问。

"就是在村子后边公猪圈喂猪的那个章大爷！"

"哦——"文秀点了点头，转了个话头说，"中午兰老师就没吃饭，说不定她晚上也还没吃呢，你们该去看看她呀！"

几个孩子望着妈妈，没有说话。

"叔娘呀，"文秀突然像想起了什么，她大声叫着吕大娘，"您米坛里还有鸡蛋吗？"

"有，还有5个——不，还有6个。"吕大娘应声从厨房出来，对文秀说道，"你们买回来那只芦花鸡，今天又生了一个。"

"叔娘，您能不能煮上两三个鸡蛋，我叫家骏他们给兰老师送去呀。"

"好，我给她煮成开水蛋，家里还有一小块红糖。"吕大娘说，"文秀呀，你也还没吃饭，抓紧吃了吧，饭在鼎锅里热着。"

"好。"文秀说，"隔壁周大娘感冒发烧了，我一会儿还要去给她量量温度，打打针呢。"

吕大娘把鸡蛋煮好，天已黑了，可吕振华加班还没回来。

"家骏、家骢，你们给兰老师送去。"文秀对大的两个孩子说，"天黑了，路上注意点，小心不要被周幺爷那条狗咬了。"

"走。"吕家骏收好作业本，招呼着弟弟家骢。临出门时，家骏看外面黑黢黢的，还不忘悄悄把他那锯片磨成的"匕首"别在了腰带上。

两兄弟打着电筒，提着篮子，就往村后走去。

天黑了，村子里除了有的房顶上还冒着袅袅的炊烟，偶尔有几声牛哞犬吠外，整个村子都静悄悄的，一路没见一个人影。

吕家骏和家骢来到周家祠堂，见祠堂大门紧闭着，只是从门缝里透出一线微弱的光亮来。

吕家骢正要上前敲门，家骏却拦住了他："算了，兰老师一天都没吃东西了，说不定还躺在床上呢，不要惊动她了，我们出其不意地进去，说不定还能给她个惊喜呢！"

说完，家骏将篮子递给弟弟，他轻车熟路地纵身一跃，就跳到门口那石狮子上。尔后，他双手抓住墙沿，像飞檐走壁的侠客一样，嗖地就跳进了祠堂。少顷，他就把大门打开来。

兰老师寝室的门虚掩着，里面透出灯光。吕家骏和家骢走过天井，可还没走到兰老师寝室门口，两人突然惊了一下——原来，他们听见兰老师寝室里传出个男人的声音！

不会是郑之光叔叔吧？

不，郑之光叔叔讲的是普通话，而屋子里的那个男人说的是四川话，而且是当地的口音！吕家骏和家骢面对这样的情形，不敢贸然闯进屋去，他们关了手电，平心静气地走到门口，停了下来。

"小兰呀，今天早上我对你的态度是生硬了一点，严肃了一些，但我都是在为你着想呀！"屋里传出来那个男人的声音，"刚才我给你说了这么多了，你还是好好想一想吧……"

家骏和家骢把眼睛凑近门缝一看——他们撞破脑袋也不敢相信，屋里的那个男人，原来就是早上把章大爷押走、村上的那个治保主任"真短命"！

天都黑了，这个"真短命"到兰老师这里来干什么呢？家骏和家骢心里一惊，不约而同地对视了一下。此情此景，大概他们同时想到的就是老师教他们的那个成语：黄鼠狼给鸡拜年！

"小兰呀，我是真心诚意的呀……我虽然文化差了点，年纪稍大了一些，户口虽说还在农村，但你到十里八乡去打听打听，我贾长生也不是那种平庸之辈！"灯光下，兰老师埋头坐在床沿边，那贾长生坐在板凳上，只听他在那里侃侃而谈，"我姑爷是县革委的主任，他早晚就会给我搞个'农转非'指标，在县里或公社里给我弄个干部当当——何况，我现在已是大队治保主任兼民兵连长了呀！……"

灯光下，兰老师抬头厌恶地看了贾长生一眼，嘴张了张，想说什么又把话咽了回去。

"小兰呀，你年纪轻轻的，长年累月待在这大山里，总不是个事儿呀！只要你不嫌弃我，我保证，一个月之内就把你调回城里，安排个好的工作。"贾长生见兰馨依然不吭声，他轻轻叹了口气，悲天悯人地说，"至于你父亲的事，我去跟我姑爷说说，叫他把他那'右派分子'帽子揭了，也和你一起回城去，他老人家怎么大年纪了，身体也不好，免得还在这里吃苦！……"

"贾主任，你让我一个人静一静，请你出去。"兰馨抬头对贾长生说道，明显地给他下了逐客令。

此时，家骏和家骢紧张地趴在门边，看着屋内的情况，连大气也不敢出。祠堂里很黑，很静，连远处的村子里也了无人声。

"好，该说的，我都苦口婆心给你说了，我给你一点时间，你好好想想吧……"贾长生虽说从桌边站了起来，却半天没有移步，他眼里透出焦渴和淫邪的光，直勾勾地盯着兰馨。

兰馨见贾长生半天没有挪步，也不再出声，她一抬头，一见贾长生那鹰鹫觅食的眼神，她不由得哆嗦了一下，提高了声音："感谢你的一片好心，你给我出去！"

"什么，你敬酒不吃，要吃罚酒呀！"贾长生一看兰馨那神情和语气，他沉下脸来。

"什么敬酒罚酒，我不懂，你出去！"兰馨更是提高了声音。

贾长生见此情形，有些恼羞成怒了，他恶狠狠地说道："常言道：识时务者为俊杰，在哪个山头就该唱哪个山头的歌，在这云岭山里，你信不信，我能叫你永世不得翻身！"

"滚！你给我滚出去！你再不走，我要喊人啦！"

"好啊，你这个五类分子的狗崽子，竟敢在我贾长生面前来要横放泼！……"话没说完，他突然"噗"地一口吹灭了桌上的灯，像一只饿狼，一下就朝兰馨扑去，并死死地把她压在了床上！

"救命啦、救命啦！……"兰馨大声地呼救起来。

可这祠堂内外，平时除了社员们上下班，很少有人从这里经过。夜色中，兰馨刚喊叫了两声，就被贾长生在头上砸了几拳，继而用手死死掐住她的喉咙；而他的另一只手，就胡乱地往下扒拉起兰馨的裤子来，随着唰的一声，兰馨的裤子就被撕开一条口子来！

"嗙！"说时迟那时快，只见吕家骏牙一咬，一下抽出身上那把匕首，还没等他弟弟家骁回过神来，他一脚踢开房门，冲进屋去，不管三七二十一，举起手中的家伙，对着床上那团黑影上面那个人，不由分说狠狠扎了起来！

"哎哟！哎哟——"那贾长生一下被这突如其来的刺杀搞懵了，没想到他正要得手时，不知怎么从黑松林中跳出个李逵来！他痛苦凄厉地大叫了两声，唬地从床上跳了起来，一下推开吕家骏，捂着屁股，拔腿就往门外跑去！

吕家骁在门口看见那团黑影跑来，他敏捷地把腰一弯，那团黑影一下跌在他身上，像饿狗扑屎一样，"嗙"的一声摔在了天井里！还没等吕家骏从屋里冲出来，摔在地上的那团黑影一翻身就爬了起来，嘴里痛苦地呻吟着，像打慌了的兔子一样，一瘸一拐地就往祠堂大门蹿去！

吕家骏仍不解恨，拿着他那把匕首，一直追出祠堂大门——可他追了一段路，不知怎么的，黑暗中他没再觅见那"真短命"的影子！

"兰老师、兰老师！"吕家骢看家骏追了出去，他怕哥哥吃亏，也跟着跑了出去，见那"真短命"已跑得了无踪影，他打开手电，回到了兰老师的寝室，轻声叫着兰老师。

"哦，是家骢呀……"兰馨大口喘着粗气，半天才惊魂未定地从床上坐了起来，手哆嗦着点上油灯。灯光下，家骢看兰老师头发散乱，脸色苍白，腮边红肿，嘴边还留有血痕，她看了吕家骢一眼，用发颤的声音问道，"你怎么来了……"

"我妈叫我们给您送晚饭来。"吕家骢说，"兰老师，您别害怕，那个坏蛋跑远了……"

"真是、真是一条恶狼……"

"兰老师，您没什么吧？"吕家骏从外面走了进来，手里还握着那把带血的匕首。

"没什么……谢谢你们了。"

"兰老师，你吃点东西吧。"吕家骢从门口提过那个篮子，端起那碗开水鸡蛋，递给兰老师，"这是我妈叫吕婆婆给您煮的……"

兰馨手颤抖着，接过那碗开水蛋放在桌上，可半天也没吃一口。良久，两行汹涌的泪水，映着惨然的灯光，无声无息地从她脸上滑落下来……

3. 有责任我全部承担

"庞院长、刘书记，有件紧要的事向你们报告一下。"

早上一上班，吕振华就匆匆来到工地指挥部，找到了庞院长和刘书记。

"什么事呀？这么急慌慌的。"庞院长问。

"昨天晚上，祠堂里出事了！"

"出了什么事呀？"庞院长又问。

"昨天晚上，村上那个叫'真短命'——不，那个叫贾长生的治保主任，趁天黑钻进祠堂，想强奸学校的兰老师，差点把兰老师掐死！后来被我家那两个小子打跑了，我那大小子，还扎了他几刀……"

"什么什么，你仔细讲讲。"庞院长闻言大吃一惊，"那个贾长生溜进学校，想强奸兰老师，差点把她掐死了？你家那大小子，还扎了他几刀？"

"事情是这样的……"吕振华将两个小子昨晚给他讲述的，发生在祠堂的事给院长和书记讲了一遍。

"他妈的，简直是吃了豹子胆！"吕振华话还没说完，庞院长牙齿便咯咯响了起来。吕振华话刚落音，他唬地站了起来，拿起电话，"喂，总机吗？你给我接一下保卫处。"

"庞院长，您这是要干什么呀？"刘书记一惊，赶紧问道。

庞院长脸色铁青，并不理会刘书记。少顷，他对着话筒急促地讲道："袁挺军吗？你马上带上家伙，再带上几个人，到那云雾村，去把那个叫'真短命'——不，叫贾长生的治保主任给我抓起来！"

"袁处长，你稍等等。"刘书记听庞院长如此一说，他有点着急了，在一旁凑近话筒大声对袁挺军说道，"等我们再商量一下你再走！"

"老刘呀，你这是在干什么！"庞院长有点生气了。

"庞院长，那治保主任是地方的人，我们管不了他；而且据说此人还有个什么亲戚在县革委，我们直接去抓人，这恐怕有点不合适。"刘书记对庞院长说，"我看，是不是先报告地方派出所，让他们去抓。"

"哼，县革委领导的亲戚？他就是省革委主任的舅子，我也管不了那么多！报告地方派出所？等我们报告他们，再等他们去调查取证什么的，那人早就跑毬了！"庞院长没理会刘书记的提醒，他咬了咬牙，"再说，这地方上的人，七大姑八大爷的，穿一条连裆裤多的是！老子今天一定要把他绳之以法！"

"庞院长，您看我们能不能采取一个更好的办法……"

庞院长此时义愤填膺，完全听不进刘书记的劝告，他握紧话筒，一字一句地对保卫处长说道，"听我命令，你立即带上几个人，去把那个王八蛋给我捆来！有什么责任，由我全部承担！"

"如果他们村上的人要阻拦怎么办？"袁挺军在电话里问。

"你他妈不是当过兵的吗！怎么办还要我教你呀！"庞院长火了，提高了声音，"给你们保卫处配备的那些家伙，是拿来吃素的吗！"

"是，我马上就去！"

"他娘的，简直太嚣张了，竟敢欺辱到我们请来的教师身上了！"庞院长啪地摔下电话，余怒未休地骂道。

"庞院长，我家那大小子扎了人家几刀，还不知伤情怎么样，您看怎么处理呀？"吕振华说，"我今天没叫他上学，在家里等候发落哩！"

"怎么处理？这种见义勇为的行动，我们要嘉奖他！"庞院长说，"那畜生伤情怎么样？你那小子最好把这种人渣给扎死算毬了，免得给这个地方留下祸害！扎死了，我亲自给上级打报告，表彰他为少年英雄！"

"那，我叫他去上学？"

"他该干什么干什么——哦，你回来！"庞院长见吕振华转身要走，他叫住了他，"只是，叫你那几个小子多长个心眼，防止那混蛋报复。"

"我家那两个小子说，这件事发生时，他们躲在暗处，四处黑咕隆咚的，那'真短命'并没有看清他们。"

"有备无患，还是多留点心吧。"

吕振华转身走了。

"唉，庞院长，这件事您既然这么处理，那我听您的！"刘知问说，"有什么责任，我们共同承担吧。"

"不，这不关你的事。你刚从里面出来，出了什么事，我来担着。"最近地方上香烟供应紧张，庞院长坐了下来，又卷起一支"大喇叭"烟，点了几次也没点燃，他啪地将烟袋扔在了桌子上，"我就不相信，这共产党的天下，一个小小的县革委主任，就能遮了天！"

"庞院长，还有件事我还要跟您商量一下。"刘知问摇了摇头，苦笑了一下，对庞院长说，"就是马名翰总师昨天给我们提供的那个章寒冰的情况，看看该如何处理？"

对学校的兰老师和章老头之间的关系，以及马名翰、吕振华他们与章老头之间往来的事，庞院长昨天听刘知问讲了后，这才弄明白其中的缘由。

自那天刘知问和庞院长两人碰头后，刘知问按庞院长的意见，随即就找到了马名翰，两人开诚布公地谈了一次话。

"马总呀，过去我们是一间'牛棚'的难友，现在又成了一条战壕的战友，说话就不用绕圈子了吧？"刘知问说。

"书记，有什么事您就直截了当说吧。"

"那，我就开门见山了。"刘知问说，"你和吕振华、郑之光最近到云雾村公猪圈去过吧？"

"去过，去过三四回了。"马名翰毫不隐讳地答道。

"你们到那里去是干什么呢？"

"我们到那里去，一来会会那里的这个老学友；二来和他讨论一些科研项目上的事。"马名翰很干脆地回答。

"什么，讨论有关科研项目的事？"刘知问闻言大感意外，"你们怎么会到那公猪圈去讨论科研项目的事呀？"

"公猪圈喂猪的那个章老头——不，他的真名叫章寒冰，是我在美国哈佛大学留学时的学长。回国这些年，我一直都在寻找他，可万万没想到，他在这云岭山中喂猪！"

"哦——"刘知问听马名翰这样一说，他沉吟了一下，"你们之间友情难却，这可以理解；但你要知道，他现在可是戴着'右派分子'帽子，到这里来劳动改造的呀！"

"刘书记，您或许不知道，这个章寒冰，在世界光电研究领域中，不但是个屈指可数的专家；早在美国时，他就是这个领域中不可多得的人才呀！"马名翰说，"我们目前正在攻关的强激光项目，正是他的专长。我们的研究课题、研究方向、试验设备和试验手段，如果能得到他的帮助，那就可大大推进我们研究的进程——我们到他那里去，是向他请教一些专业问题的。"

"原来是这样！"刘知问这才恍然大悟，但他沉吟了一下，随即严肃地对马名翰说道，"那，这个情况你为什么不早点给我们说说？你们偷偷摸摸到那里去，会让人抓住口实的呀！"

"就是给你们说了，也不管用呀，说不定还会给你们添麻烦呢。"

"老伙计呀，你可要知道，你们从事的这个项目，可是国防重点科研项目，是国家列入绝密范畴的项目呀！"刘知问压低声音，"现在阶级斗争这根弦绷得这么紧，我们院里也不是铁板一块，万一有人知道你们和他在项目上有什么关联，就是不跟你们上纲上线，吃不了也要兜着走呀！"

"刘书记，您提醒得对。"马名翰沉默了一下，点点头，心悦诚服地说道，"这项目久久不能有大的突破，我这心里一着急，脑袋里确实就少了一根弦。"

"马总呀，你们的心情我理解。"刘知问说完，又思忖了一下，随即又严肃地对马名翰说道，"我以组织的名义要求你，以及你的项目组，这件事到此为止，和他讨论项目的事，再也不要对人提及；同时，你们再也不能到章寒冰那里去了，这要作为一条纪律！"

"我服从组织的决定，遵守组织的纪律。"马名翰表完态，低头沉默了一会儿，轻轻叹了一口气，"唉，可惜、可惜了呀！……"

谈完话，马名翰看了刘知问一眼，怏怏地走了。

"是呀，如果那章寒冰真是这样的人才，的确是可惜了呀！"当刘知问将他和马名翰谈话经过讲给庞院长听后，庞院长也发出了同样的感叹。

"是呀，是太可惜了。"刘知问说，"我这样要求马名翰他们，也是政治形势和保密纪律使然，是不得已而为之呀。"

4. 非常时期非常举措

没想到，刘知问今天想来找庞院长商量章寒冰的事时，却冒出来昨晚祠堂里发生强奸案的事，弄得庞院长大为光火。

"庞院长呀，昨天我想了一夜。"吕振华走了，指挥部里只剩下刘知问两个人。他低头沉思了一下，抬头问庞院长，"昨天我给您讲的那章寒冰的事，到底还有没有其他可以斡旋变通的办法呀？"

"昨天你走后，我也想了很久。办法倒是有，可太难了。"庞院长又从桌子上拿起烟袋，卷起"大喇叭"抽了起来。

"我知道，凡是涉及政治上的事，几乎都是禁区，肯定很难。"刘知问说，"可人才难找呀，像我们这样的高精尖项目，没有顶尖的人才，要想尽快向前推进，那就更难了！"

"现在这乱哄哄的局面，是耍嘴皮子的人得势，有真才实学的人倒霉！"庞院长为刚才的事还有些生气，停了停，他狠狠地抽了几口烟，这才接着说道，"刚才你谈到那个章寒冰的事，我倒听我的一位老战友、舰船研究院于院长说过一件事，他们曾经冒着很大的风险，聘请了一个'大右派'来担任中国核潜艇工程的顾问——你要知道，那核潜艇工程，更是国防科研中一个绝密加绝密的项目呀！"

"那个院长叫什么呀？"刘知问问。

"于笑虹。"庞院长说，"他原是步兵部队的，进军西南时，在这四川宜宾地区工作过，后来调到海军科研部，授予了少将军衔。"

"这个人我听说过，原来是二野的。"刘知问一听，急忙问道，"庞院长，您把这件事，给我讲讲。"

"这事哪，说来还有点传奇的色彩。"庞院长又抽了一口烟，缓缓地说道，"这个担任核潜艇工程顾问的'大右派'，你肯定也听说过，他就是国际知名的力学和数学家——钱伟长。"

"这个人我当然知道。"

"那好，我给你讲讲事情的经过。"

钱伟长是江苏无锡人，是中国近代力学、应用数学的奠基人之一，被誉为"中国力学之父"。早年，他作为中英庚款会公费留学生，在加拿大多伦多大学学习，跟随著名的力学家辛吉教授搞研究，曾用50天时间完成了毕业论文《弹性板壳的内禀理论》。辛吉教授赞誉他是"了不起的好学生，校园中多年未见的优秀人才"。1946年，他与冯·卡门合作完成《变扭的扭转》论文，成为国际弹性力学的经典之作，受到爱因斯坦的称赞。他回国后，周恩来总理曾把他与钱学森、钱三强并称为中国科技界的"三钱"。

就是这样一位杰出的科学家，却在1958年被划为"右派"，受到无休无止的批判和斗争。反右运动结束后，除了保留他的教授职称外，撤销了他包括上海大学校长在内的一切职务！

在毛泽东主席"核潜艇，一万年也要搞出来"号令下，全国国防科研战线的人都动员起来。可要想搞好中国核潜艇及海军装备研究试验，就必须要确立流体力学、水动力学、结构力学这些重要课题；必须要确定相关的研究项目、研究方向、试验设备、试验手段，以及建立研究机构等——但，像核潜艇这样号称"科学皇冠上的宝石"项目，没有钱伟长这样造诣非凡的科学家，是万万不行的！

"非常时期只能采取非常举措。"为了请钱伟长担任海军装备的顾问，于笑虹经过再三考虑，冒着巨大的政治风险，在请示刘华清将军和聂荣臻元帅后，在两位老首长的默许下，他亲自赶到上海拜见了钱伟长教授。

士为知己者死。钱伟长见一位素不相识的将军竟然不避嫌疑，这么真挚诚恳地亲自登门向他求教，他大为感动。钱教授于是敞开心扉，与于笑虹将军促膝细谈了一天一夜。最后，于笑虹采纳了钱教授的意见，决定建立舰船研究基地，确立了流体力学、水动力学、结构力学等课题研究，并建立了远东第一大试验水池。他们最终虽未给钱伟长揭掉头上的"右派"帽子，但却如愿地聘请他担任了核潜艇及其他海军重点装备研制的顾问！

"好啊，既然有这样的先例，我们也不妨一试！"刘知问听庞院长给他讲了钱伟长的事后，他兴奋地一拍大腿，站了起来，"真是听君一席话，胜读十年书啊！章寒冰教授这件事，我们不妨就以南方技术物理研究院党委的名义，给国防科工委——不，直接给聂荣臻元帅打个报告！……"

"报告！"刘知问和庞院长两人正谈着话，门外突然有人打了声报告。

"进来吧。"刘知问看了庞院长一眼，对着门外应了一声。

走进来的是保卫处长袁挺军。

"人，给我抓回来了吗？"庞院长一见袁挺军，就急切地问道。

"人，跑了。"袁挺军一脸的失落和无奈。

"他是怎么跑掉的？"

"我们赶到他家时，屋里已空无一人，就找到这包东西。"袁挺军举了举手里的那个塑料袋，"听他邻居周幺爷说，昨晚他家的狗狂叫了好一阵，他看了看外头，见那'真短命'溜回了家。后来，又见他打着一支电筒，背了一个包，一瘸一拐地跑了。"

"好啊，这王八蛋脚底板抹油——溜了！"停了停，庞院长问，"他跑到哪里去了，你们有线索吗？"

"邻居们都说不知道。"袁挺军说，"周幺爷说，他可能跑到城里他姑妈那里去了。"

"那你们就没想过抓获他的办法吗？"庞院长说。

"我已派刑侦组的薛元和郭一勇，开着我们保卫处那辆挂着警灯的三轮摩托车，追到县城去了。"袁挺军说，"我给他们说了，只要发现那家伙，立即就给戴上头套，神不知鬼不觉地把他弄回来！"

"对，你们不要有什么顾忌，就是要拿出当兵打仗的那种'二杆子'精神来，对这种胆大妄为的家伙，一定要把他绳之以法！"庞院长一下掐灭了烟头，瞟了一眼袁挺军手上提的那包东西，问，"你那是什么？"

"这是那家伙的血衣和裤子，我们在他家床下找到的。"袁挺军打开塑料袋，抖开那包东西，只见那衣裳和裤子上满是污血，上面透着几个窟窿。

"看样子，吕振华那小子的刀子还不是很锋利，才扎了这么几个小洞，难怪会让那家伙拔腿跑了！"庞院长看了看那几样衣裤，示意袁挺军把它收起来，"这些破烂，你们好好收着！这，就是那家伙强奸案最好的证据！"

"对，我们也是这样想的。"

"你们无论如何，就是挖地三尺，也一定要把那家伙抓获归案，不能让他逍遥法外！"庞院长挥了挥手，"好，你下去吧。"

袁挺军转身走了。

"老刘啊，你们那学校盖得怎么样了？"袁挺军走后，庞院长像想起了什么，他转身问刘知问。

"盖得差不多了，就是桌椅、黑板，还有些教学用具什么的，还没备齐。"刘知问说，"等学校放完寒假，下学期上课应该没有问题。"

"书记呀，我的意见是这样。"庞院长说，"没有桌椅、黑板、文具那些东西，先把祠堂里那些破家伙拿过来凑合一下，马上就把学校搬过来。"

"对，您想得很周到，的确应该抓紧启用新学校，这件事明天我就去办。"刘知问点点头，但他一下像想起了什么，"只是，那兰馨老师她……"

"兰老师怎么啦？"庞院长问。

"庞院长，或许是我多虑了。这上面的政策，凡是到我们这国防科研单位来的人，连祖宗三代都要查个一清二楚，她……"刘知问停了一下，"她和那章寒冰的关系，若是有人借题发挥，可就有点麻烦！"

"家庭成分固然重要，可党的政策是'重在表现'哪。"庞院长说，"那小兰老师经过这段时间的试用，我看她的表现就很优秀！有人要找点小麻烦，我们不理会他就是了，我担心的只是……"

"您还担心什么呀？"刘知问问。

"书记呀，你来得晚一些，或许还不知道，那兰馨的行政关系是在地方的呀！要把她正式调到我们子弟校来，恐怕还有点麻烦。"庞院长说，"为这事，我正犯愁呢！"

"这倒是个事儿。"刘知问说,"不过,我们通过国防科工委,向高教部要的那几个大学生这两天就该到了。"

"是呀,随着大批的职工到来,这家属子弟也越来越多了,是要增加教师,健全学校领导机构,让学校的工作逐步走上正轨了。"庞院长说完,接着若有所思地说道,"只是,学校搬到院里了,那小兰老师就只能留在地方上了——可是,在我们基建这艰苦时期,她为我们院里的孩子真操了不少心,现在又受了这么大的委屈……"

"那我们跟地方上衔接一下,把她调到院里来怎么样?"

"我也有这个想法,只是目前地方上还乱糟糟的,办起来可能有点麻烦。"

"那,这个事儿我交给政治处去办吧。"

"不,还是我来办。"庞院长思忖了一下,"政治处余学华那小子,成天就像只鹰犬一样,恨不得什么时候就能在地洞里挖出一只猎物来,他不在其中作梗,就阿弥陀佛了!再说,就算走正规渠道,那地方上至少也会给你拖上三两个月,甚至一年半载——孩子们读书的事耽误不得,还得走点歪门邪道才行。"

"哈,庞院长您是想走后门呀!"

"什么走后门!拿我们行军打仗的行话说,这叫'迂回战术'!刚才我们不是在谈论什么'非常时期只能采取非常举措'吗?"庞院长拿起烟袋,掏出碎烟叶,又卷起"大喇叭"来,他边卷烟边缓缓地说道,"我试一试吧。"

5. 不愿提及的伤心事

天黑了,夜空中闪烁着几颗若明若暗的寒星,幽暗的祠堂里,只有兰馨的寝室里,透出暗淡的灯光。

"兰馨呀,这件事该怪我。昨天原本我就该到这里来的,没想到加班太晚了,来了怕影响你休息。"

灯光下，兰馨坐在床头上，低着头一声不响；郑之光站在旁边，正轻言细语地劝慰着她。

"你爸爸被村上的人押走，还有昨晚发生的事，我是今天早上才听吕老师讲的。"郑之光说，"事情已经发生了，你也不要太难过了。听吕老师说，院领导已了解了你和章伯伯的关系，他们都很理解和同情你。同时院里决定，学校马上要搬家。院里还给保卫处打了招呼，要他们以后绝对保证学校老师和学生的安全。"

兰馨看了郑之光一眼，没有吭声。

"庞院长还说了，一定要把那个叫'真短命'的家伙抓回来绳之以法！这样的混蛋，迟早是要遭到报应的！"

兰馨垂下头去，依然没有吱声。

"章伯伯到刺猪岭那边去了，等到了星期天，我陪你到那里去看看吧。"

兰馨轻轻点了点头。

"那刺猪岭上，现在已大雪封山了。老人家身体也不好，我们去的时候，给他多带上一些衣物和棉被吧。"

"我想到老乡那里，给他买几张羊皮……"过了一阵，兰馨这才开口说了话。

"这件事交给我去办吧。"郑之光坐了下来，犹豫了许久，他才又小心翼翼地说道，"有件事情，我一直想问问你，但不知该问不该问？"

兰馨抬起头，静静地看着郑之光。

"你爸爸一个人在这山里，那你妈妈……还留在成都吗？"

"妈妈……"一提到妈妈，兰馨眼里瞬间就噙满了泪水。

郑之光一看兰馨那神情，马上就敏感地意识到了什么，一时间弄得有些不知所措来。

"她……早走了。"过了一阵，兰馨才轻轻吐出几个字来。

"对不起。"郑之光赶紧歉疚地说道，"是我太冒失了，不该问你这个问题。"

门外透进一股寒风，差点将桌上的灯苗吹灭。郑之光连忙用手护住灯火。风吹过，他才又坐了下来。

"这些年，每当有人问到这个问题，我都不愿再提了……"兰馨擦了擦眼睛，轻声说道。

"小兰，是我不对，不该提起这让你伤心的事，"郑之光说，"你就不要说了吧。"

"既然你已问起，那我就告诉你吧……"

郑之光望着兰馨，欲言又止。

"现在想起来，我爸爸和妈妈的结合，其实是一场悲剧。"兰馨缓缓地说道，"我妈妈比爸爸小十岁，她原是我爸爸的学生。爸爸在清华教书时，他们相识相爱了。妈妈大学毕业后，他们结了婚，生下哥哥和我。我出生那年，正遇外公去世，爸爸妈妈为纪念他，就让我随了母姓。1957 年，爸爸因为写了那本《西方科技发展途径的研究》的书，成了右派，被关进了监狱……"

"你爸爸写那本书，从书名来分析和推断，应该只是一本学术方面的著作呀！"郑之光忍不住插话说，"他们怎么能……"

"可他们说这书是美化西方帝国主义，鼓吹'走资本主义道路'……爸爸进了监狱后，我妈妈出身也不好，他们也把她抓了去，硬要她检举揭发爸爸'里通外国、充当外国间谍'的罪行。妈妈不承认这些强加给爸爸的不实之词，他们就召开群众大会斗争她；还罚她穿着单衣，站在冰天雪地里反省；后来，还把她铐在窗栏上，两天两夜不让她睡觉……"讲到这里，兰馨哽咽着说不下去了。

"都怪我，我不该提起你这些伤心事……"郑之光给兰馨递上水杯，又给她递上手绢，"算了，你不要说了。"

"我外公原是黄埔军校毕业、国民党军队的一个副军长，平津战役时，随傅作义将军起义。妈妈是外公外婆的独生女，从小在家里都是养尊处优，哪里受得了这样的屈辱和折磨！后来，她就以绝食来抗议这些非人道的做法……"兰馨擦了擦眼睛，喝了一口水，竭力不再让自己的眼泪流下来，"几天后，他们把妈妈抬回来时，她头发蓬乱、面如土灰，已经不成人形了。那时，我和哥哥年纪还小，看着妈妈那恐怖的样子，我们只是吓得全身发抖……后来，还是邻居康伯伯看我们可怜，把妈妈送进了医院，可她……"

是呀，两个幼小的孩子，看着爸爸被抓进了监狱，妈妈又是那样的惨况，真是哭天无路，哭地无门，该是多么无奈和绝望呀！一时间，郑之光眼睛也潮湿起来。

"那，你哥哥现在在哪里呢？"过了许久，郑之光又才小心地问道。

"我哥哥叫章咏春，他高中毕业后，响应政府号召，去凉山越西县一个彝族山寨落户去了。"兰馨说，"那里更是大山深处，来回要走几天山路，他已经几年没有回家了……"

沉默。

兰馨说完，两人都陷入久久的沉默之中。只有屋外不断掠过的寒风，吹动着房檐上的枯草，发出呜呜的声响。

"刚才，你说学校马上就到搬到院里去了？"过了一阵，兰馨才抬头问郑之光。

"对，马上要搬到院里去。"郑之光说，"这是吕老师给我讲的，不会有错。"

"那，我就不会去了……"

"你怎么会不去了呢？"郑之光急切地问。

"你们是国防科研单位，政治审查很严，我这个'右派'子女，是进不去的……何况，我还是地方的老师。"

"党的政策不是'唯成分论'哪！"郑之光说，"你自从当老师以来，表现一直很好，院里一定会特殊处理的。"

"重在表现？"兰馨苦笑了一下，"这只是一种说法罢了，在现实生活中，这是不太可能的。"

"不，我们院里的庞院长和刘书记，他们都是比较开明的人。何况，那刘书记也受过不公正的对待呢！"

"学校搬走后，你……"兰馨摇了摇头，决绝地说道，"你以后也不要再到这里来了……"

"为什么？"

"不为什么……以后，地方上对我怎么安排，也还不知道。"兰馨神情黯然地说，"你的心思我知道，但我们确实不合适。"

"为什么，就因为你的家庭成分问题吗？"

兰馨没有说话。

"如果真是你的家庭成分问题，我不在乎。"郑之光坚定地说。

"这件事我已想了很久，我们这样交往下去，不会有什么结果的……"兰馨若有所思地说道。"我、我不想让爸爸妈妈的悲剧，在我们身上重演。"

"不，绝不会！"郑之光一下抓住兰馨的手，急促地说道。

"我知道，你们国防科研单位的职工，谈恋爱、结婚都要审查对方的家庭背景，都是要经过组织批准的。"兰馨慢慢抽回郑之光握住她的手，"何况，你还是从事绝密级科研项目的人员……"

兰馨的话，让郑之光一下愣住了。

"我实话告诉你吧，前几天，你们政治处的余处长，已到我这里来过了……"

"他到你这里来干什么？"

"他到这里来是'关心'我，提醒我。"兰馨淡淡地说道，"他说的这些，也不是完全没有道理。"

"这个人只会政治投机，他是强盗穿袈裟——假慈悲！"郑之光思忖了一下，说，"如果真是这样，那我也申请到地方来教书！"

"怎么能够因为我的原因，耽误你大好的前程呢！"兰馨固执地抽出自己的手来。

"不，小兰，我绝不会离开你！"郑之光说着，冲动地一下把兰馨拥进了怀里。

兰馨轻轻地推开郑之光，眼泪又无声地从她脸上滑落下来……

"嘭、嘭嘭！"突然，祠堂外响起了敲门声，一个声音从外面传了进来："兰老师，你开开门！"

兰馨和郑之光一惊。

"兰老师，你开开门！"

"哦——"郑之光仔细一听，松了一口气，"这，好像是我师母文秀的声音！"

"那，你避一避吧。"兰馨趁机推开郑之光，站了起来。

"我们是正大光明的交往，何况老师和师母早就猜到了我们之间的关系，我躲避什么？"郑之光也站了起来，"我去开门。"

"之光，你别……"兰馨想拦住郑之光，可他拿着手电就匆匆出去了。

"哦，真是你们那！"郑之光打开大门，果然见是师母文秀抱着一床棉被站在门外，她身后还跟着家骏、家骢和家驹几个小子。

"小郑，你也在这里呀！"文秀边说边跨进门来，"小兰一个人住在这里，你有空是该多来看看她呀！"

几个人打着手电，来到兰馨的寝室。

"文秀大姐……"兰馨见状，立刻明白了什么。

"兰老师呀，你一个人还住在这里，我实在不放心，我那几个小子也不放心——以后，就让我来跟你打个伴吧。"

兰馨抬起头，静静地看着文秀和她的几个学生，眼泪又无声无息地从她眼里滚落下来……

6. 相见时难别亦难

"几个鬼猴儿，还在睡懒觉，赶快起来，你们兰老师要走了！"

时间过得真快，转眼已是腊月，眼看就要过年了。这天早晨，文秀抱着被子从祠堂回来了。一进门，她就赶紧叫着几个小子："你们还不赶快起来，去送送你们兰老师！"

"什么，兰老师要走了？"学校放寒假了，天气很冷，吕家骏几个小子不上学，都赖在温暖的被窝里不愿起来。几个小子一听妈妈的喊叫，一下都睁开了眼睛，家骢率先从床上翻身爬了起来，"不是说她要过了年才走么？"

"昨天公社派人来说，要她今天就必须赶去报到。"文秀对几个小子说道。

"妈妈，他们要叫兰老师到哪里去呢？"家骢问。

"听说是山那边什么双峰寨小学。"

"双峰寨小学，离这儿多远哪？"家骧又问。

"听送她的周队长说，那地方离这里还有几十里路，比刺猪峰还偏远呢！"

几个小子一听，顾不得再睡懒觉了，揉了揉眼睛，一个个都翻身爬了起来，七手八脚穿上衣裳，连脸也没洗，叫上刺梨儿，顶着一头乱发，就要往祠堂里跑去。

"你们往祠堂跑什么呀！"文秀说，"这会儿说不定她已经离开那里了。"

"哥哥，你们到村前面的石桥头去等她，我一会儿就来。"吕家骧说完，就往村里跑去。

"你要到哪里去呀？"家骏问。

"我去告诉饼儿、茅根儿、山花、荷叶他们。"家骧说完，又回过头来，对弟弟家驹讲道，"你快到院里去告诉郑叔叔！"

村前的石桥上，飘着淡淡的冬雾，随着溪水吹来的寒风，直往孩子们的脖子和裤腿里钻；远处那老苍苍的麻柳树上，不知从哪里飞来一群麻雀，正在枝叶间饥寒地叽叫着，吵得人心头烦死了。桥头那边，一台手扶拖拉机停着，拖拉机手周晓辉正坐在那里抽烟。

须臾，兰老师来了。

就像她刚来时那样，队长周正能挑着行李走在前面，她低着头默默地跟在他的后边。他们快要走到桥头时，兰馨一下察觉到了什么，抬起头，就看见了她的那一大群学生。可叫人意外的是，这群学生从来没有像今天这样规矩过，没有一个人说话，也没有一个人乱动，大家站在桥头两边，几十双眼睛静静地看着向他们走来的兰老师。

兰老师看见这样的情形，她本能地站住了，眼睛一下就潮湿起来。当她快走到桥头时，赶紧扭过头去，用手背遮住自己的眼睛，就想走过桥去。

桥上，山风呜呜地吹着。

桥下，溪水淙淙地流着。

时光就如这桥下的流水，一晃小兰老师来这云岭已是一年多了。这一年多来，她吃了那么多的苦头，费了那么多的心血，给了孩子们那么多的关爱，教给了孩子们那么多的知识，还受了那么多的委屈——今天，她就要走了。走了，就不再回来了。此情此景，此时此刻，孩子们的心里就像被人灌了一碗苦嘤嘤的黄连水。这些黄连水，在他们小小的肚子里装不下了，又从他们眼睛里漫了出来，失落在冬天这冰冷的石板和枯草上……

当初，兰老师是怀揣着一颗纯真的心，抱着献身山里教育事业的赤诚来到这云岭的。来时，她的脸是红扑扑的；而现在，她的脸色是苍白白的。来时，她带着一脸的甜笑；而今，带走的却是满脸的憔悴和忧伤。

"兰老师！"突然，年幼的家驹"哇"地哽咽着叫了一声；随即，山花、杏妹、荷叶几个女同学也哭了起来，一齐朝兰老师扑去，死死地抱住他们的兰老师，生怕她跑了似的。特别是山花和杏妹，她俩像受了天大的委屈，两颗小脑袋，拼命往兰老师身上挤着，挤得头上的头发乱蓬蓬的。

"同学们、同学们……"此情此景，兰老师不知该说什么好，她抚摸着孩子们的头，噙在眼里的泪水也禁不住流了下来。

"家骏、家骢、家驹、家龙、山花、杏妹、荷叶……"兰老师竭力控制住自己的感情，一个个叫着同学们的名字，"老师走了……我对不起你们……以后，你们要听新老师的话，好好学习，将来一定会有出息的……"

"兰老师……"良久，山花止住了哭声，她抽泣着把一只手儿举到兰老师面前。松开手，那手心上是一个绣着花儿和草儿的香袋，袋子里散发出淡淡的清香。

"兰老师……"杏妹也从书包里拿出一个蓼叶小包，里面包着两个煮熟的鸡蛋，她将这个小包塞进了兰老师的衣袋。

"同学们，谢谢你们、谢谢你们……老师不会忘记你们。我只希望，你们要努力学习，要永远记住老师说过的话：知识就是力量……"兰老师一个个抚摸着同学们的脑袋，"将来你们长大了，只要还能记住一个叫兰馨的，给你们当过老师就行……"

兰老师一步一回头地走了。

走过桥后，她爬上那手扶拖拉机。须臾，拖拉机冒起黑烟，"突突"的声音响起，就往下山颠簸而去。

吕家骏这群孩子呆呆地望着那渐行渐远的拖拉机，等拖拉机转过山坳，才回过头来。他们这才看见，远处的那棵麻柳树下，站着村里几十个老老小小。大概，他们也是来送兰老师的，或许是怕惊扰了老师与学生们的话别，就远远地站在了那里。就连那个嘴臭的牟么嫂，也踮着脚尖倚靠在麻柳树上，眼睛还直直地望着那已经望不见了的拖拉机。

兰老师走了，走了就再不回来了……

7. 庞院长出马追兰馨

"庞院长，您不是说兰馨暂时不走了吗？"

此时，郑之光正气喘吁吁地朝基地指挥部跑去。跑到指挥部，他一下掀开帐篷帘子，上气不接下气地对庞院长叫道。

"你说什么？"庞院长昨夜睡得晚，早上起来正在刮胡子，他听郑之光这么急急地一叫，没听清他叫的什么。

"兰馨被人带走了！"郑之光加重了语气。

"什么，兰馨被人带走了？"庞院长有点吃惊地问道，"什么时候走的？"

"就是刚才。"

"我不是跟他们县里讲过了，让她暂时不能走么！"

"昨天公社突然通知，要她今天无论如何也要赶到新的地方去报到！"郑之光气急地说道。

"好啊，他们这是在搞突然袭击呀！早点把兰馨弄走了，那姓贾的王八蛋，自以为就可以万事大吉、查无对证了呀！"庞院长胡子才刮了一半，他一下甩掉刮胡刀，"她是从哪条路走的？"

"下山那条公路。"郑之光说。

"哼，这些人是在跟我玩下三烂呀！"庞院长两把擦了嘴上的肥皂沫，几步走到办公桌前，拿起电话，"袁挺军吗？马上把你保卫处那辆三轮车开到这里来，马上！"

须臾，帐篷外摩托车声响起。

"走，我们去把兰馨追回来！"庞院长抓过军大衣，对着郑之光挥了挥手。

"庞院长，您这么急匆匆的，是要到哪里去呀？"袁挺军坐在车上，有些诧异地问，"天这么冷，您还是叫小刘那吉普车跑一趟吧！"

"少啰唆，什么吉普车，我要的就是你这家伙！"庞院长见郑之光坐上车，他裹上大衣，手一挥，"快！沿着下山那条路，给我追！"

"追什么呀？"袁挺军丈二和尚摸不着头脑。

"今天你怎么这么啰唆呀，叫你追你就追！"

袁挺军苦笑了一下，只得听从命令，加大油门，就往基地外面开去。

摩托车速疾驶出基地，跑上前面那条公路。

"郑叔叔、郑叔叔，你们要到哪里去呀？"吕家骏他们还站在桥头上，久久还没离开，看见庞院长和郑之光他们坐着摩托车出来，他大声喊着郑之光。

郑之光没有回答，只是对孩子们摆了摆手。

摩托车颠簸着，风驰电掣般地转过山坳，沿着下山那条路就追去！

雾霭缥缈，尘土飞扬。

"兰馨！兰馨——你们等一等！"摩托车跑出四五公里后，居高临下就看见山下的手扶拖拉机。那拖拉机正冒着黑烟，缓慢行进在盘山公路上。郑之光双手放在嘴上做成喇叭状，对着山下大声地喊了起来！

山谷里很寂静，郑之光那叫喊声，传得很远。他喊了几声后，只见山下的拖拉机停了下来，那车上的几个人都抬起头，惊异地望着山道上追来的摩托车。

转过几个山弯，摩托车离拖拉机越来越近。

"周队长，兰馨今天暂时就不走了。"袁挺军的摩托车开到拖拉机后边停了下来，庞院长从车斗里下来，对站在路边的周正能队长说道。

"这上头的决定有什么变化吗？"周队长疑惑地问。

"有变化！你们先把兰老师送回去！"庞院长干脆地说道。

"有变化？也不能变得这么快呀！"周队长迷惑地眨了眨眼睛，"昨天下午公社李主任火急火燎地带信来说，今天无论如何也要把兰老师先送到公社，县教育局的人在那里等着她——这王大娘的皮蛋都要七天才变，他们怎么还不到一天就变了呀！"

"这你不用管，我说送回去就送回去！"

"庞院长，您看这样好不好，我们还是先把她送到公社，您再……"周正能吞吞吐吐地说道。

"还颠三倒四、跑来跑去干什么？天这么冷，坐这破车兜风呀！"庞院长裹了裹军大衣，转身坐上摩托车，手一挥，以不容争辩的口气说道，"你就给公社的人说，是研究院庞大山正式通知你的，有什么问题，叫他们直接找我庞大山！"

"好吧。"周队长知道这庞院长不但是个老革命，而且说话从来是不说第二遍的，他迟疑了一下，只好对拖拉机手周晓辉摆了摆手，"走吧，倒车！"

"庞院长，你们先走吧，我坐他们的拖拉机回去。"郑之光对庞院长说。

"这样也行，你叫他们直接就把兰老师送到院里子弟校去！"庞院长接着说道，"你告诉后勤处王平章，先在院里把她安顿下来！"

兰馨头上包着一条围巾，正坐在车上，一张脸冻得通红。这突如其来的变故，令她有点莫名其妙，只是睁着两只眼睛，一会儿看看庞院长，一会儿看看周队长，不知这葫芦里到底卖的是什么药。

庞院长坐着摩托车先走了。

此时，冬日里难得一见的太阳，蒙着一层轻纱，蹒跚着从山顶上冒出头来，幽暗的山谷里，终于有了些许的光亮。拖拉机转过头，又"突突"地往山上驶去。

"之光，这究竟是怎么回事呀？"兰馨与郑之光坐在车斗里，兰馨凑近郑之光，悄悄问他。

"早晨我刚起来，家驹就急匆匆地跑来告诉我，说他们马上就要把你送走了。"

郑之光说，"情急之中，我思来想去，只好去找了庞院长。庞院长一听也急了，就说一定要把你追回来。"

"庞院长真是个好人哪。"兰馨说着，思忖了一下，"可我始终是地方上的人，庞院长虽说把我追回去了，可他们再来要人怎么办呢？"

"你放心，他肯定会有办法。"郑之光说，"你别看庞院长似乎有点鲁莽武断，像个带兵打仗的军人，其实他心细得很，办法有的是！"

"唔……"兰馨将信将疑地点点头。

拖拉机越往山上爬去，那好不容易爬出山的太阳，倒是越来越明亮了。抬头望去，那远山上云雾缭绕，积雪在阳光下熠熠闪光。

"喂，老首长吗？"果然，不出郑之光所料，庞院长一回到基地指挥部，立即就接通了成都军区司令部梁司令员的电话，"前几天我求您的那件小事，怎么没有回音哪？"

"邹秘书给他们打过电话，县里说他们的师资也很紧张。"电话那头梁司令说，"他们要研究研究再答复我们。"

"这屁大一点小事，还需要什么研究呀！"庞院长对着话筒说道，"老首长，您太耿直善良了，他们这是在跟您打'蘑菇战'哪——今天一早，他们就把人给我弄走了！"

"什么，他们已经把人弄走了？"

"是呀，把人弄走了，我又亲自带兵把她给追回来了。"

"追回来不就行了吗？"停了停，梁司令说，"大山哪，你说的这个人，真的对你们很重要吗？需要你一而再地打电话，把后门开到我这里来了。"

"老首长，我要的这个人，是一个普通得不能再普通的小兵。但您知道，我庞大山最见不得就是那些恃强凌弱的混蛋，就喜欢出个风头打个抱不平什么的。而今来到您这地盘上，我是两手空空一穷二白，两眼一抹黑，是典型的贫下中农呀！"庞院长说，"我遇到解决不了的事，不求老首长您，还能求谁呀！"

"大山哪，你看你，还是那猴急的德行——这样吧，我亲自给他们打个电话。"

"老首长，您何必亲自打电话呀！"庞院长说，"为这芝麻大的一点小事，您犯得着掉那个价吗？还是让秘书打个电话就行了。"

"你不是说秘书打的电话没管用吗？"

"您何必叫他直接去找县里呀！"庞院长说，"你下面不是还有军分区、武装部吗？就叫秘书打着您的名号，让军分区、武装部的领导去办就是了，他们办这些事，那就是坛子里捉乌龟呀！"

"你小子呀，鬼点子还是那么多！"梁司令接着说道，"喂，又是一年多没见到你了，什么时候来看看我这老东西呀？"

"哎呀，老首长吧，我在这里干着惊天动地的事呢，成天忙得四只蹄儿都在翻呀！"庞院长说，"倒是您什么时候有空，到我们这山里来转上一圈，我也来个狗仗人势，长长我的威风呀！"

"哼，你小子还是那样油嘴滑舌的，就不怕我骂你这'二杆子'！"

8. 寒夜里郑重的嘱托

刺猪岭上。

凛冽的寒风呼啸着，像锋利的刀子，一刀一刀割裂着这冰封雪飘的荒岭。远处，似有饿狼嗅到了什么气息，在夜色中一声声地长啸着，令人心头发毛。

山坳中，一个早已废弃的道观角落里，破瓦盆中燃着一堆火。那火苗在风里飘摇着，随时都有熄灭的厄运。这个小小的道观，由于年久无人问津，经长年风吹雨打，早已倒塌，只剩下了一堆废墟。早先来的那个辜老头，用竹木和芭茅在先前的大殿角落里搭了一个窝棚，遮挡着山里无情的风霜雨雪。

狭小简陋的窝棚里，只有两张用木头搭起的草铺。此时，瓦盆里燃起的火堆，好歹给冰窖一样的窝棚里带来一些温暖。惨淡的光亮，映照着草铺上一张惨淡的脸。这张脸，其实只是一张被痛苦揉皱了的、蒙在干枯骨头上的人皮。他眼睛深凹着，似两个可怖的黑洞；他干裂的嘴巴大张着，呼吸已十分困难。此时，死神仿佛正披着那件宽大的黑袍，露出惨然的笑容，正缓缓向他走来。

年老体衰的章寒冰，来到这潮湿寒冷的山上，身体一天不如一天，更加衰弱起来。自从郑之光和女儿兰馨来看过他后，这一个多月来，他的肺心病越来越严重了，整夜整夜地咳嗽着。那咳嗽声像从一个破坛子里发出的一样，让人闻之有些心悸齿寒。

此时，他大概已预感到了什么。

黯淡的火光下，只有他的同伴——辜老头守在他跟前，呆呆地望着在痛苦中喘息的老人，焦急不安束手无策。他想背老人下山去就医，但而今大雪封山，一个人走下山都困难，何况还要背着一个人；他想下山去给他女儿报个信，让她叫人来把章老师抬下山去，或叫医生上山来给他看病，但他又走不开，怕走开后老人突然发生意外。

这个辜老头，大名叫作辜长林。他其实并不老，还不到 50 岁，因样子有些苍老，村里的人都这样叫他罢了。他父亲是个富农，由于家庭成分不好，这些年来，只能在村里夹着尾巴做人。三年自然灾害时期，他老婆带着儿子外出逃荒去了，迄今下落不明，实际上也真成了一个"孤老头"了。

"来，章老师，您把药水喝了吧。"辜老头把一碗草药水递到他的嘴边。

章寒冰裂开一线眼缝，轻轻摇了摇头。

茅草棚里冷得像冰窖。辜老头见章寒冰不想喝汤药，他放下药碗，转身往火堆里添了两块干柴，想把火烧得旺一些。

"长林……"章寒冰努力睁开眼，微弱地叫了辜老头一声。

"哎，章老师，您有什么事吗？"辜老头转身凑上前去。

"我、我想跟你说几句话。"章寒冰胸脯剧烈地起伏着，大口喘了几口粗气，这才缓缓地说道，"感谢你这些日子来，白天晚上地照顾我……我这行将就木之人，恐怕活不了几天了，无以报答你了……"

"章老师，您千万不要这样说，能和您这样的大教授相处这些日子，是我的缘分啊。"辜老头说，"您可千万不要这样想，您才60来岁，往后的日子还长着呢！等天放晴了，我就下山，叫医生上山来给您看看病，或者叫村里的人抬您下山去。"

"你别安慰我了，我自己的病，自己知道……"章寒冰勉强苦笑了一下，断断续续地说道，"死，其实并不可怕。生老病死，这是自然之法则，无论帝王或庶民，无人能幸免……只是、只是我有几件事还丢不下……"

"……"辜老头嘴张了张，没说出话来。

"这几天，我总在想，人死了会到哪里去呢？"

"我家老人告诉过我，人死了，好人会驾鹤西去，回到天上玉皇大帝那里去；坏人会被牛头马面铁链锁去，打入十八层地狱，永世不得转生。"

"那，你看我……到底是好人还是坏人呢？"

"章老师，您是个好人。"辜老头肯定地说道，"百年之后，您驾鹤归去时，肯定会到玉皇凌霄宫那里，不再会受这人间的罪了！"

"不……"章寒冰闭上眼睛，微微摇了摇头，一滴浑浊的泪水挂在了他的眼角，"如果这个世界真有天堂和地狱，我真不知道会到哪里去……"

"你肯定会到天堂。"辜老头再次肯定地说。

"我母亲是佛教徒，她相信因果报应……"章寒冰依然微微摇了摇头，张了几下嘴，这才发出声来，"这些年，我、我只是牛、鬼、蛇、神……连一个人的称号也没有……"

"这牛鬼蛇神的帽子，是人世间的有些人给您安上去的。"辜老头说，"我家老人说过：'抬头三尺有神灵'，一个人这辈子做没做亏心事，阴曹地府的阎王老爷都在生死簿上记着呢！"

"唉，牛、鬼、蛇、神……这叫我死不瞑目啊！"章寒冰说着，那一滴浑浊的眼泪从他眼角滚了下来。

"章老师，等天晴了，我就下山去，叫您女儿和那个叫郑之光的人，到公社去给您反映反映，叫他们给您摘了头上的帽子，还给您一个人的称号……"辜老头绞尽脑汁选择些好听的词儿，来安慰着章寒冰，"您都这么大岁数了，从城里到这山里来，白天夜晚地给队里喂猪，规规矩矩地接受劳动改造，完全该摘脱头上这顶帽子了……"

"我、我这辈子，对不起我的家人，最对不起的就是孩子的妈妈……而今，最放心不下的，就是我那闺女和小子……"章寒冰长长地喘了口气，闭着眼睛敛了下神，过了一阵，他才又微微睁开一丝眼缝，接着说道："都是我，连累了他们……"

"哦，章老师，您除了这个女儿，还有个小子呀？"

"我那小子，已经有四五年没见到他了……"章寒冰喘息着，"他在凉山彝族大山沟里，现在还不知是死是活呀……"

"既然是这样，章老师，那您一定要多活几年，不但还要见到儿子，将来还要抱抱孙子孙女才是呀！"辜老头说，"您这肺上的病，熬过这冬天就好了……"

章寒冰干枯的脸上，掠过一丝不易察觉的苦笑。

茅草棚外，雪花依然飘洒着，寒风依然吹拂着；茅草棚里，破瓦盆里的柴火燃烧着，不时爆出轻微的声响。两个沦落天涯孤苦的人，在这无人知晓的荒野里，相互厮守着，熬着这难熬的冬夜。

"长林，你把我扶起来……"良久，章寒冰喘着粗气，招呼着辜老头。

"您要干什么？"辜老头问。

"我想，靠着舒服一点……"

辜老头把章寒冰扶了起来，靠在潦草铺背后的一个草堆上。靠在草堆上后，章寒冰长长吐了几口气后，自觉呼吸好了一点。少顷，他擦了擦眼睛，费力地从枕头边拉出一个用塑料纸密封的布包来。他把这个布包抱在胸前，干枯的手在上面轻轻地摩挲着，像在抚摸着一个有生命的婴儿。良久，他对辜老头慎重地说道："长林，你是一个忠厚善良、老实本分的人，我想求你一件事……"

"章老师，您说什么事？我一定去办。"

"这包里的东西，是我从国外回来后，20多年来对光电，特别是对强激光研究的心得和认识……"章寒冰见辜老头虽是一脸的茫然，肯定没弄懂这"光电""激光"之类的是怎么回事，但他十二分认真地听着他的话，"这些东西，对马名翰、吕振华和小郑他们的研究或许有些用处……"

"前次小郑他们来，您为什么不给他呢？"辜老头问。

"我离开工作岗位 10 多年了……"章寒冰说，"这些年，我耳目闭塞，只是凭着先前学的东西，还有后来实际工作中的一点感悟，搞点研究，算是闭门造车、盲人摸象吧……我怕、怕这其中有谬误，影响了他们的思路。现在，我留着已经没有用了，给他们或许能做一点参考……"章寒冰说着，郑重地将这布包递给辜老头。

"哦——"辜老头似懂非懂地点点头，小心地接过这个布包。

"如果我明天或是后天……不管哪天，你叫不醒我了，一定要把它交给小郑或我女儿，叫他们转交给马名翰或是吕振华……"茅草棚外突然透进一股风，顿时让瓦盆里的火光飘摇起来。火光中，章寒冰浑浊的眼睛殷切地望着辜老头，"这件事我就拜托给你了！千万、千万不能落到贾长生那些人手里了……"

"章老师，您放心，我一定会亲手交到您女儿和小郑手里。"辜老头认真地说，"我的老人说过，受人之托，一定要忠人之事。"

"嗯……"章寒冰交代完该交代的事，慢慢躺了下来。良久，他又闭着眼睛含混地对辜老头说道，"长林，如果我死了，就埋在云岭吧，不要回城去了……告诉兰馨，一定要把她哥哥找回来……"

破瓦盆里的火苗越来越小了，火光也越来越微弱了，一股寒风吹进棚里来，扬起一缕柴灰……

9. 山村里特别的年味

到了腊月二十三，入夜之后，云雾村的人家中，便有焚香的气息袅袅飘散开来。嗅着这样的气息，大家都心知肚明，心照不宣，就连那些村干部，也只是睁只眼闭只眼——因为就连他们家的老人，也在暗地里做着同样的事儿呢！

要过年了，这几千年来祖宗们传下来的老规矩，已在子孙们心目中根深蒂固，哪能轻易就废掉了呢！这就是——送灶神。

尽管"文革"期间各地都轰轰烈烈地搞了"破四旧"运动，可云雾村位于偏僻闭塞的大山中，受到的冲击还不算大，村里还残留下来一些破不掉的"旧文化"和"旧风俗"。

村民们虽不敢明目张胆地搞祭祀活动，但悄悄在自家灶台上备几样小菜，酙上一杯小酒，点上两炷香烛，烧上几张纸钱的规矩，还是万万少不得的。入夜后，各家各户都在虔诚地送灶王爷"上天言好事"，等着他老人家"下地保平安"了。

祈愿来年家里人畜兴旺，无灾无病吧！

历来中国善良的百姓们，年年都是在这样的祈求中生存和延续着——既然人间的皇帝老儿无法给他们带来温饱，那就只好求助于天上的神仙降临福祉了。

烛光摇曳，祷告声声。

灶王爷送走后，各家各户都在忙着打扬尘、洗衣被、备香烛……那年味便渐渐浓了起来。社员们那黝黑憔悴的面颊上，小儿们那花猫一样的脸蛋上，都有了掩不住的喜悦——苦挣苦熬了一年，总算是熬到过年了，不管再穷再苦，一家老小这年还是要过的呀！

是啊，脸朝黄土背朝天地辛苦了一年，过年时，再窘迫的人家，也会在门枋上贴上一副对联，在门板上贴上一对门神，再想方设法弄上两斤猪肉，几斤苞谷酒；做上几斤粉条，弄上两斤汤圆面，搬出秋天存放的老南瓜，就准备过年了。村上几户家境殷实一些的社员，则会宰杀一头年猪，除了上交公家的，全家老小趁着过年就可以好好打顿牙祭了。

天刚麻麻亮，吕大爷家里便忙碌起来。

"振华呀，明天你无论如何都要把马老师、郑之光和兰老师请到家来。"昨晚吕振华加班回来后，吕大爷便再三叮嘱他，"大家在一起吃顿便饭。"

"叔爷呀，这过年还有几天哪，您就要请大家团年了呀？"吕振华说，"这段时间，工地上忙得很，连我们的科研工作都暂时停了下来。"

"我哪里是请大家团年哪。"吕大爷说，"好不容易，你叔娘忙活了一年，总算把圈里那条猪仔喂大了。"

"哈！"吕振华一下明白过来，他爽朗地笑了一声，"您是想请他们吃'刨猪汤'呀！"

"对对对，你是本地人，这你是懂的。"吕大爷说，"他们外乡人，就不知道我们这里的这个风俗了。"

吕振华自小生活在云岭，对这里的风土人情当然了如指掌。尽管离开家乡这么多年了，但今天叔爷这么一说，留在他儿时记忆中的那些欢乐的场景，一下就浮现在了他的眼前。

吃"刨猪汤"，其实就是杀过年猪，这是本地的一大习俗。吕振华记得，他小时候，尽管乡下有钱人不多，但此地农人，不管再穷再苦，哪怕是用野草野菜作饲料，多数人家年初时都要弄来一条小猪仔，养大了杀了好过年，这既表示对祖宗神明的崇敬，也是全家翌年的肉食所倚。

山里人自来贤惠好客。杀过年猪那天，杀猪的人家一般都要设一次家宴，邀请左邻右舍、至亲好友相聚一回。因猪杀了要下到开水锅里，滚烫后再刨掉猪毛，所以俗称吃"刨猪汤"。一来主人家借机与亲朋联络感情，二来也有点炫耀的意味，借此比一比谁家的猪大猪肥。当然能请到客人吃自家的"刨猪汤"，除了主人家脸上有光，一家老小也是欢天喜地的。

杀猪这天，天还没亮杀猪匠就来了。那杀猪凳、猪血盆、烫猪灶、案板等前一天都得准备好，这时只需烧一大锅开水，在灶边铺上谷草就行了。杀猪匠和他的助手，从猪圈中拉出猪来，人声夹着猪嚎声，现场一片嘈杂热闹。大人在忙，小儿在笑，只有一家之主的家长，静静地注视着那杀猪匠的刀，一直到猪的号叫声止，猪蹄不再抽动，这才放下心来——因为杀年猪，如果杀得不干净利落，一刀毙命，一般人家会相信那将给全家带来厄运。把猪杀好后，接着就是打连杆、吹气、烫毛、刨洗、开肠破肚、割下猪头和尾巴以备祭神。这时客人大都到了，大家围观着看过称、分解。此时主人家则用猪的血旺、肠肚和少部分精肉整治午餐，让前来的亲朋好友吃个酒足饭饱欢天喜地。

自农村合作化以后，各个生产队尽管都办起了"公猪圈"，但"公猪圈"喂的猪，绝大部分是要上交公家，用来完成队里统购任务的。至于社员们自家千辛万苦喂的猪，按政策要上交公家一半，自家可留一半。养猪的人家，既可以将猪抬到公社食品站去杀，也可请那里的人来自家宰杀。

吕大娘好不容易才喂大了这条猪仔，而且吕振华一家子还住在家里，这回杀猪，吕大爷便请了公社食品站的人到这里来。这样的好处是，至少猪血旺和大部分的猪内脏是自家的。

"好吧。"吕振华听吕大爷这样一说，他思忖了一下，"明天上午，工地上主要是民工放炮炸石头，我们稍微要清闲一点，那我们给领导请个假，中午就回来吃叔爷的'刨猪汤'！"

"好好，我们已好几年没有在家杀过年猪了呀。"

"是呀，我也好多年没吃到这样的美味了。"吕振华说，"想起儿时吃'刨猪汤'那滋味，都叫人吞口水呀！"

"只是、只是……"吕大爷说了半句话，又停了下来。

"叔爷，您还有什么事吗？"

"只是，兰老师那老爹，还在山上……"吕大爷说，"现在大雪封山，他下山来太不方便了。"

"是呀，前次小郑和兰老师上山去看他，就说他那肺心病越来越是严重了。"吕振华说，"听马老师说，庞院长他们正在想办法把他弄下山来……"

"是呀，那山上的毛病，一到冬天就更恼火。"吕大爷想了想，"这样吧，杀了猪给他留块肉，过几天叫小郑和兰老师给他送去，让他们也在山上过个年。"

"嗯，这样也好。"

天刚亮，吕家的几个小子就被猪的号叫声惊醒了。

"家骢、家驹，快起来，要杀猪了！"头天晚上，吕家骏几个小子听说第二天吕爷爷家要杀猪，个个都兴奋得睡不着。这几个从小在城里长大的小子，还真没见过怎么样杀猪，吃"刨猪汤"是怎么回事呢！早晨一听见猪的叫声，翻身就从床上爬了起来，穿上衣裳，赶紧就跑到了院子里来看热闹。

此时，那头黑猪从猪圈里拉出来后，声嘶力竭地号叫着，已被从公社食品站请来的两个杀猪匠以及吕大爷几人按在杀猪凳上，只见那杀猪匠举刀对准猪的喉头，轻车熟路地一刀戳去，那猪叫了两声，腿儿一蹬，便再无声息了。

好功夫！吕大爷和吕大娘一见那杀猪匠手脚干净利索，他们紧张和担忧的心理，这才一下释然了。

家骏、家骢和家驹几个小子站在一旁，看着这样的场景，既胆怯、又新鲜，还兴奋。那大小子吕家骏围着猪儿转来转去地看着，竟然还摩拳擦掌跃跃欲试，想上前去帮忙出把力哩！

继而，杀猪匠和他的助手就忙着打连杆、吹气、烫毛、刨洗，打整停当后，就像庖丁解牛一样，不费吹灰之力，就将猪肉一一分解开来。

"哦——要吃'刨猪汤'啰！"

刺梨儿兴奋地拍着手，对着几个小伙伴叫了起来。

10. 豁然开朗的感悟

院坝里，三张桌子一顺溜地摆着。

当亲友们依次在桌子前坐了下来，那热气腾腾的菜肴端上桌子后，整个小院里，那肉香加酒香，混合着人们的欢声笑语，从墙院里漫些出来，说句夸张点的话，浸染了小半个村庄。

"哈，这'刨猪汤'吃起来有意思、有意思。"中午，马名翰等几个客人如约来到吕大爷家时，那"刨猪汤"已端上桌了。马名翰年长，被请到上席坐着。他品尝了几块猪肝、粉肠、血旺，再喝了半碗肉汤后，便赞不绝口起来，"真是汤鲜肉美，别有风味！吕大哥呀，这'刨猪汤'，恐怕要算蜀中望远的一绝了吧？"

"哈，马老师，要说在我们这望远县哪，先前的绝味还多着呢！"吕大爷紧挨着马名翰坐着，他喝了一口酒，掰着手指头笑道，"单是那新龙场上的'周血旺'、悦来镇上的'张豆花'、向家坝的'向卤肉'、罗源镇上的'肥肠粉'……那真是价廉物美，风味独特，在整个川西坝子都是有名的呀！"

"这天府之国，真是名不虚传！"马名翰叹道，"在国内各大菜系中，川菜独占鳌头；在民间之中，这风味独特的美食，更是层出不穷呀！"

吕家几个小子是头回见到这样的场合，也是头回享用这样的美味，他们吃得来满嘴流油，眉开眼笑，吃得小肚皮溜圆，那大小子吕家骏将腰带松了好几回，竟还悄悄喝了小半碗酒呢！

郑之光和兰馨好像有些心事，他们语言不多，只是默默地坐在那里吃着。望着乡间茅草屋上冒出的袅袅炊烟，闻着从土屋里传出的肉香酒香，看着吕家老小点燃香烛纸钱虔诚地祭拜神灵祖宗的场面，再看那围坐在桌边四邻农人们粗黑沧桑脸上的笑容，听着那衣衫褴褛脸似花猫的农家小儿追逐嬉闹的欢声笑语，郑之光端着酒碗，不知怎么的他突然停了下来，若有所思地半天没把酒喝下去。

"之光，你是在想什么呢？"

"哦，"郑之光听兰馨一叫，仿佛才醒了过来，他支吾道："没、没想什么……"

"你，好像有什么心事……"兰馨望着郑之光说。

"你、你不是也有心事吗？"郑之光喝了一口酒后，把酒碗递到兰馨面前，转过话头，"小兰，你也喝口这当地的土酒吧——来，我敬你！喝下这口酒，就把这些日子来的心事和晦气、委屈和烦恼，统统都燃烧在这酒里吧！"

"你是在作诗吧……"

"看到这别具一格的民情，这独具特色的风俗，"郑之光又环视了院坝里一遍，由衷地说道，"你不说，我还真想写诗作文呢！"

"那，我今天就破个例，喝了这口酒。"兰馨喝下这口酒，疲乏憔悴的脸上，瞬间便透出红晕来。

"看，兰老师喝了酒，更是光彩照人了。"吕家骢在一旁由衷地说道。

"嘿，看来兰老师没白教你们。"郑之光说，"家骢这小子，平时看起来不吭不哈的，没想到新鲜词儿还学了不少呢！"

酒桌上顿时爆起一片欢声。

世上没有不散的宴席。

酒足饭饱之后，客人们心满意足地下了酒席。马名翰他们因为下午还有事，大家聊了一会儿，看主人家已在收桌子，就再三向主人致谢，准备要回工地上去了。

郑之光今天多喝了几口酒，他和兰馨离开吕大爷家时，有了些许酒意。回基地的路上，他似乎还沉浸在吃"刨猪汤"那浓郁的氛围里，边走边对兰馨说道："原来'刨猪汤'是这种吃法！真是肉鲜菜鲜汤鲜，其味美妙无比；若是有人到城里去开一家这样的餐馆，专卖这道传统的美食，肯定会生意兴隆顾客盈门！"

"山里的人喂一头猪多不容易呀！"兰馨听郑之光这样一说，她答非所问地说道，"但尽管如此，他们也要将自己的喜悦和口福，来与大家分享，真够仁义大方的了……"

"是呀，山里人确实重情重义、豪爽耿直。"

冬日的山野，虽说寒意颇浓，四处萧条，但那溪边竹子的枝叶，总算还是青的；那田野中的麦苗，也开始冒出了绿芽。走到溪边，只见远处的溪水，清亮亮地蜿蜒而来。郑之光和兰馨走到石桥上，不约而同地停了下来。

"小兰呀，今天吃这'刨猪汤'，不知怎么的，倒让我吃出一些别的滋味来了。"山风吹来，郑之光大概有些热了，他敞开衣襟，任寒风吹着，继而认真地对兰馨说道，"今天喝酒时，你问我在想什么？我没回答你。我呀，当时看见这乡村别有风味的场景，看见世世代代繁衍生息在这里的那些乡人，我就在想：我多年来虽痴迷于文学，但其实只是读了一些死书，先前写的那些什么小说、散文和诗歌呀，大都是照猫画虎，照着葫芦画瓢——而今天，我好像才真正开了一点窍……"

兰馨静静地听郑之光说话，没有吱声。

"当时我想，我何不将云岭乃至川西这地方的风土民情，用水墨画的意境表现出来呢。"郑之光望着远方的群山和溪流，若有所思接着说道，"你看看，民间这些杀猪的、推船的、拉纤的、卖酒的、打更的、打铁的、补锅的、掏耳朵的、唱川戏的……哎呀呀，那一幅幅生活的画面，是既新鲜又生动，既美妙又有趣，这肯定比写那些无关痛痒的文字更有意思！"

"嗯，你这个想法有些新意。"兰馨认真想了想，附和道。

"苍山依旧在，几度夕阳红。一般轻描淡写的文字，千百年都是可以重复复制的，而天下黎民众生的生存景象，那就迥然不同了——一部《诗经》，而今已流传千年。我若是把现今所看到的场面详细记录下来，那几百年后，这些山民的子孙，就可以看看他们的祖先是如何生存的呀！"

"是呀，杜甫的诗贴近百姓，关注天下苍生疾苦，所以能流传百世；关汉卿的戏剧，怜悯芸芸众生，直面人生惨剧，所以能经久不衰。你若能有如此的感悟，我认为，那就是找到了文学创作的真谛。"

"但凡能引起人们共鸣，能有生命力的作品，都是贴近民间底层生活，关注天下劳苦众生，讥讽抨击世道不平的作品！"

"是啊，大凡矫揉造作、无病呻吟、粉饰太平、歌功颂德、不知所云的文字，只能是朝雾暮云，在文学史上是难以留下痕迹来的。小时候，我爸爸给我看过《窦娥冤》《杨乃武与小白菜》这些剧本，我也读过《卖炭翁》《茅屋为秋风所破歌》这些诗篇，那多有震撼人心的力量啊！"

"小兰哪，我曾经跟你说过，我出生在长江边一个古镇上，从小看见的就是纤夫们在激流险滩上声嘶力竭地挣扎，听到的是渔妇们在江边撕心裂肺地哭泣。那时，我幼小的心里常常在问，这就是底层人的生活么？这就是人生么？……"郑之光缓缓地说道，"这辈子，能写出传世的作品来，我倒不敢妄想，但能写出一些老百姓所喜欢的东西来，我倒还是颇为自信的。"

"以你的才华和悟性，这点我相信。"

"这还得感谢吕大爷请我吃这顿'刨猪汤'，没想到，竟然让我吃出一些人生感悟来了。"

"没想到，你这学理工科、搞科研的人，难得有这么丰富的形象思维。"兰馨想了想说道，"搞文字的人，虽不一定是思想家，但绝不能没有思想——只是，稍有不慎，就会坠下深渊哪！难怪扬州的郑燮会感叹人生'难得糊涂'啊……"

兰馨说着，似乎触动了她心底里那敏感的神经，她一下停住话头，神情变得有些阴郁起来。望着远处的云山和缥缈的烟云，她半天没再说话……冷冷的山风吹来，拂过溪边依依的竹枝，也拂过荒野簇簇的枯草。

"你说的这些，我何尝不知道呀！"郑之光见兰馨那抑郁的神情，也敏感地意识到了什么，他想了想，"是呀，昨天我还在琢磨，这人生真正的悲哀，就是越是要想糊涂，却难以做到真正的糊涂啊！"

山边飘来一片浓云，天色有些暗了下来。

"是的，板桥先生所说的'难得糊涂'，其实是源于明白太难。"过了一阵，兰馨才缓缓地接着说道，"古往今来，无数圣人智者，当他们真正悟透了人生后，才找到了人生的真谛，即明白了什么是'糊涂'——孔子发现糊涂，叫中庸；老子发现糊涂，叫无为；庄子发现糊涂，叫逍遥；墨子发现糊涂，叫非攻；释迦牟尼发现糊涂，便叫做忘我呀……"

"小兰，你这番高论，真是太精辟了，可以上得书了呀。"

"我只是偶发一点感慨而已——你赶快走吧，工地上还有事呢……"

"那，那我先走了。"郑之光走了两步，突然转过身来，"哦，刚才离开吕大爷家时，他告诉我，他专门给章老师留了一块肉，要我找时间同你上山去，陪他老人家过个年。"

"吕大爷也跟我说了，说刚才他家人多，不好厚此薄彼，晚一点叫刺梨儿给我送到学校去。"兰馨说，"你要和我一起去，那就在最近几天吧。"

"好，就这样定了。"郑之光说，"我好早点请个假。"

11. 过一个特殊的春节

说来有些奇怪，这年冬天云岭山中特别冷。刺骨的寒风，时时裹挟着雪花飘飘而来，将整个山野涂抹得一片银白。正在施工的工地上，焊机铺雪，电缆结冰，连电焊工的面罩，好像稍不留意就要和人的脸冻在一起似的。

已近除夕，附近村庄里年味越来越浓，不时传来鞭炮的声响，飘来焚香烧纸的气味。从北方来的职工们知道，那是当地村民们在坟茔前祭祀他们的先人。

照道理，基地上的职工们辛辛苦苦干了一年，院里也该放假休息休息，让他们好好陪家人过个年了——但不行啊，离上级要求的竣工验收时间实在太紧，这些日子来，为了抢通从山下到"天师洞"那条公路，几乎全体施工队伍，包括院里的职工，都夜以继日扑在了工地上。

"战严寒，斗风雪，过一个革命化的春节！"施工现场，红旗依然招展，人声依然鼎沸，一幅幅大标语在寒风中飘拂着；从山下到山上，那开山的、打眼的、放炮的、抬石头挑泥巴的，铺路砌堡坎的，整个工地上依然是一片热火朝天的景象。

"春节前争取打通这条公路，节后开始在洞里施工！"这是院党委向全体职工，以及施工队伍发出的号召。

院长庞大山和书记刘知问，从早到晚都待在工地上，和施工的同志们一起摸爬滚打。照道理，像他们这样的大领导和老革命，本该坐在指挥部，烤着炭火，听听汇报，做做指示，或拿着对讲机指挥一下现场就是了。但他们却成天戴着安全帽，穿着工作服，一身泥浆，满头臭汗，在山下山上来回奔忙着。乍一看，顶多像个现场技术员。

"是呀，像庞院长这样的领导，我们从心眼里服他！他不是我们从电影上看到的那种西装革履、头发锃亮，拿着电话坐在办公室发号施令的领导；而是在战争年代和前线士兵一起冲锋陷阵的指挥员！"人们见院领导们没日没夜地在工地上操劳，都感慨地讲道，"这样的指挥员，他都冲到前面和敌人厮杀去了，像我们这些当兵的，你该怎么办，就不言自明了！"

在这非常的日子里，庞院长经常都是深夜才回到指挥部。有时回到了指挥部，刚打了个盹，又放心不下，下半夜又赶到施工现场来，向大家嘘寒问暖，解决施工中出现的问题。

尽管院里的办公楼已经竣工了，各科室已陆续搬进了新大楼，但庞院长为了及时掌握施工进度，靠前指挥，他办公和吃住依然在帐篷里。这些日子来，他战争年代落下的胃病越发严重了，实在痛得不行，他就从工作服里掏出几颗花生米嚼下，压一压直往上冒的酸水。白天，他跑遍施工现场，上下台阶几千级，走路不下10公里；回到帐篷，又拿出图纸和生产进度表，工作到深夜——此时，他还不知道，从胃部滋生的癌细胞，已在慢慢侵蚀着他的身体……

"庞院长，您这样下去真的不行哪！"刘知问书记、王平章处长、文秀他们，再三再四地劝庞院长，"您上医院好好检查一下，在医院住上一段时间吧！"

"好好好，等忙完这一阵，我马上就到医院去！"庞院长说，"我这老毛病，也实在太顽固了，是该好好整治一下了。"

党委书记刘知问，家刚从东北搬来云岭不久，但工地上的大事小事，他没有不操心的。他爱人进山来后水土不服，经常生病，女儿也一度重病卧床。家里杂务、照顾病人，全由他一个人承担。一次院里的同志到他住的"干打垒"房子里去，看到他住的房子墙壁上都长出了青草，他爱人和女儿两人都在床上，无人照顾；家里冷锅冷灶，连温瓶里的水也是冷的，而刘知问此时却奔忙在施工现场。

投笔从戎倍艰辛，朝辞残月夜披星。

回望铁血烽火路，不负当年寸草心。

这是刘知问在日记上写下的几句自勉自励的话。

是啊，每一个基地的职工，每一个部队的官兵，以及从地方上来参加三线建设的民工们，在那火一样的年代里，谁不想为基地的建设多出把力呢！

基建处的工程师毕来顺，已经53岁了，从东北来到这里后，他腿脚得了脉管炎，一年四季都必须穿棉袜。可一忙起来，是没日没夜待在工地上，什么病不病，什么家不家，一切全忘了。电工班一个叫龙志和的新党员，得了肾盂肾炎，医生在诊断书上打了 4 个加号。他本该绝对卧床休息，可他身上揣着药，吃完药又接着跟大伙儿加夜班，班长无论如何也把他撵不回去。

民工连长周云义，是工地上闻名的"拼命三郎"，工作紧张时，他连续 10 多天没有回过家。院里《基建战报》的同志到工地采访他，给他照了张相，可照出来的相又黑又老又憔悴，胡子足足有半寸长。大家跟他开玩笑说："周连长呀，你这上报纸的照片，那是法院用来贴'布告'的呀！"

时间在悄悄地流逝着，在这关键时期，每一天每一刻对于基地建设来说，都是极其珍贵的。

北风呼号，雪花飞飘。

大年三十，人们仍然奋战在工地上。中午时分，工地上突然出现了一支奇怪的队伍，一支穿着杂色衣服，包着头巾，由大娘和小媳妇组成的队伍，迎着寒风，抬着箩筐和保温桶，来到了工地，来慰问这些天来不分昼夜苦战在这荒山野岭中的丈夫或儿子——这支由女工主任余小雨组织的家属队伍，她们把自己亲手包亲手煮的饺子，送到了工地来，让亲人们也在这山上过个年。

望着满身泥水、一身油污、熬得憔悴消瘦的亲人，这些大娘和媳妇们背过身去，悄悄流下这些日子来对儿子或丈夫思念和心疼的泪水；望着母亲或妻子在寒风中冻得发紫的脸庞，看着亲人们送来的热气腾腾的饺子，这些汉子们的眼睛潮湿了——这情景，让人想起井冈山上的亲人递到红军战士手中的草鞋，想起淮海大战时那些吱呀吱呀推着的支前小车。

在大年三十这特别的日子里，奋战在荒野中的人们，迎着冬日的朔风，欣赏着洁白的雪花，吃着亲人们送来的热乎乎的饺子，再细细咀嚼着亲人们那浓浓的亲情，尽管无菜无酒，但大伙儿已是欢天喜地心满意足了。

在特殊的年代和特殊的环境里，人们自有对幸福的特别体验和理解——其实幸福与否，只是人的一种感觉罢了。

"你们甩开膀子在这里干吧，不要惦记家里！"临走，这些做母亲和妻子的又再三嘱咐道，"家里还有我们。"

母亲或妻子的嘱咐是温暖和殷切的。

人心都是肉长的。第二天一早，不知是谁书写了一幅大标语，挂在了工地上："不完成基地建设，无颜见妻儿老小！"

旅馆寒灯独不眠，客心何事转凄然。

故乡今夜思千里，霜鬓明朝又一年。

新年钟声敲响那一刻，不知是哪个小伙子或许是想起了北方的老家，想起了家乡的亲人，他迎着纷飞的雪花，突然朗诵起唐代诗人高适《除夜作》这首脍炙人口的古诗来！紧接着，有人似乎受到感染，低声唱起毛主席诗词歌曲《沁园春·雪》来："北国风光，千里冰封，万里雪飘。望长城内外，惟余莽莽，大河上下，顿失滔滔……"

一人起音，数人唱和。顷刻间，大伙儿的声音越来越大，工地的水银灯下，汇聚成一片歌的海洋。歌声中，大家忘记了寒冷，忘记了劳累，抒发着思乡的苦涩和哀愁。

"是啊，每逢佳节倍思亲啊。"刘知问听见山上传来的歌声，他感慨地对庞院长说道，"大伙儿离乡背井到这里来，谁不思念自己的家乡，谁不思念家乡的亲人哪！"

"是呀，谁不说咱家乡好。"庞院长说，"离开家乡几十年了，脚底下这双脚板从南走到北，从北走到南，我也早就想回老家去看看了呀！"

大年初一，基地里突然传来一阵锣鼓和鞭炮声响。国务院三线建设办公室、四川省国防工办、当地政府和驻军领导组成的慰问团，来到了0658基地。他们给基地送来了猪肉大米、毛巾茶缸以及当地的土特产，还带来一支毛泽东思想宣传队。

"今天是大年初一，全体职工、部队官兵、民工同志们，依然战斗在三线建设工地，在这荒山野岭中度过了一个革命化的春节。我代表三线建设指挥部、省国防工办、当地政府和驻军，向同志们表示崇高的敬意和节日的慰问！"已是国务院三线建设办公室副主任的王庆东，在工地的大喇叭里对大家讲道，"这条上山的公路，已经基本完工；0658基地经过两年多的建设，今年6月以前，也将顺利竣工验收了，我向大家表示热烈的祝贺！……"

工地上，人们停下手里的活计，静静地听着那大喇叭里传出的声音。那铿锵有力、温暖人心的声音，在山野中嗡嗡回响。

"今天，上级机关的领导和同志们专门来看望慰问大家，和大家一起过一个革命化的春节，我代表基地，向他们表示衷心的感谢！"随即，大喇叭里传出庞院长的声音，"工地指挥部已决定：今天下午放假半天，观看宣传队带来的精彩演出，晚上大家一起聚个餐，欢欢喜喜地过一个春节！"

"乌拉——"工地上的人们忘情地欢呼起来！

12. 刺猪岭传来的噩耗

霏霏的雨雾渐渐消散了。

指挥部外面，不时隐约传来革命样板戏中那"杨子荣打虎上山"的唱腔，慰问团带来的毛泽东思想宣传队，正在工地的坝子上演出。帐篷内，刘知问、马名翰、吕振华、袁挺军和余学华等几个人聚在一起，正在听取郑之光讲他上刺猪岭的情况。

昨天，郑之光请了假，和兰馨提着吕大爷送的猪肉，还准备了其他一些过节的东西，冒着飘飞的雨雪，沿着上山那条小路，艰难地往刺猪岭上爬去。

他们走时，吕家骏、吕家骢和刺梨儿几个小子把他们送到了小溪边。刚开始，他们非要和兰老师一起上山去看章大爷，但天气不好，山高路陡，兰馨坚决地拒绝了几个小子的要求。

上山的这条崎岖小路，据说是当年通往山上道观的一条路径，由于年久失修，又鲜有人走动，所以苔藓叠生，荒草漫脚，加上天气寒冷，路上结冰，行走十分困难。幸好前次郑之光和兰馨走过一次，他们相互牵扶着，奋力向上爬去。

好不容易，他们爬上桫椤坡，转过老鹰岩，攀上六百梯，走过蓑草岗，走了大约两个时辰，仰头望去，那隐匿在树丛中的道观残垣，已遥遥可见了。

"兰馨，坚持一下，马上就要到了！"

走过山涧上的那独木桥——突然，走在前面的郑之光，发现从山坡上下来一个人！这个人戴着一顶斗笠，穿着一件蓑衣，背着一个背篼，挂着一根木棍，小心翼翼地从山上走了下来。

"奇怪，这个地方怎么会有人呢？"郑之光举眼一看，惊异地自言自语地道，"莫非……"

"嗯，那个人好像是辜大爷！"兰馨从后面跟了上来，仔细往上看了看，对郑之光说道。

"对，好像就是辜大爷。"郑之光疑惑地说道，"这个时候，他怎么会一个人下山呢？"

"过节了，他可能要回家拿什么东西吧？"

"辜大爷——"郑之光站在山涧边，见来人越来越近，他大声地喊了起来。

"哦，原来是小郑和小兰哪！"来人果然是辜大爷！他看见二人，仿佛见到了救星，连跑带滑地从坡上下来，还没走到他俩跟前，就叫了起来，"你们可来了、你们可来了呀！……"

"辜大爷，您慌慌张张地到哪里去呀？"兰馨问。

"我……"辜大爷眼圈有点发红，他迟疑了一下，"我下山去……"

"我爸爸，他、他在山上怎么样啦？"兰馨见辜大爷一人走下山，她一下有些担心起来，急切地问道。

"他、他……"辜大爷嘴唇哆嗦着，半天没说出个所以然来。

"他到底怎么啦？"兰馨看辜大爷那慌慌张张下山的举止，又见他欲言又止的神情，一下敏感地意识到了什么，手里的提包一下就滑落在了地上。

"他、他老人家，昨天半夜……走了……"辜大爷用衣袖擦了一把眼睛，终于哽嚅着说道。

"什么，他走了？！……"兰馨闻言，一下跌坐在了湿漉漉的草地上，只是呆呆地望着辜大爷，半天没回过神来。

"是，他走了……我、我是下山来报信的……"

"爸爸——"兰馨喉咙里哽咽了几下，突然"哇"地一下哭出声来！随即，她什么都不顾了，一下翻身爬了起来，边哭边往山上跑去！

"兰馨、兰馨——"郑之光捡起兰馨失落在地上的提包，往前追了几步，又回过头来对辜大爷说道，"您先跟我们一起回去再说吧……"

那残垣断壁中的窝棚，在寒风里瑟瑟颤栗着。

冰窖一般的窝棚里，兰馨的爸爸章寒冰那枯槁的身体上，盖着那床污浊的被子，直挺挺地躺在草铺上，从窝棚缝隙里飘进的雪花，洒落在他的身上。辜大爷已替他换好了衣裳，按当地的风俗，他已在他脸上盖了一张草纸。

"爸爸、爸爸！……"兰馨不顾一切地跑进窝棚，扑跪在了爸爸身上，放声大哭起来，"我来晚了、来晚了呀……"

兰馨那凄然嘶涩的哭喊声，在这僻静的荒野中回响着，让人闻之心里发痛发酸。郑之光站在旁边，半天没有说一句话，只是默默地陪着兰馨流着眼泪，他知道此时此刻，对她的什么安慰都是多余的，只能让她的哭诉和泪水，来冲淡她心中的悲痛、哀怨、苦楚、委屈和遗憾……

时间慢慢地流逝着。

"兰馨……"不知过了多久，郑之光才擦了擦眼睛，上前把兰馨扶到旁边的小凳上坐了下来，劝慰她道，"人死如灯灭，你节哀顺变吧……老人已经走了，我们看怎么安排他的后事吧。"

"章老师临走前几天，把这件东西给了我，要我交给你们。"辜大爷从背篼里拿出那个布包，递给郑之光，"他说，请你们转交给马老师和吕老师。"

"啊，这些资料，太可贵了！"郑之光打开那个布包，粗略地翻了一下，禁不住眼里又潮湿起来，"它凝聚着章伯伯不知多少心血啊……"

"他、他临走时，还有什么交代吗？"良久，兰馨止住哭泣，哽咽着问辜大爷。

"他说，他走了后就埋在这云岭，不想再回城去了……"辜大爷眼圈依然红红的，他喃喃道，"还有，叫你一定要把你哥哥找回来……"

"这样吧，我们马上下山去，给院里和他们生产队报告一下章伯伯的死讯。"郑之光见兰馨情绪稍稍稳定一些后，看天色已不早了，他对辜大爷和兰馨说，"好歹也要给他老人家打制一口棺材，也要找些人帮助，让他早点入土为安吧……"

"不，我不走。"兰馨抽咽了几下，"我要留下来陪他……"

"那也行，我一个人下山。"郑之光提起那个布包，站了起来，"这里的事，就拜托辜大爷了，我一定早去早回。"

郑之光走了。他走到松林边，回过头去，见兰馨还站在窝棚前，泪眼涔涔地望着他。

起风了，漫山遍野的草木都摇动起来。

郑之光拄着木棍，一步步往山下走去。

工地帐篷外面，不时还隐隐约约传来拉京胡唱京戏的声音，听完郑之光讲述的情况，一时间大家都沉浸在复杂的情愫之中，整个帐篷里寂静无声。

桌子上，摆放着郑之光从山上带回的章寒冰临终前留下的那个布包，以及他关于强激光的理论论证、计算数据、试验建议、工作笔记等一大堆资料。

"我和吕振华将这些资料粗略地翻阅了一下，章教授的研究方向和研究成果，独辟蹊径独树一帜，很多方面已经走在了我们的前面。"良久，马名翰放下手里的资料，打破了帐篷里的沉寂，"在强激光研究领域中，他见解独特，对我们项目的推进，很有引领和参考价值！"

"是啊，章教授在那样困难的境况下，始终如一地从事着他的研究工作，实在是难能可贵。"吕振华接着说道，"他的猝然离去，真是我国激光研究领域中的损失呀！……"

郑之光讲完山上的情形后，埋头坐在角落里，再也没多说一句话。他一想到刺猪峰上那摇摇欲塌的窝棚，想到还在窝棚里停放着的章老师的遗体，想到孤苦无助还守在亲人遗体边的兰馨，他想立即就上山去陪着他们。

"是呀，前次听马总讲了章教授的情况后，我们也觉得他是个难得的人才。"庞院长也放下手里的资料，环视了大家一遍，缓缓地说道，"当时，我和刘书记商量后，还以党委的名义，专门向国防科工委打了个报告，希望能发挥他的一技之长，能把他用起来……"

大家都放下手里的东西，静静地听着庞院长说话。

"但是，"庞院长停了停，"至今没有回音。"

"这个……"政工处长余学华见庞院长停住话头，他迟疑了一下，"这种涉及政治原则上的事，恐怕……上面没有哪个领导能明确表态吧？"

"这样吧，逝者已逝，我们再惋惜也没有用了。"庞院长叹了口气，接着说道，"我们商量一下如何处理他的后事吧。"

"庞院长，那章寒冰不是我们的职工，何况、何况……"余学华当然知道庞院长的性格，他边说边观察着他的脸色，"恐怕，这不太合适吧？"

"人死了，总不能就这样在山上摆着吧？"庞院长看了余学华一眼，揶揄地说道。

"庞院长，我不是那个意思。"余学华说，"我的意思是，他是地方的人，我们还是通知地方上去处理吧，这样恐怕好一些。"

"通知地方上处理，这我没有意见。"庞院长说，"但他女儿兰馨已正式调到院里工作，他也算是我们的职工家属了；何况他临终前还牵挂着我们的研究项目，给我们提供了这些珍贵的技术资料，我们协助地方处理一下他的后事，我看也是在情理之中吧！"

"我同意庞院长的意见。"刘知问书记率先表了态。

"我也同意庞院长的意见。"马名翰总师也接着表了态。

余学华看了大家一眼，嘴张了张，没敢再说话。

"好，既然大家没有不同意见，就这么办。这些资料，暂时由总体研究室保留和参考，适当的时候，再上交上级有关部门。"庞院长说完，指了指王平章和袁挺军几个人，"你们马上叫基建处打制一具棺材，协助地方上操持一下他的后事——

他既然说要留在云岭，那就把他安葬在那里吧。"

"好，我马上去办。"王平章答道。

会散，庞院长把吕振华和郑之光留了下来。

"另外，你们告诉兰馨，过几天让地方上的石匠给她父亲打制一块石碑，将来也好让他的后人，去烧个香什么的。"庞院长说完，又特别叮嘱道，"告诉她，她已是国防科研单位的正式职工了，这个事不能大张旗鼓地干，免得有人上纲上线，说她为老子树碑立传。"

"我们知道了，庞院长。"

风萧萧，雨潆潆。刺猪岭上，一堆黄土渐渐垒高。按照当地风俗，点燃香烛纸钱后，兰馨点上了坟上用谷草编结的、有着 61 个节的"火烟包"——缕缕青烟，直上云空，寒风吹来，青烟四散……一个曾经明亮而黯淡的生命，就这样终结了。

活着的是野花野草，死去的是石头荒坟。

"章爷爷，您一路走好。"吕家骏、吕家骢、吕家驹和刺梨儿几个小子，也跟着大人们来到了刺猪岭，来为他们的章爷爷送葬。吕家骢他们是第一次见到这样的场景，难免也跟着大人们难过伤心。他们在坟前磕了几个头后，也学着大人们的话，这样对章爷爷说道。

第五章

三线之魂

1. 县城中意外的发现

冬去春来，几度春风，几场春雨，云岭峰上的积雪开始融化了，南去的雁鹤成对成行地飞回来了；那冬日里萧条萎靡的山林，已是一片鹅黄的嫩绿；那漫山遍野的野杜鹃，红红白白地点缀着山崖林间。

望着远山近岭万物复苏的新绿，听着此起彼伏鸟儿们的啁啾，呼吸着早晨这清新湿润的空气，看着溪沟里清亮明净的流水，不知怎么的，吕振华突然记起宋人刘攽那《雨后池上》的诗句来：

一雨池塘水面平，淡磨明镜照檐楹。

东风忽起垂柳舞，更作荷心万点声。

天边刚露出清白的晨曦，院坝里那只鸡公就聒噪起来。孩子们还在酣睡，吕振华翻身起了床，走出门来。

"振华，今天你们休息，不多睡一阵？"

基地的电线已架到村里，给千百年来点桐油灯的村民带来了光明。灶房里已亮起了电灯，吕大爷和吕大娘早就起来了。吕大娘已在做早饭，吕大爷拿把砍刀，正要出去砍竹子回来编箩筐。

"心里有事，睡不着，我到外边走走。"吕振华走了几步，又回过头来，"叔爷，今天我战友一家要从东北来，我要去县城接他们。我跟文秀说了，叫她买点菜，晚上给他们接个风。"

"嘻，你怎么不早说！"

"他们事先没有给我写信，可能是想给我们一个惊喜吧。"吕振华说，"我都是昨晚下班时，才听王平章处长说的。"

"那你叫文秀去买什么菜呀！那芦花鸡已几个月没生蛋了，叫你叔娘把它宰了，再到自留地里摘点菜就行了。"

"那也好。"

天还早，村子外一片静谧。吕振华走到河边那块石坝上，脱掉外衣，活动了一下身体，做了几下深呼吸，全身放松，敛神调息，缓缓起式，打起太极拳来。

吕振华是自小就跟父亲学太极，一招一式，一举一动，应该是颇有功底的。打太极拳讲究的是意守丹田，平心静气，但不知怎么的，吕振华今天却有些心不在焉，意马心猿——是啊，自己一家来到云岭，与战友李保华一家分别已是两年了。而今，他那瘫痪的丈母娘竟然奇迹般地康复了。这回，院里最后一批支援三线建设的职工要来基地，他们全家终于也要搬来了！

战友朝夕相处多年，像亲兄弟一样；两家人往来频繁，像一家人似的。两年来，他们虽说书信频仍，但还是免不了时常挂念；特别是几个孩子，总是念叨着他们的伙伴李小薇。而今他们终于就要来了，这怎么不让吕振华感到有些兴奋呢？

好了，现在好了，基地的建设日新月异，已是今非昔比了。李保华他们到来后，不但马上就可以住进新的职工宿舍；他一上班，随即就可以投入到正常的科研生产中了。

经过近三年的建设，云岭山中，一个现代化的科研生产基地已矗立起来。原来从县城通往基地那泥泞险峻的土路，已改造成宽敞平整的水泥路；原来那些荒坡野地，已被成荫的绿树和锦簇的花团取代；挺拔的科研大楼、办公大楼、宽敞的加工车间、各项目试验室、职工宿舍，以及具有现代意味的礼堂、医院、学校、食堂等配套设施，也基本完工了。就连原来坡上那些不毛之地，而今也已被"五七队"种上果树和蔬菜，建起了饲养场，远远望去，一片葱茏，满目生机。

分给吕振华新房的钥匙已经拿到，过不了多久，他一家也要离开村子，搬到院里新宿舍去了。

晨光初现，整个村子都醒了过来，家家户户屋顶上都冒起了炊烟。

"你们知不知道，今天谁要到我们这里来呀？"打完太极拳，吕振华披上衣服，慢慢走回家中，见孩子们破例已早早起了床，他故意卖着关子问他们。

"我们早知道了！"几个孩子兴奋地答道。

"是谁告诉你们的呀？"

"我们也不告诉您。"吕家骢也跟爸爸卖着关子。

"好，你们不告诉我，我今天就不带你们到县城去了。"

"不行不行，您答应过我们好多回了！小孩说话要算数，大人说话更要算数！"几个小子七嘴八舌地抗议起来，"何况，今天李叔叔和小薇他们要来，我们更要去接他们！"

"好好，今天院里有十多台车要到县城去接人，我都跟车队陈队长说好了，你们可以跟着一起去。"是呀，来到这里两年了，几个小子除了来时从县城边上经过，还真没进过城呢！从去年开始，自己不但答应带他们进城去玩，还答应带他们去参观全国闻名的"王氏地主庄园"呢！但由于工作紧张，他的这些承诺都食言了。吕振华见孩子们今天异常兴奋，他也高兴起来，"但有一个条件，进城后要听招呼，不能乱跑！"

"哦——我们今天要进城去啰！"几个小子都欢呼起来。

这古朴而又典雅的小县城，确实是个好去处！

从东北来到这里后，孩子们成天见到的除了山岭，就是山沟；除了山林，就是山村，一到热闹的县城，简直有些目不暇接，眼花缭乱起来。

望远县，位于成都平原西部，地处岷山山脉边缘。她东与随江县交界，西与临州城毗邻，北与阿坝州接壤，是平原向山区过渡的一个古老县邑。

这里，拥有悠久的历史和丰富的资源，也是"古南方丝绸之路"必经的驿站。据《望远县志》记载，早在新石器时代，这里就有人类垦殖，于唐代初始就建成县制，距今有1300多年的历史。在蜀中，素有"山川灵秀之乡"和"仙佛同源之地"的美誉。

由庞院长和刘书记亲自带队，从基地出发去接人的车队，一路浩浩荡荡下了山。但等到达火车站后，才知火车因故要晚点3个多小时。没有办法，大家只好静静地坐在那里等待。

"爸爸，时间还早，我们到街上去逛逛吧。"几个孩子在车站里磨皮痒痒，无聊至极，都跟爸爸请求道。

"好吧，你们早去早回。"吕振华想了想，点头同意后，又特别叮嘱道，"家骏，你不能在街上惹事；家骢，你要看好弟弟，不能乱跑。"

"好，我们逛逛就回来。"

可没想到，几个小子刚走不到半个时辰，吕家骢突然满头大汗，气喘吁吁地跑回来了！

"爸爸、爸爸……我们、我们……"家骢上气不接下气，半天没说出个所以然来。

"你们、你们怎么啦？"吕振华惊了一下，急切地问道，"是不是家骏那小子……"

"不、不是……"家骢喘了两口气，"我们发现、发现……"

"你们发现什么啦？"吕振华给家骢擦了擦头上的汗水，"不要着急，你慢慢说。"

"我们，发现那个'真短命'了！"家骢说。

"什么，你们发现'真短命'了？"吕振华连忙问道，"你们在哪里发现那个'真短命'的呢？"

"就在那边街上一条巷子口上。"家骢说，"他骑着一辆自行车，往巷子里去了——对，那条巷子叫'清屏巷'。"

"那，家骏他们呢？"吕振华问。

"他们跟踪到那条巷子里去了，叫我回来报信。"

"好，你在这里等着，我去报告领导。"吕振华举眼一看，见庞院长正坐在候车室外的街沿上抽烟，他急忙走了过去，简单把几个小子看见的情形给庞院长说了一遍。

庞院长一听，一下掐灭了烟头，不动声色地站了起来，走到保卫处长袁挺军身后，拍了拍他的肩膀，示意他到旁边来。

"你带家伙了吗？"庞院长问袁挺军。

"什么家伙？"袁听军一听有点莫名其妙。

"什么家伙，你不懂吗？"

"哦——"袁挺军一下明白过来，"庞院长，有事吗？"

"贾长生那王八蛋露面了。"庞院长压低声音，"你马上带两个人，跟着吕振华那二小子，去把那个贾长生抓起来！"

"我们还是秘密把他抓回云岭去吗？"

"不，按规定，我们只能关他 24 小时，又没有判他刑的权力。"庞院长思忖了一下，"这样吧，这光天化日的，你们就大名公道地把他铐起来，送到公安局去！"

"您不怕他那姑爷舅子的……"

"谅他们不敢！"庞院长说，"你们就大张旗鼓地抓，明明白白地送他进去，我看他几爷子敢不敢放！"

"是！"

2. 看你小子往哪里跑

"家驹，哥哥呢？"

吕家骢带着保卫处袁挺军和薛元几个人，急匆匆地赶到"清屏巷"，老远就看见弟弟吕家驹正站在巷口焦急地张望着，他赶紧上前问道。

"他在里面盯着，叫我在这里等你们。"

"好小子，你们干得好，将来肯定是合格的侦察兵！"袁挺军摸了摸腰上的家伙，对吕家驹说道，"好，你带路，走！"

这是一条幽深的小巷。

"袁叔叔，"吕家骏正操着手，装着若无其事地在巷子里来回闲逛着，可眼睛却始终盯着小巷深处的一道院门，他见两个弟弟带人来了，不动声色地指了指一个小院，压低声音对袁挺军说道，"就在里面。"

"一定要让这小子无路可逃！"袁挺军给大家做了个手势，所有的人立即分散警戒在了大门两边。

袁挺军走上前去，敲响了大门。

"哪个？"大门里面传出一个声音。

"供电所的，检查电路。"

"吱呀"一声，门刚打开，袁挺军和薛元等人就一拥而上，欲擒住贾长生！

"姑妈——"贾长生见势不妙，叫了一声，一转身就想往屋里跑去！袁挺军不愧是侦察兵出身，他飞起一脚，一下就将他踢翻在地，他身后两人见状，一起就扑了上去！

"你们、你们凭什么抓我？"贾长生死命地挣扎着，大声吼了起来。

"哼，我们凭什么抓你？"袁挺军将贾长生的双手扭到身后，"咔嚓"一声给他戴上手铐，"你小子，是在跟我们装糊涂么！"

"你们要干什么？"突然，从屋里蹿出来一个女人，见此情形，她大声叫了起来。

"我们是0658基地保卫处的，来这里抓逃犯！"袁挺军站了起来，掏出自己的证件。

"你们没有权力到地方来抓人！"那个女人气急败坏地叫道，"我告诉你们，你们不马上把他放了，我今天叫你们吃不了兜着走！"

"哼，我们没有权力到这里来抓人？"袁挺军笑了笑，"你恐怕不知道，我们0658基地保卫处，除了负责内部的治安保卫，还行使着云岭地区公安派出所的责权！"

"今天你们要是把他抓走了！我、我要告你们！"那个女人有恃无恐地死死抓住贾长生，不让带走。

"请你放开！"袁挺军冷冷地说道，"你随便到哪里告都行，但别妨碍我们执行公务，不然，别怪我们对你不客气。"

小院里的喧闹，惊动了邻居和小巷里路过的行人，大家纷纷涌了过来，挤在门口看热闹。

"我再说一遍，请你放手！"袁挺军一看看热闹的人越来越多，情形有些不对，他一下火了，对那死缠烂打的女人叫道，"你再不放手，我们连你一起抓走！"

"你们敢！"那女人依然嚣张地叫道。

"抓走！我还不信你能抱石头打天！"袁挺军对着保卫处干事薛元和郭一勇挥了挥手。

袁挺军话音刚落，还没等薛元他们动手，吕家骏唿地就冲了上去，一把抓住那女人的手腕，使劲一掰，就将她的手臂扭了过来！

"打死人哪、打死人哪！……"那女人一屁股坐在地上，呼天抢地地嚎了起来。继而，她又翻身从地上爬了起来，拔腿就往屋里跑去，大概是去打电话通知什么人去了。

"走！"袁挺军向薛元二人挥了挥手。

"我告诉你们，我是治保主任、民兵连长，你们没通过政府抓我，是违法的、是犯法的！……"贾长生那小子被拖出小院时，气焰依然张狂。

"哼，你他妈跑得过初一，跑不脱十五，我看你小子往哪里跑！"袁挺军把门口看热闹的人群招呼了一下，回过头来，"别说你是什么治保主任、民兵连长，你就是县长的大爷，老子今天也要抓你！"

门口看热闹的人站在小巷两边，七嘴八舌议论起来：

"哦，这个人是县里崔主任的什么亲戚呀，怎么也被抓走了呀？原来是个坏人哪！"

"是呀，说是云岭乡跑出来，躲在他亲戚家的逃犯。"

"他在这里都躲了半年多了，难怪一天到晚进进出出都鬼鬼祟祟的……"

一行人押着贾长生，后边跟着看热闹的人群，一路磕磕绊绊，来到位于县政府旁边的公安局里。

两位民警和一位副局长接待了他们。

"田局长、田局长，他们乱抓人！"贾长生一见那位副局长，像见到了救星，又挣扎着大声叫了起来，"我、我是崔、崔的……您不认识我了，过年时您还来过我家里的……"

"少安勿躁！"那位姓田的局长板着一张脸，呵斥了贾长生一声，回过头对袁挺军笑道，"如果我没有记错的话，你是 0658 基地的袁处长？"

"我叫袁挺军，我们在一起开过会。"

"啊，好好，请坐。"那位田局长对袁挺军倒是很客气——说起来，0568 基地是中央直属重点军工单位，是正儿八经的地师级，而他们的县长无非就是县处级罢了。官场上的规矩大家都懂，所以这位副局长还真不敢像对待平头百姓那样对待袁挺军。

"姓名？"田副局长招呼完袁挺军后，坐在了办公桌前，瞪了贾长生一眼问道。

"这，您晓得的……"贾长生又看了田副局长一眼，嗫嚅着答道，"叫贾、贾长生。"

"性别？"田副局长又问道。

"男。"

"年龄？"

"33 岁。"

"家住在什么地方？"田副局长再问。

"云岭乡云雾村。"

"你为什么被抓到这里来了呀？"田副局长点燃一支烟，指了指袁挺军，"他们不会平白无故地抓你吧？"

"田局长，冤枉啊！我也不知道他们为什么平白无故地抓人！"贾长生一副委屈的样子，边说边又摇头又跺脚的。

"半年前的一个夜晚，他蹿到学校，强奸我们一个女教师，而且还有强奸杀人的动机和手段。"袁挺军不动声色地对田副局长讲道，"犯案后，他潜逃至今。为了抓他，我们几个保卫干部在他家附近和县城里，蹲守了近两个月，没想到这家伙始终不露头……"

"冤枉啊，田局长，冤枉啊！"贾长生一边叫着一条腿就跪了下来，眼里竟然还挤出两滴泪水，"我到城里来，是因为去年秋天，我姑爷生病住院，我来照顾他——我姑爷就是、就是县里的崔向东主任哪！……"

"他撒谎！"吕家骏一听，一把拉着弟弟家骢，挤到了前面来，他大声对田副局长说道，"我和弟弟亲眼看到他蹿到老师寝室里，亲眼看见他作案，还是我们把他打跑的！"

"什么，你们把他打跑的？"田副局长疑惑地看了两个小子一眼。

"对，是我们把他打跑的。不然，那天晚上他就把我们老师掐死了。"吕家骢人虽小，但他比哥哥更沉得住气。他看了哥哥一眼，迟疑了一下，口齿清楚地对田副局长说道，"既然我哥哥已经说了，那我就实话告诉您吧：那天夜晚黑咕隆咚的，他正作案时，被我哥哥扎了几刀，还在门口摔了一跤，最后他才跑掉的——不信，您叫他把裤子脱了，看看他屁股和腿上的伤疤就知道了！"

贾长生听吕家骢这样一说，他扭过头，恨恨地剜了家骏和家骢一眼——原来，他撞破脑壳也没弄明白的是，那天晚上从黑松林中猛然跳出来的李逵，竟然是这两个貌不惊人的小子呀！

"既然是这样，那你就把裤子脱了，让我们法医给你验验伤吧。"田副局长冷冷地看着贾长生。

"田局长、我、我……"贾长生本能地捂着屁股，双腿突地跪了下来，涕泗滂沱地叫道，"田局长，我冤枉、我真的是冤枉啊！……"

"哼，冤枉？贾长生，你不要再表演了！我们人证物证俱全，你抵赖得了么！"袁挺军冷笑了一声，对田副局长说道，"他当天晚上被刀扎的裤子和血衣，已被我们搜获，保存在我们保卫处刑侦室。只要一验他身上的伤形和刀形，一验那血衣血裤上的血型，一切不就真相大白了么！"

"是啊！"田副局长愣了一下，厉声喝道，"贾长生，你还有什么话说？"

"田局长、田……我、我……"

"把他送到拘留所关起来！"田副局长威严地对两位民警挥了挥手，"听候处理！"

"田副局长，给你添麻烦了。"袁挺军见两位民警押着贾长生下去，他指着贾长生的背影，话里有话地对田副局长说道，"这家伙，仗着县里有人给他撑腰，有恃无恐，简直是茅坑里的石头——又臭又硬。田副局长，我们基地庞大山院长，对这个案子非常重视，就等着他的处理结果了。"

"哦，你说的是庞院长呀！那请你转告庞老革命，我们一定会秉公执法，妥善处理，给他一个明确的说法。"田副局长说完，笑了笑，"袁处长，今天好不容易到我这里来，中午就随便整点？"

"不不不，我还有事，还要到火车站去，去接从东北来的一大批职工——咱们后会有期！"

3. 地主庄园里的谜团

"好小子，不错！"回到车站，从北方来的火车还有一会儿才进站，庞院长听袁挺军讲了抓捕贾长生的经过后，他高兴地点了点头，摸摸家骏、家骢和家驹的头，表扬他们，"好好学习，将来长大了，就跟着庞爷爷干，保证你们个个都是好样的！"

"是啊，这几个小子机灵得很！"袁挺军指着吕家骏说，"特别是这个大小子，不但勇敢，我看他还有几下擒拿功夫呢，以后读完书，就到我保卫处来干！"

"哈，今天几个小子立了功。"庞爷爷说，"你们说，让庞爷爷奖励你们什么？"

"下次民兵打靶，我想摸摸枪，打几发子弹！"吕家骏一口就答道。

"你呢？"庞院长问吕家骢。

"我想参观'王氏地主庄园'。"吕家骢说，"这里的'王氏地主庄园'那么有名，我们都来了两年了，还没去过呢！"

"好，你们学生去接受一下阶级教育，这是件好事呀！这个事我就答应你了！回去我就给你们兰老师讲，叫学校组织你们去。"庞院长回过头，对吕家骏说道，"至于你提出的那个打靶要求，不太符合规定，我暂时还不能答应你，等你长到18岁，参加民兵组织以后再说吧。"

正说着，车站喇叭中播出火车进站的通知。

来了，来了，从北方基地来的职工，携带着随身的行李陆续开始出站了。女工主任余小雨见状，立即叫随行的同志打出了欢迎的标语，欢快的锣鼓随即也响了起来！

"哎呀，你们终于来了呀！"接站的同志们纷纷涌上前去，替新来的职工接过行李。大家久别重逢，分外亲热，有人热烈地拥抱，有人紧紧地握手，还有人还唏嘘抹泪。

"小薇、小薇！"吕家骏几兄弟眼巴巴地望着出站口，在人群中寻找着李保华叔叔一家。吕家骢眼尖，一眼就看见李小薇背着一个书包，提着一个包袱，跟在她爸爸妈妈后边，从车站里走了出来。

"吕叔叔、家骏、家骢、家驹哥哥！"李小薇一出站，就踮起脚尖四处张望着，她也一眼看见了吕家骏兄弟，高兴地飞跑过来，抓住他们又蹦又跳。

才两年没见到小薇，小薇长高了，也长得更可爱了。她弯弯的眉毛，大大的眼睛，乌黑的头发，一条花手绢扎在脑后的马尾上，乍一看，已经是一个大姑娘了。

"好、好，你们终于来了！"吕振华和李保华这两个战友，一人给了对方一拳，尔后紧紧地握住手，相互久久地打量着对方。

"你没有变化。"振华对保华说。

"你也没有太大的变化，就是黑了点。"

两人正说着话，刘知问书记手里的话筒响了起来：

"同志们，我们衷心地欢迎你们的到来，来到这里支援祖国大三线建设！大家见面，肯定有说不完的话，但什么话都回去再说！"庞院长和刘知问书记站在台阶上，见人聚齐了，刘书记大声讲道，"今天来接大家的客车有限，老人和小孩上客车，其余的人上大卡车，你们随车带来的行李，由后勤处负责给你们送到院里，大家放心！"

车上飘着红旗，响着锣鼓，一路浩浩荡荡往云岭开去。

当天晚上，吕振华和李保华两家人，还特邀了马老师、郑之光和兰馨，聚在了吕大爷家。几个人谈到未来科研项目的研制，一个个七嘴八舌，滔滔不绝，有时竟还有些慷慨激昂。两个老战友，也真应了那句老话：酒逢知己千杯少。他们一边喝酒，一边有着说不完的话。到最后，两人竟然都喝得有点迷糊起来。

家骏、家骢、家驹和小薇几个小人儿，也在院坝里讲着这两年来各自的所见所闻、轶事笑话。直到下半夜，大家才把客人送回院里。

庞院长果然没有食言！

春日里，天好蓝，云好白，山好青，水好绿。

到了星期天，由院里派车，还特派袁挺军处长随行保驾护航，组织全体学生到王氏地主庄园去接受"阶级教育"。

学生们坐在车上，望着那车窗外不断掠过的山水，不断掠过的乡村和城郭，都兴奋极了，不由自主地唱起《少年先锋队队歌》来：

我们是共产主义接班人，

继承革命先辈的光荣传统，

爱祖国，爱人民，

鲜艳的红领巾飘扬在前胸，

不怕困难，不怕敌人，

顽强学习，坚决斗争，

向着胜利，勇敢前进，

向着胜利勇敢前进前进……

汽车载着孩子们的喜悦，载着孩子们的歌声，一路疾驰着。驶下山岭，驶出山沟，驶向平原，径直朝"王氏地主庄园"开去。

在当时，这"王氏地主庄园"可以说是名闻遐迩，声名远播，全国妇孺老少几乎无人不知，无人不晓。它是大地主王氏在民国初年修建的一座古典而现代、精致而华美的建筑，是全国著名的庄园之一。在"阶级斗争为纲"的年月里，这里作为地主阶级剥削压迫农民罪恶的铁证，以及两个阶级水火不能相容的活教材，成为有名的"阶级教育"基地。

"文化大革命"开始后，美术学院的师生又以此为素材和原型，创作出了泥塑群落"收租院"。那些美术学院的师生们调动了他们全部的智慧和灵感，将那地主收租的场面塑得浑然天成，触目惊心；将那些人物形象塑得栩栩如生，惟妙惟肖。"收租院"的成功落成，更增添了这里的观赏性教育性，使这里更是名扬海内外，到这里参观学习，接受教育的人更是络绎不绝。

这个地主庄园占地 70 余亩，房屋 350 余间。庄园建筑为高墙深院封闭式院落，山墙压顶，重门深巷，迂回曲折，宛若迷宫，充分显现了近代川西富豪之家的奢侈和排场——其实，确切地说，这座迄今依然保存完整的地主庄园，只是一座典型的川西民俗民居博物馆罢了。

1958 年，"王氏地主庄园"开始对外开放，接待了数以千万计的国内外观众。

后来，这个地主庄园被列为文物保护单位、青少年教育基地；再后来，被国务院列为全国重点文物保护单位，并设立了庄园文物珍品馆，更名为王氏庄园博物馆——当然，此是后话了。

当兰老师和袁挺军带着学生们来到地主庄园时，太阳快要当顶了，来这里参观的人群依然川流不息，如流如织。

孩子们迫不及待地下了车，惊喜地举眼一看，映入眼帘的这座"王氏地主庄园"，果然别具一格，非同凡响！

在工作人员的引导下，大家排着队，缓缓走进庄园。老公馆是大地主王氏一家生活起居的场所，分为大厅、客厅、接待室、账房、雇工院、收租院、粮仓、秘密金库、水牢和佛堂，以及读月台、消闲宫、花园、果园等部分。其布局错综复杂，曲折幽深。并完整地保存了王氏家族的大量实物，是研究中国封建地主经济的一处典型场所。

既然到这里来是接受教育的，孩子们神情肃穆，没有像往常那样打打闹闹，嘻嘻哈哈。这里的一切，都让孩子们感到新鲜和稀奇，他们边走边看，边听讲解员讲解。走过客厅，走过深院，走过天井，走过回廊，大家眼前豁然一亮，原来他们来到了"收租院"！

泥塑"收租院"，是以地主庄园收租院原先的环境，按照当时地主盘剥农民的真实情况，像连环画一样，分为交租、验租、过斗、算账、逼租、反抗等连续的情节，塑造了100余个与真人大小相近的人物，还原了当时农民交租的场景。整个布局全长近100米，艺术地再现了旧社会农民遭受封建剥削和压迫的血泪史。

太阳慵懒地挂在柳树梢头，树上有蝉儿在吱吱鸣叫。大家参观完地主庄园，已过晌午了。兰老师安排大家坐在柳树下休息，同学们从书包里拿出自带的干粮，接起旁边水管里的自来水，高兴地吃了起来。

"家龙，你在想什么呢？"吕家骢看刺梨儿拿着一个苞谷饼，久久没下嘴，皱着眉头在想什么，他问。

"有些事情我没想通。"

"什么事情你还没有想通呀？"

"我来这座庄园时，问过爷爷。我爷爷说，这家姓王的地主，他解放前见过。他说这家地主早先也是穷人，而且我太爷爷在世时，这个地主还帮太爷爷跑街串巷卖过烧酒呢。"刺梨儿认真地说道，"到后来，这地主有了一些钱，才跟别人家合伙开了一家烧酒房，经营一座水碾坊，最后才发家成为地主的——我在想，我太爷爷、爷爷原来和这家地主都是差不多的人，可为什么后来爷爷他们成了穷人，而这个姓王的却成了这么大的地主呢？"

"你没听讲解员说吗，他们就是依仗着军阀横行霸道、无恶不作，剥削压迫农民才发家的吗？"吕家骢也认真地说，"你没见'收租院'他们收租时那穷凶极恶的样子，还有他们关押农民的那座黑暗的水牢吗？那就是他们剥削压迫农民的见证呀！"

"可我爷爷说，说这镇上的公路和学校，都是这个地主出钱修的呢！"

"什么，地主还会给穷人修公路和学校呀？"

"爷爷说，他来这里看过。"刺梨儿说，"他说那'收租院'原先是没有的，是后来的人用泥巴做成的；还说那黑暗的地方原来不是水牢，是这家地主存放鸦片烟的地窖……"

"家龙，你在外面千万不能这样说！"吕家骢懂事地对刺梨儿说，"你这样说，会给你爷爷惹祸的——我们年纪小，搞不懂的事还多呢！算了，吃饭吃饭！"

刺梨儿啃了一口饼子，依然没有说话——或许，单纯的刺梨儿他还在想，是讲解员说得对，还是自己的爷爷说得对呢？

小小年纪的刺梨儿，以及和他一般大的吕家骢，对这世界上的有些事情，肯定是搞不懂的；越是想搞懂，越是陷入剪不断理还乱的迷惘之中。

4. 万物都是有灵性的

春日的阳光明丽地映照在山野。山崖边的草地上，几只羊儿正在那里啃食着青草。秧苗长高了，像绿毯一样铺满了田野。一只秧鸡，带着几只鸡仔，咯咯地叫着，出没在秧田之中；河边的竹林里，鸟儿们在枝叶里不停地扑腾着，啁啁啾啾地吵个不停。

"二哥，你们这儿真好！"李小薇放下手里的那把野花，接过吕家骢送给她的那只小竹笼，仔细欣赏着竹笼里的两只活泼可爱的蚂蚱，高兴地叫了起来，"哎呀，我们早点到这边来就好了。"

今天不上学，家骏、家骢、家驹和刺梨儿，完成了老师布置的家庭作业，带着小薇，一会儿跑上山坡，一会儿来到河滩，在山野中采野花、捉蝴蝶、挖野葱、拉蘑菇，玩得可高兴了。

望着漫山碧绿的山林和藤蔓，看着满坡斑斓的野花和野草，小薇从北方来到这南方的山野，对这里的一切都感到那么的新鲜，都感到那么的好奇。当吕家骢将小竹笼里装着的蚂蚱送她时，她又惊又喜，连声感谢她这位小哥哥。

"二哥，"家骏和家驹他们还在那边的坡上挖野葱，采野菜，小薇跑得有些累了，她在河边的草地上坐了下来，突然像想起了什么，她问家骢，"我听爸爸说，你们刚来时，胆子真大！还悄悄去过深山老林，在山里头迷了路，还差点回不来了呢！"

"是，我们刚来时，和你一样，什么都感到新鲜，什么都感到稀奇。"吕家骢有点不好意思地说，"为这件事，我们还被爸爸好好地教训了一顿呢！"

"我爸爸就是用这件事来教育我，叫我在这里不能到处乱跑。"小薇停了停，问，"那，你们上山遇到毒蛇、老虎和狗熊没有呀？"

"我们遇到过毒蛇、山羊、麂子和獐子，但没有遇到老虎和狗熊。"

"我爸爸还说，你和家骏哥哥不但勇敢，还很机智。"小薇说，"不但救过兰老师，还帮袁叔叔他们捉到了那个欺侮兰老师的坏蛋呢。"

"不，我不行。"吕家骢谦虚地说，"主要是家骏哥哥，他才不怕事呢！"

"我爸爸说，你们家的三个小子都不简单。"小薇说，"你家老大胆大，老二机智，老三心细，将来都会有出息的；他还说，我家如果有一个你们这样的男孩子就好了。”

“哈，叫你爸爸妈妈给你生个弟弟，不就行了吗？……”

两人正说着话，突然惊了一下，原来有鸟儿“呱呱”地叫了几声，倏地从他们头顶上飞了过去！那声音急促而嘶哑，似乎还有凄厉的意味！抬头，只见不远的天空中，有一只白色的大鸟飞了过去。它刚飞到竹林上空，就歪歪斜斜地盘旋起来。盘旋了几下后，翅膀猝然一斜，一头就跌落在了河边的芦苇丛中！

“咄，那鸟是怎么回事儿呢？”吕家骢自言自语地嘟哝了一声，拉起小薇，急忙就往河边跑去，“走，小薇，我们去看看。”

跑下山坡，穿过竹林，吕家骢和小薇钻进芦苇丛，向那只白色鸟儿跌落的地方，一路找去。

“家骢哥哥，在那里！”突然，小薇指着不远处的一个草窝，惊喜地叫了起来。

果然，那只白色的大鸟藏匿在草丛中，正扬起长长的脖子四处警惕地张望着，见有人来了，它拼命地扑腾着翅膀想飞起来，但扑腾了几下，又跌落下来。

“二哥，我看它那样子有点像是丹顶鹤。”两人来到那只鸟跟前，小薇惊喜地指着那只鸟叫道，“我在北方的公园里看见过这样的鸟。”

“不，这不是丹顶鹤。”家骢摇摇头，“丹顶鹤要大一些，而且头顶是红色的，所以才叫它丹顶鹤呢。”

“二哥，你去看看，它为什么飞不起来了呢？”小薇向前走了两步，但又退了回来，怕那只鸟长长的喙啄她，“我估计，它肯定受了伤，或者是生了病。”

果然，当家骢上前抱起那只鸟，那只鸟只是叫了两声，并没有挣扎，也没啄人——哦，原来，它果然是受了伤，它的腿上和腹部血肉模糊，仔细一看，肉里好像还有东西。

“肯定是有人开枪打伤了它！”小薇心痛地抚摸了一下它腿上的伤痕，“家骢哥哥，我们把它抱回去，叫文秀阿姨给它治治伤吧。”

“好，我们把它抱回去，叫妈妈给它治治伤。”

两人抱着那只大鸟，走出芦苇丛。

"哎呀，这我认识，这是只白鹤呀！"刺梨儿一看这只鸟，就叫了起来，"往年，我们这里每年春天，都有好多这样的鸟飞来，可这两年少见了。"

"走，我们赶快把它抱回家去。"吕家骏从家骢手里接过那只鸟，"叫妈妈给它治好伤后，我们就把它养起来——说不定，它还能下蛋；下了蛋，说不定还能孵出小鸟来呢！"

今天是星期天，妈妈没去值班，见几个孩子抱着一只大鸟回来，很是诧异。听孩子们讲了事情的经过后，她仔细查看了那只白鹤的伤口，从屋里拿出急救箱来。

"这是只雌鹤。嘻，它是被人用火药枪打伤的。"文秀细心地将白鹤腿上和腹部的伤口清洗消毒后，用镊子轻轻地扒开伤口，从里面取出两粒铁砂子来。那只白鹤好像能听懂人的话，似乎知道这些人不但不会伤害它，而且还在救它。自从家骢抱起它后，它就像一只温顺的小猫，乖乖地倚在大家的怀里一动也不动。文秀取出铁砂子后，又用涂上药膏的纱布把它的伤口包扎了起来；她还怕它感染，又给它喂了一片土霉素。

"还好，这两处伤口，没有伤到它要紧的地方，只要它能吃东西，应该没有大的问题了。"文秀处理完白鹤的伤口，她告诉孩子们说，"孩子们，你们做得对，一个人就是有爱心。要知道，鸟儿也是有灵性的——你们记得，小时候我给你们讲的那个《雀儿妈妈和它的孩子》的故事吗？"

孩子们点点头。

他们当然记得妈妈给他们讲的那个《雀儿妈妈和它的孩子》的故事。当时，听完妈妈讲的那个故事，大家心里都很沉重，年幼的家驹还流下了眼泪呢。

妈妈说，这个故事是她小时候亲眼见到的事情。

妈妈小的时候，邻居有个叫"飞娃"的小伙伴，他很喜欢豢养小动物，更喜欢养鸟儿。那一天，飞娃在院子外面捉了两只刚刚会飞的小麻雀，他高兴极了，就用高粱秆做成的笼子把它们关了起来，想养大了当宠物玩——可没想到，过了一阵，那雀儿妈妈衔着一条蚯蚓，从外面飞了回来。它回来后，见窝里没有了它的孩子，就拼命地叽叽喳喳叫了起来！突然，它听见了院坝里雀儿们的叫声，雀儿妈妈扔下蚯蚓，就飞进院子，围着那只关雀儿的笼子飞了起来，边飞边不停叽叫着，似乎在拼命呼唤着笼子里的孩子。飞娃看见了，感到有些奇怪，想把雀儿妈妈轰走，但它就是不走。

从早晨到中午，从中午到傍晚，鸟儿妈妈不吃不喝，就这样在笼子外面拼命地叫着，盘旋着飞来飞去；笼子里的小麻雀也不吃不喝，拼命往外扑腾着叽叫着，似乎也在呼喊着它们的妈妈。但飞娃好不容易才逮着了这两只可爱的小麻雀，根本舍不得把它们放出去。

事情就这样僵持着。

天渐渐黑了，天又慢慢亮了——可令人万万没有想到的是，第二天一早，大人小孩刚起来，一看挂在屋檐下那只鸟笼子，全都惊呆了！

原来，飞娃用高粱秆编的那个鸟笼子，旁边猝然出现了一个窟窿！再一看，笼子里那两只小麻雀不见了；而那只叫了整整一天的雀儿妈妈，却蜷缩在笼子里死去了！仔细一看，那雀儿妈妈的喙上和身上，以及那个鸟笼的高粱秆上，全是星星点点的血迹……啊，大家一看就明白了：雀儿妈妈为了救自己的孩子，拼命地用自己的喙啄开了鸟笼，用自己的母爱和生命，换取了它孩子们的自由！

当时，看见那个场景的人，都久久地沉默了。

"这世间的生灵，无论兽类还是禽类，都是有灵性的。"山背后"清凉寺"的常贤和尚，听说这件事后，念了一声阿弥陀佛，认真地对人们说道。

这件事发生后，这个叫飞娃的孩子，从此再不掏鸟窝，也再不养鸟了。连一个村子里的人，也不让自己的孩子再去掏鸟窝，再去伤害那些小鸟儿了。

妈妈讲的这个故事，深深地印在了孩子们的脑海中，留在了他们的记忆里。

为了给白鹤养伤，家骏他们在院坝里给它搭了一个窝棚，刺梨儿他们除了喂它米饭和面饼，还从河边捞来小鱼小虾给它吃。文秀给白鹤换了两回药，喂了几次土霉素后，白鹤的伤渐渐好了起来。才十来天工夫，它就能够慢慢在院坝里走动了。伤愈后的白鹤，羽毛丰满，亭亭玉立，温顺可爱——奇怪，它待在刺梨儿家里，竟然不走了！

每当孩子们在家时，这只白鹤就亲热地围着他们转悠；当孩子们要去上学时，它会送他们到院子门口，望着他们走了很远才回来；当孩子们放学回来，它就高兴地拍打着翅膀，似乎在欢迎着他们；当孩子们做作业时，它不吵不闹，静静地趴在孩子们的脚下，等他们做完作业再跟它玩。

孩子们都很喜欢它，还给它取了个好听的名字：婷婷。

"婷婷这只鸟不但懂事，还通人性！"吕大爷、吕大娘和全家人也喜欢上了这只鸟。吕大爷说，"这世上呀，凡事都是有因缘的，它跟我们家的孩子有缘哪！"

自从刺梨儿家有了这只通人性的鸟后，村上的孩子们，吕家骢他们的同学们，特别是李小薇，都经常来看它，还经常带自己的零食来喂它。时间长了，它竟然成了孩子们的好朋友。

终于，吕家的房子收拾好，就要离开刺梨儿家，搬到院里的新宿舍去了。

"家骏、家骢、家驹，我们就要搬走了，你们把婷婷放了吧。"家骢他们就要走了，妈妈文秀说，"它是野生的鸟，应该回到大自然中去。让它一个人待在这里，多孤单寂寞呀——说不定，还有只雄鸟在等着它；也说不定，它的孩子们也在等它回家呢！"

尽管几个孩子有一千个不情愿，但妈妈说得有道理呀！

一个晴朗的早晨，家骏、家骢、家驹、小薇，还有刺梨儿等一大群小伙伴，他们用河里捞来的鱼虾把婷婷喂饱后，抱着它来到小河边，大家依依不舍地抚摸了婷婷一阵后，家骏说："家骢，是你和小薇把它救回来的，还是你俩来把它放走吧！"

吕家骢和小薇合力抱起婷婷，家骢叫了一声："婷婷，你回家去吧！"说完，他们使劲将婷婷向空中抛去！婷婷翅膀一展，轻盈地就飞上了天空！可它飞上天空后，却不断回头张望着，嘴里也在不停地咕咕叫唤着，久久不愿离去。它在天空中飞翔了一圈后，竟然又飞了回来，落在孩子们的脚下，用喙咬着家骢的裤脚，久久不愿离去。

"你走吧，回家吧！你如果舍不得我们，明年春天再回来看我们吧！"家骢和小薇又抱起婷婷，再次狠心地把它抛向了天空！

婷婷咕咕地叫着，又在孩子们头顶上盘旋了两圈后，双翼一振，一下飞上了蓝天，尔后远远飞去，飞过云岭山峰，渐渐不见踪影……

说来叫人难以置信的是，这只叫婷婷的白鹤，第二年果然又飞回了刺梨儿家！而且还带来一只雄鹤、两只小鹤！从此后，它们年年都会带着小鹤飞回刺梨儿家；再后来，它们一大群白鹤干脆不走了，在云岭的雾溪河和云溪河边定居了下来！

5. 暴虐的山洪袭来时

时不我待，离基地竣工验收的时间越来越近了。

基地的交通、电力、科研、生产、生活设施已基本建成；各处调集来的人员、设备、仪器、工具已基本到位；原来荒坡上那些帐篷和牛毛毡棚大部已撤除，部队工兵连的指战员们已撤离，只剩下还在进行收尾工程的民工；院里最后一批科研设备、仪器和材料，已运到工地，卸到了河边的篮球场上，准备马上进场安装调试了。

立夏之后，云岭山中渐渐热了起来。

"目前，各实验室已基本建成，人员已基本到位，国家已正式下达了今年的科研和生产计划，主要的科研生产项目必须马上进入正常工作轨道。"庞院长在干部会上做着最后的动员，"今天，最后一批设备和仪器已经运到，只要这些设备仪器安装调试完毕，我们就准备竣工验收了。"

开完会，昏朦朦的太阳已快下山，它的最后一缕余照涂抹在西边的山岭上——可有点奇怪的是，天气又湿又闷，没有一丝风，闷得人简直气都喘不过来。远处的山林像死一般的沉寂，天空渐渐有点浑浊起来。

"这天，不会下雨吧？"开完会，庞院长从办公大楼出来，他抬头看了看天空，有点疑虑地对刘知问书记说道。

"我看了最近几天县气象站发来的预报，没说今天有雨呀。"刘知问回答。

"不，我们还是要警觉一点，刚运到的这批设备、仪器和材料，那可是我们院里的宝贝呀，千万出不得差错。"庞院长说，"今天有点晚了，明天一早通知运输处和机动处，抓紧时间把这些设备、仪器和材料全部搬到大楼和车间里去。"

"庞院长、刘书记，下班了？"门卫给他们打着招呼。

"你给袁处长打个电话，就说我讲的，今晚你们要加强巡逻，看护好今天新运来的这批设备和材料。"庞院长走了两步，还是不放心，他回过头来，对门卫说道，"有什么情况，马上向我报告！"

"是，我马上就打电话。"

庞院长和刘书记边说话边往院外走去。谁知，刚走到院外那座桥边，突然看见吕大爷的孙子刺梨儿匆匆跑了过来，看见庞院长和刘书记，他急忙叫住了他们：

"庞爷爷、刘爷爷，我爷爷让我来告诉你们。"刺梨儿上气不接下气地对他们说道，"爷爷说，马上要、要下大雨了！……"

"什么，你爷爷说要下大雨了？"庞院长停下脚步，诧异地问。

"对，爷爷早上起来看天，他说'蛤蟆呱呱叫，大雨就要到'；他还说'傍晚黄胖云，大雨就要淋'……"刺梨儿喘了口气，"他说，怕你们还在施工，说这场雨可能大得很，要注意河里涨水、山洪暴发呢！"

"哦，原来是这样！"庞院长再举眼环视了一下四周，见桥下燕儿、蜻蜓在河面上低飞着，天空果然有些异样，他对刘知问说道，"这山里的老人是有经验的，不会无缘无故这么着急叫人来报信，有备无患！马上通知运输处和机动处，搬运这些露天的设备、仪器和材料！"

"我们用篷布将这些设备和材料暂时盖起来不行么？"刘知问说。

"不行，篮球场那里地势太低，我们要提防风雨太大，山洪暴发！"

"好，我们马上返回去，组织大家抓紧抢运！"

庞院长和刘书记急匆匆就往办公大楼走去。

山里的天，就像小孩的脸，说变就变！庞院长和刘书记还没走拢大楼，突然几阵猛烈的山风吹过，大片大片的乌云像赛跑似的，就从山那边滚滚而来；一瞬间，天边那一抹浑黄的太阳就被乌云遮盖，天地间顷刻就变得昏暗起来！

"说曹操，曹操到！"庞院长快步冲进办公楼，"来不及了，我去广播通知！"

庞院长刚跑进办公大楼。突地，一道耀眼的闪电划破了整个天空，照亮了整个山川与河流。俄顷，传来一声暴烈的雷声，几乎要把整个宇宙震碎了似的，震得大地都微微战栗起来，震得所有的人都打了个寒噤！

"全院职工同志们、全体民工同志们！现在播发一个紧急通知：暴风雨马上就要来了，我们一部分设备和仪器，还堆放在院里的篮球场上！"广播站的大喇叭里，正在播放的新闻节目戛然而止，传来庞院长那急迫而沙哑的声音，"我是庞大山，我命令：全体职工和民工同志们，带上绳子和工具，马上赶到那里，抢运这些设备、仪器和材料！……"

已经下班正准备吃饭的职工和民工们，听见广播里的紧急通知，马上放下手中的家什，带上家伙，赶紧就往基地跑去。

"快、快去抢运设备和仪器！"马名翰、吕振华、李保华和郑之光等人，还在实验室加班调试新到的设备，听见喇叭里的紧急通知，他们赶紧放下手里的工具，拼命地就往篮球场跑去！

要来的暴风雨真的到来了！一瞬间，那沉重而飘急的大雨点混合着风旋，竟如拧在一起的一条条残酷的鞭子，突如其来地从天空凶猛地抽打下来。它抽打着云岭的山顶和谷底，毫不怜惜地抽打着朝河边奔跑的人们……

马名翰他们距离球场近，当他们跑到那里，见已有人顶着风雨正在搬运那些装着仪器设备的箱子和材料。不远处，两辆吊车正亮着大灯，朝这边开来。一时间，球场上雨声哗啦，灯光隐现，人声鼎沸起来。

"快，我们快把这测试机搬走！"狂风从四面八方吹来，嗷嗷地咆哮着，搅乱了附近的山林；滂沱的大雨，哗哗地朝地面上泼来，没头没脑地抽打着抢险的人群。马名翰他们跑到球场，在闪电和汽车大灯的光亮中，几个人合力抬起一个箱子，就往坡上的实验室挪去。

"注意脚下！"雨越下越大，风越刮越烈。马名翰几个人抬着那个箱子，眼前什么也看不清了，只好凭着感觉摸索着向坡上抬去。

此时，大雨像一挂巨大的瀑布，从天上倾泻下来，横扫着整个云岭。闪电，时而用它那耀眼的光亮，划破黑沉沉的夜空，照出了在暴风雨中狂乱摇摆的山林；一条条雨线，鞭打着在大雨中吃力地迈动着脚步的人影。雷声越来越近，越来越响，震得人的耳朵嗡嗡地响。

好大的风雨！据当地的老人说，自民国二十一年夏天下过这么大的雨外，几十年再没遇到这样的大雨！这个篮球场，是职工们利用河坡上的一块空地平整出来的，所以超常的暴风雨袭来，当然就成了危险之地了。

"同志们，抓紧时间，先搬小件！"庞院长和刘知问夹杂在人群中，全身已经浇透，他们拿着手电和话筒，指挥着大家搬运东西，同时不断大声提醒着大家，"注意安全！注意安全！"

所有的人顾不得风疾雨狂，拼命地与暴风雨抢着时间。

"快，我们赶快去把光电接收机搬上来！"马名翰不顾自己年老体衰，他放下测试机后，抹了一把脸上的雨水，大声对吕振华他们叫道。

"马老师，您不要下去了，我们去搬就行了！"吕振华大声对马老师讲道，"现在下面人已来得很多了，你身体不好，不用去了！"

"走！不要啰唆，抓紧时间！"马名翰话没说完，一头又冲进了风雨之中。

人多力量大。在吊车的光影和闪电的光照下，在熙熙攘攘的人群中，人们什么也顾不得了，奋不顾身抢运着这些设备、仪器和材料。很快，空地上除了几个大的木箱外，其余已所剩无几了。

当马名翰几人找到那台光电接收机，合力将它抬起来，准备往坡上挪动时，突然听见远方传来一阵野兽般低沉的嗥叫声，那叫声越来越近、越来越近……

"同志们，山洪暴发了！"庞院长听见那远处传来的轰鸣声，他马上敏感地意识到了什么，他赶紧用话筒嘶哑地大喊起来，"全体都有、全体都有！马上撤离现场！马上撤离现场！……"

俗话说：一涨一落山溪水。山洪暴发是说来就来！说时迟那时快，只听一阵惊天动地的轰鸣，山洪如同一群发狂的猛兽，摧枯拉朽、排山倒海地沿着河床猛扑而下，所到之处，似乎要将整个大地吞噬！

球场边上，几个民工和两个职工正喊着号子，合力抬着一个木箱往坡上挪动，可没想到山洪来势如此凶猛，他们一下就被汹涌而来的洪水卷入了水中！

"赶快救人！"庞院长丢下话筒和手电，就要往水里扑去，但被刘知问和身边的人死死抓住。

那口木箱，翻滚了几下，被一块巨石挡住，而那几个人，随着洪水的咆哮，顷刻间就消失得无影无踪！

"啊！"随着山洪到来，在地势稍高的地方，抬着木箱的马名翰的眼镜不知什么时候已经落掉了，他脚下一滑，险些摔下坡去！可他死死推着箱子，不让木箱下滑。当吕振华几个人死力将木箱拖上坡后，马名翰脚下的石头一松，骨碌碌就朝坡下滚去！

"马老师！"电光一闪，吕振华一下就朝他扑去，想将马明翰抓住——可，晚了，马名翰已经滚下坡去！

坡下是狂野暴虐的洪水！刹那间，闪电的光亮消失了，天地又合成了一体，眼前的一切，又被无边无际的黑暗吞没了

洪水依然从上游奔涌而来，水位越来越高、越来越高……

6. 一个超越生命的生命

"马老师！马老师——"

幸好，在离山洪咆哮的河床前，马名翰被一块石头挡住了！他费力地挣扎了几下，努力想站起来，但一下又跌了下去！

电光一闪，吕振华一下看见了马名翰的身影，他顾不得自身的安危，连爬带滚地扑到马名翰身边，一把抓住他，想要把他扶起来。

"哎哟！"马名翰痛苦地呻吟了一声，一下抓住吕振华的手臂，"我、我腰部可

能、可能受伤了……"

"快，赶快离开这里，水马上就要涨上来了！"情势千钧一发，吕振华什么也顾不得了，抓住马名翰的手臂，想把他背在背上，可马名翰突地又坐了下去！

"振华，不要管我，赶快离开！"马名翰一把推开吕振华，"你赶快离开！……"

"不行，马老师。"吕振华大叫了一声，"您趴在我背上！"

"你赶快离开，不要管我！"

此时，除了远处吊车大灯射来的些许灯光，对面不见人影，四周听不到别的响声，只有震耳的雷声和洪水怒号的噪音。雷声过后，又是一道闪电！电光中，李保华、郑之光从坡上滑了下来，他们帮助吕振华将马老师背了起来，一人在前面拉，一人在后边推，在马老师痛苦的呻吟中，合力将他背上了山坡，冒着风雨背进了科研大楼。

"糟了，马老师的脊椎可能摔断了！"文秀闻讯，急匆匆从现场赶到科研大楼，马上给马老师做了检查。检查完，她将吕振华几人叫到一边，给他们说道。

"必须马上送医院！"吕振华说。

"可现在风雨这么大，说不定道路也被冲坏了，救护车下不了山呀！"文秀说，"不行，那就只能先给他简单包扎固定一下，等天亮再说了。"

此时，暴雨依然威风未减，雷声、雨声、水声，还有山上的松涛声，混成了一片，猛烈地震撼着天地。

"喂，有人没有？请回答、请回答——"此时，庞院长、刘书记正带着保卫处袁挺军几个人，打着手电，冒着风雨，踏着嶙峋的石头，踩着泥泞山坡，沿着河岸用话筒呼喊着，一路往下游奔去！

他们要去寻找那七八个被洪水冲走的民工和职工。

可，山野中，河谷里，除了不时撕破夜空的闪电，还有那滚滚的雷声，咆哮的洪水，并无一丝回音。

庞院长一行追了好几公里，追到一个山沟时，前面的木桥已被洪水冲断，再已无法前进了。见此情形，庞院长气喘吁吁地望着眼前的情形，重重地喘了两口粗气，突地弯下腰，一下就在草丛里蹲了下来，用拳头死死地顶住肚子。

"庞院长，您怎么啦？"此时，雨势暂时小了一点，刘书记用电光照了一下庞院长，只见他脸色煞白，表情痛苦，剧烈的疼痛使他牙齿紧紧地咬在了一起，汗水混合着雨水，铺满了他瘦削的脸庞——突然，他嘴张了几下，打了几声干呕，哇地吐出一口鲜血来！

"快，把庞院长送回院里去！"刘书记一下把庞院长扶了起来，要背他走。

"放下，我自己能走……"庞院长声音微弱地说道。

"刘书记，我来！"袁挺军见状，他躬下身体，一下从刘书记旁边接过庞院长，冒着风雨踉跄着沿着来路往院里走去。

风萧萧，雨凛凛——雷声、风声、雨声、水声，以及那松涛声，混合成了一支悲壮而怆然的交响曲，在山野河谷中回荡。

"我们这里医疗条件太差，必须马上送他们到县医院，或者到省医院去！"好不容易，刘书记一行将庞院长背回基地后，他见医生们简单处理了庞院长和马名翰的伤情和病情后，两人已处于半昏迷状态。他抬头看了看外面的天空，见风雨稍小了一点，向后勤处王平章说道，"由你、文医生、吕振华和郑之光马上送他们下山，我和袁挺军留下，处理现场的事情！你们要克服一切困难，安全把他们送到！"

救护车打开大灯和应急灯，冒着风雨，冒着风险，停停走走，走走停停，连夜就将庞院长和马名翰往山下送去。

望远县医院里，接到0658基地紧急求助电话后，马上就行动了起来，韩院长召集了院里最好的医生，在抢救室紧急待命。当救护车一路踉踉跄跄，历尽惊险到达县医院时，已是下半夜了。县医院的医生们将庞院长和马名翰抬到抢救室时，两人几乎已经休克了。

"韩院长，他们一个是老红军老领导，一个是我们总工程师。"王平章一身湿漉漉的，见到医院韩院长，抓住他的手臂讲道，"这两个人，可是我们基地的顶梁柱啊，你们千万千万……"

"我们一定会竭尽全力的。"韩院长凝重地点点头。

抢救室里的人神情严峻，来去匆匆；王平章几个人在抢救室外焦急地等待。经过一番紧急抢救，天刚亮时，韩院长从里面走了出来，室外的几个人急忙凑了上去。

"韩院长，怎么样啦？"

"不行。现在你们庞院长和马总的生命体征虽然基本稳定下来，但他们的病情和伤情太重，必须马上手术！"韩院长对王平章等人说道，"但我们医院的条件太差，为他们的安全考虑，只能马上送到省医院去！"

风依然刮着，雨依然下着。

"好，那你们派一个有经验的医生跟着吧。"

在县医院医生和文秀监护下，将庞院长和马名翰抬上救护车后，汽车一路颠簸着，风驰电掣般地就向省城跑去。

"不行，你们这位马总，脊椎骨已经摔断，经过我们抢救和手术后，虽然没有了生命之虞，但是……"天亮后，救护车才到达省医院。医生们同样雷厉风行地对庞院长和马名翰进行了抢救。但手术到中午结束时，抢救室的陈主任从手术室出来，对王平章几人说道，"也许……"

"也许什么？"几个人着急地问道。

"术后如果恢复不好，也许只能是坐轮椅了……"

吕振华听了这话，一下就瘫坐在了椅子上。

"那，庞院长呢？"王平章问。

"他的情况太复杂了……"陈主任摇了摇头，揭下嘴上的口罩，脸上一下严峻起来，他简直有些愤怒了，"你们怎么现在才把他送来！"

"他怎么啦？"几个人心里一紧，一种不祥的预感瞬间袭上大家心头。

"他怎么啦？……"见惯了死亡和鲜血的这位陈主任，不知怎么的，他的眼圈竟然红了起来，"说实话，我做过上千例手术，真还没见到过这样的病人……"

原来，庞院长送进抢救室后，医生们化验他的血，他的血色素只有 4.5 克，仅相当于正常人的1/3！从医学角度讲，这是极度危险的信号。紧接着，医生们给他做了B超后，怀疑他是胃癌，并初步判定他是胃部穿孔和出血。当他躺在手术台上，由全国著名的胸外科专家、省医院的傅用明和青安平教授主刀，对他进行了剖腹探查，可腹腔刚一打开，两位教授顿时惊呆了！

让他们感到震惊的是，这样的一个病人，竟然还能站立，还能行走，还能连续十多个小时超负荷的工作！在两位教授几十年的医学生涯中，他们还没有见过这样的病例！面对眼前的情形，他们完全无法用病理学和解剖学理论知识来解释！

他们打开庞院长的腹腔，庞院长患的是国内罕见的晚期绒毛膜上皮细胞癌。腹腔内的血性腹水积有近1000毫升；胃部拳头大小的肿瘤已经溃烂出血，并与肝脏、腹膜胰腺紧紧粘连；肝内转移病灶有多处；肝左叶10多厘米大小呈菜花状肿块与膈肌相连；大网膜和腹腔内多处转移病灶及肿大的淋巴结，癌组织像变质发霉的大葡萄粒似的，散落在整个腹腔，稍一触动就往外渗血……

这样的病人，在生命史上简直太罕见了！他的生命竟然如此顽强，竟然如此不可思议，竟然在入院前还没有倒下，还能连续好几个小时在暴风雨中指挥抗洪抢险！

更让人难以相信的是，庞院长胃部癌组织严重溃烂出血，腹腔肿大的淋巴结、癌肿扩散早已触动神经中枢——毫无疑问，病人会长期承受撕心裂肺般的疼痛，只有超常毅力的人，才能顽强地承受住这生命的极限！

按理说，庞院长完全应该知道自己病情的严重性。

他的腹痛已有几十年了，他自己也曾服用过一些药物，但根本没有疗效。其实，从他三年前来到三线建设基地开始，病魔已经开始在无情地吞噬着他的身体了。但他总是以"战争时期落下的老毛病了""工地上太忙走不开"为借口，坚持不上医院检查，只是胡乱吃一些止痛药片，或吃几粒花生米往下压一压，又到工地上去了。

此前半年，文秀生拉活拽，把他拽到了卫生所，在给他检查身体时，无意间触及了一下他的腹部，他竟痛得从床上弹了起来。一天晚上，已经到下半夜了，同他住在帐篷里的马名翰总师，见他还没回来，就披上衣裳出去找他。可刚掀开门帘，只见庞院长跪在门口，捂着肚子，疼痛使他立不起身来。在好长时间里，马名翰经常都听见庞院长在床上翻来覆去睡不着，还以为他又在为工地上的事情焦虑。后来马名翰回想起来，那时疼痛肯定已在无情地折磨着他，只是他怕别人担心，咬着牙一声不吭就是了。

近两个月来，在他明显感到力不从心时，他嘱咐院里的医生，穿着便装来办公室替他输液，一次一次又一次……繁重的工作，让他不敢有一丝一毫的懈怠。他关起门来，一边输液，一边不停地审查图纸、批阅文件、指挥施工。

而今，庞院长已是病入膏肓，他的生命已经脆弱到了现代医学拯救的极限。尽管三线建设指挥部、国防科工委的领导，还有他的老战友们，以及所有的职工和关心他的人，用最诚挚的心愿，祈祷他能够再创生命的奇迹；尽管所有的专家、教授们用至高的责任心和至善的医疗手段，对他进行着抢救和治疗，但已回天乏术，只能是一刻一刻地延续着他的生命罢了……

7. 不朽的三线之魂

夜风吹拂着，吹过寂寥的平原和沧桑的城郭，吹过川西的荒山和野岭，吹过他家乡的竹林和茅舍，也吹过山脚下那云溪河和雾溪河里冰凉的河水，宛若在低吟着一支悲壮而苍凉的歌。

庞大山倒下时，似乎还感觉不到什么痛苦，他眼前只是一片迷茫，他看到的只是像电影银幕上的雪花一样，白蒙蒙一片。不知过了多久，腹中一阵剧痛之后，他就什么也不知道了。

万籁俱寂，天地空濛。庞大山仿佛掉进了云溪河之中，冰冷的河水淹没了他的头顶，脚下踩的是一摊松软的稀泥，手中握的是一撮流离的散沙……他拼命地挣扎、挣扎，可力不从心无能为力。

"大山、大山！你醒醒……"

不知过了好久，庞大山迷迷糊糊地听见一个既熟悉又陌生的声音在轻轻呼唤着他。他努力裂开一丝眼缝，从一个光怪陆离的噩梦中渐渐醒来。当他有了一点意识时，他感觉四周很静，静得来有些令人恐怖。眼前依然是白蒙蒙一片，头上是白蒙蒙的屋顶，四周是白蒙蒙的墙壁，眼前的白蒙蒙的被单，身旁是白蒙蒙的瓶子，瓶子里一滴一滴往下滴着白蒙蒙的液体……

"大山、大山！你醒醒……"

"嗯——"终于，庞大山回应了一声，他睁开眼帘，模糊地看见眼前有几个熟悉的面孔，正躬身伏在他的病床前。

首先映入他眼帘的是老伴胡红英，还有他的儿子庞小山。看起来庞小山的面色很苍白，或许他患病还没痊愈吧。儿子旁边，是他的女儿庞小莹。娘儿几个凑在他眼前，泪眼婆娑地看着他——是啊，自从抛妻别子来到四川后，他没有节假日，也没有探亲假，儿子患了重病，女儿上了中学，他也没有回家去看望过他们。迄今已是三年多没见到老伴、儿子和女儿了。而今，老伴、儿子和女儿来到这里，他差点认不出他们来了。

"大山、大山……"老伴伏在他眼前，眼泪涔涔地望着他，"我们来迟了、来迟了。这都要怪我、怪我……"

庞院长勉强露出一丝笑容，轻轻地摇了摇头。

"你放心吧，小山的病情现在基本稳定了，我们马上就能到四川来了……"老伴说，"大山呀，我们一家人就能团圆了。"

庞院长轻轻地点了点头。

"大山哪，这辈子，你经过了那么多的生死。"红英的脸贴在丈夫那瘦削的脸颊上，伏在他耳边轻轻地说道，"这回，你可无论如何也要挺下去呀，不能丢下我们娘儿几个走了……"

庞大山深情地望着自己的老伴，没有吱声。

"大山，你别那么狠心呀……"胡红英哽咽着说，"我老了，一个人怕、怕孤单……"

"这辈子……老天爷眷顾我,我已死过七八回了。"庞院长嘴唇抖索了好一阵,终于发出微弱的声音来,"生老病死,这是自然规律;再死一回,也不稀奇……红英,我们是老战友了,你一定要坚强,要面对现实……"

"不,你不能……现在新基地建成了,你还没有参加竣工典礼;儿女们已长大了,你还没享到一天清福……"老伴说着,大滴大滴的泪水滴落在庞院长脸上,"你不能、千万不能就这么慌慌张张地走了……"

"这几十年,那么多的战友都早早走了……"庞院长喘了几口气,"我……看到了新中国成立,还参加了史无前例的大三线建设……已知足、知足了……"

庞院长说着,努力地举起手来,想替老伴擦去脸上的泪水,老伴一下扭过头去——站在老伴后边的老战友梁司令,以及三线办公室的王副主任,院里的刘知问、王平章、袁挺军和吕振华等人,一下落入他的眼帘。他疲惫地向他们轻轻摆了摆手,微微跟大家点了点头。

"庞爷爷、庞爷爷!……"

突然,从大人身后钻出吕家骏、吕家骢和吕家驹几个小子,他们一下扑在庞大山身上,呜呜地哭叫起来。

"好小子……"庞大山一看见几个小子,脸上露出一丝不易察觉的笑纹,他费力地伸出手来,轻轻地抚摸着孩子们的头,"好好读书,长大了,好好建设我们的基地……"

孩子们哽咽着不停地点着头。

"大山哪,对不起。"梁司令员走上前来,紧紧握住庞大山的手,诚挚地说道,"我也来迟了,我要是早点到你们基地来,你就不会是现在这个样子了……"

"老战友,你别这样说……"

"我如果早点来,看见你这个样子,"梁司令员望着眼前这位生命走到尽头的老战友,他的眼圈一下红了,随即他唬下脸来,"我才不会听你这二杆子说那些骗人的鬼话,就是连捆带抓,也要把你弄到我们医院去!……"

"老战友哪，生死有命，你们不信我信……"庞大山断断续续地说着，"当年，我们那么多战友，年纪轻轻都牺牲了！"

"那些战友走了，可我们还要完成他们没完成的任务啊！"

"我、我轻敌大意，给国家造成了损失……我检讨，请求组织处分……"

"大山，事情的经过我都知道了。"梁司令员说，"这怪不得你，这百年不遇的洪水，百年难遇的天灾，就是神仙也难预料到啊……"

"不……"庞大山微微地摇摇头，说着说着，他的眼帘十分疲惫地闭了起来。最后，他仿佛用尽全身的力气，用微弱的声音说道，"老战友，别了……"

"大山！"梁司令员紧紧地握住庞大山的手，"你不能这样就走了，我给你留的两瓶好酒，你还没有喝呢……"

"把我……"庞大山的声音渐渐更是微弱下去，像蚊子在嗡嗡，"把我……埋在云岭，我要和大家在、在……"

病床旁边的心电图屏幕上，刚才还在起伏波动的电波，慢慢地、慢慢地拉成了一条直线——云空深邃，天路遥迢，庞大山带着他人生的传奇与悲壮、光荣与梦想、崇高与平凡就这样走了……

"大山！"

"爸爸！"

"庞爷爷！"

"庞院长！……"

他轻轻地走了，犹如他轻轻来到这个世界。

云山含悲，雾水呜咽。

此时，庞大山静静地躺在野百合和野菊花丛中。他的身上，覆盖着中国共产党党旗；他的遗像挂在灵堂的前方，两道黑纱垂在相框两侧；他那双深邃睿智的眼睛，仿佛正深情地注视着前来吊唁他的亲朋好友、工人弟兄、乡邻村民……

挽联低垂，哀乐声咽。

举行庞大山遗体仪式告别那一天，全院的职工，以及那些已经归队的工兵连指战员、那些已经回乡的民工、连同附近的村民都来了。

吕大爷找来八个精壮的小伙子，将自己百年之后的一副樟木棺材抬到了院里，送给了他这个最景仰的庞家兄弟。

基地空旷的坝子上，密密麻麻站满了人群，他们都要来与自己爱戴的院长做最后的告别。许多刚下夜班的工人，连满身铁锈和油漆的工作服也来不及换，也急匆匆地赶来与庞大山再见上一面。子弟学校的学生们，在兰馨等老师的带领下，也来到现场。吕家骏、吕家骢、吕家驹以及吕家龙等人，含泪跟在兰馨老师后边，来到这里与他们最热爱的庞爷爷告别。

原定1000人左右的告别仪式，一下就聚集了三四千人。人们戴着青纱，缀着白花，默默地随着吊唁的人群，步履沉重地走进灵棚。一批一批的人群，来到庞大山遗体旁，向他作最后的诀别。灵棚外，还有漫山遍野的人流，铺天盖地的花圈和挽联……

云岭作证。

中国的大三线建设，就是无数个像庞大山这样悲壮而浩然的生命换来的啊！整个吊唁现场氛围庄严、肃穆、沉重。有位老工人流着泪感慨地说："一个人死了，能有这么多人自发地来送他，这样的情形太少见了！人活到这个份上，也算没有白活了。"

与庞大山并肩走过雪山草地的战友，共同在枪林弹雨中同过生死的兄弟、领导机关和兄弟单位的代表，他们也来到这里或发来唁电。沈阳军区副司令彭云飚听说庞大山病危，他刚从中苏边境检查战备回来，立即转乘飞机赶赴成都。当他急匆匆冲出机场大厅，从来接他的同志那里得到庞大山已经去世的消息时，惊得特意在沈阳为他买的药瓶失落在地。

这一天，沈阳基地没能来到四川云岭的老职工，不少人在家门口点燃一炷香，默默地祈祷他们的老院长一路走好；新基地刚竣工的工人新村里，突然有人失声痛哭，那是运输处驾驶员李又成的爱人，因为她听说去世的这位院长就是大年初一冒着风雪，来到家里看望她这个瘫痪在床的职工家属，为他们解决住房的那个人时，她禁不住号啕大哭起来："这样的好人，为什么这样就走了呢？……"

庞大山和他的战友们，用他们那深沉的情感和炽热的生命之火，点燃了中国三线建设不灭的火炬，燃烧在西南的山谷，照亮了云岭的夜空，温暖着所有与他相识相处的战友、同志、亲人和朋友。

有的人活着，其实已经死了；有的人死了，其实他还活着。

他不愧是人们所赞誉和景仰的——三线之魂！他和他的战友们，用青春、热血，乃至生命，迎着从太平洋彼岸和西伯利亚刮来的猛烈风暴，托起的是共和国巍然屹立的三线伟业！

遵照庞大山生前的遗愿，人们将他安葬在了云岭的烈士陵园里，安葬在这几年来牺牲在这里的战友们中间——坟堆渐渐垒高，梁司令员和他带来的警卫员，按照战争年代掩埋牺牲战友的礼仪，拔枪对空射出一串子弹，为这位从枪林弹雨中一路走来的老战士送行，祈愿他在这巍然的青山中永远安息！

这里，虽说人迹罕至，偏僻冷寂，但云遮雾罩，绿树成荫，居高临下，环境优雅，朝可见旭日初升，暮可闻鸟雀啼鸣，不失为一个逝者长眠的风水之地。

庞大山同志的英名，将永远镌刻在云岭这千山万壑之中！

8. 热烈而庄严的时刻

一群野鸽披着霞光，掠过基地上空，远远飞去，只在山谷间留下一团小小的黑点。

天气晴好。胡红英带着儿子和女儿爬上云岭烈士陵园，祭奠自己的亲人。今天他们来到这里，是专门来告诉自己的丈夫和父亲：三年多来，在他和战友们日夜奋战下，0658基地经过的艰苦建设，已经圆满通过了上级军工部门的验收，马上就要举行竣工典礼了。

此时的庞大山已经完成了党和人民交给他的任务，完成了他人生中最后的使命，静静地长眠在了这里——倘若他九泉之下有知，该感到欣慰和无憾了。

胡红英在坟前点燃两炷香，女儿给父亲倒了一碗酒，儿子给父亲点燃一支烟。然后他们默默地立在墓碑前，无声地缅怀着与他们阴阳相隔的亲人，与亲人进行着心灵的交流。

站在云岭高处，举目远眺，在山坳里和溪水边，一座靠山、隐蔽、分散、钻洞的现代科研生产基地已横空出世：一栋栋高楼和厂房星罗棋布地矗立在山间；高楼和厂房中间是林荫道和花团草地；一条宽阔的公路蜿蜒着连接着山外的世界；密如蛛网的电缆给基地送来动能与光明；半山腰上的"天师洞"已辟成了生产车间；基地内外的荒地上已是一片葱茏；就连附近的云雾村，已结束了千年以来照桐油灯的历史，还破天荒地用上了电动打米机和抽水机。

此时，基地空旷的广场上，彩旗飞飘，彩门屹立。太阳渐渐露出山岚，人们排着整齐的队列，正从四面八方往广场上聚集。

"走，我们下山吧。"山下的大喇叭响起后，又传来一阵热烈的锣鼓声和鞭炮声。胡红英轻轻地摩挲着墓碑，喃喃地对丈夫说了几句话。尔后，孩子们给父亲磕了几个头，在袅袅升起的青烟中，他们依依不舍地离开了墓地，赶紧往山下走去。

刘知问书记昨天就给胡红英讲过了，在竣工典礼上，要她代表职工家属和烈士家属讲几句话。

广场上，已是歌的海洋、花的海洋、欢乐的海洋——是啊，1000多个披星戴月的日夜，三年多艰辛备尝的付出，终于有了眼前丰硕的回报。聚集在这里的人们，带着难以抑制的兴奋和喜悦，列队站在台下。

主席台上，悬挂着"庆祝0658基地竣工典礼"的横幅。主席台正中，挂着毛主席的巨幅画像；主席台两侧，是两副大红的对联。上联是：为有牺牲多壮志；下联是：敢教日月换新天。主席台上就座的有国防科工委、三线建设办公室、成都军区和省市领导，以及基地领导和职工代表。

"全体起立！"刘知问主持今天的大会，他穿着一件发白的旧军装，戴着一顶旧军帽，以军人的姿态走到麦克风前，大声宣布道，"进行大会第一项：唱《没有共产党就没有新中国》！"

人们随着大喇叭里播放的乐曲唱了起来。

歌毕。

刘知问接着宣布道："为在 0658 基地建设中牺牲的同志默哀！"

人们自觉地转身对着山上的烈士陵园——默哀。

默哀毕。

国防科工委尤副主任走近麦克风，铿锵有力地宣读完国防科工委对三线建设办公室《关于基地竣工验收报告的批复》。

接着，刘知问宣读了上级机关、兄弟单位和部队的贺信贺电。

欢快的锣鼓响起，喧天的鞭炮炸响，热烈的掌声不息，孩子们放飞手中的气球，一群群鸽子飞上云空，现场欢乐的声浪在山谷中久久回响。

"同志们、战友们：今天我们聚集在这里，隆重举行 0658 基地竣工验收典礼。这是我国军工史上的一件大事，也是中国大三线建设中一个精彩篇章！"国务院三线建设办公室王庆东副主任代表领导机关致贺词，他说，"此时此刻，我深情地怀念着为基地建设长眠在这里的战友，特别怀念为基地建设付出自己全部精力和心血，乃至生命的庞大山同志！……"

"三年前，我曾来过这里，这里还是一片荒山野岭。当时我曾经讲过，我们要用自己的双手，在这里建设出一个全新的国防科研生产基地来！三年多来，你们用自己的智慧和汗水，青春和热血，在这里开山劈岭、艰苦创业；在这里改天换地，建功立业。在建设过程中，克服了种种难以想象的困难，经历了各种惊心动魄的考验，今天终于向党和人民交出了一个圆满的答卷！我代表三线建设办公室，向你们表示崇高的敬意！"

王副主任停了停，接着讲道：

"今天我们虽然交出了这份圆满的答卷，但这只是万里长征走完了第一步。党中央和国务院还要求你们：除了将这里建设成为现代化的科研和生产基地外，还要把这里建设成一个功能齐全、美丽可爱的小城镇！今天，我们竣工验收了，依然要发扬只争朝夕的精神，尽快投入正常的科研生产，早日为部队提供高质量的装备和产品，为国防建设和国民经济做出更大的贡献！……"

王副主任的讲话赢来阵阵掌声。

"下面，我们欢迎庞大山院长的爱人——胡红英同志代表职工家属和烈士家属讲话！"

会场上顿时鸦雀无声，几千双眼睛都向主席台上投去。

"同志们，兄弟姐妹们：我是庞大山的遗孀胡红英。在今天这欢乐而庄严的时刻，我是带着欣慰和遗憾的心情，来参加基地竣工典礼的。我感到欣慰的是，我们的基地经过艰苦卓绝的建设，现在终于圆满地通过了国家的验收；感到遗憾的是，我丈夫大山同志没能亲眼看到这盛大而庄严的时刻……"

胡红英讲着讲着，眼睛潮湿起来。停了停，她擦了擦眼睛，接着讲道：

"我记得，大山同志从东北来三线前，曾给我讲过：他这辈子是个福将，两次爬过雪山，两次走过草地，经历过大小200多次战斗，身上挨过敌人七八回子弹和弹片，但都没有去见马克思。现在年纪大了，这回到西南去参加三线建设，恐怕是完成组织上交给他的最后一次任务了——没想到的是，他竟然一语成谶！他没有牺牲在枪林弹雨的战场上，却长眠在了和平年代的建设中！临终前他告诉我：几十年来，那么多的战友都早早地走了，他幸运地看到了新中国成立，还参加了史无前例的大三线建设，他死而无憾……"

会场上静悄悄的，仿佛连人们的呼吸都能听见。

"大山同志生前说，他这辈子最大的遗憾就是，自15岁从老家出来后，再没回过家乡；他生前最崇尚的是古人那'人生自古谁无死，留取丹心照汗青''青山处处埋忠骨，何必马革裹尸还'这两句话——而今，他回到了自己的老家四川，长眠在了他参与建设的三线基地，这应该了却了他的部分心愿……而今，大山同志走了，我们娘儿仨决定，留在这里就不走了！一来好陪伴他；二来将来孩子长大后，让他们继承父亲未竟的事业！以后我死了，请求组织，也把我埋在这云岭山中……"

在台下雷鸣般的掌声中，有的人禁不住抹起眼泪来。

苍山依在，溪水长流。

0658基地竣工验收后，科研生产迅速走上正轨。仅仅半年之后，他们的几个科研项目就取得阶段性的成果，他们生产的军品就开始源源不断地运出深山，开始列装部队。

当年秋天，马名翰、吕振华、李保华和郑之光他们总体实验室承担的强激光项目，汲取了章寒冰教授的部分研究成果，项目取得重大突破。接着，他们在四川阿坝和西北酒泉，连续进行了多次野外试验，取得了第二阶段的试验成果，距离实战应用，应该只有一步之遥了——这个项目，打破了国外对我国的封锁，填补了我国军用激光的空白，在全国科学大会上，受到国务院和中央军委的奖励和表彰。

紧接着，0658基地的激光材料、激光测距、激光发射、激光制导、激光雷达、光电干扰、光电对抗、激光雕刻、远程无线传输、远程卫星接收等项目，先后由国家批准立项。到改革开放和新世纪以后，这个基地更是成为国际知名、国内一流的军工光电研究单位。

9. 久别重逢的苦涩

一架波音737客机带着巨大的轰鸣，降落在成都双流机场。

俄顷，从机场里走出来一个金发碧眼的中年妇女，她的身后是一个混血模样的姑娘。她们带着长途旅行的疲惫，一走出候机大厅，就急切地四处张望着，仿佛在寻找着什么。周围的旅客看见这两个外国女客，都纷纷投去惊讶的目光。

封闭了几十年的中国内陆成都，能看见外国人，特别是外国的女人，人们自然都感到新鲜和稀奇。

"您是……希琳娜女士吧？"刘知问走上前去，礼貌地用英语问道。

"您是？……"那位被叫作"希琳娜"的女士看了刘知问一眼，点了点头。

"我是马名翰的同事，我叫刘知问。"刘知问上前接过希琳娜手中的旅行箱，指了指吕振华和吕家骢，"这个是马总的学生，叫吕振华；这个小伙子叫吕家骢，是他的儿子。我们受马总委托，是专门来接你们的。"

吕家骢懂事地上前，礼貌地向希琳娜母女送上手中的花束。

"他怎么没来呢？"希琳娜接过鲜花，依然四处张望着，惊讶地问道。

"怎么，他没写信告诉你们么？"刘知问一下有点不知所措，他支吾道，"他受了点伤，行动有点不太方便，特地委托我们来接你们。"

"什么，他受伤了？他伤到了什么地方？"站在希琳娜旁边的那位姑娘一听此话，就着急起来，急忙问道，"他伤得严重吗？"

"哦，如果我没猜错的话，"刘知问岔开话头，"你是马名翰的女儿——马燕翎！"

那姑娘点点头。

"哎，小马姑娘都长成大人了，马总见到你，不知该有多高兴哪！"刘知问说，"你爸爸在县城等着你们，我们快上车吧。"

希琳娜和马燕翎犹豫了一下，疑惑地跟着刘知问和吕振华，怅然若失地走出机场，上了来接她们的车。

吕家骢今天不上学，跟着爸爸来机场接马爷爷的夫人和女儿，他还是在沈阳时见过外国人，但那是俄罗斯人，而今天对两个从美国来的人难免感到新奇。在车上，他不由得把她们看了好几回，看得年轻的马燕翎都有些不好意思来。

汽车载着几个人，径直朝望远县开去。

时值初秋，车窗外依然蓬勃的景物，不断在眼前闪过。刘知问望着窗外，从倒车镜里又看了看希琳娜母女，不禁心生感慨——啊，这时光真像一个叫人难以捉摸的魔术师，不知什么时候会变幻出何种花样来；世事沧桑，有的事情真是出乎人的意料啊！

这两年，中国这块土地上的变迁，有点令人猝不及防。尽管"文革"还未结束，但中央已在强调"安定团结"，强调"抓革命促生产"，一大批干部被解放出来，社会上的武斗已逐渐平息下来，三线建设更是在争分夺秒地进行。

纵观世界局势的变化，也令人目不暇接变幻莫测。自苏美"古巴导弹危机"发生后，两国冷战逐步升级，相互磨刀擦枪虎视眈眈。从某种意义上来说，这种冷战有时比热战更令人提心吊胆。在这样的情形下，美国被迫调整国家战略，主动向中国伸出了橄榄枝，暂时放弃了敌对中国的政策。1972 年 2 月 21 日，美国总统尼克松访华，打破了东西两个大国长达 20 多年老死不相往来的藩篱。如此一来，两国的关系才有些松动下来。

在这样大的政治背景下，马名翰夫人希琳娜到中国探望丈夫的申请，在中美友好团体的奔走呼吁下，据说还通过华侨领袖廖承志从中斡旋，希琳娜和她女儿才得以批准来华探望自己的亲人。

妻子二十年没见到自己的丈夫，女儿二十年没见到自己的父亲，这是一段多么漫长难熬的岁月啊——而今，她们来了，终于踏上了中国的土地，终于就要见到自己的亲人啦！

但当她们来到中国，下了飞机，却没有见到马名翰来接他们，而且还听说马名翰受伤行动不便，这未免让她们心生疑窦，忐忑不安起来。

这到底是怎么回事呢？

"希琳娜！"汽车径直驶向望远县招待所，希琳娜刚一下车，突然听见一个熟悉的声音在呼叫着她。她定睛一看，一座古色古香的大门口，一张轮椅上坐着一位戴着眼镜、鬓边已经斑白的人——啊，这就是她这些年来朝思暮盼的丈夫——马名翰！

马名翰见到妻子，激动地想从轮椅上站起来，可他身子还没伸直，一下又跌坐在了轮椅上，旁边的服务员赶紧扶住了他。

"名翰！"希琳娜叫了一声，泪水一下就铺满了她的脸庞，她扔了手包，跌跌绊绊就冲了过去，一把就抱住丈夫，在他脸上亲吻起来！

望穿秋水，望洋兴叹！多少年的苦寒，多少夜的期盼，多少次的眺望，多少回的梦幻，无尽的思念，无限的凄楚，无尽的委屈，无限的辛酸，都在这一刻迸发出来，化作汹涌的泪水，从希琳娜的眼睛里奔涌出来，洒落在丈夫的肩膀上。

"希琳娜，别、别……"马名翰扶住希琳娜的肩膀，为她擦着脸上的泪水，仔细地打量着她，"这些年，让你们受苦了，实在对不起……"

"你、你老了……"希琳娜哽咽着说。

"你还好，一点没有老。"马名翰安慰着妻子，故作轻松地对她说道。

"都二十年了，我能不老吗！都快成老太太了。"

"不，你不老。"马名翰又为妻子擦了擦脸上的泪水，"在我眼里，你永远都是那么年轻漂亮。"

"来，小燕。"希琳娜擦了擦眼泪，回过头招呼着女儿道，"这就是你的父亲！快、快叫爸爸！"

"爸爸！"女儿愣愣地看着自己的爸爸，突然一下扑在了马名翰身上，也失声哭了起来。

"啊，我们的小燕子长大了，长成了一个大姑娘了。"马名翰抚摸着女儿的头发，"看见你们，我就放心了……"

"爸爸，您受伤了，伤得厉害吗？"

"嘻，不碍事，一点小伤，休养一段时间就好了。"马名翰依然故作轻松地对女儿说道。

"爸爸，你骗人！"马燕翎说着眼泪又涌了出来，"你都站不起来了，还说是小伤！……"

"我们都安排好了，你们一家人就住在这招待所。"刘知问迟疑了一下，上前打断马名翰一家人的话，"走吧，我们给嫂子和女儿接风的便餐，都准备好了。我知道，你们肯定有三天三夜都说不完的话，在这段团圆的日子里，再慢慢述说吧。"

希琳娜和马燕翎毕竟是外国人，不让她们住在基地，而把他们一家人安排住在县招待所里，这当然是外事部门从保密角度来考虑的。

夜，来临了。

今夜不错，天上那轮秋月好像有灵性似的，早早地就钻出了云层。淡淡的月光，洒在马名翰一家人身上。女儿马燕翎与爸爸讲了大半夜的话后，已经有些累了，回客房里休息去了，而马名翰与希琳娜还有着说不完的话。

"名翰，你从美国回来这些年，吃了这么多的苦，受了那么多的委屈，你真的一点不后悔吗？"阳台上有微凉的风吹来，希琳娜替丈夫披上外衣，认真地问道。

"说一点也不后悔，那是假的。"马名翰说，"要说后悔，我后悔当初不该……"

"不该什么？"希琳娜敏感地意识到了什么。

"当初……"马名翰犹豫了一下，"我不该和你结婚，让你和小燕跟着我受了这么多的苦……"

"你千万不要这么说！"希琳娜一下捂住马名翰的嘴，"这不能怪你，该怪我！结婚前你给我说过，你终究是要回国的；我也跟你说过，我愿意跟你来到中国的——可哪里知道，这无情的政治啊，会活生生给人间制造了这么多痛苦……"

"可归根结底，还得要怪我，是我自私了一点。"马名翰说，"这些年，我没尽到一个丈夫的义务，更没有尽到一个当父亲的责任。"

"是的，我也觉得你自私了一点，不过……"希琳娜停了停，嗔怪道，"作为你的妻子，我理解你对自己故乡的眷恋之情，对自己国家那片良苦的用心。"

"这些年，我虽说回国后受过一些挫折，但我从来没有后悔过。"马名翰说，"真正让我难过的是，我时常都在受着一个做丈夫和父亲良心的折磨啊！"

"唉——"希琳娜长长地叹了一口气。

"实话跟你说吧，前些年，我怕耽误了你的青春，影响小燕的成长，动了好多好多回心思……"马名翰停了一下，"但，我又很矛盾，怕伤害你，也伤害到我们的小燕……"

"名翰，你不该有这个念头。"希琳娜认真地说道，"我这次来，就是有一件事想告诉你：我爸爸早先的一个朋友，现在已是参议院的议员，根据你的情况，他答应帮忙，为你办理到美国去的签证。"

马名翰听了，半天沉默无语。

"名翰，你就答应跟我们到美国去吧。"希琳娜一把抓住丈夫的手，随即将头埋在了他的胸前，"这样一来，我们一家人就可以团聚了；二来那边医疗条件要好一些，也可以好好治治你的伤……"

马名翰沉吟了一下，轻轻地摇了摇头。

"名翰，我理解你，你难道不能理解一下我们母女俩吗？"希琳娜抬起头，脸上的泪珠，闪着晶莹的光泽，她简直在恳求自己的丈夫，"如果实在不行，你去治好伤后，还可以再回来呀！"

"希琳娜，我是不可能到美国去的。"马名翰轻轻拍了拍妻子的手背，"一来我深爱着自己的国家，实在故土难离；二来我所从事的科研项目正在关键时期，我不能一走了之呀；还有，像我这样从事军工科研的人员，没有几年的脱密期，是绝对不允许出国的——这，你要理解……"

希琳娜一听，愣了半天，她紧紧地抱住丈夫，头埋在丈夫怀里，无声地抽泣起来……

半个月后，希琳娜和马燕翎签证期到了，她们含着眼泪，依依不舍地告别了自己的亲人。马名翰与妻子、女儿此次一别，直到"文革"结束、中美建交之后，他们一家人才再次团圆。

当然，这是后话了。

第六章

物是人非

1. 儿子大了不由娘

一辆从望远县开出的长途公共汽车，行驶在云岭盘山公路上。

已是隆冬，路边的枫叶红了。一片片一簇簇红叶像绸缎一样，镶嵌在绿色的层林之中。远山之上，有皑皑的白雪装点着峰顶。云岭的冬季，还真是别有一番风情。吕家骢望着车窗外那些熟悉的山光水色，前不久读过的那唐代诗人孟郊的诗句，蓦然浮现在他眼前：

才见岭头晕似盖，已惊岩下雪如尘。

千峰笋石千株玉，万树松萝万朵云。

光阴荏苒。转眼吕家骢、吕家驹已经半年没见着父母、哥哥和兰馨老师、郑之光叔叔，以及他们儿时的同学和伙伴们了。

古人说：荣枯递转急如箭，天公岂有于公偏——屈指一算，家骏、家骢和家驹他们离开东北，随同父母来到这云岭山中，已是十多年了。当年还在流清鼻涕的黄毛小子们，而今一个个已长成了不折不扣的小伙子；当年那个脑后扎着蝴蝶结的李小薇，早已长成一个亭亭玉立的大姑娘；当年那个腼腆地躲在门口窥看家骢他们的刺梨儿，而今已是支撑起吕家门户的壮劳力了。

这些年，峡山还是那座峡山，云岭还是那个云岭；云溪河的水，还是那样潺潺地流着；雾溪河的雾，还是那样袅袅地飘着，而山外的世界，却发生了翻天覆地、跌宕起伏的变化！

1976 年，周恩来、毛泽东、朱德这三颗开国巨星先后陨落；继而，唐山发生了百年不遇的大地震，二十多万人在地震中罹难；紧接着，以华国锋为首的党中央粉碎了祸国殃民的"四人帮"，结束了长达十年的"文化大革命"；再后来，邓小平第三次复出，给党和国家带来新的转折新的希望；安徽小岗村二十一户农民盖着血手印的"生死状"，开启了农村"家庭联产承包责任制"的序章；党的十一届三中全会，已将全党工作重心从"以阶级斗争为纲"转到了经济建设上来，开始了全面改革开放、建设四个现代化的途程——时过境迁，物是人非，国家有幸，民族有幸，人民有幸！

此时，随着邓小平"世界大战暂时还打不起来，我们一定要争取几十年和平建设时期"的战略论断，国家三线建设基本停止，进入调整和改造新的时期。

这些年，吕振华家里的几个小子，以及李小薇他们在基地子弟学校初中毕业后，都相继离开云岭，上了望远县高中。高中毕业后，吕家骢考上了成都科技大学工商管理系，吕家驹考上了成都科技大学硅酸盐工程系，李小薇考上了四川大学历史系；而老大吕家骏自小读书就心不在焉，学习成绩平平，他高中只读了两年，早就潜入云岭山中，一心一意去干他从小就想干的行当去了。

而今，吕家驹和小薇还在读书，而吕家骢已大学毕业，分配在望远县财政局工作。马上就要过年了，单位提前放了假，吕家骢约上已放寒假的弟弟，一同回家去看望父母和哥哥，还有他们的老师和伙伴们。

"二哥，你看！"汽车驶过山谷，爬上山顶，转过一个大弯，弟弟吕家驹突然指着远山，惊喜地对哥哥叫了起来。

今日的阳光清纯而温柔，视野无比开阔。吕家骢举眼一看，只见遥远的一座山上，在葱茏的古木中，突然隐隐现出一座古建筑橙黄的屋脊，在万绿丛中犹如仙山琼阁，在阳光的映照下分外显眼。

"哦，那是原先已经坍塌的一座寺庙，叫'常隐寺'。"吕家骢淡淡地对家驹说道，"听民宗局的人说，目前国家正拨钱在进行抢救性维修呢。"

"这次回家后，我们一起去看看吧。"吕家驹说。

"还没维修好，现在去还早了点。"吕家骢说，"估计明年应该差不多了吧。"

"二哥，"家驹又回过头来问道，"你说，大哥去的那个叫作什么'启源观'的庙子，到底在这大山哪个深处呀？"

"哎呀，家驹，亏你还是个大学生！这'观'和'庙'是两个不同的场所，怎么能扯在一起呢！'观'是道教场所；而'庙'是佛教所在地。"吕家骢认真地对弟弟说道，"你说的那个'启源观'，我也不知道在哪里，据说离我们小时候去过的那个'开觉寺'还远呢！"

"这次回家，一定要找到那个'启源观'。"吕家驹说，"我们去找找大哥，都四年多没见到他了，还真想念他呢！"

"好吧，不过这事要跟爸妈说一下。"吕家骢点头应道，"还得问问吕大爷，大哥去的那道观到底在哪儿？另外，还得叫上刺梨儿，他对山里比我们熟悉。"

"好，那我们一言为定。"

汽车还在盘山公路上行驶着，路旁的景物渐次掠过。刚才吕家驹的话，一下也勾起了家骢对大哥的思念之情。

是呀，四年多没见到大哥家骏了，家骢也时常都在想念他。说起来，家骏铁了心要离家出走，要遁入空门去学武艺，不但爸妈没想到，就连从小和他朝夕相处的家骢也感到意外。家骢只知道，大哥从小对读书就不感兴趣，他崇拜的就是行走江湖的好汉，膜拜的是飞檐走壁的侠客，一门心思就是学好武艺，念念不忘的就是拳打脚踢。他不止一次跟两个弟弟讲，他这辈子一定要学到李元霸、展昭或黄飞虎那样的本事：拳打南山猛虎，脚踢北海蛟龙！

吕家骢想起，四年多前，家骏在县城看了电影《霍元甲》之后，他对读书更没有了心思。每当一谈起霍元甲高超的武功，谈起霍元甲拳打东洋西洋武士，便口沫飞溅亢奋不已；有时他又呆呆地望着云岭方向，半天沉默不语。如此，他高中厮混了两年之后，竟然连父母也没告知一声，只给两个弟弟讲了一下，卷起学校的铺盖卷，就一头钻进云岭山中，去寻找当年那个道源道长讲的什么"启源观"去了。

这一去，便如泥牛入海，音讯杳无。

吕家骏这一逆天的举动，气得父亲吕振华差点吐血，发誓要和这个忤逆的儿子一刀两断，从此不再认他这个混蛋；气得妈妈文秀流了两天眼泪，躺在床上两天没有吃饭——但俗话说得对：一娘生十子，十子不同娘。再说，儿大不由娘啊！

"这小子从小就桀骜不驯，无法无天，戳烂天都不补，就是一个来收账的主儿！"吕振华恨恨地骂了儿子两天后，对妻子文秀说道，"天要下雨，娘要嫁人——我们就当没生下这个孽种，随他去吧！"

"你说得倒好！他一个人钻进那深山老林去，吃什么，喝什么，穿什么，住什么？"文秀说着眼泪又流下来，"他万一找不到那庙子怎么办？万一遇到毒蛇猛兽怎么办？万一遇到坏人学坏了怎么办——亏你还是娃儿的亲生父亲！"

"他就是喂老虎也好，喂豹子也罢，饿死冻死，那是他自找的！"吕振华彻底愤怒了，对这个儿子彻底绝望了，"将来他是坐牢也好，挨枪子也罢，这种人都不值得同情和怜悯！"

"不行，我要上山去找他！"

"文秀呀，这邛崃山脉方圆几百公里，你到哪里去找他呀！"吕振华虽说余怒未休，但他宽慰着妻子，"再说，你就是找到他，他能跟你回家么！就是把他找回来，这小子肯定还会再跑！我早就看出来了，那小子要走那条路，是乌龟吃秤砣——铁了心了！"

"那你说怎么办吧？"

"听天由命吧。"吕振华说，"我们已经抚养他到 18 岁，已经尽到了当父母的责任和义务。18 岁了，他应该对自己的行为负责了！"

唉，一个家庭只要有一个这样叛逆的儿女，那真叫全家人都不省心，真叫一个家庭不得安宁啊！

但，而今吕家驹说要去找家骏，到哪里去找啊！

哥哥呀，你现在到底在哪儿呀？你还好吗？

汽车转过一个山坳，0658 基地那高高的科研大楼已经遥遥在望了——基地早已今非昔比，鸟枪换炮了。吕家骢望着那亮丽、恢宏、热闹的基地，心里有些激动起来。

此番回家，吕家骢有着一番与往常不同的心境。

哦，现在学校都放假了，那李小薇恐怕也回到云岭了吧？不知怎么的，一想到小薇，吕家骢心里就掠过一丝苦涩。

2. 冥冥中有神助一般

空山鸟鸣。

一走进那古木参天、藤萝缠绕的原始森林中，那清脆悦耳的鸟啼和虫鸣，仿佛都带着大自然的灵性。大自然造就了这里的生灵，这里的生灵也为大自然添增着绝妙的风景。

黎明时分，远山近岭披着霜雪，天色还在朦朦之中。道观外松林里升起的晨雾，从院墙上弥漫进来，似白色的轻纱在院坝里飘浮着。冷风飕飕，天寒地冻，而吕家骏只穿着一条单裤，一件褂子，腰缠一条麻带，脚蹬一双麻鞋，屈膝在寒风中站立着，犹如一截石桩，半天一动不动。

此时，他正在道源道长的指导下，苦练站桩功夫。

他的师兄灵机，则在殿堂里盘腿打坐凝神敛息，在练道家内功。

这里，就是始建于北宋年间（公元 960 年）的道观——启源观。

"启源观"位于崃山山脉主峰之侧，距"开觉寺"将近百里，嵌于两个峰峦之间。说它是一座道观，其实也不尽然。它是融儒、释、道三教为一体，集古朴、神奇、诡谲为一身的宗教场所，是蜀中不可多见的一座别样的道观。这里，古木葱茏，苍苔叠生；这里，野物出没，老径幽深，倘若有人至此，顿会发惊诧之感叹，顿生思古之幽情。道观虽然早已落寞，院坝上虽杂草逆生，建筑早已破败，但驻足观前，仿佛还能看见昔日这里鼎盛的香火，还能听见观内传来的阵阵鼓钹之声。

走进观门，眼前又是一番景象。

这座道观，前为主殿，中为经堂，后为墓室。主殿上有 5 龛 17 尊造像，主龛为"三清祖师""五岳五圣帝君"等；左龛为释迦牟尼、太上老君；右龛为孔子、孟子——儒、释、道三家祖师爷能济济一堂共参宇宙之奥妙，和衷共济携手普度众生，这在门派分明的宗教场中，倒是别出心裁的一大创造。这些造像，或坐或立，形态各异，工艺精湛，栩栩如生，"文革"中"破四旧"未能殃及这里，所以这些造像保存还算完好。

观内的几副楹联更是诡秘神奇世间罕见。

主殿左右两道大门上，各镌刻楹联一副。右观门上，一联曰"云朋观观观观观观了观"；一联曰"霞友朝朝朝朝朝朝了朝"；横联曰"杳杳仙源"。这副楹联，可谓是一大奇联，它根据汉字多音的特点，组成文理通顺，内含万千神妙的句子。儒、释、道各有其悟其解，但各宗各派谁也没有完全解透其中的玄机；宗教家、文学家、哲学家对此也各有其解其猜，但各家谁也没有完全道明其中的玄妙。倘若有人至此，则可细细品味其中之奥秘，尽可展开您想象和思维的翅膀，自由自在地在这几十个方块字组成的神妙天地里翱翔。

吕家骏来到这里已是四年多了。

大凡世间之事，或许都是因缘所定，都有说不清道不明的缘分牵连。那年仲秋，吕家骏孤身一人，历尽千辛万苦钻进大山之中，经过种种磋磨来到这里，被道源道长收为弟子，可算是一个小小的奇迹，冥冥之中更似有神助一般。

四年多前，吕家骏离开学校时，只是悄悄给两个弟弟透了个信，说他要到山里去寻找当年那位道源道长所说的"启源观"，要到那里去拜师学艺。两个弟弟竭力劝他回家跟父母讲讲，而吕家骏自来做事都是特立独行我行我素，他铁了心想做的事，就是十头牛也拉不回来。两个弟弟的话，他哪里听得进去！他一个人背着铺盖卷，腰上别了一把柴刀，一把匕首，兜里揣着一个指南针，带了几天干粮，一路向人打听着，就朝那看不见摸不着的"启源观"走去。

"启源观"到底在哪里，解放后山外的人再没人到那里去过。家骏遍访了十几个山下的老人，但他们也只能给他指了一个大概的方向。吕家骏心一横，牙一咬，手握柴刀，从山下寻着一条模糊可见的古径，不管山高路险，也不顾蛇蝎出没，就往山里钻去。在遮天蔽日的原始森林中，他逢山开路，遇水涉洄，风餐露宿，艰难前行。饿了，就啃两块干粮；渴了，就喝山涧里的泉水；冷了，就将铺盖披在身上；累了，就寻山洞或大树歇息。

就这样，他在大山里转悠了三四天，也没找到那个叫"启源观"的道观。在寻觅的过程中，他倒见过四五个寺庙、道观、土地庙和尼姑庵的遗址。但那些古庙、老观、旧庵全都荒废破败，甚至倒塌了，里面早就没有人居留，所见的只是残垣瓦砾、荒草丛生、野树疯长——但由此可见，以往人们口口相传，以及古籍所载，2000多年以来，及至唐宋明清之时，这里确是一座名不虚传的仙山，此山仙佛同源、庙观棋布并非谬传。

山中荒无人烟，且鸟兽蛇虫出没。吕家骏在山中转悠的这几天，他也曾遇见过大熊猫、小熊猫、牛羚、金丝猴、小灵猫、猕猴、獐子等野物；还见过我国特有的斑背噪鹛、蓝喉太阳鸟等。但他所见的这些野物，好像也通人性似的，并不主动对人发起攻击；有的竟然并不跑远，还睁着两只活泼的眼睛，惊讶地望着他这不速之客。

到了第五天，就在吕家骏干粮即将告罄之时，走投无路之际，他穿过一片黑森森的松林，竟然看见了一座倒塌的牌坊、几个残破的石像。循着一条石径，他咬牙坚持向前走去，竟然看见山坡上有人开垦出来的一片田土，田土里竟然还种着蔬菜和庄稼！

啊，终于找到了！在那斑驳残破的观门上，吕家骏一眼就看见有三个石刻的字痕——启源观！

这"启源观"里，果然住着当年他在"开觉寺"见到过的那个道源道长，还有他那个叫灵机的徒弟！道源道长依然道骨仙风、长髯拂胸；那个叫灵机的徒弟，此时脚虽还微跛，但已长成了一个壮汉。

吕家骏激动万分，欣喜若狂，当灵机给他打开观门，他冲着他点了一下头后，一头就冲进观里，见着道源道长纳头便拜！

"道长，我终于找到你们了！"

"施主从何处来？"道源道长正半闭着眼睛，坐在大殿的蒲团上打坐，他微微睁开眼睛，瞟了身下的吕家骏一眼，轻声问道。

"我从山下来，已经找了你们五天了！"吕家骏抬头说道。

"这与世隔绝之处，你到这里来干什么呀？"道长又问。

"我到这里来拜师学艺。"

"我这里不收徒弟。"道长淡淡地说道，"请回吧。"

"灵机不就是您的徒弟么！"吕家骏一听有些急了，他连忙说道，"我叫吕家骏，当年在'开觉寺'见过您，您还送过我几句话的呀！"

"既然已经送过你几句话，那你该知足了。"道长睁开眼睛，慢慢地立起身来，对一旁的徒弟灵机说道，"给他几个红苔和几块麦饼，指引他下山吧。"说完，他缓缓地向后堂走去。

"道长！"吕家骏跪着向前挪了几步，一下抓住道长的道袍，"道长，我历尽千辛万苦才找到这里，您不能就这样把我打发走呀！"

"请回吧。"道长依然没有理会吕家骏，走到神龛旁边，他又回过头来，依然淡淡地说道，"你尘缘未了，二十年后再来吧。"说完，他飘然向后面走去。走进居室，他轻轻关上房门，再不理会还在神龛前跪着的吕家骏。

"师傅说了，请回吧。"不一阵，灵机从厨房拿出一包干粮，放在吕家骏旁边，

"我带你下山。"

吕家骏只是直直地跪着，并不理会灵机的话，放在他旁边的干粮，他连看也没看一眼。灵机见状，轻轻叹了口气，转身走了。

天色渐黑，山野里起风了，观外的松林发出一阵阵涛声。道源道长和灵机在经房里打坐练功，依然不理会跪在神龛前的家骏。

吕家骏的犟脾气上来了，尽管他已饿得前胸贴着后背，渴得嘴唇已经干裂起泡，但他依然跪在大殿的神龛前，一动也不动。看他那副模样和那个劲头，似乎执拗地在告诉这里的主人，若不收留了他，他就会这样跪到天黑，跪到天明，甚至跪上三天三夜！

夜来无话，黑咕隆咚的大殿里只有吕家骏孤独一人。

不知过了多久，天边渐渐现出一丝晨曦，院外有早醒的野鸡咕咕叫着，也有晨醒的画眉叽喳地唱鸣起来。

"起来吧。"朦胧的晨光中，道源道长与徒弟灵机起了床，准备做早课了。来到殿堂，见吕家骏还在那里跪着。外面有瑟瑟的风吹来，但见放在吕家骏旁边的干粮动也没动，连身边的铺盖卷也没打开。道长见此情形，他走到吕家骏前面，轻轻对他说道。

不知怎么的，道源道长这话音一落，吕家骏噗地就倒了下去——几天来跋山涉水的饥渴，几天几夜密林中的惊魂，整整一天一夜的直跪，他已疲惫到了极限，一倒在地上，就呼呼大睡起来……

直到第二天傍晚，吕家骏这才醒了过来。醒来，他发现自己睡在灵机的铺上。睁开眼，见灵机正端着一碗稀粥，坐在他的床前，道源道长站在旁边。见吕家骏醒了过来，道源抚了抚长须，轻轻吐了口气，对他说道："既然你已铁了心，那就留下来吧。"

吕家骏一听道长此话，顿时睡意全无，他一翻身就从床上爬了起来，趴在地上就给道长磕了几个头。

"但，国有国法，家有家规，你要留在这里，须守初真真戒。"道源道长坐了下来，看着跪在地上的吕家骏说道，"你能做到么？"

"道长请讲。"吕家骏规规矩矩地问。

"一、不得杀生；二、不得荤酒；三、不得口是心非；四、不得偷盗；五、不得邪淫。"道源道长说，"你听明白了吗？"

"听明白了。"

"天地与我同根，万物与我同体。"道源道长又缓缓地说道，"天地无人则不立，人无天地则不生——我观你尘缘未了，野性未泯，本不想留你；见你学艺心诚，你我前世缘分未尽，那就留下来，好好修行吧。"

"谢谢道长！"吕家骏又恭恭敬敬地给道源道长磕了几个头。

3. 千万不能去冒险

吕家骢和吕家驹回到家中，已快中午了。

吕振华和文秀半年没见到两个儿子了，知道儿子要回来，喜不自禁。早晨一起来，她就忙着买菜做饭，准备了一桌丰盛的酒席，请来郑之光、兰馨和李保华一家人，在他家里一聚。

"怎么没见着马爷爷呢？"吕家骢见到兰老师和小薇他们，感到十分亲切。眼看该来的都来了，唯独不见马名翰爷爷，他有些奇怪。

"你还不知道呀？"文秀说，"他夫人和女儿马燕翎，今年秋天已经到中国来了呀！你马爷爷年纪大了，腿脚也不方便，组织上照顾他，调他回上海老家去了。"

"哦，中美建交了，马燕翎她们可以到中国来了。"吕家骢有些感慨地说，"马爷爷辛苦了一辈子，一家人分离了几十年。这下好了，他们一家人终于团圆了。"

"这还要感谢邓小平，感谢他改革开放的政策啊！"文秀说着转过话头，"恐怕你们还不知道吧？而今你郑叔叔已经是院里的副院长，兰老师已是子弟校的校长啦！"

"恭喜郑叔叔和兰老师。"吕家骢由衷地说。

"这要感谢现在党的干部政策。"李保华在一旁插话道,"现在使用干部讲的是'四化'标准——你郑叔叔和兰老师呀,正符合'革命化、年轻化、专业化、知识化'那几个标准。"

"保华老师,谬赞谬赞。"郑之光笑了笑,转过身来问吕家骢,"哦,我想起来了,你是学经济管理的,干脆回云岭来工作吧。"

"嘿,人家家骢是学工商管理的,分配在地方政府部门工作也不错呀!"兰馨说,"还回来干什么!"

"经济管理和工商管理,两个专业性质也差不多嘛!"郑之光说,"现在搞社会主义市场经济,我们研究院迟早也是要进入市场的,将来他大有用武之地呀!"

"不,我看家骢在政府部门工作要好些。"兰馨说,"说不定,将来提拔他个什么局长县长的,对我们院里帮助还大些哩!"

"那,家驹以后毕业就回云岭来。"郑之光指着吕家驹说。

"家驹是学硅酸盐工程专业的,正是国家稀缺的人才。"兰馨说,"到时候,他才不可能分配到这山沟里来,说不定会在北京或成都高就呢!……"

李小薇静静地坐在旁边,只听其他人摆谈,没有吱声。她只是一会儿看看家骢,一会儿看看家驹,不知她在想些什么。

"算了,车到山前必有路,以后的事以后再说吧。"大家正谈得热闹时,主人吕振华拿出一瓶酒,打断了大家的话,"各就各位了!我们边喝边谈,好久没聚了,今天沾两个小子的光,大家就好好喝一杯!"

这几家人相处了这些年,就像一家人一样,大家无拘无束,谈笑风生。几个大人酒喝到兴头上,就政治时事、轶闻旧事、天南海北地高谈阔论起来。

"走,我们到刺梨儿家去。"吃过饭,吕家骢对家驹说道。

"小薇不是说到云溪河边去玩么?"吕家驹说。

"小薇呀,我们到吕大爷家去有点事。"吕家骢怀着复杂的心情,转身对小薇说,"对不起,明天我们再到河边去吧。"

"那好，你们去吧，我还有个同学等着我。"看样子，小薇有点失望。

"二哥呀，人家小薇邀约一起去玩，你怎么能扫她的兴呢？"走出门，吕家驹对哥哥说道。

"唉——"家骢轻轻地叹了口气，转而对家驹说道，"你不是说要到'启源观'去找大哥么？我们去问问吕大爷，这'启源观'到底在哪里呀？"

"哦，是这样。"吕家驹点点头，"那好吧。"

兄弟俩从家属区出来，径直朝云雾村走去。

而今的云雾村，也与先前大为不同。自农村实行"家庭联产承包责任制"以来，农民们有了自己承包的土地，也有了自主经营的权利，也不再担心有人来"割资本主义尾巴"，就像干柴遇上了烈火，生产积极性一下就迸发出来。走出家属区，尽管还是冬季，可举眼一看，那满坡的麦苗和油菜，绿油油铺满了田野；河边和冬水田里，成群的鹅鸭在水中嬉戏；走近农户，他们圈里养着肥猪，房前屋后种满蔬菜，院坝里跑着鸡群；云雾村里，不少农户已掀掉了房上的稻草，翻盖成了瓦房。

"家驹，看见眼前这一切，我倒产生一些联想。"走过石桥，家骢回头对弟弟说道，"我想起大学毕业论文答辩时，导师问我：什么是第一生产力？你猜，我是怎么回答他的？"

"这还不好回答！科学技术是第一生产力呗。"家驹说。

"不，我是这样回答他们的：政策是第一生产力。"

"什么，你这样的回答，大错特错！"

"不，当时我这样回答，导师们刚开始都有些诧异。"吕家骢有点自豪地说道，"可他们沉吟了一下，竟还表扬我的回答有一定的新意呢！"

"此话怎讲？"

"你想想，一个国家，一个民族，不管你拥有的科学技术再好，如果没有政策的支持，其实全是空话。"吕家骢说，"你看过《哥白尼》这本书吧？想想他对科学探索的结果，就明白这其中的道理了。"

"嗯，你这论点好像是有些新意。"吕家驹仔细想了想，点头应道，"二哥，没想到你还真能琢磨。"

"我最赞成'实践是检验真理的唯一标准'这个论断。"吕家骢说，"我刚才说的这个观点最有力的论据，就是党的农村政策刚一调整，马上就立竿见影，带来的就是翻天覆地的变化。前次我回来做过调研，这云雾村还是那些人，还是那些土地，但原来社员们大呼隆地搞生产，这地里长出来的庄稼，就像癞子头上的稀毛一样，亩产只有一两百斤；可政策一变，亩产就增至六七百斤，简直令人不可想象——你说，这政策不是第一生产力么！"

"对，二哥你喜欢动脑筋，想问题思路开阔，做事总是独辟蹊径，这点我要向你学习……"吕家驹说着，突然停住话头，惊讶地指着远处水田边一个正在放鹅的人影说道，"你看，那个人是谁呀？"

"嗯，我看那个人有点像是'真短命'！"吕家骢仔细看了看，回答说。

"这个'真短命'，他从牢里放出来了么？"

"前次回来，我听刺梨儿说，'文革'过后，他县里那什么姑爷在清理'三种人'时，已经落马了；这个'真短命'从劳改农场出来已经几年了，一直都在外边厮混。"吕家骢又仔细看了看，肯定地说道，"是他！而今他一定是在外面混不下去了，或许是老老实实回来种庄稼了吧？"

吕家骢两兄弟边说边走，慢慢走到了"真短命"前面。抬眼看去，那个先前背杆老套筒、屁股后头跟着几个浑小子、八面威风的治保主任贾长生不见了，取而代之的是一个腰身佝偻、头发灰白、眼珠浑浊、形象猥琐的小老头了。

"嘿、嘿嘿。"那贾长生正拿着一根竹竿，将一群白鹅往水田里赶去，看见吕家骢两兄弟，他愣了愣，一下就认出了他们来。一瞬间，他眼里闪过一道恶光，但随即看见站在他前面的是两个壮实的小伙子时，脸上竟又露出一丝诡谲而谄媚的笑来，"啊，这是吕家两位少爷吧，你们到村上转转哪？"

"贾大爷也亲自放鹅了呀？"吕家骢装着从前什么也没发生过一样，揶揄地说道。

"什么亲自呀，而今都是各家各户种庄稼了。"贾长生一边给两兄弟让道，一边谦卑地说道，"要想发家致富，什么事情都要亲自干才行哪！"

"看来，贾大爷出去学习了几年，觉悟提高了呀！"吕家骢边说边往前走去。

"而今改革开放，要解放思想，团结起来朝前看哪！"这贾长生，不愧当过几天村干部，又到"里面"去接受了几年教育，说出话来竟然一套一套的。

"但愿你像王氏庄园的地主一样，早点发大财呀！"

"不敢不敢，你们才是发大财的主儿哪！……"那贾长生吆喝着鹅群，往前面去了。

来到吕大爷家里，吕大爷家里已焕然一新：屋顶上，已不是黑黢黢的稻草，而盖着新瓦，连土墙也刷上了白灰；院坝里，一群鸡鸭嘎嘎地叫着；屋檐下，挂着一串串金黄的苞谷，还晾着一排新熏好的腊肉。

"哎呀，稀客稀客！"吕大爷见吕家骢两兄弟到来，赶紧让座，"你们不是说明天才过来么？"

"我们临时想起，想来问您老一点事。"

吕大娘见吕家骢弟兄坐下，连忙就到厨房煮了两碗开水蛋，热气腾腾地端了出来。

"吕大娘，您老怎么那么客气呀！我们又不是外人。"

"这是我们这里的规矩。"吕大娘说，"先前呀，实在太穷了，你们在我家那两年，真受了不少罪呀！"

"我刺梨儿兄弟呢？"家骢没见着吕家龙，问。

"他说明天你们要来，下河网鱼去了，说是好招待你们！"

"你们来，有什么事呀？"吕大爷一边卷着烟，一边问道。

"吕大爷，您老知道云岭山里那'启源观'么？"吕家骢放下开水碗，问。

"你们是要去找家骏么？"吕大爷很敏感，一听他们问到"启源观"，就连连摆手，"你们现在绝不能去。那地方我虽说从来没去过，但听人说过，那地方不但离这里还远，而且山高路险，与世隔绝，而且现在正是冬天，你们怎么能够去呀！"

吕家骢与家驹听了，对视了一眼，沉默不语。

"你们人生地不熟，而且现在又大雪封山。"吕大爷严肃地说道，"我听采药的汪幺爷说过，钻进那山里就像钻进了迷魂阵，根本找不到东南西北，你们千万不能冒这个险——你们就是要去，也只能等到明年开春以后，等山上的雪化了，有人带路，才能上山哪！"

正说着，吕家龙扛着渔网，提着两条鱼回来了。

4. 云溪河边的偶遇

"家驹，赶快起来吃饭！"

早晨，爸爸妈妈上班去了，吕家骢见家驹赖在床上不起来，他一下掀开他的被子："你不是答应今天和小薇去河边玩么！"

"哎呀，你一个人去吧。"吕家驹懵懵懂懂地又把被子盖上，依然赖在床上，"我好像是昨天受了点凉，今天头有点痛。"

家骢疑惑地看了家驹一眼，似乎明白了点什么，犹豫起来。其实，让他一个人去找小薇，他心里实在有点勉强。前不久，他听李小薇一个同学讲，说她在学校已和一个公安局长的公子在谈恋爱，甚至还说他们的关系发展得已非同一般了——既然人家已经在热恋中了，自己作为一个大小伙子，何必还要和她往来太密切，表现得那么亲昵呢！

吕家骢犹豫一阵，但昨天约她的话都说出去了，他只好怏怏地往李小薇家走去。

冬日里，云溪河的水失去了夏日的野性，像一个温顺柔曼的少女，在吕家骢和小薇脚下静静地流淌着；清澈的水面上，几只水葫芦停留在溪边，一群鱼儿在水里悠闲地游动着。

吕家骢和小薇漫步来到河边，在一块石头上坐了下来。这里的一山一水，都是那么的熟悉；这里的一草一木，都是那么的亲切。在这山水之间，留下过他们少年时代的足迹，荡漾过他们清脆的歌声；那美好的早晨和黄昏，更给他们留下纯真的记忆。

"家骢，你现在走上工作岗位了，和原来的学校生活有些不同吧？"两人在石头上坐着，呆呆望着溪水，久久没有说话。过了一阵，小薇终于抬起头来，开口问吕家骢。

"哦！"吕家骢从沉思中转过身来，"是啊，学校生活和社会生活大不相同。"

不知为什么，今天小薇突然叫他一声"家骢"，他真感到有点不适应。小时候，他们一起长大，一起上学放学，一起下河捉鱼，一起上坡采桑，一起完成家庭作业，真算得上是两小无猜、青梅竹马了。从小，她都跟着家驹亲热地叫他"二哥"，可今天她突然改口叫他的名字，他反而倒有些不习惯了。

奇怪，随着两人渐渐长大，这两年，他们见了面反倒有些不自然起来，有时甚至还无话可说了——是啊，小薇现在已完全长成一个大姑娘了，她高挑的身材，乌黑的头发，弯弯的眉毛，大大的眼睛，脑后依然扎着一束马尾巴，浑身上下都洋溢着青春的气息。在学校，她还算得上是一朵校花呢！

"你还习惯吧？"小薇又问。

"不太习惯，有时甚至还感到有点茫然。"吕家骢想了想，接着说道，"我们从小就生活在相对闭塞的山沟里，所见到的人和事相对要单纯一些，在学校受到的教育相对要正规一些，过去把社会想得相对简单了一点。"

"哎呀，你一口一个'相对'，像在做作业答题一样。"小薇笑了起来，"我看你这几年读书，读得简直有点迂了呀！"

"唉，恐怕是吧……"吕家骢轻轻叹了口气。

"是啊，从家庭走上学校，是人生的一大转折；从学校走上社会，又是人生一大转折。在这些人生的转折中，不能很好地适应它，你就会感到茫然，甚至失落呀。"小薇停了一下，接着说道，"不习惯也要强迫自己慢慢习惯，不说同流合污，但也不能特立独行呀！人类社会其实遵从的也是丛林的法则——适者生存呀！"

"嘿，士别三日，当刮目相看。没想到你到省城没两年，这观念转变得还挺快啊。"吕家骢说，"从去年到单位实习以来，我接触了社会上不少的人和事，的确感到有点失望，甚至有些失落。我有时也在想，自己是不是真的有点迂腐了，有点落伍了——但，叫我邯郸学步，削足适履，我又有点于心不甘。"

"我知道你的个性，你从来都有自己独立的主张。但目前社会正处在急遽变革的时期，你一个人格格不入，就会给自己带来莫名的烦恼，甚至找不着人生的方向，说不定就会处处碰钉子的呀！"

"正因为社会处于变革时期，这社会风气就与从前不太一样。心浮气躁、急功近利，也是这个时期的显著特征。"难怪，这小薇一进学校，就和一个局长的公子谈起恋爱来，她这是在走捷径呀！吕家骢拾起一块石子，往水里投去，惊得那群鱼儿赶紧潜入水中，"在我接触的人群中，有些人的思维和行为方式，表现出的就是成天幻想着一蹴而就的成功，做人做事讲求的是以最小的代价，获取最大的收益；他们所追求的，都是立竿见影、吹糠见米的效果。"

"其实，这样的想法也并无大错。在商品经济社会中，追求的就是以最小的代价，获取最大的收益呀——算了，我不跟你高谈阔论，替古人担忧了。"小薇笑了笑，突然脸红了一下，用有点神秘的口吻问吕家骢，"我想问你一件事。"

"什么事？"

"听人讲，你在追求余虹吧？"

"你听谁说的？"吕家骢脸上有点不自然起来。

"你别管是谁说的，有这个事吧？"

吕家骢低下头，没有吭声。

余虹是他高中的同学，人不但长得漂亮，气质高雅，学习成绩也很好，除了有点爱虚荣外，其他各方面都很优秀。她白皙的皮肤，卷曲的头发，笑起来脸上就是一对浅浅的酒窝，给人一种甜美的感觉。在高中读书期间，家骢确实对她很有好感，甚至还暗恋着她，时时想在她面前表现出自己的优点来，以博得她对他另眼相看——但，他从来没有对她表露过自己的心迹呀！

"听说毕业时，你还送过她两块晶莹的玉石呢！"

"嘻，哪是什么晶莹的玉石呀！"吕家骢笑了笑，"那是我爸爸在戈壁滩做试验，在那里捡回来的两块漂亮的石头。毕业时，同学们都在互赠礼物，我也只是留给她做个纪念。"

"礼轻情义重嘛……"小薇说这话时，语调有点酸酸的。

"什么礼轻情义重！我们只是同学之间的一般友谊罢了。"吕家骢话里有话地说，"人家眼光高着呢，眼睛是长在头顶上的，哪里看得上我们这种无权无钱的穷小子呀！"

"听说她现在毕业后，分配在望远县委办公室工作，离你工作的单位很近的呀！"小薇半开玩笑半认真地说，"有句话是怎么说的呢——哦，叫作近水楼台先得月。"

"扯淡，我和她是两股道上跑的车，不可能有什么故事。"吕家骢说完，不再吱声了。

"其实，我爸爸早就说过，你们家的三个小子都不简单。"小薇紧了紧围巾，接着说道，"他说你家老大胆大，老二机智，老三心细，将来都会有出息的。"

"那是你爸随便说的，不必当真。"吕家骢和小薇在一起，不知怎么的，那个什么局长公子的影子始终在他眼前晃荡。他静默了一阵，站了起来，"小薇，我们走吧，这里风太大了。"

"哎，你把我拉起来，我脚都坐麻了……"小薇坐在地上，向吕家骢伸出手来。

吕家骢望着小薇那只纤细白皙的手，犹豫了一下，抓住小薇的手，把她拉了起来。小薇那只手，细绵而温暖，家骢明显感到这只小手有点微微发颤。

"家骢，我这条围巾好看吗？"小薇含情脉脉地望着吕家骢，指着她脖子上那条花围巾。

"好看。"吕家骢避开小薇的目光，含混地应了一句。

小薇扭过头去，有点失望。

两人默默地从河边向公路上走去。天气很冷，公路上空荡荡的。突然，从公路上走过来一个面目陌生的汉子。这个人衣衫褴褛，面目黧黑，头上戴着一顶狗皮帽，背上背着一个马桶包，一边走一边四处张望着。看见吕家骢二人迎面走来，他打量了他们一下，走到吕家骢跟前，微微弯了弯腰，礼貌地问道："小兄弟，你是当地人吧？"

"哦，我是当地人。"吕家骢停住脚，看了来人一眼，见这人满脸疲惫、满身风尘，他问，"你有什么事吗？"

"我想跟你打听个人。"

"什么人哪？"吕家骢问。

"一个从成都来的老人，来这里参加劳动，已有十多年了。"

"从成都来，来了有十多年了？"吕家骢闻言不由一惊，又把来人看了一眼，那张黧黑的脸上眉宇之间，他突然感到似乎有几分熟悉，于是脱口道，"你，莫不是来找……"

"找我父亲。"

"你父亲叫什么名字呀？"

"他叫章寒冰，今年七十来岁。"那汉子说。

"章——寒冰，他是你父亲哪！"吕家骢一下惊呆了，难怪看此人如此面善，难道他就是章老师那个儿子，兰馨老师那个哥哥——章咏春么？

"怎么，你认识他？"那汉子激动地一把抓住吕家骢的手。

吕家骢愣了一下，脸上不由自主掠过一丝悲切，随即他扭过头去。

"他、他怎么啦？！"那汉子一看吕家骢那神情，仿佛意识到了什么，他着急地摇着吕家骢的手，提高声音问道。

"他、他……"吕家骢扭过头，支支吾吾半天没说出一句完整的话来。

"请你告诉我，我父亲到底怎么样了？"那汉子见吕家骢半天不愿说，转身问旁边的李小薇。

"我来得晚，具体情况不太清楚。"小薇摇了摇头。

"章老师他、他老人家，走了……"终于，吕家骢吞吞吐吐地对那问话的汉子说道，"如果我没猜错，你叫章咏春吧？……章老师，他老人家已经走了十年了……"

"什么，已经走了十年了……"那汉子一听此话，一下惊呆了。突然间，他脸上抽搐了一下，两道黑色的眼泪，倏地从他眼里涌了出来，冲刷着他那满脸的风尘。随即，他噗地一下跪在了路边，仰天悲切地大叫了一声："爸爸，我来迟了、来迟了呀！……"

5. 飘茵落溷绝非偶然

这些年，吕家骢在生活中尽管见过一些生离死别、久别重逢的人间悲喜事，但兰馨老师和她哥哥见面的情景，以及她哥哥谈起这些年来的遭遇，却深深震撼着他的心灵。

"哥哥——"当兰馨看见蓬头垢面、衣衫褴褛的哥哥出现在她面前时，她愣愣地看着他，半天不敢相认。随着她心酸地叫出一声"哥哥"后，眼泪唰地就流了下来，她一下扑上前去紧紧抱住哥哥，不断地捶打着他的后背，"这些年，你、你跑到哪里去了呀！怎么这么多年不来看爸爸，不来看我呀！……"

兰馨的哥哥没说话，只是呆呆地站立着，默默地流着泪，任随妹妹不断地捶打着他，埋怨着他。

泪，伤心的泪，凄楚的泪，委屈的泪，惊喜的泪，尽情地从这两兄妹的脸上流了下来，冲刷着他们这些年来心中的哀痛和思念。

"你知不知道，爸爸已经走了十年了呀……"过了许久，兰馨才止住哭泣声，对哥哥说道。

章咏春依然没有说话，只是默默地流泪。

"兰馨，哥哥从那么远的地方来，你让他先洗洗脸，歇一歇，坐下来慢慢再说吧。"郑之光轻轻地拍了拍兰馨的肩膀，从章咏春背上接过背包，扶着他在屋里坐了下来。

吕家骢和李小薇站在门口，看着眼前这个情形，也禁不住鼻头发酸，眼睛发潮。

"来，家骢、小薇，"郑之光招呼道，"你们也进来坐坐吧，屋里暖和一些。"

"哥哥，这些年你跑到哪里去了？"过了许久，兰馨接过郑之光递给她的毛巾，擦了擦眼泪，她的情绪才渐渐平静了一些，"爸爸临走前，再三嘱咐我要把你找回来。可这些年，我和之光千辛万苦到了凉山，到那个叫什么呷依寨去找过你两回，可那里的人都说你已失踪多年了……这么多年，你、你到底跑到哪里去了呀！"

"唉，一言难尽哪！……"章咏春接过郑之光递给他的热毛巾，擦了一把脸，将头深深地埋了下去，接着长长地叹了口气。随即他掏出一支烟，点燃后狠狠吸了几口。在缭绕的烟雾中，他声音低沉地讲起他这些年的遭遇来：

原来，自从那年他初中毕业，响应政府号召，去了凉山越西县一个边远的彝族山寨落户后，他就几乎与家人失掉了联系。那里，山高路险，跟外界几乎隔绝，一年有四个月都是大雪封山，进山出山都要走上几天。在那些艰难的日子里，又苦又累、孤独寂寞倒还罢了，最叫人难熬的就是特别想家，想念亲人。

章咏春作为家里的长子，他特别担心的是下放到云岭山区劳动改造、年老体衰的父亲；也担心年幼无依，还在读书的妹妹，所以在那穷山恶水中，他如同一个牢笼里的囚徒，度日如年，艰难地熬着那难熬的时光。

与章咏春一起来到呷依寨的，还有一个女知青，叫谭小丽。她家庭出身也不好，父亲曾在国民党军队里当过军官。她同章咏春一起来到边远的大山后，两人朝夕相处，惺惺相惜，在孤立无援、孤独无依的境地中，两人同病相怜，只能互相照顾，相依相伴。

不久，两个苦命的年轻人相爱了。

好不容易，他们在山里熬过两年后，章咏春和谭小丽实在太想家，太想家里的亲人了，加上这年春荒，眼看两人的粮食就要告罄，到了实在熬不下去时，于是他们商量下山回家看看。一个雪雨飘飞的日子里，他们准备了几天干粮，连队里的人也没讲一声，便悄悄下山了。在山里整整走了三天后，他们才走到火车站。身上没有车票钱，他们就一截截地爬货车，历尽千辛万苦才回到成都。

没想到，回到成都后，与谭小丽相依为命的父亲已经去世了，房子也被居委会收回去了。而章咏春的父亲和妹妹离开成都后，他们原先在学校住的房子，已被学校革委会分给其他人了。两人无路可走，在同学家住了一晚后，再无处可去。第二天他们商量，决定铤而走险，不再回到凉山，像章咏春另外一个同学一样：跑新疆！

在那动乱的年月里，社会上流传着一句俚语，叫作"整烂就整烂，整烂就往新疆搬！"那意思就是说，新疆那地方，地处边疆，地广人稀，山高皇帝远，政府根本管控不过来。所以，那时无论是四川还是河南、湖北或是湖南的人们，实在走投无路了，都会"流窜"到新疆去寻找一线生路。

章咏春和谭小丽两个孤独无依的年轻人，在同学那里借了几块钱，从成都出发，一路爬货车、搭便车，甚至步行沿途乞讨，晓行夜宿，流离颠沛，经过半个多月的长途跋涉，终于来到新疆阿克苏的一个煤矿里。可到了那里，才知道章咏春的那个同学早已离开那里，不知去向。煤矿里的人一看他们的装束，就知道是从外地逃难来的，出于同情也好，还是另有所图也罢，就把他们收留下来——因为这样的劳力，是最廉价最能吃苦的。

走投无路，为了生存，他们就在煤矿里留了下来。章咏春下井挖煤，谭小丽给矿工们煮饭。

未曾想，他们在这里待了不到两个月，厄运再次降临到了他们头上！那天，章咏春上夜班回到窝棚时，见谭小丽披头散发、满身伤痕，拿根绳子正欲上吊——原来，煤矿里一个叫金升球的矿长，趁章咏春下井之机，钻进窝棚强奸了谭小丽！

章咏春闻言怒不可遏，他提着铁锹，就去找那个姓金的算账。见到那个姓金的后，他二话不说，抡起铁锹就朝他头上砍去！不是旁边的人死死将他拉住，当即就差点将那姓金的脑袋劈成两半！人虽没砍死，但那姓金的头皮被砍掉一大块，耳朵被削去一只，头上缝了整整 30 多针！

当天晚上，就在章咏春和谭小丽张皇逃跑时，在人迹罕至的荒原上，被煤矿派来的人追上，把他们捆送了县城公安局。公安局的人草草将案情审理后，把谭小丽当成"盲流"押送回川，而法院以"致人重伤罪"将章咏春判刑 15 年，押送伊犁劳改农场劳改。而那个强奸犯金升球，不知使了什么法术和神通，公安局居然以"强奸证据不足"不予追究！真乃：

> 铁链长年一足拖，道行不得也哥哥。
>
> 无端获罪撄缧绁，都为能言受网罗。
>
> 腋下风生云路远，腹中冤积泪痕多。
>
> 流离琐尾将谁诉，只可朝朝唤奈何。
>
> ……

在伊犁劳改农场，章咏春时常记起古人写的这首《流离鸟》的诗来——这首凄楚的诗里描绘的情形，就是他在残酷的现实面前真实写照啊！在那遥远寒冷的边疆，在那些泣血泣泪的日子里，他给父亲和妹妹，以及谭小丽写了无数封信，可这些信都如泥牛入海。直到粉碎"四人帮"后，在章咏春无数次的申诉下，才被法院减刑四年，提前释放。可他辗转回到成都后，遍地寻找谭小丽找不到；四处打听父亲和妹妹也没有确切的音讯，于是才按照当年父亲被押走时讲的地方，一路跌跌绊绊地找到了这云岭山中……

"哥哥，这些年你吃的苦，实在太多太多了呀！……"章咏春讲完他这些年来的遭遇后，兰馨忍不住眼泪又流了出来，"爸爸临走时，他最担心、最担心的就是你呀！"

"不管怎样，现在哥哥终于活着从新疆回来了，这也是不幸之中的万幸啊！"郑之光安慰兰馨两兄妹说："他大难不死，你们劫后重逢，也算是上苍对你两兄妹的眷顾了。"

章咏春依然没有说话，只是埋头一个劲地抽烟。

"哥哥从那么远的地方来，肯定还没吃饭，你们坐坐，我马上去煮饭。"郑之光对兰馨说，"为你们两兄妹团聚，无论如何，我们一家人该好好庆贺一下才是呀！"

"郑叔叔，那我们走了。"吕家骢对郑之光说。

"走什么走！你们给我好好坐着，陪陪你的兰老师！原本你们就是稀客，今天又这么遇巧，她哥哥偏偏遇到了你们。"郑之光说，"不然，他不知还要跑多少冤枉路——这又应了佛家一句话：飘茵落溷，绝非偶然呀！"

"吹，郑叔叔不愧是领导和诗人，真会说话。"吕家骢说，"好，小薇呀，我们就留下来陪陪兰老师吧。"

6. 鱼龙混杂的县城里

"小吕，下午没什么事了。今天你嫂子单位上团年，不回家了，我也落得个逍遥自在。"春节过后，吕家骢赶回了县里上班。财政局的人下班后，科长滕文清亲热地拍了拍他的肩膀，"为了祝贺你实习期满，正式留在了我们科里，走，我们去喝一杯！"

"哎呀，滕科长，别客气，我看算了吧。"

"什么算了！"滕科长嗔怪道，"你跟我客气什么！你可是我们科里分来的第一个正牌大学生，将来就是科里的栋梁之材，以后很多工作都要靠你来支撑呢！"

"那，我请您吧。"吕家骢犹豫了一下说。

"什么你请我！你们年轻人，才参加工作，有几个钱哪！"滕科长豪爽地又拍了拍吕家骢的肩膀，一把拉住他，"走走走，不要跟我客气了，我今天带你到县城一个有特色的地方去，我已经跟他们打好招呼了，让你去开个洋荤！"

"我今天带你去的这个地方呀，可是一个好地方——望远城里最有名的'周血旺'餐馆！最近他们才重新开张。你去吃了那里的血旺，保管连舌头都会吞到肚皮里去！"

"哦——"吕家骢也早就听说过望远城里有名的"周血旺"，据说那血旺价廉物美，别有风味，早年还是川西坝子上的一绝呢！他早就想去饱饱口福了，听滕科长如此一说，他放下心来，"好吧，让科长破费，真不好意思。"

"小意思、小意思。"说完，滕科长拉着他，就往街上走去，走到门口，见翟彩彩也正走出来，他又招呼道，"小翟呀，跟我们一起到'周血旺'去，将就吃点吧。"

"谢谢滕科长。"翟彩彩说，"这两天我妈住医院，我得赶紧回家。"

"好好，那就不勉强，下次吧。"

改革开放后的望远县，也同其他地方一样，沉寂了若干年后，在不长的时间里，就像干柴遇见了烈火，"轰"地一下就燃烧起来，且充满了生机，也充满了活力！

再有两天就是元宵节了，晌午时分，吕家骢他们走上街来，只见街上熙熙攘攘，热闹非凡。街头巷角，那吆喝着卖鞭炮财神对联的、卖牛肉猪肉鸡鱼鹅鸭的、卖大肠米线汤圆锅盔的、卖狗皮膏药耍枪弄棒的、卖撮箕扫把斗笠蓑衣的……各式各样的门道，各玩各的花样。那各种各样的气息，各式各样的声浪，挤满了街巷，街巷里装不下了，又漫些出来，飘向那嘈杂的天空和空旷的四野。

哈，走进县城的那条"好吃街"上，乍一看，这里简直成了一锅涨翻翻的羊杂萝卜汤，弄得吕家骢有点眼花缭乱起来。

周家馆子门口，支着一口汤翻肉滚的大铁锅，锅里热气蒸腾，香味四溅，一些晚到的客人还在门口排队等候；店堂内，人头攒动，熙熙攘攘，尽管时值冬天，但不少食客吃得是鼻头冒汗，满面春风。

幸好滕科长早就跟馆子打过招呼，老板给他们留有座位。少顷，老板娘将几碟时新特色小菜送上，随即就将煮好的血旺端了上来——这周家祖传下来的传统风味菜肴，果然名不虚传！汤红葱绿，血嫩椒酥，单看那满盆的色香，就叫人垂涎咂舌。

"老板娘，来瓶邛崃'文君酒'！"滕科长喝啤酒似乎不过瘾，叫老板娘送来一瓶白酒。

"科长，我确实喝不了烈酒。"吕家骢在领导面前表现要稳重一些，他不想自己喝酒出了洋相，"我就喝啤酒吧。"

"好，那我们就各取所需，各得其所。"酒送来，滕科长倒满一杯酒，与吕家骢碰了一下杯，一饮而尽后，又拍拍家骢肩膀，"小吕呀，在我这老大哥面前，以后就不要讲什么客气了。"

吕家骢拿起筷子，夹了几块血旺送进嘴里——这"周血旺"果然味道独特，吃起来不但鲜嫩爽口，酸辣适中，还别有特色，满口生津。鲜嫩的血旺送进嘴里，似乎变得鲜活起来，倏地就往喉咙下梭去，真像周科长所说，稍不注意真连自家的舌头也会吞进肚皮里去哩！

"说起来，我们还是半个老乡呢！"滕科长主动地给吕家骢倒了一杯酒，"你晓得，我也是从云岭乡出来的呀！"

吕家骢当然知道，他刚来局里不久，就听人说着这科长滕文清原是云岭乡乡长，年轻有为，风流倜傥，但因为和乡上那个叫赵婉凤的广播员关系暧昧，被他夫人在广播室里捉了个现行。这件事在乡里闹得个鸡飞狗跳，为此他还受了个党内严重警告处分。如此一来，他在乡里待不下去了，但他神通颇大，通过县里的领导，竟然调到财政局担任了科长。他这个科长，虽说对搞财政这行一窍不通，但他善于结交，人缘广泛，更会"调整"上下级关系，所以在局里混得还像模像样。

"来，小吕，我们再干一杯！"滕科长端起酒杯，对吕家骢笑了笑，"小吕呀，你刚来，我就很看重你，你有知识，有文化，又年轻，你知道，科里目前还缺一个副科长呀……"

店堂里人来人往，人声嘈杂。滕文清滔滔不绝说的话，吕家骢没太听得清楚。他们酒足饭饱后，正准备结账离开餐馆时——突然，门口传来一阵喧闹，有人竟然噼噼啪啪放起鞭炮来！

吕家骢一惊，站了起来，只见店堂门口来了几个人，为首的一个壮汉，外披一件毛皮大衣，敞胸露怀，腰上扎着一条尺把宽的打带，圆不溜秋的脑袋剃得锃亮，额头上有一条明显的伤疤。此人身后，还站着几个帽子歪戴的小子。

随着那阵噼噼啪啪的声响，一个精瘦的小子正提着一串鞭炮，径直往店堂里炸来，惊得正在吃血旺的人纷纷起身，往店堂后面涌来！

"干什么！你们要干什么！"正在大铁锅前操作的周老板见状，连忙放下手里的锅铲，急得跳起脚大叫起来。

"啊哈，周老板，恭喜发财、恭喜发财！"那串鞭炮放完，待火烟散去，为首的那壮汉皮笑肉不笑地对着周老板拱了拱手，"兄弟给你拜年了！"

"啊，原来是'疤哥'呀！"周老板一见此人，脸上的肌肉抽搐了一下，马上就露出一丝谄媚的苦笑来，"该你发财、该你发财！"说完，他赶紧从衣袋里掏出一个红包，递给那位叫疤哥的壮汉。

"哼！"那壮汉瞟了一眼红包，顺手就朝周老板脸上扔去，"周老板，大过年的，弟兄们是真心诚意来给你捧场，你这是在打发叫花子，还是打发贫下中农呀！"

"啊，疤哥兄弟，我这小本生意，做得也不容易。"周老板又赶紧掏出烟，轮流发给门口的那几个小子，"你兄弟高抬贵手、高抬贵手！"

"去，汪蜂子！"那叫疤哥的人对那放鞭炮的小子挥了一下手："看样子我们心还不诚，再跟周老板热闹热闹！"

那叫汪蜂子的小子一听主子招呼，赶紧又拿出一串更大的鞭炮，挂在了竹竿上，手里握着打火机，又径直往店堂里走来，一下站在板凳上，准备在店堂里放炮了。

店堂里的食客们见此情形，纷纷放下碗筷，丢下桌上的酒菜，都往外面街上跑去，大概他们看见这个阵仗，怕神仙打架，凡人遭殃。

"这个人是谁呀，怎么这么霸道！"吕家骢站在原地，他问滕科长。

"这小子叫张强，外号人称'疤哥'，刚从'山上'下来不久，是这望远城里掌红吃黑的老大。"滕科长压低声音对吕家骢说道。

"他这是明目张胆的敲诈呀，难道没有人管得了他么？"

"这小子呀，就像《水浒》里的那个泼皮牛二，是块煨不耙炖不烂的牛板筋，已是几进宫了。"滕科长说，"你没见他脑壳上那块伤疤么？那就是警察抓他的时候，他跟警察对着干，被警察的枪把砸的——嘿，这反倒成了他在同伙面前自吹自擂的本钱！"

两人正说话间，汪蜂子那小子一下就将鞭炮点了起来！顷刻间，整个店堂里就是一片惊天动地的声响！随即火烟四溅，纸屑横飞，吓得小儿大哭，女人惊叫，除了几个胆大的人外，其他食客瞬间都跑得精光！

7. 路见不平两肋插刀

"你们简直欺人太甚！"店堂里的火烟未散，突然从门口挤进一个30来岁身体瘦削的年轻人，他径直走到那张强面前，冷冷地说道，"兄弟，我劝你们，适可而止吧！"

"咦，你这虾子，是从哪个裤裆里钻出来的卵人，敢来扫我给周老板拜年的兴致！"张强回过头来，瞟了来人一眼，"噗"地将叼在嘴角的烟头往那汉子脸上吐去。

"兄弟，听人劝，得一半。"那年轻人咬了咬牙，不由自主握了握拳头，又冷冷地看了那落在地上的烟头一眼，"你们该适可而止了！"

"你他妈还真像瞎子的棍棍——搞起来了！"张强那头上的伤疤瞬间变成紫色，一双眼睛瞪得像铜铃。

"我再说一遍，你们别欺人太甚！"那年轻人依然不惊不诧地说道。

"呸！你龟儿子晓不晓得这是哪个的码头！你娃到这地盘上来，也不问问这是哪个的天下！"张强说着，就往那汉子脸上啐了一口。

"光天化日，朗朗乾坤。"那年轻人抹了一把溅到脸上的唾沫星子，一下提高了声音，"这里当然是老百姓的码头，共产党的天下！"

"嘿，鸭子死在田坎上，你娃还敢嘴壳子硬！"张强头上的伤疤抽搐了一下，一张脸胀成了一笼猪肝，他"哇"地怪叫一声，两个指头弯成爪状，一下就朝那位年轻人眼睛戳去！

啊，人们惊叫一声，一下就四散开去。

路见不平，吕家骢不由得血往上涌，他几步冲上前去，正要去帮帮那位突然出现的陌生青年人，和张强那群人讲讲道理，可他还没开口，只见那年轻人头往旁边一扭，躲开张强的攻击，对着吕家骢叫了一声"闪开！"一下就把他推到了一旁！

吕家骢还没回过神来，只听那张强"哎哟"一声怪叫！他伸出的那只手，一下就被那青年铁钳般的手咬住，再顺势往旁一掰，任随张强那肥壮的身体如何挣扎，却半点动弹不得，只是踢脚蹬腿哇哇乱叫！

旁边几个小子见状，有的从身上摸出菜刀，有的掏出钢管，一声吆喝，凶神恶煞般地一齐就朝那年轻人扑去！

那青年见情形不对，迅速将身子一侧，腿脚一伸，一个顺手牵羊，将那张强往旁边一扔，张强猝不及防，一个趔趄，重重地摔了个狗啃泥，趴在地上半天爬不起来！

说时迟那时快，只见那青年双脚一跃，跳到了大街中央。待几个拿着菜刀钢管的小子冲上来后，他不慌不忙，腾挪闪跃，拳如箭矢，腿如疾风，几拳几脚，就将那几个小子手中的菜刀踢落，钢管打飞，来一个他打倒一个，来两个他摔倒一双！最后一个像牯牛般的壮汉，一下扒了身上的衣裳，露出一身的犟肉，提着一根钢管不顾死活冲了上去，抢起钢管就向那人头上砸去！只见那人身体往侧边一闪，一把抓住那握钢管的手，上前一步，躬下腰身，一把抓住他的双脚，唬的一声，就将那壮汉扛了起来，原地转了一圈后，用力一甩，将那小子摔在街边爬不起来！

"好！好！好！……"街上围观的人们除了在电影中见过这样的场面，哪里见过如此精彩的格斗，都情不自禁为这年轻人鼓起掌叫起好来！

那倒在地上的张强，从地上爬起来后，抹了抹嘴边的血痕，紧握拳头，瞪圆双眼，嘴里乌七八糟地咒骂着，试着向那青年冲了两步，但又胆怯地退了回来。一时间，两人手握拳头，四只眼睛长久地对峙着；几个吃了亏的小子，也只敢在旁边虚张声势，不敢再贸然冲上前去！

"疤哥、疤哥！糟了，警察来了！"一个小子耳朵一竖，突然大叫了一声。

果然，远处传来警笛的鸣叫声！

"你龟儿子，给老子记住！下回再碰到你小子，我张大爷叫你好好吃回'人血旺'！"张强跳着脚大叫一声，随后对同伙挥了挥手，"快，快跑！"

在围观的人们掌声和哄笑声中，那张强带着几个小子，飞快地翻动着蹄儿，一瞬间便跑得无影无踪。

真是一条好汉！吕家骢心里暗暗赞道。

张强几人跑得没了踪影，只见那周老板走上前去，给那青年鞠了一躬，随即掏出几张拾元大钞，就往那人衣袋塞去！

"你这是干什么！"那青年赶紧捂住口袋，一下将钱塞回周老板手里，一声不响，一转身大步就离开了去。

真是难得的好人！此人不但路见不平，两肋插刀，而且武艺超群，人品还好——吕家骢油然升起对此人的崇敬。

"他究竟是干什么的呢？"望着那人离去的背影，吕家骢蓦然间像想起了什么，好奇心驱使着他，他顾不得给滕科长打个招呼，就从店堂追了出去，追到街头转弯处才把那人追上，"喂，这位哥子，你等等。"

"哦，你好！"那青年回过头，看了吕家骢一眼，"感谢兄弟刚才敢站出来说话。"

"哦，刚才的一幕真是精彩，刚开始我还为您担心呢！"吕家骢抬眸，见这年轻人面皮虽然粗糙，但五官端正，眼睛明亮，眉宇之间，透出一股英气，他不由脱口道，"如果我没猜错的话，您应该是当兵的。"

"哈，有意思，你怎么知道我是当兵的呢？"那青年一下对吕家骢有点感起兴趣来。

"看你这道黑白分明的痕迹，就是太阳没晒着的标志呀！"家骢指了指他额头，"这是长年戴军帽形成的印记呀！"

"不错，我是当兵的。"那人点点头。

"而且你肯定是侦察兵出身。"吕家骢赞叹道，"你真的好身手！"

"哎呀，兄弟过奖，我只是见不得这些恃强凌弱的混混们，和他们玩一把就是了。"那当兵的青年说，"看你文质彬彬的，还是学生吧？"

"不，我已经参加工作了。"吕家骢转过话头，"我最崇敬的就是你这种见义勇为的好人——冒昧问一句，你贵姓？"

"免贵姓高，叫高飞。"这位叫高飞的人回答。

"哎呀，能认识高大哥，真是我的荣幸。"吕家骢由衷地说，"我能不能请你喝杯清茶，向你请教一下。"

"哈，好吧。"高飞又看了吕家骢一眼，"我今天是一个人进城来闲逛的，哪想到会和人家打了一架！"

"高哥，你稍等片刻，我去给领导打个招呼。"吕家骢一溜烟地跑回周血旺餐馆，见一辆警车停在门口，两个警察正在向街边的人了解情况，而滕科长早就离开店堂，没有人影了。

"高哥，听你口音，你就是本地人吧？"两人来到街边的一家茶馆坐了下来，老板送上两杯青茶后，吕家骢问高飞。

"我就是本地安平镇的人，过年回家来探亲。"高飞端起茶杯，问，"哦，我还没有问你叫什么名字呢？"

"我叫吕家骢，双口'吕'，家庭的'家'，马字旁那个'骢'。"家骢说，"去年刚从成都科技大学毕业，现在在县财政局上班。"

"不简单，你还是个大学生！另外你这名字取得也好。"高飞喝了一口茶，接着说道，"《说文解字》讲，'骢'者，毛色青白相间之马，又释为马中先锋和领军之帅也！"

"哈，高哥的知识面真广！"吕家骢一下就更喜欢这位比他年长的大哥来。

"但愿兄弟将来能成为马中先锋和领军之帅！"

"哈，高哥，您看我这个文弱书生，能成为马中先锋和领军之帅么！父母给我取这个名字，那只是他们的一厢情愿罢了。"吕家骢爽朗地笑了一声，转过话头问道，"你在部队是武术、擒拿的教官吧？"

"什么教官！也就是普通一兵。"高飞谦虚地说道。

"那你肯定参加过南边那场自卫还击战。"

"不错。"高飞点点头，挽起衣袖，露出手臂上一块伤疤，"还在战场上被弹片咬掉了一块皮。"

"我有个哥哥，从小就崇拜霍元甲、黄飞虎这样的人，想学好武艺当个侦察兵，将来打遍天下无敌手。"

"他现在在什么地方？"高飞问。

"他离家几年，到云岭山中学武去了，我们弟兄已几年没见面了。"吕家骢说，"今天见到你，不知怎么的我就想起了他。"

　　"哈，你哥哥也太执着了！"高飞笑道，"山外有山，人外有人，谁敢说自己能打遍天下无敌手呀！"

　　两人敞开心扉谈着谈着，谈得很是投缘，大有相见恨晚之感。他们畅谈着自己的人生、家庭、爱好和价值观，不知不觉，已到半下午。高飞抬头看了看天色，他还准备赶回家与家人团圆，两人只好留下联系地址，依依不舍互道珍重，就此分手了——家骢没想到，这次他与高飞萍水相逢，竟会给他人生带来巨大的影响，在他陷入绝境时会带来重大转机——当然，此是后话了。

　　吕家骢送走高飞，转身往局里走去。走到"望远大酒楼"门口时，他眼睛倏地一亮，突然看见一个熟悉的身影！

　　咦，那不是余虹么！她穿着一件咖啡色的大衣，围着一条白色纱巾，披着一头如瀑的头发，正从一辆吉普车上下来。吕家骢赶紧向前走了几步，正想和她打个招呼，可他突然停住了脚——原来，从车上随即又下来一个穿西装的男士，余虹赶紧亲热地挽住了他，俄顷两人有说有笑地走上台阶，径直向酒楼走去。酒楼的门童一见他们，似乎跟他们已很熟悉了，连忙热情地把他们迎了进去。

　　难道，那位男士是余虹的恋人么——可不太像呀！那位男士看起来年纪明显比余虹大得多，而且他对余虹亲热的举动，仿佛还有点闪闪烁烁的。

　　这到底是怎么回事呢？

　　见此情形，吕家骢心里莫名地感到一丝酸涩。

第七章

大千世界

1. 与时俱进未雨绸缪

云岭的冬天，寒风凛冽，千山萧瑟。

刘知问书记站了起来，慢慢踱到窗台边，忧心忡忡地举眼望去，落入眼帘的那远山近岭，仿佛都笼罩在一片蒙蒙的寒雾之中。

他万万没想到，这次到北京参加军工行业领导干部会议，得到的会是这样意外的消息，带回的会是这样的结果——该怎样向基地干部和职工传达这次会议精神，下步工作该从哪里寻求突破呢？

回到云岭，他连家也没回，马上就叫来目前在基地主持工作的郑之光，有些事情想和他先碰下头，统一下思想。

时局的变迁真是让人猝不及防，形势的发展也不以人的意志为转移。这次北京会议所传达出的信息，令所有参会人员都感到意外，甚至有些震惊！

会议前一天，大家还稍微平静一点。可到了第二天，会场就开始躁动起来。当国防工办洪主任代表党组作完工作报告，话音未落，像一瓢冷水泼在了滚烫的油锅里，整个会场骤然间就炸了起来！

洪主任在报告中讲道：进入 20 世纪 80 年代，和平与发展已成为国际社会的主流。邓小平同志对形势的判断是：尽管目前局部战争的危险仍然存在，但在今后很长一段时期内，世界大战打不起来。因此，党的十一届三中全会后，党的工作中心已转移到经济建设上来，整个军工行业，必须服从服务于经济建设。

这次会议上，洪主任明确告诉大家：目前军品生产任务锐减，民品任务也几乎为零！所以，全国的军工行业都要贯彻"军民结合、以民养军"的方针。由于目前国家财政困难，各单位都要"自谋生路""找米下锅"——说白了，就是要自己养活自己！

什么？自谋生路，找米下锅，自己养活自己——这岂不是要把人逼上梁山，落草为寇么！会场上，有人瞪大惊讶的眼睛，有人不敢相信自己的耳朵。

几十年一贯制的计划经济体制，犹如一列沿着既定轨道行进的列车，早已形成了固有的轨迹和惯性；几十年沿袭下来的工作模式，领导干部们的思维早已固化：每年由国家下达科研生产计划，工厂只要按计划完成任务，天经地义，国家就得拿钱给这些单位建厂房、购设备、买材料和开工资！至于生产出来的产品是否适用，是否积压，这是你上级计划部门的事。更何况，军工企业，特别是三线企业，几十年来都是国家娇生惯养的宠儿，工厂的兴衰存亡，职工的生老病死，自来都该由国家统包统管。

如此一来，会议简直就开不下去了，会场上只有一片叫苦和怨怼之声。与会者们从来都是在母亲呵护下过日子的儿女，可一天早晨起来，突然被母亲狠心地抛弃了！至于被抛弃后，是出门打工也好，是乞讨化缘也罢，母亲都管不着了；而告诉你的只有一句话：母亲现在暂时没有能力养活你们了，你们只能自食其力，要自己养活自己了！

"我们为国家干了几十年的军品，没有功劳还有苦劳，没有苦劳还有疲劳，怎么国家说不管就不管了呀——天底下恐怕没有这个理儿吧！"

"我们是社会主义国家，工厂是国家投资建设的，工人是国家的主人，国家不管谁管！我们生是国家的人，死是国家的鬼，现在连国家都不管了，叫我们这些人怎么来管呀——算了，我们干脆辞职不干了！"

"而今中央不是提出'抓纲治国'，要早日实现四个现代化么！'四化'就包括国防现代化呀，怎么反而不造枪不造炮，不造坦克和军舰了，这无论如何也说不过去呀！"

"为了能让毛主席睡好觉，我们响应他老人家号召，离乡背井、抛妻别子，从沿海到西南，进山沟、钻山洞、喝臭水、住草棚，献了青春献终身，献了终身献子孙，可现在国家怎么连饭碗也不给我们保证了，这不是叫人心寒么！"

参加会议的企事业领导干部们，人人都有满腹的委屈、满心的抱怨，甚至满眼的泪水、满腔的愤懑！

可，作为党的干部，有意见你可以保留，但中央既定的方针，理解的要执行，不理解的也要执行哪！

"对我们0658基地，有些具体政策么？"郑之光见刘书记简单讲完会议的内容，见他久久地伫立在窗前，他忍不住问道。

"会议结束之后，三线办王庆东副主任把我留了下来，简单谈了谈我们基地的问题。"刘知问转过身，在沙发上坐了下来，"王主任说，现在整个国家已进入改革开放、经济建设时期，为了让我们这些三线建设单位能更好地生存和发展，更好地参与市场的竞争，中央正考虑对全国的三线单位重新进行规划布局，实行调整改造……"

"那好啊！"郑之光闻言，反倒有点兴奋起来，"那我们就可以从这山沟里搬迁出去，选择一个离城市相对较近，交通相对便捷，信息畅通的地方重新建设，再打造一个新的科研生产基地啊！"

"可，整个基地要实行搬迁，重新打造，也不是那么简单的事呀！"刘知问书记说完，又陷入短暂的沉思之中。

是啊，其实中央也知道：经过近二十年建设和发展，绝大多数三线企业存在人员庞杂、社会负担沉重的问题，加之建设伊始布点分散、选址不合理、管理效率不高、经济效益低下，一旦没有了军工任务，企业推向市场后，他们将举步维艰，是难以生存和发展的。

更重要的是，改革开放之后，沿海地区的快速发展，军工这个共和国的老大已相形见绌，失去了往日的光环，皇帝的女儿也成了"剩女"。在这样的情形下，远离城市、隐匿在大山深处的三线企业，是很难再获得资源和政策倾斜的；时过境迁，加之人才不断流失，年轻人更憧憬城市的生活，很少有毕业生再愿意分配到三线企业来，"孔雀东南飞"已成为一个大的趋势。

"搬迁固然是好事，我跟王主任讲了，尽量争取我们基地能从这山沟里搬出去。"刘知问喝了一口水，缓缓地接着说道，"但你想过没有？目前没有了军品生产任务，科研经费又大幅度减少，即使我们马上着手开发民品，跑步进入市场，但也有一个不短的周期；如上级决定我们搬迁，又是一项不小的系统工程呀！"

"但我认为，既然是改革，反正都要经历这场阵痛。"郑之光停了停说，"长痛不如短痛，迟搬不如早搬。"

"回来这一路上我都在想，目前我们首先应该考虑的是，如何渡过眼前这道难关哪！"

"前些年，在那么艰难的情况下，我们都挺过来了，相信我们的干部职工能够认清目前的形势，和我们同舟共济、共渡难关。"

"在这次北京会议上，国防工办洪主任在会议总结时说的一段话，算是给大家亮出了最后的底牌。"刘知问又喝了一口水，接着说道，"他说，同志们的苦衷、怨气、委屈、焦虑、愤懑，都在情理之中。可他告诉大家，怨天尤人、自暴自弃、骂爹骂娘统统没有用，这不是共产党人和军工人的性格！他说，在座的都是共产党员，都是企业领导干部，希望大家与时俱进，要理解、领会和不折不扣执行中央的精神！……"

郑之光没有说话。

"洪主任最后讲道：军民结合、以民养军，这是中央定下来的方针！我们共产党人应该有这样的信心和气魄，应该有这样的胸怀和理想！这是中央交给大家的一项神圣而光荣的使命，不管有多少艰难险阻，都要坚定不移、毫不动摇地沿着这条路子走下去！……"

"兵来将挡，水来土掩。"郑之光听完刘知问书记的话，他自我宽慰道，"我们研究院，总比企业好一点，每年国家还会拨给一些科研和事业经费，总能勉强维持下去吧——可那些企业就难过了……"

"但根据形势的发展来看，国家迟早也会给我们断奶，科研院所迟早也会进入市场。"刘知问沉思了一下，站了起来，"这样吧，我提议马上召开一个党委会，传达这次会议精神，研究下一步工作，做到未雨绸缪，有备无患！"

窗外，一只饥寒的老鸦，在光裸的树干上"哇"地叫了起来。

2. 可怜今夕月向何方

今日是中秋。

一轮皎洁的月亮游移在如洗的夜空，如水的光华泻撒在广袤的大地。蜀中的仲秋，时常是灰不溜秋的，难得有个这样的晴天，吕家骢已有两年中秋没见到月华了。

送走父母和弟弟家驹，家骢一人泡了杯清茶，坐在阳台上，遥望着游弋在星空中的那轮明月，陷入久久的沉思和无边的遐想之中。

可怜今夕月，向何方，去悠悠？是别有人间，那边才见，光影东头？是天外，在汗漫，但长风浩浩送中秋？飞镜无根谁系？娥不嫁谁留？……

此情此景，不知怎么的，吕家骢蓦然记起宋代诗人辛弃疾《天问》里的词句来。显然，这是诗人面对天上的月亮，抒发着他对宇宙的思考，对自然的认识，对天空的诘问：月亮无依无靠地悬挂在空中，她为什么就不会落下来呢？她日复一日地起落沉浮，到底是去了哪里呢？莫非天上还另有人间么？

中国诗人在 12 世纪对天的发问，比哥白尼早了三个世纪，比牛顿早了四个世纪——当然，月亮的阴晴圆缺和起落沉浮，这对古人来说，自然是难以琢磨和解开的谜团；而对现代人来说，是一个小学生都具备的常识了。

认真想起来，古人对宇宙的思考，对自然的认识，对天空的诘问，他们那浪漫的情怀、丰富的想象力和孜孜不倦的探求，不正是当代人应该具备的基本素质么！

吕家骢头靠在椅背上，望着那深邃遥遥的夜空，浮想联翩。

自参加工作以来，他除了对社会上有些事感到厌倦外，对自己所从事的工作，似乎也感到有些茫然。在局机关里，这种学非所用，单调枯燥，一张报纸、一杯清茶就打发一天的日子，让他时常感到无所适从——这不是无端地在耗费着自己的青春，耗费着自己的精力，甚至耗费着自己的生命么！

可，该怎么办呢？

"不要东想西想的了，好多人削尖脑袋，都在往政府机关里钻。"今天，父母和弟弟从云岭来到这里，一家人找了个清静的餐馆，在一起共度中秋。饭桌上，文秀劝儿子，"你就安下心来，好好在政府机关里发展吧。"

"可叫我天天这样混日子，我实在是于心不安哪！"

"我看你几弟兄，都是不安分的主儿！"文秀说完，指着家驹说道，"家驹，你现在大学毕业了，马上就要参加工作了，可不能学你两个哥哥这种见异思迁的德性！"

家驹低下头，没有吭声。

"家骢呀，现在局里具体给你分配的是什么工作呢？"吕振华放下筷子，问儿子。

"基建投资管理。"家骢回答。

"这工作还可以嘛，你妈说得没有错，如今要找一份好工作，也不是那么容易的。"吕振华倒没有责备儿子，他慢慢喝了一口酒，对家骢说道，"我看，你就静下心来好好干几年再说吧……"

"是呀，在国家目前转型时期，企业生存多艰难哪！"文秀打断吕振华的话，"早先，大家都托关系开后门，千方百计想往国企里钻，认为那是铁饭碗；像我们这种军工单位，那更是挤破了脑袋——可现在，你去看看，这些企业已是王老二过年了呀！"

"你知道云岭那边生产半自动步枪的鸿光机械厂吧？"吕振华对家骢说，"那里已停产一年多了，工人们只发点生活费，三四个月没发工资了！"

"那个厂我知道，是生产'五六式'步枪的！这些年，也不知生产了多少步枪，大概军火仓库都堆满了吧！"吕家驹在一旁闻言，他放下筷子插话道，"现代战争，早已是立体形态了，人家国外的武器装备，早已朝着机械化、信息化方面发展了！可我们呢，现在还抱着小米加步枪的思维！"

"你小子，怎么长人家的志气，灭自己的威风！"吕振华瞪了家驹一眼，"我看你小子看了点《参考消息》，就被人家洗了脑，就崇洋媚外了吧？"

"我怎么就崇洋媚外啦？"吕家驹不服气地说道，"爸，您还是搞军工科研的！您看过'两伊战争'的录像么，那些战争场面简直颠覆了人们对战争的固有观念——我告诉您，现代战争的形态早就发生了翻天覆地的变化！"

"嘿，你小子什么时候对军事还感兴趣了？"吕振华放下酒杯，笑道，"难怪你郑叔叔叫你大学毕业后回基地来工作。"

"我老爹是搞军工科研的，我们家有遗传哪！"家驹有点顽皮地说道，"中央叫淘汰军工落后产能，我看这决策是英明的。一年又一年，还生产那么多老掉牙的枪炮来干什么呀，那只能堆在仓库里发霉生锈——爸，要搞就要搞你们研究的那些现代武器装备！"

"好了好了，你们两爷子别争了。"文秀转过话头，又对家骢说道，"家骢呀，我再跟你说一遍，你这个旱涝保收的工作，要倍加珍惜才行呀！"

吕家骢呡了一口啤酒，没有说话。

"家驹，你大学毕业了，工作的事有着落了么？"停了停，家骢放下酒杯，问弟弟。

"我还想继续读书。"家驹犹豫了一下，接着说道，"这些日子，我仔细想了想，趁自己还年轻，想去考西南财大的 EMBA 研究生。"

"好啊，我们幺儿有志气！"文秀一听，喜笑颜开地说道，"我们支持你！哪怕你想读博士，我们就是砸锅卖铁也会支持你！"

一家人转过话题，又围绕着家驹读书的事议论开来。

"爸爸，我早就听说 0658 基地要搬迁，现在怎么样了呀？"家骢突然像想起什么，问。

"上头已经决定，基地明年就要陆续搬迁。"吕振华说，"看来，我们很快就会离开这里了。"

"哦，基地真要搬迁了？"家骢接着问道，"最后定下来，搬到什么地方呢？"

"成都郊区的牛头山。"吕振华说，"你郑叔叔他们已打前站，在那里开始征地搞基建了。"

"基地搬走了，那些设施和设备怎么办呢？"

"能用的设备肯定会全部搬走，那些设施嘛，只能看下一步怎么处理了。"

"哎呀，当年那么多人，花了那么长时间，庞院长他们为此还付出了生命，才把基地建设好。"吕家骢惋惜地说，"倘若废弃了，真是太可惜了呀！"

"此一时彼一时呀！"吕振华说，"现在已进入改革开放、经济建设时期，中央自然有他们的战略考虑。"

其实，吕家骢早就从报纸和广播中得知，国务院已成立"三线建设调整改造规划办公室"，三线建设单位要实行"调整改造"，有些单位要从山沟里搬出来，但他没想到形势发展得如此之快。

"基地的人全都要搬到新的地方去么？"

"是啊，除了个别留守人员，其余的陆续都要搬迁过去。"

"哦，那我还得抽空回去看看。"家骢说，"到时我带个照相机，好好在那里留点纪念——那可是我们从小生活的地方呀！"

吃完午饭，吕家骢陪爸妈和弟弟在县城里转了转。到半下午，他们就要回云岭了。临走时，文秀再三叮嘱家骢要安心工作，处理好领导和同事的关系，绝不能再想入非非意马心猿的了。

"家骢呀，你已老大不小的了，瞧着有那合适的，就带回来给妈看看……"文秀走了几步，又想起了什么，把儿子叫到一旁，悄悄对他说道，"哦，我看小薇对你挺不错的，如今她也大学毕业了，分在随江县中学教书，现在你们怎么样了呀？"

家骢低头不语。

不知怎么的，自从家骢听说小薇和那公安局长公子已在谈恋爱后，他心里就堵着一块石头。而且随着年龄增长，阅历增多，他和小薇之间，反而不像过去那样无拘无束了，他们之间像是有了一层隔膜——但到底是什么隔膜呢？他也说不清道不明。

"哎，你说话呀！"文秀见儿子不吱声，她追问道，"你们到底怎么啦？"

家骢轻轻摇了摇头，依然没说话。

"还有，你哥哥这么多年没有音信，你不能不闻不问，托人打听一下呀！"文秀见振华和家驹走远了，她最后叮咛儿子说，"打听到他的消息，就叫他回家来，我做好你爸的工作就是了……"

月亮慢慢移过中天，几颗若明若暗的星星，在夜空中闪烁着。一阵微凉的风吹来，吕家骢不由得紧了紧身上的衣裳，站起身朝屋里走去——唉，或许爸妈说得也对，世事难料，自己何必给自己添那么多的烦恼呢？不愿随波逐流，那就先随遇而安吧。

3. 在急遽变革的阵痛中

吕家骢父母给他讲的国企生存困难的情形，很快就得到了印证。

延续了几十年的国有企业体制和机制改革，正在经历着一场刻骨铭心，甚至撕心裂肺的阵痛!

这场急遽变革的阵痛,犹如一场突如其来的风暴,让吃惯了大锅饭、端惯了铁饭碗的人们,始料未及,甚至茫然无措!

这天吕家骢一上班,就看见省里转发的一份《内部情况通报》,其中一个通报的标题是:《关心下岗职工,维护社会稳定》。通报上所讲的内容,让他越看心情越是沉重,甚至感到震惊:

昨日,省国防工办收到××地区××厂上报的一个紧急情况,现转发如下。望各地区、各部门和各单位以此为戒,切实关心下岗职工,启动社会救助机制,妥善安排职工生活,着力维护社会稳定。

该厂是所属×机部的一个军工企业,一直从事炮弹和枪弹生产,几十年来为国防建设做出了重要贡献,但由于近年来生产任务锐减,转换机制困难,民品开发滞后,已连续停产7个月。停产期间,5个月未能足额发放职工工资,只发基本生活费,职工生产生活受到严重影响。

该厂工人×××父母生活在农村,本人系翻砂车间铸件工,其妻是厂大集体工人,夫妻在厂已工作20多年。由于×××妻子长年生病卧床下岗,已连续11个月未能报销医药费,难以维持治疗;加之两个孩子还在学校读书,家庭生活极其困难。10月4日,×××因感冒到医院检查,查出患有严重矽肺病。当晚,夫妻俩找借口将两个孩子支使到工友家后,关闭门窗,打开煤气罐准备自杀。

幸好女儿在工友家做作业时,忘带课本,回家取课本时发现家中房门紧闭,紧急求助邻居。邻居破门而入,赶紧关闭了煤气阀门,打开门窗,进行紧急施救;但此时夫妻已陷入深度昏迷之中。经送医院抢救,妻子苏醒,但至今意识不清;丈夫×××经抢救无效,离开人世……

吕家骢还没将这条消息看完,他心里就颤动起来,眼睛有点潮湿了。下面的内容他不忍再读,把《通报》放到一边,陷入沉思之中。

是啊，我国农村实行的经济体制改革，相对说来比较简单，一个"包"字，就基本解决了生产和生产力的关系问题，就迅速医治好了农村这些年的顽疾，就取得了立竿见影的巨大成效。可城市经济体制改革，盘根错节，错综复杂，千头万绪，犹如一个病入膏肓的病人，不动手术不开刀，不下几剂猛药，那是难以奏效的。

几十年来，我国经济都是沿袭苏联引进的运行体制和管理模式，在国家计划的严管下，企业管理粗放，劳动效率不高，产品质量低劣，经济效益低下，已严重地制约着国民经济的生存与发展；特别是军工生产，有的还停留在五六十年代的水平，无效重复劳动严重，仓库积压惊人。就拿《通报》上讲的这个企业来说，在两伊战争期间，他们的产品还能部分出口，日子过得还算滋润，根本没有什么危机感和紧迫感。但随着战争结束，就像一夜之间就被断奶的孩子，就难以生存维持下去了。

国有企业的改革，已到了箭在弦上，不得不发的地步，但要攻克这几十年来用钢筋水泥铸就的这座堡垒，不付出代价，不付出牺牲，那谈何容易！难怪朱镕基总理在记者招待会上发誓：不管前边是万丈深渊，还是地雷阵，我将义无反顾，勇往直前！

不入虎穴，焉得虎子；舍不得孩子，打不着狼！在这场惊世骇俗、史无前例的伟大变革中，首当其冲受到影响的就是企业的工人！

中国的工人阶级，为这场革命做出了巨大的牺牲。

几天前，吕家骢听他一个在企业工作的同学讲：他们单位有一位在朝鲜战场上受过两次伤、立过几次战功的老兵，父母是大巴山里的农民。也是由于企业破产，工人下岗，生活无着，今年初他父亲得了癌症，到儿子那里来医治，因交不起入院费，他父亲只能在家等死。这个姓傅的老兵走投无路，求助无门，竟在当地武装部门口，摊开自己在朝鲜战场上一件血染的军装，军装上摆放着他的七八枚军功章，在寒冷的冬天里，静坐在街沿上向社会求助——他以这个无声的举动，来表达着他心中的绝望和痛苦。

他的这个举动，立即招来了众多路人围观，在人们连声的叹息中，对这个老兵报以深切的同情，大家好言安慰，纷纷解囊相助。当地武装部长和政委闻讯，赶紧跑了出来；他们问明情况后，含着泪将这个老兵的军装和军功章收起，请进了机关，并立即将老人送进了医院，用自己的工资替老人交了入院费。情况反映到当地政府，当地县委书记承诺老人的医疗费由他们担保，由民政部门负责全交。

听到这件事情后，吕家骢整夜难以入眠，他的心灵受到极大的震撼，对这个老兵报以了深深的同情。由此，他联想起自己的父亲，他也是从朝鲜战场回来的老兵，倘若遇到这样的情形，自己又该怎么办呢？天亮后，他将一个月的工资全部寄给了他同学，希望他能转交给那个老兵，期盼能给那老兵一点心理上的安慰。

"小吕，今天中午你还吃食堂吗？"

下班时间到了，财务室的出纳员翟彩彩走进吕家骢办公室，问他。

"又没人请我，不吃食堂吃什么呢？"吕家骢收好桌上的东西，拿碗准备上食堂去了。

"走，今天我请客！"翟彩彩热情地招呼道，"昨天打小麻将赢了几十块钱，听说'皇鼎'夜总会那边开了一家叫'乡香'的面馆，那里的鳝鱼面相当不错。"

翟彩彩是本地人，刚结婚不久，爱人方志戒从部队转业后，在望远县公安机关工作。她从西南财大毕业后，比吕家骢先到局里，是个心直口快的热心人。

"难怪早晨起来眼皮跳，原来今天是有人主动请客呀！"

"走走走，少说那些闲话！"

两人走上街来，往"乡香"面馆走去——真是无独有偶，哪壶不开提哪壶！吕家骢早晨上班时，刚看过《关心下岗职工，维护社会稳定》的情况通报，他们刚走到县政府门口，就看见那里聚集了大批的人群！这人群中有男有女，有老有小，但他们不像寻常上访的人群那样，情绪激昂闹成一团。没见这些人吵，也没见他们闹，这些人只是静静坐在县政府门口，手里举着两幅破床单，上面写用浓墨写着几行大字："拥护共产党，我们要吃饭！""保护国有资产，反对贱卖工厂！"

这群人旁边，有几个官员模样的人，似乎正耐心地在和领头的人交谈着什么；县政府门口，有几十个警察，正紧张地在那里维护着秩序。这样的场面，引来无数看热闹的路人。一时间，由于人多车堵，这条街的交通几乎阻断。

这是怎么回事呢？

"这些人是县食品公司肉联厂的工人。"一个蹬三轮车的中年人告诉吕家骢，"你们看，连他们的厂长也在里头呢！"

"他们在这县政府门口静坐，有什么诉求呢？"吕家骢又问。

"你没看那大标语呀！这个厂破产，卖给了一个私人老板，这些人全都下岗了！"那位三轮车夫叹了口气，"唉，过去物资紧张时，这些国营商业部门，是大家最羡慕的单位，没想到这年头猪肉卖得比萝卜还贱，他们怎么能活得下去呀！"

"既然私人老板买了这个厂，那这些人员他要负责安置呀！"

"你这同志恐怕就不晓得了！厂子卖给了私人老板，这些人被三两万块钱就买断了工龄。"旁边有位妇女插话道，"那就等于他们失掉了国营职工身份，只能给人家当打工仔了；这样一来，那老板想炒哪个就哪个，想要哪个就哪个，但那些老弱病残的人就惨了呀！"

"哦，难怪他们反对把工厂卖了。"

"但不卖又不行哪！"那个女同志说，"厂里欠了人家银行的钱还不起，政府现在又不管，工人们好几个月都没关饷了——据说，恁大一个厂，政府300万就卖了，让那个老板发了大财，工人们怎么会服气呀！"

"是呀，这些人在厂里干了几十年，对厂里都有着深厚的感情。"吕家骢轻轻叹了口气，"眼睁睁看见工厂垮了，又卖给私人老板了，他们心里难过，也是人之常情啊！……"

"小吕，走！下午还要上班呢。"翟彩彩踮着脚尖看了一会儿热闹，见吕家骢还在那里刨根问底，她一把拉着他，就往面馆走去。

"小吕，你在想什么呢？"到了面馆，翟彩彩看吕家骢挑着面，半天不往嘴里送，似乎还在沉浸在刚才的场景之中，她问。

"我在想，如果我是这个老板，该怎么来对待这些员工呢？"

"哎呀，我看你就做梦去吧！"彩彩用筷子敲了敲他的碗，"命中只有八斛米，走遍天下不满升。你想当老板，那就抽时间到祖坟上去烧几炷香，磕几个响头吧——算了，快吃快吃，吃了好回去上班！"

4. 人上一百形形色色

吕家骢后来听说，望远县那家食品公司肉联厂，最后还是卖给了临州县一个外号叫什么"阙老鸹"的私人老板，对员工的安置，那老板好像做了一些妥协。但部分不服气的工人，仍拒绝签字领那三两万块买断工龄的钱，一直在北京和省城等处上访。直到政府替这些人都买了社保医保，这些人依然不服，双方长期僵持着，打起持久战来。

通过耳闻目睹的这些事，对吕家骢触动很大，只好在财政局里稍稍安下心来，日复一日，过着这机械刻板的日子。

"小吕呀，下班后没什么事吧？"

今天滕科长他们出席一家叫"蓝月亮"的娱乐城开业庆典去了，办公室就剩下吕家骢和翟彩彩两人。临下班时，翟彩彩接了个电话后，她喜形于色地走到吕家骢办公桌前，对他说道。

"有什么事吗？"吕家骢问。

"我那个同学答应了，她同意今晚跟你见个面！"

"你哪个同学呀？"吕家骢正聚精会神盯在一张报表上，一下还没回过神来。

"喂，你是装猪还是装象啊！"翟彩彩嗔怪道，"就是前几天跟你讲的那个叫陶燕的同学呀！"

"嘻，你看我！"吕家骢拍了一下自己的脑袋，"这几天被这些报表简直弄昏了头！"

"怎么样？我好跟人家回话呀！"

"好吧。"吕家骢犹豫了一下，点点头。

吕家骢刚到局里，当翟彩彩知道他还是单身后，就四处张罗着给他介绍对象，但他都找借口推辞了。随着时代的变迁，姑娘们找对象的标准也在不断变换着。民间有俚语曰：50年代找工人，60年代找军人，70年代找读书人，80年代找诗人，90年代找富人。这年头，有学历的大学生，又在政府机关工作，虽算不上富人，可旱涝保收，也在"钻石王老五"之列哪！几天前，翟彩彩又给他介绍了她的同学陶燕。这个陶燕，正好和家骢同岁，也是财大毕业生，现在望远县投资公司工作。

　　"我跟你说，我这个同学呀，各方面的条件都不摆了！要说人嘛，不说有沉鱼落雁之美，至少也有闭月羞花之貌！你见了人，肯定百分之百的满意。"翟彩彩滔滔不绝地说道，"在大学时，就有好多男生扒爬礼拜地追求她，就差点没闹出几个精神病人来！参加工作后，人家跟她介绍的对象，少说也有一个班，可她连人也没去见过，清高着呢！"

　　"那，我看就算了吧。"吕家骢说，"照你这样说起来，她是天上的月亮，我只是地下的亮火虫了，人家哪里看得上呀！"

　　"嘿，我看你们两人挺般配的，家庭、学历、身高和工作单位都差不多。"翟彩彩说，"至于性格嘛，你沉稳，她活跃；你内向，她外向，正好优势互补，相得益彰！"

　　"你别抬举我，你越说我越自卑了。"吕家骢说，"我看还是算了吧……"

　　"我告诉你，小吕。"翟彩彩上前一步，戳了戳吕家骢的鼻子，"你不要不识好歹，过了这个村就没有那个店了！正因为我和她是最好的闺密，她信得过我，这才答应和你见面的呢！"

　　吕家骢放下手里的东西，站了起来——不知怎么的，李小薇的身影突然在他眼前闪现了一下，他又有些犹豫起来。

　　"走走走！"翟彩彩不由分说，几下替吕家骢收好桌上的东西，一把抓住他，就往外面走去，"告诉你，今天这个红娘我当定了，到时候我还要喝三百杯呢！"

　　吕家骢苦笑了一下，只好跟着翟彩彩走了出去。

　　"哎呀，我看你还是回寝室换件衣服吧。"走出门，翟彩彩皱了皱眉头，"你看你穿的这夹克衫，像从咸菜坛子里抓出来的一样。"

"换什么换哪，人家是来看人的，又不是到服装店来挑衣裳！"吕家骢说，"我看就将就了吧。"

"嘿，平时看你不吭不哈的，倒还挺自信的——好，走吧。"

时间还早，"三叶草"咖啡店里客人还不多。这家咖啡店虽说门面不大，但环境还算温馨优雅。他们走进咖啡馆，店堂里正播放着柴可夫斯基的《小夜曲》，那轻柔美妙的乐曲声，更给这里增添了几分宁静而又浪漫的气氛。

翟彩彩的同学还没到，他们选了一张靠窗的桌子坐了下来。

听着那美妙轻柔的乐曲，吕家骢坐了一会儿，有点紧张的心情这才放松下来。毕竟，他还是第一次和人相亲，心里难免还有几分忐忑。

透过玻璃窗，吕家骢向外望去，小街上行人不多，只见街对面是一家小旅店。天还没黑，可那旅店门口却站着两位浓妆艳抹、举止轻佻的女子，正在那里有点神秘地招呼着过往的客人。

突然，吕家骢眼前一亮，街头上走过来一个姑娘，她穿着一件枣红色大衣，脖子上系着一条白色纱巾，一头披肩的长发，婷婷袅袅地向咖啡店走来。

"哦，燕子，你来了！"彩彩看见那位姑娘，立即站了起来，指着吕家骢说道，"我来介绍一下，这就是我的那位同事——吕家骢。"

"你好！"吕家骢站了起来，礼貌地向她点了点头。

"这是我同学陶燕。"彩彩给吕家骢介绍过她的同学，拉着她坐了下来，问，"你们喝点什么？"

两人看了彩彩一眼，不置可否。

"那，都来杯埃塞俄比亚的白咖啡吧？那味儿不错。"

陶燕点点头，抬眸似不经意地看了吕家骢一眼。

趁服务生端来咖啡时，吕家骢也迅速看了陶燕一眼——翟彩彩那"沉鱼落雁、闭月羞花"之类的话虽说有点夸张，但眼前这位姑娘，身材苗条，皮肤白皙，五官端正，举止也还得体，看起来十分顺眼。

"小吕，我没跟你吹牛吧？"翟彩彩一边搅动着咖啡，一边指着陶燕对吕家骢说道，"不是我吹，你就是挖地三尺，找遍整个望远县城，也找不到像陶燕这样好的姑娘！"

"看你这张嘴！"陶燕娇嗔地给了彩彩一拳，"什么事让你一说，马儿也会长角，石头也会开花！"

正说着，服务生端来两盘小吃和水果。

"燕子呀，我实话实说了哈，尽管有那么多男生在追你，我敢保证，那些男生肯定都不如这个小吕！"彩彩抓起一撮瓜子，放在陶燕手心里，"我跟你说，我们这个小吕，不但是个帅哥，是个高才生，而且为人稳重，作风正派，将来的发展前途不可限量！我敢说，要不了几年，就会是我们的科长！"

"小翟，你言过其实了。"吕家骢笑了笑，抬头对陶燕说道，"你别听她的，我只不过是一个刚参加工作的学生，她说的那些连影子也没有。"

"听彩彩说，你是从东北那边过来的？"陶燕端起咖啡，大方地问吕家骢。

"对，我父亲支援三线建设，我是跟他从那边过来的。"吕家骢说。

"那，我听你说话，是本地口音哪！"

"我老家是望远县的人，爷爷辈是云岭山里的农民。"吕家骢说，"来到这里，我们成天就跟那些农村的孩子裹在一起，久而久之，耳濡目染，就学了一口本地话了。"

"听彩彩说，你在大学里学的是经济管理专业？"

"是。"

"那，你平时有什么爱好吗？"

"没更多的爱好。"吕家骢谦虚地说，"要说有点爱好吧，就是喜欢看点书；另外，还喜欢点文学和音乐。"

"哦，你还喜欢文学？"陶燕很优雅地呷了一口咖啡，轻声问道："那，你读过歌德和普希金的诗么？"

"年轻时，读过一点。"吕家骢端起杯子，接着说道，"但我更喜欢拉宾德拉纳特·泰戈尔和罗伯特·弗罗斯特的诗。"

"哈，你这个人有意思，年轻时读过一点？你现在也不老呀！"陶燕一下笑了起来，"那罗伯特·弗罗斯特《未选择的路》这首诗你读过吗？"

"哦，那是顾子欣翻译的。"吕家骢思忖了一下，"被誉为'科幻小说诺贝尔雨果奖'的著名小说家刘慈欣，特别喜欢这首诗，他在小说《球状闪电》中曾反复引用过……"

"哎呀，燕子，你别看小吕学经济管理，他的知识面是很广的呀。"翟彩彩一下打断两人的话，"这样小儿科的问题，你想来考我们这位才子呀！"

"这首诗你还记得吗？"陶燕看来是个有点执拗的人。

"喂，燕子，你这是在十啥呀！"翟彩彩推了陶燕一把，"你当你是临邛的那个卓文君哪！"

陶燕不说话，只是慢慢搅动着杯里的咖啡，笑吟吟地望着吕家骢。

"我想想，看还能不能记得？"吕家骢心里略微掠过一丝不快，但觉得这个姑娘还真有点意思，他笑了笑，低声背了几句：

> 黄色的树林里分出两条路，
>
> 可惜我不能同时去涉足。
>
> 我在那路口久久伫立，
>
> 我向着一条路极目望去，
>
> 直到它消失在丛林深处。
>
> 但我却选择了另外一条路，
>
> ……

"哎呀，你真的好记性！"陶燕这下似乎彻底让吕家骢征服了，她由衷地赞道，"没想到你一个学经济的，文学功底还这么深厚。"

"怎么样？"吕家骢起身上卫生间去了，彩彩压低声音问陶燕。

"这人好像还挺实在的……"陶燕脸上掠过一丝羞涩。

吕家骢上完卫生间，刚回座位上坐好——突然，街面上传来一阵嘈杂之声！吕家骢扭头向外望去，见小街上不知什么时候开来两辆警车，不少人围在对面那小旅馆前，正叽叽喳喳在议论着什么。少顷，只见十几个穿着便装的人，簇拥着七八个男女从旅馆里走了出来。那几个男女，一个个都耷拉着脑袋，几个女的故意用长发遮着脸颊，几个男人则恨不得把脑袋都缩进肚子里。

"喂，这是怎么回事呀？"吕家骢有些诧异了，他起身走到门口，低声问站在旁边看热闹的服务生。

"你还没看出来呀！"服务生嘴巴凑近吕家骢耳朵，"卖淫嫖娼，扫黄打非呗。"

"哦——"难怪刚进这咖啡店时，就看见那旅馆门口站着两个妖艳的女子在招呼客人。吕家骢吁了一口气，突地睁大了眼睛，他猛然看见了一个熟悉的身影！那个走在最后，正被警察推上警车的人，尽管他用手遮挡着半边脸，可吕家骢还是一眼就把他认了出来——那不是 0658 基地政工处的余学华么！

怎么，他还没搬到成都郊区那个牛头山去呀！

这个平时道貌岸然，已是半老头子的余学华，他几时进城来，又几时钻进那种地方去了呢！他搞了多年的阶级斗争，应该清楚，干这种事被公安逮住，被罚款事小，若被家里的老婆知道了，两口子会闹得鸡飞狗跳不说，党员和公职人员，还会受到党纪和政纪处分哩！

警车一声呼啸，带着那七八个男女绝尘而去。

"真是，人上一百，形形色色。"吕家骢几个人重新坐下来后，翟彩彩鄙夷地说道，"有些男人哪，吃着嘴里的，又盯着碗里的，还看着锅里的——恶心！"

陶燕听到此话，悄悄地瞥了吕家骢一眼。

5. 别意浓浓情依依

树树皆秋色，山山唯落晖。

一年一度的枫叶又红了，淡淡的雾岚飘浮在云岭山中。站在烈士陵园，居高临下望去，整个基地消失了往日热闹，陷入久违的落寞和宁静之中；冷冷的山风从峡谷吹来，令人感到一丝莫名的怅惘。

今天，刘知问、吕振华、郑之光、袁挺军、王平章、文秀、兰馨和庞院长的遗孀胡红英、儿子庞小山和女儿庞小莹，以及一大批基地的职工，明天就要离开这里，搬迁到省城郊区牛头山去了。他们相约来到云岭烈士陵园，来向长眠在这里的庞大山院长和牺牲在这里的烈士们告别。

早晨，当太阳刚从东山升起，淡淡的雾霭中，在这山野一隅，挽联、花圈、白花、青纱，构成一幅凝重而庄严的画面。胡红英在墓前点燃香烛，儿子和女儿摆上水果，庞小山为父亲点燃一支烟，庞小莹为父亲倒上了一杯酒。

祭奠仪式马上就要开始。

烈士陵园经过重新修葺，坟头上已长满野花和青草。烈士们的遗照分别嵌在了墓碑上，黑纱编绕的花结，低垂在他们的遗像两侧。位于陵园中央那块墓碑上，庞院长照片上那双眼睛，依然似生前那样坚毅和深邃，仿佛正深情地注视着来到这里的战友们；又仿佛透过眼前的雾霭，遥望着他们用鲜血和生命建设起来的基地。

默哀。

"同志们，我们是敢打硬仗的军工战士，是一支拖不垮打不散的队伍！如今我们来到这里，就要像打一场恶仗那样，攻下这些山头，抢占这里的制高点，在这穷山恶水中，建设出一个新的科研生产基地来！"大家肃立在陵园的空地上，耳旁仿佛回响起他们刚来时，庞院长对大伙儿讲话的那些声音，"不久的将来，这里会有我们的研究基地，会有我们的试制车间，会有我们的办公大楼，会有我们的职工宿舍，也会有医院、食堂和俱乐部，还会有我们孩子们的学校、幼儿园！我实话告诉大家，将来这里除了没有火葬场，什么都会有！我们来到这里，能为国家建设一个崭新的、现代的科研生产基地，这是多么光荣和神圣的事业啊！……"

挽联在晨雾中飘拂。

花圈在山风里颤瑟。

"同志们，我们来到这里，就要把根扎在这里！为了国家和人民，我愿在这三线建设的基地，献出自己的余生；死了，就埋在这云岭山上，永远和大家在一起！……"

可如今，同志们就要离开这里了。

是啊，当年的梦想已经实现，当初规划的蓝图已变成了现实，可形势的变迁，真是事与愿违啊！为了0658基地更好地发展，为了更加灿烂辉煌的明天，只能与时俱进，忍痛割爱，以适应新的形势的发展和需要啊！

一些闻讯赶来的云雾村乡亲们，按照当地传统的习俗，在墓前摆上了祭品后，烧起了香烛纸钱来。袅袅的香烟和纸钱飘飞，肃立在一旁的唢呐队蓦地吹奏起悲怆凄婉的乐曲来！

就要离开这里了。刘知问书记和大家神情肃穆地站在墓前，默哀已毕，他还久久地伫立在那里，默默地和长眠在这里的战友们进行着心灵的交流——他祈望，他们的离去，能得到庞院长战友们的支持和理解。

是啊，前些年，为了准备打仗，大家响应毛主席的号召，怀揣着献了青春献终身，献了终身献子孙的信念，从繁华的都市来到这边远的山沟，顶风冒雪，战天斗地，舍生忘死，艰苦创业，为基地的建设付出了青春、热血，乃至生命，与这里的一山一水、一草一木都建立了深厚的感情，和这里的乡亲建立了血浓于水的关系——可而今，星移斗转，物是人非，不得不离开这里了！

老院长啊，请你们理解吧！失之东隅，收之桑榆。当年胡宗南进攻延安时，我们从那里撤离时，也是那么的耿耿于怀，依依不舍，可为了整个解放战争的需要，为了夺取全国革命胜利，也不得不暂时放弃那块革命圣地呀！

而今，新的基地建设好了，那里科研生产条件更好，信息交通更加便捷，厂房设备更加现代先进——放心吧，你们开创的宏伟事业，将在新的基地里，发扬光大；你们留下的不朽精神，将得到更好地传承。

太阳慢慢升起，随风传来阵阵林涛声。良久，刘知问走上前去，拿起酒瓶和酒杯，逐一给庞院长和战友们斟了一杯酒；庞小山和庞小莹在坟前磕了几个头；人们循着墓地走了一圈，这才依依不舍地离开了这里。

草木萋萋，鸟儿啾啾。

第二天，天刚蒙蒙亮，除了照护基地的几个留守人员，刘知问他们作为最后一批撤离基地的人员，马上就要离开云岭了。为了不打扰这里的乡亲们，他们准备早早地离开这里。

昨晚，当吕大爷和吕大娘知道吕振华他们要走的消息后，专门准备了一桌丰盛的晚餐，请来吕振华、郑之光和李保华夫妻，为他们饯行。

是啊，来到这里二十多年了。这些年，吕振华他们早就和吕大爷他们融为了一家人。临别之际，大家有说不完的心里话，道不尽的离别情。最后，吕大娘竟然捞起衣襟，偷偷抹起感伤的眼泪来。

"叔爷叔娘，还有刺梨儿呀，我们就要走了。"临走时，文秀拉着吕大娘的手，"我想拜托你们一件事……"

"文秀呀，什么事你只管说，一家人还客气什么呀！"吕大爷一看文秀那神情，爽快地说道。

"我们家老大家骏，离家出走这么几年了，一直都杳无音信。"文秀看了丈夫一眼，接着说道，"我怕他回来找我们，我们走后，如果他回来……"

"你是说吕家骏那混蛋哪，你们不要管他！"吕振华打断文秀的话，"他就是回来，我也要两棍把他打出门去！我早就说了，我没有这样的儿子！"

"好了好了，别说了。"吕大爷怕两人争论，他摆了摆手，对文秀说道，"这个事我们知道了。"

相见时难别亦难。

"大家上车，马上准备出发！"

汽车发动起来，车队就要出发了。突然，云雾村的乡亲们像约好了似的，一下都从村里涌了出来，拦在了车队前面。现任的村支书周秉文、村主任胡名才，以及吕大爷、周幺爷、牟幺嫂、刺梨儿、饼儿、茅根儿、山花、荷叶……竟然那贾长生也从村子里钻了出来，站在路边踮着脚尖远远地张望着。

"刘书记、郑院长，今天你们要走可以，但一定要给乡亲们一个机会。"村支书周秉文站在车前，拉住刘知问的手，"我和村主任这两天到县里开会去了，昨天才晓得你们今天要走。天没亮，就请人杀了头猪，你们无论如何也要吃了午饭再走——就算给你们饯行！"

"乡亲们的心意我们领了。"刘知问说，"那边已经安排好了，我们早点赶过去还要安顿一下……"

"这些年，基地给我们的帮助和支持太大了。"周秉文和胡名才依然拦在车前，"不是基地搬来这里，我们这里还是跟从前一样，依然是与世隔绝的深山沟呀！你们不给我们这个机会，乡亲们不答应！"

"周书记呀，这样吧，既然猪已杀了，那猪肉我们带走。"刘知问思忖了一下，"带到那边叫食堂给我们接风！"

"是呀是呀，刘书记，无论如何你们都要吃过午饭再走呀！"公路上人越聚越多，黑压压的人群拦在车队前，大家都异口同声地说道。

"乡亲们，感谢你们多年来对我们无私的援助和支持，我代表0658基地，向大家表示感谢了！"刘知问站在汽车上，深深地给大家鞠了一躬，"我保证，今年春节前，我们党政工团的主要人员，一定回来给大家拜年！"

猪肉装上车，刘知问悄悄嘱咐王平章："乡亲们喂头猪不容易，善后的事你要处理好呀！"

"书记，你放心，我会处理的！"

浩浩荡荡的车队出发了，如同他们来时一样，沿着那条盘山的公路走了，离开他们生活工作了二十多年的云岭，踏上新的途程，奔向更加广阔的天地……

6. 何处去安身立命

"送你送到小村外，有句话儿要交代；虽然已是百花开，路边的野花，你不要采！……"

一个领头的人乌喧喧的吼叫声未落，其余一群人迫不及待就跟着嚎了起来："不采白不采呀，不采白不采！……"

　　落日的余晖下，西河水绕着县城流去；凉爽的河风吹拂着，大人们带着孩子，在河堤上款款散步；夹竹桃边的石凳上，一对对情侣依偎在那里窃窃私语。

　　西河边的黄昏，原本是和谐恬静的。

　　可，突然被这阵乌七八糟的声音搅得支离破碎！

　　张强和一帮兄弟伙在"对又来"餐厅喝了酒，穿着拖鞋，打着赤膊，边走边吼着《路边的野花不要采》的流行歌儿，摇摇摆摆逛到了河边来。

　　河堤边一个石凳上，坐着一个汉子，身边放着一个包袱，听见这污浊的歌声，他扭头望了一眼，皱了皱眉头，又回过头去，依然凝望着眼前的河水发呆。

　　这是刚从山上下来的吕家骏。

　　山中才一日，世上已千年。离开学校已是七八年了，在那深山里生活了这些年，而今下山来，他有些像初到这个星球的外星人，眼前的一切都是那么的陌生，似乎两眼都一抹黑。如今他腰无半文，身上又没有证明自己身份的东西，家是回不去了，学校更是回不去了——到何处去安身立命呢？

　　此时，河堤上的路灯亮了，散步的人渐渐多了起来。不远处的石凳上，坐着一位姑娘，她身边也放着一个鼓囊囊的编织袋。

　　脚下的河水依然流淌着，张强那伙人依然在那边干号着。吕家骏心里烦透了，他感到有几分疲倦，使劲往下咽了一口，用身边的包袱当枕头，顺势就在石凳上躺了下来。举眼望去，天空已是一片黛色，星星已钻出云层。那些眨着眼睛的星星，仿佛都在天幕上挤眉弄眼地嘲笑着他这个走投无路的流浪汉。

　　这些年，吕家骏跟着道源道长在"启源观"习武，道长还赐了他一个名字：灵通。吕家骏自小就是一根牛筋，只要认准的事，就绝不会半途而废。他在观里的这些年，都是寅时起床，戌时歇息，冬练三九，夏练三伏，练得筋强骨健，膀粗背圆，道家的十八般功夫，以及刀棍剑矢样样精通。在勤学苦练武艺之余，寻常里他也遵道长所嘱，读读《玄门早晚课》《道德经》《庄经》之类的典籍，不时也和他们一起打坐诵经，修炼心性。

但，江山易改本性难移。这些年，吕家骏待在远离红尘的深山里，寂寞也好，孤独也罢，苦寒也好，打熬也罢，这些他都能够忍受，唯一不能忍受的就是观里那清汤寡水、每天只吃两顿的伙食。在那里，他们自耕自种，自种自收，收获的无非就是些苞谷红苕、萝卜青菜之类。近年来，随着山下政策的逐渐放开，偶尔有那进山的药农和猎户，还有那虔诚的道教信徒，虽不时能给观里送来一点油盐和衣物，但道家戒律：不得杀生，不得茹荤酒。像吕家骏这样身强力壮的小子，每日超强的习武练功、耕作收获，自然时常腹中饥饿。时间一长，在这样的约束中，他渐渐就熬不下去了，先前的野性逐渐死灰复燃起来。到后来，他实在熬不下去时，便偷偷钻进密林草丛，去抓兔子捉竹鼠，逮岩蛙掏鸟蛋，悄悄拿到远处一个山洞里烧着吃。

狐狸再狡猾，也总会露出尾巴来。久而久之，道源道长已嗅出了他身上的异味，知晓了他时常偷吃野物的秘密。但不知是何原因，道长一直没有戳穿他这个秘密。或许道长心里早就明白，此厮野性未泯，孽障未了，凡心未除，这里终究不是他久留之地，迟早他还会归于红尘，何况这厮也不是他正儿八经收的道徒，所以干脆就睁只眼闭只眼算了。

但到了今年夏天，道源终于忍无可忍，决定要将他逐出山门了！

"灵通，昨天下午你到哪里去了？"这天早晨，吕家骏刚练完功，道源就叫住了他。

"在坡上给红苕地拔了一会儿草。"

"拔完草又到什么地方去了？"

"在山那边逛了逛。"

"出家人不打诳语。"道源道，"你虽未正经出家，但这里的规矩，你是懂的。"

"我……"吕家骏支吾着，"我在红苕地里抓了一条蛇。"

"你好大的胆子！"道源正色道，"抓了条大虫，不但吞下腹内，还将没有吃完的头尾都带回观里，半夜还偷着吃，简直胆大妄为！"

"我、我……错了。"吕家骏见道长发怒，赶紧跪了下来。

"刚到观里时，我是怎么跟你交代的？"道源道长闭目思忖了一下，平息了怒气，尔后淡淡地说道，"我这里已容不下你这条大虫了，明天你下山吧。"

"师傅，我再不敢了。"

道长不再说话，他轻轻挥了挥手，闭上眼睛，又到自我的境界里神游了。这一天，尽管吕家骏从早晨跪到傍晚，道长再不理会他。

吕家骏见此情形，知道再求已经无望。第二天一早，只得裹起自己几件衣物，准备下山了。

临走，他跪在道长居室前，重重磕了几个头，算是拜谢这些年来道源道长对他悉心的教导和教诲。

"在这里，你已待了不短时间，临走我送你几句话吧。"吕家骏正欲起身离去，房门打开，道源站在门口，垂下眼帘缓缓说道，"道是天上神仙本，德是人间富贵根，道在五德之上，成仙得道，须先修德，德从心修，无为而求，内修清静，寡欲无争，外修天道，真气除煞。"

"师傅，我记住了。"

"你下山之后，祈愿能坐立不忘我道，出入皆抱善心。忠孝济世首身，节俭利人清修。古今善为道者，微妙玄通，深不可识——苦海难渡，好自为之吧。"

"师傅所嘱，我一定时刻铭记在心。"

"去吧。"道长轻轻挥了挥手，"记住，无论何时何地，都不能打我的名号，说是我的徒儿。"

"是。"

吕家骏快快地走了，带着怅然若失的心境下山来了。

此时，河对面楼房里的灯光已渐次亮了起来，张强那伙人依然唱着乌喧喧的歌儿，摇摇晃晃地从远处走了过来。

听见那群唱歌的人渐渐走来，吕家骏身体疲惫，腹中饥饿，他闭了眼睛，自顾歇息养神。

"哈，这个小子，你好自在！"汪蜂子看见石凳上躺着的吕家骏，他走上前来，将手中的烟头啪地弹在他身上，"你要把这里当栈房，那赶快到派出所去登记呀！"

吕家骏翻了个身，没有理会他。

"咦，这不要钱的栈房，这小子睡得还挺过瘾的。"汪蜂子嬉笑着，顺手折了一根树枝，蹑手蹑脚走上前，就往家骏的鼻孔搔去。

"阿嚏！"家骏猛地打了个喷嚏，翻身坐了起来，一把抓住汪蜂子的手腕。

"哎哟！"汪蜂子突然叫了一声，动弹不得。

"干啥子，快走！"走到前面的张强突然喊了一声，汪蜂子竭力挣了几下，但他手腕像被锋利的牙齿咬住一般，哪里挣得脱！

"你、你放不放！"汪蜂子跳着双脚威胁着，随即手就往裤兜里摸去。

"你去吧！"吕家骏懒得和此人纠缠，他将手一放，汪蜂子猝不及防，一个踉跄差点摔倒。

"你他妈这个流窜犯，等老子空了，再慢慢来收拾你！"汪蜂子回过头来，又举了几下拳头，但又不敢贸然冲上去，听张强又在前面呼唤，他恨恨地骂了几声，屁颠屁颠地追了过去。

蒙蒙的夜色中，夹竹桃丛中的夏蛩叽叫起来。

7. 不战而屈人之兵

"你们要干啥子！把东西还我、还我！……"

吕家骏见那个小子走去，正想再躺下休息，突然，不远处传来一个带着哭腔的叫声！家骏扭头一看，路灯下，原来刚才那伙人围住了在那边石凳上坐着的姑娘，将她身边的编织袋当球一样，抛来抛去逗着那姑娘玩。

"你们还我！你们还我！"那姑娘在那群人中跑来跑去，想把那编织袋抢回来，可那伙人看着姑娘气急败坏的样子，似乎越是来了劲，嘻嘻哈哈地不停地互抛着袋子，借着那姑娘跑来跑去的机会，这个在她胸脯上摸一把，那个在她屁股上捏一下。

"你们，你们是流氓、流氓！"那姑娘跑累了，见抢不回她的东西，一下蹲在地上哭了起来。

"什么，你还敢骂我们是流氓？"张强走上前去，两个指头托起那姑娘的下巴，涎着脸就将嘴啜了上去，想亲那位姑娘，"看你这模样儿，我还真想流氓一回！"

张强身后的几个小子一听这话，马上就扔了那编织袋，个个嘴里喷着酒气，倏地就围了上来，抓住那位姑娘，就要往旁边的夹竹桃林里拖去！

那姑娘见此情形，又惊又恐，又抓又咬，几下挣脱那伙人的抓扯，沿着河堤就朝着吕家骏这边跑来！

"大哥、大哥！你救救我！……"姑娘在前面跑着，张强那伙人淫笑着在后边追着。姑娘气喘吁吁地跑到吕家骏跟前，跑不动了，她又惊又怕，一下就给他跪了下来！

吕家骏容不得多想，唬地一下就站了起来，一把将姑娘拉到身后，一下拦住了张强那伙人。

"哪里钻出来一个虾爬，要英雄救美呀！"在这望远城里，除了警察，竟敢有人来坏他们的好事，这简直出乎张强意外，他瞪着两只猩红的眼睛，上下打量了吕家骏一眼。

可就是这一眼，竟一下让张强愣住了，他见眼前这条汉子，浓眉倒竖，双目放光，长发披肩，上身穿着一件粗布褂子，脚下穿着一双苎麻草鞋，那伸出的手臂，像铁棒一样横在他的眼前——此人，看来不是等闲之辈！

张强不由自主往腰上伸了伸手，想掏出什么家伙来，但一瞬间他将手又缩了回去。好汉不吃眼前亏，大概去年在"周血旺"门口吃过亏，让他长了点记性。少顷，他脸皮上竟挤出笑容来："兄弟，这不关你的事！"

"你们欺负一个小姑娘，这算啥子本事！"

"大路朝天，各走半边！"汪蜂子刚才在这里吃了点小亏，心头的恶气未消，他一下从裤兜里掏出一把弹簧刀，啪地打开，指着张强大声叫道，"告诉你这虾子，你长点眼水，这位是望远城头的疤哥！"

"既然是大路朝天，那大家都各走半边吧！"吕家骏不惊不诧地说道。

河边上散步的行人，以及在河堤上谈情说爱的情侣，听见这边有人闹了起来，都围了过来，站在远处看稀奇——这年头，大街上死了只耗子，也会围着一群人参观，何况这样热闹的场面！

"呸，你小子还不识好歹！"汪蜂子大概想捞回刚才丢了的面子，他举着那把弹簧刀，张牙舞爪地对着吕家骏刺来！

吕家骏并不动手，只见他脚尖一抬，"咚"的一声，那刀子一下就飞到了河里！几个小子见状，相互看了一眼，一时不敢上前。

可汪蜂子还不服气，举起拳头冲上去，一下对着吕家骏头上砸来！吕家骏顺手抓住汪蜂子手腕，轻轻一拉，汪蜂子像一块干柴，唬地一声，直挺挺地就摔出五六米远，趴在地上嗥叫着半天爬不起来！

吕家骏轻蔑地扫了汪蜂子一眼，并不吱声，顺手抱起石桌边那个石墩，大喝一声，脸不红气不喘，一下就将那石墩举了起来，随手一扔，河里"轰"的一声巨响，又溅起一片水花来！

那个石墩，少说也有二百来斤，不要说举起，就是移动也难！吕家骏此举，大有不战而屈人之兵之势，一下就让那几个小子目瞪口呆起来。

"哥老倌，我们交个朋友！"张强往河里瞟了一眼，随即对吕家骏拱了拱手，"不知哥老倌从哪个码头来？"

吕家骏没有理会张强，他回过头去，见那姑娘已不知去向。

"能不能请哥老倌赏个光，我们喝杯酒！"

吕家骏依然没有理会他，又回到石凳上躺了下来。

"好，今天我就卖哥老倌一个面子！"张强见吕家骏完全不理会他，举眼再看，那姑娘已无踪影，他双手一拱，"我们后会有期、后会有期！"

"疤哥，我们就这样……"几个马仔看样子还不肯服输，站在那里不愿挪步。

"你们懂个屁！"张强说着，手一挥，带着一伙人悻悻离去。

看热闹的人群见一场干戈化玉帛，似乎还有点扫兴，三三两两兴奋地谈论着刚才精彩的情形，逐渐散开了去。

河堤上又恢复了平静。

"大哥，感谢你！……"那姑娘见那伙人走远，这才战战兢兢地从夹竹桃林里钻了出来，眼里闪着晶莹的泪光，嗫嚅着不知对吕家骏说什么好，说着说着腿就曲了下去。

"不必这样！"吕家骏坐了起来，赶紧阻止道，"他们已经走了，你快去找回东西，赶紧回家吧。"

姑娘向吕家骏鞠了个躬，走了几步，又倒了回来，望着吕家骏，嘴唇哆嗦着，想说什么又没说出来。

"哦，你怕他们走了，又倒回来吧？"吕家骏一下看透了姑娘的心思，他抓起自己的包袱，"走吧，我去帮你找。"

"大哥，你贵姓？"吕家骏走过去，在草丛中找到那个编织袋，交给那位姑娘后，那姑娘接过袋子，有点腼腆地问他。

"我姓灵——哦，不，我姓吕。"

"看样子，你不是本地人吧？"

"是本地人，只是离家有点久了。"吕家骏看这姑娘还没有走开的意思，他问，"你家住哪里？如果你还不放心，不介意的话，我送你回去吧。"

"我家……住在山里的白果村。"

"白果村？"吕家骏突然像想起了什么，他问，"是云岭山中那个白果村吧？"

"是。"

"那，你认识白果村有个叫林建成的人吗？"

"他是我的亲叔爷。"那姑娘说，"我叫林清清。"

"哦——"吕家骏点点头。

"大哥，你怎么会认识林建成呢？"

"林建成是我父亲的毛根兄弟。"吕家骏说，"我爷爷辈也是白果村的人。"

"哦，那我知道了，你爷爷叫吕显泽，你爸爸叫吕振华。"林清清有点惊喜地说，"你爷爷在世时，我虽然还没出生，但我听爸爸和叔爷讲过好多回——整个白果村，就你们一家人姓吕哩！"

"缘分缘分。"吕家骏看了看她手中的编织袋，有点奇怪地问，"你一个姑娘家，进城来干什么呢？"

"我一个表姐在城里当保姆，我想进城来打工。"那个叫林清清的姑娘说，"可我到这里后，却没找到她，说她上个月到广州那边去了。"

"那你应该找个地方住下来呀，一个姑娘家在外边，多不安全哪。"

"那你住在哪里呢？"林清清反问道。

吕家骏苦笑了一下，没有吭声，他指了指旁边的石凳。

"你住在这里呀！"林清清瞪大了眼睛。

"我也不知道该到哪里去……"吕家骏犹豫了一下，简单地将自己的来路给林清清讲了讲。

"那，吕大哥，我这里有几块钱，你先去找个旅社住下来，明天再打主意吧。"林清清说着，从兜里掏出一个手绢，将里面的钱和粮票递给吕家骏。

"那怎么行！"吕家骏摆了摆手，"现在天又不冷，这石凳上凉快，我就在这里对付一下就行了——再说，住旅社要证明，我身上什么都没有。"

"你不走，那我也不走了。"看来，这姑娘还有点性格。

"这样吧，你到旅社先去住下。"吕家骏想了想，"我到火车站候车室去对付一晚。"

"那，我也去那里。"林清清说，"我就是舍不得住旅社花钱，才坐在这里的呢。"

吕家骏看了林清清一眼，不置可否。

"你从山上下来，还没有吃饭吧？"林清清问。

吕家骏点点头。整整一天没吃东西，他肚皮早就饿得贴着背脊骨了。

"那，你先把饭吃了再说吧。"

"兄弟请留步！"吕家骏和林清清拿上东西，转身正准备离开时，突然从树荫下走出两个人，其中一人大步上前来叫住吕家骏。

吕家骏停住脚，抬头一看，此人大概五十余岁，矮矮墩墩，秃顶，戴着一副金丝眼镜，显得文质彬彬；他的身后，跟着一位穿超短裙、染黄头发的年轻妹妹。

"冒昧冒昧，请问兄弟要到哪里去？"

吕家骏不解地看着眼前这位陌生人，没有说话。

"刚才兄弟救助这位姑娘，教训那帮流氓杂皮，我都看见了。"这个戴眼镜的人说，"敝人不才，但我最佩服你这种见义勇为的义士，如蒙不嫌，我想请你喝杯茶。"

"喝什么茶，人家还没吃饭哩。"林清清看了那人一眼，在一旁插话道，"吕大哥，我们走！"

"哈，还没吃饭哪，那正好，我请兄弟喝杯酒！"那戴眼镜的人上前一步，彬彬有礼地自我介绍道，"本人姓龙，名德水，在东城那边开了家'皇冠'夜总会。"

"无功受禄，不好意思。"吕家骏说，"何况我又不认识你。"

"哈，兄弟见外了。"这叫龙德水的人爽朗地笑了一声，"在家靠父母，出门靠朋友。江湖上讲个缘分，刚才听你们说话，说不定我们真还有缘哪——兄弟不是没有去处么？我给你安排个去处！"

吕家骏一听这话，又把此人打量了一遍。

"兄弟，你放心！我是正儿八经的生意人，既不抓拿骗吃，也不违法乱纪。"龙德水话没说完，一把抓住吕家骏，招呼着他身后那位小妹，"小殷，你先到前面的'夜不收'餐厅点几个菜，要一瓶酒，我们马上就来。"

"恭敬不如从命。"吕家骏见此人如此大方热情，他犹豫了一下，回头对林清清说道，"那，我们就吃了饭再说吧。"

哈，这一顿，吕家骏经不住龙德水豪气相劝，竟喝了2斤白酒，一口气吃了7碗牛肉面。

8. 跟着领导见世面

"小吕，你准备一下，明天跟我出趟差。"快下班时，科长滕文清放下电话，走进吕家骢办公室，对他说道，"晚上不回来，把洗漱工具带上。"

"科长，到哪里去呀？"吕家骢问。

"临州。"

"临州没有我们的业务，到那里去干什么呀？"吕家骢问。

"怎么没有业务呀！"滕文清说，"清屏路到县政府那条路不是要改造么？我们要和那边'四方'公司谈工程上的一些事。"

清屏路到县政府那条路，不是拟定由望远县的"宁远"公司修建么？怎么突然又冒出一家叫"四方"的建筑公司呀！吕家骢嘴张了张，想问问科长，但犹豫了一下，又把话咽了回去。

"另外，你把修路的图纸、预算资料都带上。"滕文清走到门口，又回头叮嘱吕家骢，"跟我出去，正好也去见见世面，熟悉熟悉业务。"

临州这地方，吕家骢以前来过。

此地位于成都平原西部，是连接川滇、川藏的要塞，有着"天府南来之州"的美誉。它始建于公元前 311 年，是蜀中最早的四大古城之一。

几年没到这方来，这里和川西其他县城一样，变化惊人。一进城，吕家骢就有些目不暇接。这座县城，和望远县城有些不同：古朴又不失现代，宁静而又不失繁华。

"哎呀呀，滕科长，稀客稀客！"吕家骢随滕文清下了车，滕文清把他带到城边上一家叫"春梅"的旅店。这旅店不大，是栋两层的小木楼，房间也不多。刚进门，老板娘吴春梅好像早就知道他们要来，忙不迭地从里面出来，热情地把他们迎了进去，"房间已经给你们安排好了，就在二楼。"

"啊，吴老板，你最近吃了多少'嫦娥佳丽丸'哪！"滕文清一进门，就跟老板娘开起玩笑来，"怎么越来越年轻，越来越漂亮了呀！"

"老啰，没有人要了哟！"老板娘满面春风地应道。

吕家骢随着滕文清进了门，不经意地抬头看了这老板娘一眼。见这老板娘虽已三十多岁，但眉眼端正，身材丰满，风韵犹存，特别是一双眼睛顾盼流离，一对高耸的胸脯更是抢眼。

"住在那城中间，太吵。"滕文清见吕家骢进来，回头对他说道，"这店面虽不大，但清静干净。"

"是呀，我们店面虽小，但清静干净。"老板娘附和着滕文清的话说道。

"哎，这'四方'公司的阙老板，不是说在这里等我们么？"滕文清问，"怎么没见人哪！"

"刚才阙总已经来过了。"老板娘说，"见你们迟迟没到，他去安排中午的伙食去了。"

"哎呀，今天王泗那边在修路，耽搁了一阵。"

"阙总中午安排你们去'皇鼎'大酒店。"老板娘说，"他说，那里最近推出来几个有特色的新菜。"

上了楼，开了门，吕家骢跟着滕文清走进房间，见里面铺着两张床，房间虽不太隔音，也没有卫生间，但倒是收拾得干干净净。滕科长见状，微微皱了皱眉头，转身对着楼下喊道："老板娘，你上来一下！"

老板娘踏着木楼梯，应声来到楼上。

"你再给小吕开个房间，我们分开住。"滕文清说，"我睡觉打呼噜，前次跟办公室陈主任到省里开会，他开玩笑说我这呼噜声跟开火车差不多——人家小吕这次来，还有好多事要忙，怕影响他休息。"

"好好，不愧是当科长的，这么关心下面的同志。"老板娘春梅笑道，"我原本安排你们住一间，是想跟你们节约点差旅费哩。"

"啊哈，滕科长，不好意思，让您久等了。"吕家骢和滕科长刚放下东西，一个穿对襟衣裳、腰上别个"大哥大"的人，急急跑上楼来，对滕文清叫道，"走走，那边已经安排好了，先去吃顿便饭！"

"听说你在什么'皇鼎'大酒楼招待我们，这样不好吧。"滕文清说，"我看你把那边退了，我们就在附近找个小餐馆，随便吃点就行了。"

"那怎么行！今天我们临州的黄县长，还专门抽空来陪您哩！"阙总不由分说，一把拉住滕文清就往楼下走去，"你们是稀客，在那些苍蝇小馆里招待您这大科长，人家会说我老阙抠鼻子屎吃哩！"

"既然都已经安排好了，你们黄县长也在……"滕科长有些为难地回头对吕家骢说，"那我们只好客听主安排了。"

这"皇鼎"大酒店，果然气派！不但富丽堂皇，而且清静典雅；服务员都是些年轻的帅哥，靓丽的小妹，这些服务员训练有素，举止文雅。

二楼的雅间里，两盆茉莉发出淡淡的清香。桌上的酒菜已经摆好，另外几个陪客已在等着他们。阙总一一向滕文清介绍了这些客人。除了黄副县长，这些陪客头衔都不可小觑：什么工商局长、房管局长、旅游局长等人。

看来，这"四方"公司的阙老板，在此地真还算个人物。

宾主客气寒暄一番，酒宴很快就切入正题。

"来，各位不要空肚皮喝酒，先吃点东西，垫点底再说。"按照此地的规矩，三杯见面酒落肚，阙老板拿起筷子，指着一个硕大的盘子，对周文清说道，"滕科长，听说您要来，酒楼的牟老板专门叫人到雅安那边弄了点稀罕的东西，您先尝尝。"

"如果我没猜错，"滕文清夹起盘子里的鱼尝了一下，"这是雅安独有的一道美食——雅鱼吧？"

"哈哈，滕科长果然是个美食家！"黄副县长在一旁笑道，"我告诉你，雅安这地方呀，唯独这'三雅'，那可是远近闻名呀！"

"哎呀，黄县长，请教一下。"阙老板似乎没听懂，他无话找话地问道，"您说的是雅安的哪'三雅'呀？"

"哈，阙老板，这你就有点孤陋寡闻了。"黄副县长也不谦虚，"我告诉你，雅安这地方，别看地处边远，那先前可是西康省的省会；这'三雅'呀，就是雅女、雅鱼和雅雨！"

黄副县长话音一落，众人就鼓起掌来。

"对对对，这'三雅'呀，"工商局钟局长接着说道，"最绝的，要数前面这'二雅'：雅女和雅鱼！特别是那'雅女'，和苏杭的美女比起来，也毫不逊色呀！"

"感谢各位赏光，这是本酒楼的特色菜——大蒜烧鲶鱼。"酒店牟老板亲自端上一盘菜，向客人介绍道，"这是我专门请人，在青衣江里打的正宗野生鲶鱼。"

"要说野生鲶鱼呀，就数这家'皇鼎'酒楼做得最好。"黄副县长见众人都在恭维他，借题发挥地对滕文清说道，"我们临州县城，鱼楼、鱼庄和鱼馆，少说也有十几家；烹饪河鱼的方式，少说也有几十种，蒸、炸、烧、煮、焖、溜……各有各的特点，各有各的吃法——但，大蒜烧鲶鱼，还是数这家最正宗。"

"黄县长说得对，这'皇鼎'酒楼最有名的菜，就是大蒜烧鲶鱼。嘿，我还专门考察过这里厨师操作的方法。"阚老板接着说道，"他先将那活鲜鲜的鲶鱼宰成小块，再调上蛋清豆粉咸盐，加上适当的料酒，在猪油锅里炸到三分熟——注意，一定要用猪油！再配以当地的泡姜泡椒，郫县豆瓣，微火烹熟。这样做出来的鱼，肉质鲜嫩细腻，麻辣酸甜适中……"

"哈，阚总呀，难怪有人给你取了个绰号，叫'阚老鸹'！"旅游局韩局长笑着给滕文清介绍道，"我们临州流传的一段顺口溜，就是专编排阚总的。我念给你听听：'阚老板，像老鸹，伸出爪爪把鱼抓；吃了鲶鱼吃鲈鱼，吃了螃蟹吃对虾！'"

"哈哈哈……"满桌的人笑得前仰后合，酒宴的气氛更是活跃起来。

"阚老鸹？"吕家骢猛然想起：那个收购望远县食品公司肉联厂的私人老板——难道就是眼前这个人呀？略一思忖，吕家骢忍不住多看了此人几眼。

"哎，你们怎么光顾说话！吃菜吃菜。"阚老板自嘲地笑了几声，端着酒杯站了起来，"刚才三杯见面酒已喝了，现在由我先来敬远道而来的客人！"

这样高档隆重的宴会，吕家骢还是第一次参加，他还有些不习惯。看见阚老板和滕文清碰过杯后，端着酒杯走到他跟前，他站了起来："阚总，我不会喝酒。"

"嘿，年轻人怎么会不喝酒？你是看不起哥老倌哪！"阚老板将酒杯递到吕家骢手上，和他碰了一下杯，不由分说一饮而尽，"我先干为敬！"

吕家骢见主人如此热情，犹豫一下，只好勉强将那酒喝下——这有名的"文君酒"，确实名不虚传：香味绵长，甘洌醇厚。

　　几瓶酒下肚，满桌的人脸上便泛起了红光，口里就少了些遮拦，说话更有了豪气。一时间，我敬你，你劝我，酒桌上的气氛更是热闹起来。整到半下午，黄副县长抬腕看了看表，说下午还要接待成都来的客人，要先撤退。众人此时已酒足饭饱，纷纷借机告退，这场酒宴这才告了一个段落。

　　"赵主任，你去给滕科长他们安排一下，让他们休息休息。"阙老板今天做东，喝得有点高了，走出包间，他一不小心左脚就会踩到右脚。下楼后，他对公司办公室赵主任吩咐道。

　　"休息什么呀？我们不是还要谈正事么！"滕文清说。

　　"我跟您讲，'文君井'那边，成都人新来开了一家足浴房。"阙老板拉住滕文清，凑近他耳边，"你和小吕去那里洗洗脚，醒醒酒。"

　　"那些地方我们不去！"滕文清一听，甩开阙老板的手，正色道，"这夜总会、洗脚房之类的场合，我们局里有规定——何况，我们还要谈正事呢！"

　　"哎呀呀，你看我醉成这样子，还谈什么正事呀！"阙老板压低声音，"工程上的事情，你们罗县长不是跟您交代好了么！"

　　"今天我们主管项目的小吕来了，有些具体事情还要再谈谈。"

　　"好好，不去就算了——理解理解。"阙老板回头招呼赵主任，"那你到'沁心'茶楼去安排一下，我们到那里去喝茶，顺便就谈谈工程上的事。"

9. 这水到底有多深呢

　　夜已深。

　　吕家骢听人说，喝了酒好睡觉；可他中午晚上喝了几杯酒后，不但睡不着，反而更兴奋了。

窗棂里透进几缕清白的月光，板壁上投下迷离的光影。屋里不知何时钻进来一只灶鸡子，时断时续地在屋角唧唧叫着，叫人心里烦透了。吕家骢躺在床上，翻来覆去，脑袋里像被人灌了糨糊，既昏昏沉沉又恍恍惚惚，就是睡不着。

　　这次他跟着领导出来见世面，还真见了世面！除了那些"雅鱼""雅女"的耳闻外，生意场上的那些窍门，还真让他开了眼界！不说别的，望远城里从清屏路到县政府那条路，不过2.5公里，明明已和望远县"宁远"公司谈好改建总费用为2500万；可今天和"四方"谈到这工程的费用，他们公司要价却莫名增加了1250万，达到3750万！

　　"滕科长，他们狮子大开口，没法跟他们谈了。"趁滕文清上洗手间，吕家骢跟了出去，悄悄对他说道，"'宁远'公司那边不是已经谈好了，最近就准备签合同了么！"

　　"这生意场上，有选择、有竞争是很正常的事呀！"滕文清边提裤子边说道。

　　"但他们开出的这造价，实在太离谱了呀！"

　　"谈吧，不谈不行哪！"滕文清凑近吕家骢耳边，有点为难地说道，"这'四方'公司的事儿，是主管我们的罗云翔县长亲自交代的呀！"

　　"难道这当中……"吕家骢说了半句话，又知趣地停了下来，接着说道，"前次局里办公会已基本定下来的事，怎么说变就变了呢？"

　　"人家罗县长听了陈胜局长的汇报后，说这条路是望远县城的迎宾大道，要搞就要上个档次。"滕科长说，"罗县长紧接着组织人做了调研，说'宁远'公司的资质和技术都不行。"

　　"我查过，'宁远'公司的资质没问题。"吕家骢说，"至于工程质量嘛，我们一是在建设过程中加强监理，按图施工，在验收时严格按技术和质量标准验收，不就行了么！"

　　"小吕呀，你主管项目时间不长，有些情况你还不了解。"滕文清说，"这件事，是罗县长和局里陈局长他们研究定下来的，作为下级，我们执行就是了——至于费用嘛，我们再跟阙老板谈就是了，哪能让他轻易就占便宜呢！"

"可不管怎样，工程建设是以质优价廉为原则。"吕家骢坚持道，"能用较少的钱，办较好的事呀！"

"嘿，小吕，你什么时候也成了一根筋哪！"滕文清拍拍家骢的肩膀，话里有话地说道，"你还年轻，有些事不需要你我咸吃萝卜淡操心，根据我二十多年的工作经验，凡事只要听领导的，总不会有错的！"

吕家骢心里虽犯着嘀咕，但只好又回到了茶桌上来。坐在茶桌上，滕文清和阙老板还在继续商谈着，而吕家骢却有点心不在焉起来，一个问题总是在他心头盘旋着：看来自己和滕科长说不定是在蹚一塘水，可这塘水到底有多深呢？

"阙总，你们的报价，我和小吕刚才碰了一下头，确实有点离谱，这我们回去无法向领导交代。"

"来，赵主任，你把预算项目表拿来，一项项仔细算给他们听听。"阙老板招呼着公司赵主任，"这工程质量、改建标准不同，报价当然要高点。滕科长，你不能让我们工人辛辛苦苦干完这工程，最后是喝西北风哪！"

"刚才我和小吕商量了一下，在你们现有的报价上，至少要砍掉10%到15%！"滕科长站了起来，寸步不让地说，"否则我们免谈！不行，今天只好打道回府了！"

"滕科长，别激动别激动。"阙老板趁着酒意，一下把滕文清按在沙发上坐了下来，"你也太狠了点，你这样一刀砍下去，我们干完你这项工程，真就成了推豆腐卖的杨白劳呀！"

"你和搞预算的人研究一下再谈吧。"滕科长果决地说，"实话实说吧，我们罗县长他在工程建设上是内行，临走时已给我们交代过，这是我们的底线！"

"那——"阙老板一下将预算表塞给赵主任，"你拿回去，马上叫陈总工他们再推敲推敲！滕科长说的也没错，不能让他们不好向领导交差！"

吕家骢扫了阙老板和滕文清一眼，心里依然犯着嘀咕，弄不清这两人葫芦里是不是装着什么药——这造价就算砍掉15%，甚至20%，也还有3000多万哪！

喝完茶，晚餐依然在"皇鼎"大酒店进行。阙老板又打电话邀来他几个兄弟伙，陪滕科长和吕家骢喝酒。酒桌上，阙老板趁着中午未消的酒意，和几个兄弟伙义气加豪气，五个人喝了六瓶"文君酒"，二十多瓶"山城"啤酒，惊得旁边的服务小姐目瞪口呆，还以为这群好汉喝完酒要上景阳冈，或者要去找蒋门神！到快散场时，除了滕文清再三推杯，还有几分清醒外，其他人已成了腾云驾雾的酒仙。

酒桌上，吕家骢也经不起阙老板编排，勉强喝了几杯酒，到酒宴快要收场时，却让他看到了一场好戏！

这场戏，简直让吕家骢大跌眼镜！

"阙总，看得出，你和县里领导关系还真不错呀！"滕文清挡不住阙老板的热情，喝得来眼睛也有些迷离。他招呼服务员拿来牙签，一边剔着牙，一边恭维着阙老板。

"那……当然！"阙老板确实是个饮者，此时他眼睛已是半睁半闭，看不见里面的瞳仁，连舌头也膨胀起来，听滕文清在恭维他，他神秘地凑近他耳边，"要说在临州这地方呀，还没有你哥老倌摆不平的事！……"

"是呀，我看你跟那黄县长，简直就是哥们兄弟呀！"滕文清说，"今天人家还要接待成都客人，都专门到这里来了。"

"呸！哥们兄弟？……"阙老板眼睛血红，他睁了一下又闭上，"我喊他……那是随叫随到！"

"那不可能吧？人家好歹是一县之长哩！"

"哈，一县之长？我现在马上就叫他！……"阙老板从腰上取下"大哥大"，"我喊他，保证十分钟之内，他马上就会赶到这里来！"

"不可能吧？"滕科长迷惑地眨了眨眼睛，"一个县长，每天工作千头万绪，你这时候喊他，他会马上赶来？"

"兄弟，我们打个赌！"阙老板拿起"大哥大"，拨弄了一阵号码，可看不清上面的数字。无奈，他放下手里的电话，"如果他十分钟之内不赶来……我们，赌一瓶'文君酒'！"

"今天我就不信，就跟你赌一把！"滕文清趁着酒意，跟阙老板较起真来。

"兄弟，实话告诉你——"阙老板啪的一下将"大哥大"往桌上一砸，"你别看他是个县太爷，平时在台上吆五吆六的，可在我阙老鸹面前，就是一只狗！他，敢不随喊随到么！……"

"阙总，您喝醉了！"办公室赵主任一听此话，大惊失色，连忙打断阙老板的话，扭头对滕文清说，"滕科长，我们阙总喝醉了，他是在开玩笑、开玩笑！……"

"什么开玩笑！我喊他，他敢不来么？！……"阙老板一下甩开赵主任来扶他的手，又拿起"大哥大"来，定了定神，终于拨通了黄县长的电话，大大咧咧地对着话筒叫道，"喂，黄清茂吗？我是阙、阙老鸹，还在老地方，你马上过来一趟！"

"我在陪成都来的领导，还要谈些事……"

"你马上来！我这里的事，更、更重要！"阙老板说完，啪地把手机扔在了桌子上，回头对滕文清讲道，"今天这瓶酒，你、你喝定了！……"

"不好意思、不好意思。"赵主任赶紧站了起来，又尴尬地对滕文清笑笑，"我们阙总确实喝醉了！我看，今晚就只能到此为止、到此为止了！要喝，明天再继续——车在楼下，我送你们回旅店吧。"

"滕文清，你娃——不能走！"阙老板酒劲更是发作起来，他抓住滕文清，"我跟你打了赌……要走，就把这瓶酒喝了再走……"

"阙总，滕科长也差不多了。"赵主任使劲掰开阙老板的手，竭力地拦着他，把滕文清扶了起来，边说边往外走去。走到吧台，他吩咐服务员上楼去开几个房间，扶阙老板几个人在房间休息一下，他送完客人马上就回来。

时间不早了，街上行人不多，有的店铺已关门了。

"啊，不好意思、不好意思！"突然，赵主任一愣，一下放开滕文清，迎着路边刚从车上下来的一个人，急匆匆跑了上去，"黄县长，您来了……"

"啊，你们阙老板不是说有什么重要的事吗？"

"黄县长，是这样……"赵主任点了头又哈腰，"阙总今天喝高了点，我跟他说了，你们要谈什么事，明天、明天再谈吧……"

"哼，我估计这家伙就是喝醉了，说话连舌头都在打踉跄板了！"黄县长好像也喝了点酒，人也有点摇晃，他恨恨骂了一句，转身离开了去，边走边骂道，"他妈的，喝醉了就回去挺尸嘛，还叫我白跑一趟！"

这个阙老鸹，果然所言不谬！

望着黄县长悻悻离去的背影，不知怎么的，吕家骢心里缓缓升起几许悲哀来——你阙老板无非就是社会上一个暴发户罢了，无论如何，人家一个县长，好歹是掌管着一个县近百万人口的父母官哪，可他竟敢对人家颐指气使、呼上唤下；竟然还敢在人前说，这个县长在他面前就是一只狗！

难道，这黄副县长有什么短处攥在这阙老板手心里么？不然，他就是吃了豹子胆，也不敢这样放肆呀——一时间，吕家骢心里暗暗为这个黄县长感到憋屈，感到悲哀起来！

"阙总给我交代了，怕这旅店的茶叶你们喝不惯。"到了"春梅旅店"，赵主任从车上拿出两盒茶叶，分别递给了滕科长和吕家骢，并加重语气说道，"他专门给你们每人准备了一盒蒙顶山上的绿茶。"

"你们阙总想得真周到。"滕文清送走赵主任，对吕家骢说道，"这茶味道还不错，是本地一大特产。"

"是呀。"吕家骢点点头，"今天我看见茶楼门口，有副对联就是这样写的：'扬子江中水，蒙山顶上茶'，估计说的就是它吧……"

"对，就是它。"

"哎呀，滕科长，你们总算回来了！"吕家骢两人走进旅店，老板娘春梅还在店堂等候客人，见他们回来，她热情地迎了上来，"看样子你们都喝了点酒，开水已送到房间，洗澡水也烧好了，你们洗漱后早点睡吧。"

春梅老板娘晚上好像又刻意打扮了一番。灯光下，她穿着一件有点透明的肉色低领衫，云鬓轻绾，酥胸微露，面色桃红，看上去更增添了几分风韵和妩媚。

"谢谢老板娘。"滕文清看似不经意地瞟了老板娘一眼，高一脚低一脚地往楼上走去。

10. 大千世界百杂碎

夜，已经很深了，陷入深沉的宁静。

木楼板壁上那块迷离的月光，慢慢移向了床头。吕家骢在床上翻来覆去，实在睡不着。不知到了什么时候，他感到心头发热，喉咙发干，想起来倒点水喝——静夜里，他突然听见楼梯发出轻微的声响。少顷，隔壁的门吱呀响了一声，有人走进了隔壁的房间。紧接着，唬的一声风响，就传来一阵急促的喘息和啜吸声！

怎么回事呢？吕家骢一惊，一下清醒了过来，坐在床上不敢再动，竖起耳朵寻觅着隔壁传来的这诧异的声音。

"还是，到下面值班室去吧……"这木头板壁上有几条细缝，不隔音，从隔壁传来一个女人的呢喃声。

"梅，我想死你了……"一阵喘息和啜吸声后，传来滕文清那低沉含混的声音。

好奇心驱使着吕家骢，他对着板壁上一条小缝往隔壁望去，在窗棂透进的微光下，只见两个黑影相拥成了一团，正嘴对嘴地啃在了一起。

"到值班室去吧……"那女声又娇滴滴地呢喃道。

"不……算了……"那男声低低嘟哝了一声，似乎有点迫不及待，他抱着那女的后退两步，咚的一声就滚到了床上！

一阵窸窸窣窣的声音过后，须臾，只听那床便吱嘎吱嘎地响了起来，而且声音越来越大、越来越大。紧接着，又传来男人粗野的喘息声和那女人快乐而痛苦的呻吟声！

吕家骢这才明白，滕文清转弯抹角地要到这"春梅旅店"来住宿，原来他和这里的老板娘早就是一对野鸳鸯，是有备而来呀！他说自己鼾声大，原来是借机支开吕家骢，好和这老板娘幽会呀！

吕家骢人年轻，对这男女之间媾和的事虽能意会，但没有体验。对隔壁男女之间的私房事，他既感到好奇，又觉得有些羞耻。联想到吕大爷曾经给他们说过，在野外看见两条蛇缠在一起交配，那是要走霉运的；今晚看见一对男女缠在一起交配，那岂不是更是要倒大霉吗！

想到这里，吕家骢反而像是做贼的一样，屏声静息，连大气也不敢出了。他轻轻倒回床上，死死闭上眼睛，两个指头紧紧堵住耳朵。过了一阵，隔壁那喘息和呻吟的声音才渐渐小了一些；但不一会儿，那经不起两人摧残的单人床，又吱吱嘎嘎重新响了起来，那男人的喘息声和女人的呻吟声又传了过来，而且更是旁若无人肆无忌惮！

呸！家骢悄悄地吐了一泡唾沫，想把自己撞到的霉气冲走。

隔壁两个男女不知折腾到什么时候，才渐渐消停下来。待到窗边发白时，才听见滕文清那鼾声忽高忽低地响了起来，那鼾声虽未达到火车开动的声响，但震得这木楼地板似乎都在微微颤动。

鼾声时断时续地响着，又过了一会儿，那隔壁的门又吱呀响了一声，接着传来轻微的下楼脚步声。

"嘻——"听到那脚步声在楼下消失，吕家骢这才长长喘了口粗气，如释重负般地坐了起来。窗棂中已透进缕缕晨光，屋角里的灶鸡子不知什么时候停止了叫叫。昨天喝了几杯酒，还喝了不少汤水，又让隔壁的男女折腾了大半夜，吕家骢膀胱发胀，眼皮发涩，喉咙发干，翻身起来想倒点水喝，然后去上个厕所。

走到桌前，他刚提起水瓶，突然看见桌上赵主任送的那盒茶叶，他似乎想起了什么，想泡点茶喝。可他打开茶叶盒，却像被电流倏地一击，一下就将手缩了回来！

原来，那茶叶盒里，分明装着厚厚的两叠百元大钞！看样子，少说也有两万块吧——要知道，他现在每月的工资也就才300多块钱哪！

这是怎么回事呢？

行贿！吕家骢略一回神，一下就想到了这两个字眼！

犹豫了一下，吕家骢想拿起那叠钞票数一下，可他刚拿起那叠钞票，突然像被虫子咬了一口，又赶紧原封不动地放了回去。既然他们送给自己都是这样厚厚一叠钞票，那他的领导——滕文清呢？他肯定不会少于这个数吧？

怎么办呢？望着那叠钞票，吕家骢一时间竟不知怎么办才好。

"滕科长，你起床了？"天亮不久，吕家骢听见隔壁滕文清起了床，他想了想，提着那盒茶叶，轻轻敲了敲他的门，推门走了进去。

"你……"滕文清起床后，还靠在床头抽烟。看见吕家骢进来，他惊了一下，警惕地看了他一眼，但随即又自嘲似的笑了笑，"你看我，昨天晚上还真喝高了，连房门都没关。"

"昨天你真的有酒意了。"吕家骢装着若无其事地说道——吕家骢是个聪明人，他知道，如果让别人知道你了解了他不可告人的隐私，那无疑就是给自己埋了颗定时炸弹。说完，他举起手里的茶叶盒，"滕科长，这……"

"这什么？他们送的茶叶，你个人留着喝就是了。"

"不是……"吕家骢犹豫了一下，"这茶叶盒里……"

"茶叶盒里难道有什么名堂？"滕文清很敏感，他似乎马上就意识到了什么。

"这里面有一沓钱。"吕家骢将茶叶盒递了过去。

"有多少？"滕文清一下掐灭了烟头，从床上弹了起来，赶紧拿过桌子上赵主任送他的那盒茶叶。

"我没数，不晓得有多少。"吕家骢回答。

"咦，我这茶叶里怎么……"滕文清拿出茶叶盒，翻来覆去地看着，但里面除了茶叶，什么也没有！他自言自语道，"这不可能吧？……"

"是呀，他们绝不会厚此薄彼。"吕家骢说，"你是科长，更应该……"

"哦——"滕文清愣了一下，突然像恍然大悟一样，"这倒不是什么厚此薄彼，你是项目具体负责人，所以……你先收起来吧！"

"不，这我不敢……也不能收。"吕家骢说着又将茶叶盒递给滕文清。

"哈，你真老实……不，真有觉悟！"滕文清放下手里的茶叶盒，捂了一下肚子，"哎呀，你先在你房间等等，我肚子有点不舒服，要下楼去上趟厕所。"

吕家骢提着茶叶盒，回到自己房间，他呆呆地望着那盒茶叶，不由得心里冒起一个又一个疑问来：这阙老板给他们送钱，肯定是冲着那工程来的，可为什么自己的茶叶盒里放有钱，而滕科长的茶叶盒却是空的呢？这从道理上逻辑上，无论如何也讲不通呀！但看刚才滕文清那神情，他似乎也不是在撒谎；那么这盒里的钱到了哪里去了呢？难道，是送钱的赵主任从中做了手脚，半路截留私吞了？但想来这不太可能——哦，吕家骢轻轻拍了一下脑袋，猛然想起天快亮时，滕文清那睡得像死猪一样的鼾声，那提前下楼的女人，难道……

此时，不知怎么的，原本不抽烟的吕家骢强烈地想抽烟。

滕文清下楼去上厕所，好长时间没上楼来。吕家骢走出房间，想下楼看看，可刚走到楼梯口，见值班室的门关着，但从里面传来一阵压低声音、断断续续的争吵声：

"这东西自己不会长脚，会无缘无故就跑了吧……"吕家骢听得出，这是滕文清的声音。

"一个人说话要凭良心……"那老板娘春梅在低低的啜泣声中，又是发誓又是赌咒，"拿了你那东西，我不得好死，出门就遭汽车撞……"

"唉，不管怎么说，你总不能全吞了吧……"滕文清说，"好好歹歹你总得跟我说个数，我心头也好有个数呀……"

"人，要有点良心……呜……呜……"那老板娘低声哭了起来。

"你、你小声点呀！……"

吕家骢一听，马上就明白了这是怎么回事。他转过身，蹑手蹑脚地重新回到楼上房间里——嘻，这回出差，真真算是开了眼界，长了见识，什么稀奇古怪的事都让自己碰到了！

真是，大千世界百杂碎啊！

这段时间，自己是该注意点，不然真像吕大爷说的那样，连看见两条蛇缠在一起的怪相都要倒霉，自己这次看见这么多的怪相，真说不定要倒大霉呀！

"哎呀，小吕，你收拾好没有呀？"滕文清若无其事地揉着肚子走上楼来，对吕家骢说道，"阙老板那边指使人来，叫去吃早饭，说是到天主教堂那边去吃临州的名小吃——奶汤面下麻辣鸡块。"

"滕科长，这，怎么办哪？"吕家骢又提起那盒茶叶，像烫手的山芋似的，问滕文清。

"这个……这个……"滕文清思忖了一下，"你先收起来吧。"

"不，我的意思是还给他们。"吕家骢说，"今天还要跟他们谈工程上的事，不然吃人嘴软，拿人手短哪！"

"不忙，你想想，他们要送，绝对不会只送一份。我怀疑呀，阙老板下面的人哪，在这上头做了手脚。"滕文清肯定地说，"可这到底是怎么回事？谁说得清呀！他们肯定说给了你，而我们又没得到。这种事就像黄泥巴滚裤裆，不是屎也是屎呀！这泡屎不臭，一拨也会把它拨臭呀！"

吕家骢沉吟着，没有说话。

"合同上该坚持的原则，我们一定寸步不让，寸土必争！"滕文清想了想，又压低声音对吕家骢说道，"不过，我实话告诉你吧，这阙老板想办成的事，还没有他办不到的——我们县里那个罗县长，据说是他的亲妹夫啊……"

"那，这钱我更不能要。"吕家骢想了想，"你是领导，就先交给你吧。"

"哎呀，小吕，你真是幼稚得可爱。"滕文清笑了笑，"你交给我，你没给我录像，也没给我录音，我更不会主动给你写收条，到时候我不承认怎么办哪——你还是先收着，我们回去再说吧。"

11. 君子爱财取之有道

"小吕呀，你走这几天，把你给我的这本书看完了。"吕家骢刚从临州回来，陶燕下班后就来到他这里，将前几天吕家骢借给她的书还了回来，"这本书内容不错，很适合我们年轻人阅读，我还想推荐给彩彩读读呢！"

"是啊，这是我上大学时买的，当时一看这书名，就把我吸引住了——《感谢折磨你的人》。它封面开宗明义就讲道，这是一本'改变命运的人生智慧'的书。"

吕家骢接过书，翻了翻书页，"其中这两篇文章最好：《感谢打击你的人》，还有《沉着冷静才能安度危机》。"

"我看，这两篇文章也不错。"陶燕凑近书本，指着书的目录说，"《正确看待幸运与不幸》和《有缺憾的人生是另一种完美》。"

"这书中所讲的人生智慧，其实都是作者自己人生体验后的结晶。"吕家骢放下书本，思忖了一下，"可现实生活中，千奇百怪的事层出不穷，还得要靠自己去体验和觉悟，才能真正应对呀……"

"哎，我发现你……"陶燕敏感地抬头看了家骢一眼，"我发现你这趟出差回来，好像有什么心事？"

吕家骢垂下眼帘，翻着书页，没有吭声。

"有什么心事不能告之于人吗？"陶燕笑了笑，"你不愿说，我就不问了。"

"唉，我确实有点心事。"吕家骢停了停，"有件事，我不知该怎么处理才好？"

"你那么聪明的人，还有什么事能叫你为难的吗！"

"这件事呀，如果处理不好，不但从上到下会得罪一大串人。"吕家骢缓缓地说，"还会惹来一大堆麻烦呢！"

"有那么严重吗？"陶燕眼睛扑闪了一下，问。

吕家骢和陶燕这几次接触，虽觉得这姑娘心高气傲，但倒还心直口快，智商也挺高的。他想了一下，把这回到临州谈工程的事简单给陶燕讲了讲；但他回避了滕文清和春梅老板娘私媾的事，他觉得在一个女孩子面前说这类事，显得有点别扭和丑陋。

"照你这样说来，莫不是罗副县长、陈局长和滕科长他们，和那临州的阙老板已串通好了的吧？"陶燕说，"但他们说的这些理由，都是冠冕堂皇，无懈可击的呀！你是他们手下的一个小卒，要想去刨根问底，弄不好真逮不着狐狸，反倒惹一身骚。"

"是啊，回来路上，我一直在想，他们做事似乎都滴水不漏，根本找不出他们串通的证据来；如果硬要去跟他们碰，无疑是鸡蛋碰石头。"吕家骢低头沉思了一下，"但，我绝不会和他们同流合污！"

"现在你没有证据，就讲'同流合污'，这结论是不是下早了点呀！"

"至少，我认为这当中肯定有什么见不得阳光的东西。"

"我认为，在没有拿到他们的证据前，这种事连翟彩彩都不能讲。"陶燕替吕家骢着想道，"因为她和你是同事，平时又大大咧咧、口无遮拦的，万一哪天说漏了嘴，你岂不是没事找事吗？"

"哦，你不愧是搞投资理财的，想问题还真周到。"吕家骢不由得对这聪慧的姑娘更高看了几分。

吕家骢说着，从抽屉里拿出一个信封来，信封里装着滕文清给他的5000块钱。原来，回到局里后，吕家骢将那茶叶盒连同那叠钱都交给了滕文清。滕文清思忖了一下，对吕家骢说道：阙老板送给他的钱已下落不明，那泡臭屎又掇不得，这钱看来是找不回来了；虽说这次按罗副县长和陈局长要求，和阙老板他们谈好了工程合同，但这当中他们到底是什么铁杆关系，他也摸不透，弄不好就是割猪卵子敬神，不但猪受了伤害，连神也给得罪了。

"这样吧，"滕文清不愧是只长了胡子的老雀儿，他将那钱递了5000块给吕家骢，"你们年轻人，刚参加工作不久，也就是那点工资，还要谈恋爱要安家的，也不容易——这趟差事你也辛苦了，这点钱就当你的出差补助吧。"

"科长，这钱我不能要。"吕家骢望着滕文清塞到他手里的钱，像拿着一个烫手的山芋。

"我是领导，我说拿着你就拿着！"滕文清不由分说将钱塞进他兜里，"另外剩这一万多块钱呢，我也肯定不会要的——那，就作为科里的活动经费，交给翟彩彩保管吧，科里要买个笔芯打印盒，来了个客人什么的，就从这里面开支。"

吕家骢望着手里的钱，拿也不是，不拿也不是。

"哦，你就为这事犯难哪？"陶燕问。

吕家骢点点头。

"这还不简单。"陶燕说，"既然是领导给你的，有人给你兜着，你就拿着呗。"

"小陶，你是在考验我吧。"吕家骢笑了笑，"这钱我肯定不会要。从小老爸就教育我们：君子爱财，取之有道。"

"那你怎么办哪，不可能交到县纪委去吧？"

"我想好了，这钱，把它捐献给云岭村小。"吕家骢说，"听我儿时的伙伴刺梨儿——不，吕家龙来信讲，基地子弟校搬走后，村里的孩子们又到原先那老祠堂上学去了，那里条件太差了，捐给他们平整操场吧。"

"这样……这样也好，反正自己没揣腰包。"陶燕想了想，"这样自己不但心安，将来就是有什么事，你也好说话……"

吕家骢和陶燕正说着话，突然一个人咚咚咚地跑上楼来，才到楼梯口，就"二哥、二哥"地叫了起来。

"哎呀，四川人还真是说不得，说曹操曹操就到！"吕家骢一听声音，赶紧走到门口，"原来果然是刺梨儿兄弟！你要来，早点打个招呼呀！"

"这位是……"吕家龙走进门，看见陶燕，他眼睛一亮。

"我大学的同学——陶燕。"他和陶燕的关系，现在还不能明确下个定义，所以只好说是他"同学"了。

"嘿，我还以为是嫂子呢！"

吕家龙这声"嫂子"，弄得陶燕满脸通红。

"家龙呀，好长时间不到我这里来，今天是哪阵风把你吹来的呀！"吕家骢问，"还没吃饭吧？正好我同学也在这里，我们一起去吃个便饭。完了，我还有事要拜托你呢！"

"进城来开个会，顺便就来看看你。"吕家龙说，"进城来不想住旅馆，想到这里来和你抵足而眠，我们两弟兄好吹牛。"

"吪，是到城里来开会！"吕家骢问，"家龙，你现在是乡长还是党委书记呀？"

"嗨呀，哥老倌抬举兄弟了，我哪有那本事呀！"吕家龙说，"老村主任胡名才退了，山中无老虎，我这属猴的，让大家推举我当了个村主任——哎呀，在旧社会，无非就是个保长罢了！"

"吠，进步大、进步大。"吕家骢由衷地说道，"真是士别三日，要刮目相看哪！"

"喂，我要问你，大哥到你这里来过么？"吕家龙问。

"大哥？哪个大哥？"吕家骢一下没回过神来。

"就是家骏大哥呀！"

"怎么，他回云岭去找过我们了？"吕家骢急切地问。

"不是不是。"吕家龙说，"我刚才在街上见到他了！"

"他在哪里？走，你马上带我去找他！"

"你不慌，听我说：我是刚才在派出所门口看见他的。"吕家龙说，"派出所门门围了好多人，大概他是和人打了架，我看见打架的双方都被带到派出所里面去了。"

"他看见你了吗？"吕家骢问。

"没有，我喊了他一声，人多嘈杂，他没听见。"

"走，我们去看看。"吕家骢拉着吕家龙，就要往外走去，"我妈搬到成都去之前，再三嘱咐我要找到他呢！"

"你们说了半天我没听清楚，谁的大哥进派出所了呀？"走出门，陶燕像想起了什么，她问吕家骢。

"我大哥吕家骏。"吕家骢说，"哦，我还没告诉过你，他离家出走，我已七八年没见到他了。"

"你大哥无非就是和人打了个架么？"陶燕说，"你给彩彩打个电话，让她通融一下，把你大哥放出来不就行了吗！"

"彩彩她行吗？"

"她老公方志戎在公安局机关上班，据说还是个科长什么的。"陶燕说，"这不是他一个电话，分分钟就搞定的事吗？"

"哎呀，你不提醒，我还真忘了这码事！"

12. 不是冤家不聚头

屋中央那盏电灯发出昏黄的光泽，吕家骏躺在长条凳上，双手枕在脑后，两眼失神地望着天花板，默默地想着自己的心事。

"马哥，看来他们真要拘留我们十五天，不会放我们出去了。"龚二娃坐立不安地走到吕家骏跟前，对他说道。

吕家骏瞟了他一眼，没有理他。

这龚二娃是龙德水那"皇冠"夜总会的保安，他只读过几天书，认不得几个字。吕家骏刚到夜总会时，他认字认半边，将吕家骏的名字认成了"吕家马"，顺口就"马哥马哥"地叫了起来。他下面几个小兄弟觉得这样叫起来顺溜，也就都跟着他叫"马哥"了。

几个月前，吕家骏在西河边上与张强那伙人遭遇后，在老板龙德水的再三相邀下，他下山来无处安身，林清清进城来也无工可打，盛情难却，他们思量了半天，只好在龙德水那里暂时安顿下来。刚来时，那龙老板倒没安排他们干什么具体事务，只是把他们当做贵客，每日里好酒好菜招待着他们。时间一长，吕家骏和林清清觉得在这里白吃白住，加上闲得无聊，心里渐渐不安起来，他俩商量了一下，决定向龙老板辞行，准备走了。

"在这里住得好好的，准备到哪里去呀？"龙老板问。

"小林她表姐在广州那边，她已问到了联系方式，准备到那边去找她。"吕家骏说。

"到广州那边打工的人多得很哪，火车都挤爆了；何况你们到那边去，人生地疏的，能干什么呀！"龙老板说，"就在这边，同样也可以找点事做呀！"

"我们成天待在这里，无所事事，白吃白住，于心不安。"

"哈，原来是这么回事呀！我还说哪个地方得罪了你们呢！"龙老板大度地说，"既然你们闲不住，那我就安排点事给你们做！"

吕家骏听龙老板这样一说，于是才坐了下来。

"吕家兄弟，你在这里，也不要干什么具体事，委屈你就在我们这里当个保安队长，领着那七八个小兄弟干就行了。"龙老板点燃一支烟，略微想了想，"至于小林嘛，我安排她就在大堂当个领班——你们放心，待遇上我龙哥不会亏待你们！"

"这样不行。"吕家骏摇摇头，"龙老板，你安排我干啥倒无所谓，小林不能安排在你的夜总会。"

"哈哈，你怕我把她吃了呀！你放心，我龙哥绝不会干那种不仁不义的事情！"龙老板爽朗地笑了几声，"那好，听我们吕家兄弟的！我在西城边上还开了家茶庄，她就到那里去看店铺。"

吕家骏思忖了一下，点了点头。

"兄弟，我看出来了，这段时间，人家小林对你真是巴心巴肠呀。"龙老板笑了笑，从镜片后面透出一双笑眯眯的眼睛，"兄弟呀，我看你和小林挺般配的，你也老大不小了，大家又都是未婚青年——我看，你们不必再住在员工宿舍了，干脆挪到一间屋住算了！"

林清清的脸一下就红了。

"我吕家骏绝不做那种不明不白的事，就算小林愿意嫁给我……"吕家骏说到这里，抬起眼帘偷偷看了林清清一眼，接着说道，"我也会光明正大地娶她！"

林清清一听此话，脸一下红到了耳根，转身就从办公室跑了出去。

在龙老板这里安顿下来后，这几个月来，林清清在西城茶叶铺上班，吕家骏像在观里一样深居简出，日子就这样平静地过着，倒也相安无事。

可没想到的是，山不转水转，水不转路转，不是冤家不聚头！今天下午，那道上的张强带着一帮人，大摇大摆地来龙德水的夜总会，要收什么上半年的"保护费"！

往回，龙老板都知道，他要在这望远城里做生意，这个道上的人惹不起，只能任凭他们摆布宰割。可而今，他这座庙里有了吕家骏这尊镇守山门的大神，这帮人还这么肆无忌惮，他可就不想再买账了。

"龙老板，好久不见，生意兴隆啊！"张强捋着手里的一串木珠，走进龙老板办公室，一屁股就在沙发上坐了下来，"今天我们又来打扰你老人家了。"

"抽烟抽烟。"龙老板赶紧撒烟。

"烟就不抽了，我们办完事马上就走！"

"唉，疤哥，这段时间生意清淡得很哪，这回你看……"

"龙老板生意兴隆，财大气粗，在这望远城头哪个不知，谁人不晓呀！"

"唉，这年头生意不好做，都是拆了东墙补西墙，马屎皮面光呀！……"

"哼，龙老板今天怎么不干脆了？"汪蜂子走上前去，嘴里吐出的一串烟圈，盘旋着往龙老板脸上飞去，"在我们疤哥面前哭什么穷呀，我看我们还是相互配合好点，免得大家伤了和气！"

"真的，我现在手头紧得很……"

"龙老板，看来，我这面子恐怕还小了点。"张强脸一沉，扭过头去，掏出自己的烟，点上抽了起来。

"我去去就来。"龙老板一看那架势，他哈哈腰，就往门外走去。

"那，龙老板，我们等你 5 分钟！"

可这龙老板出去后，5 分钟过了，没进来；10 分钟过了，仍然没进来。

"他妈的，这龙德水脚板底下抹油——溜了呀！"张强原以为这龙老板到财务室去了，见他久久没有回来，他坐不住了，一下在茶几上掐灭了烟头。

"他妈的，跑得了和尚，还能跑得了庙么！"汪蜂子一下冲出门去，大叫了几声"龙德水"后，没听见回音，他掏出身上的短钢管，"咣咣"两下，就将走廊上的两盏壁灯砸得稀烂。

"汪蜂子，你太过分了！"谁料想，汪蜂子这般举动，立即招来龚二娃带着七八个保安，从值班室里冲了出来；张强听见外面的动静，也带着几个马仔从屋里走了出来。一时间，双方都拿着家伙，摩拳擦掌，虎视眈眈、咬牙切齿，势均力敌地在大厅里对峙着。

"嘿，要打架呀！"张强这帮人在江湖上混的时间长，战斗经验丰富，只见他手一招，汪蜂子退后一步，从身上掏出一个石包灰，呼地就朝对方掷了过去！顷刻间，那包石灰弥漫开来！龚二娃等人措手不及，有的捂着眼睛，有的吐着口痰，大声咳嗽着往后退去。张强一声吆喝，汪蜂子等人举起手中的家伙，就冲了上去！顷刻间就和龚二娃几人混战起来！不到两个回合，就将龚二娃几人打了个落花流水，四散开去。

"住手！"众人正在混战，突听有人大喝一声，从门外冲了进来！在混战的人群之中，此人如入无人之境，来去如风，三拳两脚，就将张强那帮人刀棍踢飞，打了个人仰马翻！

张强大吃一惊，不知道这乱阵之中跳出来的莽汉，是林冲还是鲁智深，他连忙掏出火药枪，扳开扳机，正想发射，可他定睛一看，不由得一下就愣住了！随即，他大叫了两声："住手！全都住手！"

张强的马仔们听见头儿大叫，有的不自觉地收回手里的刀棍，有的从地上爬了起来，有的愣愣地望着张强，不知他要玩什么新的花招……

"呜——"正在此时，门口突然传来一阵警笛声响，惊得在场的战栗了一下，拔腿就想往后面的歌厅溜去。

"警察！不许动！"说时迟那时快，随着警笛声响，门外随即冲进几个提着警棍的警察，领头的警长对着正在斗殴的人群大叫一声，"抱头！蹲下！"

张强见状，知道情形不好，混乱之中，他赶紧将火药枪一下插进旁边花盆的棕竹丛中。

"简直无法无天，光天化日，聚众斗殴，打打杀杀！"领头的警长用警棍指着两群斗殴的好汉，命令其他随行的警察，"把领头的人铐起来，其他人统统带走！"

由于警察及时赶到，一场混战这才平息下来。

"身上的东西都全部摸出来！"进了派出所，十几个人被命令靠墙站成了一排，一个个报上自己的名字；刚才还气壮如牛的好汉们，此时却像被戳了一刀的猪尿泡，一下蔫了气。

"还有，把皮带也解下来！"众人摸出身上的东西，值班的民警又指了他们一下，厉声命令道。

"又是你！"当派出所赖所长走到张强面前，见他虽戴着手铐，却满不在乎地倚靠在墙上，一只脚还不停地抖动着，指着他的鼻子，"你小子是十处打锣十处在，我告诉你，早迟还会把你送上山去！"

"哼，我一没偷二没抢，三没参加国民党。"这样的场合，看来张强是见惯不惊了，他哼了一声，举起双手，"赖所长，我就犯点小错误，你们就把我铐起来了，这算不算违法呀！"

"你少啰唆！把皮带解下来！"跟在赖所长后面的民警踢了张强一下，命令着他。

张强依然不愿自己动手，民警将他腰上的皮带抽了下来。

"真是吃饱了饭找不到事干，竟敢严重影响社会治安！"赖所长简单问了问情况，根本不听打架的人分说，他桌上一拍，吩咐管内勤的民警，"小刚，先把这两拨人分别关起来！你马上办理手续，凡参加打架斗殴的，每人行政拘留15天！"说完，他有事急匆匆出去了。

时间有些晚了，屋中央那盏电灯已发出惺忪的光泽——唉，而今已失去了自由，那就听天由命随遇而安吧！吕家骏干脆排除心中的杂念，闭上眼睛敛神养息。

"谁叫吕家骏？"不知什么时候，值班的民警站在留置室门口叫了一声。

"马哥，他们叫你。"龚二娃在一旁推了推吕家骏。

"什么事呀？"吕家骏揉了揉眼睛，坐了起来。

"你出来一下！"

吕家骏以为民警要提审他，懒拖拖地随着那民警从里面走了出来，可刚走到值班室门口，突然有两个人从里面一下就拥了过来，紧紧地抱住了他！

"大哥！"那拥上来的两个人异口同声地叫着他。

值班室里灯光耀眼，吕家骏惊了一下，推开两人，定了定神，见眼前竟然是弟弟吕家骢和刺梨儿！

"你们怎么知道我在这里？"吕家骏盯着两个兄弟，疑惑地问。

"说来话长。"吕家骢说，"你还好吧？"

"唉，一言难尽哪……"

"吕大哥……"此时，屋里的长条椅上站起来一个姑娘，手里提着一个饭盒，有点腼腆地走上前来。

"嘻，清清，你怎么也来了？"吕家骏问那个姑娘。

"你，还没吃饭吧……"林清清举起手里的饭盒。

"好了好了，有什么话你们回去慢慢说吧。"值班民警打断了他们的话，"吕家骏，你过来！在这笔录上签个字！"

"为什么呀？"吕家骏疑惑地问。

"签完字，你可以先回家了！"

"那他们？……"吕家骏看了那民警一眼，指了指派出所里面。

"他们？他们另案处理！"

第八章

人生转折

1. 望远城刮起一场风暴

"星星还是那颗星星，月亮还是那个月亮；山呀还是那座山哎，梁呀还是那道梁；碾子是碾子，缸是缸，爹是爹来娘是娘……"

对面那栋楼上，不知是哪家正在放着音响，生怕邻居们不知道他们有家当似的，那声音越放越大，震得人耳膜嗡嗡作响。吕家骢听着那声嘶力竭的歌声，心里烦透了。无奈之下，他只好关了窗户，回到电脑桌前心烦意乱地坐了下来。

什么乱七八糟的歌，什么乱七八糟的歌词！这写歌词的人，搞的是什么名堂呀——碾子不是碾子，缸不是缸，爹不是爹，娘不是娘么！还用得着颠三倒四地扯起喉咙来证明什么是碾子，什么是缸，哪个是爹，哪个是娘么！简直有点莫名其妙！

"哪家人音响开这么大嘛，把孩子都闹醒了！"陶燕抱着儿子宏宏，从里屋出来，不停地埋怨道。

吕家骢看了他母子一眼，没有说话，眼睛依然盯在电脑屏幕上。

是啊，星星倒还是那颗星星，月亮倒还是那个月亮，可这几年吕家骢一家人生活的变迁，却发生了不小的变化！

吕家骢父母自从那年搬到成都牛头山后，大家各忙各的公事和家务，一家人除了中秋和春节，难得团聚一回。那年他和陶燕结婚后，到成都去看老爸老妈，爸爸兴奋地告诉他，他们为之奋斗了多年的那个强激光科研项目，经国防科工委等组织专家验收，达到了国际先进水平，现已批量生产，开始列装部队。回到上海的马明翰爷爷，他摔伤的脊柱经过治疗，如今基本康复了。这次部队在内蒙古大草原进行实战演习时，马名翰教授还亲自到场进行了观摩指导。

爸爸还告诉他，刘知问书记已经退休，回东北去了。郑之光叔叔而今已提拔为研究院院长。他事业心强，改革意识超前，加上工作上点子多，这几年，他带领院里的科技人员，除了争取到军队的几个大的科研项目外，还开发了一大批民用产品，在取得良好的社会和经济效益同时，员工收入有了很大的提高，生活也得到极大改善。

他们的老师兰馨，依然还在学校教书，但前年院里剥离社会职能后，子弟校已划归地方，她到新组建的中学当校长去了。她哥哥章咏春，前几年回到成都后，经多方查找寻觅，找到了他爱人谭小丽；经多次申诉，新疆阿克苏中级人民法院复查了他的案件后，依法对他的案件进行了纠正，宣告他无罪。而从新疆传来的消息称：那个强奸谭小丽叫金升球的矿长，因为犯强奸罪、行贿罪和组织黑恶团伙罪等，被当地公安机关逮捕，判了无期徒刑。

而今，章咏春这对苦难的夫妇团聚后，在成都开了一家小面馆，日子倒还得过且过。

大哥吕家骏几年前已和林清清结了婚，依然还在望远县"打拼"。自那次在"皇鼎"夜总会打架，吕家骢托关系从派出所放出来后，那龚二娃几个人，不断揣掇他离开龙德水的夜总会，带着弟兄们自立门户了。这几年，吕家骢无数次想拉他回家，妈妈文秀也来过望远县几回，想叫他回去跟父亲认个错，让父亲能够原谅接纳他。可他赌咒发誓地说：若不混出个人样来，他绝不回家，免得回去成天挨他老子念叨咒骂。

小弟吕家驹从西南财经大学研究生毕业后，分配在省城硅酸盐研究所。他少年得志，没两年就担任了课题组长，提拔为主管工程师。前不久给家骢来信，讲他现在谈了个对象，这个姑娘是成都人，叫范宁宁，在商业银行工作，而且还是春熙路营业部的主任。信中他还附了姑娘一张照片，征求家骢的意见。末了，还特地嘱咐哥哥，在他们关系没确定之前，先不忙告诉他爸妈。

是啊，而今他们几弟兄都各奔东西，各忙各的事情，也难得聚上一回。

吕家骢坐在电脑前，一张图还没审完，对面楼上的人家大概又换了张碟片，从窗缝里又挤进来那"我家住在黄土高坡"的嘶喊，不但又吵醒了孩子，还吵得他心里发毛。幸好，旁边有人从窗口伸出头来，对着对面大吼了几声，那音响的声音才稍微小了一点。

今天是星期天，吕家骢还在加班，忙着审查县城的污水处理厂工程图纸。这个方案县里和局里已讨论两三回了，因为几个参会的人各有各的算盘，在招投标上发生分歧和意见，害得这工程方案已做了几次调整。

吕家骢眼睛盯着电脑上的图纸，不知怎么的，他心头又想起另外的事情来。

"家骢，你现在从事的工作，是一个高风险职业呀！还是我从前跟你说那句话：君子爱财，取之有道。"他想起今年春节回家，他给父亲讲了一些工作上的事后，临走时父亲专门又跟他谈了一次话，"你别看现在有人趁着一塘浑水，在塘里拼命摸鱼；可一旦哪天水变清了，这些人不但身上会被打湿，连吃下肚皮的那些鱼，连鱼刺都会吐出来呀！"

父亲这辈子经历的事情多，特别是解放后经历了那么多政治运动，他再三告诫儿子"手莫伸，伸手必被捉"的道理，也生怕自己的儿子见钱眼开，跟着别人去浑水摸鱼。

是啊，父亲的话讲得很有道理，这趁浑水摸鱼的人，不但共产党不能容忍，就连国民党也不会容忍的呀——就在过完春节回到望远县不久，他所在的县里和局里，就相继发生了一场不小的地震！

两个月前，望远县副县长罗云翔从北京开会回来，在双流机场就被省纪委的人直接带走；没过几天，他们局长陈胜也被"双规"。这帮人接连出事后，在望远官场上引起不小的震动。随之，社会上的小道消息也传得天花乱坠、稀奇古怪起来。

有的说，被立案审查的这伙人，是多年来穿连裆裤的兄弟伙。这些年来，这些人趁着城市大兴土木搞基本建设之机，沆瀣一气，勾结社会上的包工头，在众多工程项目中大做手脚，中饱私囊。有人说，仅仅那个罗云翔，捞到腰包里的钱有七八千万，据说仅在他家的席梦思、天花板、电冰箱和空调机里，就搜出现金两千多万，有的票子竟然已经发霉了；还有人说，在他家里还搜出一包金银珠宝，那名烟名酒拉了一小车；更有人说，这罗云翔在外面单情妇就有四五个。

但坊间传得最离奇的是：这回罗副县长是栽在一个小偷手里。这个小偷在他情妇家保险柜里，一次就偷了9根金条和30多万现金，里面还有七八个存折。他的这个小情妇，无非就是茶楼的一个小老板，哪来这么多钱呢？警方破案时，顺藤摸瓜，顺手牵羊，摸到了罗云翔头上，才牵出他这只肥羊来。

另外，局里的人都说，局长陈胜这回栽跟头，那是因为"拔出萝卜带出泥"。据说是罗副县长进去后，为争取立功从宽处理，所以将陈胜局长等人供了出来。据说这陈局长这些年捞得也不少。

每次开会，吕家骢都见陈局长在极其认真、态度诚恳地给大家讲廉政纪律，提醒大家要清正廉洁，要两袖清风；去年，陈局长还被县里评选为"勤政廉洁领导干部"呢！所以，吕家骢听了人们对局长的这些传言，只当做笑料，莞尔一笑随即就丢到耳后去了。

可没想到，有些人在阳光下是正人君子，可等太阳落山后，却成了飘忽不定的邪神魅影！

更令人没想到的，上个星期一，他们正在上班时，检察院突然来了几个人，到了科长滕文清办公室，给滕科长亮明身份后，不客气地给他戴上手铐，也把他带走了！

吕家骢知道，既然来抓滕科长的是检察院的人，而且他是被戴上手铐抓走的，那当然就不是在"规定的时间、规定的地点"把问题讲清楚的事了，而恐怕是他罪证确凿。

滕科长被检察院的人带走的事，又在局里引起不小的躁动。

这几年来，吕家骢对这个顶头上司，是从刚开始的反感，到后来极其地厌恶。这个滕文清，除了吃喝嫖赌、雁过拔毛的恶习以外，更像一条又钻又刁、又圆又滑的泥鳅，他城府极深、左右逢源。这个只有初中文化、乡干部出身的科长，对吕家骢这样年轻的大学生表面客气，其实时时都在提防着他，怕他将他取而代之，处处都为他设置一些说不清道不明的障碍，冷不丁就给他一双玻璃小鞋穿穿。

吕家骢在这样的人领导下，哪里像当初翟彩彩所说的那样"要不了几年，小吕就能当科长"的预言呀！前不久，就是为县里这污水处理工程招标的事，吕家骢忍无可忍，还和滕文清大吵了一架。为这事，滕文清过后并不露声色，他反而给局领导建议：像小吕这样年轻优秀的大学生，将来政治上肯定还会有进步，最好把他安排到基层去，好好锻炼锻炼，培养培养吧！

吕家骢当然知道滕文清葫芦里卖的是什么药。

"好了，现在滕文清栽了。"陶燕对丈夫说，"你至少可以松口气，过几天舒心的日子了。"

终于，对面楼上的音响关了。吕家骢轻轻呀了口气，喝了两口茶，静下心来准备做点自己的事了。

"砰砰。"突然，门外有人敲门。

"谁呀？"陶燕问。

"检察院的。"门外有人答道。

"有什么事吗？"陶燕打开门，一边哄着孩子，一边问道。

"吕家骢在吗？"门外走进两个人来，亮了亮他们的证件。

"在。"吕家骢从电脑桌前站了起来，疑惑地打量着两个来人。

"请你跟我们走一趟。"领头的人揣好证件，对吕家骢说道，"我们找你有点事。"

2. 运交华盖欲何求

"吕家骢，今天我们找你来，有些问题想和你核实一下。"询问吕家骢的那位检察官态度还算和蔼，看样子还没有把他当成嫌疑犯，他开门见山地问道，"你到财政局工作多少年了？"

"七年多了。"吕家骢答道。

"具体负责什么工作呢？"

"基建投资管理。"

"这些年，你经手了不少市政工程项目建设吧？"那位检察官又问。

"大小有二三十项吧？"

"在你经手的这些工程项目中，你认为有没有不妥的问题呢？"

"项目中出现一些问题在所难免。"吕家骢说，"解决的办法，一是严格预算管理；二是加强工程过程的监理；三是认真检查验收，从而保证工程的质量。"

"哦，你讲的是工程的质量问题。"那检察官放下笔，"我问的和你说的是两回事，我问的是在经济上，有没有不妥的问题呢？"

"经济上都有预算，出现超预算的情况，也很常见……"

"你不要顾左右而言他！"坐在旁边的那个年轻的检察人员，一下打断吕家骢的话，声音变得有点严厉起来，他指了指旁边这个人，"邓科长问的是，在这些工程项目上，你个人经济上有没有什么问题？！"

"我个人，经济上？"吕家骢这下才明白今天检察院的人找他的原因了，他心里"咯噔"了一下，但随即就坦然起来，肯定地说道，"我个人除了拿我那点工资、加班费和年终奖，经济上没什么问题。"

"党的政策你应该是清楚的吧？"那位叫邓科长的人手举了一下，制止了旁边那位年轻检察官讯问，依然和蔼地问道，"在你经手的这些工程项目上，比如有人请客送礼呀；逢年过节、顺便给小孩一点压岁钱呀；你生病住院来看望，给一点营养费呀……诸如此类的事情，你都给我们谈谈。"

"您说的那些情况都有。尽管有人给过我很多回什么购物卡、信封、红包之类，但我都拒绝了，包括家属、小孩从来没有收过。"吕家骢想了想，"至于有人请吃个饭什么的，我跟着领导参加过很多次；逢年过节，有人送点水果烟酒之类的东西，实在推脱不了的，也收过几回。"

"你是党员吧？"邓科长转过话头问。

"不是。我还达不到党员条件。"吕家骢回答。

"那，这样说来，你虽然不是党员。"那位年轻的检察官又插言道，"你的觉悟还很高，是洗得很干净的萝卜头啰！"

吕家骢沉默不语。

"算了，我也不跟你绕圈子了，有话直说吧！"邓科长提高了声音，"你是具体管业务的人员，工程上很多事情你最清楚。你们局陈胜局长、滕文清科长，他们长期收受贿赂、索要钱财的事，你应该有所耳闻吧？现在需要你配合我们的工作，把你所知道的事都跟我们谈谈。"

"我虽然负责具体的业务工作，但他们收受贿赂、索要钱财的事，应该都是私下交易的事，不可能让我一个小小的办事员知道。"吕家骢说，"具体的事情我确实不清楚。"

"如果你知道的事情不说，一旦我们查出来……"邓科长将手里的钢笔转了两圈，"就有包庇罪的嫌疑呀！"

吕家骢想了想，依然肯定地摇了摇头。

"那我问你！"年轻的检察官"啪"地将钢笔扔在桌子上，"修清屏路到县政府那条路，临州'四方'公司的阚老板，送了你多少钱？！"

这倒是个重要的突破口！邓科长瞟了那年轻的检察官一眼，似乎对他这单刀直入的问话表示赞赏。

"这……"吕家骢原本不想给他们讲这件事情，怕这团乱麻理不清。滕文清说过，这泡臭屎最好不要掇，是越掇越臭。何况社会上不是还流传着一句八字真言："坦白从宽，牢底坐穿"吗？

不过，现在既然人家问起来，那肯定是掌握了一定的证据，不说恐怕是不行的了。他想了想，照直说道，"那'四方'公司的阚老板，在送我的茶叶盒里，装了两万块钱。"

"哼，你这样的人，我们见多了！就像一支牙膏，挤一下才冒一点！"年轻的检察官看吕家骢的心理防线似乎被突破了，他看了邓科长一眼，冷笑了一声，"我告诉你，按刑法规定：贪污受贿5000块就可以立案，你已涉嫌犯罪了！接着说吧，把你和你们陈局长、滕科长和自己的事统统交代出来！"

吕家骢看了看两个检察官一眼，一时间没有说话。

此情此景，吕家骢思绪遥远，他心中暗暗佩服和感谢着自己的老父亲——父亲那"君子爱财，取之有道"，"手莫伸，伸手必被捉"的教诲，是多么英明伟大啊！

此时，吕家骢还联想起四川省交通厅厅长刘忠山、副厅长郑道仿因为贪污受贿、身陷囹圄后追悔莫及的事；也想到乐山市副市长李玉书因贪污受贿，被执行死刑的事——他们既知现在，又何必当初啊！特别是那个郑道仿，为修成渝高速公路，还立过大功呢！可随着东窗事发，他贪污的钱，放得发霉却不敢外露；他远在重庆长寿县农村的老母亲，80多岁了还顶风冒雪上街去卖花，1枝花卖1块钱，为的是想替儿子退还赃款，好减轻罪责。当郑道仿被判处死缓的消息传到老家，他老母亲一口气没上来，竟然被活活气死！

可怜天下父母心！

"想好了吧？"邓科长见吕家骢低头在沉思着什么，他倒不着急，点燃一支烟，冷冷地看着吕家骢。

"邓科长，你能给我一支烟吗？"吕家骢突然强烈地想抽烟。

"可以。"邓科长走上前来，抽出一支烟；亲自给他点上火。

"对我们局长和科长的事情，我确实不太清楚。"吕家骢抽了两口烟，缓缓地说道，"至于临州'四方'公司送那两万块钱的事，既然你们问起，那我就说说吧。"

吕家骢又抽了一口烟，慢慢地把修建清屏路到县政府这个工程的来龙去脉，以及他和滕文清到临州出差，"四方"公司阙老板请来黄副县长等人作陪；后来送他们到旅店，赵主任送给他和滕文清每人一盒茶叶；滕文清和那旅店老板娘春梅勾搭，他茶叶盒里的钱不翼而飞；滕科长最后处理这件事的方式，自己处理那 5000 块钱的去处，像竹筒倒豆子一样，全都讲了出来。

"哼，这样说来，你比党员和领导的觉悟还高啰！"那位年轻检察官揶揄地说道。

"不，这件事我没处理好。主观上为了明哲保身，所以优柔寡断；客观上包庇了坏人，纵容了犯罪。"吕家骢真诚地说道，"该受什么法律的处置，我心甘情愿。"

"这样说来，你把那钱捐给了学校，就能把自己洗白了么？"那位年轻检察官又带着讥诮的口吻说道。

"这些年，我始终牢记着父亲给我说的一句话：在市场经济条件下，该自己要的钱，一分钱都要；不该自己要的钱，一分钱也不能要！这样的人就是一个好人！"

"你真是把那 5000 块钱捐给了云岭村小了么？"邓科长又打量了吕家骢一番，接着问道。

"我是通过我兄弟、云岭村村主任吕家龙给他们送去的。"

"他们学校打了收条吗？"

"据说是打了收条。"吕家骢回答，"这收条应该还保存在吕家龙他们村上；如没有打收条，问问学校的领导就知道了。"

"这个事我们一调查就清楚了。"邓科长又思忖了一下，"吕家骢，单凭你过去收过人家的贿赂，今天我们是可以拘留审查你的，但看你态度还比较端正——那好，我们给你一个机会，你回去再好好回忆回忆。回忆起罗云翔、陈胜和滕文清，还有临州那黄副县长、阙老板他们违法犯罪的事，哪怕是一点线索，马上来报告我们！"

吕家骢听邓科长这样一说，他点了点头，暗自松了口气。

吕家骢不知听谁说过，进了公检法机关，只要他们抓住你一点违法犯罪的证据——那呀，1000 瓦的大灯泡照射着你，车轮战似的连续审你三天三夜，让你不死也要掉层皮！可今天他来到这检察院，人家还是秉公执法，文明执法的呀！

"回去后，对自己的问题也要好好反思反思。"临走，邓科长又对吕家骢说道，"另外，在你问题没完全调查清楚之前，不得擅自离开望远县，要随叫随到。"

"知道了。"吕家骢说。

"那你可以走了。"

吕家骢走出检察院大门，抬头看了看广袤的天空，轻轻吁了口气。突然，他看见一辆挂着警灯的小车，从检察院开了出去。吕家骢愣了一下，他分明看见，那穿着制服开车的女检察官，好像是他同学——余虹！

望着从身边开过的车影，吕家骢有点迷惑了：余虹不是在县委办公室么？怎么又调进检察院来了呀！

几年前，吕家骢曾接到余虹举办婚礼的请柬，她准备在这年国庆节结婚。未婚夫也是他们高中的同学，在省城交通厅工作，可就在他们准备举行婚礼前两天，她未婚夫却在一场突如其来的车祸中不幸罹难！后来听说，那段时间她悲痛欲绝，万念俱灰。为安慰她，吕家骢与陶燕还去看过她两回。再后来，听说她嫁给了县府招待所一个姓薛的副所长。但不知为什么，他们这次结婚非常低调，两人只是外出旅游了一趟，没邀请亲友，也没举行婚礼。

这几年，大家都各忙各的公务和家务，相互之间联系很少了，而今不知她通过什么渠道，竟然调进了检察院工作！

"家骢呀，问题都搞清楚了么？"吕家骢刚走到楼下，就看见陶燕抱着孩子在门口张望，一见丈夫进了门，她就急切地问道。

"应该没有太大的问题吧？"吕家骢庆幸地说，"幸好，那年那几千块钱自己没揣腰包。"

"他们就是为那年临州送钱的事么？"陶燕问。

"在他们的概念中，搞我们这个工作的，都在跟钱财、跟建筑老板打交道，常在河边走，哪会不湿鞋呀！"吕家骢简单地把到检察院后的经过给陶燕讲了讲，"唉，我吕家骢这辈子不为自己着想，也要为老婆孩子着想呀！我如果真的进去了，这老婆孩子咋办呐！"

"你别得意了，人家还没最后跟你下结论呢！……"

"算了，我抱宏宏，你煮饭吧。"吕家骢说，"我饿了。"

"小吕、小吕！"吕家骢和陶燕正说着话，突然同事翟彩彩气喘吁吁地跑上楼来，还没进门就叫了起来，"你知不知道？你大哥吕家骏打死了人，被公安局抓起来了！……"

"什么，我大哥打死了人？"吕家骢惊得一下跳了起来。

"是呀是呀！他们已经被公安局抓起来了！"

真是福无双至，祸不单行！

最近，怎么什么倒霉的事都凑在一起来了呀！吕家骢猛然听到这个消息，他一下有点愣了——难怪春节时，他和陶燕到成都"昭觉寺"游玩，陶燕在庙里给他抽了一支签，竟然抽到一支"下下签"，那签上的谶语是"不明不白，运交华盖；南边有墙，北边有怪"啊！

3. 黑道上殊死的火拼

天色阴沉，铁窗高墙。

吕家骏抬起眼帘，看了高墙上飞过的雀儿一眼，跟着值班狱警走进监区。他的身后，跟着张强、胡黑子、龚二娃等一大串人——这次望远县黑道上两伙人火拼，公安机关似乎早就获取了情报，已布下天罗地网，一举将这两伙人一网打尽。

"吱呀"一声，沉重的铁门打开，像河马张开的大嘴，把这群人吞进去又重新闭上。这两伙人被分开关押。吕家骏和张强手下的马仔李毛子，在两个狱警的押送下，沿着一个长长的甬道，被带到9号监室门口，当手铐打开，他一脚跨进监室时，这才意识到问题的严重性了。

这次进来，恐怕不会像前一次进派出所那样幸运了。这场与张强团伙的火拼，他手下的弟兄下手也真狠，不但打伤砍伤了好几个人，而且听说还杀死了人！

欠债就得还钱，杀人就要偿命！这点基本的常识吕家骏是懂的。

自混迹于社会以来，吕家骏尽管冠冕堂皇地说自己是在社会上"打拼"，其实他所谓的"打拼"方式，早就带着黑社会的性质。他在龚二娃、胡黑子等社会闲杂人员的撺掇下，从"皇鼎"夜总会出来后，自立门户已经好几年了。

吕家骏自与那帮闲杂人员裹成一团后，听从"军师"胡黑子谋划，成立了一个什么"盘古武术学校"。在城郊区，租了人家破产后空置的几间厂房，办起"武术学校"来。由于吕家骏武功了得，豪爽侠义，众弟兄一致拥立他这个"大哥"为校长。

在这个"武术学校"里，胡黑子和龚二娃任"副校长"，这一文一武两个兄弟，成为吕家骏的左膀右臂。前者主要对外，后者主要对内。他们膜拜的祖师爷是《三国演义》中关公，并在正门中央供奉起关公塑像，每天给关老爷焚香醇酒——关老爷不但义薄云天，而且民间还尊他为财神呢！吕家骏和他们搅在一起，有点像梁山弟兄，大碗喝酒，大块吃肉，均等分银，日子倒也过得快活。

名义上，他们也招收一些少年儿童学习武术，收取一些学费；可实际上，他们主要的财源还是靠跟人追债务、"扎场子"争工程，以及收取商家的保护费。这些年，随着望远县经济发展，娱乐业也逐渐兴旺起来。吕家骏的小兄弟们瞄准这些夜总会、洗脚房和卡拉OK厅之类的娱乐场所，还操控着一家地下赌场。他们到这些娱乐场所去敛财的方式，和张强豪夺强取的方式有点不同——主要是"卖茶叶"。

那些生意好的场所，每月须买他们提供的茶叶10斤，每斤收取1000元；生意稍差的，至少也要买5斤。可这些茶叶，实际每斤价值才20来块钱。倘若遇到那不买账的老板，龚二娃就会带着几个小兄弟，来到他经营的场所，他们虽不打砸抢掠，也会让那些老板乖乖就范：他们今天不是牵来只威猛的藏獒，虎视眈眈蹲在你大门口，让那些客人望而却步；要不明天就在咖啡杯里找出只死苍蝇，非要找老板索赔；再不就在别人唱歌演出时，或嘘声起哄，或放上几个鞭炮；对那些染点黄赌毒的场所，他们就更有办法了，捕风捉影无限上纲，摇身一变，成为公安机关的"耳目"，踊跃向公安机关举报——如此一来，这些老板们还能做屁的个生意呀！

惹不起躲得起，好好好，就拿钱买茶叶消灾吧！

可如此一来，就难免抢了那张强大爷的生意。在望远码头上，吕家骏这个"马哥"，无疑就成了张强那"疤哥"的死对头。在这块地皮上呼风唤雨多年的张强，哪里忍得下这口恶气！刚开始，这两拨人马相互提劲打靶，言语威慑；久而久之，就拳脚相向，不断发生摩擦，都欲把对手置于死地，至少也要将对手打出城去！

到了去年夏天，双方摩拳擦掌，剑拔弩张，战火一触即发！

"历尽劫波兄弟在，相逢一笑泯恩仇。"在两拨人马准备决一死战之际，省城的唐啸天大爷应邀出面来主持公道。他来到望远县，将张强和吕家骏召集到城外"一亩地"农家乐里，为两人进行调解，"大家都是在江湖上混的人，山不转水转，听我一句劝，两边都各退一步——退一步海阔天空！"

鸡眼对牛眼，针尖对麦芒，二人各不相让。

"梁山弟兄，不打不相识。"唐啸天见二人都不相让，他面皮一下就沉了下来——这唐啸天，那是少年出道，混迹江湖已有多年，在江湖上是名副其实的"大哥大"；在整个川西坝子，还没有人不买他账的。他见说了半天，收效甚微，不由得鬼火一下冒了起来，从腰上取下三节鞭，"啪"地扔在了桌子上，"看来我面子还不太——那你们两人干脆单挑！打死一个，就一了百了！"

"唐大哥，这……"张强望着桌子上那根三节鞭，不由得摸了摸头上那块伤疤，有点心虚起来。

"就这么办！你们签下生死状！"唐大爷厉声说道，"打伤有医院，打死有法院！今天我做中人，打死的一方，自己把人拖走！"

"既然唐大哥这样说，大家都是江湖上混的人，何必伤了和气！"张强苦笑一下，"那，我听唐大哥的！"

"马哥，你呢？"唐啸天冷冷地望着吕家骏。

"我原本和他井水不犯河水。"吕家骏淡淡地说道，"他无非就是想吃独食！既然唐大哥主持公道，我没话说！"

"那好，既然是这样。"唐大爷手一挥，砍切地说道，"从今后，疤哥管西城，马哥管东城，生意各做各，井水不犯河水！怎么样？"

张强点点头。

吕家骏也不再吭声。

"好！"唐大爷见状，收起三节鞭，"今天中午我做东，陪你们喝碗和气酒！"

自唐啸天来到望远县后，按照他老人家旨意，张强管西城，吕家骏管东城，两拨人各做各的生意，倒也相安无事。可好景不长，自今年春天，汪蜂子跑了一趟广州，买了几支火药枪回来，加上又有两个从"山上"下来的崽儿入伙，张强自以为实力增强，又开始蠢蠢欲动起来——老子不相信，你姓吕的尽管功夫了得，难道还能刀枪不入么！那神勇亡命的义和团，不是败在了洋人的洋枪之下了么！

昨晚，一根导火索终于点燃，双方就此彻底摊牌！

事情的缘由是：昨晚张强一伙人喝了酒，不知怎么蹿到了龙德水的"皇鼎"夜总会来。在这夜总会里，他们白吃白喝了一晚上不说，还在包房里对两个服务小姐又亲又摸，又抓又扯，还要强行扒下人家的裙子内裤。吓得两个小女孩挣扎着逃走，可张强竟叫手下的人将两个小女孩抓了回来，非要把她们带走。

这两个小女孩都是刚从农村出来打工的姑娘，哪里见过如此恐怖的场面，她们大声喊叫，拼命挣扎，死活不从，其中一个姑娘忍无可忍，狠狠咬了张强一口！

这还得了！

张强放下小女孩，左右开弓就给了她几巴掌，打得那小女孩口鼻流血，脸庞红肿，趴在地上呜呜哭了起来。

"快，快给马哥打电话！"龙老板一看情形不对，赶紧叫下边的人去打电话。说起来，这"皇鼎"夜总会地处东城，属于吕家骏的地盘。何况吕家骏当年从山上下来，对龙老板收留他一直都怀有感恩之心，时时都在维护着他的生意。

看来，张强一伙今晚来到这里，是安心前来肇事的。

"疤哥，大人不计小人过。"龙老板硬着头皮，上前给张强点头又哈腰，"我的员工不懂事，我给您哥老倌赔罪了，我一定好好教育、好好教育……"

"呸！"张强趁着酒意，啐了龙老板一口，随即上前也给他一巴掌，打得龙老板眼镜横飞，一扑爬摔倒在地！张强指着倒在地上的龙老板骂道，"你他妈这个虾子，这两年以为舔了吕家那小子的沟子，就不认我疤哥了——老子告诉你，那姓吕的，我迟早也要卸掉他的两条膀子！"

汪蜂子一伙见时机已到，立即掏出身上的家伙，"砰砰嘣嘣"就在场子里砸了起来！众客人和服务人员一看这个阵仗，唯恐血溅到自己身上来，纷纷拔腿就往外面跑去！

大堂里顿时乱成了一锅粥。

"张家崽儿，你太过分了！"正在汪蜂子等人还在打砸之时，吕家骏带着一帮人，拿着刀枪棍棒，一窝蜂似的冲进场子，他冷冷地指着张强，"懂事的，马上把你的人带走！"

"哼，姓吕的，你霸占老子的地盘这么长时间了，该还给我了吧！"张强毫不示弱，一下敞开衣襟，露出腰上的火药枪来。

"呸，你那烧火棍，敢来威胁我们马哥么！"龚二娃挥了挥手里的砍刀，"你娃敢开枪，老子今天把你的'沙罐'砍成两半！"

"好啊，龚二娃，老子叫你尝尝铁豌豆的厉害！"张强一下举起枪，对着龚二娃就扣动了扳机！

说时迟那时快，吕家骏如同一道闪电，飞身扑了上去，抓住张强的手腕，只听"轰"的一声，枪口朝天，将天花板打了个窟窿！

随着枪响，张强手下的马仔们纷纷掏出家伙，一声呐喊就冲了上去；吕家骏手下的弟兄也毫不畏惧地迎了上去。一时间，砍刀碰着钢管，铁棍打飞了匕首，有人嘶叫，有人咒骂，有人倒地，有人呻吟，一场混战就在这夜总会里干了起来！

"轰！"突然又是一声枪响，正在酣战的龚二娃随着枪声，"扑通"倒地，他一下扔了手里的砍刀，双手抱住左腿，"哇哇"叫着在地上翻滚起来。

吕家骏见状，抓住张强的手腕，反手一扳，只听"咔嚓"一声，张强的手腕一下脱臼，他再来一个"背飞"，一下就将张强放翻在地！随即，吕家骏飞身跳上前去，抓住开枪的汪蜂子腰带和小腿，大喝一声，顺手就将汪蜂子扔出一丈远！汪蜂子火药枪摔落，抱着脑袋痛苦地嗥叫起来！

正抱着左腿在地上呻唤的龚二娃，一看汪蜂子被摔在旁边，他报仇心切，忍着剧痛，顺手拔出腰上的匕首，对着汪蜂子肚皮上就是几刀！

"砰！砰！"蓦然，夜总会里平地响起两声清脆的枪声，随着枪响，几十个民警和武警像潮水一样，迅速涌进了大厅，一瞬间就占据了制高点和有利地形。

"警察，全部都不许动！"领头的警察举起还在冒烟的手枪，威严地喝道，"抱头、蹲下！谁敢抗拒执法，对他就不客气！"

由于民警和武警及时赶到，这场望远城黑道上火拼的混乱场面，才被控制住，所有参与这场斗殴的人全部束手就擒——紧接着，两辆救护车赶到，开始抢救起那些受伤的人员来。

4. 牢房里的懊丧悔恨

"进去吧，这里面的规矩你们都懂吧！"

吕家骏揉着手腕，刚跨进监室门，扑鼻而来的是一股霉味和骚臭。突然走进光线阴暗的屋子，他眼睛还有点不适应，一下就闭上了眼帘。须臾，他睁开眼睛，眼前的情景，让他皱了一下眉头：监室里，空荡荡的，只有门口放着一个尿桶；地上铺着草垫和草席，草席上坐着十来个人。见有人进来，十来双绿莹莹的眼睛都直勾勾地盯他们。猛然置身其间，恍若来到一片荒原上，面对着一群饥饿的狼群！

少顷，那些绿莹莹的眼睛中，有一双骨碌碌地转动起来，一个前额光秃、肥厚笃实的汉子脸上的肌肉抽搐了一下，讪笑着对两个新来的难友说道："嘻嘻，两个老弟能到这个地方来，是你们的福气呀！""嘻嘻嘻……"其他人的眼睛也转动起来。

看见眼前的情形，望着那群皮笑肉不笑、眼露绿光的家伙，那张强的马仔李毛子情不自禁后退了两步。

"你们初来乍到，看样子还不懂这地方的规矩呀！"

"什么规矩？……"吕家骏冷笑了一下。

"我们这间牢房，是看守所的文明卫生单位！新进来的犯人，不能把虱子跳蚤给我们带进来了——把衣服裤子都脱了！让我们严格检查！"

吕家骏闻言后退一步，知道眼前这些人都不是善者。

"来，你先检查！"那秃子瞟了吕家骏一眼，略一思忖，手指着他身后的李毛子。

那秃子的话音未落，草铺上其他人早就迫不及待，立即像饿狼扑食一样，一下冲上前去，几下就将李毛子放翻在地！李毛子哇哇地挣扎着，可这些人根本管不了那么多，轻车熟路地几爪便将他衣裤剥得精光，连内裤也扒了下来，弄得李毛子双手捂住胯下的物件遮羞。随后，几个人在他衣裤里仔细地检查起"虱子、跳蚤"来——不错，他们搜出李毛子暗藏在裤裆里的300多块钱。

"啊，不错不错，现在你有钱了，可以炒份菜吃了！"那秃子狞笑着，从搜身的人手中接过那几百块钱，对李毛子说道，"这牢里的伙房，可以给犯人炒肉丝、炒肚条、炒蹄筋、炒腰花——说！你要炒份什么菜？弟兄们也好跟你沾点光呀！"

"那、那炒一份腰花吧……"李毛子昨夜头上被人打了两棒，还包着纱布。他一见这阵势，先自有点虚了，一边捡着地上的衣裳，一边有气无力地说道。

"哎哟！"李毛子话音未落，突然凄厉地大叫了一声！一个五大三粗的家伙冲上前去，就在他的腰上猛然击了两拳！剧烈的疼痛，使李毛子抱着肚皮在地上翻滚起来……

"哈哈哈哈！"监室里发出一阵令人头皮发麻的狂笑，震得连墙壁都在发颤，"这崽儿还不错，吃的是'炒腰花'！喂，再吃一份'炒肚条'如何？"

李毛子叫唤够了，这帮家伙也笑够了，一个人凑上前来："老弟，你吃苦了——算了，我们这里喂有几十条金鱼，你去欣赏欣赏吧！"

李毛子被这伙人逼着，战战兢兢走到门边那只尿桶前，一人揭开木盖，一股熏人的臭气一下往外扑来！木桶里，半桶尿上漂着污浊的粪便！站在旁边的一个小子将他头往下一按，粪尿溅了李毛子一头一脸！

"哈哈哈……"监室又是一阵肉麻的狂笑。

吕家骏冷冷地看着眼前这一切，没有吱声。寻常他听进来过的兄弟们说过：关在这里面的人，没有一个是善茬，更没有一盏省油的灯！你休看这些人都失去了自由，在警察面前装得像孙子一样，可在弱者面前，这些人全都成了不可一世的大爷！在这里面，实行的更是丛林中的法则：弱肉强食。特别是对新来的犯人，首先就会给你来个下马威，先杀了你的锐气，让你乖乖接受牢头的"领导"。

"喂，你小子怎么像条死猪，还在那里站着！赶快把衣裳脱了，我们要检查虱子跳蚤！"看样子，这秃子是这个监室的头儿，他见吕家骏还无动于衷地在门边站着，指着他厉声叫了起来，"自己赶紧把裤儿衣裳脱了！你他妈一个男人，还怕老子强奸你不成！"

吕家骏依然不动声色，只是冷冷看着那秃子。

"咦，看样子你小子还不服？"秃子手一挥，"兄弟们，好好请他吃顿'炒腰花''炒肚条'！"

几个小子讪笑着冲上前去，一下抓住吕家骏，想像对李毛子那样把他放翻。可吕家骏双膝一曲，气沉丹田，犹如栽在地上的一根石桩，几个人哇哇叫着，可无论如何也把他扳不动！

"好啊，看样子你小子还操过两天'扁卦'！"那秃子一下从地上跳了起来，"哇"地叫了一声，咬牙切齿冲上前去，一拳就往吕家骏肚皮上打去！

可秃子这一拳，像打在了坚硬的石壁上，他"哎哟"叫了一声，一下将他弹了回去！他仍不服气，龇牙咧嘴地再次冲上前去，又给了吕家骏胯下一脚！

吕家骏身体稍微一闪，"嚯"地叫了一声，双臂一伸，一下就将抓住他的几个人甩翻在地！随即，他跳上前去，恰如闪电，给了那秃子迎面一击，只听那秃子怪叫一声，口鼻喷血，噗地倒地，从嘴里吐出两颗牙齿来！

吕家骏上前一步，一脚踏住那颗秃头，举起拳头，正要打下去，只见那秃子嘴里哇哇叫着，双手抱拳，不停作揖。吕家骏忍了一下，将拳头收了回来。

　　"哈哈哈……"那李毛子在一旁看见这个情形，像犯了神经病一样，竟然幸灾乐祸地狂笑了起来。

　　"9号监室在干什么！要造反哪！""哐当"一声，远处的铁门打开，甬道里突然传来狱警一声喝叫。

　　监室里的人像耗子听见猫叫，赶紧各就各位，规规矩矩在自己的铺位上坐好。一个小子赶紧拿了一床铺盖，一下将李毛子裹了起来，将他推倒在草铺上躺下。

　　"你们在干什么！"一个狱警提着警棍，走到铁栅栏外，往监室里巡睃着。

　　众人规规矩矩坐着，没有一个人吭声。

　　"他妈的，谁要在里面捣乱，老子给你开单间！"狱警巡视一遍，没找出什么破绽，骂了一声离去。

　　"大哥，兄弟有眼无珠！"秃子见狱警离去，扭过头来，又吐了一口嘴里的血沫，又对着吕家骏拱了拱手，"大人不计小人过，多多包涵、多多包涵……"

　　吕家骏见这秃子门牙脱落了两颗，说话已不关风，他淡淡地看了他一眼，没再吭声。

　　夜来临了。

　　一缕昏黄的灯光从甬道透了进来，落在吕家骏的脸颊上。他垂头坐在草铺上，不由得想起妻子林清清，想起了女儿丹丹。一想起她们母女俩，心里不由得涌起一阵愧疚来。这几年，妻子跟着他，带着女儿丹丹，整日里为他担惊受怕，没过几天清静的日子。其实，吕家骏也早想脱离他目前这个处境，谋个正规的职业，让妻子孩子过几天舒心的日子——可不行哪，手下几十号兄弟，整天都巴心巴肠跟着他这个大哥混，不能甩下他们不管呀！真乃上船容易下船难哪！

　　佛说：从善如登，从恶如崩啊！

　　而今，他们打死打伤了人，就是不被判死刑，也会判重刑哪！如此，这些年，不但没混出个人样儿来，倒还连累了家人、妻子和女儿。唉，还有何面目去见自己的亲人哪！……

"大道无道，循道而行；良禽择木，寻木而栖"。静夜里，当年道长曾经送他的几句话，一下在他脑际浮现出来。此情此景，让他对道长的话似乎有点觉悟起来——看来，下山这些年，是违背了道长的初衷，没遵从他"循道而行，寻木而栖"的教诲呀！

这个夜晚，是吕家骏离家出走这些年来，第一次感到懊丧、感到悔恨、感到无助、感到悲怆的夜晚——可这懊丧、悔恨、无助和悲怆，对他来说，都统统迟到了呀！

这里，吃霉米睡地铺倒还罢了，房间狭窄空气污浊也罢了，最使人难以忍受的，就是在这有限的空间里，除了铁门上那个可怜的窗洞，四周全都密不透风，高墙和铁门把世界上的阳光空气都与这里隔绝起来。牢室里，白天无光，夜里却有灯。同时，关押在这里的人，还要无缘无故被人呵斥，屙屎屙尿都要请示报告——失去自由的滋味，真他妈比被人一枪毙了还难受啊！

"喂，哥老倌，你还没睡呀？"突然，一个低沉得可怕的声音猛然把吕家骏从冥思中惊醒过来！一扭头，黯淡的灯光下，一个头发胡子像堆乱草、面皮粗野黧黑甚至有些狰狞的人向他凑了过来，"大哥，你不要跟这伙人一般见识！"

吕家骏打量了此人一眼，没有吭气。

"这几个崽儿都是杀人放火强奸犯，跟老子不一样！"那人指了指屋里的这些人，用讨好的口气接着说道，"我看你那样子，不像是作案的人，反正老子也睡不着，干脆我们两个吹一吹！"

同室的人已经发出像猪一般的鼾声。吕家骏望着眼前这个面目像恶鬼一样的人，身上有点起鸡皮疙瘩——吹？跟这样的人，有什么可吹的呢？

"哥老倌，跟兄弟说实话，你是犯了哪样法进来的？"

犯了哪样法？吕家骏嘴唇动了动，依然懒得跟他说话。

"哥老倌，我跟你一样，也是受了冤枉！"

"你是干啥事受了冤枉呢？"吕家骏淡淡地问道。

"唉——说来话长哟，我是北川山里头的人，要说见世面，老子也见过一些！我当过几个月的兵，还上过越南战场！他妈的那地方太恼火了，我就跑了回来。人家云南那边的人都在挖金矿银矿，我回来干啥子呢？我想到我们那地方老坟多，听老人说这些坟头埋有金子银子和古董货，既然这些东西埋在地下没有用，死人又享受不了，我咋个不把它挖出来呢！……"

哦，听到这里，吕家骏明白了：难怪此人面目如此粗野黧黑，像恶鬼一般，原来是个盗墓贼呀！

"说老实话，这些崽儿才是真正的罪犯！"他回过头盯了屋里横七竖八睡着的那群人一眼，"这几个崽儿，有两个是杀了人，有五个抢了人，还有一个是强奸犯！这些崽儿，都该判死刑！"这盗墓贼长长叹了口气，鸣冤叫屈道，"我他妈的才叫冤枉呀，一不偷，二不抢，埋在坟头的东西又没有主儿！我他妈的辛辛苦苦，深更半夜撬棺材、拖死人，凭劳动力挖点东西挣口饭吃，也他妈的犯了法！政府没有钱，那些死者的东西埋在土头又没有用，我挖出来卖给政府，还是给政府做了贡献哪！……"

嘻，这是一个什么逻辑、什么心理、什么扭曲变态的人性啊！真是林子大了，什么稀奇古怪的鸟儿都有！吕家骏一头倒在草铺上，闭上眼睛，懒得再听此人在耳边聒噪了。

5. 秋日里的不眠之夜

这是吕家骏参加工作以来，情绪最低落的一段时间。

冥冥之中，似乎真有什么神秘的力量在左右着人的命运似的。自从陶燕在"昭觉寺"给他抽了那支"下下签"后，他的境况真如那签上所预测的那样，是越来越不顺达。

入夜了，在这里远离县城的陌生建筑工地上，还在加班的挖掘机、运输车、卷扬机和震动器的声响，不时在他耳边轰响，吵得他心里像塞了一团乱草。夜深了，和他住在一起的同事尹朝宗早已酣然入睡，而他心里有事，辗转反侧，始终不能入眠。

实在睡不着，他干脆支起身来，半倚半靠在床头上，想着自己的心事。良久，他点燃一支烟，烟头在夜色中明明灭灭，眼前的一些事又在他眼前浮现起来。

一月前，他参加了大哥吕家骏他们案件的庭审。

这次公开审理两个黑恶团伙火拼的案件，轰动了整个望远县，乃至省城，引来多家新闻媒体现场采访和人们旁听，法庭内外都挤满了人。

这两个黑道上的人火拼，几乎势均力敌，双方都有人打伤砍伤，其中重伤有 5 人。幸好张强团伙中的那个汪蜂子，虽被龚二娃肚皮上戳了几刀，幸好救护车来得及时，经过一番抢救，将他的命保了下来——但听法医鉴定书上讲，龚二娃扎汪蜂子这几刀扎得实在太狠，其中一刀扎穿了汪蜂子的膀胱，一刀扎到了他的阴囊和生殖器。经法医鉴定，汪蜂子的两个雀蛋受到严重损伤，很可能从此归入太监范畴，属于重伤。

但汪蜂子命大，好歹活了下来，这免除了龚二娃的死刑。

经法庭判决，张强系黑恶团伙首犯和累犯，加上长期欺行霸市、敲诈商户，又主动挑起事端，致人重伤，还私藏持有枪支，奸淫猥亵妇女等，数罪并罚，判处无期徒刑；吕家骏也系黑恶集团首犯，敲诈商户，聚众闹事，致人重伤，判处有期徒刑 12 年。同时，龚二娃被判刑 8 年；汪蜂子也被判刑 10 年。其余两个团伙 20 多个马仔，各判 3 到 7 年有期徒刑不等。

法院判决之后，在吕家骏等人被送去劳改之前，经过翟彩彩丈夫从中斡旋，吕家骢和嫂子林清清才有了探监的机会。他们给吕家骢送去了被褥和衣物，以及一些日常用品。

吕家骏收下了他们送来的东西，但不愿出来见他们，只委托狱警带话给他们说：经过几个月在狱中的反省，他对自己这几年来的所作所为感到懊悔，对不起亲人和朋友，特别是连累了林清清和孩子。希望他到山上去了以后，林清清不要等他，找一个老实可靠的人改嫁；同时托付弟弟家骢，照看一下他的女儿，他的事情不要告诉父母云云。

同时，他托狱警带出来一纸与林清清的《离婚协议书》，上面已签上了自己的名字。林清清一看那纸《协议书》，眼泪"唰"地就流了下来，不由分说，几下就将那《协议书》撕得粉碎，然后抹着眼泪离开了监狱接待室。

不久，吕家骏、张强他们都被送走了，送到了宜宾珙县山里一个煤矿劳动改造去了——真是命运弄人，吕家骏从山上下来，没几年又回到了山上去，只是在这两座山上生活的性质完全不同就是了。

望远县的腐败窝案不久也进行了公审。副县长罗云翔以贪污受贿罪被判有期徒刑17年；局长陈胜被判有期徒刑13年；科长滕文清被判有期徒刑11年。据说，临州县的黄副县长、"四方"公司的阙老板也被逮捕判刑。

吕家骢受贿一事，因数额较小，经检察院调查，那5000块钱确实是捐给了云岭小学，检察院虽然在"起诉书"中点了他的名，但对他做出"不予起诉"的决定。

望远县经过这两场风雨的涤荡，似乎有些清静起来。

"小吕呀，这几个月，在你问题没查清以前，局里没安排你过多的工作。"局里陈胜、滕文清他们案件审结之后，财政局新来的党组书记、局长裴健找吕家骢谈了次话，"现在你的问题已经很清楚了，或者说没什么问题。但你错就错在，客观上包庇了坏人，漠视了犯罪行为；明明知道他们有权钱交易的嫌疑，没有及时向组织上汇报。"

"裴局长，我一个普通工作人员，上有老下有小。"吕家骢申辩道，"在没有掌握他们确切的受贿证据之前，我不可能就向上级检举揭发呀！"

"这我不是批评你，只是希望你今后政治嗅觉要敏锐一点，觉悟能提高一些。"裴局长说，"局里有同志说，你能把领导给你的'出差费'全都捐给了贫困山区，还该受到表扬——但这种说法也不对，那钱来路毕竟不正嘛！"

吕家骢沉默不语。

"另外呢，经局里办公会研究，准备调整一下你的工作。"

"干什么呢？"吕家骢问。

"到文化城工地担任管理员。"裴局长说，"在那里，或许能更好地发挥你的专长。"

吕家骢闻言心里一沉，他明显意识到，组织上把他调出局机关，至少，对他已有不信任的意味了。

"这文化城项目，是县旅游局具体在管，我们负责资金投资审查。"临走时，裴局长又嘱咐道，"到了那里，希望你要配合好他们的工作。"

此处不留人，自有留人处。吕家骢虽然对局里的这个决定有些愤懑，但他不想乞求领导；退一步说，就是死赖着留了下来，也失掉自己做人的尊严。裴局长与他谈话后，他二话没说，立即收拾好东西，交接了工作，第二天就走马上任了。

文化城工地在郊区，没有车往来也不方便，除了周末，吕家骢只好住在工地上了。

塔吊上的探照灯光，从窗口透进简易工房里来，同屋的尹朝宗不时发出低低的鼾声。听着他那甜美无忧的鼾声，吕家骢抬头看了一眼，他暗暗对这个性情沉稳的尹朝宗羡慕起来。

这尹朝宗年龄还不到50岁，原本在县旅游局机关工作，他是学哲学的一个老牌大学生。听说旅游局局长郑阳对他有些看法，下派到工地来负责材料采购等后勤工作。他人长得瘦削，但很精神。来到这里不久，吕家骢就发现这个尹朝宗其实很有文化底蕴，个人修养也很好，说话细声慢气，做事稳重沉静，处处都表现出与人为善、与世无争的境界——可为什么他们那个郑局长会对他有看法呢？这一点，吕家骢没有想通，但也不好问他。

相处日久，吕家骢对这个同事有点感起兴趣来。

夜，越来越深了。终于，外面的探照灯熄灭，加夜班的人们下班了。吕家骢掐灭了烟头，这才倒在床上迷迷糊糊地入睡了。

不知过了多久，他被一阵窸窸窣窣的声音惊醒过来，裂开一丝眼缝，见天还没亮。朦胧中，见尹朝宗翻身起了床，好像生怕惊醒了他似的，他轻手轻脚穿好衣服，轻轻地走了出去。

大概，他是去上厕所吧？

可不对呀！这段时间，吕家骢每天醒来，见尹朝宗床上都是空的，都不在屋里——难道，他每天都早早起来在外面晨练么？

等了好半天，吕家骢也没见尹朝宗回来。窗边渐渐透进一缕晨曦，吕家骢觉得有点内急，他穿好衣裳走出门，想去上厕所。

走出门来，天还早，整个工地上静悄悄的，天边刚露出淡白的晨光。吕家骢在厕所里没见到尹朝宗，可在他经过旁边的材料库时，突然闻着一缕藏香的气味。

哪里来的藏香味道呢？

吕家骢循着香味走去，轻轻地走到材料库前，他透过窗缝往里一看，见两个人影盘腿坐在地上，嘴里正低声地呢喃着什么。对了，他们面前点着一支香，香味就是从那里飘散出来的。

可，里面除了尹朝宗外，另一个人是谁呢？

吕家骢仔细一辨认，原来是董见飞。这个董见飞，在工地担任保管兼门卫。他大约50多岁，和尹朝宗关系很好；他乐善好施，好打不平，且身手矫健，身体壮实，就是在寒冷的冬天，经常也就穿着一件单衣。

哦，吕家骢一下明白过来，原来尹朝宗和董见飞他们是虔诚的佛教徒，正在打坐诵经做早课呀！

这个尹朝宗和董见飞，勾起了吕家骢对他们的好奇心。

6. 人生真谛的探求

秋山林秀，虫鸣鸟语。

一条在山涧崖壁中凿出来的小径，掩映在古木葱茏的森林之中。这路，越走越是陡峭，越走越是艰难。吕家骢与尹朝宗、董见飞在走马驿下了车，沿着进山的一条小道，走了一两个时辰，渐渐进入大山之中。

"家骢，再坚持一下，爬上这个坡就到了。"尹朝宗走在前面，回头看了看吕家骢，鼓励他说。

今天是星期天，吕家骢和尹朝宗、董见飞按照他们事前的约定，到"石静寺"去拜访祥云大师。

"尹兄呀，有件事我不知当问不当问？"那天吕家骢看见尹朝宗焚香做早课后，当天晚上，他犹豫一阵，终于忍不住问起他来。

"什么事呀？"尹朝宗问。

"早晨我见你在做早课。"吕家骢问，"你信教吧？"

"是呀，我信佛教。"尹朝宗犹豫一下，点了点头。

"难怪，我看你平时性情那么平和，原来你是虔诚的佛教徒呀！"吕家骢笑道，"你是什么时候皈依佛教的呢？"

"要说我皈依佛教的起因，说起来话就长了……"

"你能给我讲讲吗？"吕家骢问道。

"平时我看你很喜欢读书，为人也很稳重。"尹朝宗停了停，淡淡地笑了笑，"既然你问起，那我也就不隐讳了。"

"我洗耳恭听。"

尹朝宗是三台县人，离他家不远处就是三台有名的"无量寺"，他母亲就是一个虔诚的佛教徒。从小，他就在暮鼓晨钟、烧香拜佛的氛围里长大。那时，他虽说对佛教文化感到有些神秘，但他在学校里接受的是唯物主义教育，受到的是无神论的影响。尹朝宗是个多思多想的人，随着渐渐长大，他多读了一些书，多经历了一些事，多见识了一些人，特别是那一年他经受了失去爱妻的痛苦之后——他不由得对自然、人生和社会，产生了越来越多的迷茫和困惑；而这种迷茫和困惑随着岁月的推移，越来越强烈，越来越深沉。在他失去妻子的那些伤感的日子里，他日夜都在痛苦中纠结，始终不得解脱。

这年秋天，在他痛苦之时，应朋友之邀，到山里的"石静寺"等处去散心。在那里，他结识了寺里的方丈祥云大师。听了大师几次讲经说法，与大师几番交谈之后，他感到心灵受到巨大的震撼，内心慢慢开悟后，才从多年的迷茫和困惑中解脱出来。从那时起，他才知道万物生存于宇宙，除了现实的物质世界之外，还存在着一个神奇的精神世界——如此，他才终于找到一个心灵的栖息之地。

"从哲学的角度讲，人生最迷茫和困惑的，归根结底就是处理好三个关系。"尹朝宗讲完自己皈依佛教的原因后，见吕家骢聚精会神地听他说话，他接着讲道，"三个什么关系呢？一是如何处理好人与人之间的关系，也就是处理好个人与亲人、朋友和同事，以及所有社会人的关系；二是如何处理好人与自然的关系，这个问题嘛，虽然很难，但也很好理解也好处理；而最难最难的是，就是如何处理好第三个关系……"

尹朝宗说到这里，停了停，他喝了一口水，接着讲道：

"这是个什么关系呢？就是人与自己心灵的关系——这个问题的核心是：你是从什么地方来，要回到什么地方去？这个问题是最令人感到迷茫和困惑的；不解决这个问题，人的心灵就只能在半空中飘忽，永远没有安宁的栖息之地……"

啊，难怪这尹朝宗是学哲学的，他对人生竟然有着这么深沉的思考，知道这么多的人生哲理，提出这么深奥的哲学问题！听到这里，吕家骢对他不由得佩服起来。

"关于这个问题，远古以来，无论是先贤圣人，还是哲人智者，都在苦苦追寻这个问题的答案，都在苦苦探求解决这个问题的方法。"尹朝宗接着讲道，"在东方，在释迦牟尼出现之前，古往今来，还无人真正地找到解决这个问题的答案和方法……"

"喂，尹兄，我想问问。"吕家骢低头想了一下，打断尹朝宗的话，"那你最初信奉佛教的动因，就是为了逃避心灵的痛苦么？"

"刚开始信奉佛法时，或许是为了逃避这种痛苦。"尹朝宗点了点头，接着说道，"后来我才知道，所谓痛苦，其实是无知的结果。所以人生需要驱除的就是无知。而最根本的无知，是相信自身真正的存在，相信现象界的实在性。我不否认生物学和物理学的迷人之处，但单单知道了这些，就能够帮助我们理解快乐和痛苦的心理过程么？"

"那，这个过程，佛法能给人答案吗？"

"能。佛法能让你清晰地认出'自我'，这才是所有问题的根源。只要放下对自我的信念，就可以让内在的和平自然流露。"尹朝宗说，"佛法不只是在形容心中会产生的状态，它还能示范如何转换这些状态，给人以答案。"

"那，我想问尹兄，你是学哲学的，经过你这些年的探求，你认为佛教是宗教还是哲学呢？"吕家骢又问。

"经常有人问我这个问题。"尹朝宗笑了笑，"我也只能用开玩笑的方式回答你：宗教家说它是一种无神论的哲学，一种心灵的科学；而哲学家说它是一种宗教。正因为如此，佛教就有了一种优势，就可以在宗教和哲学之间搭起桥梁——但教义的真理必须自己去发觉，通过不断的修炼，最后才能迈向心灵的证悟。"

"那，董见飞是什么时候开始皈依佛教的呢？"

"他一生坎坷，皈依佛教比我早，还是祥云大师的师弟呢！"尹朝宗说。

"尹兄，我早就听说祥云大师名闻遐迩，造诣非凡。"吕家骢说，"你哪天有空，能不能也带我到'石静寺'去，拜见一下那位大师呀？"

"怎么，你对佛教也感兴趣？"尹朝宗问。

"听君一席话，胜读十年书呀！"吕家骢由衷地说，"过去我读过一些人物传记方面的书，当我读到爱迪生、牛顿、爱因斯坦这些伟大的科学家，他们穷其一生，都在孜孜不倦地追寻科学真谛——但他们到了晚年，也虔诚地信奉宗教时，我就感到奇怪和困惑。特别是牛顿，他从 26 岁就开始研究神学——今天尹兄的一席话，让我茅塞顿开呀！"

"老弟谬赞，我只不过与你交流一下个人的人生体验而已。"

"是啊，我觉得单纯把宗教与迷信画等号，这是有失偏颇的。世界三大宗教教义，特别是佛教经典里，其实包含着深刻的哲学原理，值得人去探讨。"吕家骢说到这里，他转过话头，"我看，干脆这个周末，尹兄就带我到'石静寺'去，拜见一下那位祥云大师如何？"

"好啊，我也正要去跟老师送点东西呢！"

古木葱茏，苍苔叠生。

爬上眼前这个山坡，举眼望去，只见一座寺庙在山坳的密林里若隐若现。站在山岚，回头纵目远眺，但见古柏苍松四面环绕，那层层绿浪向东涌来，犹如来到一个叫人神思飞扬的奇幻世界。走到寺庙前，举眼一看，这"石静寺"也让人暗暗称奇！

驻足寺前，只见整座庙宇几乎是用石头砌成。门口的碑记上，记载着此寺的来历。此寺始建于唐代，于明嘉靖十四年，一个叫释定贤的高僧四方化缘，筹资重建。至于如何要在这里建寺，这里历来出了哪些高僧大德，后面的字迹便有些模糊了。

走近寺前，从寺内传来一阵木鱼敲击和诵经之声。轻轻走进寺里，只见大殿上佛像庄严，油灯摇曳，香烟缭绕，十几个僧人盘腿坐在蒲团上，正在祥云大师带领下做功课。那诵经之声，抑扬顿挫，意蕴悠远，让人顿生宁祥和静和之意：

观自在菩萨．行深般若波罗蜜多时．照见五蕴皆空．度一切苦厄．舍利子．色不异空．空不异色．色即是空．空即是色．受想行识．亦复如是．舍利子．是诸法空相．不生不灭．不垢不净．不增不减．是故空中无色……

"尹兄，他们念诵的是《心经》吧？"众僧在做法事，尹朝宗他们不便打扰，便静静地在旁边的石凳上坐下等待。吕家骢听了一阵，似乎听明白了什么，他低声问尹朝宗。

"你读过《心经》吧？"

"听经文里面有'般若'一词，我便瞎猜的。"吕家骢说，"尹兄，'般若'就是智慧的意思吧？"

尹朝宗点点头。

"师傅近来可好？"待众僧功课做完，尹朝宗这才带着吕家骢，走上前去，合十向大师施礼问好。

吕家骢举目一看，这位祥云大师端坐在蒲团上，果然气宇不凡。他身披袈裟，手执佛珠，形羸骨瘦，二目通神。吕家骢早听人说过，祥云大师不但精通佛教，而且在哲学、医学、艺术上也有极深造诣。吕家骢见尹朝宗上前施礼，也赶紧上前与大师鞠了一躬。

"这位施主是……"大师看了吕家骢一眼，轻声地问道。

"这是我的同事和朋友。"尹朝宗说，"他对师傅仰慕已久，想来拜见拜见师傅。"

祥云大师抬起眼帘，仔细看了吕家骢一遍，尔后缓缓说道，"有缘之人，都会不请自来……"

"还请大师多多赐教。"

"既然你们来了。"祥云大师缓缓站起身来，"请到禅房喝茶吧。"

此生有幸，吕家骢下到文化城工地，不但结识了尹朝宗这个长兄；而且通过他，认识了董见飞这位虔诚的佛教徒，还有祥云这样的佛学大师。此后，他和他们成为无话不谈的朋友，经常向他们请教和探讨人生、宗教、自然、哲学和艺术方面的问题来——这对他人生的思维方式、人品修炼、人格培养，都起着润物无声的作用。

7. 这个世界精彩又无奈

这个世界很精彩，但这个世界也很无奈。

自下派到文化城工地以来，吕家骢每天就这样不咸不淡地打发着单调枯燥的时光。

然而这年春天，因为一件偶然的小事，他却向领导递交了"辞职申请"，毅然决然离开了那里，想独自到社会上去闯荡一番了。

周末回到城里，弟弟吕家驹来了封信，谈了谈他近来的工作和生活情况：他自进了省城硅酸盐研究所后，在那里干得还不错，甚至混得有些风生水起。前不久，他已从课题组长直接提拔为科研处处长；而他那个对象范宁宁，自去年吕家驹与她结婚后，她也很得领导信任，因能力出众，业绩突出，已从营业部主任提拔为商业银行副行长——看完信，吕家骢暗暗替弟弟一家人感到高兴。

　　"陶燕呀，你看看。"吕家骢看完信，喜滋滋地将信递给陶燕，"家驹现在提拔为科研处长，范宁宁也当副行长了！"

　　"是啊，人家能干，所以进步都大呗！"陶燕接过信，浏览了一遍，随手扔在了桌子上，"人家都进步了，那只能证明我们无能呗。"

　　"人比人，比死人。"吕家骢听陶燕那口气，隐隐感到了什么，"这能不能当官，能不能发财，那要看天时、地利和人和，但更重要的是要有机遇呀！"

　　"什么天时、地利、人和、机遇！那都是哄小孩子的话。"陶燕拿起一张《望远日报》，一下递在吕家骢面前，"你看看，你那位同学，人家更是不得了了！"

　　吕家骢拿起报纸，一眼就见头条位置登载着一条消息：《望远县人大常委会关于任命干部的通知》。吕家骢扫了扫那条消息，不由得愣了一下，他看见报上刊着一张十分熟悉的照片——哦，这不是他同学余虹么！

　　"怎么，现在余虹也提拔为副检察长了呀！"吕家骢有点不相信自己的眼睛，"她进检察院时间并不长，怎么就当副检察长了呀？"

　　"怎么，你还不服气？"陶燕说，"昨天，人家人大常委会还表决通过了，正式下发了任命通知呢！"

　　"组织部门拟定的事，那人大代表了解多少情况呀！"吕家骢说，"无非就是走走过场罢了。"

　　"昨天，人家还打来电话，问你多久回来？下星期要准备请客呢！"

　　"怎么，她还要请客呀？"吕家骢拿着那张报纸，心里还在犯着嘀咕——这到底是怎么回事呢？

　　看来，四川人有句俗话：没有那个钉钉，就挂不起那个瓶瓶儿。而今社会上的传言呀，有的还并非是空穴来风！早在去年，吕家骢就听同事翟彩彩说，县里的公检法机关，早就背地里在暗传着余虹的一些风言风语，暗传着她的一些风流韵事。有人说，她与县委书记邱志国的关系非同一般；还有人说，她和检察长孔成亮经常单独出差；甚至有人还说，亲眼在省城看见她和邱志国在"锦江宾馆"开过房。

吕家骢知道，这些传言肯定是翟彩彩的先生告诉她的。

这些传言，真真假假，似是而非。吕家骢听了之后，始终似信非信，甚而根本不愿相信——一个年轻漂亮的女性，固然有她得天独厚的优势，男人们多看她几眼，甚至有人有点非分之想，这是人之常情。还有，有人是出于嫉妒也好，羡慕也罢，总喜欢拿这样的女人来整点茶余饭后的花边新闻，但作为党政干部的邱志国和孔成亮们，或许就是有那色心，恐怕也不敢有那色胆吧？

吕家骢总喜欢以善良之心做出善良的判断。

"莫非，她当这副检察长，与这些传言……"吕家骢不愿再往深处想了。停了停，他对陶燕说，"哦，她下星期还要请客呀！到时候你当代表吧，我不去。"

"我估计你就不会去。"陶燕淡淡地笑了笑，"你们是同班同学，都是一个老师教出来的学生，人家现在是堂堂的检察长，你嘛还是一介白丁，去了好尴尬，那脸上没有一点光呀！……"

"陶燕，你怎么这么说话呢！"吕家骢听陶燕似乎话里有话，他一下打断了她的话，"不就是当了个官儿嘛，还请什么客呀！你知不知道，她这是在向大家炫耀——当然，如果她真是靠自己的本事当上了检察长，我自然该去祝贺祝贺；反之，我何必要去给她吹喇叭抬轿子，到那种场合去欣赏她的得意呢！"

"算了，我说句你可能不爱听的话，"陶燕闻言又笑了一下，有点揶揄地说道，"你向来清高孤傲，一副出污泥不染的样子，但那有什么用呀！你不是在研究历史和哲学，讲什么人生观价值观吗？难道不知道'成败论英雄'的道理呀！"

"这样的道理我一听就反感。"吕家骢一听此话，心里一下来了点气，他提高声音，"什么叫成和败呀，难道衡量一个人的价值，就看他当了多大的官，看他挣了多少钱吗！如果衡量人价值的标准，只有权力、金钱和物质，我看这社会是得了病，那只是这个社会的悲哀！"

"是呀，这社会就算得了病，可人家一个歌星、影星和球星，出场费就是几十万，甚至上百万，你有什么办法呢，这就是市场经济呀！"陶燕说，"所以，不管你是何等的孤傲清高，自命不凡，也只能在一旁哼哼'病中吟'罢了！"

"我相信，这都是昙花一现的怪状！衡量一个人的价值，那要看他为人类社会做了多少好事，为国家和民族做了多少贡献，至少他为老百姓做了多少善事吧！"吕家骢有点激动地说道，"我跟你讲过我们基地庞大山院长的事吧，人家那是经过二万五千里长征的老革命……"

"算了算了，我没有你那么高的境界，不和你争了，我要到妈那里去接宏宏了。"陶燕转身往门外走去，走到门口，她又补了一句，"你都快到不惑之年了，千万不要有狐狸吃不到葡萄的那种说法呀！"

"你——"吕家骢一下站了起来，不知说什么好，最后他冲口而出道，"你、你什么时候也变得这么俗气！……"

"什么，你说我俗气?！"陶燕闻言，眼里一下闪起了委屈的泪光，她一扭头往楼下走去，"那你高雅，一个不食人间烟火的人，只配做庙里泥塑的菩萨！"

价值、价值！望着陶燕离去的背影，吕家骢一时有点被激愤起来——我吕家骢难道就真的那么没有价值么！

与陶燕发生那场不愉快的争执后，陶燕带着孩子在娘家没有回来，吕家骢一个人孤零零地待在家里，整整一天没人跟他说一句话。望着家里的冷锅冷灶，盯着毫无生气的天花板，望着窗外透进的迷茫灯光，吕家骢横躺在沙发上，挨着寂寞孤独的长夜……

"有勇气在自己生活中尝试解决人生新问题的人，正是那些使社会臻于伟大的人！那些仅仅循规蹈矩过日子的人，并不是在使社会进步，只是在使社会得以维持下去……"

不知怎么的，吕家骢纷乱的思绪中，突然冒出印度作家泰戈尔的这句话来——是啊，循规蹈矩固然会成为一个好人，但也会成为一个庸人哪！男子汉大丈夫，好不容易来到这个世界上走了一遭，难道人生的目标仅仅就只是做个好人，甚至是个庸人？

陶燕的抱怨虽说有点伤人，但也不能说完全没有一点道理。

到天快亮时，吕家骢才迷迷糊糊睡了一会儿。

当自行车在楼下碰响铃声时，吕家骢醒了过来。他起身用冷水抹了一把脸，连早饭也懒得吃，闷闷不乐地下了楼，搭乘文化城值班车离开县城，准备回到工地去。

也是凑巧，这天早晨，他又遇到一件更叫他窝火的事！

8. 要死就死个痛快

细雨霏霏，天色阴沉。

值班车刚到工地门口，一个嘈杂混乱的场面，突然堵住了车的去路。

工地门口，一群人正吵吵嚷嚷从里面涌了出来。领头的保安队长漆从标，手里提着一支电警棍，正神情严肃地边走边在跟几个保安吩咐着什么。在推推搡搡着的人群中，一个邋遢猥琐的汉子，手被绳子捆绑着，胸前吊着几块破铜烂铁，身后挂着一个破麻袋，在保安的抓扯下不停挣扎着。他一边挣扎，一边向那保安队长不断哀求着："漆队长，我错了、错了……再也不敢、再也不敢了呀！……"

"哼，你小子，现在知道错了！"走在前面的漆队长回过头去，厉声呵斥道，"现在你知道错了，已经晚了！你竟敢在我管的地盘上来作案，那就等着到看守所去吃8两吧！"

"漆队长，您就饶了我这一回吧……"那被绑着的汉子一听此言，脸上抽搐一下，猛地从保安手中挣脱出来，一下就跪在了那漆队长跟前，可怜兮兮地哀求道，"我再也不敢、再也不敢了呀！……"

"你不要在这里要死皮赖！到了公安那里，你自己去争取坦白从宽！"这漆队长面皮绷得来像一块冰冷的钢板，完全不为此人的哀求所动。

"漆队长……呜呜。"那汉子磕着头，身上挂着的那些破铜烂铁，也在不停地叮当作响，他涕泗滂沱地继续哀求道，"漆队长，我老婆瘫在床上，孩子也才三四岁，您把我抓走了，她们没人管，会饿死的呀！……"

"哼，严厉打击刑事犯罪，这是当前工作的重中之重。"漆队长提高声音训斥道，"早知今日，何必当初。我告诉你，今天你小子这件事，还惊动了郑局长，这就活该你倒霉——走，带走！"

几个保安听到队长的命令，奋力上前，将那人像抓小鸡一样拎了起来，不由分说就往外面拖去。一群人使劲往外拖，那人又哭又叫死不配合，那场面顿时就搅成了一锅涨翻翻的羊杂萝卜汤！

"漆队长，这到底是怎么回事呀？"吕家骢一看眼前的情形，他不由得下了车，拦在那群人前面问道。

"哦，是吕工哪！"漆队长见吕家骢挡着去路，他说，"这小子昨天晚上钻到工地，偷了工地的材料，我们把他送到公安局去。"

"这不是钢筋班的况之才么！"吕家骢举眼一看，心里不由得沉了一下。

这个叫况之才的人，吕家骢认识，他是个农民工，平时还算老实。他老婆原来也在工地上干活，前年从脚手架上摔了下来，摔断了脊椎骨，瘫在床上已两年了；他住在附近农村，孩子又小——是呀，把他抓到公安局去了，他老婆孩子怎么办哪？

"漆队长，既然他老婆瘫在床上，孩子还那么小。"望着那况之才可怜兮兮的样子，吕家骢不由得动了恻隐之心，"你们把他送到公安局去了，那他家里谁来管哪？"

"吕工，这件事你最好不要管。"漆队长说，"郑阳局长已经吩咐了，对这样的贼娃子一定要严加惩处，叫我们带上他偷的赃物，马上把他送到公安局去！"

"那郑阳局长也要讲道理，具体的事情要具体处理呀！"吕家骢一听"郑阳"这个名字，像被人喂了一只苍蝇，心头极不舒服。此人城府极深，平时根本不做实事，就好做点表面文章；一到工地，便是一副颐指气使、居高临下的气派。吕家骢自到文化城以来，就对这个主管文化城建设的局长极为反感。

"吕工，我看这事你就不要管了。"漆队长说，"郑局长怪罪起来，你我都担待不起呀！"

"漆队长，有些矛盾不能采取极端的方式呀！"吕家骢加重语气，"对一些小偷小摸的行为，主要还是要以行政处罚、教育为主嘛——就是犯了罪，也该按有关法律法规来处理，怎么动不动就把人捆起来挂赃游街，还像'文革'那样，搞侮辱人格那一套呀！"

"那，吕工，你说怎么办吧？"

"工地上的事我也能管一些吧？你们先把他放了！"吕家骢说，"至于对他怎么处理，我们商量一下再说吧。"

"什么，把他放了？"漆从标说，"这个……还是先问问郑局长吧。"

"不用问了。"吕家骢说，"郑局长那里，我来向他解释。"

"这……"

"就这么办！"吕家骢看漆队长在磨磨蹭蹭很不情愿的样子，早晨从家里出来，他正憋着一肚皮的气，不由得脸一沉，"有什么问题，我来承担责任！"

说完，吕家骢不再理会漆从标，他走上前去替况之才解开绳子，取下身上的麻袋和那些破铜烂铁，扔到了一边。那况之才揉了揉手腕，抹了一把脸上的涕泪，一下就要给吕家骢跪下来："吕工，感谢你的大恩大德——我真不是有意要偷工地，我家里实在是揭不开锅了，想弄点废铜废铁……"

"好了好了，你先回去照看一下老婆孩子吧。"吕家骢对着况之才摆了摆手，"至于最后对你做什么样的处理，你回家听候通知吧。"

"谢谢吕工、谢谢吕工……"那况之才千恩万谢地赶紧离去了。

如此，一个混乱的场面才散开了去。

"喂，吕家骢吗？"吕家骢刚走进办公室，就接到了郑阳局长打来的电话，"怎么，听说你把那偷工地的贼娃子放了！"

"是啊，郑局长，人家老婆瘫在床上，孩子又小。"吕家骢一听郑阳那打着官腔的口气，心里就感到有些不悦，"把他送进去了，他家里的老婆孩子没人管哪！"

"那小子偷工地的材料，据说已经不是一次两次了！"郑局长在电话里口气强硬地说道，"对这样的坏人，你怎么能没有立场，纵容这样的犯罪行为呀！"

"哎呀，郑局长，我看了他偷的那些东西，无非就是工地上一些废弃了的破铜烂铁。"吕家骢心里虽然有气，但他还是耐着性子说道，"对这种小偷小摸的行为，对他教育教育，给予行政处罚不就行了吗！"

"我说，吕家骢呀，我还需要你来教导吗？你的手是不是伸得太长了呀！"郑局长转而用训斥的口吻大声讲道，"这工地上的事，是你说了算还是我说了算呀！"

"郑局长，我这样处理没有错！"吕家骢一听这话，他也火了，一下把郑阳顶了回去，"你们把那况之才送进去了，他家里饿死了人，是你负责还是工地负责呀！"

"好好好，吕家骢，我管不了你！"郑局长在电话里有点气急地叫道，"但我告诉你，总有管得了你的人——我们这文化城，庙子太小了，容不下你这尊大神！……"话没说完，他"啪"地就把电话扔了。

"他妈的，简直欺人太甚！"吕家骢气咻咻地放下电话，点燃一支烟，努力想让自己平静下来。

"小吕呀，你没有错。"尹朝宗在一旁劝慰吕家骢道，"跟他这样的人，你用得着生那么大的气么！不理会他就是了。"

吕家骢看了尹朝宗一眼，狠狠吸了两口烟，没有说话。

"小吕呀，你怎么跟人家郑局长干起来了呀？"电话铃突然又响了，拿起话筒，原来是他顶头上司裴局长打来的，"我不是跟你说过，要跟人家旅游局的领导和同志们处理好关系么！"

"局长，是这么回事……"吕家骢简单把事情的经过给裴局长汇报了一下。

"小吕呀，这就是你的不对了。"裴局长说，"既然人家领导已经决定送到公安局去，你去狗咬耗子干什么呀！人家说你是在包庇纵容坏人犯罪呢！"

"局长，这是他们小题大做，无限上纲，不顾人的死活。"吕家骢说，"哪有像他那样处理问题的呀！"

"行了行了，我马上还要开会。"裴局长说，"你赶紧去跟郑局长当面道个歉，认个错。"

"局长，我没有错，跟他道什么歉，认什么错呀！"吕家骢执拗地说，"我不去！"

"小吕呀，你就照我说的办！"裴局长看样子也有点生气了，"你知不知道，他要我马上把你调走，不要你在文化城干了！"

"裴局长，说实话，我在这里也干得窝囊，早就不想干了。"吕家骢掐灭了烟头，他似乎下了什么决心，反而平静下来。

"那你还想回局机关？"裴局长说，"我跟你实话实说，我们没有办法重新对你安排。"

"那，我辞职总可以吧？"

"什么，你要辞职？……"裴局长的口气有点惊讶。

"对，我今天就把辞职申请交到局里来！"吕家骢决绝地说道。

"你自己考虑吧！"说完，裴局长把电话挂了。

"你怎么……"尹朝宗一听吕家骢说出此话，有些惊愕，连忙阻止道，"年轻人，不要感情用事，你要好好考虑！"

"尹兄，这件事我已经想了很久。"吕家骢慢慢挂上电话，又点燃一支烟，平静地说，"四川人有俗话：整烂就整烂，整烂就往贵州搬——与其这样不死不活地在这里耗着，我何不如要死就死个痛快！"

"小吕，你还是回家跟夫人、父母商量一下再决定吧。"

"我去意已定。父母要责备也好，夫人要离婚也罢。"吕家骢冷静地说道，"我都管不了那么多了。"

第九章

商海沉浮

1. 开弓没有回头箭

路灯亮了，投下一片银白的光亮。

吕家骢背着一个双肩包，乘车来到省城牛头山，走过那浓荫遮蔽的大道，0658 新基地的职工宿舍远远在望了。天已经黑了，那栋栋楼房已亮起了灯光——爸妈下了班，可能已吃完晚饭，正在看电视吧？

可他越往前走，脚步越来越是沉重。快到宿舍区门口时，他蓦然站住了，在那里犹豫起来。徘徊了一阵，他看见路边有一排石凳，于是干脆在石凳上坐了下来。望着不远处父母那间房子透出的灯光，他轻轻吁了口气。

而今，他工作辞掉了，悻悻地离开了财政局，这在常人看来，简直就是幼稚、鲁莽甚至愚蠢的举动——政府机关的公务员，稳定的工作环境，旱涝保收的铁饭碗，这是社会上多少人朝思暮盼、梦寐以求追寻的目标呀！

回到家里，就连对他工作现状很不满意的夫人陶燕，一听他真的辞职后，一下就惊呆了，望着他半天没有说话，像是不认识他似的。

"你这是意气用事！"陶燕说，"那天，我不就是跟你说了几句气话么，你再跟我赌气，也不该拿自己的前途，一家人的温饱来赌气呀！"

"我这不是在跟谁赌气，我是生自己的气！"

"可无论如何。"陶燕说，"我是你妻子，你总该回来跟我商量一下再说呀！"

"这事我已想了很久了。"吕家骢说，"实话跟你讲吧，对这不死不活的工作，我厌倦透了，早就想离开那里了。"

"那你辞职后怎么办？"陶燕说，"像你哥哥吕家骏那样，到社会上去打烂仗，最后送进劳改农场去呀！"

"我还不至于像他那样吧？"吕家骢点燃一支烟，淡淡地说道，"我相信，天无绝人之路。"

"天无绝人之路？你这是自寻绝路！你这样做，是不顾大人孩子的死活！"陶燕抓过吕家骢手里的烟，气咻咻地一下给他扔到了窗外去，"到文化城去才多久，这烟瘾越来越大了！"

"我总不可能一辈子就这样不死不活的，看着别人的脸色，低声下气地在人家屋檐下过一辈子吧？"

"在人屋檐下，不得不低头，这道理你不懂吗？为了养家糊口，在哪里不受些委屈呢？"陶燕说，"你知不知道，而今孩子上个幼儿园，建园费就要先交两万块！上小学中学大学，没有几十万根本不行！没有了经济来源，你想让孩子辍学成贫困儿童呀！……"

"车到山前必有路。"吕家骢看夫人气得满脸通红，他说，"而今下海的人，又不是我一个……"

"下海？你认为那海里放着个聚宝盆，就等着你去捞么！"陶燕说，"河里的鱼，游到大海去，就是那么好生存的么！那海里呛死淹死的人还少呀！你难道不晓得工商银行那个叫卢业兵的人，辞职下海做生意，走投无路，自己去跳了西河么！"

"你怎么凡事都往悲观和极端方面去想呀！……"

"吕家骢，我告诉你。"陶燕说，"昨天翟彩彩跟我说，现在你回局里去跟领导认个错，还能把辞职申请书收回来；如果你要一意孤行……"

"开弓没有回头箭，我还去认什么错呀！"吕家骢执拗地说，"男子汉大丈夫，一言既出驷马难追。"

"好，吕家骢，你走你的阳关道！"陶燕一看吕家骢无可救药的样子，一下更生气了，她一把拉起儿子宏宏，"走，这个家没法再待了，我们到外婆那里去！"

儿子宏宏不明白妈妈和爸爸在争吵什么，他看了妈妈一眼，又看了爸爸一眼，"哇"地放声大哭起来！

夜风吹拂着路边的树叶，路灯已发出惺忪的光影——而今从家里出来，下一步该怎么办呢？回到家里，又怎么跟自己的父母说起呢？

吕家骢还在那里犹豫着。

"哎，这不是家骢吗？"树荫下慢慢走过来两个人影，走到吕家骢跟前，有人突然叫了他一声。

吕家骢抬头一看，原来是郑之光叔叔和兰馨老师，看样子他们是出来散步的。

"嗯，你什么时候来的呀？"郑之光看了看他石凳上的背包，有点诧异地问，"怎么一个人在这里，不回家去呀？"

"郑叔叔、兰老师。"吕家骢站了起来，"我、我……"

"怎么，跟老师和师母闹别扭了么？"郑之光从吕家骢的神情上，似乎感觉到了什么。

"没有。我正寻思着，回家怎么跟他们解释……"

"解释什么呀？"郑之光问，"你是不是遇到了什么事情呀？"

"我辞职了。"

"你干吗辞职呀？"兰馨一听，着急地问。

"唉，一言难尽。"吕家骢叹了口气。

"那，陶燕知不知道呀？"兰馨又问。

"她知道了。"吕家骢喃喃地说，"一生气，就带着宏宏回娘家去了。"

"工作得好好的，辞什么职呀！"兰馨嗔怪道，"这样的大事，你该先给家里人商量一下，怎么这么草率就做决定呀！"

吕家骢嘴张了张，没有说话。

"那你下步打算怎么办呢？"郑之光似乎明白点什么，他问。

吕家骢茫然地摇了摇头。

"已经没有挽回的余地了吗？"郑之光又问。

"没有了。"吕家骢说，"我只是在想，回家该怎么对父母说。"

"既然没有挽回的余地了……"郑之光思忖了一下，"那，你先到院里来临时干着，等有了正式指标，看能不能转正吧。"

"谢谢郑叔叔。"吕家骢想了想，轻轻摇了摇头。

"那你先考虑考虑。"郑之光一把拉住吕家骢，"走，还是先回家吧，我一起帮你做做老师和师母的工作。"

"算了。刚才我想了一下，还是先不告诉他们。我一回家，肯定会弄得一家人都不愉快。"吕家骢说，"为大哥家骏的事，他们都够烦心的了，现在又遇到我这不争气的儿子……"

"现在天这么晚了，你不回家到哪里去呀！"兰馨说，"不行就先到我家去住一晚吧。"

"算了，不麻烦你们了。"吕家骢说，"郑叔叔，你有手机吗？"

"你要手机干什么呀？"郑之光掏出手机递给吕家骢。

"我给弟弟家驹打个电话，我先到他那里去住两天。"吕家骢说，"这件事，你们先不忙给我爸妈说。"

"哎呀，我们不说，陶燕就不会给你爸妈说么！"

"唉，走一步算一步吧……"

夜色中，吕家骢背起包，转身走下牛头山，打了个出租车，往弟弟家驹那里奔去。

2. 河里的鱼游到大海

太阳昏沉，天气闷热，看样子要下雨了吧？

省城毕竟是个大都市，商业繁华，车水马龙，人群熙攘。

几天来，吕家骢四处奔波，八方奔走，弄得来有些筋疲力尽，焦头烂额。正如妻子陶燕说气话时所讲的那样："河里的鱼，游到大海里，就是那么好生存的么！那海里呛死淹死的人还少呀！……"

没有背景，没有靠山，没有资金，没有项目，没有居所，吕家骢来到省城，真像猛然游进茫茫大海中的一条小鱼，头顶是汹涌的海水，脚踏的是嶙峋的礁石，手握的是一撮流离的散沙，在这烟波浩渺的大海之中，他辨不清东南西北，也抓不着哪怕是一根稻草。

来到这里，他首先需要找一个合适的地方，早点安顿下来。他到人才交流中心投了自己的简历，应聘跑了好多家公司，不是专业不对口，就是老板给的待遇太低，再不就是工作环境太差，高不成低不就，几天的奔波，依然一无所获。

天色越来越暗，已有雨滴飞落下来。吕家骢又累又饿，他抬头看了看天空，想在附近找一个地方先填饱肚子。走过街口，他突然看见路牌上写着"玉林路"几个字，蓦然记起父亲说过：那兰馨老师的哥哥章咏春回到成都后，他两夫妇不就是在这"玉林路"开了个小面馆么！

好长时间没见到他了，也不知道他现在情况到底怎么样？想到这里，吕家骢冒着稀疏的雨滴，沿着街边一路找去。这条街，有点像"好吃街"，一家接一家都是餐厅和小馆——果然，吕家骢走过街口不远，就看见一家挂着"新疆阿克苏牛肉面"招牌的小馆！

面馆虽说不大，只摆着五六张桌子，但店堂干净卫生，布置得颇有维吾尔族风味。快到中午了，面馆里已有了些客人。

“请，请到里面坐！”章咏春穿着围腰，戴着白色的厨师帽，正在门口的灶台前操作，见有人走来，他赶紧招呼道。可一抬头，他愣了一下，“哎呀，原来是家骢呀！稀客稀客！”

“吙，章叔叔，你这面馆真是别具一格呀！”

“快进来、快进来！外面落雨了。”章咏春丢下手里的家伙，回头叫了一声，“小丽，来客人了！”

“好，请里面坐。”里面有人赶紧应道。

吕家骢抬头一看，见一位中年妇女正埋头忙着收拾碗筷，她手脚麻利，一看就是那种精明能干的家庭主妇。

“家骢呀，是什么风把你吹到我这里来了呀？”章咏春在围腰上擦了擦手，一把将吕家骢拉进店里，“你还没吃饭吧？”

吕家骢点了点头。

“来，小丽，我跟你介绍一下，这是从云岭基地出来的、兰馨的学生，也是我的朋友吕家骢。”章咏春向夫人谭小丽介绍完客人后，赶紧说道，“我陪家骢说一会儿话，你先给他下碗面，先让他凑乎一下，过一阵咱们再好好喝杯酒！”

“不客气，我是偶然路过这里。”吕家骢说，“突然想起你在这里，顺便来看看你。”

“感谢感谢，感谢你还没忘掉我这章叔叔……”

中午客人高峰一过，章咏春就与吕家骢边喝边聊了起来。

“你不是在望远县政府机关工作么？”章咏春问，“到省城来开会还是出差呀？”

“唉——”吕家骢轻轻地叹了口气，将自己辞职找工作的事简单给章咏春讲了一下。

“唉，像你这样的大学生，现在要想找个称心如意的工作，是有点难。”章咏春听完家骢的事后，他也叹了口气，“当初我回到成都，也是给别人打工，可后来思来想去，还不如自己创业——还好，在兰馨他们资助下，申领了个执照，开了这家面馆。"

"我看您面馆生意还挺好的。"

"得过且过吧，一年也能赚个三五万块钱。"章咏春说，"我们已打好主意了，将来有了一定的积蓄，就到附近农村去租两亩地，自己种点蔬菜，养点鸡鸭，过几天清闲的日子。"

"归隐田园，你这打算好。"吕家骢由衷地赞道。

"只可惜呀，我这池塘太小太丢人了。"章咏春迟疑了一下，"你好歹又是个大学生，不然……"

"感谢章叔叔。"吕家骢一下明白了章咏春的意思，"我既然已辞职出来，只能是先熟悉熟悉环境，先找个地方站住脚，尔后再做打算。"

"是呀，刚出来困难肯定不少，只要蹚出来一条路就好了。"章咏春说，"现在这社会，只要勤快，找碗饭吃那肯定没什么问题。"

"我始终相信一句话：上帝替人关上一道门，就会为他打开一扇窗。"吕家骢说完，一口将杯里的酒一饮而尽。

"我相信你最终肯定能蹚出一条路来。这样吧——"章咏春又给家骢斟满一杯酒，"如果遇到什么困难，我这里的门始终都为你开着！"

"谢谢章叔叔！"

雨停了，吕家骢辞别章咏春夫妇，回到弟弟家时，家驹和弟媳范宁宁已下班回来了。

"吃过饭了吗？"家驹见哥哥满脸通红，问，"你喝了酒吧？"

吕家骢将外出应聘和遇到章咏春的事给家驹讲了讲。

"二哥，我倒给你问到一个地方。"家驹讲，"你可以考虑考虑。"

"什么地方呀？"

"我们办公室周主任的父亲新开办了一家叫什么'中达'的房地产公司，他那里缺一个现场管理员，你不是在文化城管过工地吗？先到那里去干一段时间如何？"

"那周主任的父亲原来是干什么的呀？"家骢问。

"周主任的父亲叫周世文，原来是西江大学法学院的教授，退休了闲不住，自己注册开了家房地产公司。"

"大学教授？"家骢有点诧异，"搞房地产开发要有大笔的资金才行哪，他哪来那么多资金呢？"

"这我就不清楚了。"家驹说，"听说有一家塑料厂，因资不抵债破产了。人家出土地，周教授出资金，他们联手开发建设。至于具体什么情况，我就不太清楚了。"

"他的工地在什么地方呀？"

"就在南二环路边上，离这里不太远。"

"那，我先去看看吧。"吕家骢想了想，点了点头。而今他像只落魄之犬，长期寄住在弟弟家也不是个办法，弟弟倒不会说什么，但时间一长，弟媳难免就会有怨言了。就在昨天晚上，他就无意之中听见弟媳小声在问家驹：你二哥到底在家里要住多久呀？在弟弟家这几天，家骢已看出来，弟媳范宁宁是个自我感觉良好、个性很强的女人，这个家里是由弟媳在做主。

"既然这样，"家驹说，"那，明天我就跟周主任谈谈，估计问题不大……"

两兄弟正说着话，茶几上的电话铃突然响了。

"家驹，你接电话。"范宁宁正坐在沙发上削苹果，她拿起电话，对家驹说道。

"谁呀？"家驹问。

"是你妈打来的。"范宁宁说。

吕家骢一听，赶紧对家驹摆了摆手。

"哦，是妈呀，你说什么呢？"家驹吞吞吐吐地，"二哥、二哥他……"

"是呀，你二哥在你那里吧？"话筒里传来文秀的声音。

"他在我家……"家驹知道隐瞒不住，只好从实招来，"他到我这里才几天。"

"好啊，你们串通一气，就瞒着老爸老妈！"文秀在电话里大声命令道，"你叫家骢接电话！"

"妈，我是家骢。"吕家骢犹豫一下，只好接过话筒，"您有什么事吗？"

"你好大的胆子，简直气死个人！你连招呼也不打一声，好好的工作，说不要就不要了；好好的家庭，说不要就不要了；连老婆孩子，也说不要就不要了；连爹妈家也不回了！"文秀在电话里滔滔不绝地斥责道，"你还想像你大哥那样，到社会上去游荡，最后游荡到劳改农场去呀！……"

"妈，您听我说……"家骢被妈骂得不知所措，他一时间也不知道说什么好。

"家骢，我告诉你，你爸说了，现在你只有两条路可以走！"文秀打断家骢的话，"一条是趁县里还没有正式除你的名，赶紧回去写个检查，跟人家领导认个错，再找人从中通融一下，回去好好上班；另一条就像你大哥那样，自己到社会上去胡混瞎搞，那你就再不要回这个家，再不要叫我们爸妈了——我们没有你这样的儿子！……"

"妈，您怎么这么说呀！……"家骢知道，妈平时性格好，不是被气到极点，她是不会跟儿子这么说话的。

"到底怎么样，你想好了没有？"停了停，文秀在电话里给儿子下了最后通牒。

"妈，你别生气，儿子的性格您也知道……"家骢嗫嚅着说道，"我既然已经辞职了，怎么好意思再回去，好马不吃回头草呀……"

"好啊，你是想一条路走到黑了！"文秀在电话里更生气了，"你们一个个翅膀都长硬了，当爹妈的管不了你们了！你们心目中没有爹妈，我们也没有你们这样的儿子！……"话没说完，她把电话"啪"地一下扔下了。

家骢与家驹望着电话机，面面相觑，谁也没再说话。

范宁宁在一旁削完苹果，看了垂头丧气的两兄弟一眼，也矜持地没表态说话。

3. 空手套白狼的故事

随着城市的扩张，省城一环路外原来就是农田，而今别说二环路，连三环路外都成了热火朝天的建设工地了。

周世文教授不愧是法学院的教授，真有独到的眼光。

他开发建设的工地在南面二环路边上，这里离人民南路主干道、火车南站、双流国际机场都很近，环境优美，交通便捷，应该说是黄金地段吧。在城市无限膨胀，人口逐渐增长的背景下，他开发建设的写字楼和住宅，市场前景应该是非常看好的。

吕家骢来到工地，这里的建设正在如火如荼地进行。他的工作职责是代表甲方，与施工方进行沟通，对工地进行管理。周教授给他的待遇，也基本说得过去。

吕家骢从弟弟那里搬到了工地上，同搞营销的经理吴宇住在一起。吴宇是个精明能干的小伙子，他初中毕业后顶替父亲参加了工作，干过保安、电工和管道工等，后来自考法律本科时，成为周教授的学生。周教授见这个学生勤奋踏实，便委任他为营销部经理，专门负责房屋销售。

"家骢，今天是周末了，你没什么事吧？"这天下班后，吴宇问吕家骢。

"事倒没什么事，就看看书。"

"那我们一起去喝酒吧。"吴宇说，"今天我要跟银行几个领导聚一下，想跟他们谈点事情。"

"算了，我初来乍到，两眼一抹黑。"家骢说，"不熟悉熟悉业务，恐怕过不了几天，周总就会炒我的鱿鱼了。"

"好，你不去，我也不勉强你。"吴宇笑了笑，"跟这些人在一起，也是去领受折磨，每次都要灌一肚皮酒回来。"

"那你少喝点。"吕家骢不愿去的原因，其实就是怕喝酒。来到这里时间不长，他已见到吴宇醉过几次，半夜被他骚扰过好几回了。

果不其然！

吕家骢看书很晚才睡，直到深夜，工地上加夜班的工人都下班了，他还没见吴宇回来，只好关灯独自先睡了。可迷糊之中，他突然被门外一阵凌乱的脚步声惊醒，估计是吴宇回来了。但这阵脚步声后，并没有见他开门进屋。又过了好半天，依然没有动静——这是怎么回事呢？

吕家骢不放心，他打开灯，见吴宇床上依然空空如也。他起床打开门，突然听见夜色中有人打鼾的声音！借着门口透出的灯光，他见房前的台阶上蜷缩着一个人。上前一看，一股浓烈的酒味扑鼻而来——原来吴宇躺在地上就睡着了！

　　"吴宇、吴宇！"吕家骢喊了他几声，可无论如何也喊他不醒。工地上早已一片沉寂，夜风带来深深的凉意。吕家骢没办法，只好将他扶起来，吃力地往屋里拖去。

　　进了屋，他把吴宇放在床上，替他脱掉鞋子，盖上被子。可不一阵，吴宇又"哇哇"吐了起来。吐完，又鼾声如雷地睡了过去。待家骢给他收拾完卫生，倒回床上后，已毫无睡意了。

　　经过这番折腾，到天快亮时，吕家骢才迷迷糊糊打了个盹。

　　"哎呀，不好意思、不好意思！"太阳升得老高了，吴宇这才醒了过来。醒来，他看见铺单、地上留下的痕迹，大概才慢慢回忆起昨晚的事，连声向家骢道歉，"昨天喝高了，又整得你一夜没睡吧？"

　　"昨天你真是喝高了，倒在外面的台阶上就睡着了。"吕家骢笑道，"还好，你是个男人，没人要；如果是个女人，肯定被人背走了——背你到河南去放飞鸽，到贵州去换苞谷！"

　　"哈，不好意思，跟吕哥添麻烦了。"

　　"算了，以后遇到这样的场合，还是少喝点为好。"

　　"哎呀，刚上酒场，大家都是谦谦君子，如履薄冰。"吴宇说着扔给家骢一支烟，自己也点上一支，"可整到后来，一个个胆大包天，都就成了打虎的英雄……"

　　"哎，吴兄呀，我一直想问你一个事。"吕家骢打断吴宇的话，转过话头说道。

　　"什么事呀？"吴宇问道。

　　"来了这段时间，我有个问题一直没想通。"吕家骢问，"周总开发这片房地产，肯定要花不少钱吧？"

　　"那是，至少要两三个亿吧。"

　　"周总原先只是个教授，收入也不会太高，他哪来那么多钱搞开发和建设呀？"

　　吴宇神秘地笑了笑，没有吱声。

"哦，你不好说，那我就不问了。"吕家骢见吴宇那神情，敏感地意识到了什么，便知趣地缄口不言了。

"吕兄呀，这是商业秘密。"吴宇掐灭烟头，思忖了一下，"我们在一起这么长时间，我都把你当做无话不谈的哥们了。我告诉你一个天大的秘密——周总自己也没钱哪！"

"没有钱，也能干这样大的工程？"吕家骢闻言诧异了，"那，他一定有什么背景，有强大的实力人物支持吧？"

"你听说过'空手套白狼'的故事吧？"吴宇又神秘地笑了笑，"只要你有胆略和智慧，只要会玩杂耍和魔术，也能空穴来风，空中钓鱼呀！"

"此话怎讲？"

"我跟你说了，但你口风一定要紧，千万不能泄露出去了。"吴宇说，"现在整个房地产行业，有多少人是在拿自己的钱玩呀！玩的基本都是空手道，是拿银行的钱在那里玩呀——这叫什么呢？叫资本运作！"

"哦，要从银行里把钱拿出来，也不是那么简单的事呀！"吕家骢说，"银行有一整套规章制度，审查严格得很，就说望远县文化城建设的项目吧……"

"你还不了解这当中的奥妙，这里面学问大得很哪！"吴宇说，"就拿周总这个工程项目来说吧：这里原是一家乡镇办的塑料厂，后来资不抵债破产了，它虽然已穷得叮当响，但有闲置的土地呀！周总就看准这一点，他先与塑料厂签订协议，由塑料厂出地，他出钱，大家联合开发，所赚的钱六四分成。"

"可周总他要搞开发，没这么多的资金呀！"

"奥妙就在这里。"吴宇说，"他首先拿塑料厂这块地给银行做抵押，从银行里贷出启动资金；项目启动后，他找设计院出一套建筑设计图；紧接着就开始大肆宣传，出售概念房屋，收取买房人的钱；然后，再拿这些钱进行建设；待建好的房屋全部卖出，钱就赚到腰包里了——如此一来，这魔术不就上演成功，空手就套住了白狼么！"

"哦，原来是这样！"吕家骢沉思了一下，说道，"难怪周总是个教授，人家的智商确实非同一般！这房屋的造价每平方米也就是 1000 块左右，可卖出去就是 5000 块——这房地产行业，真像火葬场一样，是暴利中的暴利行业呀！"

"不过，这也要冒很大的风险。"吴宇说，"最大的风险就是怕资金链断裂。"

"这又怎么讲呢？"吕家骢问。

"资金链一断裂，修成了烂尾楼，到时间银行的钱还不了，又不能按时给业主交房子。"吴宇又点燃一支烟，"那就是哭天无路，赚不到钱不说，只有跳楼、潜逃或进班房了。"

"难怪，我们望远县工商银行一个叫卢业兵的人，他下海后就是遇到这种情况，最后走投无路，去跳了西河……"

"不过，舍不得孩子打不着狼。"吴宇缓缓地说道，"而今这个社会呀，就是饿死胆小的，撑死胆大的——你看那些发财的人，除了那亲爹亲妈是当官的，还有那手中握有权力搞权钱交易的；再不就是那些无业人员，还有从'山上'下来的，这些人才敢玩鱼死网破、孤注一掷的游戏呀！像你我这样循规蹈矩的职员和工人，每天就为三斗米折腰，有哪个是真正发了财的呀！……"

夜来临了。

吕家骢今晚捧着书，却有些心不在焉，白天吴宇跟他说那些话，一直在他脑中盘旋—— 一个人要怎样才能认识自己的价值呢？当然绝不是单单沉浸在思考中，而是只能一步一个脚印，通过不断的学习和实践，尽力去做人们都认为你不可能做到的事，那才会知道自己存在的价值到底在哪里。

4. 千里之行始于足下

"吴宇，今天工地停电，我们到四川大学去听陈教授的这场讲座吧。"早晨起来，吕家骢指了指手里的报纸，对吴宇讲道，"这陈之宁教授可是国内著名的教育家和社会学家，难得听到他的讲座。"

"他讲座的题目是什么呀？"

"《细节决定成败》。"吕家骢说。

"嗯，这个讲座好。"吴宇是个好学敏思的人，他匆匆浏览了一下报上的启事，"今天工地上正好没什么事，那我们赶紧去吧。"

四川大学离工地不远，就在二环路边上。吕家骢和吴宇步行不到20分钟，就走到了学校。走进校园，两旁是高大茂密的法国梧桐树，树丛之中，有茵茵的草地，有锦簇的花团；古色古香的各类建筑，在绿树丛中时隐时现。迎面的校牌上，醒目地镌刻着邓小平题写的校名。这所著名的百年学府，以治学严谨、开明开放著称。在她的讲坛上，不但曾迎来国家总统和诺贝尔奖的获得者，而且还留下过前清状元和抗日名将的身影。

吕家骢和吴宇来到大讲堂时，里面人头攒动，已有不少人占了好的位置，他们赶紧找了个地方坐了下来。少顷，当陈之宁教授一出场，就受到同学们热烈的欢迎。

当学校的吴校长简单介绍了陈之宁教授的学术成就后，陈教授走到讲台前，清了清嗓子，并不用讲稿，对着麦克风就侃侃讲了起来：

"今天我主讲的题目是：细节决定成败。这个命题，大概应该算是一条真理吧？环顾左右，今天在座的，大多都是即将离开学校，走向社会的本科生和研究生，其中还有不少博士生。面对大家的诘问和期盼，我总觉得有话要说，想和年轻的朋友们一起探求一下人生中的'细节'问题。"

陈教授环视了会场一遍，下面鸦雀无声，他接着又讲了起来。

"这几年，随着改革开放和社会的发展，越来越多有知识有文化有抱负的青年走向社会，走上工作岗位。这些青年的到来，为社会的发展注入了新的活力。在社会这个舞台上，逐渐施展着自己的才华和抱负。短短几年，不少人已在岗位上崭露头角，取得成果，其发展态势喜人——当然，也有不少青年对如何适应从学校到社会这个新的环境，如何在现实中找到自己的位置，如何才能更好地实现自己人生的价值，感到困惑和茫然，有的甚至感到苦闷和无奈——大家几乎相同的年龄，相同的经历，为什么会产生完全不相同的结果呢？……"

是呀，既然年龄和经历都几乎相同，为什么会产生不相同的结果呢？这个问题正是吕家骢这些年来苦苦思索和探求的问题。他赶紧掏出笔记本，努力想把陈教授的讲话记录下来。

"人们常说，童年是生活在憧憬中，青年是生活在理想中，中年是生活在现实中，老年是生活在回忆中。这话是有道理的。青年是人生最美好的一段光阴，犹如早晨的太阳，朝气蓬勃英姿勃发，他们向往着蓝天，向往着翱翔，向往着能够创造出如日中天灿烂的辉煌——这是人最难能可贵的优势和动力——可如何才能更好地实现自己的愿望呢？我认为答案只有一个：脚踏实地，从细节做起……

"毋庸讳言，目前我们正处在一个社会急遽变革的时期，在一派热气腾腾变幻莫测的景象中，让我们静心观察一下就会发现，心浮气躁、急功近利也是这个时代的另一特征。有些人思维和行为方式，表现出的是幻想着一蹴而就的成功，他们做人做事追求的是吹糠见米、立竿见影的效果。有人幻想着哪天时来运转，一不小心就能成为一颗耀眼夺目的明星，成天幻想的是当影星、歌星、球星或者网红，而不是静下心来艰苦创业，从事艰辛的研究。这浮躁之风甚至传染了一向清净的科技界和教育界，有人东剽西窃拼凑学术论文，有人拉大旗作虎皮制造虚假成果，有人走后门送红包巧取技术职称……如此等等，不一而足。

"这样一来，运筹帷幄的战略家多了，兢兢业业的执行者少了；隔岸观火的评论家多了，埋头苦干的普通人少了；想当将军的人多了，甘当士兵的少了；浮在表面的植物多了，沉在水底的石头少了。曾几何时，连被赞誉为'老黄牛''螺丝钉'一类的实在人，也成了'瓜娃子'的同义词，成为某些人讥笑的对象哩！大的环境如此，处在现实社会中的青年或多或少也会受到一定的影响——同学们，想当战略家，想当评论家，想当将军，这都没有错，关键是你从什么地方做起，采取的是什么样的思维和行动。那么，如何才能实现自己的理想和抱负呢？那就是，必须从小事做起，从细节做起。为什么呢？因为细节决定着成败！……"

吕家骢全神贯注地听着，在笔记本上飞快地记录着，生怕漏掉了任何精彩的细节和警句：

芸芸众生能做大事的实在太少，多数人的多数情况总是做一些具体的、琐碎的、单调的事，也许过于平淡，过于鸡毛蒜皮，但这就是工作、是生活、是成就大事的不可缺少的基础。这是今人的看法。古人说：千里之行，始于脚下、不能洒扫庭院，何以扫平天下？阐明的也是这个道理。这就是说，要成就大事之人，必须足踏实地一拳一腿开创局面，而决不能飘浮在半空之中，以为自己就是不食人间烟火、无所不能的神仙，大谬也！

好高骛远其实并无大错，关键是你必须将高远的目标与身体力行的实践结合起来，一步一个脚印地走向你的目的地，这样你才有可能接近或达到你高远的目标。

大江大河滔滔不绝，可它是由涓涓细流汇集而成；高楼大厦巍然入云，可它是由一砖一石砌聚而成。细节决定事业的成败，小事可见个人的精神；再伟大的人物也无不从一点一滴的小事做起，否则照样一事无成。红军时期的毛泽东，照样和士兵一样打草鞋；朱德总司令肩扛一根扁担，照样和士兵一样下山挑粮食，于是才有了"朱总司令和一根扁担"的故事。著名数学家陈景润爬上哥德巴赫猜想顶峰，那时还没有计算机，他用笔在稿纸上一个方程一个方程求证，仅草稿纸就装了整整几十麻袋！

陈教授的讲座滔滔不绝地讲了将近两个小时，吕家骢像久旱逢甘霖的禾苗，默默地接受着陈教授播洒的雨露的浸润。往常盘旋在他心中的困惑、迷茫、苦闷和无奈，随着陈教授的点拨，似乎慢慢地开朗起来……

理想之花一定要扎根于现实的土壤，你才可能生根发芽开花结果。反之，你将成为无源之水，无本之木。一个头重脚轻之人，一不留神就会摔个大跟斗，半天都翻不过身来。让我们再细细咀嚼一下古人成语中精彩的总结吧："集腋成裘""积羽沉舟""聚沙成塔"……这些历经千年经久不衰的成语，都说明了渺小和伟大之间的辩证关系，也说明了微观与宏观之间矛盾的统一。

自然界简单的现象，其实也在处处揭示出事物的本质：一滴水可以映出太阳，一叶落而知秋将来临。伟大的发现，无不来源于细微的观察；自然的秘密，无不蕴藏在微观的世界里。你不在细节里去寻觅去创造，那怎么能行呢！年轻的朋友们，我比你们痴长几岁，冒昧将自己的人生体会与大家共勉——如能解除你的一点困惑和苦闷，则余心足也。

愿年轻的朋友们，在细沙中淘到金子，在细节中成长为一个结结实实不怕风吹雨打的巨人……

"吴宇呀，今天听了陈教授的这场讲座，真令人茅塞顿开，我突然想到从前读《三国志》时，徐干讲的一句话：'独思，则滞而不通；独为，则困而不就'。"回去的路上，吕家骢默默地走着，突然回过头对吴宇说道，"我离开学校这些年，为什么总觉得自己郁郁而不得志呢？今天陈教授给了我很好的答案。"

"是啊，听了陈教授的这堂课，我也获益匪浅，一个人要想成就一番事业，正如陈教授讲的那样，好高骛远并无大错，但更重要的是足踏实地，从细微之处做起，一步一步地走向自己认准的目标。"

快走到工地时，吕家骢站了下来，他望着那正在施工的高楼，望着那高耸入云的塔吊，久久地沉思起来……

5. 人生行进的征途中

秋去冬来，建筑工地上的大楼已经封顶了。

吕家骢中午刚上班，突然接到望远县文化城打来的一个电话，朋友尹朝宗在电话里悲戚地告诉他："董见飞走了。"

"董见飞走了？"吕家骢闻言吃了一惊，"他年纪并不大，身体那么好，怎么突然就会走了呢？"

"唉，几句话说不清楚。"尹朝宗在电话里讲道，"明天他的遗体就要火化了，你能来参加他的葬礼吗？"

"在哪里火化呀？"家骢问，"在望远火葬场吗？"

"不，在'石静寺'。"尹朝宗停了停，"祥云大师说，要按佛家的规矩和礼仪送他归西。"

"那，我请个假，去送他一程吧。"是啊，在文化城那段时间，吕家骢与尹朝宗、董见飞朝夕相处，他们经常在一起探讨人生、哲学、宗教、文学和艺术，建立了深厚的友情，而今董见飞突然走了，无论如何也要最后与他告个别的。

第二天天刚亮，吕家骢搭乘了一辆长途车，从省城匆匆往"石静寺"赶去。进山后，在离寺庙几里地之外，就听见庙里传来阵阵悠远的钟声。吕家骢加快脚步，急急往寺里走去。走进山门，只见院坝里雪柳蟠花，香烟缭绕，香灯摇曳。院坝中央，已堆起一人高的柴火；在柴草堆前，置着一个香案，上面摆着供品、香烛，以及董见飞的牌位。已没有生命征兆的董见飞身穿僧衣，双目紧闭，正端坐在那柴草堆成的涅槃台上。祥云大师正领着十几个僧人，盘坐在旁边的院坝中，为董见飞诵经超度、祭奠亡灵。在众僧念诵经文时，木鱼呵呵，钟声悠悠，鼓钹声声。还有一些居士和董见飞的朋友、同事，戴着青纱，缀着白花，手持藏香，正低首垂目肃立在一旁。整个场面，肃穆庄严，笼罩着一片神秘的氛围。

吕家骢是第一次见识佛教徒圆寂后的葬礼，走进院坝后，他默默站在院坝边，有些惊异地环视着这独特的场面。少顷，他上前点燃一支香，在僧人们念诵的《大悲咒》及回向文中，垂下眼帘默念着这位昔日的朋友：

切以生死交谢，寒暑迭迁。其来也，电击长空；其去也，波停大海。是日则有新圆寂董见飞上座，生缘既尽，大梦俄迁，了诸行之无常，乃寂灭而乐。恭哀大众，肃诸龛帏，诵诸圣之洪名，荐清魂于净土，仰凭大众，念清静法身毗卢……

"你来了？"尹朝宗回头，见吕家骢站在人群边，他走了过来，轻声给他打个招呼。

"路上遇到堵车，迟到了一会儿。"

"还不算迟，你能赶来，见飞想来已感之不尽了。"

"朋友一场，尽个心吧。"吕家骢小声地问尹朝宗，"昨天你没告诉我，见飞他怎么说走就走了呀？"

"唉，说来也是天命吧。"尹朝宗叹了口气，"他原本好好的，最近鼻子里出了点问题，就去医院做了个小小的鼻炎手术，却遇到了庸医，全身麻醉后竟然在做手术时就窒息了……"

"唉，庸医真是害死人哪！"吕家骢也惋惜地长长叹了口气，"好好的人，怎么说走就走了呀！……"

真乃天有不测之风云，人有旦夕之祸福啊！

正说话间，时辰已到，庙堂的钟声又悠悠响起，焚化遗体的仪式开始了。吕家骢与尹朝宗停住话头，只见寺里的知事走到香案前，虔诚地烧香、上茶、诵经；接着，祥云大师走上前去，上了一炷香；大师归位后，维那再上前去烧香后，礼请祥云大师主持佛事。这时，一名僧人点燃火把，静静地等候在一旁。维那向亡灵牌位礼拜后，口里念诵道：

是日则有新圆寂董见飞上座，既随缘而顺寂，仍依法以茶毗焚百年弘道之身，入一路涅槃之径，仰凭尊众资助，觉灵南无西方极乐世界，大慈大悲，阿弥陀佛！

维那念诵经文完毕，祥云大师从僧人手中接过火把，亲自将涅槃台上的柴草点燃。一时间，火势骤起，青烟缭绕。众僧见状，守候在涅槃台旁，齐声诵起《大悲咒》和回向文来。声声诵经之声，传向冥冥的另一个世界；缕缕青烟，飘飘袅袅升上天空。焚化者的亡灵仿佛驾着烟云，奔向那西方极乐世界……不到一个时辰，遗体焚化完毕，待烟火散去，几位僧人用棉布小心收拾起骨灰，诵着经文，敲着鼓钹，将骨灰送到庙里的延寿堂——自此，葬礼结束。

佛家信奉的是六轮巡回，死即是生。葬礼上，没有人撕心裂肺地号啕，也没有人悲悲戚戚地哭泣，整个葬礼，显得井然有序，庄重肃穆。吕家骢第一次经历如此奇特的葬礼，一时间，他对生命的真谛似乎有了深切的觉悟。仰望着空中那缥缥缈缈的青烟，恍惚间，他相信董见飞的魂灵真的飘向了那极乐世界……

冬天日短。吃过寺里的斋饭，稍事休息，吕家骢怀着悲戚的心情，告别了祥云大师和朋友尹朝宗，便下山往城里赶去。

"吕工，你的信。"吕家骢精疲力竭地回到工地时，天快黑了。刚到门口，门卫朱大姐叫住了他，递给他一封信。

这封信是从望远县来的，信封上印着检察院的字样。

"难道……"此时，吕家骢的心情还没能从董见飞的葬礼中调整过来，他拿着那封信，一种不祥的预感涌上心来，"检察院难道又有什么事找上门来了么？"

吕家骢满腹狐疑地拆开信，原来这封信是他同学余虹写来的：

家骢同学：

近来还好吧？

前几天同学聚会，好不容易才打听到你的讯息。思忖良久，看在我们同学的份上，忍不住提笔给你写上这封信。

听说你今年春天已从财政局辞职，现在省城发展。昨天，见到你夫人陶燕，才知道你在省城一个建筑工地打工，工作条件并不如人意，你夫人求我给你帮帮忙——恕我直言，其实你原来在财政局工作还是挺不错的，毕竟是国家公务员嘛，虽不求升官发财，但毕竟旱涝保收呀！为了家庭的稳定，为了夫人和孩子，你何必要意气用事，逞一时之强，跟领导赌那个气呢！常言道：退一步海阔天空呀！

说实话，读书时，你是同学中的佼佼者，你的聪明睿智，勤奋稳重，曾让我对你另眼相看。但出了社会后，你是不是缺少了一点灵活和机智，不能很好地适应社会呢？司马受宫刑而著千古名著，韩信受胯下之辱而统率千军。一个人生活在社会上，哪能特立独行，任性任为，不能承受一点委屈呢？

看在我们曾经是同学的份上，我想帮帮你。一是你愿意重新回到望远县机关来，我去替你找找县里的领导，跟他们通融一下；二是我们检察院最近开办了一家法律咨询所，你愿意到这家咨询所来，我跟其他领导商量一下，可以先来这里干上一段时间，总比你在建筑工地当打工仔强吧。

如何，你考虑。话长纸短。匆匆，盼复。

你的同学：余虹

吕家骢看完这封信，一把就攥在了手里。不知为什么，一种复杂的情愫缓缓涌上他的心头。从这封信的字里行间，他读出了写信者不但有一种悲天悯人救世主的意味，更有一种居高临下训导人的味道。

是的，在读书时，吕家骢从心底里曾暗恋过余虹，为了让余虹对他另眼相看，他也曾在同学群里暗暗较劲，时时表现出自己的长处和优势来——可时至今日，自己是四处碰壁郁郁不得其志，别人却活得来如鱼得水，而且还自觉或不自觉地流露出那种高高在上的优越感来。读完信，吕家骢感到自尊心受到了极大的伤害，甚至还感到几分屈辱和愤懑。

晚上，吕家骢坐了下来，怀着十分复杂的心情，提笔给余虹回了封信。信中只有短短的几句话：

余虹同学：

来信收悉，谢谢你的关心。

今天我去参加了一个朋友的葬礼，悲切不已也感伤不已。想起人生的结局时，使我明白了一个最基本的道理：人生其实就是一个圆环，从起点出发后，在行进的过程中，无论你是大富大贵，还是穷困潦倒；无论你是平步青云，还是卑贱低下，在这个圆环里走了一圈之后，最后都是要回到原来起点的——既然人生的真谛如此，我只要能求得自己和家人的温饱，那些什么名利、地位、帽子、票子、房子和车子之类，就不是我要追求的终极目标了。

人各有志，现在我很好，关于我工作的问题，请你别费心了。

同学：吕家骢

6. 行走在泥泞的路上

残冬，山黄草枯，雨雪纷纷。

深褐色的荒原上，一条简易公路一直向前延伸，渐渐消逝在濛濛的烟雨和枯萎的草丛之中。林清清背着一个包袱，带着九岁的女儿丹丹，在湿漉漉的路上默默地走着。

走了一阵，林清清停了下来，抬头看了看逐渐暗下来的天空，脸上露出焦虑的神色来。少顷，她将了将额头上一缕乱发，擦了擦脸上的水渍，牵着女儿的小手，暗暗加快了步子。

这条通往新生煤矿的公路，有十来公里，平时往来的车辆很少，一下雨，就被人畜践踏得不堪行走。林清清带着女儿辗转来到宜宾珙县后，由于没有专门的公交车到煤矿，她只好在龙宁场上住了一晚，一早就带着女儿步行到那里去。

春节快到了，她要带着女儿去探望还在那里劳动改造的吕家骏。

瑟瑟的寒风在空旷的原野上呜呜吹拂着，像受伤的野牛在低低的哀号。路边枯萎的野花和野草，蒙着一层白色的霜雪，在寒风中微微战栗着。一路上，除了偶尔遇见几个牧人和几星牛羊，行人寥寥无几——啊，这个地方，多么孤寂，多么荒凉！

"妈妈，到爸爸那个地方还很远吗？"丹丹走累了，小嘴吐出一团团雾气，包裹在头上的纱巾在寒风里飘动着，她扬起头问妈妈。

"唔，不远了，大概走了一半路了吧？"林清清停下来，替丹丹扎了扎头上的纱巾，替她擦了擦脸上的水珠。

"妈妈，你说爸爸好喜欢我，可我怎么不记得他的样子了呢？"丹丹跟妈妈走着，她又问妈妈。

"爸爸当然喜欢你啦，你小时候玩的洋娃娃、积木、汽车和飞机，都是爸爸给你买的。"林清清回答女儿，"爸爸走的时候，你还小呢！"

"那，爸爸在这里工作，怎么没见他回家呢？"丹丹又问妈妈。

"你爸爸工作忙，他会回家的……"女儿的话，让林清清心里一酸，她用温柔的目光抚摸着女儿那张小脸。是啊，女儿这话，不知问过她多少回了。人家的孩子都有爸爸，而丹丹只有她这个单亲妈妈。在学校，丹丹的学习成绩很好，还是班上的学习委员，但有个别小孩总是欺负她没有爸爸。孩子受了欺负回到家里，总是要刨根问底地问她爸爸到哪里去了，怎么总不回家来——多少个孤独的夜晚，多少个寂寞的黄昏，只有一想起女儿问她的这个问题，她的心就像被针扎了一样。

"妈妈，爸爸如果回家来，他也会给我叠飞机、砌房子，讲好多好多好听的故事吗？"丹丹边走边扬头说道，"妈妈讲的那个《卖火柴的小女孩》的故事，我还把它写成了作文呢！"

"会的，会的……"林清清边走边含混地回答女儿。

一辆马车从前面过来，林清清赶紧拉着丹丹躲在路边。

"可是，前不久，我同学王兵兵说……"待马车走过，丹丹望着那远去的牛车，像想起了什么，突然又对妈妈说道。

"他说什么？"林清清预感到了什么，她紧蹙了一下眉头。

"他说，他听他妈说的，说爸爸是劳改犯，十多年都回不了家呢！"丹丹说着，又忍不住抬头问妈妈，"妈妈，什么是劳改犯呀？"

"你别听他的，那王兵兵是乱说！"林清清闻言心里一紧，她迟疑了一下说道，"你爸爸是个好人……"话没说完，她又感到一阵后悔和内疚，她后悔为什么要对女儿撒这个谎呢？但，她实在不忍心在女儿幼小的心灵中挂上一个凄凉的问号，不忍心在女儿纯洁的心灵中烙上一个辛酸的印记。说完，她垂下眼帘，将眼睛里的不安和忧郁遮掩起来，牵着丹丹的手，加快步子向前走去。

寒风依然凛冽，道路依然泥泞。

算起来，丈夫吕家骏已到煤矿劳改三四年了，离他所判的刑期，还得待上七八年。其实，早在他被判刑之后，为了不耽误林清清的青春，影响孩子的成长，他就向林清清提出了离婚的要求——是呀，亲人的埋怨，邻人的白眼，孩子的诘问，长夜的孤单，多少个夜晚，林清清一想到这件事，就彻夜难眠。可她一想到当年她在危难时，家骏大义凛然救她于危难之中；想到婚后那些年，丈夫虽在社会上厮混，但他还算洁身自好，从不拈花惹草，对她的一片真诚；想到孩子将来的成长，不能没有亲生的父亲；当然，她从小生活在山里，那刻在心底里"嫁鸡随鸡，嫁狗随狗"的观念，也是她不愿离婚的重要原因。

她要等着丈夫刑满释放回来。

她相信丈夫经过这次磨难和教训，将来能够脱胎换骨，成为一个对社会有用的新人，也能够成为一个称职的丈夫和父亲的。

所以，尽管后来吕家骏在煤矿又给她来信，几次提出离婚的要求；尽管周围的朋友，甚至家骏的父母都曾劝她不要再等他，但她都心静如水，矢志不渝，耐心地等着丈夫回来。

前年春天，劳改队的梁政委在对犯人家属进行家访时，来到林清清家里，给她谈了吕家骏在煤矿改造的情况。梁政委说，吕家骏到煤矿后，除了想家和想孩子外，他安心接受劳动改造，学习认真，工作积极，连续几年都被评为"劳改积极分子"，经过犯人评议和法庭审核，已得到减刑一年的奖励。梁政委希望家属能配合他们做好他的工作，安心改造，争取早日回归社会和家庭。

"有空，你到煤矿去看看他吧。"临走，梁政委对林清清提出希望，"这样，他就更能安心接受改造了。"

"好，我一定去看他。"林清清点点头，"这几年，孩子太小了，我一个人实在是走不开。"

去年，林清清将孩子托付给了陶燕，一个人辗转来到了煤矿。几年没见丈夫，他虽说人黝黑了一些，也苍老了一点，但精神还好，身体比先前还壮实——或许，是他生活比从前更有规律的原因吧。

吕家骏在失去自由远离亲人之时，突然听到妻子来煤矿探望他，他深感意外。见到林清清时，妻子那一脸的疲惫和憔悴，那粗糙的双手和眼含的泪水，这个倔强的汉子愧疚地低下头来。

"清清，我对不起你，对不起丹丹哪！"当妻子递给他带来的衣物和日常用品时，他想起妻子这些年来独守空房，独自抚养孩子的艰难，但依然对他不离不弃时，他轻轻地抚摸着妻子带来的东西，眼睛竟然也潮湿起来。

"现在说什么都没用了。"林清清见丈夫那痛苦愧疚的神情，她强忍住眼中的泪水，不让它滚落下来，"你在这里好好劳动，等熬过这几年就好了……"

"丹丹还好吧？"沉默良久，吕家骏才轻声问道。

"前年她上小学了，她的户口在农村，在城里上不了学，还是叫陶燕找余虹帮的忙……"林清清说着，从包里拿出几张图画来，"她成天嚷着要找爸爸……这些画，是她送给爸爸的……"

吕家骏接过那些画，那画是丹丹用蜡笔画的，虽说稚嫩笔拙，但画得极其认真。上面不是画着两个大人牵着一个小姑娘，就是两个大人围坐在一个小姑娘跟前；有一张画，一个像爸爸的大人，正递给一个小姑娘插着蜡烛的生日蛋糕……这些画，天上都有红红的太阳，地上都有着小花和小草……

看着这些画，吕家骏的手微微战栗起来，一滴浑浊的泪水，无声地从他眼角边滑了下来……

"好好在这里劳动吧，我和丹丹在家里等着你。"探望的时间到了，林清清泪眼涔涔地嘱咐丈夫，"还是那句话，熬过这几年，我们一家人就能团圆了……"

"清清，你……"吕家骏不愿再看到妻子悲伤的神情和别离的伤感，他抹了一下眼睛，转身离开了去。

"等明年丹丹大一些了，我带她来看你！……"

"不，你不要带她到这里来。"吕家骏回过头，"我不想让她看到她爸爸是这个样子！"

……

可今年，林清清思索再三，还是把丹丹带来了。她知道女儿是丈夫心头最柔软的那块肉，女儿渐渐长大了，应该让他见见她了。

雨雪依然纷纷地飘着。

雨雾渐渐地飘散过来。

"喂，你们是到新生煤矿去吗？"雨雾中，从后边咿咿呀呀又驶来一辆牛车，车上坐着一位戴狗皮帽子的老头，他见林清清母女俩行走在泥泞的路上，大声地问道。

"是，我们到新生煤矿去。"林清清抬头看了老人一眼，答道，"煤矿离这里还很远吧？"

"哦，还有七八里路哩！"老人停下车，看了看孩子一眼，"我正要到那里去拉煤，孩子还那么小，这路也不好走——上车吧，我捎你们一段。"

"啊，谢谢老人家。"林清清暗暗庆幸遇到了好人，她赶紧拉着丹丹上了车，"到了那里，我付你车钱吧！"

"这位大姐，你说到哪里去了！"赶车的老人扬了一下手中的鞭子，"顺路捎你们一下，举手之劳，我怎么会收你的钱呢！"

寒风，依然呜呜地吹着，吹过山峦，吹过荒野，吹得雨雪霏霏地飘，吹得茅草呜呜地叫……

7. 时来运转遇贵人

光阴荏苒，吕家骢在周教授的公司里打工已是两年了。

吃过晚饭，吕家骢和吴宇在外面散了散步，回到宿舍后，他打开电视，准备看看当天的《四川新闻联播》。

新闻节目中，电视台记者正在采访一位民营企业家。这位企业家是位转业军人，转业后在省城自谋职业，短短七八年时间，他不但创办了一家规模颇大的建筑公司，同时还涉足电子、通讯等服务领域。这家公司不但取得良好的经济效益，还解决了上千人就业，援建了阿坝藏族地区两个敬老院、凉山彝族地区三所希望小学，还资助了数百名贫困儿童就学，获得解放军总政治部和民政部当年表彰的"全国优秀退伍军人"称号。

咦，这是谁呀？

当被采访的主人公一出现在荧屏时，吕家骢简直不敢相信自己的眼睛——他何时转业到了地方，又何时涉足了实体经济，何时又创办了一家企业，成为一个知名的企业家来？

一连串疑问涌上吕家骢的心头。

他是谁呢？

原来这位知名的企业家，正是多年前在望远县"周血旺"餐馆门口见义勇为、独挑黑道上张强团伙的那位武警——高飞！

对对对，没有错，荧屏上打出了被采访人的名字，他确实就是高飞！看起来，他原本瘦削的身体有点发福了，但他眼睛依然还是那么明亮，人还是那么精神。在记者对他的采访中，他简单谈了谈何时转业到地方，如何创办企业、如何援建敬老院、希望小学，以及扶贫助学的经过。

"高飞先生，再问您一个问题。"节目中，记者问道，"经过这些年的打拼，照说你早已功成名就、衣食无忧，完全可以在太阳伞下无忧无虑地享受生活了——我想问的是，在你以后的岁月中，你追求的人生目标是什么？"

"哦，您提出的这个问题，这两年我也一直在思索。扶贫济困、修桥铺路，拿现时的话说，无非就是做点公益事业；拿我们老一辈人的话说，无非就是做点行善积德的事罢了。"高飞面对记者的提问，他沉吟了一下，语调平缓地说道，"你肯定记得杜甫老先生的这样几句话，'安得广厦千万间，大庇天下寒士俱欢颜，风雨不动安如山。'1000多年前，这位老先生就祈愿天下所有的穷人，都能有个遮风避雨的居所。说实话，我是从事建筑业的企业家，我期盼自己有生之年，能看到这位老先生描绘的那样一种情景……"

"作为一个企业家，你长期从事公益活动，不考虑经济效益，不考虑收回成本吗？"记者又问。

"作为一个办企业的人，我当然要考虑经济上的效益。但古人说：'良田千顷不过一日三餐，广厦万间只睡卧榻三尺'。我早就想明白了，金钱这东西，其实只是一个数字，是最容易叫人遗忘的；一个人拥有的财富多了，也不一定是个好事……"高飞想了想，接着说道，"我的想法是，在为社会创造物质财富的同时，能竭尽所能创造一点精神的财富——我已给夫人和儿子说过，我这辈子从社会取得的财富，最后将全部回馈给社会！……"

好啊！吕家骢情不自禁地为高飞精彩的回答叫起好来。

"怎么，这个人你认识？"吴宇看吕家骢激动的样子，不由得指着荧屏问道。

"认识，我们多年前曾有过一面之缘。"吕家骢等电视中对高飞的采访结束后，这才简单将认识高飞的经过给吴宇讲了讲。

"这个人值得交往。"吴宇感慨地说道，"既然你和他早就相识，你该去找找他呀！"

"不知道他还能不能记起我？"

"你打个电话不就知道了吗？"吴宇说。

吕家骢想了想，吴宇的话很有道理。他从电视中得知，高飞创办的这家叫做"中天"的公司，就在省城东郊。第二天一上班，他查了一下城市电话簿，直接将电话打到了他公司董事长办公室。

"喂，我找一下高飞董事长。"

"请问您是谁？与董事长预约过吗？"电话那头问话的大概是办公室工作人员。

"我叫吕家骢，和你们董事长是老朋友了，你请他接个电话。"

"喂，您是谁呀？"电话里传来高飞那浑厚带有磁性的声音，"请您再重复一下。"

"我是吕家骢，多年前我们曾经见过面的。"吕家骢说，"你还记得在望远县'周血旺'门口收拾那帮混混的事吗？"

"啊哈，原来是家骢兄弟呀！我怎么会忘记呢！"高飞在电话里高兴地问道，"你现在在哪里呀？"

"我在南郊一个建筑工地上。"

"你不是在望远县财政局工作吗！"高飞问，"怎么又到成都搞起建筑来了呀？"

"我从建设局辞了职，在这里给人家打工。"

"哦，原来是这样！"停了停，高飞接着说道，"那好，你告诉我详细的地方，我有空来找你，我们见个面吧——不，今天我正好有空，我到你那里来吧。"

"高兄，还是我有空到你那里去吧。"

"不，我来方便些。"高飞不容争辩地说，"你告诉我地方。"

"高兄太客气了！恭敬不如从命。"吕家骢说，"我们这里有家叫'茗馨园'的茶楼，就在二环路边上，我在那里等你吧。"

时间还早，茗馨园茶楼里，茶客还不多，环境也还清静优雅。吕家骢在那里等了不一阵，高飞急匆匆就赶来了。

"哈，几年不见，我还挺想念你的。"高飞一见吕家骢，就紧紧握住他的手，仔细端详了他一番，"你还没有太大的变化。"

"谢谢你还记得起我。"吕家骢由衷地说道，"本来该我去拜访你的，却让你亲自赶到这里来……"

"我怎么会忘记你呢！'吕'者，双口吕；'家'者，家庭的家；'骢'者，毛色青白相间之马，马中先锋和领军之帅也！"高飞爽朗地笑了几声，指了指外面的小车，"我是装甲兵，你是步兵，我跑得比你快，当然该我先来看兄弟！"

高飞坦诚率直的几句话，一下就说得吕家骢心里热乎乎的。

"我接到你的电话，有点奇怪。"高飞端起茶杯，喝了一口茶，"你在政府机关干得好好的，怎么会辞职出来打工呢？"

"唉，说来话长。"吕家骢叹了口气，"我原本对那种一张报纸、一杯茶就混一天的工作就很厌烦；加上我遇到的领导，就像社会上的混混似的，心里更是烦透了，一赌气就辞职不干了。"

"那，你现在在这里，究竟干什么呢？"

"帮这家公司管管工地。"

"哎呀，一个堂堂的大学生。"高飞摇摇头，"那你是高射炮打蚊子，大材小用了呀！"

"唉，在哪个山头就唱哪个山头的歌呗。"吕家骢无奈地叹了口气。

"你在这里打工，怎么能发挥你的才干哪！"高飞思忖了一下，"我公司正需要你这样的人才——算了，到我那里去干吧！"

"到你那里去干，我当然求之不得。"吕家骢想了想，"但本人才疏学浅，经验不够，怕辜负了你的期望。"

"哈，家骢呀，我是当侦察兵出身的，我相信自己的眼睛不会看错人。"高飞又喝了一口茶，沉吟了一下，"在游泳中学会游泳，在战争中学会战争。开公司，我原来也是外行呀！——这样吧，你到我那里去做一个项目经理，给你项目你单独干！"

好啊！单打独干，这正是吕家骢下海以来，求之不得的事情。

"好！只要你相信我，我就是肝脑涂地，绝不会给你丢脸。"吕家骢想了想，"只是，我有一个小小的要求……"

"你说！"

"我在这里有一个很好的朋友，叫吴宇。"吕家骢说，"他品行端正，勤奋睿智，在营销方面很有专长，我想邀他一起干。"

"好啊，既然是人才，我们都欢迎。"高飞说，"何况，如果你单独干项目，要用什么人，给他什么报酬，你都有权决定。"

"那一言为定！"吕家骢说，"等我们把这边的事情办好交接后，就到你那里来。"

"好，我在公司恭候你们，到时给你们接风。"高飞正说着话，他的手机又响了起来，他接听了一下手机，有些愧疚地站了起来，"我公司有个急事要处理，今天就谈到这里吧——我在公司等着你，希望我们合作愉快！"

吕家骢回到工地，将与高飞会面的经过给吴宇一谈，吴宇兴奋地给了他胸膛上一拳："家骢呀，你遇见贵人了，该时来运转了呀！"

"兄弟，跟我一起到那里去干吧！"

"好！"吴宇一口应承下来，"你的人品，我信得过！"

吕家骢与吴宇将手里的工作清理了一下，向公司递交了辞职申请。周教授虽说挽留了他们一番，但见他们去意已定，工地建设也已接近尾声，也就不再勉强，任由他们卷起背包走了。

周教授创办的这家"中达"房地产公司，尽管杂耍和魔术玩得十分精到，确实也兴旺了几年，但由于后来在凉山、康定等地投资兴建水电站，投资兴建高档宾馆等，摊子铺得太大，也不太适应市场经济的变化，造成资金链断裂，最后资不抵债，倒闭了。

8. 独当一面试牛刀

成都这地方很怪，夏天温度虽说不高，但却闷得出奇。气象专家说，由于成都平原周围是山，云层流通受阻；加上水系丰富，空气湿度太大，置身其中，就像洗"桑拿"似的，弄得成天身上都是潮乎乎的。

"沃尔玛"超市工地上，这段时间以来，灯火通明，人声鼎沸，机器震动，焊花飞溅，卷扬机和塔吊在不停地运转，各工种的工人在紧张地忙碌。吕家骢和吴宇穿着工作服，戴着安全帽，一身的铁锈和油泥，白天夜晚都汗水嘀嗒地在工地上奔忙着。

"家骢呀，我诚挚地欢迎你们到'中天'公司来。"吕家骢和吴宇来到公司报到后，高飞在"岷江饭店"为他们接风，酒过三巡，高飞说道，"你来到这里，就准备给你加点担子。昨天我们董事会碰了一下头，最近公司投标揽下了'沃尔玛'超市工程，决定让你担任这个项目的经理！"

"我……"吕家骢闻言惊了一下，"高兄，你与我交道并不深，对我并不知根知底，就相信我能干好这个工程？"

"用人不疑，疑人不用。这是我的工作原则。"高飞挥了挥手，"我给你说过，我是侦察兵出身，绝非那种草率的人，相信你和你的朋友能做好这件事。"

"高兄，既然你们已经决定……"吕家骢迟疑了一下，"那我干上一段，如果你看我不行，马上就撤换我。"

"你这话我不同意。"高飞打断吕家骢的话，"不能只干一段，要干就必须干得干净利索——我告诉你，这个工程是一块难啃的骨头：一是要跟外国老板打交道，他们要求的工程质量就像做大姑娘的嫁衣，一点也马虎不得；二是时间要求太紧迫，工期只有 180 天，超期就要罚款，甚至会被拒付工程款；三是目前正处于'非典'时期，四处都弄得有点人心惶惶的，你要把人心稳定下来。"

"工期从什么时候开始？"吕家骢见吴宇在对面给他递了个眼色，他想了想，冷静地问道，"施工的人员、设备、材料都准备好了吗？"

"万事俱备，只等 6 月 1 日举行开工典礼。"

"那也就是说，"吕家骢接过高飞手中的合同文本看了看，"到今年的 11 月 27 日前工程必须完成。"

"对。"高飞端起酒杯又放下，接着缓缓地说道，"这个工程，体量很大，总建筑面积 3.5 万平方米，单层就达 7000 平方米，层高 4.8 米。合同规定，每晚交工 1 天，罚 1 万美金；每提前完工 1 天，奖励 2000 美金；超期 30 天，甲方就有权拒付后期工程款。"

"既然是这样，那我倒要来啃啃这块难啃的骨头。"

"好！我敬你一杯酒，祝你马到成功！"高飞端起酒杯，与吕家骢碰了一下，"我要的就是你这句话！一个男人出来闯荡，就要有这点信心和气派！"

"好，我喝了这杯酒！"吕家骢一口干了杯中的酒，"承蒙高兄的信任，我就是肝脑涂地，也不会让你失望！"

"这是你单独干的工程，工地上的人财物都由你说了算。"高飞大度地说道，"工程完成后所产生的利润，除该上交公司的部分，其余部分你有分配的权力——但，你要与公司签个承包合同。"

"好！"

时间就是金钱，效益就是生命。这是改革开放以后，中国人对时间和效益在观念上最大的认识和转变。

180天，也就是6个月时间内，工程必须保质保量如期完成！白纸黑字，这是公司给甲方签订的合同，也是吕家骢与公司的书面承诺。

"沃尔玛"公司是由美国零售业的传奇人物山姆·沃尔顿先生于1962年在阿肯色州成立。经过50多年的发展，他们在27个国家拥有11200多家分店，以及遍布10多个国家的电子商务网站。全球员工总数约有220万名。一直以来，沃尔玛坚持创新思维和服务领导力，一直在零售业界担任领军者的角色，成为世界最大的私人雇主和连锁零售商，多次荣登《财富》杂志世界500强榜首，当选最具价值品牌，自他们进军中国市场以来，已在多个城市开设了超市。

和外国老板打交道，跟国内的企业打交道简直有着天壤之别！那些什么行政干预呀，客观原因呀，兄弟情谊呀，统统无济于事了；合同上的白纸黑字，那就是板上的钉子，不容有丝毫的走样和扭曲。违反了合同约定，该罚则罚，该奖则奖，如果发生纠纷，那就由法庭来裁决。

180天！

也就是说，从开工仪式剪彩那一刻起，180天之后，必须要把超市完满地交给"沃尔玛"在中国的代理人！

"家骢呀，你的这位高哥对你简直太好了。"吴宇说，"这个工程的标的是1.2个亿，工程完成后，哪怕只有20%的利润，除了上交公司的，你的收获也不小呀！"

"兄弟，我们共同拼一把吧。"吕家骢说，"工程完成后，我不会亏待你的。"

自接手工程之后，吕家骢马上就召开了全体管理人员、施工人员动员会。会上，他和施工队签订了工程建设协议，对双方的责任、义务和奖惩都做了明确的规定；同时将经济效益和工地的每一个施工人员、质检人员，乃至每个工种的工人都密切挂钩。为此，他和吴宇还制订了严密的施工进度图，用倒计时的方式检查和验收施工质量和进度。

施工期间，正是成都天气最热的时候。工程开工后，吕家骢和吴宇吃住都在工地。他每天起床后，每撕掉一张台历，心里就"咯噔"一下。在这非常的时期，他恨不得把太阳月亮都往回拉，每天 24 小时能变作 48 小时才好。

佛争一炷香，人争一口气。

他已记不得几天没刮胡子，也记不清有多少日子没有离开过工地了。饿了，就胡乱扒拉一个盒饭或啃上两个馒头；困了，就倒在办公室或工地的角落打个盹儿。来到高飞的公司，他第一次独当一面初试牛刀，他的责任比谁都大，他的心里比谁都急，在合同上签了字，在高飞董事长面前表了态，他担着经济上的风险，担着技术上的风险，还担着道义上的风险！

入夜，工地上依然灯火通明，明亮的探照灯光，混合着耀眼的焊光，把整个工地照得如同白昼。

在这紧张和繁忙之中，建筑工地上的人们已经没有了白天和黑夜，没有了疲惫和暑热，留在人们心中的，只有一个雷打不动风吹不摇的信念：180 天交工！每一天，每一刻，每一分，每一秒都在用倒计时计算，吕家骢横下一条心，咬紧牙关，一定要啃下这块骨头，按时完满地完成这个工程！

"二哥，你马上到我这里来一趟。"这天早晨刚上班，弟弟吕家驹突然来了个电话。

"什么事呀？我走不开，有什么事你就在电话里讲吧。"

"李小薇到我这里来了。"吕家驹在电话里说，"她有件着急的事，我们一起商量一下。"

"什么事那么着急呀？"吕家骢说，"我在这工地上，忙得团团转，实在是走不开呀！"

"她丈夫出车祸了，正在医院紧急抢救！"

"哦——"吕家骢愣了一下，"我马上就来。"

吕家骢给吴宇交代了一下手里的事情，急匆匆赶到弟弟家里。弟媳范宁宁和侄儿吕一郎不在家，家里就弟弟家驹和小薇。几年不见，李小薇有些变了，变得更成熟——不，更加憔悴起来。

没有寒暄，吕家骢就问起事情的缘由来。

原来，李小薇的丈夫哪里是什么公安局长的公子！现在他才知道，当年那位姓翁的局长公子像饿慌了的鬣狗追兔子一样，死死地追求李小薇是不错，但是李小薇见此人是个纨绔子弟、采花高手，她根本没答应他。这位公子因为追不到兔子，又吃不到葡萄，便四处散布李小薇的流言蜚语。不但说他在和李小薇谈恋爱，而且还在外面开过房，甚至还吹嘘李小薇身上最隐秘部位，每个细胞都从他指尖上滑落过。一时间，在学校里闹得来谣言蜂起，乌烟瘴气。

　　其实，小薇的丈夫是河南人，叫郝元超，在部队当了个连长。他从部队转业后，安排在小薇所在地随江县粮站工作。可没想到，在计划经济时期，这原本是一个好的工作单位，可当粮食购销政策放开后，往日熙熙攘攘的粮站却门可罗雀起来。没办法，郝元超只好到城郊一家私人企业打工。没想到，两天前在骑车下班路上，被一辆疾驰的摩托车撞翻，颅脑受伤，肋骨撞断，而肇事者则趁夜色逃之夭夭！由于伤势严重，当地医院没有办法，只好紧急送到省城来抢救。到了省城医院，急需进行开颅手术。

　　可，而今的医院，入院也好，手术也罢，取药也好，都必须先交费用；否则入不了院，取不了药，更做不成手术——没有钱，那只能哭天无路，听天由命了！

　　"我们刚买了房子，还在还房贷，家里实在没有现钱。"吕家驹焦急地说道，"看二哥能不能在你公司想点办法？"

　　"手术需要多少钱？"吕家骢知道，弟弟家里都是弟媳做主，弟媳范宁宁虽说每天都在跟钱打交道，但她像只铁公鸡，要从她那里拔出根毛来，就像要她的命一样。

　　"医院说，起码要10多万。"李小薇含着眼泪，低声说道，"我身上只有两三万块，爸爸那里给我凑了四五万……"

　　"小薇，你别着急，我们大家来想想办法。"吕家骢想了想，拨通了高飞董事长的电话，"高兄呀，我有个急事想求你帮个忙。"

　　"什么事呀？你说！"高飞在电话里问道。

　　"我一个朋友出车祸了，需要马上动开颅手术。"吕家骢说完，又补充道，"我想在公司预支 10 万块钱，我负责归还。"

"行了。"高飞很干脆地说，"我跟财务部说说，你直接到那里去领取吧。"

"小薇，你赶快回医院照顾元超兄弟，叫医院准备动手术吧。"吕家骢说，"我马上就把钱送到医院来！"

"二哥……"李小薇听吕家骢如此一说，她久久地望着他，眼泪哗地从脸上流了下来，"不到万不得已，我是不会来麻烦你们的……钱我一定会还你……"

"嘻，都是从小长大的兄弟姊妹，还说那么多干什么！"吕家骢大度地说，"遇到了困难，不来找我们兄弟，那你就是把我们当外人了呀！……"

李小薇听见这句话，她又哀哀地看了吕家骢一眼。

或许是天命使然吧，小薇在医院守了丈夫两三个月，为抢救丈夫弄得倾家荡产，可医院最终也没能把她丈夫抢救回来。

9. 面对黑势力的敲诈

"沃尔玛"超市的施工并不顺利。

吕家骢刚从医院给李小薇送钱回来，吴宇就着急地跑来告诉他：一个大光头带着两个小光头，来找了他两回了！

"他们是什么人？"吕家骢问，"来找我干什么呢？"

"他们说是附近的居民，说我们施工造成了扬尘、噪音和光源污染，要我们给他们一个说法。"

"我们完全是按照城市管理的规定施工。"吕家骢有些奇怪地说，"城管、环保监察部门来抽查了好几回，也没说我们施工造成污染呀！"

"我看他们是有意来找碴的，看他们那副打头，阴阳怪气的，像是当地的杂皮。"吴宇说，"看样子，是想到这里来敲诈一把。"

"难道，省城这样的大都市，还会有黑社会团伙不成？"吕家骢想了想，"不理他！"

"我听工地上一位工人讲，这伙人是城里有名的'光头帮'，专门替人争工地，追欠款，吃黑钱的。"吴宇停了停，接着说，"那个为首的光头，听说外号叫什么'菜头'。"

"什么，'菜头'？"吕家骢皱了皱眉，"我管他什么'菜头'还是'肉头'，光天化日，朗朗乾坤，我还怕他敢来砸了工地不成！"

"我看还是多个心眼吧，有备无患。"吴宇说，"看他们那样子，是不会善罢甘休的。"

果然，第二天一早，那几个光头又来到了工地上。

"你就是负责这工地的吕经理吗？"来者大概就是那个叫"菜头"的人了，他一身蛮肉，脑袋剃得精光，像一个吹胀的猪尿包，在阳光下熠熠发亮；他穿着一件对襟衫，敞胸露怀，手臂上文着一枚短刀，刀锋下文着一个蓝色的"忍"字。他带着几个也剃着光头的小子，大大咧咧地来到工地办公室，堵住了吕家骢的去路。

"我就是。"吕家骢抬头扫了来人一眼，不动声色地问，"有什么事吗？请坐。"

"我们是这附近的居民。你们工地的施工，扬尘、噪音和灯光，严重影响了我们的生活。"那"菜头"坐下来，跷起二郎腿，点燃一支烟，"我们受附近居民的委托，来跟你讨个说法。"

"这附近都是商铺和写字楼，不是居民的住宅区呀，怎么影响了你们的生活呢？"

"你是不知道还是装倒不晓得！"那"菜头"手指了指外面，"我们好多人办公、住宿就在那边的写字楼上！"

"那写字楼离工地还有三四百米远，我们晚上大都做的是静音工序，怎么会影响你们呢！"吕家骢知道这些人是专门来找碴的，他不想再和他们纠缠，话锋一转，"你们究竟要干什么？"

"要干什么？我们的要求很简单。""菜头"悠然地吐出一串烟圈，"僧人面前不烧假香，你们影响了我们的工作和生活，那就要拿钱消灾。"

"兄弟，你这是明目张胆地敲诈呀！我们影响了你们，你们可以向城管和环保部门投诉呀！"吕家骢笑了笑，"我也是刚接手这项工程，也是一个打工的，待老板给我开了工资，我请兄弟们喝酒！"

"菜头"后面的几个小光头，一听吕家骢这话，就瞪起了眼睛，跃跃欲试起来。"菜头"伸了伸手，制止了那几个小子的蠢动。

"小五子，'文革'时期有句话是怎么说的呢？'要文斗，不要武斗'。"菜头"回过头，对几个小子不紧不慢地说道，"我们总要给吕经理一点时间，让他有点思想准备，是吧？"

"对，蔡大哥说得对。"那位叫小五子的小子点头应道。

吕家骢当然听得出，这"菜头"的话，明显带着威胁的意味。但他抱着双臂，冷冷地看着这伙人的双簧表演。

"这样吧，吕经理，我们给你三天时间考虑考虑。"菜头"见吕家骢软硬不吃，他掐灭了烟头，一下站了起来，伸出五个手指头，"我们要求也不高，就跟你借这个数，从此井水不犯河水——走，走人！"说完，他手一摆，一伙人跟着他摇摇摆摆走了。

"呸！"这伙人走到门口，吕家骢突然看见一个小子裤腰上别着一把小斧头。见这伙人走出门后，吕家骢对着门外狠狠啐了一口。

"家骢，我们还是到派出所报个案吧。"吴宇见吕家骢坐了下来，他对他说道。

"今天他们只是口头来威胁了一下，还没搞打砸抢，看看再说吧……"吕家骢点燃一支烟，思忖了一下，"这个情况，先跟高飞董事长说说，他在这块地皮上熟悉，让他拿拿主意吧。"

三天时间到了。

这天早晨，那"菜头"没有出面，只来了那个叫"小五子"的小子，他在工地找了吕家骢一圈后，没找到人，便气咻咻地屁股一拍，就往外走去。

这群小子究竟要干什么呢？

"家骢，外面有辆破车，把工地大门给堵住了！"过了一阵，吕家骢和高飞正在商量工地上一些事情，吴宇突然急匆匆跑来对他们说道。

"什么，有辆破车把工地堵住了？"高飞预感到了什么，他站了起来，招呼着吕家骢，"走，我们去看看。我不相信，一群混混儿能翻得了天！"

"你们这是干什么呢？"走到工地门口，只见一辆破烂的农用车装着一车西瓜挡在门口，外面拉水泥的车进不来，工地往外运渣土的车出不去。那"菜头"眯着眼睛，正怡然自得地坐在街沿上抽着烟。

"我们这车抛锚了。"一个光头小子坐在车头上，"等我兄弟回家取备件来修。"

"你这车既然抛锚了，该停在路边，怎么挡在我门口呢！"高飞上前对那小子说道。

"人吃五谷都要得病，要说哪个时候死，谁晓得呀！"那小子油嘴滑舌地说道，"何况是喝汽油的车子呢！"

"你说得没错。"高飞转过身，给拉水泥的驾驶员招了招手，"张师傅，来把这辆车拖开！"

"老板，我这车是在等备件，让修理工来修。"那车头上坐着的小子说，"我告诉你，你要跟我拉走，拉坏了你要负责！"

"拉！"高飞大声对水泥车驾驶员说道，"什么破车！拉坏了我负责！"

岂料，高飞叫把这辆破车拉开，却正好中了这伙人的圈套！

只见水泥车挂好拖车绳，油门一加，刚向前一拖——糟了！突然"轰轰"两声巨响，那农用车一下就拉散了架！车的后轮轰然离开了车体，底盘顿时散了架，车厢一下就栽在了地下！车厢板一撑开，像打开了的闸门，那车上的西瓜就从车上滚了下来，骨碌碌在地上飞滚着，有的摔得龇牙咧嘴，有的摔得粉身碎骨！

"哦嚯！"那车前的小子拍着手，幸灾乐祸地叫了一声，一下跳下车来，指着高飞叫道，"老板，你说你负责——好！你赔我汽车，赔我西瓜！"

"什么破车，一拉就散了架！"高飞冷冷地看着那小子，"你演的这幼儿园的把戏，是不是拙劣了点呀！"

"我叫你别拉、别拉，你非要拉！"那小子像一只斗架的鸡公，一下冲到高飞面前，指着高飞的鼻子，"我这车买成 15 万，西瓜是 5000 斤，你今天不赔我，我就跟你没有完！"

"你们这套把戏，我见多了！"高飞一下抓住那只伸到他眼前的手，顺手一推，厉声叫道，"把你这套敲诈人的把戏收起来！"

"哎哟，救命啦、救命啦——打死人哪！"没想到，那小子顺势就倒在地上，踢脚蹬腿地翻滚起来。翻滚之际，顺手抓起地上的石头，往自己脑袋上一砸，顿时就砸得皮开肉绽，流出血来！他一边捂住受伤的头，一边声嘶力竭地哀号起来！

10. 一场干戈化玉帛

"喔——整烂了人家的车，摔烂了人家的西瓜，还要耍霸道！"现场突然有人喊叫起来，"工地老板打人啦！打死人啦！……"

随着那小子的嗥叫，从四面八方突然涌出几十个杂色人等，一下就将高飞和吕家骢等人团团围了起来；还有那行走的路人，工地上施工的工人，听见这边有人闹事，也纷纷围了上来。一时间，工地门口吵吵嚷嚷，人头攒动，黑压压的一大片人群，几乎阻断了交通。

"小子，你想赖我是不是？"高飞蹲下来对那还在干号的小子说道，"破车你修好自己拖走，摔坏的西瓜我赔你，行不行？"

"我汽车买价是 15 万，西瓜是 5000 斤！"那小子止住干号，依然睡在地上，不断把头上流下来的血往脸上抹去，抹得一张脸像唱戏的花脸，"少了 20 万，那就免谈！"

"哈，你小子癞蛤蟆打哈欠，好大的口气！"高飞爽朗地笑了一声，"你这破车，送我也不要；你这西瓜，摔坏的无非就几百斤，我赔你 3000 块，拿给工人们解渴。"

"你不照实赔我，我今天就死在你们这工地门口！"说着，那小子就往工地门口爬去。

"你要爬到我们工地去，那好。"高飞对那小子说道，"一会儿你把脸上的血洗干净了，我请你喝酒。"

"喔——打人啰！打死人啰！"旁边那一大群小子又大声起哄起来。

"不行！"那早先坐在街沿上的"菜头"，突然从人群中挤了过来，指着高飞和吕家骢大声叫道，"你们工地污染环境，吵得我们日夜不得安宁！现在又把人家的车拖坏了，把几千斤西瓜摔烂了，人也打伤了，赔20万！少一分钱都不行！"

"对，少一分钱都不行！"周围那几十个小子一起大声哄闹道。一时间，现场上人群摩肩接踵，闹闹喧喧，顿时就像搅成了热气腾腾的一锅糨糊！

"我跟他商量，关你小子啥子事呀？"高飞瞥了"菜头"一眼，指着趴在地上的小子冷冷地说道。

"大路不平旁人铲！""菜头"回头向他的同伙呼叫道，"大家都是这个城市的市民，应该见义勇为，该出手时就出手呀，对不对呀？"

"对，大路不平旁人铲，该出手时就出手！"周围的杂色人等又乌喧喧地吼了起来！

"你们这套把戏，本人见多了！"高飞拿出手机，对"菜头"戏谑道，"你们不通人情，再闹，我要报警了……"

"报！你报！""菜头"虚张声势地大叫道，"拖坏了别人的汽车，摔烂了人家的西瓜，还打伤了人，你还有理由了？！"

"兄弟，我真报警了。"高飞在手机上拨了几个键子，大声对着话筒说道，"喂，110吗？我是'沃尔玛'建筑工地，有几十个闲杂人员在这里闹事，无事生非……"

可高飞话没说完，"菜头"上前猝不及防一把夺过他的手机，一下就往远处扔去！随即，周围的小子们有的拿木棒，有的拿砖头，有的拿石头，一拥而上，把高飞和吕家骢像铁桶般围了起来！工地上的保安、工人们见状，也操起家伙，一齐从工地上冲了出来！顷刻之间，看热闹的人群纷纷逃遁而去，一场血战眼看就要展开！

"工人兄弟们，我们决不能先动手！"高飞转过身，大声对工地上的保安和工人叫道，"听我命令——向后转！向前10步走！"

"怎么，你虚了？""菜头"讪笑了两声，突然对周围的人大叫了一声，"闪开闪开！"

待他身边的人闪开，他从旁边一个小子手中拿过一块砖头，原地转了一圈，突然"嗨"的一声怪叫，就将砖头往自家头上砸去！"嘭"的一声，那砖头瞬间就砸成两段！

"好！好！好！"周围的小子们又是鼓掌又是喝彩起来！

"菜头"洋洋自得地看了高飞和吕家骢一眼，扔掉手中的半截砖头，又从旁边一个小子手中拿过另一块砖头，又如法炮制，不要命地往头上一砸，又砸成两段！而他额头上，毫发无伤，只留下些许砖灰的痕迹！

又是一阵掌声和乌喧喧的喊叫！

高飞冷冷地看着"菜头"的表演，他并不说话，只是笑了笑，从地上捡起"菜头"扔下的那半截砖头，双手握住砖的两头，稍一运气，"嚓"的一声，一下就将那砖头掰成两段！接着，他又捡起地上另一块砖，运了运气，往砖上抓了一把，就在砖头上抓出几道指痕来！须臾，他马步站定，抓起一块砖头握在手中，一声喝叫，只见砖灰纷纷坠落，顷刻之间，那砖头竟然被他捏成粉末！

"好！好！"如此一幕精彩的表演，那"菜头"看得目瞪口呆，他周围有的小子竟然反戈一击，为高飞的表演叫起好来！

"所有的人，都不许动！"双方人员正聚精会神看高飞与"蔡头"斗法之时，未曾想，人群外陡然响起一声吆喝！人们回头，只见几十个特警拿着盾牌，提着警棍，已从四面围了过来！

在场的人群都大吃一惊，跑也不是，不跑也不是，一个个站在原地呆若木鸡。那脑筋反应快的人，赶紧将手里拿着的棍棒、砖头和石头悄悄扔在了地上，抱着双臂站在原地，若无其事装着是在这里看热闹的。

"哎呀，是靳大队呀！"高飞抬眼一看，见领头的人正朝人群走来，他赶紧迎了上去，"你亲自来了呀，辛苦、辛苦！"

"老战友，是你们工地打电话报警吗？"靳大队长问。

"是呀。"

"是哪些王八蛋在这里捣乱呀！"靳大队虎着脸走上前来，冷冷地看了看现场，他走到"菜头"跟前，上下打量了他一遍。

"菜头"撩起眼帘，偷偷看了靳大队长和高飞一眼，那神情似乎在说：糟了，老子今天撞到枪口上去了！

"喂，你是怎么回事呢？"靳大队走到睡在地上的小子跟前，用警棍指了指他。

"我、我……"那小子见情形不对，翻身坐了起来，看了靳大队一眼，嗫嚅着说道，"刚才、刚才流了点鼻血……"

"流点鼻血，就在地上爬不起来了？"靳大队狐疑地问。

"啊，老靳，刚才他们的车子抛锚，挡住了我们工地施工，双方发生了一点误会。"高飞环视了现场一眼，他走上前去，若无其事地对靳大队说道，"现在我们已经协商解决好了，让你们白跑了一趟！"

"菜头"听高飞如此一说，惊异地看了高飞一眼，但他瞬间便明白了什么，也赶紧说道，"是、是，我们已经协商解决好了……"

"解决好了？"靳大队似信非信地看了高飞一眼，又回过头死死地盯着"菜头"，大声训斥道，"蔡福久，你那帮小子前次在'好又多'超市惹的祸，我们还没最后算清账——我告诉你，你再不收手，我看你那'福'，就享不了多久了！"

"真是解决好了，不劳老战友再费心了。"高飞上前又对靳大队讲道。

"既然已经解决好了，那全部人都散开，不要影响了这里的交通！"靳大队沉吟了一下，回头向四周的特警挥了挥手，"全体都有，收队！"

"有空到我办公室坐坐。"靳大队与高飞握了握手，带人走了。

人群逐渐散去，交通疏散开来。

"小五子，你留在这里，马上叫修车店的人来把车修好，赶紧开走！""菜头"见警察走后，他吩咐完小五子，回头对那帮人叫了一声，"走，全部回去喝酒！"

"好啊，蔡大哥说了，回去喝酒——"跟着"菜头"来的那伙人，拍拍屁股，转身一哄而去。

"好，后会有期！"高飞对着"菜头"的背影叫了一声。

"你这位哥老倌，豪爽、仗义！我蔡福久服了你！"走了几步，"菜头"又转身走了回来，将同伙捡到的手机恭恭敬敬送到高飞手里，对着高飞和吕家骢拱了拱手，"那车西瓜，你们也不要赔了，就算我蔡某人慰问工地上的弟兄们了——好，两位哥子，后会有期！"

一场干戈化玉帛。

"哈，高兄呀，我也真算服你啦！"待"菜头"那帮人走远，工地上的人也各归各位，吕家骢也对高飞拱了拱手，由衷地说道，"没想到这么混乱、复杂的场合，你一出马，一下就化险为夷，云开雾散了！"

"兄弟过奖。"高飞和吕家骢一边往回走，一边说道，"这些年，这样的人物，这样的场合见多了，也就不足为怪了。"

"我估计，这帮人再不会到工地上来捣乱了吧？"

"应该是不会来了。"高飞说，"根据我这些年的了解，这黑道上的人，虽说可恶、欺软怕硬，但他们也有一个共同的特点：讲义气。今天我这样处理，也是为了工地上的长治久安哪！"

"高兄目光高远，处事艺术，跟你在一起，能学到好多东西。"

"另外，那车西瓜，你安排人把它搬回工地，作为工人的防暑降温用品吧。"临走时，高飞嘱咐吕家骢，"那车西瓜我估计有两三千斤——算了，仁至义尽，就付给他们两万块钱吧。"

第十章

卧薪尝胆

1. 乌龙河谷的枪声

山石嶙嶙，荒草萋萋。

"砰！砰！"山谷中突然传来两声清脆的枪声！

张强和汪蜂子气喘吁吁地站住了，他们不得不站住，前面是悬崖绝壁，他无路可逃了。

追捕他们的警察老宋头也站住了，再追，就要把他们逼下悬崖去了。

"轰——轰——"悬崖下，乌龙河水撞击着岩石，发出震耳欲聋的声响，在峡谷上空回荡，像野牛在怒吼，像饿狼在嗥叫。

"糟了，疤哥，没有路了！……"汪蜂子望着深深的峡谷，张皇失措地大叫起来。

啊！张强的身体向前倾了一下，猛地倒抽了一口寒气！见鬼，他本想在这陡峭的山谷中甩掉追捕他的警察，却没想到自寻了死路！他胸膛剧烈地起伏着，大口大口地喘着粗气，绝望地转过身来，那白中泛黄的囚衣已被汗水湿透，紧紧地沾在身上。略一回神，他看见的是一个黑洞洞的枪口和一双像鹰隼一样的眼睛。张强看见这个枪口，不由自主地抖索了一下——作为一个囚犯，在监管中脱逃，执法者可以如何对他处置，他是知道的。

一步、两步、三步……张强和汪蜂子在枪口的逼视下，下意识地弓着腰，护着前胸，慢慢往后退去，两双可怕的眼睛中，流泻出绝望和恐惧来。

"站住！"老宋头是看管他们的狱警，因为年龄大了，身体不好，被安排在后勤部门工作，负责干警们的生活。此时，他大檐帽跑掉了，露出一头斑白的头发，头发下是一张清癯、苍白的脸。他见两个逃犯还在后退，赶紧把枪口抬了抬，猛然喝了一声，"把手举起来！"

张强双手抽搐了一下，和汪蜂子不由自主停住了脚步，慢慢举起手来。随后，汪蜂子双膝一屈，一下跪了下来："管理员，我、我有罪，我服罪……"

"当！"老宋头从皮带上拉出一副张着牙齿的手铐，逼视着那两双既可怜又可恨的眼睛，又晃了晃枪口："跑！跑！老子今天不看你们还年轻——"

啊，怒火烧红的眼睛，冰凉冰凉的手铐！张强咬了咬牙，脸上的肌肉突然神经质般地抽搐了两下！他机械地后退一步，那绝望的眼神一闪，刹那间便透出一股绿莹莹、阴惨惨的杀光来！他给汪蜂子递了个眼色，随后握紧拳头，一步、一步向老宋头逼来！

"站住！再向前一步，我就开枪了！"

"开枪？开枪吧！"此时的张强，已是图穷匕见，他恨恨地从牙缝里逼出几个字来，"反正老子在那里也活不下去了！"

自从在望远县被公安抓捕之后，被押送到这劳改煤矿以来，除了节假日，他每天都得在警察的押解下出工。在那几百米的深井下，除了灯光，没有日光，就像被埋进了幽深的古墓；上井之后，没有欢乐，没有自由，也没有烧鸡卤鸭，没有咖啡啤酒，更没有小妹小妞。张强在这里真是度日如年，难煎难熬，他时时都在窥测时机，早就想跑了！

前年冬天，一个月黑风高之夜，他收工后藏在厕所的粪坑里，钻出下水道就逃跑过一回。但没想到还没跑出这大山，就被警犬嗅出踪迹，在一个山洞里被追捕的警察抓获。就那一回，他被关了整整一个月的"单间"，还被加了两年刑期。

今天上午，机会来了！矿井里突然发生透水事故，几十号犯人和看守的警察被困在了井里，他和蓄谋已久的汪蜂子，趁整个煤矿的人都在抢险的混乱之中，从围墙上翻越而出，朝后山跑去！这回他接受了前次的教训，决定反其道而行之！他知道，翻过后山就是乌龙河，只要过了河，警犬就再不能嗅到他们的踪迹，警察也休想再追捕到他们了。

没想到，他们刚在山坡上一冒头，就被在后山上收菜的吕家骏发现。吕家骏这几年因为劳动表现好，被选为犯人组长，还被挑选到厨房帮厨——这时，他正挑着箩筐跟着老宋头到这后山菜地来收菜。

"宋管理员，你看！"老宋头正在摘黄瓜，听见吕家骏叫他，他举眼一看，两个穿着囚衣的犯人正亡命地往后山逃去！

"站住！"老宋头见状，大喝一声，拔出手枪对天鸣了两枪，尔后就朝两个犯人追去！跑了几步，他又回头命令吕家骏道，"告诉你，不许乱动！胆敢逃跑，我打碎你的脑袋！"

张强二人拼命地往山上跑。

老宋头不要命地在后面追。

山路崎岖，岩壁陡峭。现在，张强他们无路可逃了！

一边是紧追不舍的警察，一边是不甘束手就擒的囚犯，一时间，双方在这悬崖之上对峙起来。

"轰——轰——"乌龙河的水依然在悬崖下单调、沉闷地撞击着礁石。

张强两眼喷着杀气，牙齿拼命地咬着牙齿，连五官都在挣扎、绝望和恐怖中扭曲变了形。

"站住！"随着一声喝叫，老宋头手动了动，枪口跳了跳——但，没响。老宋头那苍老惨白的脸上，是冷峻和轻蔑，"我，给你最后一次悔罪的机会！"

面对着那大义凛然的面孔，面对着那黑洞洞的枪口，张强身体晃了晃，他犹豫了。他知道，只要那握着手枪的指头一动，顷刻之间就会叫他脑袋开花！

"哇——"张强突地发疯似的怪叫一声，像一股旋风，一转身就往身后的悬崖扑去！

"砰！"枪响了。

老宋头的枪管冒着淡蓝色的烟雾。清脆的枪声，在狭窄的河谷里"嗡嗡"回响；两只被枪声惊动的岩鹰，突地从岩壁上飞起，在峡谷上空盘旋起来。随着枪响，老宋头豆大的汗珠从额上一涌而出，他赶紧伸出左手，紧紧地揪住胸口；随即他伸出右手，想抓住旁边的一棵小树，但没抓住。他身体左右摇晃了几下，一头就栽倒在了旁边的草地上……

长年在这高原上奔波，他的心脏早就不堪重负了。

随着枪声，张强踉跄了一下，倒在了地上——但，他没死。大概老宋头怕他真跳下悬崖，只是给他腿上喂了一颗子弹。少顷，他抬起头来，见老宋头莫名地倒了下去，他迷惑地眨了眨眼睛，半天没回过神来——突然，他像明白了什么，一咬牙站了起来，从旁边搬起一块石头，一瘸一拐地向老宋头走去！

"疤哥，你、你要干什么？……"汪蜂子在旁边惊恐地看着眼前的一切，见张强搬起石头朝老宋头走去，他似乎明白了什么，颤抖着想叫住张强。

"这个老不死的东西！"张强根本不理会汪蜂子的喊叫，他眼露凶光，龇牙咧嘴，一步一步向前走去，走到老宋头跟前，举起石头正要对着老宋头的头砸去——突然，他凄厉地大叫一声，反被迎面飞来的一块石头砸中前额，摔了个仰面朝天！

"谁敢动，老子就不客气！"随着那块飞来的石头，吕家骏像从天上掉下来的一样，从旁边一块巨石后面闪了出来，他指着张强和汪蜂子，大喝一声，上前扶起老宋头，死死掐住他的"人中"穴。

"马哥，大家都是'同改'，放兄弟一马！"汪蜂子突然像醒了一样，他对着吕家骏叫了一声，飞速绕开吕家骏和老宋头，就往山下跑去！

可晚了！

随着几声警犬的叫声，闻讯而来的武警和公安已从山下寻踪追来！汪蜂子跑了几步，只好又无可奈何地倒了回来。

"啊——"老宋头终于长长地吁了口气，睁开了眼睛，他看了吕家骏一眼，从上衣口袋掏出"硝酸甘油"，放了两片在嘴里。

张强躺在地上，半天才回过神来，他抹了抹脸上的血迹，挣扎着爬了起来，瞪着两只血红的眼睛，握紧拳头，欲上前与吕家骏拼个你死我活。

吕家骏轻蔑地冷笑了一声，缓缓地站起身来。

"站住！"老宋头此时已清醒过来，他对着张强举起了枪，厉声叫了一声，"张强，现在你已罪加一等！只有跟我老老实实回去，才能争取宽大处理！"

"呸！"张强啐了一口，看见吕家骏一步步向他走来，望着像牦牛一样强壮的吕家骏，他自忖不是对手，只好一步步往后退去。

吕家骏眼看张强就要退到悬崖边，他站住了，只是冷冷地看着他。

一时间，两人在悬崖边对峙起来。

山下的人声和警犬声越来越近了，汪蜂子往山下看了一眼，赶紧规规矩矩在老宋头旁边坐了下来。

"吕家骏，你退后！"老宋头叫了一声，一下站了起来，最后对张强说道，"天网恢恢，疏而不漏，你跑，能跑掉吗！"

"姓吕的，姓宋的，老子就是变成死鬼，也要来跟你们讨账！"张强往山下瞥了一眼，两只警犬已抢先跑到山上来，他彻底绝望了，突然怪叫了一声，一转身就往悬崖下跳去！

"砰！"老宋头手中的枪声又响了！随着枪响，张强的腿上又挨了一枪，他身体踉跄了一下，吕家骏正要上前抓他，可他身体向前一倾，扑下了悬崖！

"冥顽不化，自寻绝路！"老宋头俯身朝崖下看了看，河中乱石犬牙交错，河水汹涌湍急，一阵阵水雾遮挡了他的视线。他收起枪，轻轻叹了口气，"这小子，真是不见棺材不掉泪呀！"

"三班长，你带几个人，带上警犬，绕到下边去看看。"看守煤矿的武警中队长带人跑了上来，听老宋头简单讲明情况后，他命令道，"不管是死是活，一定要把人找到！"

"是！"三班长带着战士和警犬离去。

山风吹来，吹得树叶哗哗地响，吹得茅草呜呜地叫。

2. 离开这伤心之地

又是一个闷热的夏天。

正当大哥吕家骏在劳改煤矿洗心革面，盼着早日下山与家人团聚；正当二哥吕家骢辞职下海，在事业上已有一些起色之时，弟弟吕家驹的事业和家庭却发生了重大危机！

世事难料！

吕家驹自进入省城硅酸盐研究所后，由于自身条件不错，颇受领导赏识，在事业上可谓一马平川春风得意。他从课题组长干起，几年就提拔为科研处长，随后又成为单位最年轻的所长助理。随着改革的深入，全国 248 家国有科研院所改制后，硅酸盐研究所也随之转制进入市场，所里成立了一个科技公司，任命吕家驹为董事长。这几年，尽管他苦苦支撑，惨淡经营，但他书生意气，不谙商道，经营不善，业绩不佳，这个公司市场前景暗淡，债务缠身，弄得来奄奄一息，濒临倒闭了。

屋漏偏遇连天雨。

吕家驹夫人范宁宁，年纪轻轻就提拔为工商银行副行长，在事业上干得风生水起。由于她是独生子女，家庭条件优越，自小父母对她百般宠爱，养成了虚荣、强势、任性和以自我为中心的秉性，无论在单位还是在家庭，都颇有女汉子的作风。如此一来，吕家驹在事业上顺风顺水时，范宁宁脸上有光，对丈夫还有几分迁就；

但当吕家驹事业坠入低谷，弄得焦头烂额、情绪低落时，范宁宁渐渐就有了怨言。丈夫回家来，她不但不体谅、安慰丈夫，不时还埋怨、指责，甚至还奚落丈夫几句——如此一来，就难免火上浇油了。上班，吕家驹心烦意乱；回到家里，又得不到妻子的理解，弄得他耗子钻风箱，两头都受气。妻子居高临下喋喋不休，他男人的自尊心不断受到伤害。久而久之，小两口就如针尖对麦芒，互不相让，家里便渐渐多了些争吵，少了些安宁。时间一长，夫妻感情日趋冷淡，最后连吵架的兴趣也没有了，从热战演变为冷战，两人十天半月不说一句话。最后，干脆分床而居了。

这一切，两家的父母、亲人都蒙在鼓里。

长痛不如短痛。最后，两人都实在忍无可忍了——便摊开了解决夫妻矛盾的最后一张王牌——离婚！

"二哥，晚上有空吗？"这天，吕家骢从工地刚回到办公室，就接到弟弟家驹的电话。

"有事吗？"

"有重要的事，想跟你商量一下。"

"好吧。"

几年前，吕家骢圆满完成"沃尔玛"超市工程后，这个工程给他带来还算丰厚的收益。当他把一笔数额不小的款项汇给妻子陶燕后，陶燕似乎这才认可了丈夫当初的选择，消了些气，带着孩子来省城住了一段时间，夫妻关系也得到了一些缓和。

时过境迁。吕家骢的父母见儿子辞职后，一个人在社会上打拼虽说辛苦，但他毕竟走的是正路，说不定还能干出一番事业来呢。时间长了，他们逐渐对儿子有了一些理解，也渐渐消了气——既然儿子已铁了心要在那大海里扑腾，他们也只好听之任之了。

吴宇呢，认识了一位在大学教书的女友，积攒了一些钱后，在省城买了房子，和女朋友结婚后有了孩子，便辞职回家当起专职保姆来，全心全意为他夫人解除后顾之忧去了。

两年前，在高飞的鼓励支持下，吕家骢自己单独组建了一家名为"远望"的建筑公司。目前公司还在初创阶段，他手里事情多如牛毛，但他知道弟弟没有特别重要的事，是不会这么着急地找他的。

晚上，吕家骢和弟弟相约来到"相逢一笑"咖啡馆，选择了一个清静的角落里坐了下来。尽管这里环境优雅，音乐可人，但今晚他们相逢，谈的话题却很沉重，兄弟虽是相逢，但却无论如何也笑不起来。

"你是我哥，我觉得这事该先给你说一下。"吕家驹坐下后，久久没有说话，过了一阵，他才抬头对家骢讲道，"二哥，我准备和范宁宁离婚了。"

"为什么？"吕家骢看了家驹一眼。

"她的小市民做派，强悍的家庭作风，我和她实在过不下去了……"吕家驹缓缓地说道。

"她同意了么？"对于弟弟和弟媳这桩婚姻，家骢早就认为他们不太合适，所以一听他们要离婚，他并不感到十分意外。

"同意了。"家驹说，"其他的都协商好了，只是对一郎归谁的问题，还有点分歧。"

"爸妈知道了么？"家骢问。

家驹摇了摇头。

"那她的父母知道了么？"吕家骢又问。

"知道了，刚开始不同意，现在已默认了。"

"唉——"吕家骢轻轻叹了口气，"天涯何处无芳草，以她的条件，肯定能找到更好的；而你呢，也绝不会打单身——只是，大人离婚，苦了孩子……"

"这个女强人，一门心思都扑在外头，对家庭和孩子淡薄得很，所以孩子跟着她，我实在不放心。"吕家驹说，"一郎现在已大了，我带着他应该没有什么问题，那些什么房子、票子和车子我都无所谓了，孩子我是坚决要的！"

"离婚是大事呀，你一定要考虑清楚。"家骢诚恳地说道，"你也老大不小的了，常言道：人生最怕的就是少年丧父，中年失妻呀！"

"这件事，我已经考虑很久了。家里这两年的氛围，就像阴森的墓地一样，叫人心里发怵。"家驹说着，眼睛有点潮湿起来，"长久这样下去，对孩子的成长也不利……"

"那，你还是跟爸妈先说一下吧。"

"先不忙告诉他们。我们几兄弟，让爸妈操的心已经够多的了……"家驹犹豫了一下，"另外，我已决定辞去科技公司职务，离婚后带着一郎远走高飞，离开这伤心之地！"

"你想到哪里去？"家骢闻言诧异了一下。

"到美国。"家驹说，"我有个要好的同学，他们夫妻在那边混得还不错。前不久，我已向成都美领馆提出了赴美的申请。"

"要出国，你有把握吗？"

"我打听过了，根据我的情况，估计问题不是太大。"

"家驹呀，你这两个决定，都太重大了。"吕家骢虽然知道弟弟做事心思比较缜密，不像哥哥家骏那样莽撞，但他想了想，"你既然是征求我的意见，这事还得让我仔细琢磨一下……"

"二哥，前几天大嫂给我来了个电话。"吕家驹转了个话头，"他说大哥从煤矿来信了，望远县那个黑恶头子张强，前不久因为越狱拒捕，自己跳崖摔死了；他手下那个叫汪蜂子的喽啰，也因为逃跑被加了一年的刑期；大哥在追捕逃犯过程中表现好，又得到减刑 6 个月的奖励——再有几年他就能够出狱，一家人团圆了。"

"是呀，大嫂一个人带着孩子，多不容易呀！"吕家骢说，"我们除了给她经济上一点帮助，其他的都要靠她一个人支撑哪！"

"大嫂虽是从农村出来的，但她淳朴善良，重情重义，对大哥始终不离不弃。"说到这里，家驹感叹道，"而今像她那样的女人，真是太稀少了，大哥遇到她，是他的福气呀……"

"是啊，但愿大哥出狱后，能珍惜大嫂这份情义。"家骢停了停，接着说道，"妈去年退休后，就想把大哥的孩子丹丹接到成都来读书，可大嫂没同意，说孩子一定要留在她身边。"

"是呀，老爸也快退休了。"吕家驹说，"他说，他退休后还想回白果村去，把吕家的老屋推倒，在那里修上几间房子，回老家去守着祖坟尽一份孝心；自己种菜喂鸡，老来过过田园生活呢！"

"是呀，他虽说少小离开老家，可心头始终揣着一份乡愁。"家骢喝了一口咖啡，缓缓地说道，"将来如果我有钱了，我也想像老爸一样，回我们小时候长大的云雾村去，租上几亩土地，修上几间房子，挖一个堰塘，种点蔬菜花草，开办一家农家乐，不图赚钱，欢迎亲朋好友都来那里做客……"

"好啊，等我将来老了，落叶归根，也一定从国外回来陪你。"家驹听哥哥这样一说，他沮丧的情绪似乎得到一些解脱，"如果是那样，我们一家人就像刚从东北来时那样，和和美美生活在一起，那该多好啊！"

"唉，这只是我的一个梦想罢了……"

"二哥，你想做的事一定能做成，你一定能够梦想成真！"

天，渐渐黑透了。咖啡馆外面，远远近近的霓虹灯都闪烁起来；咖啡馆里，轻柔舒缓地传出一阵歌声来：

> 山岗的小路直向茶山顶，
> 石头被踩得亮晶晶。
> 送走了多少个风雪的夜晚，
> 迎来了多少个灿烂的黎明！
> 高声地唱来低声地问：
> 你家乡有没有这样的茶林，
> 茶林里有没有采茶的姑娘，
> 姑娘有没有心上的人？
> ……

3. 府南河边一场误会

朦胧的暮霭中，府南河边的路灯渐次亮了起来。河边的树丛中，坐着纳凉的人们；沿河的人行道上，三三两两的人，正在悠闲地散步。

吕家驹和范宁宁都墨黑着脸，一前一后，心事重重地沿着河堤走着，谁也不说一句话——今晚，儿子吕一郎在家做作业，两人准备最后摊牌，因怕影响儿子学习，就从家里走了出来。

晚风沿着河水吹来，灯光映在河面上，泛起星星点点的光斑。两人步履沉重地走了一阵，前面的行人逐渐稀少起来。

"吕家驹，你站住！"走到一片小树林前，范宁宁终于忍不住了，她叫了吕家驹一声，"怎么，一出来你就哑巴啦？"

吕家驹站住了，但没有回头。

"我提出的问题，你考虑好了吗？"范宁宁见吕家驹没回头，她也背对着他问道。

"考虑好了，房子、车子你都拿去！"吕家驹说，"家里那点存款，把一郎的教育费留下，其余的你也拿去！"

"我爸妈说了，一郎要归我。"

"什么条件我都能答应，但孩子我肯定是要的！"吕家驹不容置疑地说，"否则，这离婚协议我就不签字！"

"好吧，那就拖吧！我看是男人拖得过女人，还是女人拖得过男人！……"话没说完，范宁宁一转身，就往回走去。

"你回来，我再说一遍！"吕家驹转过身，对着范宁宁的背影说道，"孩子我是要定了，我已辞了职，要带一郎去美国！"

"我也再给你重复一遍！"范宁宁转过头，"孩子跟着妈，这是天经地义的事！"说完，范宁宁一扭头，又向前走去。

"妈妈！妈妈！"范宁宁刚向前走了几步——突然，一个稚嫩带着哭腔的声音，从旁边的树丛中传了出来！随着哭叫声，一个小小的身影一下就朝范宁宁扑去！

灯光朦胧。只见那小小的黑影扑上前去，死死抱住范宁宁，大声哭叫道："妈妈！妈妈！我等你几天，我等了你几天了！呜呜……"

看着眼前的情景，吕家驹一下惊呆了，他赶紧上前几步，只见一个七八岁的小女孩，像受了天大委屈似的，紧紧地抱住范宁宁的腿，生怕她跑了似的。她不停地呜咽着，一颗蓬乱的小脑袋在范宁宁的怀里拼命地挤着，挤得头上两只绸蝴蝶歪歪斜斜的——突然，她伸出一只手，把一张皱巴巴的纸片举到范宁宁眼前："妈妈、妈妈，我听话了！我不调皮了，不调皮了……妈妈，我考了 100 分、我考了 100 分了！呜呜……"

范宁宁被这小女孩突如其来的举动惊呆了！吕家驹更是被眼前的一幕惊得瞠目结舌——这是怎么回事？怎么回事？！范宁宁什么时候有了这样一个女儿呢？灯光下，只见范宁宁满脸通红，手足无措，她一把把那小姑娘推开，语无伦次地叫了起来："你这小孩，你、你要干什么！……"

那小姑娘一个踉跄差点摔倒。

范宁宁的吼叫声，让小姑娘一下愣住了。她惊愕地抬起头，满脸的泪珠在灯光下闪着可怜巴巴的光亮。她迷惑地看了看范宁宁，一种极度失望的神情在她脸上一闪，随后捂着脸"哇"的一声放声大哭起来！

迟疑了一下，小姑娘慢慢转过身，一边哭一边往旁边走去，她两只瘦削的肩膀随着她的抽泣在不停地抖动着，一条缀着补丁的连衣裙在河风里扑动，她手里那张揉皱了的纸片滑落下来，掉落在了路边的草地上。

哦，吕家驹突然明白过来，这小姑娘肯定是认错了人！她或许是盼母心切，或许是望眼欲穿，误把范宁宁认做她妈妈了。小姑娘走了，范宁宁愣了一下，突然似乎清醒过来，她赶紧捡起地上那张纸片，朝那小姑娘追去："小妹妹、小妹妹，你的东西丢了！"她大概感到刚才的举止有些失态，想补救回来。

那小姑娘好像没听见，捂着脸哭着继续往前走去。

"小妹妹，"范宁宁追了上去，在小姑娘面前蹲了下来。她怕她再走，双手拢着她的双肩，"小妹妹，你找妈妈吗？你妈妈在哪里呢？你是不是走丢了呀？来，我送你回家吧！"

小姑娘看了范宁宁一眼，呜咽着摇了摇头。

吕家驹见此情形，也走上前去，拿过那张纸片，凑近一看，原来这是一张学校发的成绩通知单。上面写着："一年级（2）班；学生：许小小；语文：100分；算术：100分……"

"小妹妹，刚才都怪阿姨不好。你妈妈叫什么名字呢？我陪你去找，好吗？"范宁宁毕竟是个女人，而且好歹还是个领导，何况强势的人往往见不得人家的眼泪，这时她亲切地把小姑娘搂在怀里，掏出纸巾替她擦着脸上的泪水。

"妈妈……呜，妈妈叫……何丽丽。"小姑娘终于开了口。

"那你妈妈在什么地方呢？"范宁宁又问。

"妈妈……和爸爸离了婚，呜……她走了，再不回来了……"

吕家驹一听这话，心头不由得一颤。

"那你找妈妈干什么呢？"范宁宁听小姑娘这样一说，似乎也受到了什么触动，她扶着小姑娘在旁边的石凳上坐了下来，又把她的成绩单小心叠好，放在她胸前的小口袋里，接着问道，"你妈妈走了，没有回来看你吗？"

"原先，妈妈和爸爸，天天吵架，还打……妈妈还打我、骂我，说我不乖，是废物……"小姑娘说着又哭了起来。过了一会儿，她掏出那张成绩单，对范宁宁讲道，"现在，我听话了，我不调皮了……我得了两个100分，我要拿给妈妈看、看，妈妈看了就不会生气了，就会回家去了……"

听着小姑娘的哭诉，吕家驹不知怎么的，他的心在一阵阵发抖。

"那，小妹妹，你怎么会到这里来找妈妈呢？"说话间，范宁宁的声音也有点沙哑起来。

"爸爸说，妈妈晚上经常跟一个叔叔在这河边转……我就在这里悄悄等她……我等了她三天、等了她三天了！……"小姑娘话没说完，又哭了起来，"昨天，爸爸说我晚了不回家，还打了我……"小姑娘说着，似乎想起了什么，她推开了范宁宁搂着她肩膀的手，低着头又走了。

面对此情此景，吕家驹和范宁宁都沉默了，只是呆呆望着那小姑娘渐渐消失的小小的背影。

可不一会儿，那小姑娘又折身走了回来，把那张成绩单郑重其事地放在范宁宁的手里："阿姨，你认识我妈妈吗？她长得跟你一个样子……我们学校放假了，明天我就要回乡下婆婆家去了……你如果看见我妈妈，你就跟她说，小小天天都想妈妈，天天都睡不着觉，天天都梦见妈妈……圆圆、楠楠他们都说，妈妈再不要我了。我不相信、不相信……现在我不调皮了，我再不惹爸爸妈妈生气了，我一定做个好孩子……"

范宁宁再也忍不住了，一下又把小姑娘搂进了怀里："小小、小小，你是个爸爸妈妈都喜欢的乖娃娃，你妈妈一定喜欢你、一定会喜欢你的……"

月亮在云层中露出了脸儿，清冷的月光洒在小姑娘圆圆的脸儿上。她有着浓密的头发，长长的眉毛，大大的眼睛……多可爱的小姑娘呀！可她妈妈为什么会忘记她，不再来看看她呢？

夜风吹拂着，吹动着小小蓬乱的头发，也吹动着她头上那两只已经枯萎了的绸蝴蝶。

吕家驹和范宁宁一同把小小送回了家。她家住在一个还未改造的棚户区里。目送着小小的身影在门口消失，吕家驹和范宁宁呆呆地站在原地，半天没挪动脚步。

"范宁宁，我告诉你！"突然，吕家驹对范宁宁叫了一声，一转身离开了去，"要拖，你就拖下去吧——这婚，我不离了！"

"人活一张脸，树活一张皮！"范宁宁也在后边大声叫道，"你不离，我还更不想离了呢！"

回到家里，吕家驹后悔了好一阵。他后悔当时为什么没有把那个叫小小的小女孩送到家里去，给她爸爸讲明情况——因为他担心，这天晚上小女孩回家晚了，又会挨她爸爸打。

经过几个月的奔波，吕家驹和儿子一郎赴美的签证，终于在年底前办妥。尽管吕家驹夫妻感情裂痕很深，但儿子能到美国去上学，为儿子前程作想，范宁宁思忖一番，没表示反对，任由吕家驹带着儿子到国外去了——吕家驹这一走，就整整七年没有回来。

4. 一个意外的惊喜

光阴倏忽，人勤春早。

吕家骢自己组建"远望"公司以后，几年过去，在高飞的扶持下，卧薪尝胆艰难打拼，虽说一路艰辛备尝，坎坎坷坷，但终于在省城站住了脚，逐渐在建筑行业有了知名度，屡屡在工程招投标中脱颖而出，有时业务上还应接不暇。

"喂，家骢吗？"这天早晨一上班，吕家骢又接到同学林胜打来的电话，"你到底什么时候来望远呀？"

"哎呀，这段时间我确实没有空。"吕家骢说，"我在北郊的工矿区改造工程正在收尾，南面的'来福士'工程正准备投标，实在太忙了！"

"哎呀，如今当了老总，真是忙呀！"林胜在电话里责怪道，"我跟你打了三次电话了，你都说忙——我告诉你，你再不来，过了这个村，就没有那个店了！"

林胜是吕家骢高中时的同学，他虽然学历不高，但情商很高，为人正直，做事精明。高中毕业后，他在望远县娶妻生子，在城里安下家来。因农村老家很穷，他从村里带了一帮人出来，在这群人中很有威信。这些年，他在县城从事娱乐业，黑白两道关系都处理得好。经过这些年的打拼，在经济上也有了一些积蓄。

"喂，你火急火燎地催我去，到底是什么事呀？"吕家骢问，"在电话里不能谈吗？"

"这事呀，在电话里还真不好谈。"林胜坦率地对吕家骢说，"我因为相信你的人品和智商，想给你一个意外的惊喜。你再不来，我可要另找高明了呀！"

"好吧。"吕家骢想了一下，"那我把公司的事情安排一下，明天一早我过来。"

"好，我等你。"

这小子，会给我一个什么样的惊喜呢？放下电话，吕家骢点燃一支烟，琢磨了一阵，也没理出个头绪来。既然他这么着急地催他去，或许真有重要的事找他谈，那就去一趟吧。

天一亮，吕家骢开车就往望远县城跑去。

"什么事情在电话里不能谈呀？是倒卖原子弹还是宇宙飞船哪？弄得神秘兮兮的。"吕家骢见到林胜，他们找了一家茶馆坐了下来，"还非得要当面谈。"

"我既不倒卖原子弹，也不倒卖什么宇宙飞船，但这件事呀，事关重大，还非得当面谈不可。"林胜端起茶杯，吹了吹茶水上漂浮的茶叶，喝了一口水，顾左右而言他地说道，"你还记得那个绰号叫'田胡子'的田进远同学吗？"

"我怎么不记得！他高中时还和我同寝室住上下铺哩！"吕家骢笑道，"我记得，他父母死得早，由两个兄长带大，所以生活自理能力极差——哈，有时穿鞋连左右也分不清。"

"嘿，如今这个田胡子，早已鸟枪换炮，今非昔比啰！"

"不过，在我印象中，此人却很聪明，成绩也不错。"吕家骢喝了一口水，接着说道，"后来他也考上了大学，从农大财经专业毕业，听说他回乡后负责农业基金会，还当了个副乡长呢！"

"对对，就是这个人！"林胜接着说道，"你说他人很聪明，这没错。恐怕你还不知道吧，20世纪90年代他参股一家化工厂，入股时才万把块钱，可现在已升值上百倍，超过巴菲特投资回报！现在他是副乡长兼化工集团董事，日子过得挺滋润，很有成就感和满足感哩！"

"哈，原来他老兄发财了呀！不过，这个人品行还算端正，为人也很豪气，还是个酒仙哪……"吕家骢说着，停了停。他从林胜的话音里，敏锐地察觉到了什么，"难道，你要和我谈的事情，和他有关？"

"对。我让你来，就是要告诉你，他十年前在这县城边上买了一块地，而今随着城市扩张，那块地目前增值近已近十倍。"林胜说，"他把那块地买下后，一直空置着。前不久，听说要禁止公务人员经商，每年要向组织申报个人财产，他就想转让出来。"

"哦，那你的打算是……"吕家骢问。

"我想把它买下来。"

"这是件好事呀，你就下决心把它买下来吧。"吕家骢说，"而今呀，随着城市的发展，郊区就会成为城市中心，那里的土地肯定会成为稀缺资源。"

"可你知道，这些年我都是小打小闹，没有那个经济实力。"林胜由衷地说，"再说，对土地开发，对建筑行业，我更是擀面杖吹火——而你是内行，所以找你来商量一下。"

"那块地有多少亩？"

"将近 10 亩。"

"10 亩？"吕家骢沉默了一下，"他卖多少钱 1 亩？"

"他开价 35 万，但还可以跟他谈。"

"这是件好事。"吕家骢自言自语地重复了一遍，尔后抬起头，"那，你的想法是……"

"你的人品和能力我都信得过，我想支持你把它买下来。"林胜真诚地说，"我可以倾其所有，成全你做成这件事。我的钱，就当入股吧。"

"好！"吕家骢端着茶杯，仔细思索了一阵，他猛然想起那年朋友吴宇给他讲的周教授"空手套白狼"的故事——是呀，何况自己而今还不是空手，怎么不可以大胆地搏上一回呢？

"家骢，你真的下决心了？"林胜问。

"就这么办！"吕家骢放下茶杯，缓缓说道，"只是，要和他谈一下价钱……"

"这好办，他那块地急于出手，何况如今他已赚得瓢盆钵满了。"林胜自告奋勇地说，"价钱的事，我来跟他谈。"

林胜见吕家骢主意已定，说着就掏出手机来。

"田胡子，中午有空吗？"

"什么事呀？"田胡子在电话里问。

"吕家骢到望远来了。"林胜说，"中午我请你们喝酒，顺便谈谈你那块地的事。"

"在什么地方？"

"我看，就在'金满食府'吧，我们点好菜在那里等你。"林胜说完，补充道，"酒你带，你那酒好喝！"

菜刚点好，田胡子提着几瓶酒就到了。

多年不见，当年那个嘴上只有嫩毛的同学田进远，而今名副其实成了"田胡子"，他胡子拉碴，脸膛黝黑，小肚凸起。乍一看，哪像个腰缠万贯的富翁，倒还像个憨厚本分的农民——这倒应了民间一句俗话：面带猪相，心里嘹亮呀！

"啊哈，是哪阵风把你吹到我们这乡坝头来了呀！"一见吕家骢，田胡子就亲热地给了他一拳。

"听说你老兄发了财，到这里来跟你讨饭吃来了。"

"谬传、谬传！"田胡子打了个哈哈，大大咧咧地坐了下来，"其实，我早就想到你府上讨杯酒喝了！"

真是江山易改，禀性难移。老同学多年没见，田胡子有些喜不自禁，刚坐下来，屁股还没坐热，还没动一下筷子，他就提议先喝三杯见面酒。

"这样吧，都是老同学，你们要买这块地……"几杯酒下肚，田胡子听了林胜打算买地的事后，他手一挥，"反正那块地我已经赚了，我给你们打九折！"

"哎呀，田乡长，如今你是鸭子的鸡鸡——肥头呀，还在乎这点钱么！这样吧，给你七折。"林胜说，"你就当拉我两兄弟一把，大家都走共同富裕的道路吧！"

"我们是老同学了，跟你们说实话吧，已有人还我九折的价钱了……"田胡子抹了一下嘴上的酒痕，"算了，喝酒喝酒！"

"好，喝酒！"吕家骢在旁边一直没有说话，他端起酒杯，对田胡子讲道，"士别三日，当刮目相看——来，胡子，我敬你一杯！"

"好，我敬你！"田胡子豪爽地端起酒杯，和吕家骢碰了一下，一仰颈子，就倒下了肚皮，然后杯底朝天朝吕家骢亮了亮杯，"你放心，我喝这酒杯，像狗舔那么干净！"

"胡子，我就喜欢你那种豪爽的性格，对人对事都不假打！"

"那当然，酒品看人品，酒风看党风。"田胡子顺着竿儿往上爬，"在这望远城，我田胡子喝酒，是落地签证、免检产品。"

三人两瓶酒下肚，都是少年时的伙伴，友情热情加豪情，说着说着，几个人就有些口无遮拦起来。

"胡子，你现在真的好酒量！"吕家骢干完杯，笑道，"想起毕业那年，你和我偷着出去喝酒，两人才喝了一瓶酒，回到学校进厕所，你屙尿不往尿槽屙，却总抵到自己的裤脚冲！……"

"哈哈哈……"田胡子自己也忍俊不禁，大笑起来。末了他擦了擦笑出来的眼泪，"是呀，那回裤子全打湿了，还没有多余的换下来——唉，往事不堪回首呀！"

"现在我看你那酒量，整上两三斤没问题。"吕家骢笑道。

"那有点言过其实，这52度的酒，最多能整一瓶吧。"田胡子说完，突然像想起了什么，他把袖子一捋，"那回让你整醉了，出尽了洋相，今天我要报复回来，和你整个牛死皮扣断！"

"你说怎么喝？"吕家骢不动声色地问道。

"你不是要买我那块地么？这样——"田胡子抓起一瓶酒，"你喝一瓶，我就让你一折！"

"哈，你想醉死我呀！算了，我要命，不要你那块地。"

"这样，我们是老同学、好兄弟。"田胡子拿起一个玻璃杯，"这杯子喝一杯，我就让你一折！"

"胡子，君子一言，驷马难追！"

"我田胡子一言九鼎，吐泡口水，地上也能砸个窝！"

"好，倒酒！"吕家骢脱掉外衣，豪气地叫了一声。当田胡子将杯子的酒倒满，他端起酒杯，一饮而尽。

田胡子又倒一杯，吕家骢眼睛一闭，又顺溜地倒下喉咙。

"再倒！"

"算了算了，这两杯酒已有一斤多了！人醉死了我有责任，我认输！"田胡子见吕家骢那喝完酒要上景阳冈的气概，心里有些虚了，他赶紧捂住酒瓶口，"就按林胜兄弟说的，大家都走共同富裕的道路——七折成交！"

5. 豁然间他灵光一闪

冬春交季，乍暖还寒。

经过两年的紧张施工，在省城南郊中标的"来福士"工程已顺利竣工，公司的经济实力又有了一定的增强。工程告一段落，而今有了时间和精力，在望远县买下的那块土地已闲置了好长时间，该如何开发利用起来呢？为此，吕家骢又专程回到望远。可几天来像陀螺一样地旋转奔波，几乎是一无所获。早上起来，他正准备出门，又受到夫人陶燕的数落。心情郁闷，心乱如麻，不知不觉独步来到了城北静云山下，举眼望去，那"望羌台"在春光下傲然屹立。山坡下，几块古人留下的石碑，苍凉地矗立在路边。石碑下荒草萋萋，苔藓陆离，碑上面的字痕虽已斑驳，但依然可辨。

吕家骢缓缓地走到一块石碑前，他平息了一下心情，仔细地读起上面镌刻的一首题为《洗马池怀古》的诗句来：

> 血汗当年战蜀疆，雕鞍上下两龙翔。
>
> 英雄肯令三分国，洗马时抛半段枪。
>
> 劫运未终难灭贼，将军不死岂降王？
>
> 锦城池畔清清水，犹见嘶风向夕阳。

当年三国名将常山赵子龙随主公刘备入川后，长驻此郡戍边，发展农桑，体恤百姓，平息战火，屡建奇功，又从望远起兵平定羌界，殁后葬于锦屏苑。望远人民感佩这位古代著名的英雄，在此地建有"望羌台""子龙庙"和"子龙墓"等，千百年来都受到当地民众的膜拜和祭祀。

这首《洗马池怀古》，借赵子龙在夕阳下跃马扬鞭的勃勃英姿，在为国难发出苍凉的感叹和悲号同时，描绘了当年赵子龙纵横捭阖，浴血奋战，功成名就的情境。整首诗构思独特，气势恢宏，沉雄苍劲，风格阳刚，读后令人感喟无穷，唏嘘不已。

读完此诗，吕家骢沉思一阵。一阵冷风吹来，豁然间他灵光一闪，像想起了什么。停了停，沿着那一级级石阶，边思索边往坡上慢慢走去。

自打从田胡子手里买下城郊那块土地后，如何进行开发，吕家骢就颇费思量和踌躇。经股东们多次筹划商议，准备在那块地上建一个星级酒店，且已委托省建筑设计院规划出图。但，随之而来却面临一系列困难，除了资金短缺，最要命的是这块土地的性质是工业用地，须转换成商业用地后，才能通过政府规划部门审批。

为这土地性质转换，这段时间以来，吕家骢磨破了脑袋，耗尽了心力。

"如今办事，谁还像你这样书呆子气呀！"夫人陶燕见丈夫焦头烂额，一筹莫展，数落他道，"你不去跟那些管事的菩萨烧烧香，给那些张嘴的神仙进进供，恐怕再有三五年你也办不成！"

"我不能毁了自己的清白。"吕家骢摇摇头，"我这样做，是自己挖坑朝里面跳，也不能去拖人家共产党的领导下水呀！"

"你在社会上混了这多年，算是白混了。"陶燕说，"你没听说吗？这年头，没有权，你就要有钱；权和钱都没有，那就要有几个朋友呀！"

朋友？夫人这话一下提醒了他。是呀，是该找找朋友帮帮忙呀！可他思来想去，手中握有权力的朋友，实在没有几个；就是有那么几个朋友，可在这件事上，他们也是手长衣袖短，插不上手呀！

"你忘记了？你去找找你同学余虹呀！"陶燕有点酸酸地说，"你别看她是个小小的副检察长，可神通大得很哪！你让她出面找找县委书记，这事不就成了吗！"

是呀，如果余虹能够出面帮忙，办这事应该八九不离十！

可，吕家骢思来想去，他实在放不下这个面子。

"面子？面子值多少钱哪？"陶燕说。

"陶燕呀，你跟我这么多年，难道还不了解我吗？你丈夫难道就活得没有一点做人的尊严了吗！"吕家骢站了起来，不想再听夫人唠叨，闷闷不乐往外走去。

穿过小巷，走上大街，真他妈鬼使神差，吕家骢竟然不知不觉地走到了检察院门口来！大楼中央挂着一个国徽，门口挂着一个硕大的牌子——呸！他突然停住脚，猛然像醒了一样，狠狠啐了自己一口！那一瞬间，他简直有些无地自容，恨不得从地下挖个洞遁土而去！

难道，自己潜意识中还是想去求余虹帮忙么？

不！或许是自尊，或许是不屑，或许是虚荣，或许是赌气，吕家骢连自己也不知道是一种什么样的心理——但即使求人，也决不求到她余虹面前去！

一转身，他大步离开了去。

"哈，好你个吕家骢！"冷冷的山风吹来，吕家骢正埋头缓缓走路，突然有人从坡上一下冲了下来，猛地拍了他一掌，"我看你，是财迷转向，走路也在算账呀！"

吕家骢抬起头——哈，原来是他的老同事、给他介绍女朋友的翟彩彩！她丈夫方志戎，正跟在她身后边。

"呔，原来是你呀！"吕家骢惊了一下，一抬头，"几年没见，你还是那样青春靓丽，光彩照人哪！"

"你少讽刺挖苦我！"翟彩彩说，"你多久回来的呀？听说你在省城发了大财，好久请我的客呀？"

"回来几天了。"吕家骢转身向方志戎点点头，"你们怎么也在这里呀？"

彩彩指了指丈夫，"我们这位方先生，非要拉着我到这里来走走，说是要调研调研，搞什么旅游规划。"

"搞旅游规划？"吕家骢迷惑地眨了眨眼，"方哥不是在公安局上班么？跟搞旅游这行根本不搭界呀！"

"嘻，县里定下来，要把旅游作为一个产业，新成立了旅游局。"方志戎递给吕家骢一支烟，接着说道，"他们乱点鸳鸯谱，把我弄到旅游局去了。"

"好啊，搞旅游这行其实挺不错。"吕家骢问，"按方哥的资历，是去当局长吧？"

"没办法，他们这是赶着鸭子上架呀。"

"好啊，而今旅游业是一个朝阳产业，也是无烟的工业，望远县早就该把旅游业当做一个支柱产业了。"吕家骢环指了一下四周，"望远的旅游资源十分丰富，在这川西地区，可是首屈一指啊！就拿这赵子龙遗址来说吧，就可以大做文章呀！"

"家骢所言极是，看到了问题的实质。"方志戎诚恳地说，"我对旅游这一行，现在是盲人摸象，两眼一抹黑——家骢呀，你实力雄厚，又长住省城，见多识广，对望远的旅游业还要多多支持呀！"

"什么实力雄厚，见多识广！"吕家骢谦虚道，"这些年，在外头无非就是小打小闹罢了。"

"你在外头闯荡了这些年，听说还开办了家建筑公司。"方志戎说，"就是瘦死的骆驼也比马大呀！"

"嗯，你说到这里，我倒有件事，想向你这位旅游局长汇报汇报。"说到这里，吕家骢眼前突然一亮，"还要仰仗方兄帮个忙哩！"

"什么汇报，你少给我刷糨糊！"方志戎不愧是当兵出身的，说话干净利索，"有什么事，讲！"

"谈到搞旅游，我倒有个不成熟的想法。"吕家骢迅速理了理思路，"目前不是提倡恢复传统文化，让人们记住家乡吗？我想，根据望远县的资源优势，第一步可以在这里搞一个以三国文化为主题的酒店，以弘扬赵子龙忠义仁智勇的精神；待政府方面认可后，可扩大影响，再招商引资，建设一座'三国文化古城'，打造一个本地的旅游文化品牌，这样就能招徕客人，留住游客了……"

"好啊！立足本土文化优势，用好望远独特资源，打造旅游文化品牌，扩大宣传舆论卖点，循序渐进招商引资。"方志戎自言自语地沉吟一下，一把抓住吕家骢的手，"你这设想很新颖，意识也很超前，有点石成金之妙，让我茅塞顿开呀——来来来，我们坐在旁边慢慢谈谈……"

"哎呀，真是巧了！"翟彩彩一听他两人的高谈阔论，忍不住叫了起来，"难怪今天我们方先生非要拉我来这里走走，原来他是个八字先生，掐指一算，要在这里碰上一个高人哪！"

几人坐在旁边的石凳上，吕家骢简单地把自己买土地，准备先建以三国文化为主题的星级酒店，扩大社会影响后，再规划"三国文化古城"建设的想法，给方志戎谈了谈。

"这是好事呀，我支持你，你马上就可以干起来。"

"但……"吕家骢欲言又止。

"有什么困难，你说！"

"我买那土地，原是工业用地，现在要转换为商业用地——唉，难哪！"吕家骢叹了口气，"听说要通过七八个部门，要盖30多个公章。为这事，我跑了好多天，还是猴子捞月亮呀！"

"你这规划设想都不错，望远县要真正搞好旅游，肯定需要几家像模像样的酒店。"方志戎听了吕家骢的话，他沉思了一下，缓缓说道，"你这件事说起来很复杂，其实办起来也简单——这样吧，你把报批的材料交给我，在下周政府办公会上，我专门向县领导汇报一下。"

"好啊，还是彩彩说得对，真是太巧了！"吕家骢高兴地说，"我今天阴差阳错地走到这里来，原来是要碰上个贵人哪！"

"只不过……"方志戎停了一下，"按你的设想，这样的酒店投资至少也要几千万，在资金上你没有问题吧？"

"资金当然还有些缺口，但我们会想办法。"吕家骢肯定地说道，"你放心，我要建这家酒店，就一定建成望远一流的酒店，绝不会成为一座烂尾楼！"

"好，有你这句话我就放心了！"

6. 卖板栗的小姑娘

天气晴好，冬日久违的阳光从云层里钻了出来。

吕家骢点燃一支烟，烟雾袅袅地弥漫开来。远远望去，那以三国文化为主题的星级酒店工地上，几座高高的塔吊正在奔忙，工人们正在紧张地施工。工程自开工以来，进展倒还顺利，不出意外，再有一个月大楼就该封顶了。

望着那火热的施工场景，吕家骢长长地吁了口气。

"家骢吗？"吕家骢正沉思着，突然手机响了，电话里传来父亲吕振华的声音，"你最近都在忙些什么呀？"

"酒店的工程眼看就要竣工了。"吕家骢说，"我正在考虑下一步酒店如何管理和经营的问题。"

"眼看就要过年了，我和你妈商量了一下，趁现在我们还走得动，想回老家白果村去看看，给你爷爷奶奶烧炷香。"吕振华在电话里说，"还有呢，想到老基地转转，顺便去看看你吕大爷。"

"那，好吧。"吕家骢想了一下，"多久去，你们定个时间，我来接你们。"

"另外，你把林清清和丹丹接上，让他们也回家去看看。"

"好。"

近来，吕家骢心情很好。这几年，随着在省城的几个工程顺利交工，公司实力有了增强，规模在不断扩大，各种人才也络绎而来；望远县城买的那块土地，经旅游局长方志戎运作成功后，拿到政府批文，已于今年初破土动工，眼看就要竣工了。

近年来，有关乡村振兴的文章铺天盖地，各地兴起了声势浩大的城镇化建设热潮。吕家骢决定实行战略转移，同时为工作方便，将公司从省城迁回了望远。原先最担心的酒店建设资金问题，看来情况也比较乐观。他采取周教授的运作方式，用土地做抵押，从银行贷了部分资金；工程开工后，已提前预售了部分写字楼。同时，除了林胜等朋友集资外，他还动员公司员工自愿入股，利益均沾，并向员工承诺：酒店建成后，如有盈利，员工按股分红；如出现亏损，风险由他个人全部承担——白纸黑字，铁板钉钉，如此一来，员工们没有了后顾之忧，争先恐后地把钱投到了公司来。

按照约定，第二天一早吕家骢接到爸妈后，又在望远接上林清清和丹丹，就开车往山里钻去。这些年住在省城和县城，好久没到农村了。田野里，麦苗翠绿，油菜葱茏，胡豆开花。乡场上，人来人往，摩肩接踵，乡人们都在准备年货了。汽车出了城，沿着山路，就往白果村驶去。

这一条山间公路，凹凸不平，蜿蜒狭窄。

汽车驶过牟家坡，爬上放生坪，走到幺店子——突然，前行的路被一根竹竿拦断，已有好几辆车被拦了下来。

"怎么回事呀？"吕家骢从车窗里伸出头来，问路边一位手执小旗的工人。

"前面修路放炮，暂缓通行！"

"要等到什么时候呀？"吕家骢问。

"要等到放完炮才能走！"

"前面修路，下去休息一会儿吧！"吕家骢对爸妈说，"这一堵，还不知要等到什么时候呢！"

山风吹着，天很冷。吕家骢他们刚下车，几个半大的孩子提着篮子、背着背篼就从前边涌了过来。

"叔叔，买几斤核桃吧！"一个小男孩冲在最前面。

"婆婆，买斤松子吧……"另一个小女孩紧随其后，也急忙跑了过来。

大概，由于这里修路堵车，竟成了山里孩子们推销山货的地方。

"叔叔，你买板栗吧。"一个小女孩，背着一个沉重的背篼，也气喘吁吁跑了过来。

吕家骢看了看跑过来的这个小女孩，她显得很瘦弱，穿着一件不太合体的小棉袄，前胸和衣袖都缀着补丁；这么冷的冬天，脚上竟然还穿着一双破旧的塑料凉鞋。她背篼里装着满满的板栗，来到吕家骢跟前，费力地放下身后的背篼，擦了一把脸上的雾水，把散乱的头发捋到耳后，露出一张俊俏的脸儿来，但那脸上满是菜色，一看就知道这是山里一个穷苦人家的小女娃。

"叔叔，买斤板栗吧……"那小女孩抓起背篼里的板栗，举到吕家骢面前，有点不好意思地望着他，"我爷爷说，这是好板栗，今年才打下来的……"

吕家骢打量着眼前这位小女孩，一时间没说话。

"嗯，这板栗还不错。"文秀走上来，从小女孩手里接过板栗，用手一捏，那板栗壳果然就破了。一看小女孩那可人的样子，大概她随即就动了恻隐之心，"你这板栗多少钱一斤哪？"

"爷爷说，一块钱一斤……"那小女孩闪着一双聪慧的眼睛，怯生生地仰头说道，"婆婆，不贵吧……"

"不贵、不贵。"文秀问，"你这背篼里有多少斤呀？"

"爷爷在隔壁孟大爷家称过了，一共38斤。"

"你爸爸妈妈怎么不来卖板栗，让你来卖呢？"文秀问。

"我妈妈……"小女孩脸上的笑容顷刻就消失了，她扭过头去，稍停一下又回过头来，"我爸爸腰摔伤了，爷爷走不动……"

"哦——"文秀似乎明白了什么，她停了一下，对小女孩说道，"你的这些板栗我全买了。"

"谢谢婆婆、谢谢婆婆……"小女孩一听，眼里露出惊喜的神色，那菜色的脸上又才露出一丝笑容来。

"家骢，你把这些板栗装到车的后备厢去。"文秀吩咐家骢，"你再看看，这几个小孩子的东西，能买就跟他们买一些吧，这么冷的天……"

吕家骢与小女孩抬起那背篼，将板栗倒在了车的后备厢里。

"来，我给你钱。"文秀把小姑娘带到车边，她思忖了一下，从车上拿出那双给林建成孙女买的小棉鞋，"这么冷的天，还穿凉鞋怎么行哪——小妹妹，来，你上来试试。"

"婆婆，我不要，我不冷……"小姑娘赶紧退后两步，使劲摇着头。

"来，穿上、穿上！这是我送你的，不要你的钱。"文秀将小姑娘拉到车上，脱下她脚上的凉鞋，见她脚后跟已长着冻疮，她用纸巾替她擦了擦脚上的泥土，给她把鞋穿上，小声问，"小妹妹，你多大了呀，'那个'来了吗？"

"什么呀？"小姑娘不解地问。

"妈妈没告诉过你吗？"文秀凑近她耳边，"例假呀！"

小姑娘红着脸摇了摇头。

"小妹妹，寒从脚下起。"文秀爱怜地对她说道，"婆婆是医生，你以后一定要注意脚下保暖，不然是会生病的。"

小姑娘望着文秀头上的丝丝白发，又看看脚下崭新的棉鞋，听文秀这么一讲，显得羞涩而有些手足无措起来。

"嘿，这鞋虽说稍大了一点，还能凑合，明年你还可以继续穿。"随后，文秀掏出100块钱，揣进小姑娘的衣兜里："这是你卖板栗的钱，你没有零钱，就不要找了。"

小姑娘看了看文秀揣进衣兜里的钱，推却了一下，她看了文秀一眼，随即又埋下头去。良久，她眼里慢慢沁出两滴眼泪，无声无息地滑落在她污浊的脸上。

"还没吃饭吧？"文秀拿出一块蛋糕，递到小姑娘手里。小姑娘擦了擦眼睛，又抬头感激地望了文秀一眼，慢慢地对她不太拘束了。文秀问起她，这才知道：小姑娘14岁了，她家住在一个叫"火麻坡"的地方，离这里还有几十里路。今年家里的板栗树收了很多板栗，但他们那里不通公路，要卖就得背到很远的地方去。她妈妈前年生病去世了，爸爸上山挖药腰摔伤了，躺在床上起不来，爷爷这才叫她出来卖板栗。她是昨天凌晨就起身，一直走到天黑才赶到这里。天黑后，在一个山洞里住了一夜，天亮后背着板栗才赶到这里，卖完板栗还要走一天才能回到家。

这样一个羸弱的小姑娘，背着几十斤重的板栗，穿着一双破凉鞋，翻山越岭，走了整整一天，晚上还只能住在山洞里——这需要多大的耐力，多大的勇气，多大的毅力呀！

文秀听着小姑娘的叙述，眼睛禁不住潮湿起来。

"你出来卖板栗，没上学吗？"吕家骢处理完那几个小孩的山货，来到车门边，他听小姑娘讲完家里的事，问道。

"在上学。"小姑娘低下头，小声说，"现在学校放假了。"

"你们上学走得远吗？"吕家骢又问。

"远。要翻一座山，还要走一条沟。"

"你这么个小姑娘，出来卖板栗，走这么远，你爸爸、爷爷不担心吗？"吕家骢又问。

"我有伴儿，春丽跟我一起来，一起回去。"她探头看了看外面，"她卖的是核桃……叔叔，你跟她买点吧。"

"你放心，我已跟她买了。"

小姑娘又感激地望着吕家骢。

"可是，你卖这板栗也赚不了多少钱哪？"文秀用手拈了小姑娘头上的两根枯草，问。

"能卖几十块钱呢。"小姑娘羞涩一笑，显得很自豪。

"你饿了吧，赶快吃了吧。"文秀见小姑娘拿着那块蛋糕，久久不吃，她对她说，"来，我这里还有点热水。"

"我……我不饿。"小姑娘从身上掏出一张脏兮兮的手帕，不好意思地看了文秀一眼，将蛋糕小心地包好，嗫嚅道，"我带给爷爷……"

"嗐，这孩子！"文秀将装着蛋糕和饼干的塑料袋放在小姑娘手里，"你吃吧，完了给你的朋友两块，剩下的都带给你爷爷和爸爸。"

"我不饿，我们带的有干粮。"小姑娘指了指背在身边的小书包。

吕家骢拿过书包一看，里面装着几个冰冷的熟红苕。

"轰！轰！"正说话间，前面山谷中放炮的声音响了起来。炮声过后，停在前头的汽车开始发动起来，被阻拦在路上的人们迫不及待想走了。

"小妹妹，来。"吕家骢从兜里掏出200块钱，塞在小姑娘衣袋里，"拿去给你爸爸买点药吧！"

"叔叔，我不要、不要……"小姑娘竭力地推却着，一张脸涨得通红，"婆婆已经给我板栗钱了……"

"小妹妹，听话！"文秀在一旁摁住小姑娘的手，"叔叔给你的，你就拿着！"

"小妹妹，好好读书！"吕家骢准备上车了，他摸了摸小姑娘的头，鼓励着她，"将来走出这山旮旯去！"

"嗯。"小姑娘认真地点着头。

"爷爷、婆婆！叔叔、阿姨……"车发动后，慢慢地向前挪去。小姑娘和她的小伙伴背着空背篓，站在路边，声音哽咽地叫着文秀他们，不停地挥着小手给他们告别。突然，那小姑娘跟着车跑了几步，跑上前来对着文秀深深鞠了一躬，抬起头来，她脸上已铺满泪水，脸憋得通红，呜咽着对文秀说道，"婆婆、婆婆，欢迎你们到'火麻坡'来……我叫'冬笋儿''冬笋儿'！就住在坡顶上……"

冬日的朔风从山谷吹来，路边的荒草野树摇曳着。汽车转过山弯，"冬笋儿"和她的小伙伴渐渐淡出了吕家骢的视线，车窗外那一簇簇枯萎的灌木丛，从他眼前倏尔而过，那个羸弱但面容姣好的"冬笋儿"姑娘，以及那几个衣衫褴褛的孩子们，却依然在他眼前闪现着，久久不能消失……

"唉，这云岭山中的人们，何时才能摆脱贫穷闭塞，过上几天好日子啊……"车到白果村后，一直一言未发的吕振华站在村头上，久久地望着这个生他养他，但依然贫困潦倒的村庄，像是自言自语，又像是对文秀、家骢等人感叹道。

7. 一个辛酸苦涩的梦

天刚放亮，吃过早饭，吕振华他们谢绝了林建成一家的再三挽留，离开白果村，开车下山朝 0658 老基地驶去。

这次，吕振华一家人回到白果村，他们看了看自家的祖屋，在祠堂祭拜了祖宗，给家骢的爷爷婆婆上了坟，又挨家挨户看望了一下乡亲们。

吕振华这次回来，原意是想看看自家的老屋，看能不能维修一下，以后每年能回来住上一段时间。但老屋长年空置，橡木腐朽，瓦片破碎，草长苔滑，已几近坍塌了。要在这里居住，必须推倒重来；但要建新房，又面临一系列的问题，他们只好暂时搁置了。

像前次回来一样，他们仍然住在林建成家里。

在建成家里，吕振华依然和他有说不完的话，摆不完的龙门阵。当天晚上，他们两个穿叉叉裤长大的朋友，慢慢喝着酒，谈得很晚很晚。他们又谈起儿时的趣事，孩童时玩耍的伙伴，这些年村上的境况，乡亲们的生活，土地和收成，以及哪家老人仙逝了，哪家又添丁进口了。

"今天我到村里转了转，看到村里除了些七老八十的老人，全是些半大不小孩子。"吕振华问，"这地里的庄稼谁来种呀？"

"唉，是呀，我们这山里穷呀，没什么经济来源，年轻力壮的人都外出打工去了。"林建成喝了一口酒，长长叹了口气，"庄稼没人种，好多地都撂荒了。说来你不相信，今年割麦子收苞谷时，有好多人家都是请人帮忙哪！去年清明前，村后头的周幺爷死了，连抬棺材上山，也找不到人哪！……"

"整个村子里，就剩下这些留守老人和留守儿童，我看都成了空心村了。"吕振华也跟着林建成叹了口气，"长久这样下去，总不是个办法呀！"

"可有什么办法呢？"林建成说，"人往高处走，水往低处流，这农村和城市，山区与平坝，要消灭这差别，谈何容易呀！等我们这辈人都不在了，这延绵了多少辈人的白果村，恐怕就不存在啰！……"

吕振华端起酒杯，沉吟着半天没有说话。

"哦，有个事我还忘记告诉你。"林建成回头看了看里屋，压低声音对吕振华说道。

"什么事呀？"吕振华看林建成有点神秘的样子，他问。

"竹儿回来过了……"

"什么，竹儿回来过了？！"吕振华一听，他放下酒杯，急切地问，"她多久回来的？她现在怎么样？她还好吧？……"

"年前，滴水岩村的亲戚到我这里来，我才知道了这回事。"林建成说，"她家老房子倒了，她回来过。"

"哦，那她肯定就不是被什么人贩子卖了。"吕振华一听，似乎松了一口气，随即他急切地问道，"喂，她现在情况怎么样？"

"听我亲戚说，她也老了。这次她回来，是儿子陪她回来的。她离乡几十年了，村上好多人都不认识她了，她住在一个远房亲戚那里。"林建成说，"大家这才知道，原来她当年是经人介绍，嫁给了县中队一个当兵的，那当兵的退伍回到贵州后，她随他去了那里，还为他生了两男一女三个孩子。听说，她去的那地方是贵州的边远山区，生活境况和我们这里差不多。"

"哦——"吕振华听林建成如此一说，埋下头久久没说话。不知他是终于得知竹儿的下落而感到欣慰，还是为她这几十年来生活的艰辛感到痛心。是啊，一个女人带着三个孩子，在贵州那贫困山区生活，那境况是可想而知的。

"听说，她还向乡亲们打听过你的消息。"林建成慢慢喝了一口酒，"不过，那村上的人谁知道你这些年的情况呀！"

"那你知道她回来，该到滴水岩去一趟呀！"吕振华抬起头。

"是啊，我得到消息，马上就赶了过去。"林建成说，"她只在村上住了两晚，给她爹妈烧了香，上了坟，第三天就匆匆赶回去了……"

"就这些了？"

"就这些。"

"唉，这回我真想到滴水岩去一趟，向她那位远亲打听一下她的详细情况。"振华思忖片刻，缓缓地说道，"我现在退休了，真想去找找她……她毕竟是我的亲表妹呀，我们都老了，在世的亲人也不多了……"

"这样吧，等我抽空再到滴水岩去一趟，帮你打听打听。"

"那好，就拜托你兄弟了。"

告别林建成一家，吕振华依依不舍地离开白果村。

车过昨天经过的幺店子，那个卖板栗的小女孩和她的同伴不见了，只有一个衣衫破旧的老人和两个孩子，依然提着篮子背着背篼，在向过往的车辆叫卖着那些并不值钱的山货。

车从山上下来，一路向前行驶，走了差不多半个时辰，才驶进 0658 基地那条专用公路。从前那条还算宽敞平整的水泥路，多年没有人维护，而今不少地段路基垮塌，路面开裂，野草疯长，坑坑洼洼，越来越难走。转弯抹角，几经颠簸，好不容易才看到村边那座小石桥。

"家骢，停一下。"吕振华招呼了家骢一声。

车停下，吕振华下了车来，裹了一下身上的大衣，慢慢走到石桥边。远远望去，只见冬日的雾霭缓缓在山间游动着，小溪里的水在沟底潺潺流淌着，先前那欣欣向荣的土地，早已变得一片死寂。没有了当年绚丽的焊光和灯光，也听不见昔日欢快的广播声，更看不到平日里在园区里行色匆匆的人群。那一片区域内，楼房落寞，烟囱无烟，树木凋零，绿地荒芜，只有远处那高耸着的水塔，孤独地在寒风中瑟瑟战栗。

冷冷的风从山谷吹来，吹得桥边的树枝唰唰地响，吹得溪边的茅草嘘嘘地叫，像在低低地哼着一曲凄凉而哀婉的悲歌。

时光倏尔，转眼间基地搬到山外已二十多年了，这个当年辛辛苦苦建设起来的基地，如今像被人遗弃的一个老人，在荒凉的岁月里，静卧在这深山老林之中，任随着日晒雨淋风吹霜打，做着辛酸苦涩的梦，早已无人问津了！

吕振华在寒风中久久地伫立着，两滴酸涩的眼泪，不知不觉挂在了他眼角上——或许，他想起当年怀揣着建设三线的理想，从遥远的东北来到这里，流血流汗，艰苦创业的岁月；或许，他想起当年在这里披星戴月，夜以继日搞科研生产时的情形；或许，想起长眠在这里的庞大山院长、章寒冰教授等故人……来到这里时，他还是个三十多岁的壮年人，可如今，已是年老体衰，两鬓染雪的老人了！

寒风依然呜呜地吹着，溪水依然淙淙地流着。

良久，吕振华转过身来，石桥那边的云雾村不觉映入他的眼帘。村庄里，也失去了当年的喧闹，变得死气沉沉。已近晌午，除了村口上那棵麻柳树依然迎风屹立外，只有远处几个屋顶在冒着炊烟——难道，这云雾村也像白果村一样，成了空心村么？

"家骢，你们先去你吕大爷那里等我。"吕振华背过身去，悄悄擦了擦眼睛，对家骢说道，"我有点晕车，想一个人慢慢走走。"

吕家骢他们先走了，吕振华走过石桥，向村里走去。刚走到村口，突然听见一群孩子嘻嘻哈哈的笑声。走上前去，原来都是些半大的小子们，身上满是泥土和草屑，脸上涂得像花猫似地，正在麻柳树下玩"蛇保蛋"的游戏，旁边还站着几个看热闹的小姑娘。

哦，这个"蛇保蛋"的游戏，吕振华小时候也玩过：由一个小子装扮蛇，俯身在地，保护着身下一个像"蛋"的鹅卵石；众小孩从四面八方去抢那个"蛋"；若"蛋"被抢走，那护蛋的孩子就得认输；谁被扮蛇的人脚扫到，谁就得当"蛇"。

吕振华的到来，让那些玩游戏的小孩停下游戏，用迷惑的眼光望着他。

"小妹妹，他们在这里玩游戏，不上学么？"吕振华见旁边一个十来岁的小女孩，背上还背着一个小不点，他指着那些玩游戏的小子问。

"学校放假了。"

"你这么小就能帮大人做事。"吕振华摸了摸她背上那小女孩的头，"这是你妹妹吗？你是哪家的小孩呀？"

"我是周家的。"小姑娘怯生生地回答。

"你叫什么名字，你家大人是谁呀？"吕振华又问。

"我叫小英子，婆婆叫牟能开。"

"哦，原来你是牟幺嫂的孙女呀！"吕振华一下想起那尖嘴利舌的牟幺嫂来，他问，"你婆婆还好吧？"

小英子没说话。

"你爸爸妈妈呢？"吕振华又问。

"在外头打工……"小英子回答。

"他们没有回来看你们吗？"

"过年才回来。"

"那，平时你们想爸爸妈妈吗？"

小英子听吕振华这样一问，愣了一下，眼圈立即就红了，转身背着妹妹离开了去。

8. 割舍不下的情感

天快要黑了，吕大爷堂屋里亮起了灯，一桌人喜滋滋地围坐在大方桌前。桌上，是吕大娘亲自炖的土鸡、土鸭和自家做的香肠、腊肉，以及自己地里种的时鲜蔬菜。菜一上桌，整个屋子便弥漫起诱人的肉香和菜香来。

"来，刘书记，袁处长，振华，你们都是稀客。"吕大爷抱起酒坛，递给孙子吕家龙，"给他们都倒上，这么多年了，大家难得聚上一回，好歹也要喝一杯。"

像是事先约好了似的，吕振华一家这次回到老基地——哈，巧了，竟然在这里碰见了专程从东北回基地怀旧的刘知问，以及退休后执意回来守着老基地，陪伴老首长庞大山的袁挺军！

中午，吕振华一家到了吕大爷家后，他全家人喜出望外。吕大爷、吕大娘虽说已是八十多岁了，但身板还硬朗，精神也矍铄。两家人在一起，有说不完的话，道不完的情。吃过午饭，吕振华刚放下碗，就坐不住了，急着要吕家骢陪他先到老基地去转转。

"你们去转转也好，但要早点回来。"吕大爷说，"你叔娘可杀了鸡在家等着你们哪！"

走出云雾村，吕振华父子就往老基地走去。跨过云溪河上那座大桥，就到老基地了。天寒地冻，树枝凋零，他们越走心里越不是滋味，越走心情越是沉重。沿途所见，原先这偌大的工作区和家属区里，冷冷清清，一团死寂，几乎看不见人影。偶尔见到一两个村民，村民都像见到外星人似的，用惊诧的目光看着他们。

离别几十年，这些村民大多他们都不认识了。

原先家属区和工作区的楼房、厂房，包括食堂、医院、冻库、礼堂等，有的原来虽说是用石块"干打垒"砌起来的，但这些建筑还算结实，即使2008年发生的"汶川大地震"，也没能把这些建筑震裂震垮，可见当年这些建筑的质量还好。楼房和厂房墙壁上，还能清晰地看见当年人们刷在上面的那些"备战备荒为人民""搞好三线建设，让毛主席放心"之类的大标语。

这些房屋由于常年闲置，所有的家属楼，几乎已无人居住，房顶上落满枯枝败叶，楼道里满是蛛网尘灰，有的窗户玻璃破碎了，不少栏杆生锈了。原来的工作区、办公楼、实验室和厂房四周，原先的绿化地荒芜了，两旁的行道树枯萎了，四处长满了野草，爬满了藤蔓。稍不留意，还会从草丛中蹿出一两个小动物来，把人惊吓一跳！

"老爸，你看！"吕家骢突然指着不远处的厂房叫了起来。

吕振华一看，原来那厂房屋檐下成了一个个鸟窝，此起彼伏地从那窝里伸出一个个小脑袋来，唧唧啾啾地叫着。

由于这些废弃的建筑长期无人问津，食堂、医院、冻库和一些楼房的底层，被当地村民用于养鸡、养猪和种蘑菇、放柴草。有间屋里，还放着两具村民的棺材。一路走去，落入眼帘的是一片狼藉，污水横流，垃圾成堆，扑鼻而来的是一阵阵腐臭。就连搬走后的老电厂，连地基里的钢筋也被人拆走了，留下一个大大的土坑，里面积满污水，水上漂着水葫芦和浮萍。

原来那戒备森严、规范整洁，甚至带着一些神秘氛围的军工基地到哪里去了？

吕振华在那个巨大的水坑边站住了。望着这片曾经寄托着他理想和抱负，付出过青春和热血，倾注了满腹的感情，让他魂牵梦绕，而今却几成废墟的土地，两滴泪水终于无声无息地从他脸颊上滑落下来……

吕家骢站在父亲旁边，看见父亲那失望和悲切的样子，他不敢上前打扰他，回过头去，将目光投向那远方的崇山野岭。

"家骢，这是你们儿时长大的地方……"良久，吕振华才回过头来，环指着整个基地，缓缓说道，"你还记得吗？刚来时，我就给你们说过：你们的根，就在这云岭啊！……"

吕家骢没有说话，他细细品味着父亲这话中的含义。

"哎，那不是吕工吗？"吕振华正说着话，突然从一间厂房里走出两个人来，一人抬头看了看吕振华父子，惊喜地叫了起来，"吕老师，你们怎么也在这里呀？"

吕振华回头一看——咦，那扶着拐杖的不是老书记刘知问，那搀扶着他的不就是原来的保卫处长袁挺军么！

"刘书记，你们怎么也在这里？"吕振华疾步走上前，紧紧地握住刘书记的手，"您退休回到东北后，我们已好多年没见面了呀！"

"是呀是呀，这些年，我时常想起咱们这老基地，也时常想念我们这些老同志呀！"刘书记扶了扶眼镜，仔细端详了吕振华一遍，感慨地说道，"我早就想回来看看啦，再不回来，这把老骨头就该入土啰！"

"这次是你陪老书记回来的吗？"吕振华问袁挺军。

"是我儿子袁晟把老书记从省城接来的，我和老伴，回到这里已经几年啰！"

"啊，难怪好长时间没见到你，我们还以为你到儿子那里去了呢。"吕振华说。

"如今退休了，有了时间。"袁挺军说，"我这保卫处长，要回来履行一下我的职责，照看照看这个基地。唉，在我们这代人手里，不能让它彻底毁掉了呀！"

"难得难得！"吕振华由衷地赞道。

"哎呀，人老了，总是怀旧。"袁挺军说，"再说，我们这代人，对这里的感情实在太深，心头实在是舍不得呀！"

"你说得对！"吕振华思忖了一下，接着说道，"这山里的植被茂密，空气清新，环境幽静，大家对这里又有割舍不下的特殊感情——这样，等我回去和老伴商量一下，明年我们也到这里来，和你一起来照护这老基地！"

"好啊！欢迎欢迎！"袁挺军高兴地说。

"我已风烛残年，疾病缠身——老啰！"刘知问说，"我不能到这里来陪你们了，但原来我对庞院长说过，将来等我和老伴死了，骨灰也埋到这云岭来，和老院长他们做伴吧！"

"是呀，我们这一代人对这里的感情，真是——唉！"吕振华叹道，"现在年轻的一代，恐怕还不能理解哟！……"

听见父亲这声长长的叹息，仿佛触动了吕家骢心底里最敏感的那根神经。他听着几位前辈的慨叹，回头又环视了一遍这片曾经给他们儿时留下美好记忆，抚育他们成长的特殊土地，一时间思绪纷纭，心里涌动着一种莫名的情愫……

天完全黑了。

"来来，几位都是稀客，想请也请不来呀！这是我自己去年烤的酒。"吕大爷率先端起酒杯，站了起来，"大家品尝一下，提点意见。"

"啊，好酒！"刘知问端起酒杯，呡了一口，"想不到吕大爷还有这样的手艺呀！"

"吷，我吕家叔爷烤酒这手艺，还是祖传的呀！"吕振华说完，扭头对吕家龙说道，"家龙呀，这手艺，千万不要在你手里失传了呀！"

今天，谁也没想到多年不见的老战友、老乡亲会不约而同，来到这云岭山中聚在一起！酒桌上，一桌人围绕着历史和现实、世事和人事、友情和乡情、城市和农村等话题，边品酒边慢慢交谈起来。他们时而畅快淋漓，时而感慨不已，时而兴奋激动，时而悲戚唏嘘……

四周静谧而安详，只有远处偶尔传来一二声羊咩狗吠。

9. 时来易失赴机在速

夜深了，山风吹来，带着深深的寒意。

吕家骢把刘书记和袁挺军送回基地宿舍后，回到吕大爷家，其他人都已经睡了，而他躺在床上辗转反侧，思绪繁多，再也睡不着了。不知过了多久，他干脆披上大衣，走到了外边的院子里来。

静夜里，山村已没有一星灯火，也没有了一声狗叫。天上那弯含霜的残月，已游移到了远处黛色的山岚；几颗若明若暗的寒星，点缀着冰凉的天幕。良久，他点燃一支烟，在院坝凳子上坐了下来。

老基地那些被人遗弃的大楼，那些长草的实验室和厂房，家属楼里那些鸡鸭牛羊，野草藤蔓，废物垃圾，还有横流的污水，不停地在他眼前闪现；酒桌上刘知问书记他们讲的那些话，一直都还在他耳边徘徊。

"你们谈到乡村萧条的问题，这种现象在东北农村也普遍存在。"酒桌上，当吕振华谈到农村留守老人和儿童，以及空心村问题时，刘书记静静地听着。末了，他感慨地说道，"对这种现象，我曾做过肤浅的调查和思考，我的看法是这样——"

大家都停了下来，静静望着刘知问书记。

"我认为，这种现象呀，是历史原因造成的。在计划经济时期，城乡国民待遇严重的不平等，造成了城市和乡村在政治、经济、教育、医疗，以及基础设施等方面的巨大差异，也就是所谓的'剪刀差'。说句偏激点的话，这几十年，我们是牺牲了农民的利益，来支撑着城市的发展和繁荣，造成了整个农村，特别是边远山区的贫穷和落后。"

刘书记年纪虽然大了，可他思维依然很清晰，停了停，他接着缓缓地说道："如此一来，在农民思想深处形成了一个根深蒂固的观念，在农村生活就是'受罪'；在某些国人心目中，'农民'也几乎成了身份卑贱的代名词。不光是城里人看不起农民，就连农民自己，也觉得要比城里人低一等！农家子弟，在孩童时代听到的来自父辈最励志的话就是：'如果你不好好读书，长大了就只有当农民'！……"

"刘书记说得对，这些年来，老一代的农村人即使自己离不开农村，也都寄希望于下一代人脱离农村，改变农民身份。"吕振华插言道，"在改革开放前，受社会管理体制约束，虽然农村没有出现空心化，但社会上这种去农文化已经形成。我认为，这种文化正如您说的，就是我们政策长期积累的后果。"

"更重要的是，农民脸朝黄土背朝天，辛辛苦苦种一年庄稼，不但挣不了多少钱，有的还要亏本；而他们到城市打工，两个月或三个月，就能挣到在农村一年才能挣到的钱。"刘知问接着说道，"所以，改革开放后，从'盲流'到农民工，农民纷纷背井离乡，历尽艰辛，奔向心中的麦加圣地——城市。就是刚才吕工说的，人往高处走，水往低处流。只要是身强力壮能干活的，几乎都外出打工去了，如此一来，就形成了大量的留守老人和留守儿童，形成了目前这种空心村的现象。"

"刘书记呀，前不久，我看见网上流传着一个老教授回乡时写的一段顺口溜，读起来让人有些心酸哪！他是这样写的：'过年回乡村，不见种田人。难寻儿时伴，多见老少孙。儿童多留守，未见爹娘亲。乡音虽未改，面容已陌生。父母今犹在，病痛缠枯身。儿女回故里，强忍哽咽声。辞别送村口，嘱托一声声。异乡难留心，家乡难留人。生计迫无奈，年年思乡情'……"

"唉——"众人无语，吕大爷也长长地叹息了一声。

"这种现象，其实高层早就注意到了。"少顷，吕家骢在一旁插言道，"近年以来，中央之所以再三提出要精准扶贫，振兴乡村，还推出了一系列城乡一体化的政策，就是想解决农村这些问题呀！"

"可，冰冻三尺非一日之寒呀！城乡真的要实现一体化，乡村要真正实现振兴，农村要真正摆脱空心化，建设成为美丽的乡村，我认为还任重道远，至少要经过两代，甚至三代人的努力。"刘知问说，"这当中，最重要的就是要搞活农村的经济。只有搞活了经济，乡村才能留住人；留住了人，那留守老人、留守儿童和空心化的现象，才能逐步消除——你们以为这些年轻人愿意抛弃老人、儿女外出打工么？其实，人最基本的一个情感需求，就是儿女情长、故土难离呀！"

"刘爷爷，我想冒昧问您一个问题。"吕家骢犹豫了一下说道。

"哈，你这个大学里的高才生，而今又是成功人士，我倒有些问题要向你请教呢！"刘知问谦虚地说道。

"您说振兴乡村经济，我认为需要有工业来支撑。如今，我国东部和沿海的乡镇企业，不是有很多很好的样板么！"吕家骢说，"今天我到基地转了转，我们那些荒芜的土地，长年闲置的房屋，当地政府和企业为什么不把它买下来，加以利用呢？"

"你说的是招商引资吗？可谁愿意到这老山沟里来办工厂呀！"刘知问说，"沿海和这山沟的基础条件有着天壤之别，根本不能同日而语。如果天时地利都合适，我们基地何必要搬走呢？橘生淮南则为橘，生于淮北则为枳，乡村经济的振兴，一定要对症施策，因地制宜呀！"

吕家骢想了想，信服地点点头。

"要解决乡村空心化和乡村振兴的问题，必须从政府的有关政策，人们的思想观念、经济发展等方面，采取综合性的措施。不解决这些问题，即使将来城乡二元治理结构被破除，城市人口达到饱和。"刘知问说，"在去农文化的影响下，农村人口仍将持续流出，乡村还会在相当长的一段时间内，依然处于凋敝状态。"

"刘书记说得对，除非像我国东部和沿海地区那样，政府加大政策引导和支持，乡村经济持续稳定发展，人居环境超过城市。"吕振华说，"如果是那样，你城里的人想到农村去，那还求之不得呀！"

"是呀，习近平总书记最近提出的'绿水青山就是金山银山'的理念，倒是十分科学和新颖的。"刘知问手指着门外，"其实，这云岭山，也有它独特的优势，目前生态还这么原始，民风还这么淳朴，环境没遭到大的破坏，说不定它就具有了后发优势，不久的将来，或许就会成为一座金山哪！……"

刘书记最后的这几句话，让吕家骢打了个激灵，一下在他心里激起一阵漪涟来。他将这几句话暗自又复述了一遍："这云岭山，也有它独特的优势，目前生态还这么原始，民风还这么淳朴，环境没遭到大的破坏，说不定它就具备了后发优势，不久的将来，或许就会成为一座金山哪！……"

"是呀，刘书记说得对，我们这云岭，虽说是个边远的山旮旯，照说应该是块风水宝地呀！"吕大爷喝了酒，也插言道，"不然，这千百年来，那些和尚、道士为啥偏偏要选在这里修庙建观、修行悟道呢？这自然有他们的道理。"

"吕大爷这话说到点子上了。"袁挺军放下酒杯，接着吕大爷的话说道，"家骢呀，你如今发了财，何不在这地方给老爸老妈买栋宽敞点的房子，让他们在这地方养老呢！"

"袁叔叔的话，当然值得考虑……"吕家骢沉吟一下答道。

"对，这里空出来的房子那么多。"吕大爷也趁势鼓动道，"家骢呀，就给你老爸老妈买栋宽敞的房子，老来我们也好打个伴！"

天上那弯残月，以及那几颗若明若暗的寒星，慢慢隐进了云层。又过了一阵，天边渐渐露出一缕微光，树丛中有耐不住饥寒的鸟儿啾啾叫了几声，远处不知哪家的公鸡也叫了起来——天快亮了吧？

吕家骢又点燃一支烟，站起身来，慢慢朝院子外面走去。突然，他像下了什么决心，一下砸了烟头，一脚将烟头踏灭，活动了一下腰身，大步往外走去！

晨曦中，远山已露出黛色的剪影，村里已飘来几许淡淡的炊烟。站在雾河边上，入耳的只有风吹树叶的呢喃，溪水舔石的私语。风是新的凉的，夹杂着些许山中的草香和药香，漫沁着吕家骢的全身——此时此刻，他灵魂和肉体仿佛都变得纯净而透明。

时来易失，赴机在速。

古人云："营大者，不计小名；图远者，弗拘近利"也！

第十一章

背水一战

1. 这是乌托邦幻想吗

"怎么，你要想去开发云岭哪？"陶燕还没等吕家骢把话说完，一双眼睛就瞪得像两粒杏仁，像看一个陌生人似的望着丈夫，"你恐怕是异想天开，白日做梦吧？"

"对，我就是在做梦。"吕家骢不动声色地说道，"实话告诉你吧，这个梦我已做了好多年了。"

"那个屙屎都不生蛆的山沟，基地花了好几年时间，费了那么多的人力物力财力，几千人在那里待了十多年，最后都待不住了，好歹才从那里搬迁出来。"陶燕说，"你个人有多大的能耐，想到那里去搞开发呀——折腾了这些年，你还没有折腾够呀！"

"此一时彼一时，现在的情形和当年完全不同了。"吕家骢说，

"你别看那里山大沟深，偏僻贫穷，但那里空气清新，植被繁茂，夏季凉爽，人文古迹众多。我就是想依托原来的老基地，把那里开发出来，搞成一个集文化旅游、休闲康养、产业融合的'云岭特色小镇'！"

"哈，你是在跟我讲《天方夜谭》的故事吧？"陶燕说，"说句让你不高兴的话，当年以国家的力量，在那里搞了那么大的动静，甚至还动用了军队，最后都被迫放弃了，你是一时心血来潮，不知天高地厚吧？"

"你别看那里现在好像是一片废墟，人们似乎都在嫌弃它，但只要开发出来，就是一块让人们趋之若鹜的宝地呀！"吕家骢说，"随着城市的不断扩张，城市人口的不断暴涨，城市病的不断滋生，大家就会思念田园风光，向往原生态生活，返璞归真回归自然。这里离省城不到100公里，随着大家生活水平提高，交通条件的改善，我相信人们都会蜂拥到这里来！"

"好了好了，我不和你争了，你这是典型的乌托邦幻想！"陶燕说，"我问你，你一没有实力，二没有名头，三没有背景，你要想搞那么大的动静，当地政府能让你们改变土地的用途，批准你们开发的规划吗？那里的农民不会跟你扯皮拉筋吗？还有，你人从哪里来？钱从哪里来？就凭你现在那点小钱，恐怕只够在那里搞个旅游厕所吧？……"

"事在人为，你小时候学过《愚公移山》那篇课文吧？……"吕家骢看了妻子一眼，不想和她生气。

"你不是愚公，我也不是智叟，我们不要争了！这些年我已让你折腾够了！"陶燕打断吕家骢的话，"你把儿子的学费生活费留下，家里的房产证改为我的名字，我们免得受你连累。完了，你愿意上凌霄宫也好，下阎王殿也罢，我都不管了！"

陶燕说完，气冲冲地走了。

望着陶燕离去，吕家骢半闭上眼睛，疲惫地将头靠在沙发上，陷入久久的沉思之中。

是啊，也不能说陶燕的话没有一点道理——要开发云岭，自己一没有实力，二没有名头，三没有背景，你要想搞那么大的动静，当地政府会让你改变土地用途，批准你们开发的规划吗？那里的农民不会跟你扯皮拉筋吗？人从哪里来？钱从哪里来呢？……

自前次从云雾村回来后，为慎重起见，吕家骢又邀约了公司的副手林胜、朱志勇、陈涛一同前往云岭，再做了一番深入的调研。

当地村民见有人来调查问询，纷纷涌了上来，主动给他们介绍情况。特别是早年低价买下基地医院、仓库的村民，表示如他们愿意到云岭来，可以将房子转让给他们。

在云岭儿大，随去的林胜等人见那里一片破败，满目荒凉，不免有些失望。大家都各持己见，对那里的开发都疑虑重重，但见吕家骢主意基本已定，虽然心里还犯着嘀咕，当面却不好表示反对了。

"人们对美好生活的向往，是历史发展的必然，也是支撑我们打造云岭的初心。我的基本想法是，对云岭的开发分三步走。"经过一段时间的调研和思考，在公司董事会上，吕家骢谈了谈自己的想法，"第一步，依托0658老基地，先把基地医院的老房子买下来，打造成一个乡村旅游酒店，作为我们开发云岭的大本营；尔后，分两期开发基地闲置的土地，搞成休闲避暑的小区；最后，发展文化旅游、开发农副业产品、实现多种经营，把云岭建成一个集文化旅游、休闲康养、多产业融合的特色小镇！"

"吕总的规划宏大，也很有气魄。"林胜插言道，"那你准备租买多少亩土地呢？"

"不是多少亩的问题，我算了算。"吕家骢说，"需分期赎买、租用和流转的土地、山林，应该达到20平方公里左右吧。"

"啊！"与会者都倒抽了一口寒气。

"那你算过没有，整个投入需要多少资金呢？"林胜又问。

"我请规划设计院的人粗略算了算，大概20个亿吧。"

"天哪，公司哪来这些钱呀！"大家一听，都交头接耳窃窃私语起来。

"同志们，开发云岭是一个庞大的系统工程，必须要有雄心，有气魄，有信心，要有敢为人先、敢吃螃蟹的精神！"吕家骢说着，有点激动起来，"大家知道，云岭原先是国家三线建设的重要基地。当年我们老一辈三线人，在一穷二白、艰苦卓绝的条件下，住草棚，喝臭水，流血流汗，甚至拼命，在那里开山劈岭，艰难创业，给我们留下了宝贵的物质和文化遗产——我是在云岭长大的，耳闻目染了他们当年创业的整个过程，我们就是要传承他们那种奉献、创业、协作和创新的精神！……"

"吕总，你的设想再宏大，愿望再美好，可在市场经济条件下，不能和当年的情形相提并论呀！如今，干什么都要有政府的支持，都要靠经济实力，需要源源不断的投入呀！"副总陈涛沉吟了半天，终于说话了，"目前公司新建的酒店刚开业，效益还没有完全显现出来；依公司目前的家底，最多能买下和装修基地那个乡村酒店，后续的投入怎么办呢？倘若搞成了一个烂尾工程，那就追悔莫及，得不偿失啊！"

"所以，这就需要大家集思广益，通力合作，争取能够滚动发展。"

"我看，还是要谨慎一些。"朱志勇也说了话，"我的意见是，先站稳脚跟，稳固基础，仔细论证，待公司有了一定的积累，有了比较雄厚的实力，再去开辟新的领域吧。"

"机不可失，时不再来。我始终认为，这是个千载难逢的好机会。小平同志不是说，胆子要大一点，步子要快一点吗！说句套话吧：道路是曲折的，但前途是光明的。"吕家骢狠狠地抽了两口烟，最后决绝地说道，"我希望各位能与我精诚合作，有钱出钱，有力出力——当然，我绝不勉强大家，愿意跟我干这个项目的，我们继续合作；还没想好，没有最后下决心的，可以马上把股份抽回，以避免损失。"

与会者面面相觑，各自都在心里默默衡量起成败得失来。

"吴兄呀，这回你无论如何也要帮我一把。"公司董事会后，吕家骢专门驱车赶到了省城，找到了还在当家庭保姆的朋友吴宇，"我思来想去，我如今要搞这个项目，还非请你出山不可！"

吕家骢说完开场白，将拟开发云岭的事详细给吴宇谈了谈。

"家骢呀，你触觉很敏锐，思维也比较超前。这个项目呢，我同意你的观点，肯定是一个好项目。"吴宇沉默良久，缓缓地说道，"搞文化旅游、休闲养老、多种经营，肯定是未来城乡融合、发展经济、建设美丽乡村、满足人们向往美好生活的一个方向。但是，正如嫂夫人和你团队成员所说的那样，最要命的就是政府的态度、土地的性质和资金问题……"

"这些我都想过，原来也想再观望几年，等政策明朗了，资金积累多了，再一点一点摸着石头过河——但直觉告诉我，等我慢慢把石头摸到了，恐怕早就有人坐船、架桥过了河呀！"吕家骢说，"实话跟你说吧，我是在基地长大的，有着不解的三线情结。用一个时髦的词儿来说，也就是'乡愁'吧！看着那里的土地、楼房、厂房和设施荒废在那里，任凭岁月一点点把它们吞噬，不但我的父辈们痛心，我也心急如焚哪！"

"你的心情我理解。我说了，这个项目的选择方向肯定没错。但这个工程不是立竿见影、吹糠见米的项目。要知道，收益大，风险也大呀！稍有不慎，小河沟能翻船，可你是准备把船驶进大河里去，河里的风浪更大，这你要有思想准备呀。"

"吴宇呀，我痛苦地想了无数个夜晚，一个人一辈子做不了几件大事呀！"吕家骢诚挚地说道，"每当我想退缩时，我就想起长眠在云岭的庞大山、章寒冰他们；就想起小时候，庞院长给我们讲的那些牺牲在长征路上小战士的故事；想起写《聊斋》的蒲老先生那句话：有志者，事竟成，破釜沉舟，百二秦关终属楚；苦心人，天不负。卧薪尝胆，三千越甲可吞吴……"

"哎，家骢兄呀，你真是个理想主义者！"吴宇认真地说，"这样吧，在道义和经济上，我都会竭力支持你！可我目前孩子还小，天天要接他上学放学，最近老婆又升任了学校的系主任，工作太忙，家里实在走不开……"

"那，你请个保姆就是了呀。"吕家骢说，"你堂堂七尺男儿，年纪轻轻的，难道就甘心于一辈子在家当个宅男么！"

"这样，容我跟夫人商量一下再说吧……"

2. 拨云见天豁然开朗

省城牛头山。

"家骢，你想开发云岭的想法，真是太好了！"吕家骢和林胜来到牛头山，找到 0658 基地原院长郑之光，他刚把开发云岭的想法说完，郑之光就大喜过望，"好小子，算你郑叔叔没看错人，你有思想，有眼光，有气派，我全力支持你！"

"可惜，郑叔叔现在您退休了，不然……"吕家骢欲言又止。

"这和我退休有什么关系呢！谁能把老基地完整保留下来，重新让它焕发青春，给历史留下一个记忆，给职工留下念想，这基地不管哪位领导哪位职工，都会全力支持啊！"郑之光说，"放心吧，现任领导那里，我去替你说话——告诉你，现在这位杜院长，还是你父亲当年带出来的研究生呢！"

"啊，那太好了！谢谢郑叔叔。"

"不过，老基地闲置的土地和设施，它的所有权已移交给国家，属于国有资产。"郑之光想了想，"这事呀，恐怕还得找找三线建设办公室和国资委咨询一下。"

"可是，三线办和国资委我们都不熟悉。"吕家骢说，"我们两眼一抹黑，人微言轻，说不定贸然去找他们，会吃闭门羹的呀！"

"这样吧，"郑之光想了想，"你还记得当年多次到我们基地来过的三线办主任王庆东吧？"

"这我还有些印象。"吕家骢点点头。

"这是个好领导，既有深厚的文化素养，又平易近人。"郑之光说，"虽然他现在退休了，但一直热心于三线事业，关心着三线企业的规划、调整、生存和发展；而且，他现在还是《大三线》丛书的主编、还是中国三线建设研究会的领导呢——由他出面，肯定管用！"

"对呀，我怎么没想到这条路子呢！"吕家骢说，"郑叔叔，你能不能给我们引荐一下呀？"

"好吧，估计问题不大。"郑之光说，"我先跟他约个时间。"

是呀，自从基地在云岭破土动工，到基地建设、竣工、转型、搬迁过程中，王庆东主任就多次到过那里，不但对那里的情况熟悉，而且对那地方还有着深厚的感情——对，找他绝对没有错！王主任退休后，就居住在省城。当他在电话里简单听完郑之光的来意后，爽快地就答应跟吕家骢他们见面。

"王主任好！"王庆东虽是党的高级干部，但吕家骢一进他家，他家简朴得让他怀疑走错了地方，整个屋里除了电视空调，所有的家具都还是 20 世纪七八十年代的东西。

"啊，欢迎欢迎！你就是吕振华的二小子呀！你父亲我认识，是搞军用激光项目的主任工程师。"王主任虽说年纪大了，但他身体还好，思维依然敏捷，他热情招呼郑之光、吕家骢他们坐下后，急切地说道，"听郑院长说，小吕要想重回基地，把老基地开发利用起来，这是一件大好事呀！"

"对，王老，我们就是为这件事，专门来向您请教的。"

"对于云岭基地的重新开发利用，这非常符合当前中央提出的盘活存量资产、振兴乡村经济、建设美丽家园、创造美好生活的精神呀！"

"谢谢王老的鼓励和鞭策。"

"是啊，老基地搬迁后的那些土地和设施，已经闲置了多年，如果能把它们利用起来，三线办和国资委也会大力支持呀！"王主任思忖了一下，问，"那你们打算怎么利用呢？"

"我们想，保留原来基地的格局，把损坏严重的危房拆除，把还能使用的建筑维护修缮，派做其他用场，将整个老基地重新打造出来，"吕家骢说，"在这块闲置的土地上，建设一个休闲、康养和旅游小区。"

"就这些了？"王主任问。

"当然，还要建一些休闲、娱乐和旅游设施。"吕家骢说，"同时，引导周边的农民种花种树种草，把环境打造得更加亮丽，能吸引游客，留住客人；然后，再实施第二步规划……"

"如果单纯是这样，我认为还肤浅了一些。"王主任沉吟了一下，接着说道，

"那你们还没有真正认识这块土地的价值……"

郑之光一听王主任如此一说，似乎敏锐地从他话中听出了弦外之音，他轻轻点了点头，但没有插言。

吕家骢和林胜有些不解地看着王主任。

"你们听说过北京的 798 工业艺术区么？"王主任问。

吕家骢轻轻地摇摇头。

"那我告诉你们，北京 798 厂曾经是我国电子工业区，1952 年由苏联援建，由当时的东德负责设计建造，属典型的'包豪斯'建筑，其本身就是工业与艺术的结合体——'包豪斯'是什么意思呢？"王主任见吕家骢他们静静地看着他，他接着说道，"简单地说，'包豪斯'风格就是现代主义风格，是一种艺术与技术统一，一种适合大机器生产方式的美学风格。798 厂是世界仅存的原生态'包豪斯'风格建筑群，它是难以复制的。如果把它推倒，那多可惜，简直就是对艺术的糟蹋呀！……"

"哦，王主任，你这样说，我有点明白您的意思了。"吕家骢突然想起他读过的《建筑美学论》中关于艺术与技术统一的论述，王主任一席话，让他眼前有点明亮起来。

"明白了就好。你们要知道，到后工业时代，城市土地资源逐渐稀缺、大众审美情趣的转变，都给重新利用工业遗产带来了契机。"王庆东主任喝了一口水，慢慢说道，"说到这里，我就多啰唆几句。工业遗产的再生利用包括三个领域：一是建筑学视角下的工业厂房的改造与再利用，包括建筑内部空间的改造、扩建与改建、工业博物馆设计等；二是景观学视角下的工业景观设计，包括历史工业构筑物的景观化再利用；三是规划学视角下的城市'棕地'，这是与绿地相对的概念，指已开发利用并废弃的土地，以及区域工业遗产体系的构建……"

"哦，我明白了。"吕家骢插言道，"王老的意思，是不是我们应该利用现有的遗址，搞成一个有特色的工业文化园区？"

"目前各地都兴起了乡村旅游热，但遗憾的是大多都不顾自身条件，一哄而起，搞成了千人一面、照搬照抄的'风景'。可这样一来，你独有的特点在哪里？你吸引人的'乡愁'在哪里呢？"王主任笑微微地看着吕家骢，"不知你们想过没有，0658基地最大的特点是什么呢？"

吕家骢想了想，一时有点语塞。

"小吕呀，你应该知道，那是国家三线建设的遗址，国家三线建设的遗产，也是一个军工光电科研生产基地，谁能完整把它保留下来并开发利用，将来就是一座不可复制的三线建设工业博物馆哪！不但让会全川的百万三线人，全国上千万三线人，以及他们的后代到那里去寻找乡愁；还会有城市的居民、年青一代的学生到那里去追寻历史，缅怀先人哪！"

"哦，我知道了！"吕家骢眼前豁然开朗，他高兴地说道，"王老一席话，真是拨云见天，柳暗花明，让迷茫的我们找到一条光明的出路呀！"

"你们原先定义的'特色小镇'，我认为也空泛抽象了一些——这么说吧，经济是血肉，文化才是灵魂。你的父辈是三线人，你是三线人的后代。"王主任说，"你们在那里，开宗明义的就是传承三线文化，弘扬三线精神，打造一个三线特色文化小镇——我看，干脆就叫'三线映象小镇'吧！"

"好啊，就叫'三线映象小镇'！"吕家骢高兴地点头应道，"王老不愧从事了几十年的三线建设，真是站得高，看得远！"

"另外，你们在筹划打造'特色小镇'时，一定要和建设美丽乡村、振兴乡村经济结合起来。"王主任说，"这是一条很好的路子，除了符合中央的精神，更能得到地方政府和当地村民的支持。"

"王老真是深谋远虑，见解深刻。"郑之光忍不住叹道。

"王老，实在太打扰你了，有件事我还想冒昧请求您……"吕家骢吞吞吐吐地说道。

"说吧，需要我干什么？"王主任和蔼地问。

"我们开发云岭的可行性报告和规划，能不能通过你转呈一下三线办和国资委？"吕家骢犹豫了一下，"另外，我们还想聘请你做我们公司的顾问。"

"转呈你们的可行性报告和规划，这没问题。"王主任说，"至于顾问的事，这恐怕不行。中央有明确规定，退休干部不能参与社会商业、经营活动，更不能担任什么顾问之类的职务——这样吧，我给你推荐一个熟悉三线情况，也有工作热情的同志帮帮你们，给你们出出主意——如果你们有什么事，可以随时来问我。"

"你说的那个同志是谁呀？"吕家骢问。

"他叫薛云辉，原来也是我们三线企业一个办公室主任。"

"好，谢谢王老。"吕家骢真诚地说道，"等我们正式开工后，我还要来请教你哩！"

3. 他山之石可以攻玉

汽车在渝黔公路上疾驰。

今年春天，吕家骢通过银行贷款、朋友合伙和员工入股，凑足了资金，买下老基地的部分厂房和土地。基地医院买下后，经过几个月的紧张装修，已打造出一个像样的"乡村旅游酒店"来。酒店正在试运行之时，他接到"全国三线遗址与旅游开发研讨会"的邀请函。本着"他山之石，可以攻玉"的考虑，他决定去参加这次会议。

云淡天高，秋高气爽，此时他正和父亲吕振华，以及王庆东、薛云辉坐在车上，急急往贵州境内赶去。

这次，他们要去的那个地方，虽地处偏僻的云贵高原，但却是个名扬四海之地。

当年，中国工农红军在撤出中央苏区，转战二万五千里的长征途中，在几万人生死存亡的危急关头，中央政治局曾在这里召开过一个特殊的会议。这个会议，给中国革命带来了巨大转折，在中国现代史上留下了传奇的篇章。

毛泽东那首气势豪迈的《忆秦娥·娄山关》中，那"雄关漫道真如铁，而今迈步从头越"的词句，更让这个地方声名远扬。

时间延续到 20 世纪 60 年代，此地因其得天独厚的地理优势和丰富的自然资源，与蜀中的云岭山区一样，同样进行了大规模的三线建设。先后有航空、航天、机械、电子、冶金等十多个企业在这里建成。改革开放后，这些三线企业同样也面临调整搬迁任务，同样也存在着遗址开发利用的问题。

这个地方叫——遵义。

进入贵州境内，那延绵的群山，茂密的森林，飞流的溪涧，层叠的梯田，扑面而来。这里的山川形胜和云岭比较起来，既有相同之处，也有不同之点。贵州这地方，历来是少数民族杂居之地，旧时有民谣曰："天无三日晴，地无三尺平，人无三分银。"意思是说贵州这地方，天时地利和生存条件都不如别处。

那么，他们的三线遗址是如何进行开发利用的呢？

一路上，吕家骢望着车外不断掠过的山川，久久地沉思着——车过娄山关，下了险峻的山隘，转过几个山弯，眼前便凸现出一块高原中的平地来。

"啊，王主任，欢迎你们！"车到遵义，已是下午，吕家骢一行来到会议报到处。会议的东道主、"工业文化创意园"的负责人游义仁赶紧迎了出来，紧紧握住王庆东主任的手。

"来，我跟你介绍一下。"王主任指着吕振华他们说道，"这位是吕振华，这是他儿子吕家骢，他们就是我给你讲过的，正在打造川西云岭山中 0658 工业遗址的团队。"

"我们这次来，就是专程来向你们学习的。"吕家骢握着游义仁的手，诚恳地说道，"还望多多指教。"

"哈，吕总客气。工业遗址的开发利用，在国内还算个新鲜事物，我们相互学习吧。"游义仁谦虚地说道，"我看会议议程上，你们明天也要介绍经验哪！"

会议第二天如期举行。

东道主游义仁首先介绍了他们创建"工业文化创意园"的初心和经验，以及取得的成效。

游义仁说，在他任职期间，企业经历了改制及政策性破产重组。在城市化过程中，他知道，市政的规划在迅速改变着城市面貌，老厂房很快会被拆除，厂区那些梧桐树荫、红砖厂房、标志塔楼……这些当地人记忆中熟悉的符号，将被新的城市地标所取代；而当年三线人义无反顾从沿海奔赴西南，卧薪尝胆、艰苦创业的记忆，以及伴随当地人成长的历史印记，也将随着时光的流逝而消失。

"大批三线建设者的到来，为边远的贵州山区带来了先进的生产技术和管理理念，为遵义地区的发展奠定了现代工业基础，这是三线人的贡献。"游义仁讲道，"想到这些，我决定要做一件事：保留老工业遗产的回忆，让每个时代的人心中都能拥有一寸特殊的土地，向不负时代的三线精神致敬！"

随即，他们对老厂房进行功能置换，使其变身为功能完善的文化创意园，同时打造三线建设博物馆，让大家既可以追忆历史，也能够感知潮流。文化创意园作为文化旅游休闲、文化创意产业的聚集地，其主题定位、改造效果、业态布局、运营状况得到了各级政府、专家学者、广大民众的高度关注与好评。现已作为"中国三线建设研讨会指定研讨基地"，获得"全国十大特色园区""文化产业示范园区"等荣誉称号，被业界专家评价为"三线建设遗址保护和利用的成功典范案例"。

游义仁在热烈的掌声中结束了他的发言。

接着，吕振华以一个老三线人的身份在大会发言。他讲述了为支援三线建设，全家人从东北来到西南，为三线事业献了青春献子孙的经历；饱含深情地谈到自己对三线那份割舍不下的感情，以及晚年还准备为三线遗址的开发利用，发挥自己余热的决心和信心。

吕家骢作为三线人的第二代，在会上比较详细地谈了自己对三线遗址开发利用的认识、开发利用的总体想法，以及实施过程中的经验体会；特别阐述了拟将三线遗址开发和新农村建设结合，带动山区经济发展，增加农民收入，打造休闲康养、文化旅游融合的"三线映象小镇"的设想。

吕家父子的发言同样引来与会者的阵阵掌声。

会后，会议组织观摩了这里的"三线建设博物馆"。这座博物馆，整体规划为四大篇章，体现了综合性、标志性、唯一性、体验性和时代性为五大建设原则。展览馆以工业建筑、实物模型、声光影像、文字图片等形式，完整地再现了在那火热的年代，千军万马战天斗地、艰苦创业的历史。在展示三线建设发展历程的同时，以独特的方式，表现了三线建设遗址保护与利用的完美结合。

吕家骢随着参观的人群，缓缓进入展览馆。当他身临其境后，立即就把他的思绪带回了自己童年和少年时代，带回了父辈们那激情燃烧的岁月，带回了云岭那大雪纷飞的冬日，那赤日炎炎的夏天，那云遮雾障的早晨，那山雨欲来的黄昏……

"回首过去半世纪，我们的旨意，试图凭借着这些实物标签，让人们触摸到尘封日久的三线建设画面，聆听三线人那些可歌可泣的精彩故事。"讲解员是个年轻的姑娘，她深情地向参观者介绍道，"同时，能够让亲历者能回望共和国那段如火如荼的历史；让后来者能铭记前辈们舍生忘死的爱国情怀……"

展览馆内，通过多媒体影像技术，重现了遵义地区三线建设时期的历史故事和人文轶事。墙体的照片与影像相结合，给参观者带来强烈的视觉和听觉冲击。同时，展览还别出心裁地还原了三线时代职工的家庭场景：老式的帐篷、家具、马灯、雨衣、水靴、暖水壶、收音机、电风扇……向人们展示了当时三线人在此地的生活状况。

吕家骢随着讲解员慢慢向前走去。

走进第二展室，只见几个头发苍白的老人，正久久地停留在一幅硕大的照片前，有的在静静地凝视，有的在默默地流泪，有的在悄悄地擦拭着镜片。吕家骢来到那幅照片前，原来那幅照片所记录的，是当年施工时山体倒塌，十多名同志被掩埋在大山之下，指挥部为牺牲的战友召开追悼会的场景。画面上，白花和青纱铺满了山岭，枯树和昏鸦在寒风中颤瑟，悲壮哀婉的气氛溢出画外。让人一看，顿生肃穆凝重、崇敬追思之情。

"三线建设是共和国发展史上一个灿烂的篇章，是中国军工史上的一段当代传奇，是中国人民备战备荒的一个重大事件，是中华民族重要的历史记忆和宝贵精神财富。"年轻的女讲解员对着墙上那些图文，指着展柜里的那些实物，继续讲解道，

"三线企业在建设和发展过程中，留下了具有历史、文化、技术、建筑等社会价值的工业文化遗产；是那个特定时期政治、经济、军事、文化、社会变迁的重要物证。发掘、保护、利用好三线建设的宝贵遗产资源，对继承和弘扬三线建设精神，保护和提升三线建设遗产的品牌和价值，必将产生重大而深远的影响……"

是啊，历经半个世纪的三线建设，曾经创造了可歌可泣的历史，也必将续写新时代崭新的篇章；她承载着继往开来，助推时代发展的崇高使命。走出展览馆，吕家骢回过头去，久久地凝望着那"三线建设博物馆"几个大字，一个个全新的想法在他心底里萌生起来。

"我们基地有那么多现成的资源，也完全可以搞个展览馆！"回程路上，吕家骢对王主任和父亲讲道，"有了这样的展览馆，游客们来到'三线映象小镇'，就更能留下更多历史和现实的记忆呀！"

"对，有了这样的展览馆，还可以作为全川党员、团员、学生们的爱国主义教育基地呀！"王主任说，"这样一来，既能得到当地政府的支持，又能吸引大量的客源，这就应了去年我给你谈的那个观点：经济是血肉，文化才是灵魂呀！"

"吕总，这件事我来给你策划。"薛云辉自告奋勇道，"我从前为几个单位搞过展览规划设计。"

"好啊，那就给薛主任添麻烦了。"

4. 徜徉在异国光影中

一架波音 757 客机带着巨大的轰鸣，降落在太平洋彼岸的纽约机场。少顷，吕家骢和林胜提着行李箱，走出机舱。

弟弟吕家驹在机场出口处等候着他们。

"哎呀，飞机晚点，让你等了好长时间吧？"兄弟俩久别重逢，吕家骢喜不自禁，吕家驹也禁不住感叹唏嘘。

"我来时打电话问过机场，没等多长时间。"吕家驹接过吕家骢手里的行李箱，"走，先到家里歇息一下，再到酒店去吧。"

"咦，怎么没见一郎呢？"吕家骢环顾四周，没见到侄儿，他问。

"他住校，周末才回来。"

走出机场，夜色降临。只见远处树影婆娑，人来人往，车水马龙，高楼林立，霓虹闪烁，一派异国情调，让人目不暇接。

"家驹，这车是多久买的呢？"来到停车场，吕家驹打开一辆"别克"车后备厢，将行李放了进去。吕家骢知道，弟弟到美国这些年，凭着他较高的专业知识，扎实的实际工作能力，在美国纽约一家研究所当研究员，收入还比较可观，不但买了车，还分期付款买了套花园洋房，和儿子的日子倒也过得滋润。

"去年刚买的。"家驹说，"这车比国内要便宜得多。"

"在这里生活还习惯吧？"吕家骢上了车，又问弟弟。

"时间长了，慢慢也就习惯了。"吕家驹转过话头，"爸妈都还好吧？"

"还好。"吕家骢说，"他们没告诉你吗？我已把基地医院打造成了一个'乡村旅游酒店'，现在他们暂时住在那里。等我在那里站住脚，把休闲康养小区建起来，就让他们搬到那里去。"

"哦，这样也好。云岭那地方空气好，夏天也凉快，爸妈住在那里也习惯。"吕家驹一边开车，一边又问道，"大哥怎么样？他刑期快满了，也该回来了吧？"

"大嫂前不久又到他那里去过，说是年底就能回来了。"

"他回来怎么办呢？"吕家驹说，"没有学历，也没有一技之长，在国内怕是不好找工作吧？"

"是啊。"吕家骢答道，"但听说他在里面自修法律，还取得了成人自考大专毕业证书呢！"

"他自修一下法律也好，不然出来后，说不定又会跟他原来那伙人搅到一起了。"吕家驹说，"人家大嫂带着孩子等他这些年，他回去，也该好好弥补妻女的这份情义了。"

"等他出来后，听听他的打算再说吧。"吕家驹说，"如果他不嫌弃，就先到我公司去干吧。"

吕家驹开着车，一直朝着曼哈顿岛的西南面开去。

吕家驹住的房屋宽敞明亮，外面有一块小小的草坪，草坪边种着几簇玫瑰和薰衣草。他们前脚刚进屋，吕家驹在车上点的菜，外卖小哥后脚就送了进来。

"二哥、林兄，你们都不是外人，今天你们来到家里，就权当给你们接风吧。"吕家驹摆好桌子，拿出酒瓶，"喝完酒吃完饭，你们再到酒店去。"

"都是兄弟，还客气什么呀！在家里，说话还方便自由些。"吕家骢抬头看了家驹一眼，敏锐地察觉到了什么，"家驹，我看你神色，好像有什么心事呀？"

"唉，二哥，有件事，我原本不想告诉你。"吕家驹倒上酒，看了林胜一眼，接着说道，"昨天，成都一个朋友电话告诉我，说这几个月来，我家总是有个男人进进出出，怀疑范宁宁可能已跟那人同居了……"

"这一点不奇怪。"吕家骢打断家驹的话，"人家正值风华正茂的年龄，你和一郎这一走，就是好几年，让她长年独守空房，也不现实呀。"

"所以，我今年准备抽个时间回去，和她彻底了结算了。"

"离了吧，你们的婚姻其实早就名存实亡了。"吕家骢说，"再拖下去，其实对两人都没好处。"

"算了，你们远涉重洋到这里来，不谈这些不愉快的事了——来，我们喝酒！"吕家驹端起酒杯与家骢、林胜碰了一下，接着问道，"二哥，我接到你要来美国的电话，还感到有点意外，你不是又在西南财大企业家培训班学习吗？"

"学习刚结束，我就匆匆赶到这里来了。"

"去年你才参加了北京的一个 MBA 研修班学习。"家驹问，"参加这样的学习，收获还不小吧？"

"要说收获吧，当然也有一些，但也不是像有人吹得那样神乎其神。"吕家骢说，"参加学习的这些人，各自都怀着不同的目的，不同的心理——唉，各取所需吧。"

"多学习一些知识当然好，这几年我也在恶补英语呢！"家驹转过话头，"这次到美国来，你不光是来看看我和一郎的吧？"

"这次，一来是遵爸妈嘱咐，来看看你和侄儿。"吕家骢干了杯中的酒，接着说道，"二来呢，前次到贵州，我听人说，纽约曼哈顿苏荷区工业遗址的改造，是全世界最成功的典范，我和林胜想实地来考察考察。"

"哦，我知道了，你们是为云岭老基地的开发来寻找实例吧？"吕家驹说，"说来也巧，苏荷工业区离我们这里不到两公里，要说工业遗址的保护、开发和利用，它还算是鼻祖呢！"

"那，你对这个地方很熟悉呀？"林胜也干了杯，抬头问家驹。

"我上班几乎天天都要路过那里，怎么会不熟悉呢！"

"那你正好可以跟我们当当导游。"林胜放下酒杯，"你能不能先给我们讲讲，让我们也有点初步印象呀！"

"说到苏荷工业区呀，它简称'SOHO'，是一个占地不到 0.17 平方英里的区域。在 19 世纪中叶，随着美国工业化进程，该区曾兴建了大量以铸铁为建筑材料的厂房。'二战'后，这里的制造业衰退，该工业区的制造商纷纷搬离，留下的厂房因不适合居住，大多都空闲着。"吕家驹慢慢讲道，"但后来，经过艺术家们在装修材料、色调搭配以及灯光照射等方面的特殊处理后，现在竟然成为独有的'超现实主义'风格的建筑区！"

"对，我看网上说，这片工业遗址，如今已发展成集居住、商业和艺术为一体的社区，被誉为'艺术家的天堂'。"吕家骢插话道，"所以，它开创了将旧厂房变成艺术集聚区的先河。"

"是啊，刚开始，人们都认为这些旧厂房没有多大价值，空置了好多年，但后来一些青年艺术家发现这些铸铁建筑租金低，且有足够大的空间，正适合自己的工作，于是把它们变成生活空间和艺术工作室，俗称'统楼房'，进而吸引了大批艺术家进驻，自发形成了一个创意群落。"吕家驹劝林胜两人喝了几杯酒后，接着讲道，"后来，在城市改造时，为避免城市面貌千篇一律、既单调也缺乏历史积淀的'第二次破坏'，纽约市政府出台了'以旧整旧'的改造策略，将苏荷区定义为文化艺术区，成功实施了一种全新的思路。"

吕家骢和林胜静静地听着。

"在 20 世纪 80 年代鼎盛时期，这里聚集了上千家画廊，上万名艺术家。延续到 90 年代，艺术家和画廊不断迁出后，这里最终变成现在这个高级购物观光街区……"

"那这样说来，它的开发利用，还得益于艺术家们独到的眼光和创意啰？"林胜思忖了一下，"美国这样的国度，有它的特殊性；在中国要走这样的路子，可能就不太现实了。"

"不，常言道：高度决定视野，角度决定思路。"吕家骢沉思一下，接着说道，"虎方捕鹿，罴据其穴，八仙过海，各有各的招数，明天我们到实地看看就知道了。"

"二哥说得对，借鉴别人的经验，开阔自己的视野，就能避免少走一些弯路。"吕家驹说道，"相信你们这次来，一定不枉此行。"

接下来，吕家骢将开发云岭的思路简单给弟弟谈了谈。

"二哥，你的总体想法当然不错，但我的顾虑和你朋友们一样。"吕家驹沉默了一下说道，"那就是，你们开发的定位、建设的规划能得到政府批准吗？和当地新农村建设又该如何衔接呢？最要命的是，庞大的资金压力你如何来化解呀？"

"车到山前必有路。"吕家骢说，"这事我仔细想过了，我现在如果不去抢占这块高地，就会有人捷足先登了，所以我想先干起来再说！"

"道理是这样，但你千万不要像我先前在国内开办公司一样，搞得骑虎难下呀！"

"其实，除了你说的这些困难，我还担心工程铺开后，管理人才缺乏的问题。"吕家骢想了想对家驹说道，"兄弟，恕我直言，国家培养了你这么多年，你又在国企里当过高管，而来到这里，就算你能挣到美元，生活也还算舒适，但在这白人至上的社会里，你无论如何也只能算个二等公民呀，难道你就心安理得么？"

吕家驹默默地喝着酒，没有吱声。

"兄弟呀，等我云岭的项目搞起来，你还是回国来，我们兄弟一起联手干吧。"吕家骢诚恳地对家驹说，"不管如何，那里毕竟是我们生活的地方，也是我们吕家世世代代繁衍生息之地呀！你还记得吗，从小爸爸就跟我们说：我们的根在云岭哪！再说，爸妈也老了，你一个人待在这异国他乡，他们总也不放心呀！"

吕家驹端着酒杯若有所思，依然没说话。

"唉，二哥，说心里话，离乡背井这些年，我孤独地在这里生活，何尝不想念祖国，想念家乡，想念亲人哪⋯⋯"良久，家驹一口干了杯中的酒，抬起头来，眼睛有点潮湿了，"每当夜深人静，李白那'床前明月光'的诗句，总让我怅惘不已纠结不已呀！⋯⋯"

"家驹，下决心回去吧。而今，我们国家日新月异，这几年变化更是惊人，你回去看看就知道了。"家骢停了停，接着说道，"而今学成归国的人是络绎不绝，以你的条件，回去是大有用武之地的！"

"二哥，你让我仔细想想⋯⋯"

时间不早了，吕家驹喝了酒，不能开车去酒店，他只好叫来一辆出租车，送吕家骢他们到预定的酒店去。

纽约，不愧为一个国际大都市。车过繁华的街道，两旁是林立的高楼，路上是汹涌的车流。街边商场的橱窗里，站立着千姿百态的模特，陈列着价值不菲的名牌服装；各种品牌的豪华轿车，行驶在街头路尾；大街小巷，无处不是霓虹闪烁，无处不是欢歌劲舞，空气中到处充斥着前卫时尚的气息⋯⋯车一路向前行驶，异国那陆离的光影扑面而来，身临其间，像徜徉在一座变幻不定的迷宫中。

吕家骢和林胜对美国苏荷工业区的考察，让他们打造云岭基地的思路似乎逐渐清晰起来。

5. 祥云大师的诤言

细雨霏霏，山雾濛濛。

沿着进山那条蜿蜒曲折的公路，吕家骢驾车缓缓向前驶去。

"石静寺"虽已落寞多年，但自从政府落实宗教政策，出钱修葺好寺内建筑，修通简易公路后，这里的香火便逐渐恢复起来。

自那次在这里参加朋友董见飞的葬礼后，吕家骢已经好长时间没到这里来了。这段时间，他心事繁多，思绪纷乱。清晨，独自一人漫无目的地开着车出了城，沿着通往云岭的那条公路，竟然不知不觉朝"石静寺"驶去。

这段时间以来，他的日子其实也极为难过。

唉，也难怪夫人陶燕、弟弟家驹，以及那些合伙人担心！这些人的担心，真的一语成谶！冥冥之中，难道就注定我吕家骢这回非走麦城不可吗？

自他孤注一掷，决心开发云岭之后，随着时间的推移，一系列预料之中和预料之外的问题，果然就接踵而来！

云岭"乡村旅游酒店"开业后，由于此地整体开发滞后，因而游人稀少、门可罗雀。酒店每天开门，就需要资金来维持，单是几十号工作人员工资，就不是一笔小的数目。买下老基地和打造"乡村旅游酒店"时，银行的贷款、朋友的借款、员工的集资，这也不是一笔小的数字，单是每天要支付的利息，就像一根无情的绳索，勒在吕家骢脖子上，让他喘不过气来！

更要命的是，原来他设想，只要酒店一开业，就应该有了示范效应，就可请来当地政府领导，向他们展示打造休闲度假小区、带动乡村发展的规划，进而得到他们的支持和批准——可正如陶燕他们所预料的那样，这样的项目要想得到批准，纵然你使遍浑身解数，领导们都会向你提出无数的质疑，需要得到十几个部门的批准！

事情办不成，对于实力并不雄厚的远望公司来说，实在是拖不起呀！这个"拖"字，拖得吕家骢心急如焚、精疲力竭；经济上入不敷出，账本上全是红字，公司的运转逐渐出现危机。时间一长，银行停贷催款、朋友要钱索债、财务部支不出钱来，随之而来的就是流言四起、夫人埋怨、员工担心、人心涣散——这时，吕家骢才真正理解到"人穷志短""树倒猢狲散"这些警语的含义！

从美国回来不久，这段时间以来，面对公司的困境，吕家骢真是食不甘味，夜不能寐，简直像只走投无路的蚂蚁，天天都在滚烫的锅上熬煎。

天色阴暗，细雨依然。

转过几个大弯，"石静寺"已遥遥在望了——莫名其妙，是什么样的心理，什么样的情愫牵引着吕家骢今天会到这里来呢？

难道，昨晚电视《动物世界》里讲的那个让人心灵震颤的故事，让他想起了寺庙，想起了僧人，想到这清幽静谧的地方，来求得自己心灵的安静，从纷乱的思绪中理出一个头绪来？

透过车窗，吕家骢望着远方，电视中那个故事的画面总在他眼前晃动——不知为什么，近来他总喜欢看《动物世界》这个节目。似乎他对野生动物们在丛林中的生存法则，不但特别关注，还能从中感悟出一点人生的况味来。昨晚看到的这个故事，虽像是导演杜撰的童话寓言，又像是民间传说，可让人又不得不生出若多的联想来。

因为这是一个真实的事件。

屏幕中，一位出家的僧人，亲口向观众讲述了这个故事。这个故事，惨淡而血腥，让人看后唏嘘不已，也让吕家骢心里久久平静不下来。

电视画面中，这个年老的僧人讲道：在他没有出家前，是个猎人，住在一个海河相接的地方，专门以捕捉海獭聊以为生。这天，他一出门就抓到一只大海獭，高兴极了。他麻利地剖下海獭珍贵的毛皮后，就把尚未断气的海獭藏在草丛里，想上山采摘一些香料回来烹饪海獭肉。可傍晚时，他从山上下来，回到原来的地方，却遍处寻不着这只海獭。仔细察看，才发现草地上依稀沾着血迹，一直延伸到附近的海獭洞穴里。

他满腹狐疑地探头往洞里一看，不禁大吃一惊！原来这只海獭忍着脱皮之痛，挣扎着爬回到了自己的窝里——可它为什么要这么做呢？等他拖出这只早已气绝的海獭时，这才发现，有两只尚未睁眼的小海獭，正紧紧地吸吮着死去的海獭母亲干瘪的乳头！

......

当他看到这一幕时，顿时惊呆了，像五雷轰顶，身心受到极大的震撼！他从来没有想到动物会有这种与人类完全一样的母子人伦之情，直到临死时还怕自己的孩子饿了，还挣扎着给自己的孩子喂奶！想到这里，他不由得悲从中来，惭愧、自责、悔恨，让他感到无地自容，痛不欲生。

于是，他断然放下了屠刀，不再当猎户，出家修行去了。他想在修行中忏悔自己的罪孽，救赎自己的灵魂。故事结束时，这位老僧人在讲述起这段往事的时候，依然痛苦不堪，泪光涔涔……

山岭、密林、寺庙、僧人。

当然，今天吕家骢来到这里，不是想来忏悔自己，也不是想来救赎自己，只是电视中那位僧人勾起了他对寺院的念想，让他想起了寺院那超然宁静的氛围。他来到这里，只是不想让人来打扰自己，独自一人在这里求得一个短暂的安宁——在他潜意识中，寺庙这幽然静谧的环境，是一个能让人净心的地方。

来到寺前，吕家骢停好车，慢慢朝寺里走去。

天还早，加上天气不好，没有来这里礼佛的香客，也没有游览的客人。走进大门，寺里静悄悄的，只是从大殿里飘出淡淡的檀香，从后殿传来轻微的木鱼声响。

走到主殿，便可见殿檐下那"慈航普度"的大匾，两边的木匾上，镌刻着"五千蜜言融三才之妙德、八十余度接六趣之众生"的对联。走进大殿，只见两盏灯火摇曳，几支香烟缥缈。佛陀释迦牟尼及文殊、普贤端坐在大殿上，洞察着人世的悲欢离合，俯瞰着来到身下的芸芸众生。

吕家骢上前，虔诚地从香匣中抽出几支香，点燃后插进香炉。尔后，他在殿前的蒲团上坐了下来，努力调整着自己的思绪和心态，微闭双眼，平心静气，凝神敛息，想慢慢进入到忘我的境界之中。不觉之间，那以往背读过的《心经》在他心里浮现出来：

观自在菩萨．行深般若波罗蜜多时．照见五蕴皆空．度一切苦厄．舍利子．色不异空．空不异色．色即是空．空即是色．受想行识．亦复如是……

"哦，祥云大师好！"不知过了多久，吕家骢突然听见轻微的脚步声。他睁开眼睛，见祥云大师带着一个僧人从后殿走了出来，他赶紧站了起来，对大师躬了躬腰身。

"施主，我如何看你这般面善？"祥云大师端详了吕家骢一下，问道。

"我是尹朝宗和董见飞的朋友，到寺里来过两回的。"

"施主姓吕，名家骢。"祥云大师道，"老衲年高，一时健忘，还望吕先生谅解。"

"大师客气了，这里往来人多。"吕家骢说，"您还能记得我，也是好记性哪！"

"不知吕先生到此，是烧香还是游玩？"祥云大师问。

"哦，我只是觉得这里清静，想一个人来转转。"吕家骢说，"我原本没想到这里来，却不知不觉就来了。"

"心随意转，不足为怪。"祥云大师客气道，"不妨到客房喝杯淡茶？"

"两手空空，真不好意思。"

"谈何两手空空！"祥云大师说，"既然到此，何必客气。"

吕家骢谢过大师，随他来到客房。

"吕先生，恕老僧冒昧。"待僧人送上茶水，祥云大师又看了看吕家骢，开口问道，"我观你神情，好像心中有事？"

"大师真是慧眼，一眼便洞穿我的心事。"吕家骢思忖一下，"最近心里焦灼，不知如何得解。"

"如不忌讳，不妨说来听听。"祥云大师持持胡须，轻声说道。

"这云岭山中原有一片工业基地，已荒废多年；这山里的村民，生活依然十分艰难。"吕家骢说，"去年，我没听从别人的劝告，一门心思前来开发，而今却弄得来骑虎难下，进退两难。"

"原来是这么回事呀！"祥云大师吹了吹浮在茶水上的茶梗，喝了一口茶，接着问道，"老衲冒昧再问，难在哪里呀？"

"而今，我们将那乡村酒店打造出来之后，倒受到政府认同；但想开发那里的土地，就困难重重，规划迟迟得不到批准，实在太难了！"吕家骢说，"如此一来，家人和众人的嘲讽和埋怨倒还罢了，但经济上捉襟见肘，负债累累——长久拖下去，让人心力交瘁呀！"

"这原本是件好事，但凡事预则立，不预则废。"祥云大师缓缓说道，"那你前期的事做得有些急了。"

"是呀！现在想来，是急了一些。"

"既已如此，那你只能向前或退后，不能在原地打转呀！"祥云大师闭目静默了一下，接着说道，"既要成就一件大事，岂不闻'白刃扞乎胸，则目不见流矢；拔戟加乎首，则十指不辞断'之说！"

"大师诤言，我没完全理解。"

"老衲随便说说而已。"祥云大师笑道，"你何必当真哪……"

"师傅，您约请的道源道长来了。"正说话间，先前那僧人走了进来，对大师说道。

"你慢慢喝茶，我去去就来。"

"大师您忙，晚生不便打扰您了。"吕家骢说，"我再到寺里转转。"

"也好，那中午就在这里用膳吧。"

"不了，我公司里还有一堆乱事，转转就想回去了。"吕家骢又向大师躬了躬身，默然往后殿走去——不知为什么，昨晚电视中的那个故事画面，又在他眼前浮现起来。

6. 波诡云谲的生意场

西河水汩汩地流着，岸边灯光倒映在水面上，迷离的光影不停闪烁着。吕家骢沿着河堤，漫无目的地向前走着。冷风吹来，撩起了他的衣衫，揉动着他的头发。走到一个石凳旁，他坐了下来，点燃一支烟，呆呆地望着路灯下他孤单的身影，以及那随风飘散的烟雾。

他心乱如麻百感杂陈。

一早起来，他就开始四处奔波，目的只有一个——找朋友借钱，以解眼前的燃眉之急。可除了同学田胡子答应借给他几万块钱外，其他人都找各种理由回绝了。天快黑时，他拖着沉重的腿，准备回到家去。可他刚停好车，走到楼梯口，突然像想起了什么，只好淡然地苦笑一下，一转身离开了，不觉慢慢往西河边上走去。

天凉了，西河边上少了散步的人群，这里倒还清静。

儿子吕宏到省城读书去了，自昨天陶燕回娘家以后，回到那冷清的家，更没有什么意思了。这段时间，在公司里，他每天要顶着来自各方面的压力，处理各式各样的乱事，不断应付前来催款索债的债主。回到家，他原本想歇息一下，但家里的氛围更使他感到压抑。先前，他放弃政府机关工作时，妻子的唠叨倒还可以理解。但自从他下决心开发云岭后，妻子的埋怨就从未停息过。而今，当他深陷开发困局，坠入债务泥淖后，妻子终于忍无可忍，彻底爆发了！

"我早说你是乌托邦幻想，这没错吧！"陶燕一见丈夫回到家，就会喋喋不休，"不听他人言，吃亏在眼前！这就是自以为是、一意孤行的结果！"

吕家骢采取的方式，就是懒得和她争论。

久而久之，陶燕自己也念叨烦了，吕家骢依然沉默不语。于是，这对夫妇陷入了冷战之中。

昨天吕家骢回来，妻子又不在家。他走进屋里，见茶杯下压着一张纸条。看完纸条，他顿时就默然了！

纸条上这样写着：

家骢：

我知道你心情不好，而我又帮不了你，只会徒增你的烦恼——因为家里除了这间房子，已是一贫如洗了。刚认识你时，我还以为你是一个行事稳重、思维缜密的人。可没想到你的固执、倔强、轻率和偏激，简直让人难以忍受。这些年跟着你，我已被折腾得心力交瘁——我累了，回我妈那里去了，去过几天清静的日子。该说的，我已经说够了。你在云岭的事情怎么收场，我们的关系怎么维持，你早日做出决断吧！

陶燕

西河水哗哗地流动着，斑驳的光影在水面晃动着。一阵冷风吹来，望着眼前冰凉的河水，吕家骢心里不由得紧了一下。想起陶燕那张冷漠哀怨的脸孔，想起当初他决定下海时，她曾对他的警告："河里的鱼，游到大海去，就是那么好生存的么！那海里呛死淹死的人还少呀！你难道不晓得工商银行那个叫卢业兵的人，辞职下海做生意，走投无路，自己去跳了西河么！……"

这波诡云谲，危机四伏的商海啊！

看来，当初贸然去开发云岭似乎并不成功，妻子的愤怒、员工的担心、朋友们的疑惑，自有他们的理由。这样的失败，或许在吕家骢的意料之外，但也在他的意料之中——但造成失败的原因是什么呢？

吕家骢分析到：一是乡村旅游酒店虽然搞起来了，但它致命的弱点是，当地不是旅游景区，更没形成旅游气候，没有客人光顾，怎么会有经济收益呢？二是政府领导和有关部门对他开发云岭还缺乏信心，怕他定位不准，一旦动工，资金短缺，将来搞成烂尾楼，得不偿失；三是自己势单力薄，缺少资金信誉和经济底气，银行和投资者怕担风险，自然不敢对他的项目投资。

可，现在而今眼目下，该如何收拾眼前的残局呢？

首当其冲的是，当然是要取得政府的信任，让他们对他的项目拥有信心，能够批准他们的规划，最好还能争取一点优惠政策——但，如何才能取得政府的信任呢？首要的是让他们认识到这个项目重大的政治和经济意义，了解这个项目的发展前景，认识到这个项目不但可以盘活存量资产，还可搞活地方经济，特别是能促进新农村建设，带动贫困山区实现脱贫，为建设美丽乡村打好基础；其次是要坚定自己开发的决心，而且拥有这个经济实力，当务之急，最好是能争取到一笔资金，以缓解当前燃眉之急。

那么，怎样才能达到这个目的呢？

"既已如此，那你只能向前或退后，不能在原地转圈呀！既要成就一件大事，岂不闻'白刃扞乎胸，则目不见流矢；拔戟加乎首，则十指不辞断'之说！"在"石静寺"时，祥云大师最后告诫他的话，倏地浮现在吕家骢脑际。

路灯发出昏黄的光泽，河面闪着迷濛的光影。

突然，手机响了。

"喂，家骢吗？你在哪里呀？"电话里传来林胜的声音。

"我……在外面。"吕家骢犹豫了一下，"有事吗？"

"今天从省城来了一个人，找了你几趟，说有要事跟你商量。"

"省城的人来找我？"吕家骢吸了口烟，"你没问他有什么事吗？"

"他说是什么'秦时明月'公司的，只说有事要当面跟你谈。"林胜回答，"下午他又来时，非要你的电话，我没给他，叫他明天早上到公司来。"

"'秦时明月'公司？"吕家骢努力想了一下，实在想不起这家公司来。他沉吟了一下，"明天我还有其他事。人家从那么远的地方来，那你就把我的电话给他，有什么事叫他在电话里谈。"

"好吧。"林胜答道。

吕家骢刚放下手机，铃声就响了起来。

"喂，吕总吗？我是成都'秦时明月'公司的，我姓封，你就叫我封总吧。"手机里传来一个男人的声音，"吕总，你真难找呀！我今天到你公司去了三四趟，你都避而不见哪！"

"啊，封总你好！今天我有事出去了。"吕家骢问，"请问，你找我有什么事呀？"

"哦，好事！"那自称封总的人说道，"我听说你公司最近资金有点周转不开呀？"

"什么，你是想和我谈资金的事呀？"吕家骢心里惊了一下：这是一家什么公司，是一个什么样的人哪，嗅觉这么灵敏！他的公司在省城，自己从未和他们打过交道，可竟然连公司的资金情况都这么清楚！他想了想，"你能在电话里简单谈谈你的来意吗？"

"哈，吕总，这事跟资金有点关系，但也不纯粹是资金问题。"这位自称封总的人说，"电话里三言两语说不清楚，我们能不能找个地方当面谈谈呀！"

"你住在哪里呀？"

"住在'西河大酒店'301房间。"

"好吧。"吕家骢迟疑了一下，"那我到你那里来。"

西河大酒店就在西河边上，离这里不远。吕家骢掐灭了烟头，平静了一下心态，往酒店走去。

"啊哈，幸会幸会！"走进房间，只见一个穿唐装、头顶微秃的中年人，正在台灯下用放大镜观察一个花瓶。一见吕家骢，他热情地迎了出来，"来，请坐请坐。"

"封先生，你找我有什么事呀？不瞒你说，我还没有吃晚饭哩。"

"哦，那这样，我们下楼去找家餐馆，边吃边谈。"那姓封的大度地说，"初次见面，我来请客！"

"谢了，还是谈正事吧。"吕家骢接过封总递过的烟，自嘲道，"饱吃冰糖饿吃烟，我们边吃边谈。"

"你和我脾气一样，说话干脆利索！既然我们投缘，那我就打开窗子说亮话吧。"封总给吕家骢倒了一杯水，又给他点上烟，身子往前凑了凑，"是这样，我听说你家收藏有一套云岭石壁上的'天书'！"

"请问，你的公司是……"吕家骢闻言，再看封总有点神秘的样子，他有些诧异起来：这件事都过去几十年了，他们怎么知道当年云岭石壁上曾发现过古籍，而且专程从省城赶到这里来呀——看来，这家公司的神通真是广大啊！

"我们是家文化公司。"封总回答。

"这事都过去几十年了，你们是怎么知道的呀？"

"嘿，这你就不要打破砂锅问到底了。"封总高深莫测地笑了笑，"干我们这一行的人，哪个地方没有几个朋友呢！"

"你说得不假。"吕家骢回忆了一下，"当年0658基地搞基建时，确实在云岭一个寺庙石壁上，发现过一套古书。当时正值'文革'期间，民工们见是'四旧'东西，准备把它毁了，是我父亲把这套书收藏起了……"

"啊，那太好了！"封总一听此话，兴奋地拍了一下吕家骢的肩膀，打断了他的话，急切地问道，"那现在书在什么地方呢？"

"据我所知，那套书现在已经不在我父亲那里了。"

"怎么，不在你父亲那里了？"封总摇摇头，表示不相信，"你家老先生是个高级知识分子，肯定知道那套书的价值——他肯定知道，那套书的著述者王恗，是能与王夫之先生比肩的名人哪……"

王夫之？吕家骢一听，立即警觉起来。大学时，他曾读过王夫之先生的《船山全书》，知道他是享誉世界的思想家、哲学家、文学家和史学家，与黑格尔并称东西方哲学双子星座、中国朴素唯物主义思想的集大成者。晚年隐居于状如顽石的石船山，世人遂称他"船山先生"。当然，能与王夫之先生齐名者，他的著述肯定具有重大的史学和文物价值。

"那你找这套书来干什么呢？"吕家骢问。

"这个……"封总迟疑了一下，支吾道，"我也是受一个搞史学研究的朋友之托，来寻找这套书的。"

"这套书，一共是16本。"吕家骢慢慢地说，"'文革'过后，我听说父亲已捐给了省博物馆。"

"不会吧？这么珍贵的东西，你父亲绝对不会就这么轻率地捐献了！"一种失望的表情在封总脸上闪了一下，但随即他肯定地说，"这样吧，你回家找一找，我相信一定能找到！至于价钱嘛……我那个朋友，是舍得出的！"方总说着，竖起一根指头。

"10万？"吕家骢看着封总伸出的手指头，终于明白过来：原来这位封总，是倒腾文物的贩子呀！

方总轻轻摇了摇头。

"100万？"

封总微笑了一下。

"算了吧，封总，已经事过三秋了。"吕家骢说，"我父亲做事我知道，他说捐就肯定捐了——如果没有其他事，我真饿了，要去喂肚皮了。"吕家骢说完，转身就准备离开了。

"吕总，我们再谈谈、再谈谈！……"封总一把抓住他。

"东西已经没有了，再谈就没有意义了。"吕家骢淡然地点点头，执意走了，留下那封总伫立在房间门口，满脸失望地望着他离去的背影。

走出宾馆，吕家骢长长地吁了口气。

唉，而今的生意场上，真是八仙过海各显神通；做生意的人，真是无孔不入无隙不钻哪！这个封总，他不知从哪个渠道了解到他父亲手中曾藏有那套"天书"，也不知他们怎么知道了他目前的困境，来趁火打劫——但不要说父亲已经将书捐给了博物馆，现在即使就在自己手里，就是去跳西河，也不可能让这珍贵文物从自己手里流失了呀！

时间已有些晚了，街上行人稀少，有的店铺已经开始打烊了。吕家骢这时真真感到肚皮饿了，他赶紧走进一家面馆，对着老板叫了一声："喂，来碗清汤面！"

7. 解铃还须系铃人

小时候，吕家骢曾读到过一个古老的传说，叫做《狼拜月神》。这个故事告诉人们，在月圆的夜晚，对着月亮虔诚地祈祷，如果你能够唤醒月神，就能实现你心中的愿望。

儿时的吕家骢，读完这个故事，总是百思不得其解：为什么孤傲而自尊的狼，会在草原上去拜求月神呢？书上说，狼拜月神，是因为它眼中还残留着一个愿望；

书上还说，狼拜月亮，是因为它心中还有属于自己的理想。其实，古往今来，人们都还没能正确地认识和评价狼这个物种。人们只知道，狼在漆黑的雨夜里，它肆无忌惮，它桀骜不驯，它藐视群雄。可谁知道，即使是在草长莺飞的草原，在苍穹浩渺星罗棋布的夜晚，狼却是没有资格停留下来去欣赏那美丽夜景的。它来到这个世界，终其一生都在为生存而搏斗，都在为果腹而拼命。它习惯了颠沛流离，习惯了风霜雨雪，习惯了弓箭陷阱，但它从不去埋怨天地神灵，也不臣服于任何王者猛兽，它顽强地生存着、奔跑着，延续着上苍赋予它们的生命。

幼年时，吕家骢就在想，当狼虔诚地对着月亮拜求，它那眼神是凄迷的还是坚定的？它仰天长啸，那啸声会是悲切还是高亢的呢？狼眼中还残留一个愿望，它的愿望到底是什么？狼心中还有一个理想，它的理想又会是什么呢？没有人知道。这个传说只是讲述了狼拜月神这件事情，只是知道狼想用一颗虔诚的心，想去感动月神，去实现其心中的愿望和理想罢了。

一块冰冷的月亮挂在天幕上，几颗黯淡的星星在周围游移着。吕家骢坐在阳台上，静静地望着天上那块月亮，不由得想起儿时读到的那个《狼拜月神》的故事来。

从田胡子那里借来的几万块钱，连发工作人员这个月的工资也不够。为暂避那些要债的债主，他几天没到公司去；几次打电话给陶燕，想和她商量把房子做抵押，能从银行贷点款出来，但陶燕根本没有商量余地。这样一来，有人说他公司破产了，有人说他跑路了，甚至有人扬言要通过法院曝他的光……一时间，各式流言，各种蜚语，便四处传播开来。

火烧眉毛迫在眉睫，这事再也不能拖了！再拖下去，自己不但信誉丧失，人心涣散，人才流失，连公司是否还能存在也都玄了！

心理压力太大。这几天，吕家骢从早到晚脑袋发沉，心烦意乱，连续好多天食之无味、夜来无眠，有时闭上眼睛，竟然噩梦连连——难道，自己真是生病了么？天还没亮，吕家骢干脆不睡了，驾车径直就往省城开去。他早听朋友吴宇说过：省城西江医院一位姓王的心理医生，诊病的方式十分奇特，水平十分了得，他想早点赶去挂个号，请这个医生看看。

"哦，请坐。"吕家骢来到医院，王医生已提前上班。诊室外还很清静，门口挂着一块铭牌——心理科医师王海兰。走进诊室，一个穿白大褂、面目清秀的年轻医生坐在里面，见有病人进来，她笑吟吟地点点头，请他坐下。

"王医生，我已连续好多天……"吕家骢坐下后，不待医生问起，就急切地叙述起自己的病情来。

"你先平静一下，等会儿再说，好吗？"那位叫王海兰的医生善解人意地摆摆手，从桌上拿过一张白纸递给他，"请你先在上面写上几行字吧。"

"写字？"吕家骢有点奇怪，不明白叫他写字干什么，随即他问，"写什么内容呢？"

"随便，想写什么都可以。"

吕家骢满腹狐疑地拿过那张纸，提笔想了想，写下《金刚经》开头的几句话来。

"哦，你信佛吗？"王医生看他写字时，随口问道。

"不，我只是对佛教有些兴趣罢了。"

吕家骢字写完，王医生拿过那张纸，并不说话，只是仔细端详起上面那些字迹来。一会儿工夫，她便进入角色，对周围的一切，似乎充耳不闻。那神态，犹如僧尼参禅一般。随后，她拿起一支笔，在一张白纸上自顾画起曲线来。这些曲线，犹如心脑电图的电波，时而突地飞上云空，时而倏地坠入谷底，弯弯曲曲，曲曲弯弯，起伏不定，变幻莫测。

"她这是在干什么呢？……"刚开始，吕家骢满心都是疑惑——突然，他反应过来：难道，这就是曾在《中华文化》杂志上看到过的"笔迹心理鉴定"中描写的情形吗？

"你过去是从事技术工作的，当前你正在从事管理工作，新的事业刚起步，但遭遇了挫折。"良久，王医生搁下笔，抬起一双聪颖而自信的眼睛，轻声地谈起对他的心理鉴定的结论，"目前你受到了强烈的精神刺激，心情非常烦躁焦虑，正处于苦闷、彷徨、压抑，甚至不得解脱的状态当中。"

"是吗？……"真是神了！吕家骢一听，心里一惊，疑惑地问道，"你凭什么做出这样的判断呢？"

"我做出这样的判断，当然是有依据的，不是凭空臆断。"王医生和蔼地指着那张字纸说，"你这字迹相当零乱，字痕呆滞沉重，笔力也重得不是一般！可以看出，写字人正处于一种极不平静、矛盾焦灼的心理状态中。"

这位年轻的王医生，竟然凭着几行字，就将他的职业、心理准确地描绘出来——这是心灵感应，还是科学判断？吕家骢愣愣地望着王医生，没有说话。

"王医生，你的判断至少有 90% 的准确吧。"吕家骢沉思了一下，问，"那你能开出一个解脱我目前状况的处方吗？"

"心病无药可医，解铃还须系铃人。"王医生依然轻声慢语地说道，"你自己只要找到产生问题的心理根源，此病就不治而愈了。"

"唉——"吕家骢叹了口气，无奈地看了王医生一眼。

"目前，社会正处在转型时期，像你们这种创业型的人，遭遇失败和挫折是很正常的事呀！"王医生说，"在我这里进行这类心理咨询的，每天来的人都不少。"

吕家骢默然望着王医生，依然没有说话。

"其实，你完全用不着这样焦虑和自责，光焦虑自责有什么用呢？"王医生说，"遇到问题，解决好问题，你就多一份过程体验，长一分智慧和经验。有一句话不是说，兵来将挡水来土掩嘛。"

"道理倒是这样，可在实践中，要真正做到——难哪！"

"其实，你应该对目前的状况感到欣慰和庆幸。"王医生说。

"此话怎讲？"吕家骢有些不解。

"你应该感谢上苍，上苍让你拥有了健全的身体，健康的大脑，还有维持你生存的基本条件，更给了你成就一番事业的机会，可有的人就没有你这样幸运了。"王医生喝了一口水，接着说道，"我给你讲一个病例吧：昨天我接待了一位来自林峰山的患者，今年才十八岁。他自小患小儿麻痹症，只能坐在一张小板凳上，靠挪动板凳来移动自己的身体。三岁时，他父亲去世；五岁时，他失去母亲，从小跟着祖母长大；十二岁时，他祖母又去世了。小小年纪，他就靠自己每天挪动小板凳，在地里种点红苕苞谷过日子——可老天对他太不公了，今年春天，他又患上了白血病，只能躺在床上遭受病痛的折磨，孤苦地挨着生命最后的时光……"

讲到这里，王医生似乎动了感情，声音有点嘶涩。她停了下来，轻轻吁了口气。

"那他怎么来到你这里呢？"吕家骢在听王医生叙述这件事时，他似乎暂时忘掉了自己的烦恼和焦虑，急切地想知道下面的情形。

"一个到山里支教的志愿者发现了他，在网上发了几张照片，呼吁社会上的人献上一份爱心，帮他一把，拯救他的生命。"王医生说，"这样，才引起当地政府和爱心人士的关注，把他送到医院来救治。当然，也让我这心理医生来对他进行一番心理疏导。"

"是啊，和你讲的这位残疾的孤儿比起来，我当然应该感谢上苍，应该感到欣慰和庆幸。"吕家骢长长地吁了口气，随即他明白了，王医生给他讲这事的良苦用心——这位年轻的女医生，不但有着端庄清秀的外貌，还有一颗悲天悯人的心哪！

与王医生的一番交谈，吕家骢觉得自己心中的块垒慢慢有些消融，心胸似乎也有些开朗起来——是啊，眼前的困难算什么呢？他想起那在月夜里拜求月神，在雨夜里奔跑求生的狼，他相信纵然前面是深渊，是泥潭，是陷阱，那狼也会咬牙从里面挣扎着爬出来呀！

难道，人还不如一头草原上的狼么！

"虽说心病无药可医，但必要的药物干预还是需要的。"最后，王医生提起笔来，"我给你开几片'安定'，需要时就服一片；当然，最好什么药都不服。"

"谢谢你，王医生！刚才我在想，我曾经爬上过华山的北峰和西峰，我不相信，眼前这云岭翻不过！"吕家骢拿起处方，一下塞进衣袋里，"算了，就按你说的，最好什么药都不要服！"

"有这样的心态就好，沉舟侧畔千帆过，病树前头万木春，祝你早日恢复健康！"王医生从盒子里拿出一张名片，递给吕家骢，"有什么事，你可以随时来咨询我。"

吕家骢从西江医院出来，脚步明显地轻快了许多——古人说得好，风力掀天浪打头，只须一笑不须愁啊！

有人同住一屋，却形同路人；有人素昧平生，却一见如故。用心理学大师弗洛伊德的话讲：世界上的事情有时看似偶然，其实是必然。吕家骢后来又到西江医院去过几回，一来二去，他和这个王海兰医生，竟成为了无话不谈的好朋友——当然，此是后话了。

8. 绝望之中峰回路转

王海兰医生诊病的方式真是太神奇了！

仅仅凭着自己写的几行字，她就不但窥透了他的心理，准确地说出他心中的隐秘，还有的放矢地对他进行了心理疏导。

走出医院，他又记起，那本曾读过的《中华文化》杂志上的文章说："笔迹心理鉴定"这种心理鉴定手段，不但能鉴定出人的性格特征、个人爱好、职业生涯，甚至连爱情婚姻、犯罪倾向等状况也能鉴定出来——这门学科它的理论基础和实践依据是什么呢？

回程路上，吕家骢一直在琢磨着这个问题。

回到家里，天已经黑了。

怀着十分好奇的心理，吕家骢马上打开电脑查阅起有关资料来。

在电脑上打上"笔迹心理鉴定"几个字后，"百度"等网页上便有几千条有关信息就跳了出来——看来，这门学科还有着科学理论依据，还不是而今微信上那种无中生有、哗众取宠的虚妄谬谈！

吕家骢是个喜欢追根溯源的人，看着这些资料，他简直如获至宝，平心静气，细细浏览分析起这些资料来：

"现代心理学认为：言语是人类进行思考最有效的手段，也是个人用以表达思想、情感的工具。言语和人的其他稳定行为方式一样，也表现出人的个性特征。言语分为书面和口头言语。口头语言能反映出一个人的个性特征，那书面语言亦然！笔迹如同人的指纹一样，世界上没有两个人的笔迹完全相同。笔迹往往能准确地代表一个人的心理特点，反映一个人的理智特征、性格特征和情感特征。"

　　著名的心理学家赫尔斯坦也认为：笔迹是大脑传递给手指的意念，就像指纹一样，世界上没有完全雷同的字迹。笔迹学家只要对书写符号下笔时的用力程度、符号间的空隙、符号大小及笔画布局等分析，就可以准确地断定此人的性格基本特征！

　　所以，字迹与性格保持着高度的联系，笔迹心理学有着深厚的科学理论基础。它和巫术、算命、面相术等有着本质的区别，也不等同于气功、特异功能等"潜科学"……

　　哦，原来如此！

　　关上电脑，夜已经很深了——莫名其妙，这天晚上，吕家骢倒在床上，眼睛一闭，竟然酣然入睡了，一觉就睡到了大天亮！不是一阵急促的电话铃声把他惊醒，他还沉浸在甜美的睡梦中哩！

　　"家骢吗？昨天我打电话，你怎么老是不接呀！"电话里，传来翟彩彩带着怨气的声音。

　　"哦，昨天我到省城去看病去了。"吕家骢说，"在车上可能没听见。"

　　"病得严重吗？不需要送花圈吧？"翟彩彩说，"我听说你欠了人家的钱，还以为你卷款潜逃了呢！"

　　"我吕家骢虽算不上高尚，但还没堕落到那种地步吧！"吕家骢问，"大清早的，你找我有什么事呀？"

　　"你知不知道？你那个同学被省纪委的人带走了呀！"

　　"哪个同学呀？"吕家骢惊了一下，问。

　　"哪个同学？还不是你暗恋着的那个检察长呗！"

　　"她什么时候被带走的？犯了啥子事呀？"吕家骢急切地问。

"她是昨天上午被带走的，来的人已宣布对她实行'双规'！她犯了什么事我不知道，但肯定与县委书记邱志国的案子有牵连；还有，检察长孔成亮也被带走了呢！"

"唉，可惜可惜！当初一个那么优秀的人……"吕家骢闻讯叹了口气，沉默下来。

"哦，听你那口气，对这样的人，你好像还很同情、很惋惜呀！"翟彩彩话里有话地说，"听说你与陶燕已分居了，难道你现在还在暗恋着人家呀？"

"我当然同情，当然惋惜，看见同学栽了，难道应该幸灾乐祸不成！"吕家骢犹豫了一下，"倒是你那位同学，嫌弃我这贫农杨白劳，已写下离婚协议，逼着我签字呀！"

"你把陶燕折腾了这些年，欠了一屁股债，家里成天不得安宁，换上谁也心灰意冷了！"翟彩彩嗔怪道，"你不珍惜人家，人家当然要为她和儿子将来的出路考虑啰！"

"算了，不谈这不愉快的事了。"吕家骢转过话头"喂，前几天我托方哥催问云岭规划的事，他给我问了没有呀？"

"他没有问。"翟彩彩干脆地回答。

"不就是叫他帮个忙吗？"吕家骢犹豫了一下，"如果他为难，那就算了……"

"你想到哪里去了！我们是什么关系呀！你方哥把你的事贴在了墙上，记在了心里，融化在了血液中！"翟彩彩迟疑了一下，接着说道，"前几天，县领导班子进行了调整，新调来一个书记；你方哥的工作也调整了一下，你那规划和报告，已经转到他手里了！他说帮忙就要帮到底，这几天正在找专家论证呢！"

"怎么，县领导班子进行了调整，那规划和报告已转到方哥手里了呀！"吕家骢一听，真是喜出望外，"那我明白了，这回方哥是高升了呀！"

"哎呀，什么高升了呀！"翟彩彩谦虚地说，"也就是个副官罢了……"

好啊！县里的领导调整了，规划和报告转到方志戎手里了，这个项目的开发就有希望了！可吕家骢静下来一想，他突然记起当初在城北静云山下，方志戎曾问过他的经济实力，担心他开发搞成烂尾楼的事——是呀，既然方哥那么诚心实意地帮他，可千万不能让他为难，到头来不好向领导和群众交代呀！

钱、钱！还是钱的问题！

怎么办呢？放下电话，吕家骢在屋里踱来踱去，一支接一支地抽着烟，弄得一个屋里乌烟瘴气的。

"喂，林胜吗？你在哪里呀？"突然，吕家骢坐了下来，拨通了林胜的电话。

"我在公司值班呢。"

"我前几天安排介绍我们云岭开发项目的PPT做好了吗？"吕家骢问。

"做好了，就等着你审查了。"

"好，你叫朱志勇、陈涛他们都准备一下，等我把PPT审查以后，立即制作几套，大家分别到省城和附近县城去进行'路演'，推广我们这个项目。"吕家骢停了停，信心十足地说道，"我就不相信，这么好的项目，会没有人青睐，没有人前来投资！"

"你的意思是，像发广告一样，到省城的路边去演示么？"林胜有点不解。

"有点那个意思，但又不完全是那个意思。"吕家骢说，"而今到处不是都在举办什么研讨会、推介会、交流会，还有什么研修班、培训班、学习班之类么！我们分别到这些地方去介绍、推广我们这个项目，争取投资人投资呀！"

"你这设想非常好。"林胜说，"我想起来了，我们还可以到有关单位、有关居民小区去推介这个项目；等我们的规划审批下来，还可以利用电视、报纸、电台等新闻媒介等大力宣传，扩大影响呀！"

"对，就这么办！"

紧接着，远望公司的人倾巢出动，带着他们制作的项目宣传片，到各处进行"路演"——他们演示的开发打造云岭的项目，以超前的理念、缜密的规划、先进的设计、宜居的环境、美丽的风光、诱人的发展前景，引起投资者极大的兴趣，观摩者、问询者络绎不绝。同时，他们采取会员俱乐部的形式，吸引会员共同投资，利益共享。如此一来，投资置业者是蜂拥而至。

云岭开发的项目，渐渐已是曙光初现了。

第十二章

春到云岭

1. 集思广益把脉未来

云岭乡村旅游酒店。

会议室中央，两盆茶花缀满花蕾，叶面上滚动着晶莹的水珠。与会者神情严肃地坐在会议桌前——对云岭休闲度假小区规划的最后评审，正在进行。

县委书记钟云坤、县长王大正、副县长方志戎，还特邀了三线办老主任王庆东、"中天"公司董事长高飞，以及市国资委、县发改委、规划局、旅游局、扶贫办等二十多人参加了会议。

"开始吧。"主持会议的方志戎环视了会场一遍，征询了一下钟书记的意见，宣布道，"首先由'远望'公司董事长、总经理吕家骢同志介绍休闲度假小区的建设规划。"

"各位领导，建设云岭休闲度假小区的方案、打造0658老基地的设想，以及最终完成'三线映象小镇'建设的规划，都已上报和送到与会领导的手里，在这会上我就不重复了。"吕家骢放下手里的汇报材料，不急不缓地讲道，"我只讲讲我们开发这片基地，打造这个小镇的初心和宗旨。"

与会者静静地看着吕家骢，没人插言。

"大家知道，这里不但是我的第二故乡，也是我的第一故乡，是几代三线人的精神家园。我从小随父母从东北来到这里，当年亲眼看见老一辈三线人在这里开山劈岭，艰苦创业的情形。这里，长眠着庞大山院长和为三线建设牺牲的烈士；这里，承载着父辈们青春的抱负和人生的理想，也铭刻着我们儿时美好的憧憬和记忆。对先辈们开垦出来的这片土地，对当初无私支援基地的乡亲们，有着极其深厚的感情。"

吕家骢喝了一口水，接着说道：

"而今，当初这片热火朝天的土地却废弃了，而且废弃了二十多年！这些建筑长年风吹雨打，岁月侵蚀，成了牛羊鸡鸭的居所，成为山猫野鼠的巢穴，垃圾遍地，污水横流，让人看了痛心啊！所以，我想以这些年在外打拼的一点积累，联合有识之士，举自己微薄之力，将它重新打造，与地方旅游兴县、乡亲们脱贫致富、新农村建设结合起来，使这里能重新焕发青春与活力——我们不奢求这样的开发会带来多少经济利益，只想让它见证一段历史，为子孙们留下一点精神记忆，成为省城和望远县旅游、休闲、康养的后花园！……"

吕家骢饱含深情、言简意赅的发言，与会者大概受到了触动，连县委钟书记、王县长一边记录，一边也微微点起头来。

"下面请专家们谈谈自己的看法。"吕家骢发言完毕，方志戎接着说道。

"我简单讲几句吧。"王庆东主任德高望重，见大家眼睛都望着他，他清了清嗓子，讲了起来，"来到这里，我是感慨良多！当年跟随彭德怀元帅，我就开始从事三线的规划、建设和调整工作。三线建设，是国家'备战备荒'的一项重大决策；三线企业的调整搬迁，也是与时俱进的一项战略调整。是啊，这些企业搬迁之后，很多厂址都废弃了。对这些工业遗址，我们该如何开发利用，让它们重新焕发生机和活力呢——大家听说过美国纽约的苏荷工业区，德国的鲁尔工业区吧？也听说过北京798产业园、首钢工业园、沈阳铁西区等工业遗址的再生利用，对于带动当地经济复兴的重要作用吧？……"

王庆东主任简单介绍了这些工业遗址涅槃重生的事例后，最后他举例说道：

"我考察过安徽仙人山三线遗址，那里的情形和云岭十分相似。他们在保持原有自然风貌的基础上，将遗址变为了画家工作室，当地政府免费提供30年的使用权，画家自行装修改造。经过几年艰苦努力，那里的画家村总面积达10平方公里，随着基础设施和旅游配套不断完善，吸引了中央美院、敦煌美术院、江苏画院和安徽美院等一大批艺术教育机构，以及几百名知名艺术家入驻。

"那里常年都在举办作品展，作品全是出自隐居画家之手。画家村的兴起，让这个原本无名的山村人气越来越旺，一年累计接待游客就达五六十万人次，不但带动了当地村民脱贫致富，而且繁荣了当地乃至整个县域社会经济发展——认真说起来，云岭的交通条件、生态环境和人文环境，比安徽仙人山有过之而无不及哩！所以我深信，只要政府有决心，开发者有信心，就能将云岭打造成为一个集休闲康养、旅游观光、环境美丽、村民富足的'三线映象小镇'，引来八方的游客，招徕筑巢的凤凰！"

王庆东主任的发言引来阵阵掌声。

"我赞成王主任的观点，这里我想谈谈另一个问题。"高飞董事长接着王主任的话说道，"谈到新农村建设，我们目前的涉农政策思维，习惯于把三农问题独立开来，在三农内部寻求解决问题良方。虽然初衷是为了保护农民权益，而实际效果却指向了相反的方向。比如，个别地方把城市资本下乡视为洪水猛兽，认为应该严格限制工商资本下乡，以避免'侵害农民利益'。这种二元治理思维，只能让资本从农村单向输送到城市，无法盘活农村资源，最受伤害的其实还是农民。"

讲到这里，高飞停了停，看了地方几个领导一眼，接着讲道：

"当然，这些问题，还是让搞理论的专家们去研究吧！我们还是回到打造云岭的话题上来：对工业遗产，我认为一定要保护性开发，让它作为旅游景观的一部分，进行生态、活态、多样性的开发利用，让物质与非物质遗产结合起来，让现在与过去的时光连接起来。这样，我相信就能形成可持续的发展，就能很好地促进新农村建设——作为'中天'公司代表，我在这里表个态：愿意参加到这个项目建设中来，在人力物力和财力方面，不遗余力地支持它的发展！"

接着，与会专家们围绕基地遗址开发、休闲康养小区建设、"三线映象小镇"规划，以及云岭土地流转、多种经营、农民脱贫致富、新农村建设等问题，进行了认真的讨论和论证，基本统一了思想。

"同志们的发言，给了我很大的启发。首先我表个态：同意绝大多数同志对于打造'三线映象小镇'的意见。"县长王大正认真听完大家的发言，这才接着讲道，"我想顺便谈一个与这个项目似乎无关的话题——最近，我到川南和贵州等地农村进行了一次考察，不知你们注意到没有，农村空心化问题，是越来越严重了呀！……"

说到这里，王县长停住话头，静静地望着大家。

"对，这几次我们回到云岭，有些地方就只剩下空巢老人和留守儿童，连庄稼也没人种了呀。"吕家骢插言说。

"是啊，而今的农村留不住人，特别是留不住年轻人。"高飞也插言道，"一个没有年轻人的乡村，注定是不会有未来，注定不会长久的，还谈什么留住'乡愁'呀！"

"这个问题，近一段时间来，确实让我们很纠结。从外地考察回来后我就在想：乡村空心化问题固然让人痛惜，可比空心化更严峻的是：不少的乡村已经或者即将消失。川南和贵州不少村落，已整体搬迁；那些边远的山区，不远的将来，大多数村落也会整体消失！"王县长说，"这种状况如果不改变，我们嵊山山区、云岭山中的这些村庄，将来还能留存下来么？所以，如果我们把特色小镇搞起来了，就能招徕大批休闲度假的居民，就能引来大批的游客，就能搞活这里的经济；经济搞活了，年轻人不是都留下来了，那些已存在了上千年的村落，不就保留下来了么！……"

王县长的发言引来大家一片掌声。

"我初来乍到，不能信口开河，只能谈点不成熟的看法。"县委书记钟云坤是刚从省里下派来的，据说还是个经济学博士。会议已到尾声，见大家都把目光投向了他，他沉吟了一下，"对于这里的开发建设问题，从国家政策、战略发展等宏观层面上讲，肯定是件好事。听了专家们的分析论证，我也在这里表个态：同意大家的意见！既然规划、方案审查都半年多了，那就不能光是纸上谈兵，就应该尽快朝前推进呀！依我看，最好明天就能启动起来！……"

钟书记话音未落，吕家骢和高飞就带头鼓起掌来！

"最后想补充一点的是，一定要坚持生态优先、绿色发展，推动大地景观再造，美化乡村形态，走出区域高质量发展新路子。"钟书记加重语气说道，"要完善特色小镇功能，形成优势互补、错位发展、特色竞争的新型城镇体系；要利用云岭的自然和人文优势，大力发展高端康养、文旅聚居、户外健身等新兴文化旅游业态，推动乡村振兴；同时要提高社区治理发展水平，用新的理念、技术和手段提升营运建设水平！"

钟云坤书记对云岭的开发建设最后定了调。

2. 浪子回头金不换

提着行李，背着铺盖，吕家骏走出煤矿监区。

已是隆冬，远山萧瑟，树叶飘零。两个狱警送他走出监区大门后，竟破例跟他握手道别，祝贺他服刑期满，回归社会；并嘱咐他回去后一定要遵纪守法，做一个有益于社会的好公民。

告别了狱警，吕家骏回过头来，看见前来接他的弟弟吕家骢，以及妻子林清清，正在远处的路边等着他。

"大哥！"吕家骢见哥哥向他们走来，他疾步上前，接过他手中的行李。多年不见，吕家骏虽有些老了，但面色黑里透红，身体依然壮实——或许是那里面生活有规律，这山里的空气养人吧。

吕家骏见到弟弟和妻子，脸上露出一丝尴尬和愧疚来。

"家骏……"林清清见丈夫走到跟前，她百感交集，愣愣地看着他，眼圈不觉就红了起来。

"丹丹还好吧？"少顷，吕家骏朝四周看了看，似乎有点失望，轻声问妻子。

"丹丹上高中了，学习很紧张，我没让她来。"

"嗯，你最好不要让她到这种地方来。"吕家骏说，"那年你和她走后，我心里还埋怨了你好久呢！"

"大哥，我们早点走吧。"吕家骢将家骏的行李装进后备厢，看了看昏暗的天空，"天黑前，一定要赶回去。"

小车驶下山坡，驶进那片广袤荒凉的草原。

"爸妈还好吧？"吕家骏上车后，大概窗外那些久违的景色吸引了他，他一声不吭地坐在副驾上，有些贪婪地望着车窗外。良久，他才开口问起爸妈来。

"还好。"吕家骢一边开着车，一边回答道，"他们退休好几年了，现住在云岭老基地。"

"是啊，爸妈退休了，他们已老了……"吕家骏叹了口气，问道，"我要回去的事，你给他们讲了吗？"

"讲了，只是……"吕家骢欲言又止。

"我知道，他们不会原谅我，更不会接纳我。"吕家骏说完，沉默了一阵，有点悲凉地接着说道，"唉，二十多年没见到他们了……这些年，我好多回都梦见到他们，梦见他们都是白发苍苍的了……"

"他们听说你要回去了，爸没说话；妈，哭了一晚上……"

"唉，都怪我年轻时不懂事，让他们伤透了心。"吕家骏缓缓说道，"我已没有脸再去见他们了……"

"还是回去给爸妈认个错，求得他们的原谅吧！"吕家骢说，"毕竟，他们已经老了；毕竟，是我们的亲爹亲妈——来的时候，我也跟爸说过：年轻人犯了错，连上帝也会原谅的呀！"

"家骢说得对！回去吧，回去跟爸妈认个错。"林清清插话说，"毕竟，你是他们亲生儿子——你不知道，这些年，爸妈给我和丹丹多大的帮助呀！"

吕家骏低下头，沉默不语。

"陶燕和宏宏还好吧？"过了许久，吕家骏才抬头问家骢。

"陶燕……"提到陶燕，家骢嘴脸上掠过一丝凄楚和苦涩，只说半句话便住了口。前面有个水坑，他减缓车速，缓缓驶过水坑后，这才小声说道，"我和她已经分手了。"

"什么，你和她分手了？"吕家骏惊讶地问，"你们什么时候分手的呀？"

"两个月前。这之前，她已和我分居了一年，离婚协议书也写过两回了。"吕家骢神情黯然地说道，"是啊，道不同不与其谋，我们离婚只是早晚的事呀！"

"那宏宏跟着谁呢？"

"宏宏长大了，能独立生活了，跟着谁已不重要了。"吕家骢说，"他读书期间，所有的费用我都负责。"

"唉，兄弟，我看你这些年，过得也不容易呀！"

"和你一样，自己要走的路，都是自己选择的——这叫做自作自受，自找苦吃吧！"吕家骢说，"另外，我还跟你说个事，上个月，家驹回国来，也跟范宁宁把婚离了！"

"说来这就怪了！你们两兄弟都是有文化、有知识的大学生，也都有不错的工作，怎么家庭都搞得成这个样子呀！"吕家骏说，"如果像我这样在社会上游荡，又去劳改了十多年，两人不早就散伙了吗？"

"大哥呀，人有人不同，花有几样红。"吕家骢感慨地说，"而今像大嫂这样贤淑、重情的人，到哪里去找呀！"

车跑出草原，前面就要到龙宁场了。吕家骢将车驶上柏油路，加大油门朝川西方向跑去。

"大哥呀，回去后，你有什么打算呢？"过了一阵，家骢问。

"打算？"吕家骏沉默了一下，"这我还没想好，不行就到哪家公司去当个保安；实在不行，清清家还有十来亩土地、几十亩山林，我和她回白果村去种庄稼吧。"

"我才不跟你回白果村呢！"林清清说，"我要在城里看着丹丹。"

"我看这样好不好？"吕家骢说，"我在云岭的建设工程已经开工了，正缺人手，你先到我那里去管管工地怎么样？"

吕家骏回头看了清清一眼，没有表态。

"另外，前次家驹回来，在北京、成都和重庆等地转了转，看见国内这些年迅猛发展的态势，真感慨不已！他说，仅仅这些地方的机场和车站，就不知比国外好好多倍呢！"吕家骢说，"我已跟家驹讲了，让他下决心从美国回来，我们几兄弟联手开发打造云岭，将云岭建设成为一个国家级的旅游、休闲和度假的风景区！"

"家驹他答应了吗？"家骏问。

"他已经动心了，说回去再认真考虑一下。"吕家骢说，"我告诉他我们一家人从云岭出来，又都能再回到云岭去，在那里重建我们的家园，不是一件天大的好事么！"

"你这想法倒是很不错……"

小车驶上高速公路后，一路疾驰着向望远开去。

"家骢，直接去云岭吧！"车到望远城分路口，绿灯一亮，吕家骢正要驾车拐弯进城，家骏沉默一下，突然对他说道。

"你不去看丹丹了？"吕家骢有点诧异。

"我想，先去看看爸妈……二十多年了呀！"吕家骏嗫嚅着说道，"回去，他们是打也好，骂也罢，要赶我走也好，我都认了……回不回去，是我这当儿子的态度问题；爸妈接不接纳我，那是他们当老人的问题……"

"好啊，大哥你终于想通了！"

"其实，早几年我就想通了……"

天快黑了，公路两旁的行道树黄叶纷纷飘下，路面上有暮霭飘移起来。吕家骢驾着车，径直朝着云岭开去。

车到云岭，天已经黑了，爸妈家里的灯亮着。几个人忐忑不安地走上楼，推开门，爸妈正在客厅看电视。

"爸！妈！……"吕家骏一眼看见已年迈苍老的父母，他抢先一步走进屋，双膝一屈，"扑通"一下就跪了下来，随后扬起头，哽咽着叫了声"爸"，叫了声"妈"！

"你、你……"吕振华和文秀愣愣地看着跪在眼前已经陌生的儿子，半天不敢相认，半天回不过神来——他们老了，儿子也不年轻了，已是年过半百的中年人，也是满脸的沧桑了……

"你、你还认得爸妈呀！"吕振华突然回过神来，他瞪着一双血红的眼睛，上前"啪"地给了吕家骏一耳光，"你还晓得有爸妈，你还晓得回来！"

"爸、妈！我错了！……"吕家骏说着，眼泪唰地流了出来，他好像早有准备似的，从身后抽出一根棍子，双手递给父亲，"爸、妈，你们打、你们打吧！我错了……"

"打你骂你，就能解气，就能解恨吗！我们含辛茹苦把你抚养大，你竟然、竟然、竟然……"吕振华气得说不出话来，一把抓起吕家骏手里的棍子，高高举起正要打下，却被文秀一把抓住了！

"老吕，儿子已经认错了……就不要再打他了……"文秀死命地夺过棍子，又把气哼哼的丈夫推到沙发上坐下，回过身来责备吕家骏道，"老大呀，难怪你爸生那么大的气！二十多年你都音信杳无，都不回来看我们一眼哪！呜呜……"文秀说着说着就哭了起来。

"妈，我错了！……"吕家骏说着，用衣袖抹了抹脸上的泪水，自己也哭出声来。

文秀上前抱住儿子，"回来就好、回来就好，等你爸气消了……"

"爸，大哥这些年栽了不少跟斗，也吃了不少苦。"吕家骢上前劝慰父亲道，"他已经知道错了，你就原谅他吧！"

"你们，一个个什么时候让我省过心！"吕振华正在气头上，连家骢、家驹也捎带骂了起来。骂完，他回头又指着吕家骏，"家里几兄弟，就是这个老大带坏了头！"

"行了行了，别生那么大的气了。"文秀对丈夫说道，"他回来了，你又非要把他撵出去，又赶到社会上去鬼混哪？鬼混两年，再到劳改煤矿去呀！常言说：浪子回头金不换哪！……"

文秀最后这几句话，吕振华似乎是听进去了，他气哼哼地瞪着吕家骏，虽还没消气，但一转身走进里屋去了——其实他的眼圈也红了，眼眶也潮湿了。

"家骢、清清，你们还没吃饭吧？"文秀擦了擦脸上的泪水，把家骏拉了起来，"你们先坐下喝点水，妈跟你们弄点吃的。"

3. 不拘一格揽人才

过了清明，城里"子龙酒店"新栽的银杏树，已缀上了新绿；门前花坛里的两株铁树，竟然开出花来！

"哈，家骢兄，这是好兆头呀！"吴宇和吕家骢走到门口，吴宇指着那两株铁树，笑道，"《聊斋》上说，狐狸也有人味，草木也有灵性哪！"

"借你吉言，今晚我好好敬你两杯！"吕家骢拍拍吴宇肩膀，"走吧，林胜还在那里等着我们哪！"

随着公司业务的扩展，人手逐渐短缺。这几天，望远县正在举办春季人才招聘会，他们约好，今天要到那里去招聘一些公司人员。

俗话说："一根田坎三截烂。"走过那几截烂田坎之后，这段时间，吕家骢已从沉重的精神压力和经济压力中解脱出来：云岭休闲度假小区规划已通过审批，两个月前举行了奠基仪式，目前工程正在抓紧进行；原先紧缺的资金，经过几十场"路演"后，人们对这里未来的发展充满了期待，对这里的房产价值增强了信心，纷纷申请成为会员，预付购房资金；原来那些隔岸观火的合伙人，这时也消除了顾虑，争先将资金投了进来；各界人士听说政府已批准打造云岭，建设休闲度假小区，前去参观咨询的人络绎不绝，这给"乡村旅游酒店"增添了客源；更叫人欣喜的是，随着云岭拟建"三线映象小镇"的消息不胫而走后，那些嗅觉灵敏的人便从中闻到了肉香的味道，争先恐后在那里购房买地，让那里的房地产价格陡然增值起来……

还让吕家骢欣慰的是，在他"三顾茅庐"之后，吴宇终于答应再度出山，来到望远与他共同创业！

人才招聘会场上，人来人往，熙熙攘攘，各种招聘广告更是醒目抢眼。"远望"公司的摊位设在进场不远的地方，招聘还没开始，摊位前已排起了长队。

"朋友们，欢迎大家来应聘'远望'公司！我们公司性质、招聘岗位、要求和待遇，在这广告上已经讲清楚了。"吕家骢站在凳子上，指着广告牌说道，"请大家衡量一下自己的条件，有的放矢，对号入座。比如，办公室主任这职位，我们要求是男性，文科生，并要有相应的工作经历——好，下面请一个个来吧。"

"请问，你应聘什么岗位？"排头的一个小伙子递上自己的简历表，吕家骢浏览了一下，问道。

"工地现场管理员。"

"我们的工地主要在云岭山中，你愿意到那里去吗？"吕家骢目测了一下这个小伙子，还算满意，他问道。

"我愿意。"

"签完合同，三年之内要遵守合同约定，你能做到吗？"

"能做到。"

"好，你把简历留下，听候通知吧。"

小伙子留下简历走了。

"请问，你应聘什么岗位？"吕家骢抬眼，见随后递上简历的是一个年轻姑娘。她没有化妆，穿着一件洗得发白的校服，脑后扎着一束马尾巴，虽眉目清秀，但瘦瘦的，脸色黄黄的。

"我应聘办公室主任。"姑娘大方地回答。

"你没仔细看我们的招聘广告吗？办公室主任我们要求男性。"吕家骢看了看她的简历表，"你不符合我们的要求呀！"

"叔叔，请原谅我的冒昧。我认为，办公室主任的主要工作是协调上下内外关系，上情下达，下情上达，只要具有较强的管理能力、协调能力和文字能力就行了，可你们为什么非要男性呢？"那姑娘语速很快，"叔叔，你们是不是有点性别歧视呀！"

"哈，我们招聘什么人，是根据公司的工作需要呀！"林胜在一旁插言道，"小妹，你还是到别处看看吧。"

"我是财大学工商管理的，我仔细衡量了一下，自己应该能够胜任这个工作。"那姑娘抬头看了吕家骢一眼，有点固执地说，"不知叔叔您想过没有，女性做管理和协调工作，其实比男性还有优势。"

"此话怎讲？"吕家骢觉得这个姑娘有点意思，他问。

"俗话说：男人是钢，女人似水。做管理协调工作，像钢一样冷冰冰硬邦邦的，其实有着先天的不足；而似水的女性，感觉灵敏、细致温柔，是最适合做这项工作的……"

"行了行了，人家要男的，你不要在这里耽误时间了！"站在后边的人等得不耐烦了，将简历表一下扔在了桌上，"该我了、该我了！"

"这是我们公司的规定，请理解。"林胜拿起后面人的简历表，递给吕家骢，对那姑娘说道，"小妹，你还是到别处去看看吧。"

"对，你到其他地方看看吧。"吕家骢说。

那姑娘无奈地看了吕家骢一眼，收起简历表，轻轻叹了口气，悻悻地离开了。

"你们先弄着。"望着那姑娘失望离去的背影，吕家骢沉吟了一下，他将手中的简历表递给林胜，快步朝着那姑娘追去，"小妹，你等等。"

那姑娘有点诧异地回过头来。

"刚才我看你简历表，你叫'凌丽'吧？"吕家骢问。

姑娘点点头。

"你是什么地方的人呢？"

"本县云岭放生坪的人。"

"哦，那地方我去过——能从那里出来一个大学生，不容易啊！"吕家骢想了想，问，"刚才听你一番话，你好像有过实际工作经历？"

"没有。"这叫凌丽的姑娘摇摇头，但随即又点点头，"我在城里打过一年工。"

"打工是干什么呀？"

"这……"凌丽犹豫了一下，坦率地说，"在一个餐馆里洗碗。"

"怎么大学毕业了，还去打工洗碗哪？"吕家骢有点奇怪。

"不是。家里穷，读到高二，交不起学费了。"凌丽说，"只好休学去打工，等挣够了学费，又才接着读书和高考的。"

"哦——"吕家骢若有所思地点点头，"那你大学期间，是边上学边打工啰？"

凌丽点点头。

"这样吧，你把履历表给我。"吕家骢略微考虑了一下，掏出张名片递给她，"明天你再到公司来一下。"

"什么，你收下我了？"凌丽喜出望外，高兴地接过名片，给吕家骢深深鞠了一躬，"谢谢、谢谢叔叔！"

春日的太阳晒得人懒慵慵的，快到中午，人招聘得也差不多了，吕家骢和吴宇、林胜收了摊位，准备回公司吃饭了。

"家骢，那个叫凌丽的姑娘你收下了？"林胜问。

"我想把她留下来。我们不是常说，要不拘一格选人才吗？"吕家骢说，"像这种从山里出来、吃过苦的姑娘，我相信她肯定爱岗敬业，比一般人更珍惜来之不易的工作。"

"家骢说得有道理。"吴宇点头赞同道，"那种娇生惯养家庭出来的，不但吃不得苦，还容易眼高手低、见异思迁。"

"家骢，需要什么人，最后还是你定吧。"林胜说。

几个人走出招聘现场，边走边谈，走到文庙前，突然看见那坝子上围着一大堆人，不知在看什么稀奇。吕家骢知道，那里经常有人在表演些市侩的把戏。他们绕开人群，正准备走过去——可突然，那人群中突地爆起的一阵惊呼，把他们吓了一跳！吕家骢扭过头，透过人缝，他看见了一个确实让人感到稀奇的场景！

人圈中，摆着一张大方桌，桌上铺着一张大宣纸，旁边放着一个酒葫芦，一个乱发披肩、衣着邋遢、瘦骨嶙峋的汉子，醉眼惺忪地坐在方桌前，嘴里正不慌不忙地啃着一根甘蔗，边啃边将那蔗渣投到桌上一个墨钵中。他身边站着一个十五六岁的少年，大概是他徒弟吧。

待墨钵渐满，此人这才站了起来，只见他用手抓起墨钵中浸满墨汁的蔗渣，不慌不忙将那蔗渣"哔哔噗噗"掷于宣纸之上！掷完，他拿掉纸上的蔗渣，醉眼蒙眬地提起笔来，在那蔗渣砸成的墨痕间胡乱勾勒起来。此人手上一边勾勒，嘴里一边叽叽咕咕念念有词，仿佛在唤鸡唤鸭一般。

此人是个精神病人吧？

可谁知，须臾之间——吷，简直绝了！围观的人群平地又爆起一阵欢声！只见他勾勒的宣纸之上，群雀出林，一只只鸟儿惟妙惟肖、灵动活泼，就要从那纸上扑腾出来，争相挤向云空！

哎呀呀，好一幅活灵活现的水墨雀鸟图！

4. 真是一位书画奇人

吕家骢几人也看呆了，情不自禁停住了脚步。

题款。

捺印。

"我要、我要！我先要！！……"这张雀鸟图刚画完，周围的人就争抢起来，最后被人以 200 块钱买了去。

"画家，再画一张，我要一幅牡丹图！"

"我要一张荷花图！"

"哼，你们要慧眼识珠。"那醉汉并不理睬众人的鼓噪，他不慌不忙啃完剩下的半截甘蔗，随手扔下蔗头，大大咧咧地说道，"现在你们200块钱买我1张画，三年之后就值2000块；十年之后就值20000块——肯定比买房子还划算！"

"画吧，画吧，我要牡丹图！"旁边的人急躁起来。

少顷，站在桌旁的少年又在桌上铺上一纸。

那位醉汉依然不慌不忙，抱起酒葫芦又喝了几口，这才摇摇晃晃地站了起来，并不理会那些要牡丹图、荷花图的人，却将双手伸进墨钵，手上蘸上墨汁后，却似鬼影般伸开十指，逆向将两只黑手捺于宣纸之上。随即，就用指尖在纸上勾画起来——哈，瞬间工夫，两只六脚双螯的螃蟹便鲜活地横行于纸上！

平地又是一阵喝彩。

"我要、我要！……"围观的人又争抢起来。

"好，不干了，收摊！"当那张螃蟹图被人买走之后，那醉汉对众人挥了挥手，嘱咐徒弟收起桌上的东西，摇摇晃晃准备走了。

"大师，我的牡丹图呢？"有人竟然叫起他"大师"来。

"是啊，我的荷花图呢？……"

"不干了，散伙散伙。"那醉汉用废纸擦了擦墨手，"还要买我画的，明天请早！"

众人见此人油盐不进，自顾收了摊子，画买不成，热闹也看不成了，只好纷纷散开了去。

"喂，先生请留步。"吕家骢突然像想起了什么，上前对那醉汉招呼道，"我想买张画，你看行不行哪？"

"不干了！"那醉汉看那少年收好东西，自顾走开了去，边走边摆手道，"明天请早！"

"先生，我可多出些价钱。"吕家骢说道。

"你就是出千金，也要明天请早！"那醉汉连眼也懒得睁，抓起身边的葫芦，边喝酒边朝前走去。

"喂，这位哥子，你光喝酒不吃菜怎么行哪？"吕家骢上前几步，拦住了他的去路，"这样，我出菜，你出酒，我们就在旁边的小馆里喝两杯如何？"

"哦，你出菜，我出酒？"那醉汉听吕家骢这样一说，这才睁开惺忪的眼睛，上下打量了他一下，"你贵姓？是何方人氏呀？"

"我姓吕，双口'吕。'"吕家骢说，"就是这望远县的人。"

"哈，巧了！你姓吕，两个口；我姓白，两个口字多一撇！"那姓白的醉汉停住了脚步。

"哦，是老白先生哪！"吕家骢又朝路边的餐馆指了指，"请白先生赏光。"

"不要叫我老白，叫'老伯'，你不就吃亏了么！"那姓白的汉子顺着吕家骢的手往餐馆瞟了一眼，接着说道，"世人都叫我'老亮'，你就叫我老亮就是了。"

"哈，老亮先生幽默。"吕家骢再问道，"怎么样？你出酒，我出菜，我们去喝两杯。"

"好好好，承蒙吕先生不嫌。"老亮摇摇葫芦，爽快地答道，"好，我出酒，你出菜，我们去喝两杯！"

怎么，吕家骢要邀约这跑江湖的醉汉去喝酒？林胜和吴宇疑惑地望着他，不知他葫芦里卖的是什么药。

既然已到开饭时间，那就去吧！几人进了餐馆，吩咐老板端来一盘猪耳朵、一盘卤牛肉、一碗烧肥肠、一笼粉蒸肉、一盆素菜汤，稀里哗啦倒上几杯酒，边喝就边聊了起来。

"请问，亮先生是哪个地方的人哪？"几杯酒下肚，吕家骢有点耳酣起来，他这才开口问那亮先生。

"我是重庆云阳人。"

"凭你这高超的手艺，就是在老家开个画馆或画室，也不愁没有买家呀！"吕家骢说，"到这外面来跑江湖，多辛苦呀！"

老亮先生一听此言，似乎酒醒了，凄然地苦笑一下，摇了摇头。

"哦，冒昧，我原本不该问的。"吕家骢看老亮那神情，似乎有难言之隐，他歉然地说。

"哎呀，谁不说咱家乡好啊！"老亮默然了一下，长长地叹了口气，又喝了几杯酒，这才接着说道，"梁园虽好，却不是久留之地啊！……"

良久，这亮先生才慢慢道出跑江湖的原委来：

原来，老亮大名叫作白鹤梁，祖父白云栖是当地有名的诗人和书画家。白鹤梁自小就失去了母亲，父亲原是一名中学美术老师。"文革"中，因用水墨画主席像，被人说抹黑伟大领袖，被打成反革命，数番折磨后绝望跳了长江。

父母亡殁后，老亮就跟祖父母生活。自小便随祖父学书学画，得其祖父真传。十五六岁，他的书画便在当地有了名气。可老亮自小心灵受伤，命运多舛，性情逆反，长大后放荡不羁，加之嗜酒如命，年纪轻轻便看淡了人世。祖父母去世后，他一日喝醉了酒，打伤了前来收他画摊的城管人员，进劳改农场待了七八年。出狱后，他孑然一身背着画箱离开了那伤心之地，一年四季四处飘摇，靠在市井中与人作画写字为生。这些年，他整日与杜康为伴，昏昏然飘飘然成了个酒中神仙，倒也落得个逍遥自在。但他生性怪僻，只要赚够了房钱酒钱饭钱，就是仙人老子请他，他也不再画了。

随他四处飘荡的那个少年，小名叫作"苦瓜儿"，虽长着一个大脑袋，但却智力低下，腿脚有点残疾。他原是街头上的流浪儿，老亮看他可怜，收在身边为徒——没想到，不知他们今日怎么浑浑噩噩漂到了望远县来！

"老亮先生，我看你年纪已不小了。"吕家骢听了老亮的身世，不禁叹息道，"还是找个地方安顿下来吧。"

"哈，这样哪点不好！一人吃饱全家不饿，一人得道鸡犬升天！"老亮指着自己邋遢的样子，又指指旁边有些木讷的苦瓜儿，笑道，"像我师徒这样子，除了收容所，哪里愿意收留我们呀！但进了收容所，又不给酒喝，好几回我们都爬起来跑了。"

"你不是就图个一人吃饱全家不饿吗？我给你们找个地方。"吕家骢说道。

"什么地方呀？"

"那里山清水秀、环境优雅，正是你这样的神仙居住的地方。"吕家骢认真地说道，"我专门给你师徒找间房子，管吃管住，每月给你师徒俩三千块钱零用——你愿画就画，不愿画就游山玩水打瞌睡！……"

"管吃管住，还给零用钱？"老亮瞪着一双血红的眼睛，迷惑地看着吕家骢，"哪有那么好的地方呀？"

"离此处几十公里远的一个山里，那地方叫云岭。"吕家骢说，"我们准备在那里打造一个特色小镇。"

"望远山里的云岭？"老亮睁开惺忪的醉眼，打断吕家骢的话，"这地方我听说过，是不是印度高僧迦叶摩腾、竺法兰那南传佛教的第一站，那叫'开觉寺'的地方呀？"

哈，原来这老亮先生是酒醉心明白呀！

"正是正是。"

"那地方，我是心仪已久呀！……"老亮突然像想起了什么，停了下来，"不忙，到你那里去，你给不给酒喝呀？"

"哈，酒肯定不会缺少。"吕家骢停了停，"但喝酒也要有个度才行呀！"

"这事我可以答应下来。"老亮说，"但我有个条件：我不要你的零用钱！你管吃管住管酒，我每月只能给你作3张画；闲下来，我画还是不画，画多少，你都不能管！"

"可以。"吕家骢大度地说，"但我也有个条件：你不画则罢；要画，就像你在这文庙坝子上一样，就把画桌搬到光天化日之下去画。"

"哦，我明白了！你的意思是，想让我像那唱猴戏的一样，既打锣又敲鼓，跟你招引顾客呀——罢罢罢，就这样！我们君子协定，一言既出，驷马难追！"老亮说完随即就转过身来，对他的徒弟苦瓜儿说道，"你回旅馆把东西收一下，马上就走！"

"不急不急，等喝完酒再说。"这个老亮，真是率性之人！吕家骢高兴地说道，"好，我们这是君子协定，绝无反悔。"

"酒不喝了，说走就走！苦瓜儿，回去收拾东西！"老亮说着抹了抹嘴上的酒痕，"明天我们就到'开觉寺'去拜菩萨！"

"林胜哪，你跟办公室打个电话，叫他们派辆车。"吕家骢见老亮说走就要走，扭头对林胜说道，"你先把他们送过去安顿好，我处理完公司的事，晚上就跟吴宇过来。"

"把他们安顿在什么地方呢？"林胜问。

"先在'乡村旅游酒店'找个房间，把他们安顿下来。"吕家骢说，"按照规划，我们以后不是还要专门在那里建书画长廊、艺术中心，建画家、书家、作家、诗人和摄影家工作室吗！到那时再统一安排吧。"

"哦，既然吕老弟这么讲，我倒想起一个事来。"老亮又坐了下来，"我有个师兄，姓万，他荷花画得绝，在湘鄂渝久负盛名，外号人称'万荷花'。他早就在四处寻我，到时你给他留一间工作室，我叫他把徒弟们都带到这里来！"

"好啊，来者是客，欢迎欢迎。"这样吧，"老亮先生，将来我想在云岭聚集几十甚至上百个像你这样的文学艺术家，让那地方能成为你们这样的人的天堂！"

"吠，那样一来，我就有了喝不完的酒，找不完的钱，就成了个富翁，再在那里找个村姑，安下家来，生个二胎三胎的！哈哈哈……"老亮话没说完，自己先大笑起来。

"但愿如此吧。"吕家骢也笑道，"明年春天以后，估计我们的这些设施就能建起来了，到时就把你的师兄师弟们都叫来吧。"

5. 万事俱备只欠东风

春天真的来了。

举眼望去，漫山遍野都是一片嫩绿，河边的竹林里的春笋争先恐后地冒了出来；河面上，一群白鹤正在水中嬉戏，几只白鹤正在春光下盘旋——当年吕家骢他们救下的那只通人性的白鹤，它的后代们又如期归来了吧？

沿着上山那条小路，吕家骢、吕家龙和吴宇、林胜他们，领着专门请来的省农科院专家蒙教授，以及他的学生小杨，在这云岭山里不停地走着。他们要考察这里的地理、气候、植物、土壤等，为下一步多种经营提供科学依据。

　　"蒙教授，累坏了吧？"越往山上爬去，山势越来越陡峭，吕家骢停了下来，擦了擦头上的汗水，回头对蒙教授说道，"要不要休息一下再走呀？"

　　"离云岭主峰还有多远哪？"蒙教授杵着一根棍子，停了下来，他喘了几口气，抬头望了望山上，问道。

　　"不远，爬上这个陡坡就到了。"

　　"那，就再坚持一下吧。"

　　会当凌绝顶，一览众山小。人们奋力爬上山顶，眼前豁然开朗，真是别有洞天！只见群山连绵，此起彼伏，云雾缥缈，如梦如幻。那远山近岭的森林，在山风吹拂下，犹如大海荡漾起层层绿色的涟漪。那袅袅飘浮的云烟，把远处的峰峦装扮得像含羞的少女。春天的艳阳，将云雾染得五彩斑斓，真是美极了。人在其中，仿佛置身于仙境一般。山风徐徐吹来，满身的汗水收了，疲惫顿时消散了去。

　　"啊，这真是个好地方！"蒙教授摘下眼镜，感叹道，"难怪古代僧人、道家将此地作为修行之地呀！"

　　"是啊，据说雨后初霁，视线良好时，用望远镜可以看到省城塔子山上的高塔呢！"吕家骢说。

　　"如果将来在这里修建一个观景台，再建一个高档的民俗旅馆，让游客在这林海里品茗，在云雾中漫步，朝可观云海日出，暮可眺峥岭雪山。"蒙教授说，"那这里就是让游客流连忘返，让那些摄影爱好者争相前来览胜的绝佳景点哪！"

　　"蒙教授所言极是。"吕家骢接着说道，"是啊，我记得有首诗是这样写的：'佛宇不可知，云留高树里。日落钟磬声，随云度水溪。'"

　　"是呀，如果打造出来，"蒙教授说，"这里既有山光水色，又有人文遗迹，丝毫不逊于青城的后山，峨山的天台哪！"

　　"到时还希望蒙教授来多多指教哩！"

"哦，明后天不是还要考察放生坪、牟家坡、白果村，以及刺猪峰等处么？"蒙教授问，"那些地方通不通公路呀？"

"有的地方坐车可以直接去，有的地方还要徒步才行。"吕家骢答道，"蒙教授年纪大了，不行我们就找几个村民帮帮忙吧。"

"算了，不要给村民找麻烦。"蒙教授说，"能走的地方我都尽量走，尽力而为吧。"

跋山涉水，早出晚归。几天紧张的考察结束了。蒙教授他们留在酒店里，花了两天时间，把云岭多种经营的考察报告拟了出来。

"云岭有着得天独厚的地理和气候优势，完全可以因地制宜搞出独具特色、别具一格的多种产业来。"蒙教授的考察报告，开宗明义就这样讲道，"我们的考察结论是：这里的农副业经营不但大有可为，而且大有作为！"

会议室里，"远望"公司高层管理人员、云岭乡、村、组干部，以及众多村民代表聚集一起，正在听取蒙教授他们的考察报告。

"首先，这里虽是山区，但具有优越的地理和气候环境，拥有独特的自然资源和人文资源，完全可以依托0658工业遗址，打造出一个川西独具特色的风景旅游区来——当然，这是另一门学问，已有这方面的专家为你们出谋划策，我就不赘述了。"蒙教授环视了会场一遍，接着讲道，"我们是搞农业科学的，重点谈谈这里的多种经营问题。"

"根据我们对这里的环境、气候、土壤等的分析，在农副产品方面，最适合种植的是茶叶、药材、魔芋、竹荪、竹笋、羊肚菌、猴头菇、猕猴桃；养殖方面，最适宜饲养的是山羊、鸡鸭、兔子。我们还建议：利用这里丰富纯净的山泉，优雅的环境，饲养娃娃鱼等珍稀物种；在开发温泉从事旅游项目的同时，可饲养罗非鱼等热带鱼类；关于本地村民提出养猪的问题，我们建议要改良品种，最好能引进驯化的野猪品种……"

蒙教授讲到这里，喝了一口水，接着讲道：

"为什么我们要提出这样的建议呢？我们进行了各种数据的综合比较和分析。

比如魔芋的栽培，最适宜的是在低纬度高海拔山区，日照较少、雨量丰富、湿度较大、质地疏松、有机质丰富的轻砂土壤生长。其中，土壤松厚肥沃是保证魔芋根系生长发育和块茎正常膨大的重要条件——而云岭地区，最具备这些条件。魔芋经济价值很高，既是上等的食品，又是治病健体的保健品。魔芋粉可制成多种产品，只要延伸开来，就能形成一个产业链。"

"又比如，羊肚菌是野生菌中的珍稀菌种，既有市场紧缺的需求，又有很高的经济价值。它既是宴席上的珍品，又是久负盛名的食补良品。民间有'年年吃羊肚，八十照样满山走'的说法。它最适宜生长在海拔 2000 米左右的针阔叶混交林中，单个或成片生长，土质一般为沙碱性或腐殖土中。在这里种植，有着得天独厚的条件……"

蒙教授的报告，条理清晰，深入浅出，让与会者思路顿开，眼前明亮。那些村民代表随即就交头接耳起来，会场上一片"嗡嗡"之声：

"是呀，还是在生产队时，我们就开始种黄连、贝母和天麻了。可那时种出来不好卖；就是卖，也卖不出好价钱呀！"

"要说种茶、采菌，那更有上千年的历史了，大人小孩谁都会呀！"

"可要说种魔芋、羊肚菌，养娃娃鱼、罗非鱼，好倒是好，可谁也没种过、养过呀！……"

"大家静一静，下来后再讨论。"主持会议的戴乡长制止了下面的议论，接着讲道，"下面请'远望'公司总经理吕家骢先生谈谈他们的设想，对大家的疑虑，他会讲出办法来。"

"各位领导，村民朋友们，对云岭的多种经营，蒙教授从科学的角度，立足这里独有的资源，给我们提出了很好的意见和建议，指明了经营的方向，和我们的想法不谋而合。我们公司到这里来的初心，除了盘活 0658 基地工业遗产，打造'三线映象小镇'，就是响应习总书记'绿水青山就是金山银山'的号召，实施乡村振兴战略，带动当地村民脱贫致富，解决当地村民就业，多渠道促进农民增收，吸引更多年轻人返乡创业，大家共同建设美丽乡村！"

吕家骢讲到这里，他打开笔记本，谈起他经过长时间思索，对一些具体问题的想法来：

　　"首先，我们要培育主体，实现农副业生产产业化。这次会议以后，由'远望'公司投资，依托省农科院、乡村行政组织组建为农服务中心，以农民利益联结为核心，全方位拓展经营合作空间，延伸经营服务环节，创新方式和手段，为村民和各类农业经营主体提供土地托管、农资供应、测土配方、技术培训、信用合作、信息发布、收储加工、农产品线上线下销售等一站式服务；与市场进行农产品定制合作，进一步带动发展更多会员，为产业健康发展持续提供原动力！"

　　"其次，我们要实现绿色生产高效化。利用云岭自然优势，以种植养殖为基础，深度开发农业休闲观光功能，大力挖掘民俗文化、农耕文化，修葺传统民居，支持农耕文化体验区、农耕文化园和民俗客栈建设，探索以农耕体验园、生态体验餐厅、乡村公寓等为载体，将农事体验、乡村旅游、农产品营销进行跨界整合，加快培育专业大户、家庭农场、农民合作组织、龙头企业等新型农业经营主体，满足游客'回归自然、乐享田园'的新需求……"

　　吕家骢的发言引来与会者的阵阵掌声。

　　"对于云岭的开发，现在是万事俱备，只欠东风。在振兴乡村经济发展中，我们政府又该有些什么作为呢？乡政府经过多次研究，决定做好这样几项工作。"戴乡长最后总结道，"首先要做好服务工作，整合涉农项目资金；实施水、电、路、田'四网'工程，新建整治维修村组耕作类道路、调整田型。转变过去那种财政支农资金直接补贴产业发展业主的旧模式，设立产业发展引导基金，撬动金融资本对优质农业项目进行股权投资，达到实现'筑巢引凤'的目的！……"

　　蒙教授的报告、吕家骢的发言、戴乡长的讲话，以及其余村组领导、村民代表的表态，使大家认识到这山中潜在的巨大价值，将人们的热情鼓动起来，不少人摩拳擦掌，不少人跃跃欲试，恨不得立即就大干一番，从这山地里挖出几个金娃娃来。

　　散会了，吕家骢叫住了吕家龙："哎，刺梨儿，你等等。"

"我都是快当爷爷的人了，当着这么多人，你还叫我的小名呀？"

"啊，吕主任，不好意思，从小叫顺了口。"吕家骢说，"你爷爷最近身体还好吧？"

"前段时间爷爷腰腿有些痛，最近好些了。"吕家龙说，"你找他有什么事吗？"

"有点事。这样吧，晚上我叫厨房弄几个菜，和林胜、吴宇带到你家里来，我们喝两杯。"

"你弄什么菜呀，是嫌我家穷吧？"吕家龙随即把手一挥，嗔怪道，"我回去叫媳妇杀只鸡，整上一锅荤豆花，不就行了吗！"

"那也好。"吕家骢又问，"另外，村里原来在刺猪岭种药材那个辜大爷还在吗？"

"辜大爷还在，人家60岁以后，还得了个幺儿哩！只是现在走路有点打偏偏了。"吕家龙不解地问，"哎，你问辜大爷干什么呀？"

"我找他有事。晚上你也把他接过来吧。"

"好吧。"吕家龙疑惑地眨了眨眼睛，没猜透吕家骢要找爷爷和辜大爷干什么。

6. 浓淡还宜归自然

清明时节雨纷纷，路上行人欲断魂。

借问酒家何处有，牧童遥指杏花村。

再过两天，就是清明节了。霏霏的雨丝，飘在前挡风玻璃上，雨刮器不紧不慢地在玻璃上移动着。吕家骢和办公室主任凌丽在重庆开完"三线展览馆经验交流会"后，怀着极其复杂的心理，他驾车驶下了高速公路，径直往"竹山茶场"开去。

"小凌，对不起，我想到'竹山茶场'去耽搁一下。"吕家骢对凌丽说道。

"你要去拜望什么人吧？"

"不是拜望，是去看望一个老同学。"

凌丽看了吕家骢一眼，有些不解：这"拜望"和"看望"还有什么区别么？

当然有区别。

吕家骢想去看看正在那里服刑的余虹。

汽车驶下公路，慢慢往山上爬去。这座山，不愧有着"蜀中竹海"的称谓，漫山遍野除了竹子，还是竹子。穿过遮天蔽日竹林掩映的山道，吕家骢驾车直向远山驶去。所谓的"竹山茶场"，其实是个老资格的劳改农场。吕家骢听说，这里是专门羁押川渝两地职务犯罪人的。

穿过竹海，爬上山顶，眼前逐渐开朗起来。举目望去，那层层规整碧绿的茶树，从山腰连接着山顶。车窗外吹来的风，带着茶香和草香；细细的雨丝飘在脸上，给人带来几分凉意——不知为什么，吕家骢昨晚临睡前，突然想起散会后要路过"竹山茶场"，一个念头不由得在他心中萌动起来：干脆，顺道去看看余虹吧！他曾听翟彩彩说过，余虹判刑后就在这个茶场服刑，春节前她还专门来看过她。

可为什么想要去看她呢？吕家骢在心里反复问了自己几遍——难道，自己心底里还残存着少年时代对她那份特殊的感觉，见她落到今天这样境地，感到痛心和惋惜么？难道，是自己在困难的时候，她曾主动来信关心过自己，自己应该投桃报李么？或许，是虚荣心作怪，自己的事业终于有了发展，有了让她另眼相看的资本，能正眼看看自己么？……

这些想法，似乎都有，似乎都没有——总之，吕家骢心情极其复杂。直到今天早晨，汽车已驶上了高速路，他才最终下决心拐个弯，去看看这位昔日的老同学。

说实话，最近吕家骢很忙。云岭休闲度假小区建设、基地的改造工程、公司的多种经营……一大堆事情都在等着他回去处理。

两天前，他和林胜、吴宇到吕大爷家去，其实他是有目的的。他的想法是，准备先在云岭投资两个项目：一是趁吕大爷还健在，利用他的酿酒技术，先搞个酒厂，将吕家祖传的酿酒工艺传承下来；二是趁辜大爷还在，利用他种植药材的技术，把荒废了多年的刺猪岭种植基地恢复起来。吕家骢的打算是，只要这两项产业带头搞起来了，就能给村民做个示范，起着抛砖引玉的作用了。

"哈，二哥的点子就是多，把主意打到我爷爷身上来了！"来到吕家，吕家龙已置好酒菜等着他们。他一听吕家骢的打算，这才明白他们的来意，不由得对爷爷说道，"爷爷，他们不但打您的主意，竟然还把主意打到人家辜大爷身上了！"

"是啊，家龙兄弟，我早就说过，你吕家那'雾河春'酒，传承了几代人，可不能在你这代人身上就失传了呀！"吕家骢说，"前不久，我已经跟方志戒县长说过，将来'雾河春'酿出来了，你家这祖传的酿酒工艺，不但要申请专利，还要向省里申报非物质文化遗产哪！"

"二哥见多识广，比我这土包子有眼光、有远见。"

"实话跟你说吧，这几天跟蒙教授考察时，我就问过他，他说我老家白果村那边，非常适合种植高粱和荞麦。既然我们要搞酒厂，就可以发动那里的乡亲们大量种植呀！"吕家骢说着，有点兴奋起来，"将来我们把酒厂搞起来了，村民种的高粱、荞麦我们可以照单全收！一来村民们有了积极性，二来我们也有了自己固定的种植基地——还有，酒厂搞起来了，烤酒产生的酒糟还可以养猪；有了养猪场，我们还可搞个沼气池，那不就绿色循环起来了么？"

"对对对！家骢这个点子好、这个点子好！"吕大爷说，"趁我现在人还没有老糊涂，我一定支持你们把这个酒厂办好！"

"我的想法是，专门成立一个'雾河春'酒类股份有限公司。"吕家骢说，"初步考虑，就让家龙来具体负责，吕大爷你就当个指手画脚的顾问就是了。"

"呔，那家龙就成了这个公司的总经理了呀！"林胜开玩笑说。

"另外，我还想搞个文化旅游公司、药材种植公司和农产品加工公司，具体工作想由你林胜负责。"吕家骢说完，指着吴宇，"你呢，对建筑、房产业务精通，就一心一意搞休闲度假小区建设、基地遗址改造。将来我们这些项目搞起来了，再从这些项目中延伸扩展开去——我就不相信，我们这'三线映象小镇'不会兴旺起来！……"

"对。只要我们把这些项目搞起来了，就需要大量的人手，就能把外出打工的年轻人招引回来，让他们就在自己家门口就业。"吴宇插言道，"这样一来，那空巢老人、留守儿童的问题不就解决了么！"

"还有，我们搞起来的文化旅游公司、养殖种植公司、酒厂等，都实行股份制，采用公司加农户的方式，村民可以用现金入股，也可以用土地、房屋、技术入股，然后定期分红。"吕家骢说，"这样一来，大家风险共担，利益共享，积极性不是就调动起来了么！"

"是啊，像二哥这样搞起来，对我们山里的老人和孩子，可算做了件大好事呀！"吕家龙说道，"到时候，说不定这里的村民们，还要在山门刻个石碑，旌表你的丰功伟绩呀！"

"哈哈哈……"吕家龙的话，让大家哈哈大笑起来。

"家龙呀，你这个当村主任的，在其他方面其实应该多琢磨琢磨呀！"吕家骢说，"随着村里经济的发展，这特色小镇的人越来越多，以后在这里还要兴建医院、敬老院和幼儿园呢！"

"好、好！"

这天晚上，吕家骢和吕家龙几个人边喝酒边策划，越谈越是高兴，越谈思路越是清晰。最后，几个人都有点喝醉了。回去的路上，林胜像只摇摇摆摆的西鸭，一脚踩虚，竟然滚到了秧田里去，弄得满身泥水，像只泥猴，让吕家骢和吴宇嘲笑了半天！

……

霏霏的雨丝依然飘着，山上的雾气渐渐浓了起来。

穿过濛濛的雨雾，吕家骢驾车来到了茶场场部。

"请问，你们找谁？"门口站岗的武警拦住小车，上前问道。

"我们来探望一个同学。"吕家骢答道。

"是在这里工作的，还是服刑的？"那武警问。

"在这里服刑的。"

"那你们把车开到那边停车场，人到接待室去登记。"

"小凌，你就在车里等我。"来到停车场，吕家骢不想让凌丽跟他进接待室去，怕余虹看见她产生误会，"我一会儿就出来。"

"好吧，我就在这里等你。"

"证件。"来到接待室，一个女民警坐在不锈钢栅栏后面，听吕家骢说明来意后，她问："你要会见谁？"

"她叫余虹，进来之前，是川西望远县原来的副检察长。"吕家骢掏出身份证，递给女民警，"我跟她是同学。"

"你等等。"女民警登记完吕家骢的身份信息后，走到里间打了个电话。少顷，她走了出来，"我问过了，她说不愿见你。"

"怎么，她不愿见我？"吕家骢说，"你能不能再跟她说说，我是从川西那边过来，专程来看她的。"

"她口气很坚决，没必要再问了吧。"女民警客气地说，"你带来的东西，可以留下来；有什么事，你可以留言，我们可以转交给她。"

"我什么都没带。"吕家骢说，"那，我就给她写几句话吧。"

余虹同学：

我们同学一场，今天我专门来竹山看你，但面对眼前这页空空的白纸，我无言，也无语。此情此景，我突然记起前不久写下的几句顺口溜，作为临别赠言吧："七彩人生五味全，酸甜麻辣苦中旋。赤橙黄绿云烟过，浓淡还宜归自然。"

目前，我正在开发打造云岭"三线映象小镇"，如不嫌弃，欢迎你将来回到那里来。那里的大门，永远为你敞开着。保重！

同学：吕家骢

"民警同志，我什么也没买，什么也没带。"吕家骢将留言条递给女民警，从身上掏出2000块钱，"我给她点钱，让她在里面买点牙膏牙刷等日用品吧。"

"不行，一次最多只能给500块。"

"好，那就给500吧。请您转告她，一定要收下。"

细雨，依然霏霏地下着。

吕家骢走出茶场值班室，朝停车场走去。走到车旁，他回头望了望那高高的围墙，围墙上冷冷的铁丝网。铁丝网上，伫立着两只小鸟，正在风雨中不停地啁啾着。怀着怅然若失的复杂心情，他开车朝山下走去。

冰凉的雨丝依然在眼前飘飞，那雨刮器依然不紧不慢地玻璃上移动。从山上下来后，那遮天蔽日的竹林又扑面而来……

吕家骢同学：

谢谢你专程来竹山看我。你的情义我收下了，但钱不能收，悉数退回。我不见你，想来你能够理解——自己酿的苦酒就自己干杯吧，何必要人陪着。

开发打造云岭，这很好。倘若将来我能回到云岭去，我就守着祖上留下的那间老屋，耕种父母留下的那块土地，喂养一群鸡鸭，培植一片果林，了度自己的残生吧。你那首诗最后两句说得好："赤橙黄绿云烟过，浓淡还宜归自然"呀！我奢望着。

余虹

回到望远几天后，吕家骢收到余虹的回信。看完这封信，吕家骢在灯下沉默了许久、许久……

7. 如梦如幻物是人非

窗外那棵枇杷树开花了。这棵枇杷树，不知是谁人什么时候遗落的一颗种子，它自己在泥土里顽强地生长起来，今年竟然开了花，看来不久就能结果了吧。

"吕宏，你今年就要大学毕业了，有什么打算呀？"儿子吕宏过完春节，就来云岭工地实习。早上起来，他正准备出去，吕家骢叫住了他，问道。

"什么打算？妈叫我报考研究生。"吕宏说，"她说，研究生最好能出国去读，读完了好留在国外呢。"

"读研究生我不反对，但出什么国呀，你妈以为外国就是天堂呀，你如果能考上北大、清华也不错呀！"吕家骢说，"你幺爸吕家驹，出国这些年，也只是在国外做个二等公民——我告诉你，下个月他都要回来了！"

"他回来探亲么？"

"这回他回来，就不再出去了！而且他还说，叫你弟弟吕一郎读完大学，也回国来呢！"吕家骢说，"现在我们国家发展多迅猛呀，哪里没有年轻人的用武之地呀！"

"幺爸在单位已辞了职，他回来干什么呢？"

"他说了，回到云岭来，和我们一起干。"吕家骢说，"将来这里发展起来，想到这里来的人还求之不得呢！"

"咦，我这次回来，怎么没见家骏大伯呢？"吕宏问，"现在他在这里干什么呀？"

"我叫他管工地，他不干。"吕家骢说，"他和你伯娘林清清回白果村，承包了好几百亩地，组织了一个合作社，专门种植高粱、荞麦和猕猴桃去了。"

"到底怎么办，等我实习完了再说吧。"吕宏说，"好，我要到工地上去了。"

望着儿子离去的背影，吕家骢长长地吁了口气。

是啊，现在有国家宏观政策的指导，有当地政府的支持，有朋友们的信任，吕家骢他们开发云岭的事正逐渐走上正轨，而且干得风生水起。经过这两年努力，这里已在慢慢恢复原来的活力。

公司利用老基地空闲荒芜的土地，已把休闲度假生活小区搞了起来。这个小区，前临淙淙流淌的云溪河，背靠幽然怡人的大森林。小区内小桥流水、古树成荫、曲径通幽、花团锦簇、绿草茵茵、鸟雀啼鸣。将来居住在这里的人，朝可在河边散步打拳，暮可在广场跳舞健身——啊啊，这真是个城里人休闲度假，特别是消夏避暑的好去处！

小区第一期工程已基本完成，五六栋楼房已经封顶，待楼房外观装饰和内部装修完工，就可以交给业主们了。等小镇上的超市、菜市、餐馆、健身房和歌厅等配套工程完工，这沉寂了多年的山沟，今年夏天就该热闹起来。

对于房屋的销售，吕家骢和吴宇自有其独特的方式。他们采取会员俱乐部的办法，凡预付部分购房款的业主，都可成为会员，可享受优先选房、价格打折的优惠；待工程全部完工，会员收到房子钥匙，完全满意后再付清余款——如此一来，加入俱乐部的会员趋之若鹜，唯恐落于人后，六七百套房子，短短几个月，已被人抢购一空，资金已全部回笼。

现在，吕家骢终于可以长长松口气了。

"家骢吗？"突然，手机响了，传来父亲吕振华有点急促的声音，"你现在有空吗？"

"什么事呀？"吕家骢问。

"你开车跟我到滴水岩去一趟！"

"爸，我跟家龙约好，想去看看他们酒厂这段时间搞得怎么样了。"吕家骢说，"我叫驾驶员小冯送您去吧。"

"不，还是你去。"吕振华说，"我到那里有点特殊的事情。"

"妈去不去呀？"

"你妈不去。"吕振华说，"你马上过来，我在楼下等你。"

什么特殊的事呀？听老爷子那口气，还有点神秘兮兮的，吕家骢心里犯着嘀咕，把车开到父亲楼下。

"爸，你到底有什么事呀？这么着急。"待老爸上了车，吕家骢问道。

"你建成叔来电话，你姑姑从贵州回来了！"

"我哪个姑姑呀？"

"你没见过。"吕振华说，"我都几十年没见到她了！"

"姑姑？……"吕家骢想了半天，才记起父亲曾给他们说过，他们有个很亲的姑姑，但他们已经几十年没见面了。

吕家骢开车向滴水岩驶去。

现在好了，几年没到这边来，当地政府搞的"村村通"工程，已将山里的公路整治了一番，开着车几乎一路畅通无阻。经过放生坪，爬上牟家坡，直往进山那条路而去。

"家骢，去把你建成叔接上。"车快到白果村时，吕振华对儿子说道。

"接不接大哥大嫂呢？"吕家骢问。

"算了。"吕振华想了想，摇了摇头。

车到白果村的地界，这里的变化也真不小。漫山遍野的土地上，是绿油油的一片。冬种的荞麦已经抽穗了，春种的高粱已经拔节了，猕猴桃和葡萄已在开始挂果了。村前的小溪里，清亮亮的溪水潺潺地流着；村口上，那两株古老的白果树，已发出嫩绿的叶片来；村里的那些老房老屋，许多已不见了，树荫中显露出一栋栋漂亮的小楼来；更可喜的是，田间地头上，不时可以看见三三两两的年轻人了。

"是啊，今年春节过后，好多外出打工的年轻人，回来后都不愿出去了。"车到白果村，接上了林建成。他上车后，指着那些年轻人，对吕振华说，"现在在家门口就能找到事做，家骏他们给的工资还不低，谁还愿意离乡背井的呀！他们留在家，又能照看孩子、经佑老人，比在外面打工强多了！……"

"秀竹是多久回来的呀？"吕振华打断林建成的话，小声问他。

"回来两天了，是清明回来给她父母上坟的。"

"她爱人没陪她回来吗？"

"她爱人早几年过世了，是儿子陪她回来的。"

"唉——"吕振华长长地叹了口气，久久没再说话。

车过滴水岩，吕振华不知想起了什么，他叫儿子停了车，一个人从车上走了下去。下车后，他缓缓地走到滴水岩前，呆呆地望着岩上，不知他在想些什么——那长满野草和青苔的岩石，依然在一滴一滴滴着水，那滴下的水，在岩下汇成了两个小小的水洼，宛若两只盛满泪水的眼睛——山川依旧，故地依然。在外漂泊几十年，再回到这里，是睹物生情，还是往事萦绕？谁也不知道吕振华此时在想些什么。

或许，他想起了传说中樵哥他们那对情侣；或许，他想起在这岩上盼郎归来的幺妹；或许，他想起当年与竹儿分别时，竹儿那双在月光下闪着泪光的眼睛……

唉，俱往矣！

随着岁月的流逝，往事早已如梦如幻、物是人非了！

"秀竹，你看谁来了？！……"车到滴水岩村，林建成带着吕振华，径直来到秀竹那远房亲戚家里。刚走进院坝，吕振华就看见一个老妪伛偻着腰身，正在那里洗头。听见林建成的声音，她抬起湿漉漉的头，愣愣地望着吕振华和林建成。

哦，这，难道就是秀竹么？！那孱弱的身躯、那灰白的头发、那满脸的皱褶、那满眼的沧桑——哦，她老了、老了！当年那个像笋儿一样水灵的小妹仔，如今到哪里去了呢？

岁月真像一个残酷无情的巫师，不知不觉间，就让当年像花蕾一样的妹子，变成了枯萎的老妪；让当年像青葱一样的少年，变成了白发苍苍的老翁！

"他是？……"秀竹突然惊了一下，睁大一双浑浊的眼睛，愣愣地望着眼前这个既熟悉又陌生的人，惊疑地问林建成。

"秀竹，这是水生哥——吕振华呀！"

"什么，他就是水生哥——吕振华呀？！"

"竹妹，我就是水生——吕振华呀！"吕振华上前一步，想抓住她的手，可他把手又缩了回来，从衣兜里摸出一双做工精美的鞋垫，递到秀竹面前。那鞋垫虽说已经有些陈旧了，但上面纳着的一对蝴蝶，依然鲜活生动，还在翩翩飞舞。

秀竹将一双湿手在身上擦了擦，伸手接过那双鞋垫，愣愣地望着鞋垫上那两只蝴蝶，随后她抬起松弛的眼帘，看了吕振华一眼，喉咙里哽咽了几下，眼里倏地就涌出泪水来！须臾，她嘴唇抖嗦着，直勾勾地看着吕振华，没有上前，反而一步步往后退去，一下就跌坐在了身后的凳子上！

"竹妹，你还好吧？……"吕振华见秀竹那百感交集的样子，他禁不住眼圈红了起来。

"好、好……"秀竹嘴唇抖嗦了一阵，终于喃喃地说道，"几十年了、几十年了……这，不是在做梦吧？"

"竹妹，我、我……"吕振华想解释什么，可又什么也没说出来。突然间，他听见身后响起脚步声，见吕家骢从外面走了进来，他赶紧擦了擦眼睛，招呼家骢道，"家骢，你过来，这就是你姑姑！"

"姑姑好！"吕家骢看了秀竹一眼，又看了父亲一眼，仿佛明白了点什么，他上前叫了秀竹一声。

"好、好……"秀竹满脸流着泪水，她想站起来，可一下又跌坐下去。少顷，她努力抑制住自己的感情，擦了擦脸上的泪水，回头对着屋里叫了一声。

随着叫声，从屋里走出一个中年人。

"来，文兵。"秀竹指着吕振华，声音发哽地说道，"来，叫表叔！这就是我时常跟你们提起的，那个到朝鲜战场当志愿军的表叔……"

"表叔……"那文兵小声叫了吕振华一声。

"文兵，你怎么让客人都站着呀！"屋里突然走出来一个中年妇女，叫了文兵一声，"快搬凳子让他们坐呀！"

吕振华他们坐了下来。

待秀竹情绪稳定了一些，吕振华他们这才了解了这些年她在贵州生活的情形。正如那年林建成讲的一样：她自从当年嫁给县中队一个姓文的军人后，随后跟他回了贵州老家，还为他生了两男一女。那里和云岭一样，也是老山区。几年前，秀竹的丈夫生病去世了。眼下，除了身边这个叫文兵的儿子，另外两个儿女也在外面打工。

近年来，随着国家扶贫工程实施，去年他们已从大山中整体搬迁出来。家是从山里搬出来了，但却没有了经济来源，国家给予的那点补贴，维持生活也有困难。

"秀竹呀，除了两个在外打工的儿女，家里还有些什么人呢？"吕振华问秀竹。

"还有幺儿媳妇、两个半大的孩子。"秀竹回答。

"孩子有多大了？还在读书吗？"

"两个姑娘。一个17岁，一个16岁，都没有读书了。"

"你看这样行不行？"吕振华沉思了一下，又看了儿子吕家骢一眼，缓缓地对秀竹说道，"你侄儿家骢目前正在开发云岭，那里有不少空置的旧房，而且也需要人手，如你们不嫌弃，就到那里去住一段时间吧。"

"离开云岭几十年，我早就盼着能回来守着祖屋，守着爹妈了，但……"秀竹看了儿子文兵一眼，低下头没再说话。

"谢谢表叔，等我们回去商量一下再说吧。"文兵说道。

"好吧，你们回去商量一下，做出决定后，告诉我爸就是了。我那两个表侄女，来到这里，还可以一边做事一边读书。"吕家骢对姑姑说，"您和我爸都老了，已没有更多的亲戚了，老来能相互有个依靠，相互有个照顾，能在一起多聊聊家常也好啊！……"

秀竹抹了抹眼泪，微微点了点头。

8. 养在深山人未识

吕家骢用冷水洗了把脸，匆匆就朝会议室走去。

基地原来的俱乐部、大礼堂已修复完成，按照规划准备打造成为"三线映象展览馆"。昨晚，他和吴宇、林胜、老亮等人讨论薛云辉拟定的展览方案，直到半夜才将方案基本定了下来。

已是深夜，那老亮先生的酒瘾居然来了，厚着脸皮非要叫吕家骢拿酒出来喝。无奈，吕家骢只好拿出两瓶吕家龙他们新生产的"雾河春"，就着一包花生、一袋怪味胡豆，陪着老亮他们喝了几杯。回去躺在床上，一觉就睡到了大天亮。醒来，他猛然想起昨天县委宣传部打来电话，说中央电视台《金土地》栏目的记者，今天一早要来采访。

央视《金土地》栏目，那可是一个颇具影响的新闻类节目！人家专程从北京来，可不能怠慢了别人。吕家骢赶紧洗了把脸，急急就往会议室赶去。

"啊，吕总，我来介绍一下。"县委宣传部杨部长见吕家骢走来，向他介绍道，"这位是央视《金土地》栏目编辑卢澜先生，这两位是记者小伍和小曾。"

"啊，欢迎你们。"吕家骢歉意说道，"不好意思，让你们久等了。"

"没有，我们也是刚到。"

"吕总呀，今天金老师他们来，主要是前次新华社记者采写的那篇《传承三线精神，助力乡村振兴》的文章刊出后，国务院副总理、国家发改委、扶贫办领导都很重视，专门作了批示，认为这是利用工业遗址、振兴乡村经济的典型事例，要进一步宣传和推广。"杨部长对吕家骢说道，"今天卢老师他们来，主要拍摄一些实景，采访一些当事人，再作全方位的宣传报道。"

"我们虽然做了些工作，也取得一些实效，但还有许多不尽如人意的地方。"吕家骢谦虚地说，"卢老师和杨部长你们见多识广，还望多多指教。"

"吕总，你客气了。"杨部长说，"这次我和卢老师他们一起来，也想在这里好好考察一下，省里也要求我们要好好总结云岭盘活工业遗址的经验，催着我们上报材料呢！"

"吕总呀，我们预计要在这里工作几天。你忙你的，给我们找个向导就行了。"卢澜对吕家骢说，"等我们摄制好画面，解说词写出来，你再来有针对性地进行补充，你看好不好？"

"好，我成天跟着你们，有先入为主之嫌。你们边拍摄，边访谈，这样肯定更真实一些。"吕家骢说，"那，就叫办公室主任小凌陪你们吧。"

吕家骢做事，历来都是石匠打石头——实打实，没有半点花拳绣腿。这几年，云岭确实发生了翻天覆地的变化。在遗址利用、休闲度假、文化旅游、乡村建设、小镇风貌、多种经营等各个方面，都取得让人刮目相看的成绩。加之书画长廊、艺术中心和文艺家工作室的创建，引来七八家画院、书苑、文学和艺术单位，将这里作为了创作基地。当地政府也顺势而为，对这里的人文、自然景观不断恢复和打造，使这里逐渐成为远近闻名的一处旅游胜地。

而今，那度假的、旅游的、观光的、写生的、摄影的，还有开店做生意的、收购山货、药材、水果和农副产品的……每逢节假日，这里人来人往，热闹非凡，游客如缕，商家如云——最可喜的是，随着云岭的开发、"三线映象小镇"兴起，人气不断聚集，外出的青年人纷纷返乡就业创业，城里的人纷纷来此置业买房，原来每平方米 500 元都无人问津的房子，现在已经陡然涨到 5000 元以上！

哈，云岭真像一个病入膏肓的病夫，遇上了妙手回春的老太医，几张处方几副药，不但把他救活了，而且开始逐渐焕发出青春与活力来！

如此，难怪这里多次得到当地政府的奖励表彰，引来众多新闻媒体关注，甚而得到中央电视台《金土地》栏目的青睐！

卢澜他们走南闯北见多识广，对拍摄这类节目是驾轻就熟，短短三四天时间里，他们不但实地拍摄了这里的环境变迁、文化旅游、城里人休闲度假、村民脱贫致富的情形，而且还采访了各类人士，拍摄了这里的山川形胜、人文和自然风光。

"名不虚传，这里真是个山川秀美、休闲度假、发展产业的好地方。"拍摄采访完成后，卢澜感慨地对吕家骢等人说道，"云岭这地方，真是养在深山人未识呀——我相信，它的后发优势还将逐渐显露出来，会成为川西山中一颗璀璨的明珠！"

当卢澜他们将拍摄的镜头在荧屏上集中播放出来，那些经过艺术处理的画面，再加上清晰的解说，连吕家骢他们看后也感到吃惊——原来云岭这几年发生的变化，也出乎他们的意料啊！

不识庐山真面目，只缘身在此山中！

荧屏上，在茫茫的云山下，在莽莽的森林中，在鸟雀的啼鸣和庙堂的梵音里，在神秘的寺庙和道观映衬下，"三线映象小镇"几个醒目的大字缓缓推出，随即一条条宽阔整洁的道路闪现出来，道路两旁是锦簇的花团和茵茵的草地。走进小镇，是热闹的店铺和游览的人群；街面上，各种小吃独具特色，各色农副产品琳琅满目。街口上，那根老态龙钟的麻柳树，颇有点德高望重的味道，树荫下，绿茵茵凉飕飕的，更是招人惹眼。

经过整修复原的 0658 工业遗址，向人们展现出这里历史文化的变迁。历史和现代交织，沧桑与新颜辉映。那一栋栋整旧如旧的大楼和厂房，述说着当年三线人的理想与抱负、光荣与梦想。漂亮优雅的休闲度假小区内，葱茏的花木中，隐现着亭台楼阁小桥流水；灿烂的春光，映照着一张张老人和小孩幸福的笑靥。

镜头推向云雾缭绕的山麓和河畔，在那茂密的竹林和果林中，隐匿一座座错落有致靓丽的村民院落，一户户精心打造的农家乐，一个个农耕体验园，以及农家院墙上那一幅幅图文并茂的民俗典故，呈现着这里独特的乡村文化。清亮的溪沟里，成群的鹅鸭和白鹤在水中嬉戏；碧绿的田野中，三三两两的青年人在大棚和果林忙碌；整洁的院坝里，老人和孩子们在悠闲地品茗和游戏。

电视中，主持人还分别采访了云岭基地的老职工、在这里休闲度假的城市居民、旅游观光的游客、画廊里的画家和书家、寺庙里修行的僧侣、小街上忙碌的商家、返乡上班的民工、田间作业的村民，以及晒太阳的老人和正在读书的孩子们。

此外，电视还专门撷取了一组画面。一片荒坡上，一队青年志愿者在正在领取树苗和工具，正以实际行动践行"绿水青山就是金山银山"的理念，挽起袖子，正挥舞着锄头和铁锹种树。这些青年们洒下一滴滴汗水，种下一棵棵树苗，也种下他们青春的希冀和春天的希望……

"感谢你们、感谢你们！"吕家骢看完卢澜老师他们拍摄的镜头后，感慨地说，"你们拍摄和采访的这些画面，美轮美奂，美不胜收，实事求是，真实感人——如果说，要补充点什么的话……"

"不客气，我们专程到这里来，当然希望把这个节目尽量制作得完美一些。"卢澜说，"吕总，有什么想法你就直说吧。"

"我想……能不能补上两个镜头？"

"什么镜头？你说。"

"一是基地的烈士陵园。那里长眠着为三线建设献出生命的老一辈三线人，其中就有老红军、我们的老院长庞大山；还有当年为基地献出生命的其他建设者。这些年来，是他们的精神鞭策和激励着我们，促使我们励精图治，回到这里第二次创业。"吕家骢由衷地说道，"另外，能不能给我们团队补上一个镜头。我们这个年轻的团队，来这里开发云岭的宗旨，就是希图践行老一辈三线人的理想和抱负，传承他们'艰苦创业、无私奉献、团结协作、勇于创新'的精神啊！"

"好啊，你讲这两点都很重要。这样一来，我们这个节目就有了灵魂啊！"卢澜高兴地说道，"你的意见我全部采纳，立即补上这两个镜头。同时在解说时，着重讲讲三线精神的传承和发扬问题！"

"谢谢卢老师。"

"这个节目拍摄完成后，我们还要进行后期制作。"卢澜说，"如果顺利的话，这个月底就能在央视播出了。从现在拍摄的情况来看，肯定能收到不错的效果。"

"是啊，等你们的电视节目一播出，那来我们这云岭的人就会更多，场面就更热闹了。"吕家骢对杨部长说，"那还要请您跟县里和乡上讲讲，提前做好应急安排呀！"

"这次我们陪卢老师他们来到这里，也收获颇丰啊！短短几年，这里的变化，简直出乎我们的意料。"杨部长说，"回去后，我们要专门向常委会做一次汇报。"

流水潺潺，白云悠悠。

央视栏目组和县委宣传部的人走了。

望着他们离去的身影，吕家骢久久地站在酒店门口，不知又想起什么事情来。

"吕总呀，你在哪里呀？"手机里突然传来薛云辉的声音。

"你有什么事吗？"吕家骢问。

"嘿，你不知道，王庆东主任昨天在微信群发的那条消息，说云岭'三线映象展览馆'已经竣工，号召三线老职工能捐出他们收藏的文物，今天我就收到几十条信息。"薛云辉兴奋地说，"大家都在询问，这些文物捐到什么地方呢！"

"让他们捐到云岭'三线映象展览馆'吧！"吕家骢说，"我具体安排凌丽他们办公室来负责。"

9. 回到纯真生活中来

一个春天过去。

又一个春天到来了。

暮色渐渐浓了。远处的广场上，灯光亮了起来，林胜和吴宇正领着凌丽他们，还在紧张地忙碌着。

经过两年筹备，"三线映象展览馆"装修、布展已全部完成，过两天就准备举行开馆仪式了。为此，他们特邀了中国三线建设研究会、国家三线办、国资委和省市县乡领导、有关新闻单位，以及0658基地中层以上干部、离退休老职工、当地村民代表参加这次活动。

是啊，这里曾经是老一代三线人理想和抱负的栖息地，是年青一代人成长的摇篮和港湾，也是那些离开这里的人们魂牵梦绕的精神家园——几十年过去了，留在他们记忆沙滩上的，都是人生中最难忘的经历啊！谁不想再来这里走走，再来这里看看，寻觅一下他们当年留在这块土地上的足迹，留在心灵中的那些不可磨灭的记忆呢！

天黑了。吕家骢放下手里的活计，打开窗户抬眼望去，今夜月色柔美，星光璀璨，微风轻拂。楼下那几簇茉莉花开了，远处那树黄葛兰也绽放了，随风飘来一阵阵扑鼻的清香。

"家骢吗？你回来一下。"突然，妈妈文秀来电话了。

"什么事呀？"

"你李保华叔叔和小薇刚才到了。"

"李叔叔和小薇来了？"吕家骢迟疑了一下，"好，我再到会场上去看一下，马上就回来。"

自重回云岭之后，吕家骢已经几年没见到保华叔叔和小薇了。离开会场，他匆匆往家里走去。走进屋，见李叔叔正和老爸坐在桌前，正在慢慢喝着酒。灯光下，保华叔叔也老了，小薇也比前次看见她时憔悴了些。看见吕家骢走进来，她望着他笑了笑，但笑得有一丝苦涩。

"啊，李叔叔，你们是来参加展览馆开馆仪式的吧？"吕家骢避开小薇的目光，问李叔叔。

"是啊，一来呢，参加一下你们的开馆仪式，顺便也来基地转转。"李保华放下酒杯，"二来呢，听你爸说，你们已在搞休闲度假二期工程和森林康养中心，想来这里实地看看——年纪大了，住在城里越来越不习惯了！"

"好啊，欢迎李叔叔回到云岭来。"吕家骢说："目前我们正在进一步打造观光旅游、森林养生项目，想把游览、养生、医疗、娱乐、住宿和食品等项目全都搞起来，真正打造出一个'来了就不想走'的好去处呢！"

"好，那以后我们就回云岭来过几年神仙的日子！"

"您如果回来，我们在小镇门口拉上大标语欢迎您。"吕家骢认真地说道，"我还正琢磨如何发挥你们老一辈人的余热，想聘请您和我老爸，还有郑之光、袁挺军叔叔，作为'三线映象展览馆'的顾问，向来参观的人们讲述当年三线建设的历史，对年青一代进行革命传统教育；还有，我们新组建的文化旅游公司、休闲康养公司、多种经营公司也想聘请你们当顾问呢！"

"顾问不敢当，我就作为一个展览馆的志愿者吧。"

"好，李叔叔，那我们一言为定！我保证把最好的房子给你们留下来。"吕家骢说完，他倒上一杯酒，恭敬地端到李叔叔面前，"来，李叔叔，我敬你一杯！"

"那我就先谢了！刚才，听你爸介绍了这里的情况，"李保华说，"家骢呀，你们回到这云岭这些年，干得是真不错啊！"

"感谢李叔叔的鼓励和鞭策。"

"小薇呀，已是好久没见到你了，也敬你一杯！"吕家骢端起酒杯，走到小薇面前。

"不，该我敬你。"李小薇说，"那年在省城，不是你慷慨解囊，出手相助，我还真是走投无路呢。"

"哎呀，那些烂谷子陈芝麻的事，何必还挂在嘴上呀！"

小薇呡了一口酒，脸就红了起来。

"家骢呀，你来。"文秀对李保华和小薇笑了笑，"你们先聊着，我跟家骢说个事。"

"什么事呀？"来到里屋，吕家骢有点诧异。

"人家小薇来了，你怎么对人家不冷不热的呀？"

"没有呀！"吕家骢申辩道，"我还是一如既往的呀。"

"我问你，你这单身到底要打到什么时候呀？"

"妈，你是什么意思呀？"吕家骢敏锐地意识到了什么。

"刚才我问过了，人家小薇现在还是一个人带着孩子过呢！"

"不是说她早就嫁人了么？"

"真是寡妇门前是非多！是哪些人又在乱嚼舌根呀！"文秀说，"年轻时，你就是听信了社会上那些流言蜚语，轻易就将人家小薇放弃了，不然你和她怎么会落到今天这个地步呀！"

"照理说，她条件并不差，要找个人还不容易么？"

"我看她，心里对你还是念念不忘的呀！"文秀说，"你们从小一起长大，像兄妹似的，知根知底——放着这样的人不找，还要找什么人哪！"

吕家骢沉吟了一下，没有说话。

"这事就这样定了！"文秀看了儿子一眼，"这回，老妈要跟你做这个主了！"说完她开门就走了出去。

"妈！……"

客厅里，吕振华和李保华坐在酒桌上，还在兴致勃勃地谈论着当年他们在军校、在东北、在云岭那些陈年旧事。谈到高兴处，两个七老八十的人竟然手舞足蹈；谈到伤心处，两个老人竟感慨唏嘘，闪起泪光来。

"家骢呀，我们大人摆龙门阵，你们小辈子听着不感兴趣。"文秀说，"人家小薇这么多年没回云岭来，你带她到外面去转转吧。"

小薇抬起眼帘，看了吕家骢一眼。

吕家骢抬眸，正好和她的目光碰在一起。

两人从相互碰撞的目光中，似乎都从中读出了点什么来。

"看小薇想不想出去转转？"吕家骢垂下眼帘，像在回答老妈，又像是在问小薇。

"小薇，去去去，外面空气好！"文秀催促道，"天还早，家骢带你四处转转——如今的云岭哪，已经完全大变样了。"

"好吧。"小薇有点羞涩地站了起来。

外面月色很好，月光将远山近岭涂抹得朦朦胧胧的。四周很静，只有风吹树叶发出沙沙的声响，只有路边的春蚕在啾啾鸣叫。两人走出门来，谁也没说话，只是低头想着自己的心事，慢慢地踏着月光向前走着、走着——不知不觉，竟然不约而同走到了小河边上来！

溪水在月色下闪着淡淡的微光，田野的蛙儿在低低地鸣唱。眼前的一山一水，一草一木，对吕家骢和李小薇来说，都是那么的熟悉，那么的亲切。在这山水之间，留下过他们两小无猜的童言，留下过他们少年时的足迹，也留下过他们青春时期的温馨——那些逝去了的早晨和黄昏，曾给他们留下过多少美好纯真的记忆啊！

两人在石滩上坐了下来。

"小薇，你还记得吗？有一回你在这河边捉蜻蜓，一不小心滑到水里去了。"良久，吕家骢终于打破两人的沉默，"还是我把你拉起来的……"

"记得……"小薇低声应道。

"还有那回，你在水里抓了只大螃蟹，被螃蟹的大螯把手夹出了血，吓得赶紧把螃蟹甩掉了，你还记得吗？"

"记得……"小薇当然记得，那次她的手被螃蟹夹出了血，还是家骢抓住她的手，将受伤的手指塞进他的嘴里，替她吸吮着流出来的血——是啊，那时他们是多么的单纯，多么的阳光啊！

"这些年，你还好吗？"吕家骢问。

小薇低着头没有说话。

"唉，时间过得真快，一晃大半辈子就这么过去了……"

不知为什么，家骢此言一出，小薇将头深深地埋下，双肩微微抽动起来。

"对不起。"家骢见此情形，有点手足无措起来。

"走，我们回去吧……"小薇突然站了起来，"这河边风大……"

啊，河边风大！吕家骢突然记起他毕业那年，也是和小薇坐在这河边，小薇脉脉含情地望着他，兴奋地不停跟他说话，问他围巾好不好看，还问他与余虹之间的事情，而他却心不在焉神情冷漠，借口风大，要回避她的情形，难道……

"小薇呀，我知道，这些年你过得很累……"吕家骢也站了起来，歉疚地说，"怪只怪，当初我轻信了社会上的那些传言……"

"不怪你，只怪我命不好……"月色下，小薇抬起头来，脸上已有晶莹的泪光在闪。

吕家骢愣愣地看着她，想像幼时那样替她擦擦脸上的泪水，但他又不敢，怕引起她的误会和反感。

"听到那些传言，你该问问我呀！"小薇擦了擦脸上的泪水，"那时，我还听到你和余虹的传言哩……"

"是啊，都怪我当时少不更事，年轻气盛，太在乎别人说三道四了……"吕家骢犹豫了一下，接着说道，"过去的都过去了，小薇，我们还能回到从前吗？"

"不能。"小薇摇摇头，"我已经老了……"

"不，你不老、你没老……在我心目中，你永远是那个扎着马尾巴的小姑娘！"吕家骢冲动地上前一步，一下抓住小薇瘦削的双肩，静静地看着她。

朦胧的月光下，在吕家骢眼里，小薇还是从前那样的青春靓丽、那样的楚楚动人——只是随着年龄的增长，她更成熟了而已。

小薇没有说话，一双泪眼只是哀哀地看着他。

从前他们在一起的那些美好的早晨和黄昏，那个跑到列车前来为他们送行的天真小姑娘，那个和他一起救起受伤白鹤的活泼小伙伴、那个和他一起在灯下做作业的纯真少女……一幅幅当年的画面，清晰地在吕家骢眼前闪烁起来。月光莹莹，溪水潺潺，望着眼前这双饱含哀怨的泪眼，吕家骢的心微微战栗起来——他突地打了个激灵，禁不住一下将小薇搂在了怀里，对着她的眼睛狂吻起来！

小薇低下头，避开家骢那炙热的嘴唇，一下把头深深地埋在他的胸前。她双肩抽动着，无声地痛哭起来——似乎，她要用狂泻的泪水，将这些年来埋藏在心底里的无助、委屈、哀怨和痛苦统统冲刷出来！

"让我们重新开始吧……"吕家骢紧紧地抱住小薇，轻轻地摩挲着她的头发，喃喃说道，"人世沧桑，世态炎凉。这些年，在人生的旅程中走了一圈后，我才真正领悟到：人与人之间的情感，其实最需要的是简单和理解……"

草叶沙沙，风儿缠绵。

"小薇，退休后，你就回到云岭来，回到你爸妈身边，回到我们童年和少年纯真的生活中来吧……"

月亮慢慢隐进了云层，又慢慢从云层里钻了出来。如水的月光，温柔羞涩地撒在家骢和小薇身上。山野的风轻轻地吹着，小溪里的水淙淙地流着。一只藏匿在草丛中的虫儿，耐不住了寂寞，突然唧唧啾啾地叫了起来……

10. 续写新时代的篇章

天公作美，天气晴好。

云岭"三线映象展览馆"开馆仪式如期举行。

主席台正中，鲜艳的国旗下，安放着毛主席的半身塑像；主席台两侧，悬挂着一副对联。上联是：忆往昔峥嵘岁月稠；下联是：看今朝旧貌换新颜。主席台上就座的有国防科工局、三线建设办公室、三线建设研究会、省市县乡领导等。

广场上，人头攒动，热闹非凡。十几个新闻单位的记者、上百个特邀嘉宾、几百个基地的新老职工，以及闻讯赶来的上千村民、学校学生，大家聚集在了一起。这里，是歌的海洋、花的海洋、欢乐的海洋。聚集在这里的人们，带着难以抑制的兴奋和喜悦，列队站在台下，等待开馆仪式举行。

吕振华的老师、原基地总工程师马名翰几年前去世了，他的老伴希琳娜年老体弱，不能亲自前来云岭，马名翰的女儿马燕翎接到邀请后，代表父母前来参加这次活动。

基地的老书记刘知问和他老伴已先后离世了。刘书记享年 91 岁，他老伴享年 90 岁，也算是老成凋谢吧。今天，他们的儿子刘岭专程开车从东北来到这里。此行，他还有一个重要使命，就是遵照父母的遗愿，将他们的骨灰送来云岭安葬。

去年秋天，弟弟吕家驹也带着儿子从美国回来了。儿子进了北方物理研究院，继承着他爷爷的事业；而他自己则留在云岭，和大哥家骏、二哥家骢准备在这里干出一番新的事业来。

"'云岭三线映象展览馆'开馆仪式，现在开始！"开馆仪式由县委宣传部杨部长主持，他走向前台宣布道，"全体起立，奏国歌，升国旗！"

须臾，雄伟庄严的国歌声响起，鲜艳的五星红旗冉冉升了起来。

"下面由国防科工局副局长陈明云先生致辞！"

"各位领导、各位朋友：欣闻云岭'三线映象展览馆'正式开馆，我代表国防科工局，向展览馆开馆表示热烈的祝贺，向为此辛勤劳动的同志们致以崇高的敬意！"陈明云副局长讲道，"中国大三线建设，是毛泽东主席当年亲自指挥的一场波澜壮阔的工业化建设运动，是共和国发展史上一个灿烂的篇章，是中国军工史上的一段当代传奇，是中国人民备战备荒的一个重大事件！"

"这场伟大的建设，改变了我国工业，特别是国防工业的布局。全体三线人发扬艰苦创业、无私奉献、团结协作、勇于创新的精神，创造了可歌可泣的历史，为中华民族留下了宝贵的物质和精神财富。发掘、保护、利用好三线建设的宝贵遗产资源，对继承和弘扬三线建设精神，保护和提升三线建设遗产的品牌和价值，必将产生重大而深远的影响，续写新时代崭新的篇章！云岭三线遗址的保护利用，独辟蹊径，创新发展，得到国防科工局、国家三线办，以及地方政府的充分肯定！……"

接着，三线建设研究会、三线办公室、国资委、省市县乡的领导，在大会上分别致辞。

"下面欢迎东道主、'云岭三线映象展览馆'馆长、远望公司吕家骢总经理讲话！"

"尊敬的各位领导，各位朋友：我衷心感谢大家不辞辛苦，来到云岭出席'三线映象展览馆'开馆仪式。此情此景，让我想起了自己童年和少年时代，想起了父辈们那些激情燃烧的岁月，想起了当年基地建设那些难忘的日子。"吕家骢走到话筒前，诚挚地讲道，"我们打造这个展览馆的初心，就是为了展现三线建设那段波澜壮阔的历史，试图通过展览馆这些实物标签，让人们触摸到尘封日久的三线建设画面，聆听三线人那些可歌可泣的动人故事；同时，也能够让亲历者回望共和国那段如火如荼的历史，让后来者能铭记前辈们舍生忘死的爱国情怀，把三线精神世世代代传承下去！……"

吕家骢发言后，三线建设办公室原主任王庆东接着讲话：

"同志们，朋友们：今天，我怀着十分激动的心情，来参加云岭'三线映象展览馆'开馆仪式。当年，我曾亲眼见证了云岭三线建设的情形；而今，又亲眼目睹了这里翻天覆地的变化。"王庆东主任讲道，"这个展览馆，以工业建筑、实物模型、声光影像、文字图片等形式，完整地再现了当年那火热的年代，那千军万马战天斗地、艰苦创业的历史；在展示三线建设发展历程的同时，以独特的方式，表现了三线建设遗址保护与利用的完美结合，令人感到十分高兴和欣慰……"

王主任讲到这里，接着饱含深情地讲道：

"但更令人感到高兴和欣慰的是，云岭工业遗址的保护利用，独树一帜，创造性地与当地新农村建设，与人们追求美好生活的愿望完美地结合起来，走出了一条可持续发展的路子！这样的路子，为国内工业遗址的保护利用创造了典型经验，提供了一个可以复制借鉴的样板！目前，全国没有开发利用的三线遗址还有多少呢？同志们，我告诉大家，还有300多个！这些遗址和云岭先前的情况一样，迄今大都还荒废着！昨天，我和三线研究会陈会长谈到，如果能将这些遗址百分之五十——不，哪怕是百分之十，能像云岭这样开发利用起来，就是一笔巨大的社会财富！不但能将这些有历史价值的工业遗址保护下来，还能彻底改变那里乡村的贫困面貌，为城乡人民提供文化旅游和休闲度假资源！这种既有社会效益，又能创造经济效益的项目，我们何乐而不为呢！……"

王主任的讲话赢得一阵阵热烈的掌声。

紧接着，吕振华以一个老三线人的身份在开馆仪式上发言。他动情地回顾了当年参与三线建设时工作和生活中的点滴细节，饱含深情地谈到与三线那份割舍不下的情感，以及晚年准备为遗址的开发利用，为云岭山区的新农村建设，发挥自己余热的决心和信心。

开馆仪式上，省市有关部门授予了展览馆"红色旅游基地""青少年爱国教育基地""党员教育示范基地"称号；向有关艺术院校、画院书苑、艺术培训中心等颁发了"创作基地"的铭牌。

接着，四川"中天"投资集团、"绿源"工程公司等国内知名企业，与远望公司签订了共同投资打造和建设云岭的协议。其中"中天"投资集团与远望公司签订协议，决定投资 8.5 亿元资金，除共同继续开发打造云岭外，借助国家开发利用全国工业遗址、建设美丽乡村的东风，调研全国三线工业遗址情况，将云岭保护开发模式能在异地复制开来，力争在国内再打造出一批像云岭这样的"三线映象小镇"。

目前，吕家骢团队决定随即在云岭引入相关产业，进一步打造温泉度假、康养理疗、精品酒店、野奢民宿、特色美食、山地运动、寺庙复建等精品化的国际山地度假工程，朝着产业兴旺、生态宜居、乡风文明、治理有效、生活富裕的目标发展；以三线精神的文化魅力吸引人才，打造"有一种生活在云岭"环境，走独具特色的乡村振兴之路；同时借助三线精神的文化魅力和凝聚力，彻底改变当地村民外出务工，乡村空心化的局面，进一步吸引美术、音乐、工艺、体育、设计、医疗人才，更好地创建与当地村民共同发展的平台，朝着农业强、农村美、农民富目标而共同奋斗！

"下面，剪彩仪式开始！"

随着欢快的乐曲声和鞭炮声响起，上千只气球、几百只鸽子倏地从会场上腾空而起，飞上云岭的天空。在一片热烈的氛围中，主席台上的嘉宾走向展览馆，为新落成的展览馆剪彩。

随后，人们依次走进馆内，参观了云岭三线建设时期留下的具有历史、文化、技术、建筑等价值的工业文化遗产。通过一件件实物、图片、文字和多媒体影像技术，向人们展示了三线时期的历史故事和人文轶事，再现了那个特定时期政治、经济、军事、文化、社会的变迁，同时向人们描绘了云岭未来发展的美好前景。

五颜六色的气球，在春光中飘拂；飞上蓝天的鸽群，带着清脆的哨响，在云岭上空穿行着，渐渐消失了它们的身影……

尾　声

云山之外，燕来雁归。

晨光下，一群野雀迎着山风，丢下一串啁啾，渐渐消逝在遥远的天际；一只岩鹰从悬崖边腾空而起，盘旋于崇山峻岭。天苍苍，野茫茫，站在云岭之巅，举目远眺，群峰巍峨，林海苍茫；雪山逶迤，云遮雾障。

山野中，蓦地传来一阵时而高亢，时而哀婉，时而粗犷，时而低沉的唢呐声！这唢呐声，混合着山野里阵阵的林涛声，像在低低地唱着一曲悲壮而雄浑的歌。

此时，刘知问书记和夫人的骨灰安放仪式，正在这里按当地的风俗举行。刘知问夫妇的儿子刘岭专程从东北赶来，践行父母当初对庞大山院长许下的诺言，他们要永远和牺牲在这里的战友们在一起。

刘知问和夫人的照片，放在陵园中央的石台上。他们深情的目光，仿佛正欣慰地眺望着苍茫的云岭，注视着眼前这些曾经一起战斗过的同志们——青纱、白花、挽联、鲜花，以及那肃立在陵园和山坡上参加仪式的人群，在这巍然的山野中，构成了一幅庄严肃穆的画图。

刘知问夫妇的骨灰安放仪式，由原三线办主任王庆东主持，基地现任党委书记杜近平致安葬词：

"今天，我们大家聚集在这里，遵照刘知问同志和他夫人的遗愿，为他们举行骨灰安放仪式。刘知问同志是一个优秀的共产党员，党的优秀领导干部。他曾任中国人民解放军独立师政委、沈阳北方技术物理研究院、西南 0658 基地党委书记。他曾领导过学生运动，参加过抗日战争和解放战争，参加过东北工业建设和西南三线建设，曾两次坐过牢，三次受过伤。在几十年的革命生涯中，他对党和人民忠心耿耿，对革命工作兢兢业业，为革命和建设的事业做出了巨大贡献……"

"在他健在和生病期间，他还念念不忘云岭这块曾经付出热血和生命的土地，念念不忘长眠在这里的战友们……青山依在，豪气长存，愿刘知问同志及其夫人，在这里永远安息吧！"

在《三线人之歌》激扬的乐曲声中，刘知问和夫人的骨灰盒在鲜花和翠柏的簇拥中，轻轻放进了墓穴。

一条崎岖山路，

通向大山深处，

带着理想和抱负，

投身三线这片热土。

肩负着神圣的使命，

背负着人民的重托，

为了祖国安宁，

我们披星戴月艰苦创业。

为了以戈止武，

我们义无反顾赴汤蹈火！

……

音乐骤然响起，唢呐蓦地激昂。

"我们庄严承诺，将来一定要为云岭三线建设付出鲜血和生命的人们，在这里种下九百九十九棵青松，种下九百九十九棵翠柏，竖起一座永垂不朽的纪念碑。"吕家骢、吕家骏、吕家驹，以及吕家龙和李小薇等年青一代三线人，在刘知问夫妇骨灰安放仪式上，庄重地承诺道，"让我们的子孙后代，永远记住这段难忘的历史，记住这些为中国三线建设献身的英烈们！"

春风岩畔草青青，苔藓模糊篆刻存。

壮志岂随龙虎逝，剑光犹傍牛斗横。

高山巍峨，雾水长青；云空深邃，天路逶迤。那庄严雄浑的《三线人之歌》蓦然响了起来，它寄托着民族复兴的梦想，饱含着历史不可磨灭的记忆，代表着人民深情的心声，伴随着时代前进的呼唤，越过云岭的千山万壑，回荡在大江之畔，高山之巅，云空之上，寰宇之间……

2019 年 4 月 23 日于重庆江津

2019 年 6 月 15 日修改于读月斋

后　记

在电脑上敲下最后一个标点，不由得长长吁了口气。

月色伴陪着星光，激情伴随着疲惫。自去年夏天在大邑雾山采风结束后，在原始的四面山中开始创作这部作品，迄今已快一年了。

波澜壮阔的中国大三线建设，已过了半个世纪，随着岁月的流逝，对今天的年轻人来说，这或许是段陌生而神秘的历史；随着时间的推移，对有些老年朋友来说，或许已经渐渐淡忘；然而对作者来说，依然是那么刻骨铭心。

作者长期在国防军工战线工作，其中在三线企业工作了整整26年，亲身体验过三线建设那特殊的环境，亲身经历了那些艰苦创业的岁月，对这条战线上的领导、广大的科技人员和工人们有着特殊的感情。本书写得很投入很有激情。这种激情，源于半个世纪前那特殊的历史背景，源于三线建设这个惊天动地的历史事件，源于书中那些可亲可敬的人物。随着创作进程，我走进那"准备打仗"的特殊年代，回到那激情燃烧的艰难岁月——那些如火如荼冬天的早晨，那些披星戴月夏日的夜晚，那些长眠在大山深处的战友和同志，以及那住帐篷啃干粮喝臭水的艰苦环境，一直在我眼前闪现，时时牵动着我的情感，写到有些章节，也忍不住心灵震颤、泪眼婆娑。

一年来，无论寒冬酷暑，还是早晨黄昏，都不敢有丝毫的懈怠。

在打开电脑之前，我就确定了几条原则：一是此书虽是一部小说，但要忠实于真实的历史，源于生活高于生活，借用云岭这个典型环境，从一滴水中见太阳，让共和国这段轰轰烈烈的历史，在岁月的烟尘中凸现出来，鲜活地展现在今人面前；二是力图展现"三线精神"文化魅力，使传统文化具有时代内涵和现代表达形式，能展现出长久的文化魅力来；三是力图在写云岭这个特殊环境时，将这些年国内外重大事件、当地的风土人情、村民生活形态尽量表现出来，穿插于小说情节之中——不管如何，我必须调动一切文学手段，让本书"好看"，不敢说让读者爱不释手，至少要让他们读得下去。

本书是否达到了作者的初心，只能留待方家不吝指教了。

中国的大三线建设，是我国军工史上的一个重大事件；三线遗址的重新打造利用，是建设美丽乡村的一段当代传奇。读到本书的朋友，如能增加你一点历史知识，引起你的一点思索，或书中某个事件某段文字能引起你的一点共鸣，则余心足也！

感谢原国家计委三线办公室主任、中国三线建设研究会名誉会长、著名作家王春才先生为本书作序；感谢中国国际书画艺术研究会东方油画院院长、国际著名画家陈可之先生题写书名；感谢成都依山农业开发公司的大力支持。同时感谢为此书付梓付出辛劳的朋友们。

舒德骑

2019 年 6 月 15 日于重庆

图书在版编目（CIP）数据

云岭山中 / 舒德骑著 . -- 北京：中国文史出版社，
2019.9

ISBN 978-7-5205-1495-8

Ⅰ . ①云… Ⅱ . ①舒… Ⅲ . ①长篇小说—中国—当代

Ⅳ . ① I247.5

中国版本图书馆 CIP 数据核字 (2019) 第 248124 号

责任编辑：梁　洁　　选题策划：文　树
特约编辑：陈　涌　　装帧设计：飞　羊

_____

出版发行　中国文史出版社

社　　　址：北京市海淀区西八里庄路 69 号　邮编：100142

电　　　话：010-81136606　81136602　81136603（发行部）

传　　　真：010-81136677　81136655

印　　　装：北京温林源印刷有限公司

经　　　销：全国新华书店

开　　　本：710mm×1000mm　1/16

印　　　张：34

字　　　数：509 千字

印　　　数：1—4000 册

版　　　次：2020 年 2 月北京第 1 版

印　　　次：2020 年 2 月第 1 次印刷

定　　　价：88.00 元

_____